LES

(couverture la couverture)

RUES DE NANCY

Du XVIe siècle à nos jours

Par CH. COURBE

TABLEAU

Historique, moral, critique et satirique des Places, Portes, Rues, Impasses
et Faubourgs de Nancy

Recherches sur les causes et les origines
des vocables qui leur ont été appliqués depuis le XVIe siècle

---

TOME DEUXIÈME

NANCY

IMPRIMERIE LORRAINE, 5, RUE DU CROSNE
—
1886

LES RUES DE NANCY

Du XVIᵉ siècle à nos jours

LES
RUES DE NANCY

Du XVIe siècle à nos jours

Par Ch. COURBE

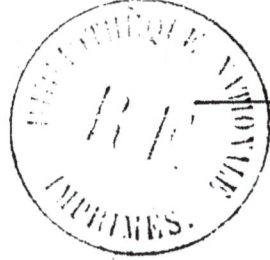

TABLEAU

Historique, moral, critique et satirique des Places, Portes, Rues, Impasses
et Faubourgs de Nancy

Recherches sur les causes et les origines
des vocables qui leur ont été appliqués depuis le XVIe siècle

———

TOME DEUXIÈME

———

NANCY

IMPRIMERIE LORRAINE, 5, RUE DU CROSNE

1886

RUES DE NANCY

(Suite)

LAFAYETTE (Rue)

De la place Lafayette à la place des Dames.

D. Calmet l'indique sans la dénommer ; mais les plans, qui sont postérieurs au sien, la qualifient de *rue des Dames Prêcheresses ;* c'est sous ce vocable que nous l'indiquent l'état de 1767 et le plan de Mique.

La délibération du Conseil général de la commune, du 17 septembre 1791, dit que « la rue des Dames Prêcheresses, sera la *rue d'Helvétius,* philosophe bienfaisant dans sa vie privée, et qui, dans ses écrits, a peint l'homme, tel que la nature l'a fait, et tel que la société doit le trouver. »

F.-Ch. Callot manifesta, à l'occasion de ce parrainage, sa très mauvaise humeur, p. 7 :

« Quel prédicateur affecte-t-on de choisir, pour substituer aux Dames Prêcheresses ? Oserait-on, grand Dieu ! préférer sa morale ? Son livre fameux *de l'Esprit,* à sa naissance légalement censurés, n'établit effrontément que le matérialisme. Il y avance audacieusement, que toute la différence qui existe entre la nature de l'homme et la brute, se réduit absolument dans la différence de l'organisation des extrémités, et que, sans cette seule différence de l'organisation des extrémités, l'intelligence dans l'un et dans l'autre serait parfaitement la même... J'abandonne aux honnêtes gens toutes réflexions trop douloureuses. »

Grand Dieu ! nous écrierons-nous à notre tour, si F.-Ch. Callot entendait professer les théories du Darwinisme et comparer l'homme au singe, que dirait-il donc? Après tout, il serait peut-être de l'avis de Littré. F.-Ch. Callot semble avoir vécu deux siècles après la révolution, et avoir oublié qu'Helvétius n'était pas tout à fait un inconnu pour les Nancéiens, qui l'avaient en aussi grande estime que le baron d'Holbach, un autre philosophe non moins sceptique. Tous deux étaient riches et tous deux étaient charitables, bienfaisants. Ce n'était jamais en vain qu'un malheureux frappait à leur porte.

Helvétius, dans ses pérégrinations en Lorraine, venait quelquefois à Nancy, et fréquentait assidument le salon de Madame de Graffigny, où se réunissait l'élite de la société nancéienne. Il y fit connaissance de mademoiselle de Ligniville, nièce de madame de Graffigny, remarquable par sa beauté, la douceur de son caractère et la délicatesse de son esprit. Quoiqu'elle fût issue d'une des quatre grandes maisons de Lorraine, elle n'était pas riche. Helvétius l'épousa.

Il nous semble qu'ici la municipalité de Nancy a voulu très expressément honorer plus spécialement la mémoire de l'homme bienfaisant, que beaucoup de nancéiens avaient connu. En honorant, par cette marque, le philosophe, nos édiles honoraient en même temps sa veuve, qui n'est morte à Auteuil qu'en 1800, et aussi quelque peu madame de Graffigny. Si la municipalité avait voulu seulement témoigner de son admiration pour le philosophe, elle aurait été amenée à donner le nom du baron d'Holbach, à une autre rue de notre ville.

La Restauration, sans se rendre aux raisons déduites par Callot, restitua cette rue aux *Dames Prêcheresses*.

En 1830, elle devint *rue des Dames ;* le plan de 1837 nous l'indique *rue d'Amerval ;* ce n'est que par la délibération du 30 décembre 1839 qu'elle a été nommée *rue Lafayette*, un choix bien mal imaginé, car Lafayette avait moins de raison d'y figurer qu'Helvétius.

On remarque, dans le rôle de 1551, plusieurs omissions qui ne s'expliquent pas facilement : 1° la ruelle de la Cour (v. ce vocable); 2° la rue des Dames Prêcheresses, maintenant rue Lafayette ; 3° la place des Dames, alors appelée place du Chastel ; 4° et la petite ruelle entre les deux places, maintenant rue des Dames.

La marche du contrôleur est telle, qu'il n'y a pas à s'y

tromper. Nous avons dit qu'il avait placé entre la rue de la Monnaie et la rue derrière Saint-Epvre *la rue du Chastel*. Sous cette rubrique, il a englobé les habitants de la rue Lafayette, de la place des Dames et de la rue des Dames. Il est facile de démontrer, par les annotations faites par M. H. Lepage, que ce vocable ne pouvait s'appliquer en aucune façon à la petite et très étroite *ruelle de la Cour;* car, nous trouvons au nombre des habitants de la *rue du Chastel,* des personnages qui ne pouvaient demeurer dans une aussi petite ruelle :

1° Monsieur de Saint-Epvre — Claude Pénicier, abbé de Saint-Epvre de Toul, nommé conseiller du duc en 1543;

2° Monsieur le Seneschal de Lorraine — Pierre du Chastelet, sieur de Deuilly, nommé à ces fonctions en 1548;

3° La vefve du feu trésorier-général Didier Laurent;

4° Monsieur le contrerolleur Bertrand Xaubourel.

Elle figure sous ce vocable dans les rôles de 1572 et 1589; mais, par contre, n'est pas nominativement désignée dans le rôle de 1582.

En parlant de la rue Callot, nous avons emprunté à Lionnois un passage, dans lequel il parle d'une petite ruelle qui avait naissance dans la rue actuelle du Maure qui Trompe, et qui aboutissait sur la rue Lafayette, en face du portail de l'église des Dames Prêcheresses. Cette ruelle avait nom *rue qui va au Châtel,* ou *montant en la place dite le Châtel.* Cet auteur, qui nous apprend que « la rue des Dames Prêcheresses s'était appelée primitivement *rue de Saint-Nicolas,* parce que la porte de ce nom était dans sa direction, derrière l'hôtel de Hermstadt, aujourd'hui à M. le chevalier de Vioménil », n'a pas connu le rôle de 1551, et ignorait que cette rue portait, à cette époque, le nom de *rue du Chastel.* Aussi ne serions-nous pas étonné, qu'il ait mal lu les titres de 1461 à 1467, et qu'il n'ait pas trouvé que la *rue qui va au Châtel,* ou *montant en la place dite le Châtel,* était proprement le vocable de la rue des Dames Prêcheresses ; il s'est certainement arrêté à une idée fixe, sur laquelle il ne savait revenir, ayant trouvé « dans un ancien compte de recette des Dames Prêcheresses, que la petite maison qui, sur cette rue, est entre leur église et l'hôtel de Malte.: est dite séante *près la porte Saint-Nicolas et attenante à notre église.* »

Nous croyons que cette mention, vraie au fond, a fait

commettre deux erreurs graves à Lionnois, en donnant d'abord à cette rue le vocable très problématique de *Saint-Nicolas*, et en lui faisant supposer que la vieille *porte Saint-Nicolas, entre les deux villes*, avait été placée originairement à l'extrémité de la place Lafayette actuelle. On voit de suite que son système n'est guère soutenable ; car il ne cite pas la date de ce compte de recette, et il n'est pas moins obscur, quand il écrit un peu plus loin : « Quand les Ducs de Lorraine eurent établi leur palais vers la Carrière, cette porte Saint Nicolas fut placée dons la direction de la grande rue... » Quoiqu'il nous dise qu'on en voyait encore les restes dans le bûcher de l'hôtel de Vioménil, lorsqu'on a baissé la courtine qui est entre les deux bastions, pour former une nouvelle rue qui conduise de la grande place de Grève sur l'arc de Triomphe (*Histoire*, t. Ier, p. 288). Pour notre part, nous avons du mal de nous rendre à ces raisons.

En parlant de la place des Dames, nous avons soulevé la question du Change : du vieil-change, du neuf change et des halles. Le vieil change existait sur cette place dans le courant du XVe siècle : « le 13 septembre 1499, les exécuteurs testamentaires de Jacquet Denis, receveur au bailliage des Vosges, vendent au duc de Lorraine, pour la somme de 300 francs 8 gros par fran, une maison sise en *la montée du Change*. » Il nous semble que c'est là une primitive dénomination de la rue Lafayette, qu'on appelait au XVIe siècle la *rue qui va au Châtel*, *rue du Châtel*, ou *montant en la place dite le Châtel*.

Au commencement du dernier siècle, la rue des Dames Prêcheresses était excessivement étroite ; on commença déjà à l'élargir par la suppression de quelques petites maisons ; mais elle n'a été élargie entièrement qu'en 1819 et 1820.

En 1767, elle ne comptait sur la façade orientale que trois maisons : n° 135-2, hôtel de Rozières d'Euvezin ; n° 136-4, maison de M. de Raigecourt, dans laquelle se trouvait la ruelle nommée par Lionnois *rue qui va au Châtel*, et le n° 137-6 et 8, qui ne formaient qu'un hôtel appartenant à M. de Gournay. Au côté occidental, les n° 282 et 283-7 et 9 étaient l'Eglise et le monastère des Dames Prêcheresses ; deux petites maisons portant les n°s 284 et 285 appartenaient à Antoine Garnier, perruquier, et le n° 286-1 était l'hôtel de Malthe, dans lequel fut établi, quelque temps, le Mont-de-Piété tenu par Temporelle; c'était le second Bureau de confiance, créé à la fin du dernier siècle. Le premier, créé par Dominique Mandel et une Demoiselle Drian, fut autorisé par arrêt du Parlement du 3 décembre 1779, et installé dans la maison qui porte, de nos jours, le n° 50 de la rue Saint Georges. Il subsista à peu près jusque vers 1789, peut-être moins longtemps.

Le second, fondé par des actionnaires le 29 nivôse an VI, 19 mars 1798, est celui que dirigeait Nicolas Temporelle. Il est ainsi mentionné dans l'*Annuaire du Citoyen* pour l'an VII, p. 186 :

« Maison de confiance et de ventes publiques à Nancy, au ci-devant hôtel de Malthe, rue Helvétius, n° 209 ville-vieille.

« Cet établissement est institué pour recevoir des dépôts de marchandises, meubles et effets de tous genres, dont les citoyens désirent la vente, soit publique, soit négociée. Lors du dépôt, le prix de l'estimation en est remis au propriétaire, qui a la faculté d'en faire le retrait pendant un mois, au moyen du remboursement des sommes qu'il aurait reçues.

« Les droits suivants y sont perçus:

« Six deniers par livre de l'estimation des dépôts invendus, dont le prix aurait été avancé;

« Cinq pour cent du montant des marchandises, meubles, etc., vendus publiquement.

« Deux et demi pour cent des ventes faites par négociation. »

Quelques années après, le bureau de l'hôtel de Malthe ne fut plus qu'une succursale du Mont-de-Piété établi dans la rue Saint Dizier. V. rue de l'Hôpital Militaire.

Revenons sur le vocable de Lafayette qui, par lui-même, ne signifie absolument rien, et ne rappelle aucun souvenir historique ayant trait à l'histoire de notre ville. Plusieurs fois déjà, et plusieurs nancéistes, ainsi que d'autres habitants, ont réclamé en vain la suppression de ce vocable et son changement, par un nom plus local, plus lorrain.

Le Conseil municipal ayant choisi 52 noms historiques, pour les donner aux 52 rues nouvelles à ouvrir dans les fauxbourgs de Nancy, M. Louis Lallement demanda que le nom de Jeanne d'Arc fût donné à une rue de la ville intrà muros, au lieu d'être porté dans un des fauxbourgs.

« Nous proposons d'appeler *rue Jeanne d'Arc* la rue Lafayette, voisine de la place des Dames, ci-devant place du Châtel, où Jeanne d'Arc, venue tout exprès de Domremy, chevaucha sous les yeux du duc de Lorraine Charles II et de sa cour, avant d'aller en France remplir sa mission, près de Charles VII (voir la Chronique de Lorraine). Ce choix n'est pas arbitraire : il est commandé par la situation de cette voie publique, qui, d'ailleurs, est centrale et très fréquentée, puisqu'elle fait suite à la grande rue Saint-Dizier.

« Peut-être serait-il mieux encore d'appeler *place Jeanne d'Arc,* la place des Dames elle-même, sauf à restituer alors à la rue Lafayette, le nom de rue des Dames, qu'elle a porté jusqu'en 1842. »

Pour notre part, nous trouvons qu'une rue et une place Lafayette sont de trop. Le nom de l'une des deux doit disparaître, et être remplacé par un vocable plus logique, plus local et plus historique.

LA SALLE (Rue de)

De la rue Saint-Nicolas à la rue de la Prairie.

Si la rue des Glacis, par exemple, n'avait pas trop besoin d'être mise en perce, et pour cause, celle-ci était exigée par la force des choses. Le commerce et les industries établies dans la rue Saint-Nicolas et dans l'ancien quartier de la Paille-Maille, réclamaient timidement l'ouverture de cette voie de communication directe avec le faubourg Saint-Pierre. C'est en 1863, qu'elle fut projetée, et c'est seulement en 1871, durant la guerre, que ce projet reçut un commencement d'exécution.

M. Collinet de La Salle étant mort à Pompey en 1862, et ayant légué la plus grande partie de sa fortune aux hospices de Nancy, la ville lui devait une dette de reconnaissance qu'elle a acquittée, ainsi que nous venons de le dire ; seulement, elle a laissé à une autre municipalité le soin de parachever son œuvre. En face de l'ouverture de la rue de

La Salle, la délibération de 1863 devient presque une lettre morte.

Le duc Charles III, en créant la Ville Neuve, avait pensé que le faulbourg Sainct Nicolas de Nancy avait besoin d'être équarri et raboté, à peu près en ligne droite ; c'est pourquoi il avait ouvert la *ruelle des Capucins*, au n° 46 de la rue Saint Nicolas ; mais, mais, le Roi Soleil ne voyait dans Nancy qu'une ville à exploiter et non à enjoliver. Stanislas s'était dit un beau matin : Voilà une bien vilaine rue, ça ne va pas : commençons par la rue des Jacobins, et il gratta les sœurs grises, rabota les dominicains, trancha les bourgeois et pourfendit le Pont Meugeart. Plus loin, la tâche devenait lourde et ingrate ; Stanislas confia à la bonne ville de Nancy le soin de faire sa raie de ce côté-là. Hélas ! trois fois hélas ! au lieu de prendre à la lettre l'axiôme mathématique : la ligne droite est le plus court chemin d'un point à un autre, la municipalité a trouvé que la ligne brisée correspondait mieux aux goûts du jour. Prenez un plan de Nancy, jetez-y un coup d'œil, je veux que le loup me croque, si vous ne découvrez pas dans les rues Saint Nicolas et de La Salle un grand serpent de mer, aux longs plis tortueux. Certainement que pour se rendre à Tomblaine, c'est le chemin le plus court ; on ne va plus guère à Tomblaine y vider quelques brocs et manger quelques fritures. C'était bon dans le temps, quand on passait par le Tapis vert ; mais depuis que la rue de La Salle a la prétention de vous y conduire, en vous faisant passer devant le feu cimetière de Saint Nicolrs, et vous rappeler que poussière vous êtes et que poussière vous deviendrez, les bons viveurs se sont dit : Pas de ça, Lisette ; voilà un cheveu dans le vin de Tomblaine, filons sur Malzéville, ou prenons le *tram* pour la Viennoise. Ce n'est pas tout encore ; maintenant elle nous conduit derrière l'hôpital. Brrrh !... ça fait froid dans le dos, rien que d'y songer : à droite la maladie, à gauche la mort. Ce n'est pas trop gai. Nous croyons que, dans le tracé primitif, la ligne droite avait prévalu, et qu'au lieu d'aboutir, en obliquant sur le cimetière Saint Nicolas, la rue de La Salle serait venue directement devant l'hôpital. Du moins, c'est ce que nous laisse supposer la décision du Conseil municipal du 24 février 1870 :

» Le Conseil, prévenu que le projet d'une rue devan

cffrir pour perspective les bâtiments à construire pour le grand hospice, est abandonné ; que ce projet doit bien recevoir son exécution, mais dans la partie la plus élevée des terrains, c'est à dire sur l'emplacement des maisons Rénier et Gérardin, rue du faubourg Saint Pierre, est d'avis : qu'il y a lieu de donner à la rue à créer, une direction plus facile et plus en rapport avec les besoins de l'active circulation qu'elle devra desservir. » (*Meurthe*, 4 mars 1870.)

Nous ne pouvons comprendre que, quand on ne parle partout que d'alignement, que de tracés droits et réguliers, ou s'obstine, pour toutes les voies nouvelles, à leu rpréférer la ligne oblique ou l'angle obtus. A ce sujet, la délibération du 12 avril suivant n'est pas sans intérêt.

» Le Maire expose au Conseil que, par lettre du 30 décembre 1869, les sieurs Charles Picard, propriétaire à Nancy, et Joseph Liégey, également propriétaire, ce dernier agissant comme mandataire spécial de M. l'abbé Harmand, curé de Saint-Laurent, à Pont-à-Mousson, ont offert à la ville de Nancy, gratuitement, le terrain nécessaire pour le percement d'une rue de dix mètres de largeur, allant de la rue Saint-Nicolas à l'angle de la rue de la Prairie, suivant un tracé indiqué sur un plan joint à leur lettre, et sous diverses conditions y énoncées. L'administration a immédiatement fait étudier cette affaire, qui pouvait avoir pour le quartier Saint Nicolas les plus utiles conséquences ; et des négociations ont été entamées, soit avec les pétitionnaires, en vue d'obtenir une plus grande longueur pour la rue, et l'abandon de quelques-unes des conditions qu'ils imposaient, soit avec le sieur Fort, entrepreneur de charpente, propriétaire d'une maison rue des Fabriques, dont la démolition partielle était nécessaire pour le passage de la rue.

» Ces négociations ont abouti. . . . . »

La maison Fort, dont il est question, portait, en 1767, le n° 123 de la Paroisse Saint Nicolas, rue Pail-Mail, et était une dépendance du bureau de l'aumône, qui y avait alors ses bureaux.

LOUPS (Rue des)

De la place de l'Arsenal à la rue du Haut Bourgeois.

Voyez les rues du Haut et du Petit-Bourgeois.

Voici une rue qui a beaucoup varié dans ses dénominations, et elle peut dire qu'elle n'a été ni chien ni loup : un jour, on l'a appelée *rue du Haut Bourgeois*, un autre, *rue du Petit Bourgeois*, une fois, *rue Saint Pierre*, une fois, *rue de l'Arsenal*, tantôt *rue Nôtre-Dame-du-Loup*, tantôt *nouvelle rue Notre-Dame*. Après avoir été si souvent absorbée par les autres rues ses voisines, elle a fini par croquer à son tour la rue *de la Manutention*, qu'elle voulait, la vilaine, s'approprier. Le génie, qui veille avec un soin jaloux sur ses domaines, a crié au loup ! et lui a fait lâcher prise.

Aucun des plans du XVIIIe siècle ne la dénomme. Celui de Dom Calmet l'indique comme *rue de l'Arsenal*.

L'état de 1767 compte ses maisons et ses hôtels, sous la rubrique *du Petit Bourgeois*.

Elle doit son origine et son nom à l'hôtel construit par M. Curel, grand Louvetier du duc Léopold.

Naturellement, de *louvetier* on a fait *loup*, par abréviation. C'est après 1830, qu'on la trouve officiellement dite *rue du Loup*. Le nom de *rue des Loups*, qui lui a été donné en 1839, vient des deux loups en pierre sculptés par Lépy l'aîné, qui surmontent les pilastres de la porte d'entrée de cet hôtel. Nous apprenons, par un document officiel, publié le 20 octobre 1840, que cette rue s'appelait alors *rue du Haut-Bourgeois-du-Loup*, et que, depuis cette époque, elle a pris le nom de *rue des Loups*.

Au moment où la révolution éclata, on l'appelait assez communément, de même que la rue du Petit Bourgeois, *Petite rue du haut Bourgeois ;* mais ce vocable lui était plus particulier, qu'à la rue du Petit Bourgeois, devenue petite rue Saint Pierre. Un instant durant les ans IX à XIV, on lui donna le nom de *rue de l'Humanité*, parce que l'ancien hôpital de la paroisse Notre-Dame, qui était devenu l'*hôpital de l'Humanité*, y était situé dans la maison qui porte le n° 6, et qui avait des dépendances sur la rue Saint-Pierre (de Guise). Cet hospice, qui n'était même pas une ambulance, était, en réalité, la maison de charité de la Paroisse Notre-Dame, établie, en 1690, par les soins du P. Trouillot, prêtre de l'Oratoire et curé de cette Paroisse. La maison dont il s'agit avait été donnée, à la fin du dernier siècle, à cet établissement, par le baron de Ravinel, qui en était un des administrateurs. La maison de charité de Notre-Dame était alors administrée par six sœurs de Saint-Charles, qui avaient notamment pour mission de distribuer aux pauvres les remèdes dont ils pouvaient avoir besoin : du bouillon, du pain et de la viande, dans leurs maladies, et d'apprendre aux jeunes filles de la paroisse, les principes de la religion, à lire et à écrire.

Sous la rubrique : Hospices civils, on lit, dans les annuaires pour le département de la Meurthe, de l'an IX à l'an XIV.

« *Hospice de l'Humanité*, ci-devant *Notre-Dame*, distribue des secours à domicile.

« Nota. — La distribution des secours en aliments, médicaments, prêts de linges, soins, etc., se fait par les deux hospices *de la Commune* (Saint-Charles) et *de l'Humanité*, dans la ville et ses fauxbourgs, partagés par la ligne qui compte pour ses deux principaux points, les portes de Toul et des Volontaires Nationaux. »

Cette maison a été aliénée, par suite d'un échange intervenu en 1817, entre la Commission administrative des hospices civils de Nancy et Beer-Isaac-Beer-Turique, qui l'a revendue, le 1er mars 1820, à M. René-Philippe de Héry Guyot de Saint-Remy.

Nous ne voyons pas figurer cette maison de charité dans les tableaux hodographiques des l'époque révolutionnaire, qui ne donne que les hospices proprement dits ; mais, par contre, nous savons que la délibération du 13 pluviose an III a fait de la *Petite rue du haut Bourgeois*, la *rue de l'Humauité* (V. Rues de Guise, du Petit-Bourgeois et du Haut-Bourgeois).

LYCÉE (RUE DU)

De la rue des Carmes à la rue de la Visitation.

Elle n'est dénommée dans aucun des plans antérieurs à celui de Mique qui la qualifie, ainsi que l'état de 1767, de *Petite rue de la Visitation*.

Le 17 septembre 1791, le Conseil général de la commune décida qu'elle « changerait son nom pour celui de *Rue de Corneille*, père du Théâtre François, qui donna tant de sublimité à la fierté des anciens Républicains. » Les Jacobins de l'an II respectèrent ce nouveau vocable, qui ne les effarouchait pas trop ; mais ceux de l'an III décidèrent, le 18 fructidor, que cette rue deviendrait *rue de la Fraternité*. La Restauration la refit *Petite rue de la Visitation*, le gouvernement de juillet lui conserva ce vocable jusqu'en 1839. On en fit alors la *rue du Collège*. C'est ainsi que nous la présente le Tableau de 1839. On en a fait enfin la *rue du Lycée*, en 1848, quand on transforma les Collèges en Lycées, lesquels avant d'être Collèges avaient été Lycées et avant d'être Lycées avaient été Collèges.

A la suite de la délibération du 17 septembre 1791, Fr.-Ch. Callot écrivait : « La petite rue de la Visitation sera la

« RUE DE CORNEILLE.

« Au seul nom de ce grand homme, sublime et profond politique, mon âme frissonne après la lecture de la fameuse scène de Sertorius et Pompée, et voyant l'élite de nos Princes, l'élite de notre brave Noblesse, courant les entourer... Qu'un autre Sertorius, au milieu de tels émigrés ne dise :

Et comme, autour de moi, j'ai tous ses vrais appuis,
Rome n'est plus dans Rome, elle est toute où je suis. »

On ne conçoit plus guère de nos jours cette hardiesse de plume, qui caractérise les mordantes et critiques réflexions de Fr.-Ch. Callot ; il flagelle, avec une désinvolture sans pareille, presque tous les nouveaux vocables admis par la nouvelle municipalité.

La rue dont il s'agit, valait-elle, à cette époque, la peine d'une aussi sévère critique ? Nous ne le croyons pas ; sa dénomination n'avait rien d'historique. Ses habitants étaient : fripier, tailleur d'habits, manœuvre, revendeuse, scieur de long et peintre ; au côté méridional, il n'y avait que des remises et écuries. Le vocable par lui-même ne valait pas la peine d'être discuté. C'était placer un bien grand homme dans une bien petite rue, a voulu dire sans doute F. Ch. Callot.

A l'époque où la petite rue de la Visitation est devenue rue du Lycée, c'était une rue mal réputée et mal famée. Non seulement elle avait la réputation d'être prostituée, mais elle passait pour un coupe-gorge, et cependant il n'y avait en ce temps-là pas plus d'ouvertures de maisons que de nos jours. Nous comprenons assez la décision de la municipalité, ou mieux du pouvoir exécutif de 1848. On a cru, sans doute, par le changement de vocable, expurger cette rue des filles et femmes libertines qui y tenaient boutique.

MABLY (Rue)

De la rue de la Primatiale à la rue des Tiercelins.

Ancienne *première rue des Chanoines*, au levant. (Voyez rue des chauvines).

La délibération du 18 septembre 1791, arrêta que « la première rue des chanoines, du côté du levant, prendrait le nom de *rue de Mably*, écrivain si célèbre, qui prêcha avec tant de succès la liberté. »

Ce vocable fut respecté jusqu'à la Restauration ; mais, en 1830, on le rendit à la 1re rue des chanoines, qui l'a conservé depuis.

En 1867, M. Louis Lallement, dans son *mémoire* adressé au conseil municipal de Nancy, avait proposé de donner le nom de *Palissot* à cette rue. Nous avouons que ce vocable ne nous est pas sympathique. D'abord, Palissot est né dans le haut de la rue de la Hache, et il nous semblerait bien déplacé dans un quartier si éloigné, si peu fréquenté, si retiré, qu'il serait, pour nos contemporains, un oublié.

« Le nom *rue Palissot*, disait M. Louis Lallement, remplacerait avantageusement celui de *rue Mably*, nom absolument déplacé à Nancy, où Mably, qui était du Dauphiné, n'a certes pas droit au vocable d'une rue. Palissot est, avec Hoffmann, un des littérateurs les plus féconds et les plus connus, qui aient vu le jour dans nos murs. »

Nous ne partageons pas, malgré ces excellentes raisons, la manière de voir de notre savant confrère. Si on veut changer le vocable de Mably, il faut en choisir un qui se rapporte et s'adapte à la création de cette rue.

On sait qu'il y a deux maisons remarquables à plus d'un titre : l'hôtel du grand chantre, qui porte de nos jours le n° 1, et l'hôtel du grand doyen, dit la *maison décanale ou la maison de briques*, au n° 9. Ces deux hôtels ont amorcé la rue Mably, à une époque où celle-ci se trouvait en dehors des fortifications. (V. Porte Saint Georges.)

L'auteur de la *dissertation sur les antiquités de Nancy*, chanoine de la Primatiale, raconte ainsi, dans son mémoire, la création de cette rue et l'édification des maisons commerciales qui la bordent :

« Ce qui importait le plus en cet établissement, fut le logement des dignitaires, chanoines et vicaires et autres officiers de l'église ; c'est à quoi ledit seigneur doyen prévoyant, se porta du tout à avoir une place propre pour loger tout le monde ensemble, et mettre l'église hors du fracas du peuple ; ce qui ne se pouvait faire à la place destinée ci-dessus (1), outre qu'il fallait acheter des places et maisons des particuliers, à double et plus, du juste prix, occasion qu'il procura de tout son pouvoir auprès de Son Altesse et messeigneurs nos fondateurs, qu'ils nous donnassent la place où l'église est à présent, à quoi ils inclinèrent volontiers; mais la difficulté fut que ladite altesse avait donné les places à honoré seigneur messire Ezéchiel d'Haraucourt, gouverneur de Nancy, avec l'amélioration, à condition de payer le fond aux propriétaires, comme il valait *avant les fortifications;* partant il nous en demandait quatre vingt mille francs, mais monseigneur n'en voulant rien débourcer, échangea ce fond contre les Dames prêche-

(1) Sur la place actuelle du marché couvert.

resses à qui il appartenait, leur donna un gagnage de quinze paires de resaux de rente annuelle, et par ce moyen, il se rendit maître du fond qu'il ne voulut quitter, sinon avec appointement ; et d'autant que la plupart des héritages *du retranchement* où sont à présent l'église et le cloître étaient de cet échange, et que pour ce sujet, ledit sieur gouverneur n'en pouvait disposer sans congé, il fut accordé que ledit seigueur cardinal en prendrait septante toises de longueur et cinquante de largeur, et que ledit sieur gouverneur ferait profit du reste sans en rien rendre (qui fut un coup de la main de Dieu, et une grande prévoyance dudit sieur doyen merveilleusement louable ; car autrement il est à croire, qu'à peine on eût pu être établi si heureusement de longtemps). Cette place a été pour faire l'église, loger le seigneur Primat, les doyen, chantre, écolâtre, chanoines et vicaires ; étant suffisante, elle fut livrée, sinon trois toises de la largeur, qui furent encore en dispute quelques mois ; mais ledit seigneur cardinal ayant déclaré sa volonté audit sieur gouverneur, tout se passa, et dès le mois de mars 1607, furent commencées les maisons du sieur doyen et d'une partie des chanoines. Il y a titre au chapitre de l'acquêt ci dessus, et de la donation faite en l'an 1605, le 18me février, avec l'amortissement de leurs altesses, sous le grand scel, en date du 2 de janvier 1606, laquelle place fut distribuée et partagée à chacune dignité et prébende, au prorata de ce qu'ils prennent, à choix d'un chacun selon sa réception. Après en avoir primo dressé le plan par un ingénieur parisien appelé maître Lambert, la place était une bonne partie de l'établissement, mais ce n'était assez, il fallait trouver de l'argent pour bâtir. Chacun s'évertua d'en trouver pour son particulier, autant qu'il peut. Et pour la généralité, furent vendues les maisons du décanat, de la trésorerie et des chanoines de Dieuleward (les autres tous furent assignés pour la cure, pour la confrérie et pour les Bénédictins, emportant chacun une) avec un petit gagnage à Douvot, et un bois à Dieuze ; le tout revenant à 12,200 francs, environ. Item, le cloître du prioré Notre Dame, 6,000 francs, le surplus dudit prioré 11,000 francs desquels (tout frais et charges rabatus) devait à chacun des 18 portious et prébendes, 1,300 francs environ ; mais c'était peu pour bâtir. Furent encore empruntés 11,100 francs, lesquels ont été rabatus dedans neuf années, par le moyen de l'admodiation des terres et rentes que le Chapitre a à la Voivre, moyennant 1,200 francs par an de rabat, jusqu'à la fin desdites années. Voilà comme on s'établit de ce côté là ; mais avec telle diligence, que l'année suivante, 1608, plusieurs logèrent en leur maison, et de là peu à peu on s'accommoda avec beaucoup d'épargne et de frais, comme on voit à présent.

« *Cette place étant hors des vieux remparts* cy-dessus pour la plus grande partie, l'autre partie était *dedans le fossé, lieu fort fongeux et plein d'ordures,* d'autant que toutes les eaux de la ville s'y retiraient pour être beaucoup plus basses ; et, en cela, il a fallu porter du remplissage une infinité, principalement pour bâtir *les maisons qui étaient dedans ledit fossé, où il n'y a pas moins de douze à quinze pieds de remplissage, et autant de murailles en terre,* notamment où est l'église, les maisons des sieurs Luithon, de Lorey, le Loup, Vernoville, Baillivy, chantre, et partie de celle du sieur Mathée. Quant aux autres, elles n'ont pas moins de sept à huit pieds (ce qui sera difficile de croire cy-après) ; mais tout a été surmonté avec patience, diligence, et argent ; tellement que ceux qui nous avaient donné cent ans pour être établis, comme Messieurs de Saint-Georges, nous virent mieux qu'eux dedans cinq, six ou sept ans. »

Nous parlons plus longuement, au vocable *Porte Saint-Georges,* de la première muraille qui fut construite en cet endroit, d'après le premier plan de défense de la ville-neuve du côté Est.

Ainsi, d'après le chanoine de la Primatiale, contemporain, la rue Mably et la rue des Chanoines auraient été faites sur les premières fortifications, même sur les fossés, puisqu'il parle de douze à quinze pieds de remblai. Il ne faut donc pas prendre au pied de la lettre, le plan de 1611, pour le Nancy de Charles III, en ce qui concerne, du moins, cette partie de la ville ; ce plan n'a plus de rapport avec le procès-verbal de distribution des places et des rues du mois de mai 1591, et ce serait en vain, qu'on voudrait expliquer celui-ci sur celui-là.

Nous remarquons sur les plans de 1611 et de 1617, que les hôtels du grand-chantre et du doyen de la Primatiale n'y sont pas figurés.

MANÈGE (Rue du)

De la place Saint-Georges à la rue des Fabriques.

Dans le plan de Dom Calmet, et dans ceux qui l'ont suivi, nous la voyons dénommée à tort *rue Sainte-Catherine*. Il faut dire qu'elle n'était pas ancienne ; car, Nicolas, l'annotateur du mémoire du chanoine de la Primatiale, dit que la *rue de l'Académie* a été construite en 1715.

Nous savons, par divers documents, qu'elle s'est appelée, dans le milieu du dernier siècle, *rue de l'Académie*, et aussi *rue du Manège*, Nous avons dit pourquoi, dans nos *Promenades historiques*. Dès 1765, elle est invariablement nommée *rue du Manège*. C'est sous ce vocable que la désignent l'état de 1767 et le plan de Mique.

Le 17 septembre 1791, le Conseil général de la commune décida que « la rue du Manège prendrait le nom *de Châteaufort*, magistrat qui demeurait dans cette rue, et qui soutint, malgré l'oppression, les droits du peuple, contre le despotisme religieux et civil. »

Qui n'en fut pas content, comme bien on pense, c'est F.-Ch. Callot, qui protesta de cette manière dans sa *Manifestation :*

« Châteaufort était du nombre de nos illustres magistrats, mais le courageux Remi, procureur-général, qui protesta contre la cession que fit Charles IV de ses Etats à la France, aux conditions que les Princes de son sang seraient habiles à succéder à la couronne, mériterait la préférence ; et si, dans les circonstances présentes, on doit glisser sur cette anecdote, on avait encore à choisir les Gondrecourt, les Bourcier et le célèbre Viray, le Démosthène de la Lorraine, qui, lors de la cession de ce Duché, dit au Roi de Pologne, que cette cession était un évènement plus vrai que vraisemblable. »

Pour mieux rendre l'expression de sa pensée, F.-Ch. Callot ajoute en note, en parlant de Remi :

« Ce procureur-général, dont les fonctions sont la vraie sauvegarde des droits inaliénables de son pays, remontra à son souverain que, circonscrit dans la jouissance de l'usufruit, il n'avait pas le pouvoir de faire cette cession et protesta. »

Quoi qu'il en soit, le vocable *de Châteaufort* fut sanctionné par les délibérations des 13 pluviose an II et 18 fructidor an III.

Sous l'Empire, Blachier tenait la poste aux chevaux, au n° 1 actuel de cette rue, qu'on trouve quelquefois dénommée alors *rue de la Poste aux Chevaux*. Ajoutons que cette appellation n'avait aucun caractère officiel.

Le conseiller Aristay de Châteaufort avait habité, de 1758 à 1765, époque de sa mort, la maison n° 3 de la rue du Manège, appartenant à M. Vagner, imprimeur, laquelle portait, au dernier siècle, le n° 3 de la paroisse Saint-Sébastien. Dans l'état de la noblesse de Nancy, dressé en 1772, nous trouvons encore Madame Aristay de Châteaufort, indiquée paroisse Saint-Sébastien, n° 3, c'est à dire n° 3 ancien, et n° 3 actuel.

Nous avons déjà parlé, rue Drouin et rue des Glacis, du rapport de M. Henrion, lu au Conseil municipal dans la séance du 13 novembre 1878 ; nous en extrayons encore ce passage :

« M. Lepage, rappelant la délibération du Conseil général de la commune de Nancy du 7 ou 17 septembre 1791, en rapporte dans son histoire les termes : « La rue du « Manège prendra le nom de Châteaufort, magistrat qui « demeurait dans cette rue, et qui soutint, malgré l'op-« pression, les droits du peuple contre le despotisme reli-« gieux et civil. » La Commission vous propose de faire revivre aujourd'hui cette décision de votre municipalité, prise en 1791. C'est une dette de reconnaissance à acquitter, envers un magistrat qui a sacrifié ses intérêts et ceux de sa famille, au bien du peuple en général, et de la ville de Nancy, en particulier. M. l'avocat général Poulet a mis éloquemment en lumière ce caractère dans son discours de rentrée de 1876 ; avant lui déjà, M. le premier président Leclerc, retraçant les origines du Parlement de Nancy, faisait apparaître le nom de M. de Châteaufort, comme celui d'un martyr de la plus sainte cause, celle de la fidélité au devoir et du dévouement au pays. Et puis, c'est une restitution ; en effet, c'est en 1791 que la municipalité nancéienne donna à la rue du Manège cette dénomination, et c'est en 1815, à une époque de réaction inintelligente, qu'on a effacé Châteaufort, pour remettre du Manège, qui ne signifie rien. »

2*

Puisque nous avons mis sous les yeux du lecteur les diverses parties du rapport de M. Henrion, il nous reste maintenant à rapporter, d'après les procès-verbaux des délibérations du Conseil, la discussion qui s'est engagée sur la rue des Glacis et sur la rue du Manège.

« M. André dit qu'il faut éviter les changements, à moins de raisons sérieuses, qui n'existent pas pour les rues des Glacis et du Manège.

« M. le Maire le reconnaît, mais fait remarquer que la rue des Glacis a très peu d'habitants, et que c'est sur la demande de l'un d'eux, que la Commission propose le changement ; quant à la rue du Manège, elle a déjà porté le nom de Châteaufort, ce n'est qu'une restitution.

« MM. André, Schott et Forthomme répliquent que les habitants de la rue ne sont pas les seuls intéressés, mais que le public l'est aussi, et qu'il n'y a pas de motif suffisant, pour le troubler dans ses habitudes.

« M. de Carcy remarque qu'il y a de plus un intérêt historique, à garder le nom des Glacis à la rue qui le porte.

« Les conclusions de la Commission sont repoussées, en ce qui concerne les rues des Glacis et du Manège, qui conserveront leur nom. »

Après la publication de nos *Promenades historiques à travers les rues de Nancy*, plusieurs de nos concitoyens se cotisèrent pour faire poser sur la façade de la maison n° 41 de la Grande-Rue, ville-vieille, deux plaques commémoratives, rappelant : l'une, que cette maison avait appartenu et avait été habitée par l'abbé Lionnois de 1777 à 1802 ; l'autre, que l'avocat Prugnon, député aux Etats-généraux, y était mort en 1828.

M. Vagner, propriétaire de la maison n° 3 de la rue du Manège, habitée au dernier siècle par d'Aristay de Châteaufort et par sa veuve, voulut imiter cette exemple. On nous demanda de tracer l'inscription. — Nous la fîmes ainsi :

FRANÇOIS D'ARISTAY DE CHATEAUFORT
CONSEILLER A LA COUR SOUVERAINE
DESTITUÉ ET EXILÉ LE 1er MAI 1758 PAR LE CHANCELIER
DE LA GALAIZIÈRE
POUR AVOIR DÉFENDU LE PEUPLE LORRAIN
A HABITÉ CETTE MAISON DE 1758 A 1765
CETTE RUE A PORTÉ SON NOM DE 1791 A 1815.

M. Vagner ne se pourvut en autorisation près de l'administration, que lorsque la plaque fut gravée et terminée, prête à poser. Les mots « Peuple Lorrain » engagèrent l'administration à demander à M. Vagner de modifier le texte de l'inscription. Il n'était plus temps. Ce dernier fit donc poser cette plaque dans la cour de sa maison, et soumit à l'approbation de l'administration le texte de celle qui est placée maintenant sur la rue, au-dessus de la porte d'entrée.

Elle est ainsi conçue :

ICI A DEMEURÉ DE 1758 A 1765
FRANÇOIS D'ARISTAY DE CHATEAUFORT
CONSEILLER A LA COUR SOUVERAINE DE LORRAINE
CÉLÈBRE POUR AVOIR RÉSISTÉ AU CHANCELIER
LA GALAIZIÈRE
ET DÉFENDU NOS ANCÊTRES CONTRE LE POUVOIR ABSOLU
CETTE RUE A PORTÉ SON NOM DE 1791 A 1815.

Dans le plan de 1611, la rue du Manège n'est amorcée que par deux jardins, dans l'un desquels se voit une construction de modeste apparence.

V. Place et Porte Saint-Georges, où nous parlons longuement des origines de ce quartier.

MANUTENTION (RUE DE LA)

De la rue des Loups au Cours Léopold.

Elle a été formée en 1760, sous le vocable de *nouvelle rue Notre Dame,* qu'elle avait encore en 1778.

Elle n'est pas indiquée dans l'état de 1767 ; mais nous savons que, sous la Révolution, elle était appelée *rue de la Munitionnaire.* C'est un vocable que nous lui trouvons donné dans le plan de 1837 et dans le tableau des rues de Nancy du 31 décembre 1839, qui reconnaît qu'elle s'appelait autrefois *rue du Haut Bourgeois ;* nous avons dit aussi qu'elle avait eu le nom de *rue du Loup.* Ce qu'il y a de certain, c'est que depuis 1841 (voir le plan Châtelain), elle est devenue la *rue de la Manutention.* Eh bien, là, vrai-

vraiment c'est une erreur... et ce n'est pas la peine d'avoir
sous les yeux un plan dressé par l'architecte de la Ville,
pour nous la bailler de cette façon. Le 20 octobre 1842,
on nous annonce officiellement que « la partie de la rue
du Haut-Bourgeois, tenant à la rue des Loups, et aboutissant au cours d'Orléans, a pris le nom de *Munitionnaire*.
Et en 1841, on nous la donne comme *rue de la Manutention*. C'est à ne plus croire à une hodographie sérieuse. En
somme, l'erreur commise par un copiste qui a pris le nom
de l'ancien vocable pour le nouveau, est facile à rectifier.

Cette rue a été ouverte dans les dépendances de l'Arsenal, converti par les Français en magasins de munitions
et en boulangerie. L'Arsenal lui-même avait été réédifié en
cet endroit, par le duc Charles III, sur l'emplacement d'un
ancien cimetière qu'on appelait le *Cimetière du Terreau*.

« Quand on a formé, en 1760, dit Lionnois t. I, p. 365,
la nouvelle rue qui, de devant le portail de Notre Dame,
conduit le long de l'arsenal à la nouvelle place de Grève,
et qui, sur le nouveau plan, est nommée *Nouvelle rue
Notre Dame*, on a creusé pour les fondations du mur qui
sépare l'arsenal de ladite rue, on y a trouvé un grand
nombre d'ossements qu'on a portés au cimetière voisin ;
ce qui ne laisse aucun doute sur l'existence de cet ancien
cimetière, nommé du Terreau. Peut-être que lorsque Notre
Dame était hors de la Ville, le cimetière qui était à l'Est
dans la rue des Morts, ne servait qu'aux religieux du
Prieuré ; et que celui dont nous parlons, placé à l'ouest de
l'église, était pour tous les habitants du faubourg Saint-
Dizier. »

Nous ne ferons qu'une seule objection à cette supposi-
tion de Lionnois. Le faubourg Saint-Dizier avait deux
cimetières : celui de l'âtrie et celui de l'église. Lionnois ne
songe pas qu'un cimetière n'est pas éternel, et qu'un jour
ou l'autre il se remplit. Celui-ci était probablement le tout
premier cimetière qui a servi à la paroisse Notre Dame.

Un des annotateurs de la dissertation du chanoine de la
Primatiale a écrit ceci : « Il y avait un quatrième cimetière, près l'arsenal, nommé le *Cimetière du Terreau*, avec
une chapelle dédiée à Saint Claude. Le terrain de ce cimetière fut pris par le duc Charles III, pour augmenter son
arsenal, et il fit transférer le titre de la chapelle de Saint
Claude à Einville au Jars. » (D. Calmet, *Notice*, verbo
Nancy.)

MARÉCHAUX (Rue des)

De la Place de la Carrière à la Place Lafayette, pour mieux dire à la rue d'Amerval.

Vers le XVIᵉ siècle, elle s'appelait *rue de Callebray*, du nom d'un hôtelier qui y avait sa maison dans le siècle précédent ; elle était aussi dite, en 1539 et 1551, *rue des Marchaulx*.

Elle n'a guère varié dans sa dénomination, depuis cette dernière époque. Du reste, voici l'opinion de Lionnois sur l'origine de ce dernier vocable.

« La *rue des Maréchaux*, ci-devant *rue de Callebray*, a le côté méridional de ses maisons accolé au rempart. Quoique, dans le compte des derniers avis sur les conduits ou maisons de cette ville en 1565, elle fût encore nommée *rue de Calebray*, on lui donnait déjà, auparavant, le nom de *rue des Mareschaulx*. Car, dans une donation faite en 1557, par Nicolas de Lorraine, comte de Vaudémont, au propriétaire de la maison du sieur Hugo, d'un petit coin au derrière de sa maison, en dédommagement d'une autre qui avait été abattue par les fortifications, cette maison voisine du four de la Commanderie est dite séante en la *rue des Mareschaulz*. Cependant, en la vente qui en fut faite en 1626, on l'annonce comme size à *Nancy la vieille, rue Callebray, autrement surnommée des Mareschaulx* ; et dans celle qui en fut faite en 1639, en *la rue des Mareschaulx, aultrement dite de Callebray*.

« La tradition attribue à cette rue, cette nouvelle dénomination de trois maréchaux-ferrans, qui vinrent s'y établir au milieu du XVIᵉ siècle. Comme ils étaient presque les seuls dans la Ville, on s'est insensiblement habitué à appeler cette rue du nom de ceux qui y faisaient le plus de fracas, et qui ont fait totalement oublier l'ancienne dénomination (?) » (*Histoire*, t. I, p. 295).

Nous observerons que Lionnois a pris trop à la lettre la tradition, qui peut être vraie au fond. Avant le XVIIᵉ siècle, certaines rues étaient exclusivement habitées par des corps de métiers spéciaux. On trouve des rues des Febvres (serruriers et maréchaux), des rues de l'Eperonnerie (éperonniers et fourbisseurs), des rues Mercière (Merciers), des rues des Lombards (changeurs et orfèvres), etc., etc., dans presque toutes les villes qui subsistaient au moyen-âge, où chaque corps de métier avait son quartier réservé. La conclusion serait facile à déduire ici, si nous n'avions rencontré, dans nos recherches, un détail qui bouleverse quelque peu l'origine que Lionnois attribue à cette rue, alors intimement liée à la rue du Bon-Pays, qui semble n'avoir fait avec elle qu'une seule et même rue.

Dans ses *Communes de la Meurthe*, à l'article Nancy, t. II, p. 107, M. H. Lepage, recherchant l'origine de l'*antiquum Palatium*, ou la *grand'maison*, cite plusieurs titres du XIVe siècle qui ne manquent pas d'intérêt.

« Le 9 mars 1413, Jehan, baillif ; Herman de Nancei, lieutenant du baillif, et Isabelle sa femme, d'une part ; Willaume de Saint-Baussant et Catherine, sa femme, fille de Jean de Prény, conviennent de partager la grande maison de Nancy, qui fut audit Jean de Prény et à Alison, sa femme, séant ycelle maison derrière les Prauche-resses après monseignour Pierre du Chastellet, chevalier, d'une part, et la maison qui est à Mairon, femme à Jennin Belles Amours, le charpentier, d'aultre part. Ce partage est fait de la manière suivante : C'est assavoir que lesdits Jehan, Herman et Ysabeil... en portent... pour leur parxon le hault toict tout ensi comme les craneil (créneaux) desoubz se portent de hault et bais... Item... la petite courxelle qu'est arrier la cuisine que doit estre avec ledit hault toict... Encore en portent les dous *marechaulsiées* de long en long et de hault séant après la dicte grande maison.....

« Cette maison, qui, d'après la description précédente, ne ressemblait guère à un palais, fut achetée, en 1413 et 1415, par Ferry de Lorraine, seigneur de Rumigny, comte de Vaudémont, sur les différents individus mentionnés dans l'acte de partage que je viens de rappeler ; c'est ce qui la fit nommer, comme on le verra dans des titres postérieurs, la *Grand'maison de Vaudémont*.

« Le 14 juin 1415, un nommé Soirelet de Gondreville, sergent des bois du Duc, donne au chapitre de Saint-Georges, à cause des bons services qu'il en avait reçus, tout le droit qu'il avait en une maison dite *la Fondière* et du depuis *la Mareschaussée* derrière la grand'maison. Le 23 juin de la même année, le chapitre de Saint-Georges vend à Ferry de Lorraine, comte de Vaudémont, tout ce qu'il avait en cette maison. »

Cette dénomination de *la Mareschaussée*, donnée à cet immeuble situé derrière la grand'maison, se rattache beaucoup, à notre avis, au vocable actuel de la rue des *Mareschaulx*, qui semble être un diminutif, une corruption du nom primitif de *mareschaussée ;* nous en acquerrons davantage la conviction, en suivant les actes qui se rattachent à la grand'maison.

« Le 5 août 1462, Simonin Loyon, écuyer, vend à Ferry de Lorraine, comte de Vaudémont, et à Yolande, sa femme, le tiers de la maison appelée *la grande maison* sise en la rue devers la Porterie (la poterne), entre l'héritage dudit comte et celui de la confrérie de Saint-Nicolas de Nancy, moyennant 200 vieux florins d'or, de 17 gros monnaie courante. »

Peu de temps après, « le 24 juin 1477, Vautrin de Bayon transporte au duc René II une maison sise à Nancy, et une grange dite *la Mareschaussée*, en la rue de Richardménil. »

C'est l'année suivante, qu'on commence à « mettre à point la *grant maison de Vaudémont* à Nancy » pour en faire des Escuyeries (V. rue du Bon-Pays).

Voilà trois titres différents, 1413, 1415, et 1477, qui parlent de *mareschaussée*. Il ne faut pas perdre de vue que la première maison est dite *la mareschaussée* et que la seconde, une grange, porte la même dénomination. Il y a une trop grande similitude entre *mareschaussée* et *mareschaulx*, pour ne pas voir là l'origine probable de ce dernier vocable. Que signifie, dans l'acte de 1413, cette mention : « les deux *marechaulsiées* de long en long et de hault séant après ladite grande maison ? » On pourrait admettre, pour ne pas repousser complétement la version de Lionnois, que les deux maisons de 1415 et de 1477 étaient dites *la mareschaussée,* parce qu'elles servaient d'atelier à des maréchaux. Mais il faudrait prouver en même temps que ce mot était applicable, dans l'espèce. Suivant Littré, le mot de *mareschaussée,* usité aux XIIe et XIVe siècles, était employé pour désigner des *écuries*.

En prenant pour base la version de Littré, qui fait ici autorité, on a, au point de vue linguistique, l'étymologie du mot *Ecuries,* donné à la partie de la rue des Maréchaux, qui est devenue la rue du Bon Pays. Nous ferons remarquer que ce n'est pas nous qui démolissons la légende admise et transmise par Lionnois, mais bien les documents écrits et, qui plus est, la science linguistique.

Les titres dont parle Lionnois relatifs à la maison de Joseph Hugo, bourgeois de Nancy, maître menuisier en cette ville, grand-père de Victor Hugo, doivent être perdus depuis longtemps, car nous avons eu en mains la liasse de ceux qui existaient encore en 1825, lors de la vente faite par les nombreux enfants de Joseph Hugo le menuisier, produits de deux lits différents. La mouvance des deux maisons qui composent le n° 29 actuel de la rue des Maréchaux et le n° 14 et 16 de la rue de la Pépinière ne remonte pas au delà du commencement du XVIIᵉ siècle.

On peut juger par là de quelle importance, seulement au point de vue historique, sont les anciens titres de propriété, que la plupart du temps on jette au rebut, au feu, ou dont on couvre des pots de beurre et de confiture. Ce vandalisme que nous ne nous expliquons pas, et que nous flétrissons énergiquement, n'a pour cause que l'ignorance des parties intéressées, qui croient très facile de remonter à une source, quand souvent les indications nécessaires font défaut, ou que des minutes de Tabellions ont été supprimées.

Lionnois avait bien raison de se plaindre en son temps de la négligence de certains propriétaires, quant à la conservation de leurs titres de propriété. Que dirait-il donc de nos jours, s'il ne pouvait en 1883 retrouver les traces de son Nancy de 1788 ?

Le rôle de 1572 nomme la rue des Maréchaux : *Rue Calbra dict des marchaulx* (sic) ; ceux de 1582 et 1589, la nomment *rue Calebras dite des mareschaulx*. L'ancienne dénomination ne s'était donc pas entièrement perdue, ainsi que le croit Lionnois ; cet auteur oublie cependant que les noms de rues n'avaient rien d'officiel et étaient laissés au bon plaisir du peuple, qui les baptisait et les débaptisait comme il l'entendait.

La première fois que nous la trouvons mentionnée *rue des Marechaulx*, c'est dans le Compte du Domaine de Nancy pour l'an 1539 ; elle conserve ce vocable unique en 1551. Le nom de Calebras ou Callebray ne lui est appliqué que plus tard ; cependant l'hôtelier Callebray vivait à la fin du

XVᵉ siècle. « Le compte du receveur général de Lorraine pour 1480-81 fait mention d'une somme payée à la veuve de feu Callebray pour despence faite en son hostel par l'official de Toul. » (H. Lepage, *Communes de la Meurthe*, II, p. 106.

C'est la seule modification que nous ayons à constater dans sa longue existence. Elle a été respectée pendant l'époque révolutionnaire et n'a cessé un seul instant d'être la rue des Maréchaux.

MAURE-QUI-TROMPE (Rue du)

De la Grande-Rue à la place Saint-Epvre.

Avant la construction de la Basilique Saint-Epvre, cette rue formait une S.

En 1551, elle avait nom *rue derrière Saint Epvre*, vocable qu'elle a conservé sûrement jusqu'à la fin du XVIᵉ siècle, quoiqu'elle ne soit plus mentionnée dans les rôles de 1572, 1582 et 1589. Elle paraît l'avoir été dans celui de 1565, puisque Lionnois l'y a relevée.

On ne sait trop à quelle époque elle a pris le nom qu'elle porte aujourd'hui, et qu'elle doit certainement à une enseigne d'hôtellerie.

Dom Calmet, qui l'indique, ne la dénomme pas. Les plans de 1754 et de 1758, l'appellent *rue du Mort qui trompe*. L'état de 1767 et les plans de Mique, de 1817, de 1822, et plusieurs documents antérieurs à la Révolution, l'indiquent *rue de la mort qui trompe*.

La délibération du 13 pluviose an II, qui lui consacre encore cette ancienne appellation, la débaptise pour donner à une moitié le nom *du Maximum*, et à l'autre moitié le nom *des Bons enfants*.

Le nom de *rue de la Mort qui trompe* lui fut rendu, par la délibération du 18 fructidor an III.

V. rue du Duc Antoine, qui en dépendait, et rue du Moulin.

Ce n'est qu'après 1830, que nous la voyons appelée *rue du Maure qui trompe*.

Sur quoi s'est-on basé, pour trancher la question, et

savoir si c'était plutôt *un maure*, qu'*un mort*, ou *la mort* qui avait trompetté en enseigne ?

A la p. 364 de son *Histoire*, Lionnois nous apprend : 1º Que « la *rue derrière Saint Epvre* était la partie de la *rue de la mort qui trompe*, qui va, de la place Saint-Epvre, par la *rue Saint-Antoine*, à la *Grande-Rue*. »

Aujourd'hui, cette partie n'existe plus que par la rue du Duc Antoine, et le reste est fatalement supprimé, par la construction de la Basilique de Saint-Epvre, et par les modifications qui ne tarderont sans doute pas à être apportées dans ce quartier.

2º « La rue du Moulin, comprenait non seulement celle qui a aujourd'hui cette dénomination, mais encore celle qu'on appelle la *Rue de la mort qui trompe*; la partie méridionale de cette rue avait nom de *Rue sous la rue du Moulin*. »

Ainsi, voilà qui est bien entendu, la rue du Maure qui Trompe, composée de deux parties, avait son point d'intersection à la *rue du Duc Antoine*. Par conséquent, en bonne logique, il ne doit plus y avoir aujourd'hui de rue de la mort qui trompe.

On comprend, dès lors, comment et pourquoi la rue de la mort qui trompe fut divisée en deux parties, par les municipaux révolutionnaires de l'an II. C'était radical, mais au moins c'était sensé. Gageons que la *rue du Maximum* s'avançait sur la place Saint-Epvre, tandis que la *rue des Bons Enfants* rappelait l'ancienne *rue sous la rue du Moulin*.

C'est maintenant la *rue derrière Saint-Epvre*, la vraie *rue du Maure qui trompe*, qui n'est plus. Encore un carreau de cassé dans les vitres du vieux Nancy, qui s'en va.

Pour se rendre compte de ce qu'était autrefois cette rue, avant la démolition du vieux Saint-Epvre, il suffit de recourir à un plan antérieur à 1860. Elle formait, avec la rue de la Charité, une sorte de demi-cercle qui contournait, en partie, la place des Dames, du côté septentrional. On se trouve là en présence d'un ancien quartier, ayant tout le caractère du moyen-âge, tant par le tracé de ses rues, que par les anciennes maisons qui en ont disparu depuis le commencement de ce siècle. La partie nommée au XVIe siècle *rue derrière Saint-Epvre*, ne manquait pas d'intérêt historique; il est regrettable qu'elle ait disparu avec le vieux

Saint-Epvre, sans que nul n'ait songé à lui consacrer une monographie, qu'elle méritait à plus d'un titre.

Elle a été le berceau des hôpitaux et des écoles de Nancy, et c'est là aussi que fut installé, pour la première fois, le Conseil de ville, représenté aujourd'hui par la municipalité.

L'hôpital Saint-Julien y fut fondé en 1335, et le Conseil de ville, établi, en 1594, par Charles III. Quant à la Grande Ecole, elle paraît avoir été antérieure à ce dernier établissement. C'est aussi en 1601 que nous y voyons installer le premier magasin des seaux et des échelles, pour combattre les incendies. Les pompes n'étaient pas inventées. Est-ce que tout cela ne valait pas la peine d'être noté soigneusement, et redit aux générations qui ne connaissent pas ce vieux quartier ?

A notre avis, son vocable ne mérite pas d'être enfoui dans le passé, comme le voulait tout récemment, dans le procès des grecs de l'hôtel de ville, M. le procureur Maillet : « Une rue qu'on ne nomme pas, » c'est bien collet monté, ce que vous dites là, M. Maillet; car, c'est à peine s'il y a soixante ans que la rue du Maure-qui-Trompe, nous la nommons, a servi de refuge, de par ordre administratif, aux maisons de prostitution. Mais, avant cette époque, les rues du Moulin et du Maure-qui-Trompe étaient, comme toutes les autres rues de Nancy, des rues fort bourgeoises. A Toul, il y a aussi une rue qui ne se devrait point nommer, où brillent, la nuit, des lanternes rouges, bleues et vertes. C'est la *rue de la Monnaie*, et, à Nancy, le Tribunal siège *rue de la Monnaie*. Les vocables des rues ne font rien à la chose. Il faut bien, en somme, désigner celles-ci par un nom quelconque, à moins de condamner la moitié de la population à n'habiter que des rues respectables, intactes de toute malveillance. Comme il n'y en a pas beaucoup à Nancy qui n'aient quelques peccadilles sur la conscience, il faudrait bien vite bâtir un nouveau Nancy, si l'on considérait comme infamant d'habiter telle ou telle rue.

Dans ses *Essais*, p. 351, et dans son *Histoire*, p. 282, Lionnois dit que la partie de la *rue de la mort qui trompe*, qui, autrefois, avait nom *rue derrière Saint-Epvre*, était, en son temps, la deuxième rue qui aboutissait sur la place Saint-Epvre. Il y en avait sept autrefois, on n'en compte plus que quatre maintenant :

« C'est là, ajoute-t-il, qu'est la maison curiale. Sur la porte, sont sculptées les armes de la ville, dans un simple écusson ; et, sur un marbre noir, on a gravé ces mots : *Soli Deo honor et gloria ;* 1610. On prétend que l'hôtel de ville tenait ses assemblées dans cette maison, avant la construction de la ville-neuve. Comme il n'y avait pas longtemps qu'on avait érigé cette paroisse Saint-Epvre en cure libre, et que la ville fut chargée de fournir un logement au curé, l'hôtel de ville lui abandonna son ancien local, en prenant possession du nouveau qui lui était assigné. De sorte qu'il est croyable que cette maison a toujours été la résidence des curés qui ont administré cette paroisse, depuis son érection en cure libre. »

Ce qu'avance ici Lionnois est assez hypothétique, néanmoins, il est bien près de la vérité. Nous le démontrerons un peu plus loin.

En parlant, dans ses *Essais,* p. 320, du ruisseau de la Boudière, Lionnois donne une version sur l'origine du vocable consacré actuellement à cette rue.

« Ce ruisseau faisait tourner un moulin qui a subsisté dans l'intérieur de la ville-vieille, jusqu'à la construction de la ville-neuve : de là, la rue du Moulin qui continuait son nom dans les petites rues appelées aujourd'hui *rue de la mort qui trompe.* Car, toutes les maisons, depuis la ruelle, près de la rue des Comptes, jusqu'à la rue Saint-Antoine, sont dites, avant 1570, séantes en la rue de la Boudière, ayant leur derrière sur la rue du Moulin... Une hôtellerie fameuse, qui avait pour enseigne un maure qui sonnait de la trompette, avec cette inscription : *au maure qui trompe,* a fait nommer toutes ces trois petites rues qui l'avoisinent *rues du maure qui trompe,* et ensuite, fort improprement, *rues de la mort qui trompe.* »

L'état de 1767 indique, dans cette partie de la rue de la mort qui trompe, au n° 165, le *magasin des Pompes* (nous croyons que c'est le n° 26 actuel), en tous cas, il était voisin du derrière de la maison de Mᵐᵉ de Vulmont, où est établi, aujourd'hui, *le Cercle des officiers ;* au n° 179, il indique également, sur la façade opposée, du côté des numéros impairs, au n° 179, le *Presbitère de Saint-Epvre,* et, au n° 180, le *magasin des seaux,* etc. Ces deux maisons, qui n'en avaient formé qu'une, sous le nom de *la Grande École* ou de *la Soumerhouse,* ont été détruites, pour la construction du nouveau Saint-Epvre.

Un mot maintenant sur la Grande Ecole. Avant 1576, il y avait une école derrière l'église Saint-Georges, joignant le cloistre de cette église ; elle tomba en ruine, et ce qui en restait n'était plus suffisant pour escolle, heu esgard à la multitude du peuple et des enffans de ladicte ville, dit le duc Charles III, dans ses lettres du 25 avril 1576. Cette école paraît avoir été une propriété communale. Pour aider les deux de ville et commis à se pourvoir d'un autre local, le Chapitre de Saint-Georges leur offrit une certaine somme, que ceux-ci n'acceptèrent pas, sous prétexte qu'ils ne trouveraient aucun immeuble à vendre, propre à ce faire ; en conséquence, ils demandèrent au duc que les vénérables du Chapitre leur cédassent la maison que l'on disoit d'ancienneté appartenir à la cure dudict Nancy, tenue et possédée par les prévost et Chapitre dessusdicts, étant la plus commode pour faire ladicte escole, à raison qu'elle est proche de l'église parochialle monsieur Sainct-Epvre, et en lieu propre pour résider le ou les regentz et mesmes les prédicateurs qui annuellement, par temps de karesme, preschent et administrent la parolle de Dieu et de son sainct Evangille en ladicte église Sainct Epvre, lesquels on logeait en une chambre à l'hospital assez pauvrement, chose malseante... »

Le 26 août de cette année 1576, messieurs de l'hôtel-de-ville et le Chapitre de Saint-Georges, firent un accord par lequel ce dernier cède aux dits sieurs de l'hôtel-de-ville une maison, meix, jardin, usuaires, sis en la rue derrière l'église parochiale, tirant de la place commune en la rue du Moulin, pour être employée à une école publique, pour y loger un maître d'école et le prédicateur du carême et de l'Avent, sauf et réservé qu'il sera seulement loisible à un sieur écolâtre dudit Saint-Georges, présent et à venir, d'examiner là où les personnes qui lui seront présentés par lesdits de Ville, pour régenter et tenir lesdites écoles, à l'assistance des deux de ville présents et à venir, et quelques notables bourgeois dudit Nancy à ce appelés pour savoir et examiner la religion desdits régents, puis après être trouvés bons catholiques et zélateurs de l'église romaine, être installés et mis en possession de ladite école, par lesdits deux de ville et bourgeois auxquels directement, sans contredit ou empêchement, demeurera et appartiendra tel droit d'élire, présenter et installer et mettre en possession lesdits régents, et les licencier quand bon leur semblera. » (H. Lepage, *Communes de la Meurthe*, t. II, p. 152.)

Telle est, en résumé, la naissance des écoles publiques et municipales dans notre ville. Si la requête des deux de ville nous apprend que cette maison appartenait d'ancienneté à la cure de Nancy, nous n'avons pas trouvé la preuve qu'elle ait jamais été maison de ville.

Dans les comptes du Domaine de Nancy de 1576-1577, il est déjà question de la réfection de l'Escolle. Dans celui de 1591, le Domaine fait dépense de la somme de 82 fr. payé à Me Florentin Blannarletti, percepteur de la Grande Escolle de ce lieu, pour ses gaiges d'une année; on trouve aussi, la même année, 45 fr. 6 gr. payés à Me Florentin Blannarleti, par ci-devant régent des escolles de Nancy, savoir: 20 fr. 6 gr. pour ses gaiges de trois, plus 25 fr. en récompense des services qu'il a faits par ci-devant durant le temps de contagion.

Les temps avaient bien changé, et le progrès s'était déjà imposé, car le rôle de 1551 déclare que les recepveurs n'ont « de l'escollaistre, seulement receu dix huit gros ad cause qu'il n'avoit rien pour le gaiger, ci . . . . xviij gr.

Dans le compte des receveurs de ville de 1592, il est fait mention d'une maison de ville, sise au haut Bourget, et il est payé la même année au précepteur de la grande école, pour ses gages d'une année, 82 francs. L'année suivante, Didier Breton, prêtre séculier, instituteur public de la jeunesse, présente requête portant qu'il serait nécessaire d'avoir deux subalternes (au lieu d'un), pour enseigner les inférieurs en doctrine, à quoi lui second ne peut satisfaire, tant pour la multitude et affluence des écoliers, que pour la variété des leçons. C'est ensuite qu'on trouve une dépense concernant la réfection de la maison de l'école, pour servir aux douze conseillers établis à la ville de Nancy.

En 1601, on trouve un mémoire d'ouvrages faits à la maison de ville, dite la Grande Ecole *(sic)*, tant à l'endroit de la chambre du Conseil de ville et des galeries joignantes, que du logis du maître d'école; et, en même remps, il est fait mention d'une dépense au profit d'un charpentier, pour la galerie par lui faite au jardin de ladite maison, pour mettre au-dessus d'icelle les seilles de cuir, échelles et crochets.

Dans le compte de 1607-1608, figure une dépense pour la façon de rateliers, servant à supporter les échelles et suspendre les seaux de cuir bouilli, mis en provision, tant à l'hôtel-de-ville (de la ville-neuve) qu'en la maison de la Grande-Ecole, pour subvenir aux nécessités de la ville.

Enfin, en 1609, on refait les toitures de *la Somerhousse,* où sont logés les seaux de cuir bouilli et les échelles, auprès de la Grande-Ecole (H. Lepage, *Archives,* t. II, p. 190 à 205.)

La Ruelle, dans son plan de Nancy, de 1611, indique cette maison sous le n° 23, comme étant la *maison du Conseil de ville,* quoique, sous le n° 22, il désigne l'*hostel-de-ville* de la ville-neuve, qui était élevé sur la place Mengin.

En suivant ces quelques actes, on voit que la Somerhouse et la Grande-Ecole n'avaient formé qu'un immeuble, qui s'est insensiblement transformé. Nous ignorons à quelle époque la Grande-Ecole est devenue presbytère de Saint-Epvre, et quand elle a cessé d'être Ecole. Il est bien fait mention, dans les comptes de 1706-1707, « d'ouvrages à la maison de ville occupée par le curé de Saint-Epvre »; mais cela ne suffit pas. Malgré le plan de La Ruelle, Lionnois serait bien près de la vérité, en laissant supposer que le presbytère de Saint-Epvre occupait cette maison depuis 1610. L'inscription *Soli Deo honor et gloria,* se rapporte mieux à une maison curiale, qu'à une maison municipale, où se réunissaient les membres composant le Conseil de ville.

En 1589, ce n'était certainement pas dans cette maison que les quatre de ville tenaient conseil. Nous trouvons, dans les comptes du Domaine de Nancy, ces deux mentions :

« 7 fr. 6 g. à Jacques Gallois, pelletier, pour douze escabeaux qu'il a vendu aux quatre de ville, pour mettre en provision à la *chambre du clochier,* où les quatre de ville s'assemblent pour les affaires d'icelle. »

« 22 fr. à Florentin Rouyer pour un tapis de drap vert, un écritoire de chambre, du papier et des plumes, pour mettre à la *chambre du clochier.* »

Si nous rapprochons de ces deux mentions, celle-ci, que nous trouvons dans les *Archives de la ville,* de H. Lepage, t. II, p. 199, à la date de 1605 : « Sommes payées à un menuisier, pour avoir fait une fermeté de bois en la *chambre du clocher* de Saint-Epvre, où sont resserrés les titres de la ville » ; nous en concluons que le Conseil de ville tenait alors ses séances, en 1589, dans une chambre du clocher de Saint-Epvre.

Dans les comptes des receveurs de ville *(Archives,* t. II, p. 191 et 195), il est fait mention, en 1592 et en 1598, de dépenses pour divers « ouvrages faits à la maison de ville, sise au haut Bourget. » M. H. Lepage en a conclu que cette maison de ville était située dans la rue du Haut-Bourgeois. C'est possible ; mais il faut remarquer que le haut Bourget, de la fin du XVIe siècle, était tout un quartier, qui comprenait, comme nous l'avons dit, précédemment, les rues que nous connaissons de nos jours comme étant la 2e partie de la rue du Point du jour, la place de l'Arsenal, la rue des Loups, les rues du petit et du haut Bourgeois, sans doute aussi une partie de la rue Braconnot. Par conséquent, la maison indiquée par La Ruelle, comme étant, en 1611, la *maison du Conseil de ville,* ne l'aurait été que quelques années.

Dans les comptes des receveurs de ville et du Domaine de Nancy, de 1576 à 1586, il est plusieurs fois question de la nouvelle maison du Change, qui aurait été réédifiée en 1576 ; il n'y aurait donc rien d'impossible, que cette maison ne fût celle dite « sise au haut Bourget. »

MICHOTTES (Rue des)

De la rue Stanislas à la place de l'Académie.

Cette rue est un peu plus large que la rue de la Visitation, à laquelle elle devait servir de prolongement. Par contre, elle est très courte.

Elle n'est ouverte que depuis 1768-69. Son nom vient, tant du bastion sur lequel elle aboutit, que de l'ancienne *rue de la Michotte,* qui prenait naissance au dernier siècle dans l'angle de la rue du Bon-Pays, non encore impasse. Voir, à ce sujet, les plans antérieurs à 1769. La *rue des Michottes* s'est quelquefois appelée la *rue de la Michotte.*

Elle allait mijoter paisiblement son existence, lorsque survint la Révolution, qui lui enleva toutes ses espérances et toutes ses illusions. En 1786, l'ingénieur Le Semelier lui avait promis plus de beurre que de fromage, il l'avait déjà baptisée *nouvelle rue de la Visitation*, et lui avait assuré quelques centaines de pieds de longueur, jusqu'à la rue des Glacis. Malheureusement, la Révolution survient, et aussitôt Charlemont meurt au champ d'honneur. Au diable la rue des Michottes, se disent le 9 août 1793, les notables composant le Conseil général de la commune. Crac! enlevez-nous la *rue des Michottes*, elle s'appellera, à l'avenir, *rue Charlemont*.

Ce nom là n'a pas tenu longtemps ; le peintre avait mis de la mauvaise colle dans sa couleur. Aussi le 18 fructidor an III, la *rue des Michottes* redevenait comme par devant *rue des Michottes*, moins ses illusions perdues à jamais.

Dans ses *Transformations de Nancy*, M. H. Lepage dit que « Charlemont était un patriote irlandais, qui voulait que le Parlement d'Irlande fût indépendant du Parlement Anglais, et qui se mit à la tête des volontaires, pour résister à toute invasion étrangère. Il fut partisan de la Révolution française à ses débuts. »

La délibération du Conseil général de la commune, du 9 août 1793, dit qu'une « épitaphe est placée à la Pépinière pour honorer et perpétuer la mémoire du lieutenant-colonel *Charlemont*, du 6e bataillon de volontaires, tué devant l'ennemi, et décide, en outre, que la rue des Michottes s'appellera, à l'avenir, *rue Charlemont*. »

Nous avons supposé, d'après cette délibération, que Charlemont était au moins un habitant de Nancy ; en effet, nous avons trouvé un officier de ce nom qui demeurait, le 13 novembre 1789, au faubourg Saint Pierre n° 322. Il prêta serment, ce jour, comme adjoint, aux procédures criminelles.

La rue des Michottes, ouverte en 1768-69, sur une partie des halles, servit dès lors d'accès à la Brasserie Hoffman, par la porte cochère n° 3-5, et aux halles.

En parlant de la rue d'Amerval, nous avons dit que la rue des Michottes devait avoir, au dernier siècle, une sœur cadette et latérale, qui n'aurait pas nui aux communications entre la ville vieille et la ville neuve. Lionnois confirme encore une fois cette ouverture projetée :

« Depuis la mort du Roi de Pologne, à cause de la nouvelle place de Grève et de la Porte-neuve, dite de Saint

Louis, ou de Stainville, qui conduit à Pont-à-Mousson et à Metz, on a ouvert un passage entre les deux villes, qu'on a appelé *rue des Michottes,* à cause du bastion de ce nom qui y a été détruit, pour en former un passage. Toute la longueur de cette rue, en cet endroit, a été prise dans la dépendance des halles, qui y ont une entrée par une porte cochère. On a indemnisé l'adjudicataire du terrain et des bâtiments, dont on le privait en cet endroit, en lui en rendant d'autres sur les fossés par derrière. On s'était encore proposé de faire une autre ouverture, au côté oriental desdites halles, qui, à travers l'hôtel de Clairlieu, aurait joint la rue de la Source de la ville-vieille, à celle des Carmes de la ville-neuve. Tous les préparatifs en avaient été faits; mais il paraît qu'on a renoncé à ce projet, qui aurait eu de grands avantages. »

Il nous semble que c'est ici le cas de parler de l'ancien hôpital militaire, échangé en 1768 contre l'établissement de François Hoffman, qui transféra ici sa brasserie, pendant qu'on convertissait les bâtiments qu'il avait occupés sur le bastion Saint Thiébaut, en hôpital militaire.

« Après la mort du Roi de Pologne, on forma le projet de l'agrandissement de la Ville-Vieille et de la communication des deux villes, par le bastion des Michottes. L'hôpital militaire parut alors déplacé, dans un endroit qui devait être aussi fréquenté, surtout depuis l'ouverture de la Ville, par les portes Saint Stanislas et Sainte Catherine. Les malades, exposés au bruit des voitures de nuit et de jour, en étaient incommodés, et eux-mêmes obligés de prendre l'air, dans leur convalescence, sur la rue, formaient un spectacle peu agréable à ceux qui venaient par curiosité admirer les édifices de cette ville. On proposa un échange au sieur Hoffman, propriétaire de ladite brasserie (la bras-Saint Thiébaut. V. rue de l'Hôpital militaire) ; et, par un arrêt du Conseil, rendu à Versailles le 3 juin 1768, le Roi ordonna qu'il fût construit un nouvel hôpital militaire à Nancy, sur une partie du terrain sur lequel était établie la Brasserie appartenant au sieur Hoffman, pour en jouir et disposer au même titre que le terrain de la Brasserie lui a été cédé, conformément au procès-verbal et plans qui en avaient été dressés par le sieur Montluisant le 20 janvier 1768. En conséquence, S. M. abandonna audit sieur Hoffman le terrain et les bâtiments de l'ancien hôpital militaire, sur la place de Grève, jusqu'au rempart (*sic*) contenant en totalité, y comprise la partie du fossé en dépendant, 1209 toises carrées de superficie, désignées par les chiffres 1, 2, 3, 4, 5 et 6 ; et autorisa ledit Hoffman, fils d'Evrard Hoffman, à y transférer sa brasserie, pour jouir dudit terrain par lui, ses hoirs et ayans cause avec le surplus des terrains énoncés, etc.

« En vertu de cet arrêt, François Hoffman commença cette belle maison qui est vis-à-vis de l'Université, qu'il a vendue depuis peu à M. Mathieu de Dombasle, et derrière jusqu'au fossé, sa Brasserie, l'une des plus consiérables et des plus commodes de France. Il a vendu aussi, à d'autres particuliers, les terrains voisins sur lesquels on a bâti les maisons qui sont sur l'ancienne place de Grève (place Dombasle), vis-à-vis de l'Université et toute la face de la rue des Michottes, jusqu'à la nouvelle place de Grève. C'est sur cette dernière rue, et vers son milieu, qu'est l'entrée de ladite Brasserie. » (Lionnois *Histoire* II, p. 212.)

Si tout vient à point à qui peut attendre, on voit que le sieur Hoffman n'a pas perdu son temps et son argent... Malheureusement, la sagesse des nations a écrit que ce qui vient de la flûte retourne au tambour.

MON-DÉSERT (RUE DE)

Percée de la rue de l'Equitation à la rue de l'Etang, prolongée jusqu'au Bon-Coin, en suite de diverses délibérations municipales.

Cette rue, projetée et dénommée en 1863, n'a reçu de commencement d'exécution qu'en 1866.

Depuis longtemps son ouverture s'imposait, le Commerce en sentait le besoin, et en réclamait l'exécution. Avant son percement, il fallait faire un immense détour, pour se rendre à la gare des marchandises, et c'était précisément les quartiers les plus commerçants qui étaient le plus éloignés, alors que, pour si peu, on pouvait les en rapprocher.

Cette percée nouvelle et commode n'a pas ruiné la ville ; il a suffi d'abattre deux maisons et le mur de ville au nord de la prison, pour satisfaire un grand nombre d'intérêts commerciaux, et éviter aux chevaux de très grandes fatigues. Elle était tracée depuis longtemps, puisque le chemin de fer y avait établi un pont de communication, qui n'était fréquenté que par les propriétaires de terrains situés entre la voie ferrée et le mur de ville, auquel on ne pouvait toucher, tant que la remise n'en était pas faite par l'Etat à la ville.

Nous renvoyons le lecteur aux rues Charles III et des Tiercelins, pour s'expliquer les causes qui ont amené ce percement, demandé déjà en 1842, par les habitants de la rue Charles III.

Le décret d'utilité publique du 4 novembre 1868, rappelant les délibérations du Conseil municipal des 9 janvier 1866, 23 avril 1867 et 19 février 1868, nous apprend que la nouvelle rue à ouvrir, entre la rue de l'Equitation et la rampe d'accès du pont de Mon-Désert, avait d'abord été nommée *rue des Prisons*.

MONNAIE (Rue de la)

De la Place Lafayette à la Place de l'Académie.

Au XVIe siècle, elle est indiquée dans tous les rôles que nous avons consultés, *rue de la Monnoye*, vocable qu'elle a conservé, au moins jusqu'à la Révolution. Cependant, dans un titre du 18 décembre 1621, elle est appelée *rue de l'Estrapade*, ou de la Monnoye (Archives, III, p. 109). Nous n'avons pas de preuve, qu'à la Révolution la municipalité ait officiellement changé sa dénomination ; il est cependant certain, qu'elle s'est appelée tantôt *rue Callot* (recensement de l'an IV), tantôt *rue des Comptes* et rue Callot, suivant diverses publications que nous avons trouvées dans les journaux du temps. Néanmoins, l'ancien vocable paraît avoir eu, dans ce moment, la priorité, car nous avons trouvé aussi des avis indiquant la *rue de la Monnaie*. C'est un vocable immuable qu'il sera bien difficile de faire disparaître de l'hodographie nancéienne, si tant est qu'une administration quelconque s'en lasse, et veuille lui substituer le nom d'un bienheureux du jour.

« La *rue de la Monnaie*.tire son nom de l'hôtel de la Monnaie qui y est situé, et en occupe, avec l'hôtel de Clairlieu, presque tout le côté méridional. Il y a longtemps que la Monnaie est dans cet emplacement. On l'y voit déjà dans le plan de la Ruelle au nº 28. « *Monetaria offi-cina*, la Monnoye. » Dans l'intérieur de ce bâtiment, il y avait un ancien château, ainsi marqué dans ce plan au nº 21, et dit *Palatium antiquum* ou *la grand maison*, que quelques-uns ont regardé comme le Palais où résidèrent les ducs de Lorraine, depuis Ferry III jusqu'au duc Raoul, qui commença le Palais derrière Saint Georges, qui en était la Chapelle Ducale. L'auteur du Mémoire sur Nancy dit à ce sujet : « Quant à ce qu'on dit que la maison où l'on « voit la Monnaie a été autrefois la demeure des ducs, on « n'en trouve point de mémoire, sinon, peut-être, que « ceux qui ont régné depuis Ferry III jusqu'à Raoul, « n'y aient quelquefois demeuré, après avoir fait démolir « le vieil Château, et agrandi la ville de ce côté là, pour « donner place à son Palais, le dédiant à Dieu, pour y être « fait son saint service. Ce qui ne se peut dire toutefois, « que par conjecture de René II, pendant qu'il faisait « bâtir la Cour. » (Lionnois, *Histoire* I, p. 288.)

Nous ne sommes ni suffisamment archéologue, ni suffisamment paléographe et archiviste, pour trancher cette question, qui, en somme, nous importe bien peu.

Revenons à la rue de la Monnaie, en reprenant Lionnois en mains.

« Cette rue, aujourd'hui dite de la Monnaie, s'est appelée fort longtemps *rue des Juifs ;* mais elle ne s'étendait alors que jusqu'auprès de Clairlieu et à la rue du Bon Pays. Car, le haut de cette rue, qui formait une espèce de place, entre cet hôtel et la Poterne que l'on a démolie avec son corps de garde, pour ouvrir le passage sur la nouvelle place de Grève, et qui était dans le lieu qu'occupe présentement le magasin à bois du sieur Rousseau, se nommait *la Poterne*. Par un compte que rend le 24 septembre 1502, pour l'année précédente, Mᵉ Gaultier prêtre, des revenus de l'hôpital Saint Julien de Nancy, on voit que Christophe Lamiral, masson, gendre de Jean Vosgien, manouvrier, doit chacun an, au terme de Saint Jean 10 sols, et autant à Noël, sur une maison séante à Nancy, en la *rue des Juifs*, Jehan, potier de terre d'une part, et les religieux de Notre-Dame de Clairlieu d'autre part. Et, dans la recette de l'année suivante, cette même maison, qui est encore entre la Chambre des Comptes et l'hôtel de Clairlieu, est dite située en la Grand Maison du Roy (qui est l'*antiquum Palatium* dont nous venons de faire mention) et les Seigneurs Abbé et Couvent de Clairlieu, d'autre part. L'*hôtel de Mazirot* a été rebâti à neuf, par M. le comte de Montureux, en face de la Chambre des Comptes. » (*Histoire* I, p. 290.)

Nous avons aussi, de notre part, contrôlé les dires de Lionnois, par les comptes du receveur général de Lorraine, dans les cens dûs en 1538 à l'hôpital Saint Julien. Cette maison est dite : « Maison derrière la Grant-Maison, entre l'abbé de Clairlieu et Pasquit de l'Escuyerie. »

Par conséquent, la rue *des Juifs* ne serait pas positivement *la rue de la Monnaie*, et nous croyons qu'elle n'était pas non plus celle *du Bon Pays*.

Le même comptable, dans une distribution d'aumônes faites en 1587 aux pauvres des quatre quartiers de la Ville Vieille (v. rue du Petit Bourgeois), fait dépense pour le deuxième quartier, le plus rempli de pauvres, de « 50 fr. 9 g., qu'il a délivré, à Nicolas Darbois ou à un autre distributeur, pour les pauvres des *rues de la Monnoye, Naxon, des Ecueries*, DES JUIFS et *Sainct Michel*. »

Donc, en 1587, la *rue des Juifs* n'était ni la rue de la Monnaie, ni la rue des Ecueries (du Bon Pays), mais très certainement la *rue Reculée* ou *rue Derrière*, qui a nom aujourd'hui de *rue Jacquard ;* car celle-ci ne figure pas dans la nomenclature que nous examinons ; il ne faut pas perdre de vue qu'alors elle touchait de très près la rue de la Monnoye, et la rue de l'Escuyerie.

Ce que Lionnois appelle la *rue de la Poterne* était la *rue de la Michotte*, indiquée dans l'état de 1767 et dans les plans antérieurs. En effet, cette rue a été supprimée en 1769, par le prolongement de celle de la Monnaie jusqu'à la nouvelle grande place de Grève.

Quant à l'hôtel de Mazirot, qu'il ne faut pas confondre avec l'hôtel de Malthe, nous savons qu'il n'existe plus ; il a été englobé dans la grande maison Germain, qui porte aujourd'hui le n° 8. En 1667, il avait le n° 294 sur la rue de la Monnaie, et le n° 297, sur la rue de la Source.

Léopold fit démolir, en 1720, la Grand Maison, pour y

édifier l'hôtel de la Monnaie, et notamment la façade qui se trouve sur la rue qui porte son nom.

« C'est dans l'hôtel de la Monnaie, ajoute Lionnois, que la Chambre des Comptes tient aujourd'hui ses séances, et rend ses jugements. Elle fut d'abord placée dans le Palais même du Prince, sur la Carrière, jusqu'à ce que le duc Léopold, pour l'agrandissement du nouveau Louvre, qu'il a fait commencer sur cette place, eût fait démolir l'aile dans laquelle elle siégeait. Elle fut alors réunie aux autres juridictions dans le Palais commun, connu sous le nom d'hôtel-de-Ville sur la Place de la Ville-Neuve. Elle quitta ce Palais en 1751, pour occuper, avec les autres tribunaux de justice, celui que le Roi de Pologne venait d'établir dans l'hôtel de Craon sur la Carrière, et le trésor des Chartres, dont cette Compagnie souveraine est dépositaire et gardienne, fut placé à l'hôtel de Salm. Mais après la mort du Roi de Pologne, la Chambre des Comptes et le trésor des Chartres ont été transférés en l'hôtel de la Monnaie (1773), où l'on a fait dans l'intérieur de grands changements, sans toucher à l'extérieur. »

Dans ce même hôtel, était également établi le siège des monnaies de Lorraine et Barrois. Ce tribunal connaissait en première instance, en Lorraine, des délits et contestations concernant la fabrication, le titre, le cours, le change des espèces et le billonnage ; et, dans le Barrois mouvant, il avait juridiction sur le titre, emploi, vente et achat des matières d'or et d'argent, circonstances et dépendances.

La Chambre des Comptes, qui avait rendu de réels services, sous les Ducs de Lorraine, perdit beaucoup de son autorité et de son importance, sous le règne de Stanislas. Son incapacité était devenue notoire, à la fin du dernier siècle, et elle n'a pas peu contribué, par son indifférence, à la cherté du pain. Elle régissait tout ce qui dépendait du domaine du Roi, et elle avait principalement la haute main sur la douane, sur les fours banaux et sur les moulins. Les moulins de Nancy étaient dans le plus piteux état qu'on puisse imaginer ; ils n'avaient pas de balances ; les meules étaient usées : en un mot, ils tombaient en ruines. Sur les Remontrances de la Cour de Parlement, qui s'occupait beaucoup des questions de subsistances, la Chambre des Comptes rendit plusieurs arrêts concernant les réparations à faire et les améliorations à apporter dans les moulins ; mais elle en retardait constamment l'exécution. Du reste, elle mettait plusieurs mois pour délibérer ; de sorte que, la Révolution arrivant, on constata, non sans peine, que rien, absolument rien, n'avait été fait, quoiqu'on ait continué à prélever les droits sur les banaux et sur les boulangers qui faisaient moudre leurs grains.

Lors de la réunion des districts de chaque paroisse, pour élire les représentants de la Commune, Nicolas, le chimiste, qui était électeur dans le district de Saint Epvre, traça ainsi les pouvoirs qu'on devait donner aux députés élus :

« Dans ces pouvoirs, dit-il le 28 septembre 1789, on ne doit pas oublier ceux qui tendront à remédier aux abus introduits dans les moulins.

« 1° Les réparations et l'entretien de ces machines utiles, doivent être surveillées par le nouveau Conseil de Ville.

« 2° Les banalités faisant tomber toute espèce d'émulation parmi les meuniers, il en résulte une insouciance et une négligence très préjudiciable au public. Il serait, conséquemment, très à propos de faire cesser la cause de tels abus. Jamais l'art du meunier ne fera de progrès en Lorraine, tant que la banalité existera. On parviendrait à l'abolir, en offrant de payer au Roi une redevance annuelle et proportionnelle au produit de ses moulins. Cette somme serait peu considérable ; car les réparations et autres frais, qui sont à la charge du Roi, excèdent souvent le bénéfice. En tout cas, ce serait un calcul aisé à faire ; il ne s'agirait que de se faire représenter les états de dépenses depuis dix années, et de les balancer avec le prix des baux d'un même nombre d'années.

« 3° Tous les citoyens voient avec peine l'impôt porté sur le blé qui entre au moulin, pour fournir à la dépense qu'occasionnent les lanternes de la ville. Je veux parler de deux frans par résal. Comment n'a-t-on pas prévu tous les inconvéniens qui doivent nécessairement résulter d'une imposition sur une substance de première nécessité ? Comment, dis-je, n'a-t-on pas senti qu'elle grevait beaucoup plus le malheureux citoyen, que celui qui vit dans l'aisance ? En effet, y a-t-il une proportion dans la consommation de cette denrée, entre l'homme opulent et celui que la misère réduit à ne se nourrir que de pain ? Je sens qu'il est de la sûreté et de l'utilité publique, que la ville soit éclairée à certaines époques ; mais, si les économies que l'on peut attendre de la nouvelle administration ne suffisent point à cette dépense, il serait possible de la rejeter sur les octrois des vins.

« 4° Enfin, le droit de mouture se perçoit aussi d'une manière onéreuse. C'est toujours au vingt quatrième, soit que le froment ne se vende que douze frans le résal, et même au-dessous ; ou que le prix en soit porté à dix écus ; ne serait-il pas juste de faire régler ce droit en argent ? Si, dans le temps d'abandon, le meunier n'est en droit de percevoir que huit ou dix sous de France, pour la mouture du résal de blé, pourquoi, dans un temps de disette, les frais étant toujours les mêmes, en percevrait-il vingt et au-delà ? Un tel abus ne peut qu'ajouter à la calamité publique. »

Ces questions, qui étaient du ressort de la Chambre des Comptes, n'ont jamais été agitées par elle.

MONTESQUIEU (Rue)

De la rue Saint Georges, ou place de la Cathédrale, à la rue des Tiercelins.

Elle est relativement moderne.

Dom Calmet et les plans de 1752, 1754, 1758, la dénomment *rue de la Primatiale*. L'état de 1767 et le plan de Mique l'indiquent *rue de la Vieille Primatiale*. Il suffit de regarder à la hauteur du 1er étage de la Maitrise, n° 1 de cette rue, pour y lire en caractères gravés dans la taille : *rue de la vieille Primatiale S. S.*

C'est le 17 septembre 1791, qu'il fut décidé que « la rue de la Vieille Primatiale serait appelée *rue de Montesquieu*, génie profond, qui a fait apercevoir les droits du peuple et les devoirs du Prince. » Ce vocable fut consacré par les délibérations des 13 pluviose an II et 18 fructidor an III.

« C'est le nom immortel d'un grand homme, dit F.-Ch. Callot dans sa *Manifestation*, d'un génie aussi connu que supérieur à tout éloge ; mais l'encenser dans cette révolution, c'est encenser un auteur faisant loi, et qui est contradictoire à la constitution présente, puisque, dans ses sublimes écrits, il démontre qu'une monarchie ne peut subsister sans noblesse. »

En 1814, la rue Montesquieu redevint rue de la Vieille Primatiale ; mais la Révolution de Juillet lui rendit le vocable que lui avait consacré la municipalité de 1791.

Le nom de Vieille Primatiale lui venait de ce, qu'en principe, on avait tracé et amorcé ce nouvel édifice entre les rues Saint Georges, de la Primatiale et Montesquieu.

L'église provisionnelle qu'on appelle aussi la Vieille-Primatiale, mais à tort, était placée juste en face de la 2me partie de la rue de la Primatiale.

On remarque, dans les plans de 1728, 1752, 1754 et 1758, que les maisons qui sont accolées aujourd'hui à la Cathédrale-Primatiale, en étaient séparées par une sorte de rue qui dégageait cet édifice, de même qu'il l'était du côté opposé. Nous avons tout lieu de croire, que c'est en même temps que l'on construisait le nouveau Palais primatial (v. *rue du Cloître*), qu'on a supprimé cette voie et bouché ses issues ; Lionnois est très laconique à ce sujet, et ne s'explique pas très bien à la page 301 du t. III de son *Histoire* :

« A l'occident (de la Cathédrale primatiale), dit-il, est la bibliothèque du chapitre et la maitrise, où sont élevés et nourris les enfants de chœur, chez le maître de musique. C'est M. le prélat *de Bouzey*, grand doyen, qui a fondé la place du bibliothécaire, qui fait membre du chapitre. Derrière, entre ce bâtiment et le logement du sacristain, qui est près du chœur de l'église, est le cimetière des vicaires perpétuels et autres suppôts de l'église. »

MOULIN (Rue du)

De la rue du Maure-qui-Trompe à la place des Dames.

Depuis 1551, son vocable n'a guère varié, et il est bien probable qu'alors c'était déjà une dénomination qui n'était pas nouvelle.

Il n'en est pas question dans la délibération du 17 septembre 1791, ni dans celle du 13 pluviose an II ; nous étions près de croire qu'elle nous arrivait vierge et intacte de toute transformation hodographique, lorsque nous trouvons dans le *Petit almanach de Nancy*, pour l'an IIIe de la République, que la rue du Moulin, ville-vieille, a nom *rue d'Aristote ;* mais la délibération du 18 fructidor an III a eu soin de lui rendre son vocable naturel. A cette époque, hâtons-nous de le dire, les *rues du Moulin* et du *Maure-qui-Trompe* n'étaient pas du tout ce qu'elles sont aujourd'hui. En 1767 et en l'an IV, elles étaient habitées par des artisans fort honnêtes, qui y avaient leurs ateliers ; les maisons seigneuriales de la Grande-Rue et de la rue Callot y avaient des dépendances, qui leur servaient d'écuries et de remises.

« La *rue du Moulin* est ainsi nommée, d'un moulin qui y subsistait encore en 1526, dit Lionnois. Un acte original d'une vente faite le 8 janvier 1526, devant Marchand, tabellion à Nancy, ne permet pas de douter de l'existence de ce moulin. Il porte que noble Louis de Lescut et Ysabillon, sa femme, ont vendu à nobles conjoincts Nicolas Mengin et Catherine de Reméreiville, sa femme, une maison séant audit Nancy, en la rue du Moulin, frappant sur le jardin desdits achepteurs, entre ledit moulin, d'une part, et lesdits vendeurs, d'autre, moyennant 400 frans et 2 frans au vin. » *(Histoire,* t. I, p. 297.) .

Pendant que Lionnois tenait en main cet acte, il aurait bien pu indiquer le numéro de la maison à laquelle il se rapportait.

A la p. 262, il dit que ce moulin « a subsisté dans l'intérieur de la ville-vieille, jusqu'à la construction de la ville-neuve. De là, la *rue du Moulin,* qui continuait son nom dans les petites rues, appelées aujourd'hui *de la mort qui trompe,* à cause d'une hôtellerie qui avait pour enseigne un *Maur qui donnait du Cor.* »

Pour ce qui est de la *rue du Maure-qui-Trompe,* nous renvoyons le lecteur à ce vocable. Nous ne retenons de ce passage que cette assertion de Lionnois : Selon lui, le moulin qui a donné son nom à cette rue, aurait subsisté jusqu'à la création de la ville-neuve. Il est certain que, dans le rôle de 1551, on n'y voit figurer aucun meunier dans l'intérieur de la ville. Ce moulin ne devait plus exister depuis 1530, environ. On le trouve mentionné souvent dans les comptes du Cellerier, notamment en 1491 ; il était affermé par Nicolas Roncel, en 1493 ; on le répare en 1508 ; en 1519 et 1520, Jehan de Boudonville en était le fermier. C'est la dernière fois qu'il en est question. A cette date, le moulin de Nancy était gênant et était gêné, si nous en jugeons par cette mention sur le compte de 1519-1520 :

« Le celerier fait dépense de douze réaux de blé qu'il a décompté et rabattu à Jehan de Boudonville, musnier du *molin de Nancy,* sur la ferme dudit molin pour l'espace de huit moys qu'il a besogné en l'an de ce compte, c'est assavoir deux moys et demy que le ruy lui fust osté, à l'occasion du tournoy dernièrement fait en la place du chastel ; item, trois moys ce pendant que la pouldriers faisait la pouldre pour l'artillerie, et quinze jours que l'on fust vuyder le conduyt des fosselz derrier la court. »

Probablement que ce moulin fut supprimé peu de temps après.

Quoi qu'en dise Lionnois, il n'existait plus bien avant la création de la ville-neuve ; en voici la preuve : « Par lettres datées du 12 mars 1569, Charles III permet à Jean et François les Bouchart de pouvoir vendre à René de La Ruelle, une maison dite la *maison du moulin,* située en la rue de ce nom. »

Nous nous permettons un rapprochement qui, sans être exact, permettra peut-être à de plus savants que nous, de résoudre une question dont nous n'avons jusqu'à présent pas trouvé de solution, même dans le cercle de nos amis les plus érudits.

En parcourant le rôle de 1551, on arrive à la *rue derrière Saint-Epvre,* aujourd'hui du Maure-qui-Trompe. Nous y lisons cette mention : « Marguerite, vefve du wyndrier, a payé 12 gros pour huict moys qu'elle a tenu chambre, et depuis servant maistre Wiryat de l'Estanche. » En ce temps là, maître Wiriat de l'Estainche, qui payait les 3 fr. 3 g. par an, était le meunier du moulin de l'Estanche (de l'Etang), devenu, depuis la fondation de la ville-neuve, le moulin Saint-Thiébaut.

Il est question du *wyndrier* dans les comptes du célerier ; en 1517-1518 : « Informé de l'art, industrie et pratiques tant en la personne de Jacques *le wyndrier...* » ; en 1546-1547, une pension est accordée à Jean *le wyndrier.* Il meurt donc entre 1547 et 1551, puisque sa veuve s'engage comme femme de service chez maistre Wyriat de l'Estmn-che, le meunier du moulin de l'Etang Saint-Jean.

M. H. Lepage, en mentionnant dans le rôle de 1551, les 12 gros levés sur la vefve du wyndrier, ajoute en note :

« Faiseur de windres. J'ai vainement cherché ce mot et celui de windrier dans les anciens glossaires; ils ne s'y trouvent pas, non plus que dans le *Livre des Métiers de Paris,* dans l'*Histoire des corporations industrielles de Rouen,* par M. l'abbé Ouin-Lacroix, dans le *Recueil de documents inédits de l'histoire du Tiers-Etat,* dont le premier volume renferme beaucoup de renseignements sur les corporations ouvrières de la ville d'Amiens, etc. Toutefois, d'après quelques mentions des comptes, j'ai lieu de croire que les windriers étaient des ouvriers occupés à certaines parties de l'amurerie. »

Nous avons nous-même fait des recherches ; nous avons prié la Maison-Forte et d'autres érudits de nous venir en aide. Le mot wyndrier est introuvable. Au risque de passer pour un ignorant, ou un enthousiaste, nous croyons, jus-qu'à preuve du contraire, que Jacques ou Jean le wyndrier, dont l'art, l'industrie et la pratique avaient attiré l'attention du duc Antoine, n'était autre qu'un mécanicien connais-sant peut-être l'art de la meunerie (1). Il faut tenir compte qu'après son décès, sa femme va en service chez un meu-nier. Or, s'il s'était agi d'un armurier, nous ne trouverions pas sa veuve chez maître Wyriat de l'Estainche.

Nous posons ici un point d'interrogation, qui a sa valeur historique, même pour l'histoire de notre ville.

Le moulin de Nancy, dont il est question, était fort ancien dans l'intérieur de la ville. « En 1258, Ferry III donne, à l'abbaye de Clairlieu, le moulin situé dans l'inté-rieur de Nancy. » *(Archives,* t. I, p. 27.) Le 15 juillet 1405, les religieux de Clairlieu cèdent, au duc Charles II, le moulin qu'ils ont en la ville de Nancy, dit le *moulin du Chastel* (H. Lepage, *Communes de la Meurthe,* t. II, p. 106.) C'est précisément parce que ce moulin était fort ancien, au XVI⁰ siècle, que l'auteur du *Mémoire sur les antiquités de Nancy,* qui a la prétention, — en son temps, bien en-

(1) « En 1531-1532, il est payé à Jacques, le waindrier, 12 frans, pour ses gaiges de mener l'horcloge de Nancy ; » précédemment on trouve cette mention : « le 12ᵐᵉ de janvier payé à Jacques le horclogier, pour avoir refait l'horcloge qui estait rompu, 6 frans. »

tendu, — de connaître, mieux que personne, Nancy la vieille et Nancy la neuve, écrit ceci :

« Les moulins de l'étang ont été faits avec le rempart ; auparavant, il n'y avait qu'un petit moulin de peu de conséquence, *fort éloigné de la ville*, qu'il fallut abattre, et un autre sur le ruisseau, au devant de Saint Jean, dépendant de la Commanderie, desquels Son Altesse a donné récompense, à l'Ordre de Saint-Jean de Jérusalem. »

Le moulin de l'Etang, de l'Etanche, de l'Estainche, est tout à fait le même que le moulin Saint-Jean ou Saint-Thiébaut. Par contre, nous nous demandons quel était ce « petit moulin de peu de conséquence, fort éloigné de la ville, qu'il fallut abattre, » en faisant remarquer que cet auteur ne mentionne ni le moulin de Nancy, de la rue du Moulin, ni le moulin de Boudonville, ni les Grands-Moulins.

La rue du Moulin du XVIᵉ siècle, était plus grande qu'elle ne l'est de nos jours ; elle s'étendait depuis la place des Dames, jusqu'à la Grande-Rue, et aboutissait également sur la rue Saint-Antoine, qui faisait partie de la rue derrière Saint-Epvre. En un mot, elle était ce qu'elle est aujourd'hui, avec ce qui reste de la rue du Maure-qui-Trompe : cette dernière partie était quelquefois dénommée *rue sous la rue du Moulin.*

NOTRE-DAME (Rue)

De la rue Saint Jean à la ruelle des Artisans.

A la création de la Ville-Neuve, cette voie, qui était la quatrième grande rue, fut placée sous le vocable de Notre-Dame. Elle commençait au couvent des Minimes alors en construction (1591), soit en prenant son axe entre la statue Dombasle et l'Université, pour se prolonger jusqu'au bastion de Saurupt.

Cette voie, qui devrait être aujourd'hui la plus belle et la plus grande de tout Nancy, parce qu'elle était destinée à rejoindre la grande allée du Cours Léopold, a été maladroitement fermée au nord, sous le premier empire, par le Lycée ; elle l'avait été au sud, sous le règne du Duc

Léopold, par l'établissement des Bénédictins. Sous le Consulat et sous l'Empire, on pouvait encore réparer le mal ; mais les finances de la ville ne permettaient pas ce sacrifice.

L'ancien couvent des Bénédictins n'a été vendu, par Hœner père, qu'en 1817 ; il était donc temps encore de continuer au midi cette rue, jusqu'à la manufacture des tabacs, devenue maintenant la maison d'arrêt.

La *rue Notre-Dame* a conservé ce vocable, au moins jusqu'au XVIIIe siècle ; elle est ainsi dénommée dans toute sa longueur, en y comprenant la rue des Minimes, par les plans de 1728, 1752, 1754, 1758 et 1778 ; quoique, depuis le commencement du siècle, on l'ait divisée en quatre parties, qui étaient : 1° *rue des Minimes*, rue Gilbert actuelle (v. ce vocable) ; 2° *rue de la Communauté des prêtres*, de la rue Saint Jean à la rue Saint Thiébaut ; 3° *rue Notre Dame*, de la rue Saint Thiébaut. à la rue de la Hache ; 4° *Cul de sac des Bénédictins*, de la rue de la Hache à la ruelle des Artisans. Ces quatre dénominations sont consacrées dans l'état de 1767, dans le plan de Mique et dans de nombreux documents officiels, de cette époque à la Révolution.

La délibération du 17 septembre 1791 décida que « la *rue de la communauté des prêtres* sera la *rue de Fénelon*, prélat vertueux, qui a écrit avec le ton de la persuasion, d'utiles leçons de morale et de politique. » Cette délibération respecte la rue Notre Dame et le cul de sac des Bénédictins ; mais celle du 13 pluviose an II, tout en consacrant le vocable de Fénelon pour la rue de la Communauté, donne à la rue Notre Dame le nom de *rue Caton*, et le cul de sac des Bénédictins, devient *impasse Brutus*.

Le 18 fructidor an III, les rues Fénelon et Caton et l'impasse Brutus deviennent *rue et impasse Fénelon*.

A la Restauration, ces trois parties de la rue Notre Dame reprirent leurs vocables respectifs de rue de la Communauté des Prêtres, rue Notre Dame et impasse des Bénédictins, jusqu'au 30 décembre 1839.

En 1867, la Commission d'administration avait proposé au Conseil municipal de donner le nom de *Jean Lamour*, à la place des chameaux. Ç'aurait été plus logique, sans doute, que le nom de Vaudémont. M. Louis Lallement se récria, avec raison, contre le choix de ce vocable, qui ne répondait pas précisément à l'emplacement indiqué. En effet,

Jean Lamour, auteur des grilles de la place Stanislas et de la Carrière, ne pouvait guère être placé dans les rues environnantes. La seule rue qui convenait, pour perpétuer sa mémoire, était la rue Notre Dame, où il avait longtemps habité, et où il est mort au n° 32.

« La place des chameaux est un recoin bien misérable, dit M. Louis Lallement, pour porter le nom de Jean Lamour, l'auteur des merveilleuses grilles de Nancy. La rue la mieux choisie pour porter le nom de Jean Lamour est certainement la *rue Notre-Dame*, où cet artiste a vécu et est mort. Le nom de Notre-Dame donné à cette rue n'a aucune raison de subsister ; l'ancienne église Notre-Dame de Nancy était à la Ville-Vieille, sur la place de l'Arsenal. Si l'on tient à garder à Nancy le vocable de Notre-Dame, il n'y a qu'à rendre à la place de l'Arsenal son ancien nom de Place Notre-Dame, et alors on donnerait le nom de *rue de l'Arsenal*, à la rue de la Manutention : de cette façon, chaque rue serait à sa place. »

La proposition de M. Louis Lallement était tout à la fois logique et historique ; aussi le Conseil municipal s'est-il empressé de n'en pas tenir compte : d'appeler la place des chameaux *place Vaudémont*, et de nommer *rue Jean Lamour* la rue *du Cimetière*, aux Trois-Maisons ! ! !

OBERLIN (Impasse)

De la place Saint-Jean.

Destinée sans doute à disparaître dans un temps plus ou moins rapproché, par suite des nombreuses transformations qu'on opère dans ces parages, connus maintenant sous le nom de *Quartier Poirel*. Disons que, située à main droite de la place Saint Jean en se dirigeant vers la gare, elle était, avant la destruction de la porte de ce nom, un petit cul-de-sac obscur et assez mal famé. Son importance était de si peu de valeur, que les plans que nous avons consultés, négligent ou de la figurer ou de la dénommer. Nous savons, par l'état de 1767, qu'elle était, à cette époque, le cul-de-sac Saint Jean. En l'an II, on lui donna le nom d'*Impasse Lepelletier*, et la délibération du 18 fructidor an III, qui lui fait l'honneur de l'appeler l'ancienne *impasse de la Porte Saint Jean*, décide qu'elle deviendra *l'impasse de la Cavalerie*.

La Restauration en refit l'*Impasse Saint Jean*, et c'est sous ce dernier vocable qu'elle était placée quand, en 1867, sur les instances de M. P. Guerrier-Dumast, beau-frère de M. A. Buquet, maire de la ville de Nancy, la municipalité la débaptisa, pour la consacrer à la mémoire du pasteur du Ban de la Roche, dans les montagnes des Vosges, Jean-Frédéric Oberlin, de Strasbourg, qui fit, de cette pauvre bourgade, un centre industriel.

ORPHELINES (Rue des)

De la rue Sainte-Anne à la rue du Manège. En 1871, plan Micaut, elle allait de la rue Sainte-Anne à la rue des Jardins, formant trois tronçons.

Elle existe déjà sur le plan de 1611.

Avant 1868, elle allait en ligne droite ; mais depuis 1868, elle est toute disloquée.

Le Conseil municipal de 1868, en permettant de déplacer cette voie, dans la partie comprise entre la rue Jeannot et la rue du Manège, a agi avec une complaisance par trop accentuée, qui mérite plutôt un blâme que des éloges. Cette rue était droite, on l'a faite boiteuse, et maintenant elle jure affreusement, dans l'ensemble d'un plan.

Nous n'avons pas à rechercher pour qui, pour quoi et comment l'administration municipale a demandé et autorisé une telle mutilation ; dans un intérêt purement privé, on a sacrifié, d'un cœur léger, les intérêts généraux, les intérêts de la ville.

Ce précédent fort regrettable, s'il était suivi par d'autres transformations de ce genre, ferait bientôt, des rues symétriques de notre ville, d'incroyables labyrinthes. La ville-neuve deviendrait une ville moyen-âge, toute tortueuse et irrégulière.

Nous avons dit, en parlant de la rue de la Hache, que les plans de 1728, 1752, 1754, 1758 et 1778 donnaient le

4*

nom de *rue des Orphelines*, à toute la partie comprise entre la rue Saint-Nicolas et la rue du Manège.

L'état de 1767 donne le nom de *rue derrière les Tiercelins*, à la partie comprise entre la rue Sainte-Anne et la rue Jeannot, et *rue derrière les Orphelines*, à celle qui, de la rue Jeannot, conduisait à la rue du Manège. Ces deux dénominations étaient officielles à la fin du dernier siècle ; on les trouve indiquées dans de nombreux documents.

La petite *rue derrière les Tiercelins*, et sans doute aussi celle derrière les Orphelines, car, souvent, ces deux rues n'ont eu qu'une dénomination, — fut appelée en l'an II *rue Confucius*, suivant le petit almanach de Nancy, pour l'an III de la République. C'est par erreur que M. H. Lepage, dans ses *Transformations de Nancy*, leur a attribué le nom révolutionnaire de Barra, qui, d'après les tableaux que nous avons sous les yeux, était applicable à la petite rue Sainte Catherine, devenue rue Didion. Nous comprenons cette confusion, par suite de la dénomination de *rue de la Gendarmerie*, qui fut donnée un peu plus tard aux rues Jeannot, Didion et des Orphelines. La délibération du 18 fructidor an III nous en donne la preuve, dans les Tableaux qui ont été dressés ensuite : la *rue Sainte Catherine et derrière les Orphelines* prend, à cette date, le nom de *rue de la Gendarmerie*. Mais *la Gendarmerie* avait son entrée principale dans la rue Didion actuelle, et le pâté où elle se trouvait est compris entre les rues des Orphelines, Didion, Jeannot et du Manège,

Lorsque nous mettons la main à la plume on nous dit : « Vos documents ne sont pas officiels, ce n'est pas sérieux. » Nous avons pris bonne note de cette observation. Aussi c'est la rue des Orphelines qui va en faire les frais.

Si l'on veut recourir aux séances du Conseil municipal du 19 février 1868, Tome I, p. 378, on y lira ce cachenez :

« Le plan d'alignement (?) soulevant des questions soumises aux commissions et non encore résolues, son examen par le Conseil est ajourné ; mais, en raison de l'urgence, le Conseil approuve, dès ce moment, ce projet, en ce qui concerne le tronçon de la rue des Orphelines, dont il a déjà voté la suppression, et la réunion à la maison des Orphelines. »

Quand ? Qui ? Quoi ? Pourquoi ?

Nous ouvrons le *Recueil des modifications apportées au plan proposé par ordonnance du 24 septembre 1846*, et nous trouvons à la p. 41 de l'in-4° publié en 1882, l'arrêté suivant :

« Le préfet du département de la Meurthe,

·« Vu le projet modificatif et complémentaire d'alignement général des rues de la ville de Nancy, dressé en exécution de l'article 52 de la loi du 16 septembre 1807;

« Vu les pièces de l'enquête à laquelle il a été procédé les 13, 14 et 15 novembre 1867, conformément aux prescriptions de l'ordonnance royale du 23 août 1835;

« Vu la délibération, en date du 19 février 1868, par laquelle le Conseil municipal renvoie à une autre session l'examen des observations faites lors de l'enquête; mais qui n'ont pu être suffisamment étudiées, et déclare approuver le projet de modification du tracé d'une partie de la rue des Orphelines, au sujet duquel aucune réclamation n'a été présentée;

« Vu les lois du 16 septembre 1807, 3 mai 1841, et 18 juillet 1837;

« Vu le décret du 25 mars 1852;

« ARRÊTE :

« Article 1er. — Le tracé de la partie de la rue des Orphelines, comprise entre la rue Jeannot et la rue du Manège, est arrêté, suivant les lignes rouges tracées sur le plan dressé le 1er mars 1866, et visé par nous à la date de ce jour.

« Article 2. — Toutefois, la voie actuelle ne pourra être fermée au public, qu'après que la nouvelle rue à ouvrir aura été livrée à la circulation. —

« Article 3. — Le maire de la ville de Nancy est spécialement chargé d'assurer l'exécution du présent arrêté.

« Nancy, le 16 mai 1868.

Pour le Préfet:

Le conseiller de Préfecture délégué,

CARETTE.

Voilà la loi, les causes et les motifs : *Dura Lex, sed Lex.* Voyons voir un peu ce qu'est la loi.

Séance du Conseil municipal du 21 juin 1872 :

« M. André vient de constater que la rue des Orphelines, en son extrémité, était entièrement occupée par un chantier de construction, appartenant à M. Ottenheimer. *De plus, on l'a, à ses deux issues, fermée à l'aide de portes.* M. André demande l'application des règlements.

« M. Simette dit qu'il connaît le fait ; qu'il avait pensé pouvoir le tolérer ; que le voisinage de l'école rendant des accidents possibles, il y avait de certains avantages à soustraire au public cette partie de rue, tant que dureraient les travaux.

« M. André dit que, si on applique le règlement, c'est à dire si les matériaux n'occupent que le tiers de la rue, et si on les entoure de barrières parallèles à l'axe de la rue, aucun accident n'est possible.

« M. Simette déclare qu'il exigera, sur l'invitation du Conseil, l'application des règlements. »

Le compte-rendu ne nous dit pas si le Conseil a répondu à cette invite. C'est fâcheux.

Voyons voir encore un peu la séance du 13 juillet 1872 :

« M. André, à l'occasion de la lecture des procès-verbaux des 21 et 22 juin, dit que la rue des Orphelines est encore, ou à peu près, dans le même état d'encombrement.

« M. Simette répond que déjà deux procès-verbaux ont été dressés à cette occasion, et que, de plus, l'administration aura soin de percevoir les droits de voirie. »

Décidément M. Simette, adjoint, n'avait pas lu l'art. 2 de l'arrêté préfectoral du 16 mai 1868.

Parlons maintenant de la maison des Orphelines.

D'après le *Journal officiel*, février 1883, cette maison comprend 98 filles : — 38 au-dessous de 12 ans, — 60 au-dessus.

Origine. — Etablissement congréganiste, créé par une ordonnance de Léopold, duc de Lorraine, le 20 janvier 1715, rétabli par ordonnance royale du 9 septembre 1818. Reconnu d'utilité publique ; autorisé et confirmé par lettres patentes du 20 janvier 1815, avec les droits et les prérogatives dont jouissent les hôpitaux et autres maisons de bienfaisance ; régi par une commission administrative.

Ressources. — Recettes pour l'année 1880, 46,609 fr. 36 ; dépenses 45,137 fr. 41.

Admissions. — Gratuites ; elles comprennent des orphelines légitimes, exposées ou sans ressources ; ces enfants sont reçues de 6 à 12 ans.

Régime. — Travaux d'aiguille ; soins du ménage ; confection de vêtements.

Divisions. — Quatre classes, suivant le programme adopté pour les écoles primaires.

Rapports avec les parents. — Les parents visitent les enfants le premier dimanche de chaque mois.

Engagements. — Les parents s'engagent à payer une indemnité, s'ils retirent l'enfant avant l'époque fixée pour la sortie. Depuis 3 ans, aucun retrait anticipé ne s'est produit ; les retraits anticipés exposent quelquefois les enfants à l'inconduite.

Sortie. — Les enfants sont placées à 18 ans par la Supérieure, comme femmes de chambre ou domestiques, quand elles ne retournent pas chez leurs parents.

Patronage. — Il n'y en a point ; quant à la question de tutelle, on s'en rapporte à la sagesse du législateur pour suppléer à l'insuffisance de la valeur des engagements des familles, qui peuvent, à la rigueur, reprendre les enfants avant l'époque déterminée pour la sortie. »

La maison des orphelines, tout en étant considérée comme un des hospices civils de notre ville, ne peut, aux termes des lettres patentes confirmant sa fondation, être unie à aucune autre maison et communauté.

Elle a été fondée, d'après Lionnois et les historiens modernes, en 1715, par Dame Françoise-Catherine Croiset, dame d'Heillecourt, veuve du sieur Zenoli Vireau, seigneur de Sombreuil ; elle est destinée à nourrir et élever des jeunes filles orphelines de père ou de mère, nées en légitime mariage. Les Patentes du duc Léopold du 20 janvier 1715, sont trop curieuses, pour que nous n'en donnions ici un extrait :

« A ces causes...... avons permis et accordé, permettons et accordons, par ces présentes, ledit établissement, et à cet effet d'acquérir un fond dans notre bonne ville de Nancy, vers la porte Saint-Georges qui soit vaste et spacieux, pour y établir une maison avec cour, jardin et autres commodités, suivant le plan et devis qui en sera dressé, pour, après la perfection d'icelle, *(sic)*, y mettre et ordonner tel nombre de jeunes filles orphelines que nous jugerons à propos.... Voulons et nous plaît que ladite maison soit dénommée et porte pour titre *Maison des Orphelines*, dédiée à la Sainte-Famille, sous l'invocation de Sainte Elisabeth, Reine de Hongrie ; que ladite maison ne puisse jamais être unie à aucune autre maison et communauté, sous quelque titre ou raison que ce puisse être ; qu'elle jouisse des mêmes droits, prérogatives et privilèges desquels jouissent tout les hôpitaux et autres maisons de piété dans nos Etats........ »

Pour le surplus, V. *Edits et Ordon. de Lorr. III*, 447.

D'après les almanachs de Lorraine et Barrois, généralement bien renseignés et scrupuleusement exacts, car les gens qui les achetaient et les lisaient étaient, non seulement versés dans l'histoire locale, mais ils étaient méticuleux à l'excès, — l'hospice des orphelines aurait été fondé en 1712, par M. Cabout et par dame Marie d'Ivry, son épouse. Madame de Sombreuil n'aurait fait que l'enrichir par certaines libéralités. Lionnois, au contraire, laisse supposer que les époux Cabout n'ont été que des bienfaiteurs, désireux de garder l'anonyme.

Durival dans sa *Description*, t. II, p. 27, parle ainsi des Orphelines :

« Une maison plus utile, due à la piété de plusieurs personnes, est celle des Orphelines. Jean Cabout, seigneur de Villiers-sur-Seine, qui avait, en 1712, fait un pareil établissement au faubourg Saint-Marceau à Paris, et Marie d'Ivry, son épouse, commencèrent, en 1713, celui de Nancy ; les règles furent composées par l'abbé Thiberge ; on en fit de nouvelles le 5 mars 1719. Catherine Croiset, dame d'Heillecourt, et autres, fournirent, en 1715, les fonds qui servirent à la construction de la maison et d'une petite chapelle. Léopold accorda des lettres de confirmation, le 20 janvier 1715. L'église fut construite en 1730, dédiée à la Sainte Famille, sous l'invocation de sainte Elisabeth, reine de Hongrie. Un ancien hôpital, appelé Madonni, et qui servait autrefois à recevoir les pauvres étrangers, fut ajouté à la maison. Dès 1725, le gouvernement en fut confié à deux religieuses de la Visitation. Les bâtiments furent encore augmentés en 1733. Les orphelines ont donné le nom à une rue parallèle à celle des Tiercelins. On ne reçoit dans leur maison que des filles légitimes, de l'âge de 6 à 7 ans jusqu'à 11, pauvres, et orphelines de père et de mère. Elles sortent à leur dix-huitième année...... »

Lionnois, qui connaissait cependant Durival, qui a fait

maints emprunts à sa *Description*, n'est pas d'accord avec lui. N'a-t-il pas remarqué ce chapitre, ou a-t-il voulu présenter la fondation des Orphelines seulement, sous les pièces qu'il avait en mains ou dont il avait connaissance ? C'est une question que nous ne saurions trancher.

A la page 317, t. III de son histoire, il écrit : « La maison est bâtie commodément en un terrain qu'elle (madame de Sombreuil) fit acheter pour une somme de 50,000 frans barrois, qui était ci-devant l'hôpital nommé *Mandonni*, qui servait à recevoir les pauvres étrangers, et dont les fonds étaient presqu'entièrement dissipés. »

A la page 318, il écrit entre parenthèses. « Cet hôpital de Saint Roch est vis-à-vis l'hôpital Saint-Charles, et occupé par les frères de la Doctrine chrétienne. »

Nous devons dire que l'hôpital Saint Roch, ou de *Mandonni*, est le même. Nous savons qu'il était situé *au lieudit la Paille maille*. Pourquoi donc Lionnois, si scrupuleux, le place-t-il p. 317 aux Orphelines et p. 318 rue Saint Jean ?

La construction de la Chapelle des Orphelines a fait donner à la rue actuelle des Tiercelins, le nom de *rue des Orphelines*, sur plusieurs titres *rue des Orphelines*, alors qu'on nommait la vraie rue des Orphelines *rue derrière les Tiercelins* et *rue derrière les Orphelines*.

Si nous appelons l'attention du lecteur sur ces différences d'opinions, c'est uniquement pour le tenir en garde contre les assertions plus ou moins exactes de nos historiens. Les uns puisent à des sources certaines, les autres, moins heureux, se contentent du menu fretin laissé par la tradition ou par des pièces inexactes, qui sont entre les mains de tout le monde. C'est ainsi que se créent les légendes, jusqu'à ce qu'un enthousiaste brode, sur ce sujet, un poème qui n'a rime ni raison.

Le *Journal officiel* de 1883, que nous avons cité plus haut, dit que la maison des Orphelines fut rétablie par ordonnance royale du 9 septembre 1818. C'est encore là une question à examiner, au point de vue historique.

La maison des Orphelines n'a pas été supprimée par la Révolution. Elle n'était pas considérée comme une maison religieuse, simplement comme un hospice, une maison de charité. Sauf l'hospice Saint Stanislas, ou des frères Saint-Jean-de-Dieu, aucune autre maison charitable n'a été supprimée, avant et pendant la Terreur.

De ce que Louis XVIII l'a rétablie en 1818, on s'est plu à dire et à répéter qu'elle avait été supprimée. Cependant, tous les annuaires républicains que nous avons consultés, constatent jusqu'à l'an XIV, l'existence de l'*hospice des Orphelines*, dans lequel on recevait les enfants orphelines seulement. Sa population ne varie guère ; elle est toujours de 54 ou 55 enfants. Jusqu'en l'an XIV, cet établissement a continué à occuper la maison dite des Orphelines. On le réunit alors aux Enfants-trouvés, dans l'ancien Collège, aujourd'hui hospice Saint-Stanislas.

Cette réunion faite par la commission administrative des hospices civils, créée en l'an V, avait un but essentiellement économique, puisque l'Etat, qui avait pris sous sa protection les enfants trouvés, abandonnés et orphelins, les avait déclarés être les *Enfants de la Patrie ;* mais, avant de prendre cette décision et de faire un acte de générosité, par de grandes paroles et un décret, les législateurs avaient oublié de regarder dans la caisse du Trésor public ; de sorte qu'en l'an X, l'Etat redevait aux hospices civils de Nancy 53,000 fr. pour avances, faites exclusivement pour les *Enfants de la Patrie.*

Conçoit-on une paternité qui oublie de régler les mois de nourrice de ses enfants adoptifs.

La population du nouvel hospice n'augmenta pas beaucoup, mais les malheureuses années de 1816 et 1817 la doublèrent. C'est alors que Louis XVIII, dans un but philanthropique, sépara la maison des Orphelines de l'hospice des Enfants trouvés, pour lui rendre une existence propre et lui assurer une existence légale, en allégeant la population très dense, en cette année, de l'hospice général des orphelins.

Une question d'économie avait réuni les deux hospices, une question d'économie rendit à chacun leur existence propre. La maison des Orphelines n'avait pas été aliénée, elle servait à d'autres services ; on ne fit donc, en 1818, que réinstaller les orphelines dans leur maison primitive. Le gouvernement intérieur en fut d'abord confié à des religieuses Ursulines ; celles-ci furent remplacées, en 1820, par des sœurs de la Doctrine chrétienne.

On n'annonça officiellement, à Nancy, ce rétablissement, que le 16 mars 1819, par la voie du *Journal de la Meurthe*, qui en donna avis au public par cette réclame: « MM. les administrateurs ont l'honneur d'inviter leurs concitoyens à assister à la messe solennelle qui sera célébrée dans l'église de cette maison, vendredi prochain 19 du courant, à 10 heures du matin. »

Ce jour là était l'inauguration de la nouvelle maison créée certainement à la suite des malheureuses années 1816-1817. Nous ne devons pas le cacher, en ces deux années le nombre des enfants exposés ou abandonnés, même par les parents légitimes, avait appelé l'attention des magistrats de l'administration départementale. Le préfet, M. Séguier, avait bien pris des arrêtés ; mais ils restaient lettres mortes, devant la misère. On voulut, sans doute, faciliter à certaines familles l'entrée de leurs enfants dans une maison particulière, et, par là, obliger les parents, qui se déchargeaient du soin des aînés, à élever les derniers venus. Rien ne se prêtait mieux, dans notre ville, à ces systèmes économiques, que la fondation de madame de Sombreuil. L'hospice des Enfants trouvés ne pouvait plus subvenir aux exigences de la situation faite à la population, par les troubles politiques.

On a dû certainement, au début du rétablissement de la *maison des Orphelines,* se relâcher des conditions imposées par la fondatrice. Il fallait, avant tout, obvier au mal et laisser l'Espérance en perspective. C'est ce que nous trouvons fort bien indiqué, dans un *avis* publié le 23 mai 1819, par le *Journal de la Meurthe:* Il faut bien considérer qu'on se trouve en présence d'un état nouveau ; il s'agit de reconstituer un établissement, dont le fond avait disparu à la Révolution. Reconstituer, en 1819, ce qui avait existé en 1789, était chose difficile. On y parvint cependant, quoique les débuts aient été difficiles. Nous observerons, entre parenthèses, qu'on ne trouve pas, dans le rétablissement de la maison des Orphelines, le même appui pécuniaire qui se prêtait volontiers à tant d'autres créations. La maison se reconstitue elle-même, et rien que par elle-même. Les *avis* suivants en font foi :

« Avis. — Les Dames religieuses hospitalières de la maison des Orphelines de Nancy, désirant seconder de tous leurs moyens les vues bienfaisantes dans lesquels S. M. a autorisé le rétablissement de cette institution, *viennent d'ouvrir un pensionnat,* où seront admises les jeunes demoiselles, depuis 6 ans jusqu'à 18.

« La morale et la religion, enseignées sous les yeux d'un supérieur ecclésiastique, recommandable par ses vertus et ses lumières, formeront la base de l'éducation ; les élèves recevront des leçons de lecture, de grammaire, d'écriture et d'arithmétique ; on leur enseignera, en outre, la couture et la broderie.

« L'enseignement sera fait et l'éducation suivie par 4 religieuses et 4 novices, dont les efforts se réuniront pour mériter l'assentiment des personnes dont les enfants seront confiés à leurs soins, et rendre à cette maison le rang qu'elle occupait précédemment, dans l'éducation publique.

« Il y aura, dans la même maison une *école publique externe, où les enfants des indigents recevront des leçons gratuites.* Cette classe particulière aura lieu, dès l'instant que le local à ce destiné aura été mis en état, par suite des réparations nécessaires auxquelles on travaille journellement.

« On s'adressera à Madame la Supérieure, pour connaître les effets qui devront composer le trousseau des élèves, ainsi que le prix de la pension. » *(Meurthe,* 23 mai 1819.)

Ce ne fut qu'en novembre, qu'on ouvrait l'école externe qu'on projetait, en mai, d'annexer à ce nouvel établissement.

« Le lundi, 15 novembre courant, on fera, dans la maison des Orphelines, l'ouverture d'une clasee externe pour les filles pauvres et autres de la paroisse Notre-Dame (la cathédrale), dans laquelle sont comprises les maisons situées hors de la ville. — On invite les parens des enfans qui sont dans le cas de profiter de cette école, à se présenter avec leurs enfans, chez le sieur Oudin, commissaire de quartier, pour y être inscrits sur la liste des élèves. — Ledit sieur Oudin les informera des conditions requises pour être admises à l'école. » *(Meurthe,* 5 novembre 1819).

PASSAGE DU CASINO

Le passage ainsi nommé n'est pas une voie municipale. C'est une propriété particulière, qui s'est laissée aller à une servitude passive très facultative, par une infinité de cir-, constances, indépendantes de la volonté des propriétaires, qui ont le droit de supprimer, du jour au lendemain, la tolérance qu'ils accordent au public.

Feu P.-G. Dumast, en 1857, voulait en faire le *passage Gilbert* dans son *hodographie nancéyenne ;* dix ans plus tard, M. Louis Lallement y créait le *passage Graffigny ;* mais ni l'un ni l'autre n'ont songé, en écrivant leurs brochures, que la municipalité n'avait rien à voir dans ce passage, dont l'entretien reste toujours à la charge du propriétaire, et qu'à celui-ci seul appartient le droit de conserver ou de changer la dénomination, de tout ou partie de son immeuble. M. Dumast n'y regardait pas de si près, du moment qu'il avait rêvé un vocable quelconque, il s'efforçait de le faire admettre,

Nous avons vainement cherché l'origine du *Casino.* Nous n'avons rien trouvé d'officiel, de véritablement officiel, sur sa création.

Nous savons bien que Henri Hœner père, imprimeur, a acquis : 1° La maison rue Saint-Dizier, n° 21, par acte Viriot, du 2 mai 1785, sur Nicolas-Bazile Prudhomme, avocat au Parlement de Nancy, et le jardin, la cour, les bâtiments du casino et de l'imprimerie, et celui en retraite de trois adjudications partielles, faites au ci-devant district de Nancy, sur les ci-devant Dominicains de la même ville, le 26 août 1791.

Hœner se rendit adjudicataire de la presque totalité du jardin, de la maison conventuelle et du chœur de l'église ; il acheta, en commun avec C.-S. Lamort, une partie du même chœur, et Lamort, imprimeur, qui possédait la maison n° 42, adjoignit à celle-ci une petite partie du chœur, une partie de l'église et une petite maison attenant au portail. De sorte que le passage du Casino est formé d'une partie de l'ancienne église des Dominicains.

Résumons l'ensemble de la propriété en 1818, sur l'acte reçu Guérin, notaire à Nancy, le 7 mai 1818. L'immeuble dont il s'agit est ainsi composé :

1" Un corps de bâtiment situé à Nancy, rue Saint-Dizier, n° 19 (aujourd'hui 21), entre madame de Rurange au nord, et la maison du sieur Robin au midi ;

2° Un autre corps de bâtiment, dit l'*Imprimerie*, limité, au midi, par le derrière des maisons de particuliers, donnant sur la rue Saint-Georges, et aboutissant, au nord, sur une allée de jardin attenant aux *bains dits du Casino ;* ce bâtiment fait saillie sur un autre petit, à son extrémité, du côté du levant.

Le 27 août 1883, l'imprimerie Crépin-Leblond et le *Journal de la Meurthe et des Vosges* ont pris possession de ce bâtiment ;

3° Un grand jardin, à la suite du premier corps de bâtiment et de la cour ; il se continue aussi derrière une partie de la propriété de madame de Rurange, limité, au nord, par cette propriété, et par celle de M. Ragot, ancien notaire, et, au midi, par le bâtiment de l'*Imprimerie* sus rappelé.

Au couchant et au nord dudit jardin, sont des *loges de bains.*

Nous voyons par là, que les bains actuels du Casino sont de création récente ;

4° Enfin, un grand corps de bâtiment régnant sur toute la largeur dudit jardin au levant, ayant la façade à l'aspect du couchant ; l'extrémité de ce bâtiment, du côté du midi, est lié en aile avec celui dit de l'*Imprimerie ;* le grand corps de bâtiment, connu sous le nom de *Casino,* a un passage particulier, pratiqué au centre du bâtiment, aboutissant rue des Dominicains, avec une grande porte cochère, qui lui sert d'entrée, sous la maison des sieurs Noirelle (rue des Dominicains, n° 40), et côtoyant celle de M. de La Salle, au midi (n° 42).

Suivant l'acte de Blancheur, du 27 novembre 1819, la maison n° 40, de la rue des Dominicains, est ainsi désignée :

« Une maison ayant boutique, deux corps de logis, cour en intermédiaire et toutes autres aisances, dépendances et appartenances, située en cette ville, rue des Dominicains, entre M. Vincenot (le propriétaire du Casino), *au regard* du *rez-de-chaussée*, et M. de La Salle, *pour les étages,* d'une part, et le sieur Gérard, culottier, d'autre. »

Sauf le bâtiment des bains, le Casino de nos jours est à peu près le même que celui créé par Henry Hœner, rappelé dans l'acte du 7 mai 1818.

On voudra bien remarquer, que cette acte mentionne un « passage particulier » que tout le monde connaît sous le nom de « Passage du Casino ». C'est ce passage particulier qui se trouve, en partie seulement, sous la maison n° 40.

La *Salle des Ventes,* établie sur un ancien lavoir, dit, autrefois, le *lavoir du Casino,* fait partie du Casino.

C'est toute une histoire que cette maison immense, fabriquée de bric et de broc.

Les personnes qui possèdent l'*Histoire de Nancy de Lionnois,* et qui l'ont lue, ont pu remarquer que cet auteur fait le plus magnifique éloge de l'imprimerie Hœner. A l'époque où Lionnois vivait, le Casino ne semble pas exister, puisqu'il n'en parle pas ; cependant il était créé. Nous en avons la preuve par diverses annonces du même temps.

Henry Hœner, père, imprimeur, le fondateur du Casino, était, paraît-il, très intelligent et fort entreprenant. Marquis en fait, à diverses reprises, le plus grand éloge dans sa *Statistique :* à ses yeux, il était un industriel hors ligne. Nous le croyons sans peine, si nous supputons toutes les entreprises faites par Henry Hœner, à l'époque révolutionnaire.

Celui-ci avait été reçu imprimeur en 1783, succédant à son père, qui avait repris la suite de Curson fils. Il s'établit, à cette époque, dans la maison Chailly de Bellecroix, rue Saint-Dizier, 21, que lui vendit Nicolas-Bazile Prudhomme, le 2 mai 1785. Dans la nuit du 15 au 16 octobre 1784, le bâtiment de l'imprimerie fut incendié avec tout le matériel. On estimait la perte subie par Henry Hœner à 80,000 frans (40,000 fr. de notre monnaie). Un de ses confrères lui céda trois presses, d'autres lui prêtèrent du matériel, de sorte qu'il put continuer ses publications. M. Bertier, changeur du Roi, mit à sa disposition un vaste local dans sa maison de la rue des Carmes, n° 42 actuel, pour y installer ses ateliers, en attendant la reconstruction du bâtiment incendié.

Il acheta, en 1791, une partie du jardin, du chœur de l'église, et la maison conventuelle des Dominicains ; en

1792, le fil d'eau et les corps de conduite de la fontaine de la Cour des Carmes, et deux sections des bâtiments des sœurs grises. Voilà comment fut formé le Casino.

La maison n° 21 de la rue Saint-Dizier, servait, originairement, d'imprimerie et de maison d'habitation à Hœner et à sa famille. Ayant considérablement agrandi son imprimerie, à laquelle il ajouta une fonderie de caractères, on s'explique les petits bâtiments qui existent dans la cour, du côté du premier corps de logis, à l'ouest. Il établit le Casino dans la maison conventuelle des Dominicains, c'est à dire dans l'aile opposée, où existe le passage. On y pénétrait alors, nous a-t-on dit, par deux escaliers semblables à celui qui existe encore ; l'autre escalier, qui n'allait qu'au premier étage, faisait face à celui actuel. Il est fait mention, pour la première fois, du *Casino,* dans le supplément de la *Meurthe* du 21 décembre 1808, à propos d'un commencement d'incendie qui s'y était manifesté dans la nuit ; il avait été occasionné par le mauvais emplacement d'un fourneau.

Le *Casino* était un lieu de réunion composé d'un cercle, ayant buvette, salon de conversation, de lecture, de jeux, salle de bal, et même un théâtre.

L'établissement des bains est plus moderne. La *Meurthe* du 30 mai 1809 annonce qu'ils sont ouverts au public depuis le jeudi 24 mai, et qu'ils sont alimentés par des eaux de fontaine qui viennent de Boudonville, provenant des sources que la rivière de la Moselle fournit.

Le même journal, du 24 novembre suivant, donne ce petit compte-rendu :

« Les amateurs de musique, réunis le 22 de ce mois à la salle du Casino, pour célébrer la fête de Sainte-Cécile, ont donné un concert dont l'exécution a parfaitement répondu à l'excellent choix des morceaux. Deux de ces amateurs ont fait le plus grand plaisir par leur jolie voix et un chant plein de goût. Le jeune Claudel, orphelin de père et de mère, au profit duquel on avait souscrit, et qui fut entendu il y a six mois, a fourni de nouvelles preuves de ses progrès étonnants sur le violon. Admiré des connaisseurs et des amateurs, il a obtenu le succès le plus complet et le mieux mérité. Il doit une juste reconnaissance au génie bienveillant qui a la générosité de lui servir de guide. »

Il paraît que les fêtes se succédaient dans cet établissement, car nous lisons dans le même numéro : .

« Nous attendons le rapport officiel de l'accident arrivé hier, au Casino de Nancy, par l'explosion des feux d'artifice. »

Il n'est plus question de cet accident dans les numéros suivants.

A cette époque, le colonel Estienne, inspecteur de l'imprimerie et de la librairie, qui fut remplacé plus tard par Azaïs, demeurait au Casino, rue Jean-Jacques Rousseau.

Le 19 février 1811, les enfants Châteaufort y donnèrent une première représentation du *Prisonnier pour dettes*, opéra, suivi de l'*Opéra comique*, paroles de M. de Ségur, musique de Della-Maria.

Le succès de ces jeunes comédiens fut tel, que le public réclama et obtint de leur père un nombre successif de représentations. Le 27 février, celui-ci publia cette annonce :

« Au premier jour, les enfants Châteaufort donneront une première représentation de *Blaise au Parnasse*, opérafolie en deux actes, paroles de M. de Ségur, musique de M. Guétry. En attendant *les deux Sentinelles*; opéra ; *le Mariage par dépit*, opéra et *la Revue générale de tous les Etats*, vaudeville.

« Il n'y a qu'un seul prix ; on ne recevra point d'argent à la porte ; il sera fait une remise aux personnes qui prendront six billets à la fois. Les enfants Châteaufort ne peuvent avoir l'honneur de jouer au grand théâtre, le cadre est trop grand pour leur âge. »

Le 30 octobre 1812, le sieur Maillicy prévient le public qu'il est arrivé, avec un spectacle de *Fantocinis* des plus complets, et qu'il donnera ses représentations tous les soirs, dans la salle de M. Hœner, au Casino.

Mais voici qu'on annonce le 16 mars 1813 une série de représentations des plus variées : musique, déclamation, opéra et comédie, avec le concours des artistes du théâtre et des musiciens de l'orchestre.

« *Spectacle*. — Vendredi, 19 du courant, au théâtre du Casino, M. Seignoret de Villiers donnera dans cette séance les morceaux suivants :

« 1re Partie : Symphonie d'Haydn ; une déclamation de quelques scènes des châteaux en Espagne ; un air chanté par M. Olivier ; le récit de Théramène ; un concerto de flûte.

« 2ᵉ Partie : Une ouverture de Mozart ; une représentation de Pygmalion de J. J. Rousseau, musique de Benda, dans laquelle Mademoiselle Legerot jouera Galathée ; un air des Bases de Frontin chanté par M. Colon ; le prologue musical de Dalayrac dans le Poëte et le Magicien ; et Jacques Spleen, comédie, dans laquelle, avec la permission de Madame la Directrice, qui, au service qu'elle rend, le double par les grâces qu'elle y met. MM. Desvignes, Bazin, César, Mademoiselle Pouzeau, ont bien voulu coopérer de leurs talents, conjointement avec MM. les musiciens de l'orchestre, qui, sous la direction de M. Bailvin, se sont obligeamment prêtés à donner à cette séance tout le charme dont elle peut être susceptible.

« On commencera à six heures ; on s'abonne chez M. Seignoret de Villiers, logé chez M. Thina, rue J.-J. Rousseau, l'entrée est de 3 francs. »

Nous venons de voir que le *Casino*, créé par Hœner père, paraissait n'être plus exploité depuis un certain nombre d'années. Une annonce du 19 mars 1815 nous apprend sa réouverture :

« M. Lepointe, limonadier à Nancy, a l'honneur de prévenir le public qu'à dater du 1ᵉʳ avril prochain, le *Casino* sera ouvert. Les personnes qui désireront s'abonner pour le salon, pourront s'adresser au Café de la Réunion, rue des Carmes. Il y aura café et restaurant, le tout est très bien servi. »

Le Café de la Réunion était alors au n° 11 actuel de la rue des Carmes, et appartenait à Malard, ancien officier et entrepreneur de voitures publiques, en même temps propriétaire de cette vaste maison, ancienne église des Carmes. Nous trouvons ce café à reprendre en novembre 1815, les successeurs de Lepointe étant rappelés « à leur emploi primitif. »

Nous ignorons combien de temps Lepointe exploita le *Casino*. Il est fort probable que dans les temps troublés de la seconde restauration, il ne put se soutenir.

Hœner père étant mort, le sieur Pochot a l'honneur de prévenir le public le 31 août 1817 « que les *Bains du Casino*, qu'il dirige pour son compte, seront ouverts dorénavant depuis 5 heures du matin jusqu'à 8 heures du soir. Il n'épargnera rien pour satisfaire les personnes qui lui feront l'honneur de s'adresser à lui ; la plus grande propreté régnera dans cet établissement, où l'on n'employera que de l'eau de fontaine. On y trouvera le Journal du Département. »

Le 31 mai 1818, les bains étaient ouverts depuis 4 heures du matin jusqu'à 9 heures du soir.

Le 19 août 1817, on avait procédé à la vente mobilière des objets provenant de la succession de Hœner père, qui consistaient, indépendamment de tout ce qui constitue un mobilier ordinaire, en : 1° Une imprimerie ; 2° Magasin de papiers et d'impression de livres ; 3° Fonderie de caractères ; 4° Pressoirs, bouges, foudres, futailles ; 5° Glaces, quinquets, billards, tables à dessus de marbre, argenterie, etc. le tout situé dans la maison dite le Casino, rue Saint Dizier n° 19 (21).

L'imprimerie fut continuée par Hœner fils, qui s'associa Dard. À la dissolution de l'association, Hœner fils alla s'établir rue Saint Nicolas, 31 et Dard, rue des Carmes, 22. L'imprimerie Hœner fils est devenue l'imprimerie Hinzelin ; et l'imprimerie Dard a passé entre les mains de N. Collin, aujourd'hui imprimerie Lorraine.

Le 4 janvier 1821, un incendie se manifeste dans l'établissement du Casino. Nous n'en connaissons ni l'importance ni les conséquences. La Compagnie du Phénix, qui avait assuré l'immeuble, s'est empressée de faire réparer le dommage.

C'est probablement à cette époque que fut fondé le *Cercle du Commerce*. La Meurthe du 17 juillet 1821 publie cet avis :

« Les fournitures de bois et huile à quinquets, pour la comsommation du *Cercle du Commerce*, à Nancy, seront faites au rabais le 25 de ce mois ; jusqu'au 24 au soir, les soumissions pourront être remises cachetées à M. Charles Kraffe, commis conservateur dudit établissement, maison de M. Vincenot (propriétaire du Casino).

« Ces fournitures consistent en : 12 stères de bois, quartier de charmille, 78 stères de bois, rondin de charmille et hêtre ; 3,400 livres, poids de marc, d'huile à quinquet. On pourra prendre près de M. Charles Kraffe, connaissance des conditions des fournitures. »

Mais le 29 juillet 1821, on publie un *Avis important*, qui ne laisse pas d'intriguer.

Le Casino avait déjà été mis en vente, le 29 mai 1821,

soit en gros, soit en détail. L'adjudication n'avait pas produit les résultats qu'en attendait, sans doute, le propriétaire. Il semble, d'après l'avis important du 29 juillet 1821, qu'on voulait tenter une exploitation industrielle de cet établissement.

« Une souscription est ouverte en l'étude de Me Marchal, notaire à Nancy, pour diviser en 50 actions de 3,000 francs chacune, la propriété d'un corps d'immeubles appartenant à M. Vincenot, sis à Nancy, composé d'un bâtiment sur la rue Saint-Dizier, d'un autre bâtiment latéral, des bains et du jardin, et du bâtiment dit *le Casino*.

« Un revenu annuel de 7 % net est assuré aux actionnaires.

« La souscription restera ouverte jusqu'au 1er août 1821, jour de sa clôture.

« Me Marchal notaire et M. Vincenot, propriétaire, donneront aux amateurs tous les renseignements relatifs à cette affaire. »

Le 13 septembre 1821, Nicolas Vincenot vendait le Casino à Madame vve Aertz.

Le 28 juillet 1822, Vincenot, libraire, qui était propriétaire, depuis le 7 mai 1818, de l'établissement nommé *le Casino*, annonce au public « qu'il vient d'ouvrir un *salon littéraire* où on trouvera tous les journaux, les bonnes nouveautés politiques, ainsi qu'une belle bibliothèque à la disposition de MM. les abonnés (?).

« Le prix de l'abonnement est très modéré, et la beauté du local (l'ancienne salle du bal du Casino) ne laisse rien à désirer.

» Il sera fait des arrangements particuliers avec les personnes qui désireront des livres et journaux à la campagne. »

Un an plus tard, le 19 octobre 1823, nous trouvons l'annonce d'un nouveau genre d'industrie qui se fonde à Nancy, et précisément dans le Casino. Il s'agit d'une salle des ventes. Celle-ci n'était pas établie, comme celle de nos jours, sur l'emplacement de l'ancien lavoir, mais bien dans les dépendances du Casino :

« *Avis*. — Il vient d'être établi à Nancy, maison du Casino, un salon d'exposition et de ventes publiques de meubles et de marchandises, dont le but et les avantages sont particulièrement développés dans le prospectus déjà distribué.

» Cet établissement formé à l'instar du Bazar de Paris, et semblable à ceux qui se sont élevés avec succès dans les principales villes de France, présente aux uns les moyens d'un placement prompt et facile d'objets ou de marchandises qui leur sont à charge, et aux autres, l'avantage de se procurer ces mêmes objets à un prix modéré, approuvé et encouragé par des hommes dont la sagesse et le dévouement à la prospérité du commerce et de l'industrie sont connus, il ne peut manquer d'être considéré comme une chose d'une véritable utilité publique.

» Il est ouvert au public tous les jours (les fêtes et dimanches exceptés), depuis 9 heures du matin jusqu'à midi, et depuis 2 heures jusqu'à 5 heures du soir. »

. C'est sinon la première, — nous ne saurions l'affirmer, — du moins une des premières salles de ventes établies dans notre ville. Elle s'intitula bientôt *Bazar*, et ne demeura au Casino que deux années. Le 19 août 1825, elle annonçait ainsi son changement de domicile :

« BAZAR. — CHANGEMENT DE DOMICILE.

« Les magasins du Bazar, qui étaient établis dans la *maison du Casino*, viennent d'être transférés rue des Dominicains, nos 44 et 46, maisons de MM. L. et S. Lévy.

» On trouve dans cet établissement, aux prix les plus modérés, un bel assortiment de meubles en acajou et en noyer, pendules, poëles et cheminées en faïence, de toutes dimensions ; porcelaines de toutes espèces ; étoffes diverses, comme draps, casimirs, castorines, flanelle de santé, rouennerie, calicots, etc., etc., etc. Tous ces articles se vendent en gros et en détail.

» On continue à recevoir toute espèce de marchandises et d'objets mobiliers, soit en exposition, consignation ou dépôt, soit en échange, soit à titre d'achat.

» Cet établissement est ouvert tous les jours au public, depuis le matin jusqu'au soir. »

Sauf le prêt sur gages, qu'il ne pratiquait pas, cet établissement avait beaucoup d'analogie avec le Mont-de-Piété, établi dans la rue Saint-Dizier no 135, et devait, par ce fait, lui faire une singulière concurrence.

Nous arrivons en 1828. Le 1er mars de cette année, Louis-René-Léonce Vincenot et Pierre-Arnould-Jean-Augustin Vidart s'associent pour exploiter une librairie au Casino, rue des Dominicains, 40. En 1830, elle était transférée au mois d'août, même rue au n° 14. C'était la librairie Gonnet, bien connue des vieux Nancéiens.

Les héritiers de Madame Aërts vendirent le Casino, par acte reçu Hainglaise, le 10 septembre 1830, à François Schmitz, entrepreneur de bâtiments et à Marie-Thérèse Glaise , son épouse, demeurant ensemble à Nancy.

Schmitz s'étant associé avec Charles-Bernard Débuisson, architecte à Nancy, ceux-ci acquirent conjointement, et chacun par moitié, la maison de campagne dite Auxonne, et se la partagèrent aussitôt. Cette acquisition n'avait d'autre but que de se rendre propriétaires des eaux du bouge de la source, qui ont alimenté depuis le Château d'Eau de la place de Grève. Sous certaines conditions, et d'après une convention spéciale passée avec la Ville, Schmitz obtint la faculté de verser les eaux provenant de son bouge, dans la conduite capitale établie par la Ville, pour amener ses eaux au Château d'Eau, et de reprendre celles-ci à leur sortie du Château d'Eau. Usant de cette faculté, il établit, depuis la place de Grève, une conduite en tuyaux de fonte de fer qui amène ces eaux au Casino.

Le 1er décembre 1831, à quatre heures et demie du matin, un violent incendie se déclarait dans le vaste bâtiment du Casino, au second étage ; en peu d'instants les combles et la toiture étaient la proie des flammes. Deux marchands forains, qui occupaient les salles du premier étage et du rez-de-chaussée, ont pu sauver leurs marchandises. Il n'en a pas été de même des locataires du second, qui perdirent tout ce qu'ils avaient. Trois pompiers furent blessés, et M. André, entrepreneur de bâtiments, est tombé du 2e étage au premier. Les secours, bien organisés, permirent de se rendre maître du feu, à huit heures du matin. Nous ne devons pas oublier de dire que Schmitz, propriétaire de l'immeuble, était capitaine des pompiers.

Paullet, lithographe qui demeurait rue des Carmes n° 11, vint s'installer vers le 15 décembre 1832, dans le passage du Casino. Il ajouta, en 1835, à sa lithographie, l'imprimerie en caractères de feu Richard Durupt. C'est aujourd'hui l'imprimerie Nicolas, qui existe toujours passage du Casino.

Par acte reçu Thiriot, le 20 juin 1841, les époux Schmitz vendirent le Casino, et toutes les cours réunies, servant à l'alimentation des *bains* et du *lavoir* du Casino, à M. Joseph Gaspard, comte d'Hofflize, ancien pair de France, maréchal des camps et armées du Roi, commandeur de l'ordre royal et militaire de Saint Louis, et officier de la légion d'honneur, domicilié de droit à Longuyon, demeurant à Nancy, et à Jeanne-Barbe Aglaé Le Duchat de Rurange, son épouse.

Peu de temps auparavant, s'était établi le premier Café-Concert moderne, dont il soit fait mention dans notre siècle. Nous lisons, en effet, dans *la Meurthe* du 5 février 1841 :

« Nous apprenons avec plaisir qu'un spéculateur de cette ville va ouvrir un établissement passage du Casino, au premier, sur la rue Saint-Dizier, sous le nom de *Café des Variétés*. Tous les soirs, de 6 heures et demie à 11 heures, on éxecutera une musique qui, nous assure-t-on, sera du meilleur goût. Nous engageons les Nancéiens à encourager cet établissement, nouveau à Nancy, et dont nous félicitons le créateur, auquel nous souhaitons une entière réussite. »

Ces soirées musicales avaient lieu deux fois par jour, les dimanches et les lundis : la première séance commençait à 2 heures 1/2 jusqu'à 5 heures ; la seconde reprenait à 6 heures jusqu'à 11. Les samedis, l'exécution n'avait lieu que de 2 heures à 6 heures ; il n'y avait pas de séance le soir ; des chanteurs des deux genres étaient attachés à cet établissement, qui ne dura pas longtemps.

Le Café des Variétés avait à peine trois mois d'existence, qu'un autre industriel de notre ville suivait ses traces et fondait un autre établissement à peu près analogue.

« Avis. — Le propriétaire du *Café de la Comédie* prévient le public qu'à partir du 1er mai prochain au plus tard, il y aura musique trois ou quatre fois la semaine, dans le jardin de l'établissement, ou dans une salle préparée à cet effet.

» Plusieurs personnes ont répandu le bruit qu'il n'y aurait qu'une certaine classe de la Société qui y serait reçue ; le fait est faux : toutes les classes y seront admises. Dans ce siècle-ci, la bonne Société est celle qui se conduit honnêtement.

» L'orchestre sera dirigé par M. Camille Mignot, dont le talent est devenu populaire à Nancy. La salle de la tabagie sera au premier. »

Le 18 décembre 1841, pour cause de cessation de commerce, le Café des Variétés, situé rue Saint-Dizier n° 19 (21) était à céder; néanmoins, on annonçait, pour le lendemain dimanche, une soirée musicale, ou exécution de morceaux nouveaux.

Le 5 janvier 1843, à 6 heures du matin, un incendie assez sérieux se manifesta dans l'imprimerie Paullet, qui ne put reprendre le travail que le mardi 24 même mois.

Il y a quelques années, que le passage du Casino était entièrement bariolé d'enseignes de tous genres, indiquant les différents établissements industriels qui s'y étaient succédé.

PÉPINIÈRE (RUE DE LA)

De la rue Héré à la Place de l'Académie.

Sa création correspond à celle de la place de Grève, maintenant dite]place de l'Académie, et du Cours Léopold.

L'état de 1767 ne la mentionne pas, puisqu'elle n'existait pas. Le plan de Mique lui donna la dénomination de *rue sur le Rempart*. Nous la trouvons dite quelquefois de 1780 à 1791, *rue qui va au-dessus* ou *qui conduit sur la Porte Royale*. En effet, la rue de la Pépinière, au lieu de descendre vers la Ville-Vieille, communiquait de la place de Grève à la *Terrasse de l'Arc de Triomphe*. On sait que c'est en 1847, qu'on l'a abaissée au niveau de *la place Vaudémont*, ci-devant nommée *place des Chameaux*.

De la *Terrasse de l'Arc de Triomphe* on descendait sur *la Terrasse de la Pépinière*, par un vaste et large escalier monumental figuré dans le plan de Belprey, détruit en 1817 par la municipalité, non sans regret de la population, qui se vit privée par ce fait de la jouissance d'un magnifique point de vue, et d'un lieu de réunion, où aimaient à se rencontrer tous les vieux flâneurs nancéiens, pour deviser sur le temps et les événements politiques, autant que sur les petits cancans de ville, ayant cours à l'heure présente.

La délibération du Conseil général de la commune du 17 septembre 1791, ordonne que « la nouvelle rue qui conduit de la place de Grève au-dessus de la Porte Royale, prendra le nom *de Benezet* qui, éloigné de la France par la persécution, a porté ailleurs l'esprit et le goût de la Liberté, en sacrifiant même sa fortune à l'affranchissement et à la dotation des Nègres. »

Ce dernier vocable fut confirmé par les délibérations des 13 pluviose an II et 18 fructidor an III.

À la Restauration, elle devint *rue de la Pépinière*. Comme, en 1816, le numérotage pair et impair appliqué aux rues de Nancy, commençait pour celle-ci à la Place de Grève, nous nous expliquons, en quelque sorte, le n° 38, qui est resté sur la terrasse à la Villa de la Pépinière, laquelle était probablement la dernière maison de cette rue, et aussi son dernier numéro pair. Les n°s impairs se trouvaient où sont maintenant les numéros pairs, et contrairement pour les maisons numérotées aujourd'hui impaires.

On avait conçu le projet d'ouverture de cette rue, lorsqu'on avait décidé la création de la rue des Michottes et de la grande place de Grève, puisqu'on démolissait pour ce faire les anciens remparts; mais son tracé ne fut définitivement arrêté que par l'ingénieur Lecreulx. C'est seulement en 1778, qu'on mit les ouvriers en chantier.

» On commence à jeter dans les fossés la terre du rempart, pour y établir une nouvelle rue, qui dédommagera abondamment les particuliers qui ont des maisons de ce côté, dans les rues des Maréchaux et du Bon Pays. Cette nouvelle rue commencera à la grande Place de Grève, et aboutira à l'Arc de Triomphe, entre les Places Royale et de la Carrière. » (Lionnois, *Essais*, p. 360).

Au moment où cet auteur publiait le premier volume de son *Histoire des villes vieille et nenve de Nancy* (1805), la rue de la Pépinière était à peine terminée, et les maisons qui s'y élevaient étaient de chétives constructions. Elle n'a commencé à prendre une certaine importance, que sous le premier Empire, lorsque Blaise y établit une sucrerie (1811). C'est donc à partir de cette époque, et en même temps que l'on ouvrait la rue d'Amerval, qu'elle a pris l'aspect d'une rue. Depuis, elle n'a fait que s'embellir, surtout depuis la création de la *place des Chameaux*, dite aujourd'hui *Vaudémont*. (V. ce vocable).

Sous la Restauration, si nous en croyons un document officiel, émané tout à la fois de l'hôtel-de-ville et de la préfecture, la *rue de la Pépinière* se nommait encore *rue Bénezet*. On lit dans le *Journal de la Meurthe* du 14 août 1821, cet avis significatif :

« AVIS. — Les habitans de cette ville sont avertis que le lundi 20 du présent mois, à trois heures de relevée et jours suivans, s'il échet, il sera, pardevant M. Chapleur, commissaire spécial nommé à cet effet, par arrêté de M. le préfet en date du 30 juillet dernier, procédé à l'hôtel-de-ville, chambre du Conseil municipal, à une information administrative de commodo et incommodo, sur la question de savoir s'il y a nécessité, avantage, ou de l'inconvénient d'aliéner le bâtiment communal qui servait autrefois à la réclusion des filles publiques (1), pour en appliquer le prix au payement de partie des dépenses projetées, pour faire communiquer la *rue Benezet* à la Porte Royale........

Nancy, le 11 août 1821.

Signé : RAULECOUR.

Les avis des 11 avril 1823 et 2 septembre 1825 dénomment cette rue *rue de la Pépinière*.

Cet avis que nous citons est un exemple duquel doivent s'inspirer les municipalités qui se succèdent à l'hôtel-de-ville : lorsqu'un vocable est admis par le public, il ne faut plus le changer. Voilà toute la morale de l'histoire.

Nous ferons remarquer qu'en 1821, la rue de la Pépinière formait une impasse près de la maison qui porte de nos jours le n° 2.

En novembre 1822, la ville acquérait la propriété Lallement, sise sur l'ancien bastion d'Haussonville (v. place Vaudémont) et en avril 1823, elle mettait en adjudication, par soumissions cachetées, les travaux « de fouilles, démolitions, maçonneries et autres de diverses natures restant à faire, pour la continuation de l'ouverture de la rue de la Pépinière, jusque le passage Royal, suivant devis estimatif montant à la somme de 14,988 fr. 86 cent. »

Le 6 juin 1823, les travaux étaient commencés, nous l'apprenons par un accident survenu l'avant-veille sur les chantiers.

(1) Est-ce la Poissonnerie ? Est-ce la Vénerie ?

« Un événement qui pouvait avoir des suites plus funestes, est arrivé avant hier à Nancy.

» On sait que par les soins de M. le Maire, des ouvriers travaillent en ce moment à percer une rue qui aboutira de la place de Grève à la Terrasse de la Pépinière, en passant près de la porte Royale. On est obligé, à cet effet, de démolir d'anciens bastions si solidement construits, qu'on ne pourrait en arracher la moindre pierre, sans le secours des mines.

« Mercredi, vers 2 heures, les ouvriers venaient d'en préparer une, et avaient déjà placé la poudre, lorsqu'elle éclata, sans qu'on s'y attendît nullement, puisque la mèche n'était pas encore allumée. Quoiqu'il se trouvât plusieurs personnes aux environs, un maçon fut seul blessé et reçut de fortes contusions qui, cependant, ne sont point dangereuses. On attribue cet accident à la collision de l'aiguille à perforer contre un caillou. » (*Meurthe*, 6 juin 1823.)

On n'avançait que bien lentement dans ce travail. En septembre 1825, il restait encore beaucoup à faire pour relier la rue de la Pépinière à la rue Héré. On procéda vers le 6 de ce mois « à une adjudication à l'enchère des arbres et des matériaux de démolition du pavillon existant dans le jardin acquis par la ville, sur le Sr Lallement, pour opérer la continuation de la partie de la rue de la Pépinière qui avoisine l'*Arc-de-Triomphe*, dit la *Porte Royale*, estimés ensemble à 638 fr. »

Les travaux de déblaiement du terre plein de ce jardin étaient évalués à 21,876 fr. 20 cent.

On peut juger, par ce chiffre, de la masse cube de terre qu'il s'agissait d'enlever.

PIERRE FOURIER (Rue)

De la rue des Dominicains à la place d'Alliance.

Quoiqu'elle figure dans le plan de Dom Calmet, allant de la rue des Dominicains à la première rue de la Congrégation, supprimée sous le règne de Stanislas, elle n'y est pas dénommée. Dans les plans de 1754 et 1758, elle est indiquée comme *rue neuve de la Congrégation*.

L'état de 1767 et le plan de Mique l'intitulent *rue de l'Hôpital*. Quelques années plus tard, nous la trouvons dite *rue de l'Hôpital Saint Julien*.

La délibération du 13 pluviôse an II la dénomma *rue de l'Hospitalité*. Celle du 18 fructidor an III en fit la *rue de la Bienfaisance*. A la Restauration, elle est redevenue *rue de l'Hôpital Saint Julien*.

C'est en 1867, qu'on lui donna le nom de *Pierre Fourier*, en mémoire du fondateur de la maison de la Congrégation (1565, 1640).

Nous regrettons sincèrement, pour notre part, qu'on ait négligé de donner·jusqu'ici le nom de *Saint Vincent de Paul*, à l'une des rues de notre ville. On semble avoir oublié tout le zèle charitable déployé par cet homme bienfaisant, durant le règne néfaste de Charles IV. On nous répondra, avec raison, que la rue de la Charité, où se trouvent les sœurs de son ordre en tient lieu. Ce qu'on ne sait pas assez, c'est tout le bien qu'a fait Saint Vincent de Paul, dans notre province ruinée et affamée.

Sans vouloir critiquer le vocable choisi en 1867, et qui aurait mieux convenu à la rue de la Constitution, nous aurions préféré voir conserver intact le vocable primitif de *rue de l'Hôpital Saint Julien*, parce que ce vocable était le plus vrai et le plus historique. Il ne faut pas oublier que l'Hôpital Saint Julien est le plus vieil établissement hospitalier de notre ville ; sa création remonte au XIVe siècle (v. Rue Duc Antoine). Il a été transféré sur l'emplacement actuel par le duc Charles III, dès que celui-ci eut conçu le projet d'édifier la ville neuve. En 1589, il était complétement bâti et habité. Rien qu'à cause de cela, nous aurions demandé que le vocable précédent fût conservé à cette rue. Il y avait un souvenir historique à respecter, et que ne garde pas le nom respectable de Pierre Fourier, surtout que, dans peu de temps, cet hospice cessera d'exister, par sa réunion au grand hôpital de la rue de Strasbourg. On aliénera cet immeuble ; et, dans cinquante ans, on aura oublié que là fut l'Hôpital Saint-Julien.

POINT-DU-JOUR (Rue du)

De la place Saint-Epvre à la place de l'Arsenal.

Au dernier siècle, la *rue du Point-du-Jour*, qui n'était, en somme, qu'une ruelle élargie, de 1809 à 1814, n'allait pas au-delà de la rue Saint-Michel. La partie supérieure, qui aboutit sur la place de l'Arsenal, était la *petite rue Notre-Dame*, ou la *petice rue Saint-Michel*, et elle ne compta plus comme rue, après l'incendie de l'hôtel de Moy, survenu, en 1733, car elle est considérée, dès lors, comme une partie de la *rue Saint-Michel*.

Nous n'avons donc à nous occuper que de la première portion, prenant naissance à la place Saint-Epvre, et se terminant à la rue Saint-Michel. C'est cette portion que l'état de 1767 et d'autres documents indiquent comme *rue du Point-du-Jour*.

Dans ses *Essais*, p. 352, et dans son *Histoire*, t. Ier, p. 284, Lionnois lui applique un vocable qu'elle n'a jamais dû porter, et lui donne des origines qui ne se rattachent guère à la vérité. Il ne cite, en fait de documents, que le rôle de 1565-1566, dont il n'a pas bien saisi la marche, et une version du P. Benoit Picard; ces deux documents n'ont de valeur que s'ils sont appuyés par d'autres. Nous contestons d'abord l'application qu'il fait du vocable de Roubonneau, et nous laissons au P. Benoit Picard la responsabilité de son assertion, si tant est qu'il ait voulu indiquer plutôt la rue du Point-du-Jour, que, par exemple, la rue du Cheval-Blanc, ou la rue de la Charité. Avant tout, il faut commencer par lire Lionnois, aux pages que nous venons d'indiquer :

« La *Rue du Point du Jour* : on l'appelait ci-devant *rue Roubonneau*, d'un farceur nommé *Rambonnet* qui, par ses tours singuliers, attirait dans cette rue étroite, toute la populace de la ville qui, souvent, procurait des scènes plus étonnantes encore que celles du farceur. Au commencement du siècle, une hôtellerie, dont la porte cochère a vue sur la place Saint Epvre, ayant pour enseigne : *Au point du jour*, a changé l'ancien nom de cette rue en celui du Point du Jour. L'enseigne subsistait encore, il y a quelques années, quoiqu'il n'y eût plus d'auberge depuis longtemps. C'était une pierre d'environ 15 à 18 pouces en quarré, incrustée dans le mur, sur laquelle on voyait, en bas relief, deux anges soutenant une roue, sur laquelle trois lions, deux en chef et un en point, semblaient vouloir grimper un aigle, placé au-dessus, laissait apercevoir des rayons qui sortaient de ses plumes avec l'inscription : *Au Point du jour.* Cette petite rue rejoint celle de Saint-Michel, et perd là son nom. Le P. Benoit Picard, dans la *Vie de saint Gérard,* prétend que dans l'hôtellerie dont nous venons de parler, et qui a eu pour enseigne pendant ce siècle, *la Ville de la Rochelle,* on voyait encore dans les caves les restes d'un ancien château, ou Palais des Ducs de Lorraine. Ce serait celui du Duc Simon, situé près de Nancy en 1030. Il n'est pas possible d'en découvrir la moindre chose, depuis qu'on a reconstruit la face de cette maison. »

Nous regrettons que Lionnois, ailleurs si méticuleux, ne nous ait pas donné le numéro que portait cette maison en 1779 ou en 1788, ou même pendant l'ère révolutionnaire. On aurait pu, à l'aide des anciens titres, rétablir la vérité. Il nous dit qu'au commencement de son siècle, cette hôtellerie avait pour enseigne : *Au point du jour,* et, plus loin, qu'elle a porté pour enseigne, à une époque postérieure, *la Ville de la Rochelle.* Suivant lui, la première enseigne aurait fait donner, seulement au commencement du XVIIIe siècle, le nom de l'hôtellerie à la rue qui le porte encore aujourd'hui. Cette hôtellerie existait déjà, sous cette même enseigne, à la fin du XVIe siècle; on trouve dans les comptes du Domaine de Nancy, de 1576-1577, une dépense de 6 frans « pour despense de bouches, que le maistre d'escolle a fait au longy de l'host du *Point du Jour,* par deux fois qu'il a esté mandé. »

Si nous examinons le rôle de 1551, le seul dans lequel il soit fait mention de la *rue Roboam,* certainement *rue Roubonneau,* en 1565, nous remarquons que ce vocable ne s'applique nullement à la rue du Point-du-Jour, qui devrait être entre la huitième et la douzième, tandis qu'elle ne vient que la seizième. La 12e est le circuyt de la place, comprenant la place Saint-Epvre, la rue de la Cour et la rue du Point du Jour, peut-être bien aussi à la rue Saint-

Epvre qui, cependant, pouvait faire partie de la rue du Four Sacré portée la 8e ; la 13e est la rue de la Boucherie ; la 14e la rue des Estuves seconde partie de la rue de la Source ; la 15e la rue du Vieil Change ; la 16e la *rue Roboam* ; la 17e la rue Narxon, première partie de la rue de la Source. Il résulte donc de la marche du contre-rolleur, que la rue Roboam aurait été, en 1551, ou la rue de la Charité, ou la rue du Cheval Blanc. Dans les rôles de 1572, 1582 et 1589, il n'est plus question de la *rue Roboam*. Si nous avions sous les yeux les rôles de 1565, il est probable que nous trouverions la *rue Roubonneau* à la place de la *rue Roboam*, mais située dans le même quartier, c'est à dire entre la rue de la Boucherie et la rue de la Monnoye, et non comme a cru la voir Lionnois, dans le quartier des Bourgets, au-delà de la rue Saint-Michel.

La *rue Roboham* comprenait en 1551, 20 conduits ou ménages, dont 1 boullangier, 1 barbier, 1 serrurier, 1 parfumeur, 1 poissonnier, 1 potier de terre. Ce n'est pas dans l'étroite et petite ruelle du Point du jour, qu'on aurait rencontré, au XVIe siècle, 20 contribuables, surtout que le rôle y indique des personnages d'un certain rang, tels Jehan Malamont, médecin, Bertrand Mittalle, maître organiste et valet de chambre du duc, annobli en 1535, Nicolas Fabry, pannetier du duc, prevost d'archer. Eh ! ces gens n'étaient pas de moyenne condition, et ne se seraient guère contentés du séjour de la ruelle du Point du Jour. On nous objectera que la rue du Cheval Blanc et celle de la Charité ne valaient guère mieux, c'est possible ; mais à notre tour, nous observerons qu'il faut tenir compte de hantage de la rue, et qu'il y a lieu également de ne pas omettre le nombre de maisons : en 1767, la rue du Point du Jour ne comprenait que sept maisons, dont une chapelle, et nous nous trouvons dans la rue Roboam, en face de 20 ménages, dont une veuve, lesquels occupaient certainement un plus grand nombre de maisons que n'en comportait la rue du Point du Jour.

Nous avons constaté, dans nos *Promenades historiques à travers les rues de Nancy*, l'existence dans cette dernière rue, en 1767, d'une chapelle placée sous l'invocation de Sainte-Anne, de laquelle Lionnois ne dit pas un mot. La rue du Point du Jour a été élargie vers 1809, en conséquence du plan d'alignement dressé par Dosse, pour la

Ville-Vieille, en 1806. Nous connaissons à peu près tous les actes d'acquisition, faits à cette époque par l'administration municipale, pour arriver à l'élargissement et à l'alignement actuels ; dans aucun, la mouvance ne nous a permis de déterminer l'emplacement de cette chapelle, qui porte dans l'état des maisons de Nancy de 1767, le numéro 244 de la paroisse Notre-Dame.

PONT MOUJA (Rue du)

De la rue Saint Georges à la rue Saint Nicolas, ou à la jonction des rues de la Fayencerie et de la Primatiale.

V. ce que nous avons dit pour la rue des Dominicains et aussi rue Saint Nicolas.

La rue du Pont Mouja est donc le second tronçon de l'ancien faubourg Saint Nicolas, devenu, dans la suite, *rue neuve Saint Nicolas*.

Elle doit son nom, suivant une tradition légendaire, à un savetier nommé Durand Meugeart, qui aidait les gens de son temps, à traverser, au moyen d'une planche, moyennant redevance, le ruisseau qui séparait cette rue de celle des Dominicains, où Durand Meugeart avait son échoppe.

Les plans de 1728 à 1758 la nomment *rue neuve Saint Nicolas* ; les almanachs et les tableaux des avocats de 1703 à 1747 la nomment *rue Saint Nicolas* ; l'état de 1767 et le plan de Mique lui donnent le nom de *rue du Pont Mouja*. Elle conserva ce vocable, qui n'avait rien de trop aristocratique, jusqu'au 18 fructidor an III. La délibération de ce jour, la comprenant dans son ancienne dénomination de *rue neuve Saint Nicolas*, lui donna le nom de *rue Voltaire*, qu'elle a, couci-couci, conservé jusqu'en 1814.

Le nom de *Mouja* est une corruption de *Meugeart*, qui est devenu *Meugeat*, puis *Mougeat* et enfin *Mouja*. Nous l'avons trouvé orthographié ainsi dans divers documents.

On appelait aussi le *Pont Meugeart* le *Pont de Pierre*. Sans doute que c'était le seul pont en pierre qui existait dans la Ville-Neuve.

Le Pont Meugeart qui passa, après sa suppression, pour une de sept merveilles du vieux Nancy, mérite à lui seul une monographie. Nous l'avons entreprise et terminée, nous n'attendons pour la publier, qu'un moment opportun.

On a sans doute lu ce que nous avons dit de la *Ruelle du pendu*, dans l'article que nous avons consacré à la *rue Didion* (v. ce vocable). Nous avons laissé croire, que la ruelle du pendu et la rue des Tanneurs ne devaient pas être éloignées de la rue du Pont Meugeart. Nous croyons plus, c'est que la rue qui porte ce nom pourrait bien avoir été tout à la fois l'une et l'autre. Nous avons, au moins, la conviction que la rue du Pont-Mouja a été primitivement la *rue des Tanneurs.*

Pour se prononcer en connaissance de cause, il est indispensable de relire attentivement ce que Lionnois écrit sur l'origine de cette rue, et contrôler sa version avec ce que nous avons dit précédemment, en parlant de la rue Didion.

« Enfin, la dernière maison de ce carré (entre la rue des Dominicains et la rue Saint Julien) faisant angle sur les rues Saint Nicolas et du Pont Mouja, la seconde de cette île qui ait conservé sa primitive construction, a appartenu à *Claudin Durand* dit *Meugeart,* qui a fait donner son nom au pont construit dans ce quartier, et à cette rue *depuis la Primatiale jusqu'a la paroisse Saint-Roch,* et à la partie de celle de Saint-Nicolas, qui en est voisine.

« Ce Claudin Durand, dit Meugeart, inscrit dans les registres des Dames précheresses comme payant cens pour cette maison, est de plus nommé dans le registre A, ou déclaration de l'arpentage des héritages ascensés par ces religieuses à des particuliers, pour un jardin de 29 toises 59 pieds, et pour un autre de 40 toises 40 pieds, tous deux situés au-dedans des *rues du Pont-Mougeart,* de l'hôpital, de l'arche, et la ligne tirée pour faire celle de Saint-Julien. »

Si nous ne nous trompons, le registre A est daté de 1591 ; à cette date, la *rue du Pont-Mougeart* n'avait pas ce vocable. On comprend à peu près ce que veut dire Lionnois ; mais comme il mélange d'anciennes dénominations à celles usitées de son temps, il est difficile de préciser sa pensée. C'est cependant la partie historique de la rue du Pont Mouja qu'il traite magistralement en ces quelques lignes.

Claudin Durand, dit Meugeart, possédait en cet endroit deux maisons : l'une, qui porte de nos jours le n° 1 de la rue du Pont Mouja, faisant angle sur la rue Saint Georges, et l'autre le n° 59 de la rue des Dominicains, faisant angle également sur ladite rue. Ce sont ces deux maisons qui doivent nous servir de point de départ. Nous nous y bloquons et nous écoutons la légende, narrée de bonne foi par Lionnois, dans son *histoire* p. 467.

« Ce Meugeart était un savetier qui avait son échoppe devant sa maison, le long de laquelle coulait à découvert le ruisseau du moulin, renfermé aujourd'hui dans un canal couvert, tout le long de la rue Saint Georges et se rendant, à travers le jardin botanique et les tanneries, dans la Meurthe. Lorsque les eaux du moulin étaient trop abondantes, par les eaux d'orages, ce ruisseau débordait, et il n'y avait pas moyen de passer, dans ce quartier du nord au midi. Ce bon homme, qui a laissé une bonne succession à ses héritiers, mettait une planche sur le ruisseau, et tirait une petite pièce d'argent de ce temps de tous les passans. Charles III, ayant ordonné le pavé des rues de la Ville-Neuve, commença par cette rue et fit faire en cet endroit un pont en pierre, avec une pyramide au milieu du garde-fou occidental, sur laquelle était la statue de Neptune, qui orne la fontaine dudit Pont Mougeart.... »

Nous renvoyons le lecteur au t. III p. 230 et 231.

En rapprochant la version de Lionnois des comptes du receveur de Ville ou du Domaine de la Ville, elle ne tient plus debout ; la légende de la planche à Durand Meugeart tombe à l'eau et à plat.

Comment supposer, en effet, qu'une voie, aussi fréquentée que l'était le faulxbourg Saint Nicolas, route d'Alsace et d'Allemagne, ait eu, à la sortie de la ville, un gué à traverser. On peut admettre un gué de rivière, tel que celui du pont d'Essey, mais non un gué de ruisseau souvent débordé par les pluies et creusant sans doute le sol, par la force des eaux formant torrent ? Alors qu'il ne suffisait que d'un ponceau, pour relier une rive à l'autre.

Les comptes de 1589 constatent qu'un pont de pierre existait alors en cet endroit, antérieurement à cette année, puisque c'est pour une réfection totale qu'il a été payé 45 frans, à Pierre Richardin, pour avoir démoli un pont de pierre et en avoir fait un autre. C'était en ce temps là une somme énorme que 45 frans barrois, qui pouvait permettre, vu le prix des matériaux et de la main d'œuvre, de construire un pont sur les piles de l'ancien.

Mon Dieu! sans remonter bien haut, en 1703, la serrurerie des trois cellules de fous, construites à l'Hôpital Saint Julien n'a coûté que 131 liv. de Lorraine ; la maçonnerie, la couverture, la charpente, la menuiserie et le pavage ont coûté au domaine ducal 1035 livres pour *trois maisons !*

Laissons de côté la question pécuniaire, qui n'a rien à voir ici. Tout se résume dans celle-ci : la légende que nous a transmise Lionnois est-elle vraie, est-elle probable ? A notre sens, elle n'est pas rigoureusement vraie, puisqu'avant 1589, il existait déjà un pont de pierre en cet endroit, sans doute depuis un temps déjà ancien, peut-être depuis la création de l'hôpital des sœurs grises, c'est à dire depuis le XVe siècle, sous le règne du duc René II. Le 2 novembre 1471, Colin Bauldaire, de Nancy, déclare tenir en fief et hommage du duc, un four banal appelé le *Four Sacré,* un meix assis devant la porte Saint Nicolas, du côté du *pont des Tanneurs* etc. Ce pont des Tanneurs n'est autre que le pont primitif démoli et reconstruit en 1589. On a la preuve que quelques tanneurs exerçaient leur industrie en cet endroit, mais nous ne pouvons dire si c'était du côté de l'Hôpital Saint Julien, ou dans la partie supérieure du ruisseau, derrière l'ancien hôtel de l'Envoyé de France. En 1527, il est question d'une maison sise sur le *rus des Tanneurs,* c'est à dire sur le ruisseau où ces industriels avaient leurs ateliers (*Archives* t. I, p. 187). En 1538 il est également question d'une autre maison sise au faulbourg Saint Nicolas en la *rue des Tanneurs.* Lionnois aura trouvé, sans doute, trace de la réfection de ce pont en 1589 ; la légende qui lui est parvenue aidant, il aura supposé que le premier pont de pierre construit en cet endroit, l'avait été cette année par ordre du Duc Charles III.

Durand Meugeart pouvait être un artisan fort connu et bien réputé au faubourg Saint Nicolas, peut-être d'humeur joyeuse, jouissant d'une certaine célébrité ; il n'en fallait pas davantage pour faire donner son nom au pont nouvellement établi près de sa maison.

Nous nous trouvons en présence d'une plaisanterie

légendaire, imaginée par nos ayeux et dont la personne et le nom du savetier Claudin Durand, dit Meugeart, ont fait depuis longtemps tous les frais.

Nous ferons remarquer qu'on n'appelait pas toujours ce pont du nom de Meugeart ; il est très souvent dit le *pont de Pierre,* notamment dans l'almanach de 1703 et dans quelques tableaux d'adresses, publiés dans la première moitié du XVIIIᵉ siècle. Le nom de Meugeart n'a prévalu, d'une manière absolue, que lorsque le pont a été détruit, lors de la couverture du canal. C'est principalement de sa destruction que vient sa grande célébrité.

En 1701, le pont construit par Pierre Richardin, en 1589, fut de nouveau démoli et réédifié, v. *Archives de Nancy* III, 81 :

« 2 août 1701. — Adjudication des ouvrages de maçonnerie et pierre de taille, qu'il convient de faire pour la construction d'un nouveau pont appelé le *Pont Mougeat,* sous lequel passe le ruisseau de la ville ; lequel sera construit en place de celui qui y est présentement, afin de le rendre plus large et plus praticable, pour la facilité des voitures qui y passent journellement. »

C'est ce dernier pont qui a été détruit en 1742, lorsqu'on couvrit le canal Saint Thiébaut, coulant à ciel ouvert le long de la rue Saint Georges, jusqu'au lavoir qui joignait la porte ; on ne conserva alors que la fontaine monumentale, qui existait sur son parapet occidental.

A la suite de sa destruction, le souvenir du Pont Meugéart, dont il ne restait plus trace, compta parmi les sept singulières merveilles du vieux Nancy, recommandées très sérieusement aux étrangers, comme curiosités étonnantes. En effet, de ces sept merveilles, il n'y en avait qu'une qui existait et qui existe toujours, seulement elle est introuvable, tant elle est petite et dissimulée dans une infinité d'ornements : c'est le bœuf qui prêche, et ce bœuf n'est qu'un bélier. Nous en avons donné la description, dans notre brochure les *Figures allégoriques de la Porterie.*

La rue du Pont Mouja a été renommée par une ancienne auberge qui avait, au nº 23 actuel, l'enseigne *aux Trois Maures.* Cette auberge, bien hantée, y subsistait encore au commencement de ce siècle. La maison ayant été acquise par un épicier, l'aubergiste, qui n'en était que locataire, dut cesser de l'exploiter. L'enseigne fut prise ensuite par l'aubergiste qui succéda à Digout fils, au Cheval de Bronze, dans la rue des Ponts.

Une des grandes curiosités de cette rue, et qui sert encore aujourd'hui de sujet de distraction à quelques jeunes gens, notamment aux étudiants, qui y mènent les nouveaux venus, pour les planter au milieu d'une des cours intérieures, est l'*Enfer*, aux n° 18-20. L'entrée est par le long corridor de la maison n° 18. Ces deux maisons n'en formaient qu'une autrefois. Un peu plus bas, au n° 12, était le *Petit enfer*, ainsi nommé dans l'état des maisons de 1767. Cet état ne donne pas le nom du propriétaire de cette dernière maison ; il nous apprend que l'Enfer appartenait aux héritiers Ragot. Les mots Enfer et Petit Enfer sont imprimés dans le livret, comme le sont les édifices publics, ou les hôtels des premières maisons nobles.

Lionnois, qui a essayé d'expliquer l'origine du mot *Enfer* donné à la maison n° 18-20, ne parle pas du Petit Enfer, maison n° 12 ; mais aussi, d'un autre côté, Lionnois laisse croire que les maisons qui ont leurs façades sur la rue Saint Dizier, depuis le n° 43 jusqu'au n° 51 inclusivement, formaient, avec celles de la rue du Pont Mouja, ce qu'on appelait l'Enfer. C'est sans doute pour cette raison qu'il ne distingue pas le Petit Enfer.

« Au delà du ruisseau, dit-il, est la maison n° 22, encore connue aujourd'hui en la rue Saint-Nicolas (du Pont Mouja), sous le nom d'*Enfer*. Cette maison d'une vaste étendue, tant sur cette rue que sur celle de Saint-Dizier, contenait des écuries dans lesquelles on plaça des chevaux de la cavalerie, pendant que la France s'était emparée de Nancy. Une multitude de bourgeois peu aisés en occupaient les appartements. Les soldats et cavaliers venant panser leurs chevaux, lâchaient plusieurs propos injurieux à la gloire du duc de Lorraine, et que ses sujets ne pouvaient souffrir. De là, les querelles et les batailles entre les uns et les autres, ce qui fit d'abord dire que cette maison était un *Enfer*, parce qu'on ne pouvait y être tranquille ; mais cette qualification lui fut spécialement attribuée, à l'occasion des ossements de deux enfants qui furent jetés dans le ruisseau, et trouvés en cet endroit. Le bruit s'en étant répandu dans la ville, fit que, plus qu'auparavant, on regarda cette maison comme un *Enfer*. Le soupçon tomba sur deux pauvres malheureuses femmes, dont les maris servaient à l'armée du duc de Lorraine, lesquelles occupant chacune une chambre dans cette maison, et mourant de faim, étaient convenues de manger leurs enfants, ce qu'elles firent, et en jetèrent les os dans ce ruisseau, croyant que la force de l'eau les entraînerait à la rivière, avant que le jour parût. Alors ce ruisseau était à découvert dans toute la ville. Ces femmes furent appréhendées et conduites en prison. Elles avouèrent leur détestable crime, qu'elles expièrent par leur mort à la porte de la ville. » (*Histoire* III, p. 143).

Héraudel, dans ses Elégies, confirme malheureusement cette terrible anecdote, qui était encore l'un des moindres crimes qui se commettaient, en ces temps si calamiteux de guerre, de peste et de famine.

Suivant Lionnois, l'*Enfer* aurait commencé au n° 22 de la 2e section, aujourd'hui rue Saint Dizier 43 et 45, « on y communique, dit-il, par une ancienne porte cochère, n° 22, sous un long appartement supérieur. » En l'an IV, cette maison était habitée par le cit. Dieudonné Laruelle, qui se déclare rentier âgé de 67 ans.

La façade orientale de cette partie de la rue Saint-Dizier comprenait alors les numéros : 17 à 31 inclus, soit 15 maisons ; en 1767, on y comptait des numéros 231 à 246 inclus, 16 maisons ; de nos jours, il n'y a plus que les numéros 35 à 57 inclus, soit 12 maisons, Or, entre le 43 et le 53, les quatre maisons qui restent faisaient jadis partie de l'*Enfer*.

Le 24 mai 1821, Dominique-Joseph-Sigisbert Renaud fils, négociant à Nancy, et Anne-Marie-Françoise Courtois, son épouse, se rendaient adjudicataires, à la barre du Tribunal civil de Nancy, d'une maison sise à Nancy, rue Saint-Dizier, sous le n° 41 (n° 43 actuel), entre Richy à gauche n° 39 (41) et Chevalier à droite n° 43 (45) ; elle est divisée en deux corps de logis ; les acquéreurs doivent, aux termes de cet acte, un passage de 3 mètres 50 centimètres, pris sur la façade et donnant communication à la propriété des sieurs Voirin et Chevalier.

Ce passage portait, du temps de Lionnois, le n° 22 et était jadis l'entrée de l'*Enfer*.

Cette dernière locution, à laquelle Lionnois attribue une origine très vraisemblable, est encore fréquemment employée dans le langage usuel, pour désigner une chose insupportable, ennuyeuse. On dit vulgairement de deux époux mal assortis : c'est un ménage d'enfer ; si l'on parle d'une maison, où les domestiques et les employés sont mal traités sous le rapport du travail ou de l'exigence des maîtres, on dit : c'est une maison d'enfer ; un travail est-il ennuyeux ou difficile, on lui applique cette locution : c'est un travail d'enfer. Une maison est-elle mal hantée par des locataires peu soucieux du repos de leurs voisins : c'est une maison d'enfer. Tout ce qui est pénible, ennuyeux, insupportable, agaçant, est facilement comparé, en Lorraine, à un *Enfer*. On n'a jamais dit auquel, mais dès qu'on a dit d'une chose que cette chose est un enfer, on a fait la comparaison la plus énergique qu'on puisse imaginer.

Sans vouloir détruire ici la tradition rapportée par Lionnois, nous observerons que, dans les campagnes, les lieux-dits à l'Enfer sont très communs dans notre province. Sans aller bien loin, la Meurthe se jette dans la Moselle à la *Gueule d'Enfer*. Il n'y a guère de bans où l'Enfer ne soit ainsi rappelé.

Ce vocable n'est pas mentionné dans les Archives de Nancy, publiées par H. Lepage, tandis qu'on y trouve la *Cour d'Argyr*, dont l'emplacement est encore à déterminer, mentionnée dans divers documents. Il se pourrait bien, à notre avis, que la *Cour d'Argyr* ne soit autre chose que l'*Enfer*. Nous sommes certain que la Cour d'Argyr était située dans la rue Saint-Nicolas. M. Louis de la Cour d'Argy, lieutenant du roi et gouverneur de Nancy, est mort de la peste le 18 décembre 1636 ; il est possible, sinon probable, qu'il habitait l'hôtel dit de l'Envoyé de France.

En 1703, M. Pierre Drouville, avocat à la Cour, donne son adresse rue Saint-Nicolas, près de l'*hôtel d'Arger* v. u. A cette époque, les adresses de la rue Saint-Nicolas étaient données ainsi : près l'Esplanade, près les Sœurs Grises, près l'hôpital Saint-Julien, près le pont de Pierre — pour les rues des Dominicains et du Pont-Mouja — et près les faubourgs, pour la rue Saint-Nicolas.

Nous ne formulons qu'une hypothèse très problématique. La *Cour d'Argy*, d'*Argyr* ou d'*Arger* a existé, elle est souvent indiquée dans les almanachs de Lorraine. Si ce n'était pas l'*Enfer*, ceux qui écriront après nous auront peut être plus de chance de découvrir sa situation.

PONTS (Rue des)

De la rue Saint Jean à la rue de l'Equitation.

Originairement dite *des Petits Ponts*, elle prenait naissance sur la rue de la Poissonnerie, à l'angle de la chapelle des Dames de la Visitation, devenue chapelle du collège.

Elle a porté une assez grande quantité de noms dans toute son étendue : 1° *rue de la Visitation ;* 2° *rue des Augustins ;* 3° *rue Saint Sébastien ;* 4° *rue des Bénédictins.*

Après l'établissement, dans sa première partie, du monastère des Dames de la Visitation, elle en est distincte et devient, de la rue Saint Jean à la rue Saint Thiébaut, *rue des Augustins* ; et de la rue Saint Thiébaut à la rue de l'Equitation *rue des Ponts* ; c'est ainsi que nous la présente le plan de Dom Calmet, qui lui fait perdre, à la fois, son vocable de *Saint Sébastien*, entre la rue Saint Thiébaut et la rue de la Hache, et celui *des Bénédictins*, entre cette dernière rue et son extrémité.

Ce sont les deux vocables admis par Dom Calmet, que nous rencontrons dans les plans du XVIIIe siècle et dans l'état de 1767, lesquels lui ont été conservés jusqu'à la Révolution.

La délibération du 17 septembre 1791 atteint seulement la *rue des Augustins* (de la rue Saint Jean à la rue Saint Thiébaut), laquelle devra désormais être appelée *rue du jeu de Paume* ; parce que suivant l'état de 1767, le jeu de Paume était établi dans la maison Jeanmaire-Kelle, rue Saint Jean n° 39, et s'étendait en profondeur sur la rue des Augustins.

Cette décision excita la bile de F.-Ch. Callot, qui écrit p. 12 de sa *Manifestation.*

« *La rue Saint Augustin sera celle du* JEU DE PAUME.

« Voilà un Père de l'Eglise délogé à la raquette, et son nom remplacé par un nom bien pieux ! Voilà un mot ingénieusement choisi ! Il paraît, au contraire, contraster avec ce que nous avons vu depuis la Révolution. L'adresse à la Paume est de friser la corde ; l'adresse, au contraire, dont nous avons vu se multiplier les exemples, c'est qu'un citoyen très actif étrangle avec une bonne corde, à la première lanterne, un boulanger nommé François, un maire de Reims et tant d'autres honnêtes citoyens. »

Les délibérations des 13 pluviose an II et 18 fructidor an III, confirmèrent celle du 17 septembre 1791, et respectèrent le vocable de la *rue des Ponts*.

En 1814, la *rue du Jeu de Paume* redevint *rue des Augustins*. Les plans de 1835 et de 1837 indiquent encore cette rue, qui a perdu définitivement son vocable, par la délibération du 30 décembre 1839, qui observe dans le tableau que nous avons sous les yeux, que la rue actuelle des Ponts comprend l'ancienne rue des Augustins et le côté occidental de la place du Marché, c'est à dire les maisons qui sont dans l'alignement de l'église Saint Sébastien.

En 1840 et en 1867, on avait proposé de donner le nom de *Dom Calmet* à la partie extrême de la rue des Ponts, commençant à la rue de la Hache, à cause de l'ancien monastère des Bénédictins, occupé aujourd'hui par les Dames de la Visitation (v. *rue Dom Calmet*). Il est fort regrettable que le Conseil municipal ait choisi la petite rue des Carmes, pour y mettre un bénédictin qui a demeuré cinq ans dans la rue des Ponts, et qui fait honneur, par ses travaux, à l'ordre auquel il appartenait et à la Lorraine, dont il était un modeste enfant. On sait que le savant abbé de Senones, Dom Calmet, né à Ménil-la-Horgue, était fils d'un maréchal-ferrant.

Nous avons vu plus haut, qu'à un moment donné la rue des Ponts avait porté quatre vocables à la fois.

M. P. G. Dumast, dans son système hodographique, aurait bien trouvé huit ou dix vocables pour elle ; si on l'avait écouté, en 1846 et en 1857, on n'aurait eu que l'embarras du choix.

Entre autres vocables, il avait recommandé chaudement Israël Sylvestre, l'émule de Jacques Callot. Pourquoi ? parce qu'on avait dit à Lionnois, qui l'a répété, qu'Israël Sylvestre avait demeuré dans la rue des Ponts : mais rien ne le prouvait, et nous avons acquis la certitude que la plupart des personnages que Lionnois a fait vivre dans la Ville-Neuve, sont nés, ont vécu et son morts dans la Ville-Vieille.

L'acte de baptême d'Israël Sylvestre, daté du 15 août 1621 est ainsi conçu :

« Israël, fils de Gille Sylvestre, cordonnier, et de Elisabeth Hanriette (Henriet), sa femme. Le parein est Israël Hanriez, peintre, et la marraine est Pèrine Boucmon, femme de l'Hoste du Grand Cerf. » (*Archives* III, 377).

M. Dumast était très antipathique au vocable actuel de la rue des Ponts ; aussi s'est-il ingénié à en chercher d'autres, pour lui substituer dans ses diverses parties. Son *Nancy* de 1846 et son *hodographie nancéyenne* de 1857 en font foi. En 1846, il voulait en faire les rues Boufflers, Israël Sylvestre et Dom Calmet. En 1857, il aurait mis Boufflers en avant, Israël Henriet, ensuite, Dom Calmet plus loin et Mme Ranfaing à l'extrémité ; quant à Israël Sylvestre, il le logeait dans la partie supérieure de la rue de la Hache, à partir de la rue des Ponts.

La *rue des Petits Ponts* avait, ainsi que la rue des quatre Eglises et la rue Saint-Dizier quatre églises ; savoir : la chapelle des Dames de la Visitation ; la chapelle des Augustins ; l'église paroissiale de Saint Sébastien et l'église des Bénédictins. Cette dernière, paraît-il, était remarquable entre toutes celles de la ville, par l'élévation de ses tours carrées. Ceux qui l'ont connue ont beaucoup regretté sa destruction, accomplie par des spéculateurs qu'on appelait à Nancy « la bande noire », qui achetaient les anciennes églises, les vieux châteaux, tout ce qui avait un caractère artistique, pour en vendre des morceaux fort cher, et les matériaux provenant de la démolition. Derrière ces spéculateurs, il y avait des architectes, qui persuadaient aux propriétaires des ces immeubles, que l'édifice menaçait ruine, que les réparations coûteraient plus cher qu'une nouvelle construction, etc. C'est ce qui est arrivé pour l'église des Bénédictins, que la Révolution avait respectée, et qu'Hœner père, avait conservée, en y établissant une fabrique de fourneaux de fayence. Lorsque les Dames de la Visitation acquirent le monastère et l'église sur Henri Hœner, en 1816, une lézarde s'était produite dans la voûte ; au dire de beaucoup de connaisseurs, cette lézarde n'offrait aucun risque, malheureusement ces dames furent mal conseillées : on leur fit un tableau effrayant des conséquences de cette fissure ; on leur représenta que la réparation s'élèverait à une somme fabuleuse ; on leur conseilla de faire démolir l'église et d'en reconstruire une autre plus moderne et plus coquette.

Pour arriver à ces fins, on avait profité de la mort de Henry Hœner, qui aurait pu contrecarrer ces projets, ayant possédé l'immeuble une vingtaine d'années; il n'aurait pas manqué de protester contre sa destruction.

Démolition d'une partie majeure et des deux tours des ci-devant Bénédictins.

« Les sieurs Arsan, entrepreneur, Bouzonville, ferblantier, Gilbert le jeune, couvreur, Laurent, aussi couvreur et Pascal, officier en non-activité, tous demeurant en cette ville, ont l'honneur de prévenir les personnes qui auraient besoin des divers matériaux provenant de cette démolition, tels que corniches, archivolles, plusieurs arcades propres à faire des grandes portes et remises; balustres dans un genre tout moderne; un portail et pilastres à la Corinthienne dans son complet; *le tout parfaitement fini au dire des connaisseurs*; un nombre infini de tailles propres à toute construction; le tout en belles et bonnes pierres de Norroy.

» On y trouvera aussi des panneaux de vitraux d'église, de l'ardoise, planches, chevrons, provenant de la toiture; le tout à juste prix.

» Les personnes qui désireront en acheter, pourront s'adresser aux Bénédictins, ou chez la veuve Constantin, maison y attenant n° 38, où se trouvera le sieur Pascal, l'un des acquéreurs, lequel est chargé de la vente. »

Lorsque le sacrifice fut consommé, les Dames de la Visitation, à qui l'on avait promis une nouvelle chapelle pour rien, les matériaux devaient en couvrir les frais, eurent à payer une somme assez importante.

On voit que, d'après l'aveu même de ces spéculateurs, qui donnent une description des tours, l'ensemble était remarquable « au dire des connaisseurs. »

Le couvent actuel de la Visitation a été acquis le 11 décembre 1816, sur Henry Hœner père, propriétaire demeurant à Nancy par : Élisabeth-Marie Béchet, Françoise-Madelaine Duvivier, Nicole-Thérèse-Françoise Carême, Charlotte-Catherine Duvivier, Dieudonnée-Marguerite Chassel, Catherie-Marie et Barbe Sirejean, toutes demeurant à Nancy, agissant tant pour elles que pour Catherine Noël demeurant à Sorcy (Meuse), et encore pour les dames Lacroix et Valentin, demeurant à Metz, toutes dames religieuses de la Visitation. Cet immeuble est ainsi désigné dans l'acte de 1816 : La maison conventuelle et l'église contiguë des Bénédictins de Nancy, rue du Rempart, pour la maison, et rue des Ponts, pour l'église, ensemble les jardins, cours, bâtiments et fontaine y attenant et autres dépendances.

Nous avons dit plus haut que Henry Hœner avait établi une manufacture de fourneaux de fayence et de poterie émaillée, dans l'ancien monastère des Bénédictins. Voici en quels termes en parle, en l'an IX, le citoyen Préfet de la Meurthe dans son rapport au ministre de l'Intérieur.

» *Manufacture dite des Bénédictins.* — Il n'y a que trois ans que cette manufacture est en activité. M. Hœner père, acquéreur du ci-devant monastère des Bénédictins, y a monté d'abord une fabrique de poëles économiques de faïence, dont on commence à faire un grand usage dans le département.

» Ils sont faits avec beaucoup de goût ; mais on reprochait un défaut de solidité à ceux qui sont provenus des premiers essais. Il paraît cependant que le manufacturier a trouvé moyen de leur faire mieux soutenir l'action du feu ; car, ceux qu'il a fabriqués l'année dernière, passent généralement pour être meilleurs ; ils consomment environ trois cinquièmes de moins de combustibles que ceux de fonte, auparavant en usage ; et ils sont d'ailleurs beaucoup plus sains.

» M. Hœner fabrique aussi, depuis l'année dernière, de la poterie façon d'Angleterre ; les formes en sont agréables et elle résiste bien au feu. Elle rivaliserait avec celle des plus belles manufactures de France, si la couverte était plus perfectionnée ; le propriétaire, homme fort industrieux, espère y parvenir. Déjà cette faïence se vend avantageusement à Paris et dans les départements de l'intérieur.» (*Statistique,* p. 206).

A cette époque, on ne prenait pas de brevet d'invention à *propos de bottes.* Hœner rencontra, dans son chemin, un concurrent redoutable dans Aubry, propriétaire et manufacturier de Bellevue, près Toul. (L'usine existe toujours et est exploitée par l'arrière petit-fils). Mais Aubry, « artiste aussi habile qu'estimable » avait été ruiné plusieurs fois et il acheva encore sa ruine, en venant établir à Nancy une succursale de son établissement. Hœner était riche et quelque peu puissant, il coula bien vite son concurrent. (V. la *Statis-*

tique p. 205.) Marquis fait plus de cas d'Aubry que d'Hœner. Ce dernier est un des rares négociants et manufacturiers qui ont résisté à la dégringolade de 1812. Que de faillites monstres en cette année, occasionnées par la politique extérieure ! En 1811, quand déjà le malaise commercial et industriel se faisait sentir, par suite du blocus continental, Hœner, qui avait plusieurs cordes à son arc, publiait l'avis suivant :

» La manufacture des poëles et cheminées en faïence se continue toujours aux ci-devant Bénédictins, avec la plus grande activité, tant en raison de leur qualité que par la force de la terre, de l'émail et du bois, et par les mécaniques au moyen desquelles ils chauffent lestement ; d'ailleurs leur qualité est bien connue par les personnes qui s'en sont procurés jusqu'alors. » *(Meurthe,* 23 octobre 1811*)*.

Cet avis visait les annonces que répandait Aubry, de Bellevue, et, disons le, en ce moment, l'industriel Hœner ne songeait qu'à son propre intérêt, il ne s'occupait pas de la situation faite à son concurrent par la politique, il voulait le monopole, il l'eut. Aubry céda devant la force des choses.

A la mort de Henry Hœner, survenue en 1817, les héritiers de celui-ci vendirent la manufacture des fourneaux économiques à son contremaître Fanfan Corberon, lequel publia le 1er novembre 1818, l'avis suivant :

» Le sieur Corberon, dit Fanfan, ancien directeur de la manufacture des poëles de faïence de feu M. Hœner, a l'honneur de prévenir le public qu'il vient d'acquérir, conjointement avec le sieur Solet, ladite manufacture ; qu'il va donner à cet établissement un nouvel accroissement, en y confectionnant, outre les poëles avec systèmes les plus recherchés en Russie, un système nouveau très économique ; des cheminées en faïence aussi économiques que les poëles; on y trouvera aussi des vases, statues et pots de fleurs, pour décoration de jardins ; cuvettes avec soupapes et tuyaux pour latrines à l'anglaise ; réchauds économiques ; poëles de serres ou d'ateliers, en carreaux de 2e et 3e choix, à des prix très modiques ; enfin, il exécutera en faïence tout poële ou système, suivant les goûts et dessins des amateurs, ainsi que des carreaux pour cabinets de bain.

» Il garantit, tant ses cheminées que les poëles, de la

fumée, et les carreaux de la casse pendant une année ; il continuera à restaurer et à remonter soit chez lui, ou chez MM. les propriétaires, les anciens poëles qu'il rétablira à neuf. Il espère que le public lui accordera, comme manufacturier, la confiance dont il l'a honoré comme ouvrier.

» Sa demeure est, grande Rue Ville-Vieille, ou à la manufacture, au haut de la rue de Grève, près de l'ancienne fabrique de tabac. »

Pendant quelques années encore, la manufacture de Hœner père ne perdit rien de son ancienne réputation. En 1821, Fanfan Corberon n'était plus à la tête de cette exploitation, qui avait passé entre les mains de son associé. Quelques annonces, publiées à de longs intervalles, vont nous apprendre ce qu'elle est devenue depuis.

» On trouve chez le sieur Solet, à l'ancienne fayencerie de feu M. Hœner père, rue de Grève, près de l'ancienne manufacture des tabacs, un assortiment de poëles de fayence de toute qualité, montés sur plaque de fonte, avec système russe et suédois, exécutés et corrigés d'après les observations de plusieurs amateurs recommandables de cette ville ; il rétablit aussi les anciens poëles.

» On trouve aussi chez lui des tuiles, planches et bois de démolition. » (*Meurthe* 19 septembre 1821.)

» L'ancienne manufacture de poëles de faïence de feu M. Hœner, rue de Grève, *près de la Maison de correction*, est mise en activité par le sieur Solet ; on y trouve un bel assortiment de poëles de fayence en tous genres, cheminées à cremaillières, fourneaux économiques, ou cuisines portatives ; on fait aussi des systèmes fumistes. » (*Meurthe*, 6 octobre 1822.)

Enfin, en 1828, cette manufacture change pour la quatrième fois de propriétaire, et pour la troisième fois de local :

» Le sieur Thiéry, successeur de M. Solet, prévient le public que sa manufacture établie autrefois rue de Grève, n° 41, est transférée maintenant rue des quatre Eglises, n° 56. On y trouvera un assortiment de poëles de faïence, montés sur plaques en fonte ; cuvettes à l'anglaise, etc. » (*Meurthe*, 16 novembre 1828).

PRIMATIALE (Rue de la)

Des rues Saint-Nicolas et du Pont-Mouja à la rue du Manège.

Nous en avons déjà parlé à la rue de la Fayencerie (v. ce vocable.)

Il suffit de la parcourir dans sa longueur, pour remarquer qu'elle a été créée à quatre époques différentes tant au XVIIe qu'au XVIIIe siècle. Elle n'existe pas dans le plan de 1611; on la voit apparaître plus tard, dans des plans du XVIIe siècle, qui ne sont que des réductions plus ou moins exactes du plan de La Ruelle. Il faut arriver au plan de 1728 pour mieux comprendre les diverses transformations qu'elle a subies. A cette époque, elle aboutissait sur la rue Mably, et n'avait aucune issue sur la rue du Manège. (V. ce que nous avons dit, quant à son ouverture pour la *rue du Cloître.*)

On donnait indistinctement à la première partie comprise entre la rue Saint-Nicolas et la rue Montesquieu, tantôt le nom de *rue de la Fayencerie,* tantôt celui de *petite rue de la Primatiale ;* l'autre partie, comprise entre la rue Montesquieu et la rue Mably était communément appelée *rue de la vieille Primatiale;* quant à la partie comprise entre la rue Mably et la rue du Manège, nous l'avons trouvée dénommée *petite place derrière la Cathédrale.* En l'an IV, cette partie est dite *rue Midally.*

La délibération du 17 septembre 1791 arrête que « la *petite rue de la Primatiale* s'appellera *rue de la Cathédrale.* » Nous croyons que, sous ce vocable, on comprenait l'espace compris entre la rue Saint-Nicolas et la rue Mably. (V. rue de la Constitution, les réflexions de F.-Ch. Callot au sujet de ce nouveau vocable.)

Nous avons dit déjà que la petite rue de la vieille Primatiale était devenue *rue Loustalot* par la délibération du 13 pluviose an II. Celle du 18 fructidor an III lui donna le nom de *rue du Temple,* que nous lui voyons appliqué jusqu'à la rue Mably dans le recensement de

l'an IV, 1ʳᵉ et 2ᵉ section, c'est à dire dans toute sa longueur.

Comme en 1814, on respecta le vocable admis de la
rue Montesquieu. On rendit à la rue de la Primatiale
actuelle les dénominations de *petite rue de la Primatiale* et
de *rue de la vieille Primatiale*.

Sa nouvelle dénomination n'est pas antérieure au
30 décembre 1839, qui observe que la *rue de la Primatiale*
comprend la *rue* et l'ancienne *place derrière la Cathédrale*,
dite ailleurs *place Primatiale*.

Suivant Lionnois, t. III, p. 301, c'est « en 1742, que
M. de Beauveau, encore primat, permit qu'on coupât dans
son jardin, pour faire la rue qui conduit à celle du Manège
et agrandir la place qui est en cet endroit, à condition
que la Ville lui donnerait une fontaine : ce qui a été
accordé. »

Cette place a été supprimée en 1882, par suite de la
cession qu'a faite la ville, au propriétaire de la maison
n° 1 de la rue Mably, de la bande de terrain qui était en
retrait de l'alignement méridional de la rue de la Primatiale.
Il existe, à la date du 10 février 1742, une délibération de
la Chambre du Conseil de Ville, à l'occasion de l'ouverture de la rue qui communique de la rue du Manège dans
celle du Cloître de la Primatiale. Puis vient un accord
entre la ville et le primat (M. de Beauveau), pour obtenir
une partie de son jardin, afin de faire une nouvelle rue
pour communiquer de celle du Manège dans la rue du
Cloître ; ledit accord fait ensuite d'une requête des propriétaires des maisons nouvellement bâties sur « l'ancienne rue
du Manège dite *le Marais* », et la petite place près de la
porte Saint-Georges. (H. Lepage archives, t. III, p. 143.)

A cette époque, la rue du Cloître proprement dite était
une place. Nous parlons de sa création à l'article qui lui
est consacré.

M. H. Lepage signale dans le même chapitre un arrêt
du Conseil du 2 juin 1742, pour faire ouvrir ladite rue de
24 pieds de largeur, et entres parenthèses il dit : « c'est
celle de la Primatiale, dite de la Fayencerie en 1754. » Nous
ne partageons pas son avis, car la partie de la rue de la
Primatiale qui vient en prolongement de la rue de la
Fayencerie, est ouverte dans le plan de D. Calmet, 1728.

Lionnois, qui aurait pu nous renseigner exactement sur

la création de cette petite rue, qui est plutôt une ruelle, car elle n'a été formée qu'au moyen de la démolition d'une seule maison, est assez obscur dans ce qu'il en dit à la p. 230 du t. III de son histoire, où il parle du Carré des Trois-Maisons et du Prix-fixe.

« Ces deux carrés, qui sont aujourd'hui séparés par la rue Saint-Julien, et renfermés dans les rues du Pont-Mougeat, de la Primatiale et de la vieille Primatiale, n'en devaient faire qu'un seul, et même s'étendre sans aucune rue intermédiaire qui le divisât, comme aujourd'hui la petite rue de la Primatiale, jusqu'à la rue des Tiercelins, où les deux carrés se terminent.

Cette petite rue de la Primatiale, est la continuation de celle de la Fayencerie, qu'on a faite depuis peu. »

La rue de la Primatiale actuelle a été créée en quatre fois et à différentes époques ; son irrégularité le prouve ; elle n'a pas l'uniformité des autres rues de la Ville-Neuve.

QUATRE ÉGLISES (Rue des)

De la place du Marché à la rue de la Salpétrière.

(V. pour son origine, rue des Carmes. V. aussi rue Raugraff.)

Elle est le troisième tronçon, ou si l'on veut, le quatrième de la *seconde grande rue* qui, en 1591 et en 1611, était nommée *rue de la Grande Église*, devenue ensuite *rue des Eglises*. Elle était encore ainsi nommée en 1703.

Le plan de Dom Calmet, 1728, la qualifie *rue des 4 Eglises*. Ce vocable a persisté, jusqu'au 17 septembre 1791, époque à laquelle le Conseil général de la Commune décida que « la rue des Quatre-Eglises serait appelée *rue de la Révolution*. »

« Fausses désignations, s'écrie F.-Ch. Callot, puisque ces quatre églises sont catholiques : à moins que la question préalable ne soit de les détruire, d'y édifier des temples, des synagogues, des mosquées et des pagodes, car tous les cultes sont décrétés. »

Callot ne pensait pas si bien dire à ce moment-là : des quatre Eglises, du Refuge, des Tiercelins, des Annonciades et des Carmélites, il ne reste plus que celle du Refuge : les trois autres ont été détruites. »

A propos de la ruelle des Capucines (v. rue Saint-Nicolas), nous parlons, plus loin, de la fondation du Refuge, devenu aujourd'hui *Maison de Secours*.

A la Révolution, cette maison religieuse fut convertie, comme tant d'autres, en lieu de détention ; comme on supprima aussi le dépôt de mendicité, qui était établi dans la rue Saint-Nicolas à la Tonderie, *le Refuge* remplaça en quelque sorte, l'ancienne réclusion et fut nommé *Maison de Répression et de Refuge,* puis *Maison de Répression et de Secours*. Avant l'arrivée du préfet Marquis, les hommes et les femmes détenus à la Conciergerie, en vertu des jugements criminels et correctionnels, vivaient en promiscuité. « Pour faire cesser des inconvénients graves auxquels donnait lieu, sous le rapport des mœurs et de la salubrité, la réunion trop nombreuse des différents sexes dans un local trop peu vaste, il avait, en conséquence, ordonné dans une partie des bâtiments du ci-devant Refuge (maison actuelle de répression et de secours), l'exécution de divers travaux nécessaires, pour en former une maison de détention convenable pour les femmes » (*Meurthe,* 17 nivôse an XIII). Les travaux étant terminés, il ordonna, par son arrêté du 12 nivôse, la translation dans les bâtiments ci-dessus, de toutes les femmes condamnées à la détention par jugements criminels. Cette translation eut lieu le 15 : le gouvernement intérieur en fut confié aux sœurs hospitalières de Saint-Charles, sauf le service de la geôle. Il ne resta plus à la Conciergerie, que les femmes prévenues et non jugées.

C'est à la même époque que paraissait la *Statistique du département de la Meurthe*, dans laquelle nous lisons cet exposé historique :

« L'ancien gouvernement, dit le préfet Marquis, avait rétabli à Nancy un dépôt de mendicité, ou maison de réclusion ; l'on y renfermait les mendiantes valides ramassées par la maréchaussée dans toute la généralité, les vieillards sans asile, les fous dont les familles n'avaient pas le moyen de payer les pensions, des femmes de mauvaise vie, qui y étaient envoyées par ordre des chefs civils et militaires, ou de la police. Tous ces individus étaient forcés à travailler, sous peine de rudes corrections ; mais le produit de leur travail leur était remis quand ils sortaient.

» Ce dépôt ne contient plus aujourd'hui de mendians valides; on les renvoie chez eux, excepté les vagabonds; mais on y traite les autres pauvres qui sont attaqués de maladies contagieuses, que l'on ne traite point dans les hôpitaux ordinaires, des libertines qui y entrent librement pour faire leurs couches, ou pour se faire traiter de la maladie vénérienne, ainsi que celles qui y sont envoyées par autorité de justice, ou par les officiers de police des départements de la Meurthe, de la Meuse et des Vosges.

» Le travail des détenus ne présente plus les mêmes avantages qu'autrefois, parce qu'il y en a communément plus des quatre cinquièmes malades; tandis qu'en 1789, le nombre de ceux qui étaient en état de travailler n'allait pas au quart. Cependant depuis la cessation de l'entreprise générale, je suis parvenu à procurer de l'ouvrage à tous ceux qui n'étaient pas absolument impotents, et déjà la filature de la laine et du coton y est dans une certaine activité.

» Les frais de cet établissement ont été pris, jusqu'à présent, sur les centimes additionnels du département de la Meurthe seulement, quoique le conseil général ait justement demandé que ceux de la Meuse et des Vosges concourussent à ces dépenses, puisqu'ils participent aux avantages. »

Dans les annuaires républicains, la *Maison de réclusion ou de correction* comprenait une population d'environ 170 individus. C'est dans celui pour l'an XIII, que nous trouvons pour la première fois cette mention :

« Les dames hospitalières de la congrégation de Saint-Charles, ont bien voulu, sur l'invitation de M. le Préfet et de M. l'Évêque, se charger de l'administration de cette maison, et elles ont acquis, par là, de nouveaux droits à la reconnaissance publique. »

Madame Clotilde en était l'économe et le docteur Bonfils, médecin en chef.

Nous ne savons pas au juste, à quelle époque cette maison a pris le nom qu'on lit encore sur une plaque de marbre noir, au-dessus de la porte d'entrée : *Hospice*, ni quand on l'a appelée pour la première fois *Maison de Secours*.

Les documents nous manquent sur diverses transformations, et nous ne croyons pas qu'on ait publié quelque

notice historique sur elle, depuis qu'elle est affectée à un service public.

Pendant l'année 1816, la misère montrait les dents ; et, sans beaucoup d'efforts de pensée, on pouvait prévoir la disette calamiteuse de 1817. Les mendiants affluaient dans les rues de Nancy ; les enfants de l'âge de 3 à 5 ans, y étaient abandonnés par leurs parents légitimes, qui n'avaient pas le moyen de leur donner du pain. La misère fut bien grande à cette époque ; quoiqu'elle ne soit pas tant éloignée de nous, on ne s'en souvient plus guère aujourd'hui, sinon quelques octogénaires, et encore ceux-ci étaient-ils jeunes et peu soucieux du temps présent, en l'an de grâce 1817.

Un arrêté du préfet de la Meurthe, en date du 29 janvier 1817, indique les préoccupations qu'inspirait à l'administration la misère du peuple, contre laquelle il était difficile de réagir, faute de moyens pécuniaires. Il ne restait au préfet que la voie des moyens palliatifs et anodins, pour calmer, ou les craintes des uns, ou les exigences des autres, exigences qui pouvaient se traduire à un moment donné, par des menaces suivies d'exécution. « Ventre affamé n'a pas d'oreilles », dit le proverbe. En ce temps-là il était applicable. Tous les jours on en avait la preuve, devant les boutiques des boulangers. Les plus terribles révolutionnaires de ce temps-là étaient les pauvres, non pas les pauvres honteux, mais les mendiants, ceux précisément qui étaient les moins pauvres d'entre les pauvres ; car, à Nancy, la charité s'est toujours manifestée largement. L'état de mendiant n'y était donc pas un mauvais métier, au contraire. Ceux qui s'y livraient étaient nécessairement plus disposés que tous autres à participer aux émeutes populaires. Le préfet prit donc, le 29 janvier 1817, un arrêté dont voici les principales dispositions :

« Un *Dépôt de Mendicité* sera établi à Nancy dans la maison dite de Secours, sous la surveillance et la direction des sœurs hospitalières de Saint-Charles.

» Il sera pourvu à l'entretien et nourriture des pauvres qui y seront admis, par le produit des souscriptions volontaires.

« Les maires désigneront des commissaires, pour engager les gens aisés à fournir tous les mois, d'ici au 1er septembre, quelque argent pour subvenir à la nourriture des indigents de la commune.

» Si le montant des souscriptions peut couvrir les dépenses présumées, les maires seront autorisés à faire publier pendant trois dimanches consécutifs, qu'un *dépôt de mendicité est établi à Nancy ;* qu'il recevra les pauvres de la commune ; qu'en conséquence, il leur est défendu de mendier, et qu'ils doivent se présenter à la Mairie, pour former leur demande en admission au dépôt.

» Les pauvres qui, après les trois publications ci-dessus, seront trouvés mendiant, seront arrêtés et renvoyés à leur commune, s'ils l'ont quittée depuis moins de six mois, ou traduits au dépôt de mendicité.

» Il sera procuré de l'ouvrage aux pauvres du dépôt, qui seront en état de travailler : les deux tiers du produit leur appartiendront ; un tiers sera tenu à leur disposition, pour leurs besoins journaliers ; l'autre tiers sera mis en réserve, pour leur être donné au moment où ils quitteront le dépôt ; le troisième tiers appartiendra à l'administration de la maison.

» Il sera tous les jours accordé un certain nombre de permissions de sortir, pour ceux qui voudraient chercher du service, ou un travail permanent qui assure leur subsistance au dehors.

» Les parents des individus au dépôt pourront venir les voir, moyennant qu'ils en obtiendront, par écrit, la permission d'un commissaire de police.

» Lorsque les communes ou les familles des reclus réclameront leur sortie, elle ne sera accordée qu'autant que la preuve sera administrée, qu'il pourra exister désormais au moyen d'un revenu ou d'un travail assuré, sans recourir de nouveau à la mendicité.

» Des dépôts de mendicité, semblables à celui de Nancy, pourront être organisés dans les autres arrondissements du département, sur la demande qu'en feront MM. les sous-préfets. » (*Meurthe,* 2 février 1817.)

Il est permis de croire qu'un grand nombre de mendiants fut envoyé par les communes du département, et que de nombreux pauvres sollicitèrent leur admission au Dépôt de mendicité ; car, pour les y recevoir, le préfet de la Meurthe prit un arrêté, qui réduisit le nombre des malades qui y étaient admis :

« M. le préfet du département de la Meurthe, considérant que l'accroissement de la population de la Maison de Secours de cette ville, pourrait devenir funeste pendant les chaleurs de l'été, et élèverait la dépense au-dessus des ressources, a pris un arrêté en date du 29 avril, portant que la population de la Maison de Secours ne pourra excéder 200 malades à la charge du département ; qu'en conséquence, il sera fait une revue générale des malades, à l'effet de faire sortir ceux qui ne doivent attendre leur guérison que du temps et de la nature, ainsi que ceux qui pourront se faire traiter, soit dans leurs famillles, soit dans les hospices de leurs communes.

» *A l'avenir, nul ne pourra être admis* dans la Maison de Secours, s'il n'est pas dans une indigence absolue, domicilié dans le département, et s'il n'est dans l'un des cas ci-après : 1° les vénériens des deux sexes ; 2° les filles et femmes enceintes, au dernier mois de leur grossesse jusqu'à leur rétablissement ; 3° les sujets attaqués de gale compliquée, de chancres, de cancers, de rage, de cataracte, et ceux dont la situation exigera des amputations ou de grandes opérations.

» Les dartreux et les scrophuleux ne seront plus admis, à moins qu'ils ne soient dans l'impuissance de travailler, ou que leur état ne nécessite des pansements fréquents et dispendieux.

» Les calculeux continueront d'être traités à l'hospice de Lunéville, fondé par Stanislas le Bienfaisant.

» Nul ne sera admis à la Maison de Secours, qu'en vertu d'une autorisation de M. le Préfet, sur le vu d'un certificat du médecin de la maison. » (*Meurthe*, 2 mai 1817.)

Ces conditions d'admission étaient encore rigoureusement observées en 1843. Depuis cette année, les annuaires ont cessé d'indiquer la destination qu'a la Maison de Secours.

Par ordonnance royale du 16 juillet 1817, la Ville de Nancy fut autorisée à s'imposer extraordinairement, au centime de franc de ses contributions directes de 1817, à la somme de 86,000 fr., pour venir au secours des indigents. Cette contribution, exigible par sixième, de mois en mois, à partir du 1er septembre, fut appelée la *taxe des pauvres*. Elle eut l'inconvénient d'attirer dans notre ville un grand nombre de mendiants étrangers, même au département. Quoiqu'on ait établi des *ateliers de charité* sur différents points de la ville, le nombre des mendiants augmentait sans cesse. Le préfet dut prendre de nouveaux arrêtés et sévir avec vigueur.

Celui qui est daté du 1er septembre contient les dispositions suivantes :

« Il est expressément défendu à tout individu non domicilié à Nancy, ou à défaut de tout domicile, qui n'y serait pas né, de mendier dans les rues, places, halles, marchés, faubourgs et banlieues de la ville de Nancy.

» Les pauvres nés ou domiciliés à Nancy, ne pourront y mendier qu'avec une autorisation spéciale. Cette autorisation sera essentiellement temporaire.

» Les individus étrangers à la ville et au département qui seraient trouvés à mendier 24 heures après la publication du présent, seront arrêtés et traduits immédiatement devant le Procureur du Roi.

» Tout mendiant, étranger au département, ou étranger seulement à la ville de Nancy, qui sera déposé ou détenu dans une des maisons de détention ou d'arrêt de ladite ville, soit pour subir sa peine, soit en attendant la correspondance de gendarmerie, pour être reconduit dans sa commune, ne recevra pour toute nourriture que le pain et l'eau ; la ration de pain ne pourra excéder 75 décagrammes (une livre et demie.)

» Aucun pauvre valide, ni aucun enfant, ne sera autorisé à mendier : les pauvres invalides, soit à raison de leur grand âge, soit à raison de leurs infirmités, seront seuls autorisés à mendier.

» Les pauvres autorisés à mendier ne pourront le faire, que dans les quartiers qui leur seront assignés par le bureau de charité, sous peine d'être traités comme mendiants vagabonds, lorsqu'ils s'éloigneront de l'enceinte qui leur est tracée.

» Tout individu qui serait trouvé de jour ou de nuit, sonnant ou frappant aux portes des particuliers pour mendier, serait arrêté ou conduit devant M. le Procureur du Roi, pour être poursuivi et traité comme ayant, sous le prétexte de mendier, cherché à s'introduire dans le domicile des citoyens pour les voler.

» Si cet individu est autorisé à mendier, il sera, en outre, rayé du tableau des mendiants et privé des secours publics.

» Tout pauvre reconnu susceptible de recevoir, soit les secours, soit la permission de mendier, sera privé de l'un et de l'autre, si, ayant des enfants de l'âge de 7 à 12 ans, il ne les envoie pas fréquenter les écoles publiques et gratuites, qui leur seront indiquées par le bureau de charité et si ces enfants n'y restent pas pendant toute la durée des classes. »

Cet arrêté très sévère fut quelque peu mitigé à l'égard des mendiants étrangers, par celui du 3 septembre 1817 ainsi conçu :

« Il est ordonné à tous mendiants et vagabonds étrangers au département de la Meurthe d'en sortir avant le 1er octobre 1817.

» Après la même époque, aucun individu appartenant au département, ne pourra mendier hors du canton de sa résidence, ou de son domicile de secours.

» Tout mendiant ou vagabond, qui contreviendra aux dispositions précédentes sera arrêté et traduit devant les tribunaux. » (*Meurthe*, 7 septembre 1817.)

Après avoir essayé d'esquisser l'historique de la maison de secours, comme Réclusion et Refuge, comme prison de femmes, comme hospice, comme dépôt de mendicité, il est bon de la présenter aussi comme clinique d'accouchements. Depuis qu'on a professé à Nancy l'art des accouchements, les cours pratiques ont toujours été faits dans les hospices, où les filles et femmes libertines étaient reçues pour y faire leurs couches. Ces cours ne remontent guère au délà d'un siècle.

Les premiers furent institués en 1773, mais n'eurent pas les résultats qu'on était en droit d'en attendre. M. Marquis retrace exactement l'historique des cours d'accouchement dans sa *Statistique*. Nous avons sous les yeux un article publié le 4 mai 1786, par les *affiches de Lorraine et Barrois*, annonçant l'ouverture de ces cours :

« Frappés des malheurs qu'entraîne l'ignorance des sages-femmes de la campagne, Monseigneur l'Evêque de Nancy et M. l'Intendant de Lorraine viennent d'établir en cette ville un *cours public et gratuit d'accouchement*.

» La manière dont M. Lamoureux, professeur des accouchements à Nancy s'est fait connaître par près de quinze années d'enseignement, et par une longue pratique de cet art précieux à l'humanité, a déterminé à lui confier la direction de ce cours, consacré uniquement à former des sages-femmes pour la campagne.

Afin que la multiplicité des élèves qui seront admises à chaque cours ne nuise point à leur instruction, le nombre en est fixé à 15 seulement ; le choix ne pourra tomber que sur des femmes mariées, de bonnes mœurs, sachant lire et écrire, au-dessus de 20 ans et au-dessous de 40.

» Indépendamment de ce que leur voyage sera payé, ces élèves seront logées et nourries gratuitement pendant leur séjour à Nancy et n'auront aucun frais à faire. .

» A la fin du cours, elles seront toutes examinées sur leurs progrès.

» Il sera alors distribué trois prix aux trois élèves qui auront le mieux réussi, le premier de 60 livres, le second de 36 et le troisième de 24.

» Ces prix seront donnés dans une assemblée publique, et d'après les suffrages des médecins et chirurgiens, qui seront priés de faire cet examen ; celles qui auront obtenu des certificats de capacité, et qui seront nommées sages-femmes dans une communauté de campagne seront, dès ce moment, exemptes de corvées et procureront la même exemption à leurs maris.

» Ce cours commencera le 15 de ce mois et finira le 30 juin.

» Dorénavant, l'ouverture s'en fera toujours le 1er mai et la clôture le 15 juin. »

Cet état de choses subsista jusqu'à la Révolution. On parla souvent fort mal de l'ancien régime ; c'est bien à tort, car il avait beaucoup de bon. Les charges étaient moins lourdes proportionnellement, et l'instruction était gratuite dans bien des cas. Avant 89, on a tenté à Nancy, une infinité d'entreprises : les unes ont réussi, les autres ont été abandonnées. Ce que le Génie révolutionnaire a entrepris n'a jamais eu de bases solides. Il y avait un esprit de méfiance qui s'opposait à toute innovation. Marquis ne s'y est pas arrêté, et cependant il avait bien observé durant les premières années de sa magistrature, le caractère moral de ses administrés. Revenons aux cours d'accouchements.

Voici ce qu'en disait le préfet Marquis dans sa *Statistique* page 124 :

« Les malheurs occasionnés par l'ignorance des sages-femmes, qui enlevaient tous les ans un grand nombre d'enfants et de mères à l'Etat, avaient excité depuis long-temps l'attention des magistrats de Lorraine ; l'intendant obtint du gouvernement, en 1773, qu'il serait établi un cours d'accouchement dans sa généralité. Mme Ducoudray, célèbre praticienne de Paris, y fut envoyée avec deux chirurgiens accoucheurs ; et les leçons de deux mois qu'elle donna, pendant quelques années successives, à Neufchâteau, à Epinal, et à Nancy, furent de la plus grande utilité ; mais comme la dépense des élèves était à la charge des communautés, une sordide avarice en fit diminuer progressivement le nombre, et cet établissement tomba.

« Environ dix ans après, l'intendant parvint à en établir un nouveau à Nancy, sous la direction de M. Lamoureux, professeur du collège de chirurgie : quinze élèves y reçurent chaque année des leçons gratuites, pendant six semaines ; leur dépense de voyage et de séjour était payée des deniers publics ; les plus instruites recevaient des prix, et toutes celles que l'on reconnaissait capables étaient exemptes de corvées, ainsi que leurs maris. Le cours continua régulièrement, au moyen de ces encouragements, jusqu'à ce que le gouvernement révolutionnaire eût cessé de faire les fonds qu'il exigeait.

« Enfin, l'administration départementale ayant obtenu, en l'an VII, l'autorisation de prendre une somme de 2,400 fr., sur les centimes additionnels, pour cette partie si intéressante, elle réorganisa de suite l'établissement, et fixa la durée du cours à 50 jours : on eut aussi l'attention de distribuer à chaque élève reçue un exemplaire du livre élémentaire de M. Baudelocque, pour les fortifier dans la théorie de leur art.

« La sagesse du règlement de l'administration centrale, m'a déterminé à faire continuer les leçons sur les mêmes bases qu'elle avait établies.

« On a admis au cours de l'an VII . . . . . 26 élèves
« Il s'en est présenté en l'an VIII. . . . . . 17 —
« En l'an IX. . . . . 22 —
« En l'an X . . . . 25 —

Total. . . . 90 élèves

« Terme moyen d'une année, 22 1/2. »

Le première cours d'accouchement fixé par l'arrêté du 29 ventôse an VII, devait s'ouvrir le 11 floréal ; mais il s'était si peu présenté d'élèves, qu'on le recula au 1er prairial, pour finir le 19 messidor. Les élèves, pendant les cinq décades que duraient le cours, recevaient une indemnité d'un franc par jour pour nourriture et logement : de plus, on leur fournissait gratuitement les livres élémentaires.

Le 25 prairial an VIII, la *Meurthe* annonce que le cours sera ouvert le 21 messidor et durera cinq décades ; « il n'y sera admis que des *femmes mariées*, ou qui l'ont été, âgées de 24 ans au moins et de 40 au plus, de bonne réputation. On admettra 26 élèves prises dans les cantons où il n'y en a pas eu de nommées l'an dernier ; chaque élève recevra une prime par jour pour nourriture et logement, outre 25 centimes par lieue de poste. Le citoyen Lamoureux père est nommé professeur de ce cours. »

Par son arrêté du 7 fructidor an VIII, le préfet Marquis fixa l'ouverture d'un nouveau cours d'accouchement au 1er brumaire an IX, et porta le prix de l'indemnité à un franc quinze centimes par jour.

En l'an X, l'ouverture en fut fixée au 25 ventôse, er le nombre des élèves à 25. L'indemnité par jour fut portée à 1 frané 25 centimes, et celle de route à 50 centimes par lieue nouvelle.

Le Conseil général avait encore inscrit au budget de l'an XI les 2,400 fr. qui servaient à l'entretien de ce cours, mais il semble résulter, d'après la *statistique* du préfet Marquis, que l'intention du gouvernement n'était pas de l'encourager, car il présente, p. 125 cette observation :

« L'intention du ministre de l'intérieur paraît être que les fonds votés pour cette partie des dépenses administratives, soient employées, à l'avenir, à payer la pension d'un certain nombre d'élèves sages-femmes, qui seraient instruites pendant six mois à l'hospice de la Maternité de Paris, moyennant une pension de 250 francs.

» Mais il me paraît difficile de remplir ses vues dans le Département de la Meurthe, la dépense du cours d'accouchement n'a été jusqu'à présent que de 2,400 fr., le Conseil n'a voté que cette somme pour l'an XI, et les moyens du département ne permettent pas une bien forte dépense.

» On ne pourrait donc la répartir que sur six élèves seulement, puisque leur pension serait de .... 1,500 fr.

» Et les frais de voyage pour l'aller et le retour coûteraient, à 120 fr. par élève .... 720 fr.

» Ce qui fait en total .... 2,220 fr.

» Mais les besoins des 720 communes qui composent le département, exigent le renouvellement de 25 sages-femmes, au moins, par an ; il y en aurait donc un grand nombre qui ne pourraient profiter de cet établissement ; d'ailleurs, la condition rigoureusement exigée de savoir écrire et une absence de six mois à 80 lieues de son pays, ne laissent pas même espérer de trouver annuellement six élèves.

» Il serait à désirer que le cours qui s'est tenu jusqu'à présent à Nancy, pût être continué, sauf à renvoyer à Paris deux ou trois élèves chaque année, si le Conseil général peut faire un fonds suffisant. »

Les remontrances, très sages et très justes du préfet Marquis, paraissent avoir demeuré à l'état de lettres mortes dans les bureaux du ministère centralisateur.

Marquis n'était pas homme à se dépouiller *ex-abrupto* de ses droits et prérogatives ; il était préfet ou il ne l'était pas.

Nous n'avons rien trouvé sur le cours d'accouchement en l'an XI et en l'an XII, mais en l'an XIII, le 29 ventôse, la *Meurthe* publie cette réclame :

« Le docteur *Bonfils,* ancien prévôt démonstrateur des accouchements à Paris, médecin de la Maison de Secours à Nancy, et de l'hospice des insensés de Maréville, ci-devant chirurgien de 2ᵉ classe à l'hôpital fixe de Nancy, employé en chef dans les hôpitaux des armées, de la Société de Nancy, de celle d'agriculture, sciences et arts de Strasbourg, etc., ouvrira un cours théorique et pratique d'accouchements, à l'usage des élèves-sages-femmes, en sa demeure rue Voltaire, nº 440, près le Pont Mouja, le 4 germinal an 13.

« Les leçons théoriques auront lieu tous les jours à 4 heures après midi, les dimanches et fêtes exceptés. L'instruction pratique se donnera à la *Maison de Secours.* »

Cette réclame était un carreau de cassé dans le système de la centralisation. Marquis va plus loin, en l'an XV, qui ne se comptait plus révolutionnairement. Le 2 novembte 1806, on lit dans le journal précité :

« Sous les auspices de M. le préfet du département de la Meurthe, et en conséquence de son arrêté du 5 septembre dernier, M. *Bonfils* ouvrira le 3 novembre courant, *un cours théorique et pratique d'accouchement*, à la Maison de Secours de Nancy, en faveur des élèves sages-femmes qui y seront admises, aux conditions du prospectus qui est entre les mains de MM. les maires, curés et desservants. »

Malheureusement, nous n'avons pu trouver ce prospectus qui existe certainement. Nous ne sommes pas suffisamment bien noté dans les petits papiers de l'administration, pour en connaître.

Nous arrivons à 1808. M. Marquis est encore préfet du département. C'est un des derniers efforts de sa sage administration, qui se trouve dans le document suivant publié par la *Meurthe*, dans le supplément du 28 septembre :

« M. le préfet de la Meurthe a pris le 7 du mois dernier, un arrêté portant organisation, à la Maison de Secours de Nancy, d'un Cours d'accouchement destiné à former des élèves sages-femmes, principalement pour les communes rurales de son département.

» Ce réglement a été approuvé par S. Exc. le Ministre de l'intérieur le 23 du mois dernier. Nous sommes autorisés à en faire connaître les principales dispositions.

« Il y a deux cours par an, que chaque élève doit suivre ; ils commencent le 1er juillet de chaque année et finissent l'un le 1er janvier suivant, et l'autre le 30 juin. Cependant, les cours de cette année ne commenceront que le 1er novembre prochain et finiront le 30 juin 1809.

» Le nombre des places est de 25 au plus.

» Les élèves sont reçues dans un pensionnat qui est établi près la Maison de Secours, sous la direction de Madame l'économe, et moyennant une pension de 300 fr. pour toute l'année, payable entre ses mains.

» Pour cette somme, les élèves sont nourries, blanchies, éclairées, chauffées et même soignées, en cas de maladie.

» L'instruction théorique et pratique est donnée à la maison même, gratuitement, par le docteur médecin de cet établissement.

» M. le préfet nomme à toutes les places, et pourvoit au paiement de la dépense de la pension des élèves, qui sont destinées à résider dans des communes qu'il leur assigne. »

Suit l'indication des places vacantes.

« Les conditions à remplir pour pouvoir être nommée sont :

» 1º Que l'élève soit de l'âge de 18 ans au moins et de 30 ans au plus, ce qui sera justifié par l'extrait de naissance de la pétitionnaire.

» 2º Qu'elle soit de bonnes vie et mœurs, ainsi que son mari, si elle est mariée ; qu'elle ait une santé robuste, n'ayant aucune infirmité ou difformité, ou maladie habituelle ou contagieuse ; qu'elle sache lire et même écrire en langue française ; ce qui sera justifié par un certificat du maire de la commune du domicile de l'élève.

» 3º Qu'elle souscrive l'engagement de se rendre à Nancy pour l'ouverture des cours ; d'y résider, pendant toute leur durée, au pensionnat des élèves, sous peine de rembourser les frais faits par elle jusqu'au moment de sa retraite ; enfin, de demeurer pendant dix ans consécutifs, dans la commune ou dans l'une des communes qui lui sont assignées, pour y exercer après sa réception, sous un dédit de 50 fr. pour chacune desdites 10 années qu'elle passerait ailleurs, sans y avoir été autorisée.

» Cette soumission sera sur papier timbré ; elle sera souscrite par le tuteur ou le mari de la pétitionnaire, selon qu'elle sera mineure ou mariée ; elle restera jointe à la demande. »

En résumé, l'arrêté préfectoral du 7 septembre 1808 était loin d'être aussi favorable aux élèves que ceux antérieurs à l'an XI. Au lieu de recevoir des secours et d'être encouragées, les élèves de 1808 devaient payer tout à la fois et leur apprentissage et leur pension. Nous ne savons si ce moyen extrême a réussi et amené plus d'élèves. Il est permis d'en douter.

Néanmoins, les cours ouverts par le docteur Bonfils continuèrent à être fréquentés, — plus ou moins assidûment. — Un avis publié le 5 novembre 1819 nous apprend que, le 15 novembre, il commencera à la Maison de Secours un cours d'accouchement qui se terminera le 14 août 1820. La durée du cours était donc à cette époque de huit mois pleins. — On n'accorde plus de secours aux élèves ; au contraire, elles doivent faire les frais du voyage,

les démarches nécessaires pour être admises et payer la
pension fixée à 25 francs par mois. Cependant, en 1819,
le département ne regorgeait pas de sages-femmes pratiques. La grande question, la question capitale reposait sur
les pièces de cent sous, et, disons-le, la Restauration, de ce
côté, n'était pas plus heureuse que la Révolution. Celle-ci
avait pris pour son compte une créance véreuse, celle-là sui-
vit les mêmes errements. La Révolution dilapida les fonds
des communes, des hospices, des maisons religieuses, etc.,
pour remplir les caisses de l'Etat ; la Restauration ne fit
pas mieux ; elle servit d'abord la bonne part à ses défenseurs, plus ou moins sincères, et ne chercha point à refaire
l'édifice social qui faisait, par ses institutions, la force de
l'ancienne monarchie. En un mot, elle ne sut pas développer le zèle, le désintéressement, le dévouement de ses
partisans. Il ne suffit pas qu'un gouvernement soit inspiré
de bonnes intentions : quand celles-ci ne sont pas comprises par ses défenseurs, c'est comme s'il n'y avait rien.
Avant la Révolution, le Roi avait des serviteurs dévoués
qui ont affronté tous les périls. La Restauration n'a plus
trouvé que des égoïstes, âpres à la curée ; quant à ces
gens sincères, qui se déclaraient hautement les défenseurs
du trône et de l'autel, il n'y en avait plus, ou si peu que...
nous n'en parlons pas.

RAUGRAFF (Rue)

De la rue Saint-Jean à la place du Marché.

Voyez ce que nous avons dit sur les commencements de
cette grande voie, aux rues des Carmes et des Quatre-
Eglises.

Après avoir fait partie de la *rue de la grande Eglise*, ensuite
des Eglises, elle devint insensiblement *rue de la Boucherie*,
dite de la ville-neuve, à cause de cet établissement qui
existait sur l'emplacement des maisons n° 10 et 12, dont
on voyait encore les derniers vestiges avant 1868, là
même, où fut élevée, en cette année, l'école municipale
de jeunes filles, connue maintenant sous le nom d'école
Raugraff.

Cette rue, qui devrait s'appeler *rue de Raugraff* n'a changé de vocable, que par la délibération du 30 décembre 1839. Elles doit son nom à la générosité de M. le Comte de Raugraff, mort à Saint-Max en 1839, qui a légué à la ville une somme de 200,000 fr., pour l'aider à créer un dépôt de mendicité ; depuis longtemps l'opinion publique réclamait la création d'un établissement de ce genre dans notre ville On lui a improprement donné le nom de *Dépôt de mendicité ;* en réalité, dans l'esprit du fondateur et dans celui du général Drouot, qui a contribué à cette création par ses libéralités, de même que dans l'esprit du public, on entendait établir une maison de Charité, un hospice de vieillard, d'infirmes, et de mendiants invalides, plutôt qu'un vrai dépôt de mendicité, qui est une sorte de prison, et dans lequel les pauvres ne sont admis qu'après une condamnation pour vagabondage. Tel n'était pas le but que se proposaient le comte de Raugraff et le général Drouot.

La Boucherie a commencé à être érigée en cet endroit (v. le plan de La Ruelle de 1611), en 1605, à côté de la maison de ville et de l'abreuvoir des chevaux, ayant sortie sur les rues de l'Eglise et des Ponts. En 1607, on trouve une dépense pour la Boucherie érigée l'an dernier en la ville neuve, joindant le fossé des chevaux et sortant sur les rues de l'Eglise et des Ponts ; et une autre dépense pour l'érection d'une boucherie, pour servir de tuerie sur le fossé aux chevaux, joindant la neuve boucherie du côté de la rue de l'église, en la Ville-Neuve, et des greniers au-dessus et le long des dites boucheries, pour servir de magasin à grains de l'ordonnance de S. A. En 1608 encore, une nouvelle dépense pour l'érection de la tuerie et des greniers du magasin, joindant et au-dessus de la boucherie de la Ville-Neuve *(Comptes du domaine de Nancy.)*

Nous avons dit sur la Boucherie tout ce qui pouvait intéresser le lecteur, en parlant de la Boucherie de la Ville-Vieille (V. ce vocable).

Depuis le siècle dernier, la Boucherie de la Ville-Neuve était le seul endroit affecté à la tuerie des animaux, que les bouchers débitaient tant à la Ville-Vieille qu'à la Ville-Neuve. Toutes les deux ont cessé d'être boucheries, à partir de 1842, époque de la construction de l'abattoir. Elles avaient perdu beaucoup de leur importance comme marchés, depuis la Révolution.

SAINT-DIZIER (Rue)

De la rue Stanislas à la Porte Saint-Nicolas.

On a commencé d'abord par l'appeler *première grande rue*, ensuite *deuxième grande rue*, et dès que quelques maisons y furent construites, elle fut nommée le *faubourg Saint-Dizier* ; et, en quelques années, elle devenait tout à fait *rue Saint-Dizier*. Ces divers changements de dénomination se sont alternativement succédé dans un laps de temps moindre de vingt années. Cependant nous l'avons touvée dite *rue de la porte Saint-Nicolas*, dans sa partie extrême comprise entre la rue de la Hache et cette porte, notamment dans les comptes des receveurs de ville 1718.

C'est à cause de la *grande rue du faubourg Saint-Dizier*, qu'on a appelé celle de la Ville-Vieille *grande rue Ville-Vieille*, pour la distinguer de l'une des grandes rues de la Ville-Neuve.

Comme c'était un nom un peu trop aristocrate, que le nom du village de Saint-Dizier, le Conseil général de la commune arrêta le 17 septembre 1791 que « la *Rue Saint-Dizier*, la plus belle et la plus grande, changerait son nom pour celui *de la Constitution* » qu'elle conserva jusqu'à la Restauration.

Le Conseil général de la commune avait décidé, le 13 pluviose an II, qu'elle serait *rue de la Constitution républicaine* ; mais celui qui siégeait le 18 fructidor an III, supprima cette dernière qualification.

F.-Ch. Callot, dans sa *Manifestation*, faisait en 1791, cette remarque qui ne manquait pas d'à-propos.

» .... Pour donner un nom à une rue, il faut qu'un plan, qu'un alignement quelconque soit fixé. En ceci plus qu'en toute autre chose, hâtez-vous lentement... vingt fois sur le métier remettez votre ouvrage. Mais... souvent un grand désordre est un effet de l'art.

» Cette rue est fort longue. Un homme d'esprit et fort prudent m'a dit, (sans que je sache pourquoi), qu'avant qu'on ait achevé d'effacer à tous les coins le nom de la rue Saint Dizier, il faudrait remettre de nouveaux noms aux coins où l'on aurait commencé. .... »

La rue Saint Dizier est la seule grande voie de Nancy qui ait conservé intacts, dans toute son étendue, les deux vocables que nous lui connaissions ; alors que la rue Saint-Nicolas fut divisée en quatre portions portant quatre noms différents, alors que l'ancienne rue des Eglises, que la rue des petits Ponts, la rue Notre-Dame et la rue Saint François, en avaient chacun trois.

De même que la rue des Eglises, la rue Saint-Dizier avait aussi ses quatre Eglises, qui étaient : Saint Roch (paroisse), ancienne chapelle du collège des Jésuites ; la chapelle des Dames du Saint Sacrement, sur l'emplacement de la rue Drouot ; la chapelle des Capucins, et celle du Noviciat des Jésuites. Ces deux dernières ont été tour à tour églises paroissiales, sous le vocable de Saint-Nicolas.

Nous ne parlerons pas ici de ces maisons religieuses ; on trouve leur histoire dans la *Notice de Lorraine* de Dom Calmet, dans l'*Histoire* de Lionnois, et dans *les Communes de la Meurthe* de H. Lepage, etc.

La plus ancienne maison de cette rue est l'hôtel de Beauvau, n° 12 ; au dernier siècle, l'hôtel le plus remarquable était celui de Mahuet de Lupcourt, au n° 19.

Pour ce qui est de la Poissonnerie, nous renvoyons le lecteur à la rue Gambetta.

Nous voulons seulement parler de l'hôpital des Enfants-trouvés, qui, deux fois a été transféré dans la rue Saint-Dizier, la première fois dans les maisons qui portent de nos jours le n° 118.

C'est une erreur de croire, comme l'a écrit le *Journal officiel* de février 1883, que l'hôpital des Enfants-trouvés avait été fondé par Pierre de Stainville, doyen de la Primatiale, suivant les lettres patentes du duc Charles IV du 9 octobre 1626. (V. rue Saint Jean).

Jusqu'à la fin du dernier siècle, on s'était fort peu occupé des enfants abandonnés. S'en chargeait qui voulait les recueillir ; mais ils n'étaient pas admis, comme on le peut supposer, à l'hôpital Saint Julien. Cependant, la ville prenait quelquefois à sa charge l'entretien de ces enfants, pendant qu'ils étaient en nourrice, jusqu'à ce qu'ils pussent être admis à l'hôpital Saint-Julien ; mais la plupart du temps, les parents nourriciers considéraient ces enfants comme leurs, et continuaient à les élever.

Il n'y a pas eu, à Nancy, d'hospices proprement dit pour les enfants abandonnés, avant 1774.

Lionnois a consacré à cet établissement un assez long chapitre, dans son *Histoire* t. II, p. 236. Quoiqu'il explique très bien comment il fut fondé, nous aurons à y ajouter quelques notes, et à raconter comment il est établi, depuis 1807, dans l'ancien Noviciat des Jésuites. On verra aussi, en lisant ce qu'il a écrit, que cet hôpital n'a aucun lien de parenté avec la fondation faite en 1626, par le doyen Pierre de Stainville :

» Par des lettres patentes données à Marly, au mois de juillet 1774, sa Majesté ordonna que les 220,000 livres données par le feu Roi de Pologne, pour être employées en achats de grains pour le soulagement de ses sujets de Lorraine et de Bar, seraient employées à l'avenir à la nourriture et éducation des enfants trouvés des duchés de Lorraine et de Bar, jusqu'à l'âge de 14 ans, dans un hôpital qui serait placé dans le bâtiment de la Vénerie, situé en la ville de Nancy, et destiné par le feu roi de Pologne à la réclusion des filles et femmes de mauvaise vie, à laquelle il a été autrement pourvu ; lequel hôpital serait gonverné par un bureau d'administration composé de l'Evêque diocésain, des deux premiers Présidents et Procureurs généraux en ses Cour souveraine et chambre des comptes de Nancy, du lieutenant-général et du procureur du roi au Bailliage de ladite ville, du lieutenant-général de police, du Maire royal et du procureur du roi dans le corps municipal, lesquels seraient commissaires et directeurs-nés, et choisiraient tous les ans cinq autres commissaires et directeurs, dont un dans le corps de la Noblesse, un dans celui des Curés de la ville et faubourgs de Nancy, un dans l'Ordre des avocats, et deux dans le corps des Marchands et notables Bourgeois de ladite ville, avec un Trésorier-Receveur dudit hôpital, auquel serait remise la somme de 220,000 livres de France, donnée par le Roi de Pologne, pour l'achat des grains et celle de 42,392 livr. audit cours dont cette somme se trouvait augmentée, pour être employée en vertu des délibérations du bureau d'administration. La ville de Nancy est tenue de contribuer à l'entretien de cet hôpital d'une somme de 1,500 livres de France par an ; Lunéville de 400 ; Bar de 200, les autres villes des duchés de Lorraine et de Bar, dont les impositions excédent 6000 livr. de 150 livr. et les autres moins de 6,000 l. de 100 livr. par an.

» Cet hôpital jouit du droit attribué aux hôpitaux des duchés par la déclaration du 15 février 1725 ; du droit de franc-salé de deux muids par an, sur la saline de Château-Salins, sans autre droit que la cuite et façon dudit sel ; de la coupe annuelle de 12 arpens de bois, avec les arbres dé-périssans qui se trouveront dans les forêts de la maîtrise de Nancy ; de la permission de faire des bas, bonnets, dentelles et tous ouvrages au fil, coton et laine ; de l'exemption de tous droits d'entrée dans la ville pour grains, vins, bois et autres denrées nécessaires à la consommation de ladite maison. »

Lionnois ne dit pas tout. Le corps municipal avait décidé, et cela s'est rigoureusement observé, que presque toutes les marchandises confisquées pour contraventions aux règlements de police, étaient acquis à l'hôpital des Enfants-trouvés ; citons les boulangers, quand le pain était mal façonné ; les bouchers, quand ils excédaient le poids ou introduisaient sur leurs étaux des morceaux dont la vente était interdite ; les poissonniers ; les giboyeurs et volailliers. Outre les confiscations en nature, qui n'étaient pas de maigre importance, il y avait une quote-part réservée dans le produit des amendes ; si ce n'était pas la totalité, c'était pour le moins la moitié. De sorte que l'Hôtel-de-Ville contribuait, par ces divers moyens, à assurer l'existence matérielle de l'hospice. Pour avoir une idée de ce qui revenait de ce chef aux Enfants-trouvés, il faudrait avoir sous les yeux le recueil complet des ordonnances de Police édictées soit par la Cour, soit par le lieutenant-général de Police. Celles qui concernent la tenue des marchés, et elles sont nombreuses, sont les plus curieuses, après viennent celles sur les boulangers et les bouchers.

On comprend qu'avec de tels revenus, cet hôpital n'ait fait que prospérer et suffire à tous ses besoins. On ne peut guère supputer aujourd'hui les immenses revenus dont il pouvait jouir en 1789, sans avoir d'autre bien-fonds que les 262,392 livr. de France relatées plus haut.

Il résulte aussi des lettres patentes de Louis XVI, que cet hôpital n'a rien de commun avec celui fondé en 1626 par Pierre de Stainville. Le Roi affecte à sa première dotation la somme de 220,000 livr., que Stanislas avait donnée et réservée pour achats de grains en cas de disette ; par conséquent, le *Journal officiel* a été bien mal renseigné, en faisant remonter sa fondation au règne de Charles IV. C'est probablement parce qu'il est administré par les sœurs de Saint-Charles, qu'on aura cru qu'il dépendait de cette maison :

» Il est gouverné, sous la direction desdits administrateurs, ajoute Lionnois, par les sœurs hospitalières de Saint-Charles, à la nomination de la supérieure de la Congrégation de ces religieuses.

» Tout particulier dont la femme se sera chargée de nourrir gratuitement un enfant trouvé, jusqu'à ce qu'il ait pu être sevré et être reçu audit hôpital, sera exempt de corvées tout le temps de ladite nourriture ; tout chef de famille qui en élèvera un dans sa maison, depuis l'âge de trois ans à la décharge dudit hôpital, pourra, pendant tout le temps qu'il le gardera, exempter un de ses enfants du service dans les régiments provinciaux ; et s'il a chez lui plusieurs desdits enfants, il jouira d'autant d'exemptions qu'il aura de ces enfants. »

» Comme la Vénerie était occupée par bail, par le sieur Vallet, qui y avait placé sa manufacture, on plaça immédiatement après cette déclaration, les enfants dans la maison de feu Mr de Morey, conseiller à la Cour, vis-à-vis des Dames du Saint Sacrement. Ce ne fut qu'en 1779, que les enfants furent installés en cet hôpital, où ils sont en la présente année 1788. » (*Ibid*, t. II, p. 237).

Malgré ce que dit Lionnois, on installe d'abord l'hospice dans une maison de la rue des Minimes, au n° 446 de la paroisse Saint-Roch, à peu près n° 2 actuel de la rue Gilbert. En 1767, cette maison appartenait à un Sr Chaumont. A la fin de 1775, on transféra le nouvel hospice dans celle qui portait sur la rue Saint Dizier le n° 246 de la paroisse Saint-Nicolas, n° 118 actuel, appartenant aux héritiers de M. Joly de Morey.

A la Révolution, l'hospice des Enfants-trouvés devint l'hospice des Enfants de la Patrie, et subit le sort commun aux autres hospices ; il fut placé sous l'administration de la « Commission des hospices civils de Nancy » établie par la loi du 16 vendémiaire, an V.

Le gouvernement intérieur de la maison était confié, en l'an IV, aux personnes suivantes, la plupart sœurs de Saint-Charles : Jeanne François, économe, 70 ans. C'est la même personne que sœur Marie-Claire François, qui l'était en 1786 ; Marguerite Bergelle, fille de soins, 50 ans ; Marie Robert, cuisinière, 25 ans ; Anne Rite, pour la garde des petits enfants, 32 ans ; Cécile Charzerot, pour la garde des filles, 38 ans ; Françoise Chardot, jardinière, 37 ans ; Geneviève Baxal, pour les lessives, 23 ans ; Geneviève Chardin, aide de cuisine, 27 ans ; Marie Bagtal, aide des enfants, 60 ans ; de plus un boulanger, Nicolas Chobe, 29 ans, était attaché à l'établissement.

A l'époque où l'Ecole centrale était installée à Nancy, c'est à dire en l'an IV, l'administration du département de la Meurthe se proposait de créer une Ecole d'agriculture, dans le château de Neuviller-sur-Moselle, ci-devant Chaumont, qui avait appartenu jadis au chancelier de La Galaizière ; on aurait transféré et réuni à cette Ecole l'hospice des Enfants de la Patrie, et celui des vieillards pauvres. Ainsi, la création de la Ferme modèle de Roville, en même temps école d'agriculture, dirigée en 1822, par Mathieu de Dombasle, est une idée conçue vingt-six ans auparavant, par les administrateurs du département ; sans doute, que M. de Villeneuve-Bargemont en avait trouvé trace dans un carton de la Préfecture en 1821, lorsqu'il fit prévaloir cette idée, en ouvrant une souscription qui lui permit de mettre ce projet à exécution.

La loi du 16 vendémiaire an V, ayant constitué les commissions administratives dans chaque commune où il existait des hôpitaux, celle du 27 frimaire an V ordonna que les enfants abandonnés seraient reçus dans les hospices les plus voisins du lieu de leur naissance, ou de leur exposition. A partir de la publication de cette loi, les enfants furent envoyés dans les différents hospices de l'ancienne province, et il ne fut plus admis que ceux exposés ou abandonnés, tant dans la ville de Nancy que dans les communes voisines.

De 1774 au 27 frimaire an V (17 décembre 1796), il était entré, dans l'hôpital qui nous occupe, 8.521 enfants, c'est à dire 370 par an. Après la publication de cette loi, la population fut ramenée à 150 enfants environ.

Un des premiers soins de la Commission administrative des hospices civils de Nancy, fut de demander, le 12 messidor an V, le déplacement de l'hospice des Enfants de la Patrie et son transfert dans l'ancien Collège, ou Noviciat des Jésuites.

Nous avons sous les yeux le rapport fait par Huguet, dans la séance du Tribunal du 8 pluviose an IX, au sujet de cette demande. Ce document est curieux à plus d'un titre et étonnera plus d'un lecteur. (1).

« Tribuns, La Commission des hospices civils de Nancy a provoqué le projet de loi soumis en ce moment à votre examen.

» Elle a demandé à échanger une de ses propriétés, avec une propriété de la République.

» Voici les motifs qu'elle a fait valoir :

» Elle a exposé qu'elle était propriétaire d'une maison placée dans le centre de la ville de Nancy, place de Grève, précisément dans l'endroit le plus commerçant, le plus populeux *(sic)*, et par conséquent le plus resserré : que cette maison, destinée jusqu'à présent à l'hospice des Enfants de la Patrie, était devenue depuis longtemps tellement incommode et insuffisante, qu'on était obligé de disperser ces enfants orphelins dans plusieurs autres hospices ; ce qui multipliait les difficultés d'administration, et occasionnait un surcroît de dépense, que ces hospices étaient hors d'état de supporter.

» En conséquence, elle a demandé à l'échanger avec : 1° une partie non vendue du ci-devant *Collège* de la même ville ; 2° un hangar et greniers dépendants de la maison ci-devant dite *la Réclusion* qui y touche immédiatement ; et 3° une partie du jardin des ci-devant *Capucins*, contigu à cette maison ; propriétés nationales placées à l'extrémité de la ville, à la porte et près le faubourg dit de la Constitution, dans un endroit aéré, vaste, commode et par conséquent, sous tous les rapports, utile à l'établissement de cet hospice des enfants orphelins.

» Cette commission des hospices a présenté, pour cet objet, sa pétition à l'administration centrale du département de la Meurthe le 12 messidor an V, qui, d'abord par son arrêté du 13, l'a renvoyée à l'ingénieur en chef de ce département, à l'effet par lui de prendre connaissance de ces différentes propriétés, de dresser des plans

(1) Ce document est intitulé : Rapport de Huguet sur un projet de loi du 2 pluviose, tendant à autoriser un échange entre la République et les Hospices civils de Nancy. Broch. in-8° de 8 p. Paris, de l'Imprimerie nationale. Pluviose an 9.

figuratifs, de donner son avis sur les convenances et les valeurs comparatives de ces différents biens.

» L'ingénieur en chef, par son rapport du 10 fructidor an VI a satisfait à l'arrêté du département ; il a dressé des plans, il a donné son avis sur l'utilité réciproque de l'échange proposé ; enfin il a fait son estimation, savoir : de la maison proposée par la Commission des hospices, à la somme de 32,000 francs, et des propriétés nationales demandées en contre-échange à 32,288 francs.

» L'administration municipale de la même ville a été également consultée ; et, par son arrêté du 29 frimaire, elle a été de l'avis de l'échange proposé.

» C'est d'après ces différents avis et renseignements, et d'après encore un autre procès-verbal d'estimation du 3 fructidor an VI, fait par experts nommés de part et d'autre, que l'administration centrale du département de la Meurthe, par son arrêté définitif du 29 vendémiaire an VII, a déclaré qu'elle estimait qu'il y avait lieu à autoriser l'échange proposé. »

Nous ne suivrons pas le rapporteur dans l'enquête à laquelle a donné lieu cette affaire, ni dans la discussion des quelques difficultés qui ont surgi. Nous arrivons de suite à ses conclusions :

» La Commission composée des Tribuns Labrouste, Isnard et moi, à laquelle vous avez renvoyé ce projet de loi, d'après l'examen qu'elle a fait des pièces dont je viens de vous présenter l'analyse, a reconnu qu'il y avait utilité réciproque à faire l'échange demandé.

» Elle a reconnu, d'une part, que le ci-devant Collège de Nancy, par sa position à une des extrémités de la ville, dans un endroit très aéré et vaste, était plus commode et plus convenable à l'établissement de cet hospice des orphelins, que la maison insuffisante et insalubre *(sic)* qu'il avait aujourd'hui.

» Que d'un autre côté, la maison donnée en échange convenait mieux à la République, parce que la vente en serait plus facile ou plus prompte, en ce qu'elle était placée dans le centre de la ville, dans un des endroits le plus populeux et le plus commerçant *(sic)* ; qu'il y avait d'après cela convenance réciproque. Enfin, elle a vu dans cet échange le moyen de faciliter et d'améliorer un établissement utile à de malheureux enfants abandonnés, et sur lesquels l'humanité appelait toute l'attention et la bienveillance du législateur.

» D'après ces considérations, elle me charge de vous proposer l'adoption du projet de loi. »

Celui-ci fut accepté et voté le 15 pluviose an IX, sans doute avec quelques modifications.

Le préfet Marquis vient à Nancy en l'an VIII; il trouva d'abord une infinité de réformes à opérer dans les services de l'administration : chaque chose vint à son heure et rien ne lui échappa. Voici entre autre un arrêté qu'il fit publier le 19 floréal an X, dans le *Journal de la Meurthe,* son organe officiel et seul journal du département :

» Le préfet du Département de la Meurthe, considérant que les enfants abandonnés appartiennent à la Patrie, et que l'un des premiers devoirs de l'administration, est de les mettre à même de pourvoir un jour à tous leurs besoins, et de se rendre utiles à la Société, par l'exercice des diverses professions auxquelles ils pourront être propres, arrête ce qui suit :

« Les enfants abandonnés de l'un et de l'autre sexe, entretenus dans l'*Hospice des Enfants de la Patrie* de Nancy, qui ont atteint l'âge et les forces nécessaires pourront être placés chez les manufacturiers, fabricants, artistes, maîtres ouvriers, cultivateurs et autres citoyens, en suite de traités consentis par le préfet.

» Les citoyens qui désireraient se charger d'un ou plusieurs enfants abandonnés, sont invités à remettre à la préfecture, d'ici au 15 messidor prochain, leurs soumissions qui indiqueront : 1° le nombre d'enfants abandonnés dont ils entendent se charger ; 2° l'espèce de travail ou de service, auquel ces enfants seraient destinés ; 3° le temps pendant lequel ces enfants devront rester engagés pour indemniser de la dépense de leur logement, nourriture, entretien, apprentissage et éducation, qui devra consister au moins dans la fréquentation d'une école jusqu'au moment où ils sauraient lire et écrire, et dans la surveillance la plus soignée sur leurs mœurs.

» Les citoyens qui désireront désigner nommément les enfants dont ils entendraient se charger, pourront le faire dans leurs soumissions, après avoir visité l'hospice pour pouvoir fixer leurs choix.

» Ne seront admis à faire des soumissions que des manufacturiers, fabricants, artistes, maîtres ouvriers, des cultivateurs payant au moins 12 francs de contribution directe, ou exploitant au moins une charrue ; enfin les propriétaires ou rentiers payant au moins 80 francs en contributions directes de toute espèce. »

Le préfet Marquis, que nous avons présenté comme un excellent administrateur, s'est beaucoup occupé de la situation faite aux Enfants-trouvés par les événements politiques ; il n'a pas craint, dans sa *Statistique*, de signaler énergiquement le mal et d'indiquer le remède.

« Depuis la publication de la loi du 27 frimaire an V, dit-il, qui ordonne que les enfants abandonnés seront reçus dans les hospices civils les plus voisins du lieu de leur naissance ou de leur exposition, il n'y a plus, à proprement parler, d'hospice qui leur soit spécialement consacré.

» Il existait auparavant, à Nancy, un établissement où l'on recueillait les enfants abandonnés de toute la province de Lorraine et Barrois ; cet hospice, qui avait été créé le 1er octobre 1774, avait reçu, ayant la loi précitée, 8.521 enfants, ce qui fait 370 par an ; il n'en existe plus à l'hospice que 139 ; et l'on en comptait au commencement de l'an V environ 1.139, répandus dans les campagnes, à la charge de l'établissement : mais il est impossible d'en fixer aujourd'hui le nombre avec certitude, les nourriciers ayant négligé de représenter des certificats de vie ou de décès, depuis que le trésor public n'a plus fait de fonds pour le paiement de ces pensions ; on l'évalue par approximation à 700.

» Depuis la suppression du dépôt général jusqu'au 1er vendémiaire an X, il est entré dans les principaux hospices du département, 680 enfants, c'est à dire 136 par an ; sur ce nombre, 650 sont restés chez leurs nourriciers, les autres ont été renvoyés à l'hospice, ou réclamés par leurs parents, ou demandés par des personnes charitables ; le nombre de ceux qui vivent et dont on paie l'entretien est de 230. »

Ainsi, la totalité des enfants abandonnés, actuellement à la charge des hospices du département, est de 369 ; et il est bon d'observer qu'il ira nécessairement en augmentant jusqu'en l'an XVII, puisque ce n'est qu'à l'âge de douze ars qu'ils doivent cesser d'être à la charge de l'Etat.

« En vertu de l'arrêté du Directoire exécutif du 30 ventose an V, l'administration départementale a réglé le prix des mois de nourrice ainsi qu'il suit : 9 francs jusqu'à l'âge de 3 ans ; 8 francs de 3 à 6 ans : 6 francs de 6 à 9 ans ; 4 francs de 9 à 12 ans ; et l'on évalue à 91 francs par an l'entretien de ceux élevés, qui sont dans l'intérieur des hospices.

» Le gouvernement n'a fourni jusqu'à présent, que la moindre partie des sommes nécessaires à ces dépenses.

» Il redoit aux hospices de Nancy, seuls, sur les exercices des années 6, 7 et 8, 53,000 fr. ; conformément à l'arrêté des consuls du 15 brumaire an IX, cette somme devait être remboursée en capitaux appartenant à la République ; mais les rescriptions délivrées n'ont pu être encore réalisées.

» Les avances de l'an IX se portent à 20,000 francs, sur lesquels il n'a été payé que 5,000 francs, par le trésor public.

» Toutes ces dépenses extraordinaires prolongent nécessairement l'état de détresse des hospices, et les surchargent d'intérêts qui absorbent une partie des fonds destinés au soulagement des malheureux.

» Il est donc bien juste, que le gouvernement prenne enfin des mesures efficaces, pour assurer le paiement de l'arriéré et aligner les dépenses annuelles.

» Les dispositions faites pour l'an X font déjà espérer un meilleur ordre de choses.

» Je crois aussi que l'exécution de la loi du 27 frimaire an V, n'est pas sans inconvénients et ne remplit pas son objet. D'abord, il est extrêmement rare que l'on expose des enfants dans les petites villes ; les mœurs y sont plus pures, et les victimes de la séduction viennent se réfugier ordinairement dans les grandes villes, pour y faire leurs couches en secret : d'un autre côté, il n'est pas convenable de confondre ces petits êtres avec les malades, auxquels seuls la plupart de ces hospices ont été destinés. Cette méthode complique enfin inutilement les détails de la comptabilité du ministère de l'intérieur.

» Il me paraîtrait beaucoup plus avantageux de rétablir les grands dépôts ; et celui de Nancy pourrait suffire, comme par le passé, aux départements de la Meurthe de la Meuse et des Vosges, qui devraient alors concourir à sa dépense, au moyen de centimes additionnels.

» Cette réunion faciliterait encore l'établissement d'ateliers, où ces enfants pourraient être formés à diverses professions utiles ; et l'on doit sentir qu'il est extrêmement
difficile de leur procurer cet avantage dans presque tous
les hospices ordinaires. Je dois observer aussi, à cette occasion, que jusqu'à présent les manufacturiers du département n'ont montré que de la répugnance à se charger de
ces enfants, quoique le Ministre de l'intérieur ait modifié,
sur ma demande, les conditions auxquelles il avait consenti qu'on les leur confiât. » (Statistique du département de
la Meurthe, p. 116.)

Ce langage ferme et énergique est celui d'un honnête
homme, d'un magistrat intègre, d'un administrateur consciencieux. Exposer la vérité aussi nettement à un gouvernement soupçonneux était, pour le préfet Marquis, un
simple acte de loyauté.

Nous avons parlé plus haut de la demande faite en
l'an V, par la Commission administrative des hospices civils de Nancy, tendant à obtenir le ci-devant Collège, pour
y transférer l'hospice des Enfants de la Patrie. Cette demande ne reçut de solution qu'en 1805, et le transfert eut
lieu en octobre de la même année, malgré qu'on ait écrit
qu'il avait eu lieu soit en 1806, soit en 1807. Le *Journal
officiel* lui-même, dans la liste des institutions charitables
existant en France, qu'il a publiée en février 1883, dit
que l'hospice des Enfants-trouvés fut « réuni par décision
ministérielle du 4 juin 1807 à l'hospice Saint-Stanislas. »
Le *Journal officiel*, encore une fois, a été bien mal renseigné, d'abord il n'y avait pas à Nancy, au commencement de ce siècle, d'hospice Saint-Stanislas. Sous l'ancien
régime, l'hôpital qui était placé sous cette invocation était
tenu par les frères de la Charité, ou Saint-Jean-de-Dieu ; il
avait était fondé par Stanislas en 1748 ; mais en 1791, il
fut supprimé et ses biens confisqués. Quant à la décision
ministérielle du 4 juin 1807, nous voulons bien croire à
une coquille.

Le *Journal officiel* du département de la Meurthe, rédigé
sous l'inspiration du préfet Marquis, publiait le 3 brumaire an XIV, 23 octobre 1805 l'avis suivant:

« L'hospice des Enfants de la Patrie (ancien hôpital des
Enfants-trouvés) est totalement évacué et fermé. Les enfants qui habitaient cet hospice ont été transférés au ci-

devant Collège, près de la porte de la Constitution (ci-devant Saint Nicolas). »

On y réunit l'hospice des Orphelins, qui n'avait qu'une population de 54 à 55 enfants. Ces deux établissements n'avaient cessé d'être dirigés par les sœurs de Saint-Charles, et relevaient tous deux de l'administration de la Commission des hospices civils de Nancy. On transféra également dans l'ancien Collège, les enfants qui étaient recueillis à l'hôpital Saint Julien, ce qui porta la population moyenne du nouvel hospice à 320 enfants. Cette réunion s'est opérée en vendémiaire an XIV.

La maison prit alors le nom d'*hôpital général des Or- phelins.*

En 1823, on l'appelait l'*hospice Saint Nicolas*, par rapport à sa situation entre la porte, la paroisse et le vieux faubourg de ce nom ; officiellement, de 1819 à 1821, il devint l'*hospice des Enfants-trouvés.* Ce n'est qu'en 1821 qu'on lui a donné le nom d'*hospice Saint Stanislas.*

C'est le 9 mai 1806, que nous voyons, pour la première fois, publier les avis de ce genre qu'on rencontre tous les trois mois dans le journal de la Meurthe :

» Le paiement des mois de nourrice des Enfants-trouvés reçus à l'hospice de Nancy, pour le trimestre de janvier 1806 seulement, sera ouvert lundi 12 mai ; les nourriciers pourront se présenter ledit jour et les suivants, jusqu'au 20 dudit mois mois. »

A défaut de se présenter dans ce délai, les nourriciers étaient déchus de l'indemnité qui leur était accordée. Aussi est-il recommandé aux maires et aux curés, de donner à ces avis la plus grande publicité.

Pendant les malheureuses années 1815 et 1817, l'abandon et l'exposition des enfants, même légitimes, avaient pris des proportions déplorables ; on ne se contentait plus d'exposer des enfants en bas âge, on en abandonnait qui étaient âgés de 3 à 10 ans. M. Séguier, alors préfet de la Meurthe, faisait rechercher les parents auxquels on reconduisait les abandonnés. Beaucoup d'enfants de la campagne, n'ayant pu être rendus à leurs parents légitimes, furent recueillis à l'hospice.

Voici, d'après le *Journal officiel*, ce qu'est aujourd'hui l'*Orphelinat de Saint-Stanislas :*

135 enfants — 70 garçons — 39 au-dessous de 12 ans

— 31 au-dessus. — 64 filles — 31 au-dessous de 12 ans —
34 au-dessus.

Origine. — Fondé par Charles IV, duc de Lorraine, le
9 octobre 1626; réuni par décision ministérielle du
4 juin 1807 à l'hospice Saint-Stanislas (1). Se confond, au
point de vue de la situation légale, avec les hospices civils
de Nancy.

Ressources. — Confondues avec celles de l'hospice.

Admissions. — Gratuites, à l'exception de 7, pour lesquelles il est payé 360 francs pour les pensionnaires de
Nancy, 420 francs pour les autres. Sur 128 places gratuites, la Commission dispose de 115 lits; les autres lits
sont occupés sur la désignation des fondateurs ou de leurs
représentants. Les admissions ont lieu de 2 à 10 ans.

Régime. — Séparation par sexe. Les garçons sont occupés sous la direction d'un chef d'atelier, dans quatre ateliers : tailleurs, cordonniers, menuisiers, jardiniers. Les
filles apprennent la couture, le repassage, les soins du ménage, etc. Le tiers du produit du travail est porté sur les
livrets des enfants, soit 30 à 35 fr. par an. Au dessous de
6 ans, les enfants sont envoyés à une salle d'asile de la
ville.

Engagements avec les parents. — Aucun.

Sortie. — Les enfants sont placés par l'établissement qui
leur donne un trousseau d'une valeur de 100 fr.

Patronage. — Il n'y en a point; cette institution pourrait être avantageuse, pourvu que la Commission de patronage eût un droit d'autorité sur les enfants jusqu'à leur
majorité.

Observations. — La Commission administrative se verrait avec plaisir donner le droit de *veto* aux demandes de
retraits d'enfants. L'administration hospitalière devrait
avoir le droit exclusif à la surveillance des enfants admis,
avec la faculté de les rendre à leurs parents, si ceux-ci en
sont dignes et s'ils remplissent les conditions de moralité
désirables.

Regnard de Gironcourt, en publiant, en 1823, ses *Ephé-
mérides lorraines* dans le *Journal de la Meurthe*, place au
30 novembre 1804 « l'établissement à Nancy, des sœurs
de la Charité (*sic*), connues sous le nom de Vatelottes,

(1) Nous avons contesté plus haut cette origine.

par les soins de M. d'Osmond, évèque de cette ville. Ces pieuses filles se consacrent au soulagement des pauvres et à l'instruction des enfants des indigents. La charité des fidèles a contribué de 12,000 fr, à cet établissement placé aux ci-devant Capucins. »

Il y a dans cette note plusieurs erreurs : la date de leur réorganisation n'est pas exacte ; les sœurs Watelottes n'étaient pas des sœurs de charité, mais spécialement et principalement des institutrices.

Le premier soin de M. d'Osmond en arrivant à Nancy (21 prairial an X, 10 juin 1802), a été, d'un commun accord avec M. Marquis, préfet de la Meurthe, de rétablir aussitôt l'association des sœurs Watelottes, afin de fournir des institutrices dans les campagnes qui en étaient dépourvues depuis la Révolution. M. d'Osmond et le préfet Marquis pressèrent tellement cette affaire, que le 5 thermidor an XI (24 juillet 1803), le préfet publiait cette note dans le *Journal de la Meurthe* :

« Le gouvernement a approuvé les statuts proposés par M. l'évèque de Nancy, pour la réorganisation de l'association connue dans ce département sous le nom de Sœurs Vatelottes, et consacrées à l'enseignement des jeunes filles, particulièrement dans les campagnes ; le conseil de cette association est déclaré apte à accepter des fondations et donations, et à acquérir des propriétés, en observant dans ces différents cas les formalités prescrites par les lois et arrêtés relatifs aux établissements de bienfaisance. — La principale maison de cette institution, ou la maison dite *Mère-Ecole*, sera formée à Nancy. »

Le 27 thermidor an XI, on trouve cette autre note dans la même feuille :

« Pour tous les objets relatifs à l'établissement des sœurs de la Doctrine chrétienne (sœurs Vatelottes) par exemple : pour les demandes d'institutrices que les communues désireraient faire, il faut s'adresser au citoyen Chaput, supérieur de l'Association, maison Mique, architecte, place d'Alliance, ou à Mme Marquant, directrice générale de l'Association, rue de la Constitution, n° 159. — Il faut affranchir les lettres. »

Le 7 frimaire an XIV (28 novembre 1805) se lit l'avis suivant :

« Les sœurs de la Doctrine chrétienne, approuvées par

le gouvernement, viennent d'ouvrir dans leur maison de Nancy, sous les yeux de l'approbation de M. l'évêque, un pensionnat de jeunes personnes du sexe, depuis l'âge de 5 et 6 ans jusqu'à 15 à 16, où l'on enseigne la religion, la langue française par principes, la lecture, l'écriture, l'orthographe, le calcul, les premiers éléments de la géographie et de l'histoire ; tous les ouvrages manuels propres à leur sexe ; tricoter, coudre, festonner, broder, dessiner pour la broderie, etc.

» Ceux qui désireraient avoir sur le pensionnat des détails plus étendus pourront s'adresser à la sœur Sugny, principale maîtresse des pensionnaires, maison des ci-devant Capucins à Nancy ; elle leur donnera tous les renseignements qu'ils pourront désirer. »

Regnard de Gironcourt dit, dans sa note, que la charité des fidèles a contribué pour 12,000 fr. à l'établissement de cette maison religieuse. Sans contester ce dire, il nous est permis de douter de sa véracité. Il y a eu certainement des dons ; mais, avec les apports des novices, le capital aurait été suffisant pour soutenir l'existence de cette maison, si les dons s'étaient élevés à 12,000 fr. ; l'Etat lui ayant abandonné les bâtiments de l'ancien couvent des Capucins, il n'y avait donc à faire face qu'aux frais d'entretien. La maison était loin d'être prospère, car, en février 1808, un décret impérial lui accorde 6,500 fr. pour frais de premier établissement, le jardin contigu, duquel elle n'avait pas la jouissance, et un secours annuel de 4,000 fr.

Veut-on savoir quels ont été les commencements de cette institution dans notre ville ? Pour cela, il suffit de lire le Mémoire présenté par les Dames de la Doctrine chrétienne à Monsieur le Maire, entre les mois de février et le mois de juin 1808, lui exposant nettement leur situation ; ce Mémoire est très curieux, il vaut la peine d'être lu attentivement, d'un bout à l'autre.

» A Monsieur le Maire de la ville.

» Depuis cinq ans, les sœurs de la Doctrine chrétienne sont établies à Nancy avec l'agrément du gouvernement. Sa Majesté Impériale a même eu la bonté de leur concéder la maison des ci-devant Capucins, en indemnité des biens appartenant à l'association, vendus pendant la révolution.

» Cette maison, depuis la sortie des religieux, avait été habitée par une foule de ménages qui l'avaient totalement dégradée ; l'état de délabrement dans lequel elle se trouvait a constitué l'association dans des frais immenses, pour faire seulement les réparations indispensables ; puisque, outre le profit des oblations des membres de l'association, celui des quêtes faites dans l'arrondissement de Nancy, les sœurs ont été forcées de contracter des dettes jusqu'à la concurrence de 6,500 fr. et il en reste encore de très urgentes à faire.

» L'existence des sœurs, occupées à l'instruction dans la maison de Nancy, eût été impossible, si la plupart de celles qui y résident n'avaient des ressources dans leurs familles, qui les ont puissamment aidées, qu'elles en ont trouvé dans la charité de plusieurs personnes de cette ville ; enfin, que les privations ne leur ont rien coûté, lorsqu'il s'est agi de leurs devoirs. Qu'on ne croye pas que le tableau est chargé ; on peut se convaincre de la vérité de leurs assertions, si on veut bien considérer que la maison est sans dotation, sans ressources quelconques, que toutes ses ressources sont dans le produit des ouvrages des sœurs, objet de bien peu de conséquence, puisque indépendamment des exercices religieux qui font leur consolation, elles tiennent l'école six heures par jour ; enfin, dans la rétribution volontaire de 50 écoliers, que les parens acquittent à quel taux ils jugent à propos, — jamais les sœurs ne s'étant permis d'en fixer le montant, — les sœurs sont en état de justifier que jamais elles n'ont touché 40 fr. par mois (sic), tandis que très souvent cette collecte n'a pas été à 30 fr. (sic). Néanmoins, depuis le mois d'octobre 1803 elles ont constamment reçu et enseigné gratuitement et simultanément, 200 jeunes filles envoyées par M. le Maire, sur ses attestations d'indigence, et elles se sont fait un devoir de n'en refuser aucune.

» Cependant, quoiqu'elles aient pour écolières plus de moitié des filles indigentes de la Ville, les sœurs, jusqu'ici, n'ont participé à aucune indemnité, tandis que les maîtres et maîtresses de la Ville qui en reçoivent douze, ont constamment reçu jusqu'à concurrence de 200 fr.

» La justice de M. le Maire est trop connue, pour ne pas être convaincue, que cet oubli, dans la répartition, est involontaire, et que ses occupations multipliées lui ont fait perdre de vue les écoles des sœurs. Pourquoi elles ont pensé devoir mettre sous ses yeux, et ceux des autorités compétentes, les motifs sur lesquels elles appuyent leurs justes réclamations, afin d'être comprises dans le budget des dépenses de la Ville, en observant encore que trois sœurs suffiraient à peine pour l'enseignement de 200 filles, dont l'éducation est extrêmement négligée.

» Cet objet intéressant n'est pas le seul motif qui ait déterminé les sœurs à fixer les regards de M. le Maire, et des autorités compétentes, elles en ont un qui pourrait toucher plus particulièrement au bien général de la classe indigente.

» La difficulté de se procurer des cotons a forcé plusieurs négotians de cette ville de ralentir la filature à laquelle ils employaient un grand nombre de jeunes filles, qu'ils faisaient exister ; tant que la guerre avec l'Angleterre durera, il est à craindre que ces filatures ne reprennent pas leur activité. Ne serait-il pas possible de remplacer une partie de cette ressource prétieuse, qui nourrissait un si grand nombre de jeunes filles ? Les sœurs de la Doctrine chrétienne ont pensé devoir y coopérer de tout leur pouvoir, en se rendant de plus en plus utiles à cette classe, objet principal de leur établissement et de leur fondation ; c'est dans ces vues qu'elles offrent de tenir dans leur maison deux salles de travail, à l'instar de celles qui existaient à Saint Charles, à l'époque de la révolution, dont il résulte un si grand avantage. Dans ces ateliers, deux sœurs, principales maîtresses employées exclusivement à cette occupation, y enseigneraient aux jeunes filles indigentes, âgées de 12 à 13 ans, tous les ouvrages manuels auxquels les femmes peuvent être employées — tricoter, coudre, festonner et broder. — Le produit étant au bénéfice des parents, ceux-ci auraient tout intérêt à y envoyer leurs enfants ; là, on maintiendrait les élèves dans les principes de morale chrétienne; leurs mœurs, leur conduite y seraient surveillées, les enfants contracteraient l'habitude du travail, qui fournirait, sinon la totalité de l'existence des parents, au moins celle des enfants et aiderait les autres dans leur misère. Enfin, les jeunes filles n'en sortiraient que lorsqu'elles pourraient gagner leur vie.

» Les sœurs de la Doctrine chrétienne, qui ont extrêmement à cœur de donner des preuves de leur dévouement absolu à la chose publique, désireraient pouvoir remplir gratuitement les nouvelles obligations qu'elles offrent de contracter ; mais le tableau qu'elles ont fait de leur situation, de leur manière d'exister, justifie qu'elles sont hors d'état de fournir à la nourriture et à l'entretien de deux sœurs maîtresses principales, et des frais du premier établissement — deux fourneaux, des sièges, tables et le chauffage annuel, — elles ne demandent rien pour celles des sœurs qui seront employées à aider les deux principales.

» Les premiers frais d'établissement faits, la dépense annuelle ne serait pas considérable.

» Il y a, à Nancy, plusieurs maisons dans lesquelles on apprend les ouvrages que les sœurs offrent de montrer ; mais, indépendamment que plusieurs de ces maîtresses ne peuvent, à raison du soin qu'exigent leurs ménages, surveiller la moralité avec autant de suite que les sœurs, ces maîtresses, mères de famille, exigent une rétribution de 3 fr. par mois de chaque élève, outre le chauffage, ce qui est une indemnité bien juste.

» Cette rétribution modique ne peut être acquittée par les indigens. Or, si on met en considération que les sœurs en recueilleront au moins de 60 à 80 et même plus, s'il s'en présente, on ne peut disconvenir que l'indemnité qu'elles sollicitent est de peu de chose en considération du bien qui peut en résulter. Enfin, n'est-ce pas le moyen, sinon d'extirper, au moins de diminuer notablement la mendicité ? On n'objectera pas sans doute que les sœurs peuvent trouver leur indemnité dans le prix du travail des élèves ; dans le principe, il est si peu de chose, d'ailleurs si on l'enlevait aux parents, ils n'auraient plus d'intérêts à conserver leurs enfants dans les ateliers.

» *Nota béné.* — On pourrait peut-être croire que, d'après la bienfaisance du monarque qui nous gouverne et qu'il vient d'étendre sur la maison des sœurs de la Doctrine chrétienne de Nancy, elles ont grossi leurs besoins ; elles sont loin de diminuer les bienfaits qu'il a plu à Sa Majesté impériale de répandre sur elle par son décret.

» Une somme de 6,500 fr. leur est accordée pour acquitter les dettes par elles contractées pour les réparations qu'elles ont faites lors de leur entrée, et un secours annuel de 4,000 fr. ; mais l'emploi en est également déterminé par le décret. C'est : 1° pour étendre leur noviciat, aider les sujets qui se destinent à embrasser l'état de

sœurs dans les pensions, et frais indispensables du noviciat ; 2° enfin pour la nourriture et l'entretien des
anciennes sœurs, que leurs infirmités obligent de quitter
leurs pénibles travaux ; l'association ne peut, dès lors,
détourner ces fonds à d'autres objets. »

Nous ne saurions dire si la demande d'une indemnité de
200 fr. pour chaque sœur maîtresse fut accordée. Nous ne
le pensons pas, car à cette époque la Ville ne rétribuait
pas les instituteurs et institutrices, qui tenaient censément
des écoles communales, dans lesquelles étaient envoyés les
enfants des indigents.

Les instituteurs et institutrices, qui étaient logés dans
les bâtiments communaux, ne recevaient absolument rien ;
on allouait comme indemnité de logement et du jardin
300 fr. par an aux instituteurs et 200 fr. aux institutrices
qui se logeaient à leurs frais ; on leur laissait le droit de
se faire rétribuer par les parents qui n'étaient pas indigents, et dont les enfants fréquentaient leurs écoles. En ce
temps là, on pouvait vivre très honnêtement avec un
salaire moyen de 25 à 30 sous par jour.

Si la demande d'une subvention a été rejetée par la
municipalité, celle des frais de premier établissement de
deux ouvroirs fut au moins accueillie avec faveur ; on
projeta même d'étendre cette mesure à deux autres quartiers assez éloignés de la maison des Capucins. La pièce
suivante en fait foi.

« RAPPORT des architectes soussignés concernant des établissements d'écoles et salles de travail, qu'on se propose d'établir
dans diverses parties de la ville de Nancy. Notamment : 1° aux
ci-devant Capucins, pour des filles ; 2° dans la maison d'école de
Boudonville, aussi pour des filles ; 3° enfin dans l'ancienne maison communale dite des Frères, pour des garçons.

» Il résulte des ordres que nous avons reçus de M. le Maire
de la ville de Nancy, que nous nous sommes transportés dans
les locaux ci-dessus indiqués, afin de reconnaître s'il y avait possibilité de former lesdits établissements.

» Madame la Supérieure à la maison des Capucins, nous a désigné deux salles qui peuvent remplir le but proposé. La première a de longueur 6 m. 25 c. sur 5 m. 25 c. de largeur ; elle
est éclairée par deux croisées qui prennent jour sur un petit jardin. La deuxième est aussi éclairée par deux croisées sur le même
jardin ; elle a 5 m. de longueur sur 4 m. 5 c. de largeur ; ces
salles manquent de cheminées ; en conséquence, il faudra faire

la dépense de deux fourneaux avec leur pierre, ainsi que d'autres objets indispensables à l'établissement et détaillés au devis ci-joint.

» Nous avons reconnu que la maison d'école de Boudonville, où est établie une salle d'instruction pour des garçons, était insuffisante pour en former une nouvelle destinée pour des filles. Que cette maison est en très mauvais état ; tout y tombe de vétusté, et qu'il serait de la plus grande urgence que M. le Maire fît exécuter les réparations indiquées dans un devis dressé à ce sujet, il y a environ deux ans.

» Les soussignés ont été instruits, qu'une des sœurs de la Doctrine chrétienne avait passé un compromis, pour l'acquisition d'une maison dans laquelle elle se propose d'établir des salles d'instruction pour des filles, son but remplit en quelque sorte les intentions du Conseil municipal. C'est à M. le Maire à se concerter avec la Dame qui se propose de faire l'acquisition de ladite maison, pour que les soussignés puissent établir l'estimation de la dépense à faire pour les bancs, tables, etc., à établir dans ce local destiné aux jeunes filles, hors d'état de salarier l'institutrice.

» Enfin, nous étant rendus dans la maison communale, dite des Frères, pour en reconnaître l'état, nous l'avons trouvée dans un délabrement total, tous les murs sont décrépis, les planchers usés, les plafonds fendus ou tombés, les bois pourris, les croisées de nulle valeur ; et commes toutes ces réparations intérieures pourraient devenir inutiles, par les diverses distributions que l'on sera peut-être obligé d'y former, lors de l'établissement projeté, on a pensé qu'il convenait, avant de faire un devis estimatif des réparations de ladite maison, que l'on estime par approximation à *dix mille francs*, que M. le Maire veuille bien nous donner le programme du projet de l'établissement qu'on se propose de faire dans ce local.

» Pourquoi nous avons dressé le présent rapport pour être mis sous les yeux de M. le Maire, afin d'en ordonner ce qu'il jugera convenable.

» A Nancy, le 28 juin 1808.

» Signé : DOSSE, MARC.

» Vu et vérifié par l'ingénieur en chef du Corps impérial des ponts et chaussées du département de la Meurthe.

» A Nancy, le treize août 1808.

» Signé : PLONGNER. »

Le devis estimatif des ouvrages à faire aux ci-devant Ca-

pucins, pour y former deux classes de travail pour les enfants de parents indigents, lesquelles seront dirigées par
des sœurs de la Doctrine chrétienne établies dans ledit
couvent, s'élève à la somme de 267 fr. 68. Il comprend
deux tables de 3 m. sur 1 m., supportées par deux
trêteaux ; 8 bancs ; deux marchepieds, deux bureaux avec
encadrement en lattes, et deux fauteuils ordinaires em-
paillés pour les institutrices ; deux fourneaux en fonte de
80 kil. chacun avec leurs tuyaux en tôle ; deux pierres de
recueil des cendres ; plus une table et quatre bancs pour
la seconde salle.

Le 11 mai 1810, la *Meurthe* publiait l'avis suivant :

» Le pensionnat pour l'éducation des jeunes demoiselles,
établi sous la protection de M. l'Evêque de Nancy, dans la
maison des ci-devant Capucins de la même ville, vient
d'être transféré dans une belle et agréable maison au faubourg Saint Pierre n° 137.

» Les pensionnaires y sont élevées avec le plus grand
soin dans la religion et les bonnes mœurs ; on leur enseigne à lire, écrire, calculer, la langue française par principes, la géographie, l'histoire et les petits ouvrages manuels que les demoiselles doivent savoir. Le prix de la pension est de 400 fr. annuellement, non compris les leçons
de dessin, de musique, etc., qui sont données aux élèves,
quand les parents le désirent. »

SAINT-EPVRE (Rue)

De la place Saint Epvre à la rue Saint Michel.

Voilà une bien petite rue qui a une grande page d'histoire.

Dom Calmet ne la dénomme pas : mais, par contre, il
appelle rue *du Four sacré* la partie inférieure de la rue
Saint Michel, qui aboutit sur la Grande Rue et qui est la
continuation de la rue Saint Epvre.

Nous ferons remarquer que le Four sacré, devant lequel
étaient reçus les boulangers, après y avoir fait et cuit leur
chef-d'œuvre, était situé dans la maison qui porte le n° 8
de la rue Saint Michel, laquelle maison se trouve dans

l'axe de la petite *rue Saint Epvre*, dénommée dans tous les plans du dernier siècle et dans divers documents authentiques, notamment dans le Tableau des rues de 1764 et dans l'état des maisons de 1767, *rue du Four sacré*.

La délibération du 17 septembre 1791 dit textuellement que la *rue du Four sacré* s'appellera *rue de la Concorde*.

Elle redevint *rue du Four sacré* en 1814, et c'est seulement le 30 décembre 1839, qu'elle fut appelée *rue Saint Epvre*.

Elle est mentionnée dans le rôle de 1551, sous le vocable de *rue du Four sacré*, et est habitée par dix sept contribuables ; il faut donc croire qu'alors elle allait de la place Saint Epvre à la Grande Rue, et remontait jusqu'à celle du Point du Jour (v. rue Saint Michel.)

Nous croyons que Lionnois fait erreur, quand il avance, sans preuve à l'appui, qu'on appelait autrefois *rue du Four sacré*, la partie de la rue Saint Michel comprise entre la rue du Point du Jour et la Grande Rue, pour pouvoir placer la *rue Grenouillère* dans la rue Saint Epvre actuelle. Cette rue, qui existait peut-être au XVe siècle, était certainement indépendante de celle-ci. La marche du contrôleur de 1551 ne laisse aucun doute, à l'égard de l'emplacement de la rue du Four sacré, et détruit l'opinion émise par Lionnois, qui a pris, sans doute, une des rues voisines qui ont servi à faire le plan Saint Epvre. Si la rue Saint Epvre avait porté, en 1551, un autre vocable que celui de Four sacré, nous en trouverions la preuve dans le rôle de cette année ; car il n'y est question que de celle-ci et de la rue Saint Michel.

Nous observerons que la *rue de la Grenouillère* n'a pas été antérieure à la création de la fontaine de la place Saint Epvre, qui a amené, en cet endroit, le marché aux poissons. Ce vocable n'avait certainement pas un caractère officiel, puisqu'on ne le trouve rappelé dans aucun titre, tandis que toutes les autres rues de la ville vieille sont mentionnées, soit dans les comptes du domaine, soit dans les rôles des habitants, soit dans les titres de propriété des particuliers. On a probablement appelé rue de la Grenouillère le marché aux poissons, et Lionnois a inféré de cette expression populaire, que ce vocable devait être placé dans la rue Saint Epvre actuelle, comme il a placé le vocable de Roubonneau dans la rue du Point du Jour, ou celui de devant la cour dans la Grande Rue. Nous avons des raisons pour nous défier de l'hodographie ancienne, que Lionnois a voulu restituer à la Ville-Vieille.

Lionnois peut avoir raison, quant au plus ou moins d'étendue de ces deux rues ; car il n'est pas rare de voir, dans les siècles antérieurs, les limites d'une rue s'étendre ou se rétrécir, au gré des habitants, puisque ce n'est que sous le règne de Stanislas qu'on a commencé à les limiter, par l'apposition de plaques indicatives de leur vocable et de la paroisse de laquelle elles relevaient. Nous savons que dans les titres antérieurs à ce règne, on indiquait, à peu près, le nom de la rue, nom qui variait insensiblement presqu'à chaque mutation. On trouve ce même imbroglio dans les almanachs du dernier siècle, antérieurs à la dénomination officielle des rues ; c'est pourquoi on voit une même rue, ou partie de rue, porter différents vocables dans l'espace de quelques années. On en a la preuve, par la rue Saint-Georges, dans laquelle nous avons compté jusque dix vocables en quelques années, sans qu'on puisse déterminer pour chacun des limites exactes.

Nous laissons maintenant la parole à Lionnois :

« La *rue du Four sacré* n'a pas plus de longueur que celle du Point du Jour, et se rend aussi dans la partie de celle de Saint Michel, qui, autrefois, portait seule le nom du *rue du Four sacré*, c'est à dire depuis l'angle de la petite rue Notre Dame jusqu'à la Grande Rue (1). Car c'est dans cette portion de rue, qu'est situé le *Four sacré* qui lùi a donné ce nom. Celle qui est ainsi nommée aujourd'hui, voisine de la Place Saint Epvre, et à laquelle on parvient sous les nouvelles arcades de cette place, et où a été longtemps le corps de garde, qu'on a placé en la Grande Rue près du Pavillon, s'appelait *rue Grenouillère*, ou de *la Grenouillère*, parce qu'elle servait au marché des grenouilles, écrevisses et petits poissons de friture. Il n'y a rien de remarquable dans cette rue du Four sacré, que les arcades nouvelles construites vers 1750, sur le terrain des

_____

(1) Cette version est très admissible pour le XVIe siècle. Le rôle de 1551 semble limiter la rue Saint Michel à la rue du Point du Jour actuelle, le dernier contribuable frappé est « Monsieur de Haulsanville, pour sa maison seulement » ; et aussitôt le contrôleur passe dans la rue du Four sacré.

anciennes, sur la place Saint Epvre, lesquelles produisent un passage couvert aux piétons, obstruent celui des voitures, et le rendent très difficile en cet endroit...

« La maison dans l'intérieur de laquelle était ce *Four sacré*, est dite, dans un acte de vente faite par décret en 1681, sur les héritiers du sieur Caboche, séant en la *rue du Four sacré* ; et en 1708, *rue du Four Cabuche*, par corruption du nom du sieur Caboche, qui en était propriétaire par indivis avec le Domaine. Le peuple nommait autrefois ce Four le *Four des Fées*, et était persuadé qu'on n'avait jamais pu le détruire entièrement. Il y avait deux fours à cuire du pain, qui ont appartenu en entier au Domaine du Roi : mais au commencement de ce siècle il y en avait un troisième fort petit, et dont on montre encore aujourd'hui la place. Il a été réuni à celui qui était à côté, pour une plus grande commodité. A la réception d'un nouveau maître boulanger, le corps entier amenait le récipiendaire devant ce petit four, et lui faisait prêter serment, en mettant la main sur ce four qui passait pour le plus ancien de la Ville, et qui, pour cette cérémonie, était appelé *Four sacré*. Quand on a placé sur la porte de la maison où il était situé cette inscription : *Fours bannaux du Roi sacré*, on ignorait sans doute cette anecdote... » (*histoire*, p. 284).

Pour notre compte, nous ne la trouvons pas concluante. Le *Four sacré* doit avoir une autre origine, puisqu'il existait déjà sous ce nom, au moins au XIVe siècle, certainement dans la première moitié du XVe siècle.

Nous avons trouvé quelque part l'acte de réception d'un ouvrier boulanger, se faisant recevoir maître. Cet acte est écrit sur une feuille de papier timbré :

Au nom du père, du fils et du Saint Esprit, et du bienheureux Saint Honoret.

État du billet de chefdeuvre ordonnez à Antoine Thomassin, natif de Drouville, ordonnez par François Barbe, maître moderne de la Maîtrise des boulangers des deux villes de Nancy, en la présente année mil sept cent cinquante trois, Georges Gaspard, premier juré, Jean Puissant, second juré, Pierre Toussaint, greffie, Robert Vogin, sergent, tous ellus en laditte Maîtrice.

ET PREMIER

Le Pain blanc, le bis blanc et le bis.

Une douzaine du poid de trois llvres,
  — — — deux livres,
  — — — d'une livre et demy,
  — — — d'une livre,
  — — — d'une demy livre,
  — — — d'un quarteron.

Les pain Carrez et Broyez.

Une douzaine du poid de trois livres,
  — — — deux livres,
  — — — d'une livre et demy,
  — — — d'une livre,
  — — — d'une demy livre,
  — — — d'un quarteron.

Gatelage ; les Bordes.

Une douzaine du poid de trois livres,
  — — — deux livres,
  — — — d'une livre et demy,
  — — — d'une livre,
  — — — d'une demy livre,
  — — — d'un quarteron.

Les Semeller.

Une douzaine du poid de trois livres,
  — — — deux livres,
  — — — d'une livre et demy,
  — — — d'une livre,
Une douzaine du poid d'une demy livre,
  — — — d'un quarteron.

Les Loriquettes.

Une douzaine du poid de trois livres,
  — — — deux livres,
  — — — d'une livre et demy,
  — — — d'une livre,
  — — — d'une demy livre,
  — — — d'un quarteron.

Les huit qartiers.

Une douzaine du poid de trois livres,
— — — deux livres,
— — — d'une livre et demy,
— — — d'une livre,
— — — d'une demy livre,
— — — d'un quarteron.

Un gateaux à Rocher,

qui sera fait par ledit chefdeuvrier du poids de douze livres.

Et de plus, il est ordonnez audit Thomassin de se tenir pret pour travailler a sondit chefdeuvre et pièces cy dessus, en présence de maître pour le 20 febvrier a peine de nullitez de sondit chefdeuvre, mil sept cent cinquante trois.

Cejourd'huy vingt et un febvrier 1753, les maitre et juré des Boulangers des deux Villes de Nancy sçavoir : François Barbe, maitre moderne, George Gaspard, premier juré, Jean Puissant, second juré, Pierre Toussaint, greffie, Robert Vogin, sergent, ont reçu pour maitre Anthoine Thomassin, né natif de Drouville, après avoir fait son chefdeuvre en forme ordinaire, il s'est trouvé bon et recevable à ladite maitrise et le lendemain ledit Thomassin a prêté serment devant les maitre et juré suivant les chartres et ont signez :

François Barbe ; George Gaspard ; Jean Puissant ; P. Toussaint ; Robert Vogin.

Vû pour être aggrégé à la Communauté des maîtres Boulangers. Nancy le 24e de l'an 1780.

Vrion.

Vû : Henry.

Nous n'avons pas de détails sur le cérémonial observé par le corps, à la réception d'un compagnon à la maîtrise, dans cette maison du *Four sacré,* que Lionnois dit, avec raison, avoir été le plus ancien de la Ville. Il est déjà mentionné dans un acte de 1273, par lequel le duc Ferry III cède à la maison des malaides le « four qui siet » après la *maison Sacrei.* » (*archives* t. I, p. 28). Il résulterait de ce document que la « maison sacrée » a fait seulement appeler le four qui y était contigu « le Four sacré. » Par conséquent, la version donnée plus haut par Lionnois pour l'origine de cette qualificacion, ne paraîtrait pas certaine, puisque la maison a été appelée « Sacrée » avant le four.

« Le 1er septembre 1340, Renault de Nancy, écuyer, avait repris en fief du duc Raoul le *four sacré* de Nancy, 15 livres de rentes assignées sur les tailles de cette ville, etc.

» L'année précédente, le même duc avait donné aux chanoines de Saint Georges le four qu'il avait au Bourget de Nancy, avec les dépendances et l'affouage au ban de Vandœuvre, « de même qu'on le prend pour le four dudit » seigneur prince, dit le *four sacré*. »

« Le 9 août 1457, Isabelle de Nancy, veuve d'Henry de Lioncourt, vend au duc Jean la terre et seigneurie de Saint Dizier devant Nancy, avec toutes ses appartenances, pour la somme de 2,000 vieux florins du Rhin, de bon or, à la réserve d'une maison *rue du Four sacré*, et une maison rue Naxon (de la Source) ban de Saint Dizier. »

« Le 2 novembre 1471, Colin Bauldoire de Nancy, déclare tenir en fief et hommage du duc, un four banal appelé le *Four sacré*, etc. » (T. C. Nancy) (H. Lepage, *Communes de la Meurthe*, t. II, p. 98 103, 114, 115).

Il est certain que le *Four sacré* a toujours, et uniquement servi, à la réception des compagnons qui voulaient entrer dans la maîtrise. C'est dans ce four qu'ils cuisaient leur chef-d'œuvre, et non dans les fours banaux. La maison du *Four sacré* était le siège de la corporation des boulangers, qui y avaient leur chambre et leurs archives. Nous voulons dire que ce four était distinct, et séparé des fours banaux qui occupaient la même maison.

Les fours de la rue Saint Michel étaient domaniaux et relevaient de la Chambre des Comptes ; ceux de la rue des Maréchaux appartenaient à la Commanderie de Saint Jean. Ceux de la rue Derrière, qui appartenaient à la Ville, ne devaient plus exister, parce que nous n'en avons trouvé aucune mention, à la fin du dernier siècle, dans les divers documents que nous avons consultés.

Puisque nous parlons four et boulangers, nous nous permettrons de nous étendre sur ces deux questions.

On a souvent écrit que les bourgeois et manants de Nancy, étaient tenus de porter leur pâte dans les fours banaux pour l'y faire cuire et que nul n'avait le droit d'avoir un four dans sa maison. S'il en était ainsi pour les habitants de la Ville Vieille, il n'en était pas de même pour tous ceux de la Ville Neuve, un grand nombre de maisons ayant été pourvues de fours lors de leurs constructions (v. *rue du Four*).

LA BOULANGERIE AVANT LA RÉVOLUTION

La brochure de M. Steinmetz a appelé notre attention sur quelques points historiques qu'il a négligés. Il ne dit pas assez ce qu'était la boulangerie avant la Révolution, et, quoi qu'il en pense, les boulangers d'aujourd'hui sont bien plus heureux que les boulangers du dernier siècle. Il aurait dû d'abord consulter le titre V du code de police du 24 décembre 1768, qui est entièrement consacré aux devoirs professionnels des boulangers. Deux sortes de pains étaient exigées : le pain blanc et le pain bis. Il était défendu de ressuyer les pains avec de l'eau, c'est à dire de les dorer. Les pains blancs devaient être longs, du poids d'une demi livre, d'une et de deux livres seulement ; il était permis de faire du pain blanc percé de quatre livres et du pain blanc rond de trois livres à huit livres. Le pain bis devait se faire de tous les poids jusqu'à seize livres, en rond. Le boulanger devait cuire au moins trois fois par jour, et lorsqu'il manquait de pain bis, il devait en fournir du blanc au prix du bis. Le poids devait être juste, chaque once ou partie d'once manquant entraînait à une amende de 25 fr. (le franc barrois valait 44 cent. environ de notre monnaie) ; toutefois il était enjoint au boulanger de donner le poids juste, en comblant le déficit par un morceau de pain de même qualité, ou de diminuer du prix fixé la valeur intrinsèque. Chaque contravention était frappée d'une amende variant entre 25 frans et 100 livres (soit entre 12 fr. et 75 frans), en cas de récidive l'amende était doublée.

Les boulangers, en achetant le blé aux halles, devaient, comme les bourgeois, moitié du droit de coupelle, qui se payait en nature ou en argent, au choix de l'acheteur.

Ils devaient faire moudre leurs grains aux grands moulins où un tournant leur était spécialement affecté. Le droit domanial était seulement pour eux de un franc par résal, tandis que le banier en payait deux. Quant au 24e des moutures, les boulangers pouvaient composer avec le fermier. Il leur était expressément défendu d'employer, pour la panification, d'autres farines que la farine de blé pur froment. Les bourgeois étaient libres de panifier leur pain comme ils l'entendaient.

Aux termes des articles V et VI du Code de police, titre V, le pain de boulangerie devait être ainsi fabriqué :

« Le pain blanc sera composé de la fleur de farine de blé pur froment, bien rigé, moulu, passé au plus fin bluteau des Boulangers (1), lesquels seront tenus d'avoir des tamis en suffisance pour y faire passer leur farine, avant de l'employer à la composition de leur pain, lorsqu'elle ne sera pas assez fine pour former des pains de la qualité voulue, à peine de confiscation de vingt-cinq frans d'amende.

» Le pain bis sera composé de farine de blé pur froment, bien rigé, moulu au bluteau dit des deux rayes, sans aucun mélange de sons ni de retraits provenant de la farine de pain blanc, auxdites peines de confiscation et de vingt-cinq frans d'amende. »

À cette époque, on consommait beaucoup plus de pain que de nos jours, il était plus nourrissant, la farine rendait davantage parce qu'elle était chargée de plus de gluten.

En 1779, quatre boulangers furent condamnés chacun en vingt-cinq frans d'amende et un mois de prison, pour avoir introduit une certaine quantité de retraits dans les pains mis en vente, et quatre autres en 50 fr. d'amende, pour en avoir mis un peu moins.

Le pain était taxé, mais la taxe ne suivait pas toujours le cours du blé. Il était difficile en ce temps-là d'élever la taxe; on avait à compter avec les murmures du peuple. Par tolérance, on laissait vendre aux boulangers le pain au même prix, quand le blé ne valait que 12 fr. le résal et souvent moins (2). Le prix moyen était à peu près de deux sous la livre. Il fut maintenu jusqu'en 1788. Les

(1) On blutait au moulin, mais plus ou moins bien, le boulanger était encore obligé, dans son intérêt, de tamiser sa farine, avant de l'employer.

(2) Le résal équivalait à un hectolitre 17 litres. C'est sans doute sur le poids du résal qu'on était parvenu à faire produire à la farine plus de 136 kilos de pain, au commencement de ce siècle.

boulangers ne se plaignaient pas trop dans les années de cherté, par mesure de prudence : ils escomptaient l'avenir, et s'ils n'eussent pas ainsi calculé, il en serait résulté des émeutes populaires, toujours regrettables. La communauté venait en aide aux plus gênés ; il y avait un esprit de corps que nous ne connaissons plus. La concurrence n'existait pas : elle était impossible, sinon quant à la fabrication. C'est ce qui sauvait les bons boulangers. La boulangerie, avant la Révolution, a joué le rôle du roseau, elle s'est courbée devant la volonté du peuple, elle a subi, bon an mal an, ses heures de déboires, elle a plié sous le faix de la coutume, elle a espéré, elle a vécu néanmoins. Mais 1788, année funeste s'il en fut, arrive. La Révolution gronde, l'orage s'annonce et les boulangers en sont les premières victimes.

Lorsque le blé était cher, les boulangers *panageaient* mal, cuisaient mal, méprisaient les arrêts et règlements, trompaient le public sur la qualité. La police était inepte, le Siège rendait des ordonnances qu'on imprimait, qu'on lisait, qu'on publiait à son de caisse, qu'on affichait dans les carrefours et lieux accoutumés, mais que personne n'exécutait. La police était alors placée sous l'autorité d'un homme absolument nul, que l'ancien curé de St-Sébastien, M. Guilbert, flétrit presque. Son incapacité était notoire, et les bouchers et les boulangers se riaient de lui avec les dames de la halle (les poissonnières), comme les enfants se rient de Polichinelle, ou comme Polichinelle se riait du commissaire. Il en coûtait au Parlement d'exorciser un magistrat municipal. La terrible année de 1788 arrivant, la Cour prend en mains les rênes de la police. Elle avait dû déjà, en plusieurs circonstances, faire l'office de la police. Les événements politiques se compliquaient, la misère était grande, l'année avait été mauvaise, les récoltes nulles. Le prix du blé et des autres grains montait en proportion. Les moulins domaniaux étaient en ruines, la Chambre des Comptes de laquelle ils ressortissaient ne prenait aucune mesure : elle rendait des arrêts, elle ordonnait, mais rien ne se faisait. Les boulangers et les banniers étaient aux abois. Le moulin de Boudonville était en mauvais état, le moulin de Saint-Thiébaut allait cahin-caha ; les Grands-Moulins, qu'en dirons-nous, toutes les meules des tournants étaient à remplacer. L'orage grondait, et en septembre

1789, on n'avait rien fait. On avait cependant perçu les deux francs par résal ; il faut le dire, à la vérité, la ferme ne rapportait rien, absolument rien au domaine. Les dépenses excédaient toujours le canon. Eh bien ! la Chambre des Comptes ne s'en est aperçue qu'au moment où la Révolution avait fait son œuvre. Malheureusement pour notre ville, la Cour ne pouvait pas s'immiscer dans les affaires domaniales. Elle pouvait juger des causes d'ordre public, d'intérêt général, mais elle ne pouvait, en aucun cas, imposer sa volonté à la Chambre des Comptes, quant aux affaires domaniales, quoique celle-ci fût soumise à sa juridiction.

La Chambre des Comptes était trop fiscale, trop bureaucrate. Elle ne s'occupait que du rendement des droits domaniaux, sans s'inquiéter de l'intérêt du peuple. Le pain, à cette époque, était frappé des droits suivants :

Les deux francs par résal, droit domanial, rapportaient : . . . . 66.000 Liv.

Le droit du 24ᵉ prélevé sur la mouture du blé produisait . . . . 48.000 Liv.

La banalité des fours ne rapportait que. . 3.600 Liv.

La coupelle partagée entre la ville et la commanderie de Saint-Jean montait à . . . . . 10.000 Liv.

Ensemble . . . . 127.600 Liv.

produit annuel apporté rien que par la ville de Nancy. Il n'y avait que cinq fours banaux : rue Saint-Michel, rue des Maréchaux, rue Saint-Jean, rue Sainte-Anne et rue du Four. Le droit de coupelle qui revenait à la ville était destiné à payer l'éclairage. « Il en coûtait à chaque individu existant à Nancy, pour avoir le droit de manger du pain, une somme annuelle de quatre livres (*Proposition d'un citoyen de Nancy,* 18 sept. 1789) (1). Voilà ce qui faisait le mal. Les boulangers avaient plusieurs fois réclamé la suppression du droit de coupelle, mais on était toujours resté sourd à leurs doléances ; ce n'est qu'en 1774 qu'on se décida à l'abaisser et à le supprimer, en certains cas.

C'est en 1788, qu'on voit le Parlement de Nancy

(1) La population étant d'environ 30,000 âmes. Si l'on divise 127,600 liv. par 30,000, on obtient plus de 4 livres d'impôt par habitant.

prendre véritablement en mains les rênes du gouvernement de la province, et lutter contre tous les esprits, même contre l'Intendant du roi, pour assurer, non seulement la bonne exécution de la justice, mais encore une distribution plus équitable en faveur du peuple, de la classe laborieuse et souffreteuse, comme il dit quelquefois. A partir de décembre 1788, jusqu'à sa suppression, la Cour de Parlement siégea, pour ainsi dire, en permanence. Nous en avons la preuve par les dates de ses arrêts ; elle siégeait même les jours fériés, pour ne négliger aucun de ses devoirs. Tous les arrêts intéressant le bien public étaient rendus « en grand'chambre » ou « toutes les chambres assemblées. »

La récolte de 1788 avait été mauvaise, et la disette se faisait déjà sentir en septembre. Les boulangers, que la police ne surveillait pas du tout et éconduisait les plaintes, fabriquèrent du mauvais pain composé de sons et de retraits, mal panagé, mal cuit. Le lieutenant-général de police Urion, ne prenant aucune mesure, le procureur-général de Marcol requit la Cour de statuer, en faisant procéder à une enquête. Celui-ci délégua MM. de Bouteiller et de Vigneron de Lozanne, pour procéder, aux frais communs de l'Hôtel de Ville de Nancy, à plusieurs essais comparatifs de la valeur proportionnelle du pain et du prix du blé. On procéda immédiatement, sur une large échelle, à différents essais, en présence de délégués nommés dans chaque paroisse, et pris dans les trois ordres auxquels on adjoignit des meuniers et les maîtres et jurés boulangers. Le blé fut acheté au cours de la halle, choisi de différentes provenances, le droit de coupelle fut acquitté comme de coutume ; en présence, toujours en présence de ces délégués, conduit au moulin, moulu dans les 24 heures — terme extra — droit domanial et 24e acquittés, panifié par gens du métier, mis en four banal avec droit de banalité domaniale : on tint compte du bois, du rendement de la braise, etc., etc. ; en un mot, les essais successifs furent loyalement faits.

Par son arrêt du 1er décembre 1788, la Cour ordonne « qu'à compter du mercredi 3 courant, la livre de pain blanc demeurera taxée à 3 sols 1 denier 1/2, et celle de pain bis à 2 sols 4 deniers 1/2, que ladite taxe aura lieu aussi longtemps que le blé se soutiendra au prix de

23 livres et au-dessus jusqu'à 24 liv. ; — qu'il sera passé aux boulangers en sus de la taxe ci-dessus, trois deniers par chaque pain blanc du poids d'une livre et au-dessous, et six deniers par chaque pain blanc de quatre livres, lorsqu'on exigera qu'il soit percé, à charge par les boulangers de donner à chacun desdits pains un juste poids, sous peine d'amende et sous peine plus grande s'il échet. »

C'est à partir de cet arrêt qu'est né le pain de luxe, à la charge cependant *de lui donner le poids juste*.

Les boulangers accueillirent avec reconnaissance les onze sévères articles de cet arrêt, plus sévères encore que ceux du code de police. C'est aussi en vertu de cet arrêt que les boulangers durent marquer leurs miches de pain bis au moyen d'un numéro, qui leur était délivré par la police, « laquelle empreinte, placée au-dessous du pain, servira à désigner le boulanger par qui il aura été fourni. » Cette précaution n'était pas inutile, car les boulangers avaient des tendances à falsifier le pain bis, ou à y introduire des retraits et des sons, tandis qu'ils ne pouvaient tromper sur la qualité du pain blanc ; du reste, le prix de vente de celui-ci leur était plus avantageux. Les boulangers, qui n'étaient pas surveillés de près par la police, se relâchèrent bientôt, refirent du pain bis de mauvaise qualité, malgré l'augmentation qui leur avait été accordée. Quelques-uns même cessèrent tout à fait d'en faire, et ne tinrent que du pain blanc. C'est par suite de cet abus excessif qu'éclata, dans plusieurs quartiers de la ville, la fameuse émeute populaire du 23 mars 1789. Tous les boulangers qui ne faisaient pas de pain bis ou qui en faisaient du mauvais, furent victimes de la fureur du peuple, qui pilla leurs boutiques et dévasta leurs maisons. En même temps que se commettaient ces excès, un autre attroupement brisait les fenêtres de l'Université, pénétrait dans la grande salle du rez-de-chaussée, où était conservé un approvisionnement de farine, et commençait à crever les sacs pour en jeter le contenu dans la rue, lorsque la Cour prévenue à temps, requit la maréchaussée de dissiper les attroupements et d'arrêter les chefs, les meneurs. L'ordre fut ponctuellement exécuté. Jusqu'au 31 mars, la Cour, toutes les chambres assemblées, siégea en permanence. Plusieurs meneurs furent condamnés aux galères perpétuelles et à être marqués sur l'épaule des lettres G. A. L.

Nous avons sous les yeux l'arrêt du 26 mars, il n'est pas suivi comme les autres arrêts criminels du certificat d'exécution. Il est probable que la Cour se contenta de publier l'arrêt et de maintenir les coupables en arrestation, le tout pour en imposer au peuple. La Cour prenait les mesures les plus sages pour la libre circulation des grains et des farines, elle supprimait le droit de banalité, elle autorisait les particuliers à construire des moulins, elle interdisait aux brasseurs et aux fabricants d'eau-de-vie de se servir d'aucuns grains, lorsqu'elle apprit que certains boulangers, en dépit de ses arrêts et règlements, ne fabriquaient que du pain blanc, et que leurs étaux étaient dépourvus de pain bis. Une nouvelle émeute était imminente. Le 1er juillet elle fait itératives défenses aux boulangers de cuire plus d'une seule fois par jour en pain blanc, à commencer du 2 juillet, à peine de cent livres d'amende ; leur fait pareillement défense, sous la même peine, de faire des pains blancs au-dessus du poids d'une livre et deux au plus ; leur enjoint de cuire au moins trois fois par jour en bis, pour chaque jour, et d'avoir en tout temps leur boutique garnie de cette espèce de pain, sous les peines prescrites par les règlements.

La garde nationale vient d'être formée, et c'est elle qui, la première, vient porter plainte contre les boulangers qui ne se conformaient pas à l'arrêt du 1er juillet 1789. Sur cette plainte, émanée de bourgeois chargés de la police intérieure de la ville, le procureur général requit le 15 septembre. La Cour fait de nouveau défense aux boulangers de cuire en pain blanc avant 8 heures du matin et passé 10 heures aussi du matin, de faire des pains blancs au-dessus du poids d'une, de deux et de quatre livres au plus, à peine de 200 livres d'amende, même d'être poursuivis extraordinairement et punis comme désobéissant à la justice ; ordonne que lesdits boulangers seront tenus d'être approvisionnés en tout temps, et depuis 6 heures du matin en pain bis, à l'effet de quoi ils en cuiront au moins trois fournées par jour.

Du 28 au 30 septembre, les districts des paroisses s'assemblent, chacun dans leur église paroissiale respective, pour élire les représentants de la commune et leur donner des pouvoirs. Sauf le district Notre-Dame, tous s'inspirent de la question des subsistances et réclament une seule espèce de pain. Les représentants de la commune ouvrent le 14 novembre 1789 une souscription patriotique, pour créer un magasin d'abondance. La plus grande faute qu'ils commirent fut d'annuler la taxe établie par la Cour de Parlement, le 1er décembre 1788, pour ramener le prix du pain à son ancien taux. Sur 50 boulangers qui composaient la communauté, 24 furent obligés de cesser de travailler, faute de fonds et de denrées, et les 26 restant en exercice languissaient, quelques-uns même ne pouvant plus cuire que deux ou trois fois par semaine, ne pouvaient faire face aux besoins des consommateurs. Le résal de blé coûtait 36 à 37 liv. de France, la ville leur accordait une prime de 35 sols par résal et le pain n'était taxé que sur le pied de 30 livrés. De sorte qu'ils étaient en déficit de plus de 5 livres par résal de blé converti en pain. Les 26 boulangers présentèrent un mémoire à la municipalité et s'adressèrent à la justice du peuple. Ils concluent leur mémoire en ces termes :

« Depuis longtemps on a reconnu l'inconvénient des primes : 1° Si elles sont insuffisantes et n'indemnisent pas complétement le boulanger, l'objet est manqué ; 2° c'est faire participer à une faveur injuste les personnes qui sont en état de payer le pain dans la proportion du prix du blé ; 3° c'est se jeter dans une dépense dont la progression ne peut être calculée, et qui, devant durer pendant tout le cours de l'année, serait très difficile à soutenir. Quels sont donc les moyens à employer ? Il en est trois dignes d'une bonne administration :

« Le premier est de taxer le pain dans sa vraie proportion avec le prix du blé.

« Le second est de soutenir le service des boulangers, par des avances de deniers qui leur seront faites sans intérêt et sous un cautionnement solvable.

« Le troisième est de faire des achats de grains, pour prévenir la pénurie qui pourra se faire sentir, dans les derniers mois qui précéderont la récolte.

« Il serait possible aussi de faire un pain mélangé qui, quoique d'une bonne qualité, pourrait être donné à un moindre prix et se rapprocher davantage des facultés de la classe souffrante. »

Ce mémoire est signé par : F. Meunier ; F. Barbe ; Remy Marchal ; Antoine Kohler ; J. Finot ; C. Drouot ;

N. Thiéry ; Louis Julliac ; Martin Hussenot ; Gaspard ; Pierre Helstroffer ; Fradin ; Jean-Baptiste Saulnier ; C. Saint-Michel ; L. Saint-Michel ; Barcaut ; Gille de la Vielle ; N. Saint-Michel ; G. Liébault ; C. Lafosse ; Ralin ; P. Cloos ; F. Vogin ; P. Alizon ; D. Paté ; F. Claude.

Il fallait, en ce temps là, que le boulanger exposât sa fortune pour professer son métier. Il était tenu d'avoir toujours en magasin, et constamment, un stock assez considérable de blé et de farine. Les visites en étaient faites par les maîtres et jurés du corps. Au moment de la sécheresse et de la gelée, le stock de farine devait être augmenté. Sous aucun prétexte, il ne lui était permis de cesser sa profession, sans l'assentiment du lieutenant-général de police.

C'est avec de grandes phrases larmoyantes, pathétiques, que les premiers représentants de la commune parlent de la misère du peuple ; mais ils ne s'apitoient pas sur la fausse situation qu'ils créent aux boulangers ; ils se montrent plus sévères, plus exigeants, que la Cour de Parlement.

M. Steinmetz a tort de croire que les boulangers d'autrefois avaient un commerce facile ; ils devaient être tout à la fois *au four et au moulin*. Après leurs fournées faites, ils avaient à aller s'approvisionner aux halles, en été, à partir de onze heures du matin et en hiver, à partir de midi. Quand le marché était peu abondant, ils étaient forcés de courir dans la banlieue pour trouver du blé. C'étaient eux qui le rigeaient. Mené aux Grands-Moulins, ils en surveillaient la mouture, qui ne se faisait qu'à tour de rôle ; ramené chez eux à l'état de farine, ils avaient encore à faire le reblutage. A tour de rôle, deux boulangers étaient délégués pour se trouver alternativement aux trois jours de marché de chaque semaine sur la place de la Ville-Neuve, avec leurs étaux chargés de pain blanc et de pain bis, pour en vendre au public, sous peine de cent livres d'amende contre le corps. La profession de boulanger n'était donc pas un métier d'oisif.

Il n'était pas tenu positivement de s'approvisionner aux halles ; on lui laissait la latitude d'acheter ses blés directement chez le cultivateur, ou au propriétaire dont le fermage était payé en nature, à charge par les contractants de faire un traité et de le dénoncer à Nancy, au siège de la police et aux officiers de la justice du lieu de provenance, chacun en droit soi. Lorsque le blé provenait d'un gagnage dont le propriétaire avait maison à Nancy, le blé était exempté du droit de coupelle (arrêt de la Cour du 8 mars 1774). Il en était de même pour les bourgeois qui achetaient leurs grains directement chez les cultivateurs. Les boulangers avaient encore la faculté de s'approvisionner près des commerçants en grains et en farines ; dans ce cas, le droit de coupelle était dû, on devait faire les mêmes déclarations, au lieu de provenance et au siège de la police de Nancy.

Cette liberté relative qu'avait le boulanger avant la Révolution, n'existe plus pour lui à la formation des municipalités nouvelles en avril 1790. On l'accuse alors de spéculer, d'agioter, quand les règlements antérieurs l'obligeaient à avoir constamment chez lui un approvisionnement suffisant, pour pourvoir aux besoins de la consommation. Mais comment donc aurait-il pu spéculer, quand il mangeait du sien, quand on l'obligeait à vendre son pain meilleur marché que ne lui coûtait le blé ? La preuve qu'il ne spéculait pas c'est que, nous l'avons dit plus haut, sur 50 boulangers composant le corps de la communauté, 24 ont dû cesser leur profession, par suite des mauvaises mesures prises à leur égard par le nouveau corps municipal. Si le commerce de la boulangerie n'était pas facile avant la Révolution, il fut encore rendu bien plus difficile sous le nouveau régime, au moins jusqu'à l'époque où l'abondance des récoltes permit de rétablir l'équilibre dans la consommation.

Courbe.

SAINTE ANNE (Rue)

De la rue des Tiercelins à la rue des Fabriques.

Elle est ainsi dénommée dans tous les plans du XVIIIᵉ siècle, à l'exception du plan de Belprey (1754), qui la désigne rue des Tiercelins, et la rue Jeannot rue Sainte-Anne. Celui de Dom Calmet ne la dénomme pas et fait de la rue Sainte-Catherine (Jeannot) la rue Sainte-Anne, en plaçant la rue Sainte-Catherine dans la rue du Manége.

C'est sans doute une erreur commise par le graveur, ou, peut-être, voulait-on déjà donner le nom des Tiercelins à une des rues avoisinant leur couvent ; car, dans le plan Michel de 1758, la rue Jeannot est aussi désignée rue des Tiercelins.

On ignore la cause et l'origine du vocable actuel, qui lui a été consacré dès sa création.

Le 23 pluviôse an II, le Conseil général de la Commune biffa le nom de Sainte-Anne, patronne des menuisiers, et fit inscrire ces mots *rue d'Oletta*. On pouvait encore lire cette inscription, il y a quelques années, à l'angle de la maison n° 34 de la rue des Tiercelins. Ce mot *Oletta* est le nom d'un petit bourg en Corse, où se fabriquaient des huiles.

Le 18 fructidor an III, le Conseil général de la Commune, qui était un peu moins jacobin que celui de l'an II, la débaptisa de nouveau, et lui donna le nom de *rue du Mûrier*, qu'elle conserva jusqu'en 1814. Ce vocable avait au moins sa raison d'être, car l'auberge du Mûrier, qui existait au n° 52 de la paroisse Saint-Nicolas, n° 9 actuel, était tenue, en 1767, par un nommé Joseph Aubry ; elle existait encore avec cette enseigne peu de temps avant la Révolution de 1830. Malgré qu'en 1804, on ait restitué à cette rue son vocable primitif, le peuple persistait néanmoins, même dans les actes authentiques, à lui conserver l'appellation de *rue du Mûrier*. Nous avons pu le constater dans bon nombre d'actes de mutation, même sous le règne de Charles X. Il n'est pas étonnant que ce vocable ait persisté, tant que l'auberge du Mûrier a existé, parce qu'elle servait de point de repère aux indications ; nous avons trouvé souvent, des adresses données en face ou à côté la *Maison du Mûrier*.

Cette maison ayant passé entre les mains de M. de Saint-Baussant, celui-ci en fit cadeau aux RR. PP. Dominicains, lorsque Lacordaire vint à Nancy fonder une maison de cet ordre.

La rue Sainte-Anne appartenait au pauvre quartier de la Paille-Maille. Au dernier siècle, on trouvait dans cette rue, au n° 65 de la paroisse Saint-Nicolas, les *Tombereaux des Guadouars* (vidangeurs) et à côté le *four banal* du quartier. Plus tard, le 15 thermidor de l'an IV, Laurent Roch, fils, exécuteur des arrêts de la Cour criminelle de Nancy, y établissait à son extrémité le dépôt des bois de justice, dans une maison qui s'est longtemps appelé la *Maison de la Guillotine*.

La rue Sainte-Anne n'est pas une rue moderne, elle est mentionnée maintes fois dans les archives de la ville, dès le commencement du XVIIᵉ siècle, dans lesquelles nous trouvons à la date du 31 août 1633, une « commission donnée au sieur Lenoir, conseiller, pour, à l'assistance du sieur de Belchamps, médecin, reconnaître le lieu où on logera les pestiférés. Sur leur rapport, il est résolu qu'on traitera avec le sieur Odot, secrétaire de S. A., et avec ses voisins, qui ont jardins sur la rue Sainte-Anne, pour y retirer les malades contagieux. »

Il ne faut plus s'étonner, après de telles mentions, de l'espèce d'ignominie qui régnait sur le quartier, malheureux à plus d'un titre, de la Paille-Maille, dont la rue Sainte-Anne était le centre, l'artère principale, en un mot, le cœur.

SAINTE CATHERINE (Rue)

De la place Stanislas à la porte Sainte-Catherine.

Cette rue créée par Stanislas, en prolongement de la rue de l'Esplanade (Stanislas actuelle), aboutissait originairement à la rue des Champs, près de laquelle on avait élevé la porte Sainte-Catherine, qui fut transportée, en 1770, à l'endroit où nous la voyons aujourd'hui.

Ce vocable de Sainte-Catherine lui est venu de la consécration qu'en fit Stanislas à la patronne de sa femme, nommée Catherine Opalinska.

Le plan de 1754, la dénomme *rue Saint-Stanislas*. Elle est sans dénomination dans celui de 1752. Celui de 1758 l'appelle *rue Sainte-Catherine*; l'état de 1767 et le plan de Mique la dénomment *rue neuve Sainte-Catherine*, pour la distinguer d'une autre rue Sainte-Catherine qui est aujourd'hui la rue Jeannot.

La délibération du 17 septembre 1791, ordonne que « la *rue neuve Sainte-Catherine*, aura le nom des *volontaires nationaux* qui s'y sont rassemblés. »

Celle du 18 fructidor an III ordonna qu'elle deviendrait *rue de la Garde Nationale*. Sous l'Empire, vers l'an XIII et années suivantes, elle reprit insensiblement le nom de *rue Sainte-Catherine*.

A la Restauration, elle redevint *rue neuve Sainte-Catherine ;* la Révolution de 1830 effaça l'adjectif *neuve*.

Revenons à 1791. Il paraît que l'imprimé de la délibération du 17 septembre, que nous venons de citer, n'est pas conforme à la délibération elle-même, ou aux affiches qui furent apposées en ce moment ; car François-Charles Callot, dans sa *Manifestation*, écrit, p. 13 :

« La rue neuve Sainte-Catherine, si bien nommée, sera aujourd'hui la

» RUE DE LA GARDE NATIONALE

» A ce moyen, on ensevelit dans l'oubli les bienfaits de *Catherine Opalinska* et de son auguste époux *Stanislas* le bienfaisant : Quelle ingratitude ! De quel œil sera-t-elle fixée par toute l'Europe, qui sait que la Lorraine, et notamment la ville de Nancy, lui doivent les embellissements et les fondations qui font l'admiration des étrangers. Un procédé aussi surprenant, on peut le dire, flétrit une nation qui, de tout temps, a été citée dans l'histoire pour le modèle de son attachement envers ses souverains. »

Aurait-on donné à la rue Sainte-Catherine deux vocables différents, dans un espace de temps relativement court ? C'est ce que nous ne pouvons dire. Toujours est-il que le vocable de *Volontaires nationaux*, décidé par la délibération du 17 septembre 1791, avait sa raison d'être, puisque, depuis les derniers jours d'août, 3,000 volontaires du département de la Meurthe étaient réunis à la caserne.

SAINT GEORGES (Rue)

De la rue Saint-Dizier à la place Saint-Georges.

Au commencement, cette rue, qui n'en formait qu'une avec la rue Saint-Jean, était appelée dans toute sa longueur *rue des Moulins*. Nous nous sommes demandé, si elle devait ce vocable à des moulins établis sur le ruisseau Saint-Thiébaut qui, depuis la rue du Pont-Mouja jusqu'au mur de ville, coulait à ciel ouvert dans cette partie de la rue Saint-Georges, ou si c'était à cause que cette rue était la seule voie qui conduisait aux grands Moulins et au moulin Saint-Thiébaut. Nous laissons à d'autres le soin d'expliquer cette origine.

La porte Saint-Georges ne fut élevée, telle que nous en voyons encore les restes, que de 1608 à 1610.

En 1703, on appelait encore la rue Saint-Georges *rue des Moulins*. Nous avons pu le constater par d'anciens titres de propriété, et par l'Almanach de l'an de grâce 1703. Lionnois dit que ce nom lui venait « à cause de trois moulins qui étaient construits sur le ruisseau qui, depuis le derrière de la maison de Marcol, coule dans un canal couvert le long de cette rue, jusqu'à la porte Saint-Georges » (*Histoire*, III, p. 230). Cette version nous paraît problématique et peu admissible. Nous trouvons, au contraire, qu'elle tire son nom du voisinage des grands Moulins auxquels elle conduisait ; car en 1591, la première porte Saint-Georges, qui avait un corps-de-garde, est dite, dans le compte du Domaine de Nancy, *porte des Grands Moulins*. (V. porte Saint-Georges.)

Un titre de 1774 dit cette maison, dont nous avons eu les titres en mains, située à Nancy la neuve, *rue de la porte Saint-Georges à la porte Saint-Jean*.

Le plan de Dom Calmet et celui de Lerouge donnent à toute la longueur de cette voie, la dénomination de *rue de la porte Saint-Georges*.

Le plan de 1754 et ceux qui lui sont postérieurs, indiquent la rue Saint-Georges *rue de la porte Saint-Georges*, et la rue Saint-Jean *rue de la porte Saint-Jean*.

Nous l'avons trouvée dite *rue du Pont-Mougeat*, de la rue de ce nom à la place de la Cathédrale. Ce vocable s'explique, parce qu'alors la rue qui, de nos jours porte ce nom, était appelée rue Neuve Saint-Nicolas. De la place de la Cathédrale à la place Saint-Georges, elle était *rue de la porte Saint-Georges*. Lionnois dit avec raison, t. II, p. 467, qu'elle a porté le nom de Pont-Moujard, depuis la Primatiale jusqu'à la paroisse Saint-Roch. C'est vrai, nous l'avons pu constater sur des titres de propriété que nous avons eus en mains.

L'état des maisons de 1767 place la *rue Saint-Georges* entre la rue du Pont-Moüja et la place Saint-Georges, et donne le nom de *rue Saint-Jean* à la partie qui est entre la rue Saint-Dizier et le Pont Mouja.

Le plan de Mique indique très bien le point d'intersection entre les deux rues Saint-Jean et Saint-Georges, les séparant par la rue Saint-Dizier. Voilà donc la rue Saint-Georges définitivement limitée.

Le Conseil général de la Commune décida le 17 septembre que « la *rue Saint-Georges* prendrait le nom de *Rue de la Fédération*, parce qu'elle en est le passage. »

En effet, la fédération des gardes nationales du département, en 1790, avait, à deux reprises différentes, traversé la rue Saint-Georges, pour se rendre, la première fois, sur la côte Sainte-Geneviève, et la seconde fois, dans la prairie de Tomblaine, où eut lieu le 14 juillet 1790 la grande Fédération.

Cette dénomination et le motif qu'en donnait le Conseil général de la Commune déplurent à F.-Ch. Callot qui s'écrie :

La rue Saint-Georges sera appelée

RUE DE LA FÉDÉRATION

parce qu'elle en est le passage.

« Saillante et très décisive raison ! Mais si cette rue Saint-Georges doit s'appeler rue de la Fédération, précisément et élégamment parce qu'elle en est le passage ; elle est également le passage de cent et cent choses ; ainsi, puisqu'on a établi qu'on voulait ôter des noms de choses pour y remettre d'autres noms de choses ; la chose Fédération passant moins dans cette rue que cent et cent autres choses, le motif, si c'est de cette unique raison de passage, n'est pas suffisant pour l'importer exclusivement. Quand on aura donné une autre, ou des autres raisons de cette préférence, on pourra alors juger de la justice et du mérite. »

Néanmoins ce vocable fut très bien admis, et la rue Saint-Georges le conserva jusqu'à la rentrée des Bourbons.

SAINT JEAN (Rue)

De la rue Saint-Dizier à la place Saint Jean :

Nous disons tout ce que nous pensions sur l'origine de cette voie, à l'article de la rue Saint-Georges. En nous reportant à l'état de 1767 et au plan de Mique, nous la trouvons indiquée *rue Saint Jean*.

La délibération du 13 pluviose an II, la dénomme *rue Lepelletier*, tandis que celle du 18 fructidor, an III, la baptise *rue de la Douane*.

A la Restauration, elle reprend le nom de *rue Saint Jean ;* mais la Révolution de Juillet lui consacre de nouveau son nom révolutionnaire de *rue de la Douane*, qui lui était fort bien applicable, à cause de la *Douane* ou *Kaffouse*, soit *poids public, entrepôt général*, situé alors dans les maisons qui portent les nos 45 *bis* et *ter*. Le public avait parfaitement adopté cette dénomination, quasiment naturelle ; mais la délibération du 30 décembre 1839 lui rendit son ancien vocable de *Saint Jean*. Pourquoi ? là est la question. On avait alors la place Saint Jean, l'impasse Saint Jean, le quartier Saint Jean, la rue du lavoir Saint Jean, la porte Saint Jean, l'étang Saint Jean, le cimetière Saint Jean, la rue du faubourg Saint Jean, et la Commanderie Saint Jean. Trop c'est trop, auraitdit Jamet, et il aurait sans doute ajouté : Tous les saints Jean du Paradis sont donc venus se loger ici.

Dans de semblables circonstances, nous comprenons et nous admettons qu'une municipalité tranche dans le vif, et enlève aux trois quarts de ces choses leurs dénominations, qui n'ont aucune raison d'être et qui jettent le trouble dans certains services publics ; mais quand les municipalités s'attaquent à un seul vocable, représentant une seule chose, un souvenir, eh bien, nous combattons son avis. Aujourd'hui, il reste encore : la rue Saint Jean, la place Saint Jean, le quartier Saint Jean, la rue du lavoir Saint Jean, la rue du faubourg Saint Jean. C'est encore trop de saints Jean. La poste a parfaitement raison de protester contre ces dénominations abusives.

La rue Saint Jean est pleine de souvenirs historiques.

Le premier établissement public qu'on y trouve, quand elle était la rue des Moulins, en 1592, est la construction du pressoir banal, en place de celui du faubourg Saint-Dizier, qui était ruiné. Le four banal y fut construit en même temps ; ensuite, et dans l'espace de peu d'années, s'y fondent « une tainctureuse » une fabrique de velours et une batterie d'or. Le jeu de Paume y est transféré, et a fait donner son nom à la partie de la rue des Ponts, dite rue des Augustins. Ensuite, en 1640, le poids et la Caffouze, autrement dire la Douane, l'entrepôt public, sont établis en la maison des pressoirs de la Ville Neuve. Enfin, l'hôpital Saint Charles a pris la place de l'ancienne batterie des chaudrons, que La Ruelle indique dans son plan sous le n° 34.

Mais, à côté de tout cela ; en face de l'hôpital Saint Charles, là où Charles III avait établi une teinturerie de soie, nous trouvons l'hôpital Saint Jean, devenu hôpital Saint Joseph ensuite ; hôpital Saint Roch, devenu hôpital Maudommé ; ici une lacune. . . les frères de la Doctrine Chrétienne prennent possession, sous Stanislas, du local ; ils en sont expulsés par la Révolution. Une fabrique de dentelles s'y établit…. enfin, nous y trouvons, plus tard, l'entrepôt de l'octroi et le siège du Bureau de bienfaisance.

On va nous dire que nous parlons ici de l'impasse Bénit. Nous ne sommes pas cause si les portes d'entrée ont été déplacées.

L'hôpital Saint Charles a lui-même des pages intéressantes ; mais à quoi bon les décrire ici, quand Lionnois a donné sur cet établissement hospitalier un historique des plus complets. Il a été fondé en suite des lettres patentes de Charles IV, du 9 octobre 1626, par Pierre de Stainville, doyen de l'église Primatiale, pour y entretenir, élever et nourrir, trois cents pauvres enfants mâles, et grand nombre de pauvres invalides, suivant Nicolas, l'annotateur de la dissertation sur Nancy. En 1628, le 7 août, par une ordonnance, le duc Charles IV mit une imposition sur les vins et bières qui entraient dans Nancy, pour être employée à l'aumône publique ; en 1631, le 25 février, il réunit cette aumône à l'hôpital Saint Julien et à la maison de Saint Charles. Les guerres qui survinrent en Lorraine, et qui la réduisirent dans un état déplorable, causèrent quelques dérangements à l'hôpital Saint Charles ; les troupes françaises s'en emparèrent, pour y mettre leurs malades. Les Directeurs transférèrent les pauvres enfants dans l'hôpital Saint Julien.... *(24ᵉ addition* du Mémoire manuscrit).

On a souvent écrit que les Français avaient converti la Teinturerie de soie en un hôpital ; ce ne serait pas rigoureusement exact, puisqu'ils s'étaient emparés de l'hôpital Saint Charles (v. Lionnois, t. II, p. 475, 509 et *Archives*, I. II, p. 229). Cette maison n'avait pas alors toute l'importance qu'elle a acquise depuis ; elle n'était, du reste, qu'un hospice pour les enfants et les pauvres invalides. Quoique placée sous l'invocation de Saint Charles Borromée, on l'appelait quelquefois Saint-Charles-des-Champs. A son origine, ce n'était qu'un Orphelinat et non un hospice. Cet orphelinat, nous venons de le voir, n'a existé que sept ans environ, puisque les enfants furent placés, en 1653, à Saint Julien. Par suite des événements politiques, le but que s'était proposé le doyen Pierre de Stainville ne fut pas atteint complètement.

L'hôpital Saint Charles, tel que nous le connaissons, régi par les sœurs de ce nom, a une autre origine.

» M. Emanuel Chauvenel, seigneur de Xondaie, dit Lionnois, t. II, p. 524, pour suivre l'intention de son fils, et pour honorer la mémoire de ses ancêtres, fonda, par acte passé devant Fr. Chambri, tabellion à Nancy, le 10 juin 1662, pour les pauvres de la Ville-Neuve, une nouvelle maison de charité, sous l'invocation de *Jésus, Marie, Joseph* (1), pour la dotation de laquelle il donna ses biens et sa maison, qui étaient situés dans le centre de l'hôpital Saint Charles actuel. Il en confia d'abord le soin à cinq personnes, filles ou veuves déjà âgées, et dont la veuve Anne Royer fut établie directrice. Charles IV, de retour en Lorraine, donna ses patentes d'approbation et M. Du Saussay, évêque de Toul, son décret; le tout fut homologué le 2 juin 1663. Ces personnes, chargées de l'administration de cette charité, s'obligèrent à suivre la règle que Saint-François-de-Sales avait donnée à des filles de pareil institut. . . . . .

« C'est à ces filles ainsi établies, que fut confié le soin

(1) C'est également sous cette invocation que se sont placées les sœurs de Niederbronn, plus connues sous le nom des *Petites sœurs des Pauvres.*

des malades de l'un et de l'autre sexe des deux villes, que l'on reçoit dans cette maison de Saint Charles, depuis l'arrivée de Léopold en Lorraine, sur la fin du dernier siècle. Cette maison qui est le chef-lieu de la nouvelle Congrégation, sous le titre de Saint Charles, établie en plusieurs autres villes, est aussi son unique Noviciat. Celle qui en est supérieure, est la supérieure générale de toutes les autres maisons. . . .

» Ces filles, outre le soin des malades des deux villes, qu'on envoie à cet hospice, sont encore chargées de visiter les pauvres malades des trois paroisses de la Ville-Neuve, de leur distribuer tous les jours le bouillon, la viande et le pain nécessaires, avec les remèdes dont ils ont besoin. De plus, elles enseignent les pauvres filles, pour lesquelles elles ont cinq écoles de 80 sujets chacune, leur apprenant la religion, à lire et à écrire jusqu'à ce qu'elles aient fait leur première communion, après laquelle elles peuvent apprendre à travailler sous une sixième maîtresse. C'est à M. l'abbé de Tervenus, écolâtre de la Cathédrale-Primatiale de Nancy, que la ville est redevable de l'établissement de ces écoles, bâties tout à neuf du côté de la rue des Artisans. »

Cet établissement ne prit d'extension qu'à l'arrivée du duc Léopold, car il fut occupé jusqu'en 1698 par les Français; c'est, du moins, ce qui résulte de l'annotation suivante faite par Nicolas à la 24ᵐᵉ addition du mémoire du chanoine de la Primatiale.

» Depuis la sortie des troupes françaises en 1698, l'hôpital Saint Charles s'est parfaitement rétabli par les fondations continuelles qu'on y fait; il est à présent très riche, et on y entretient un grand nombre de malades de l'un et l'autre sexe. »

Cette note est de 1740; en 1752 Nicolas ajoute:

» L'hôpital a été rebâti en partie en 1749, et l'église, qui fut achevée en 1750. En 1752, on y a fait encore de nouveaux bâtiments. »

En 1709, Léopold réunit l'hôpital Saint Roch, dont les biens étaient en partie dissipés, à celui de Saint Charles, qui était en bonne voie de prospérité.

Lionnois dit partout dans son *Histoire* t. II, p. 525, t. III, p. 317 et 318, que l'hôpital Saint Roch était le même que l'hôpital de Maudomé. S'il a raison sur ce point il a eu tort d'insinuer que cet hospice ne fut fondé qu'en 1694, et qu'il ne fonctionna même qu'en 1698. L'hôpital Saint Roch était beaucoup plus ancien. C'est en 1694 qu'il aurait pris le nom de Maudomé, à la suite d'une fondation nouvelle faite par un de ses directeurs.

Sans vouloir prouvé par là l'origine de l'hôpital de Maudomé, nous rappellerons qu'il existe aux *Archives de la ville* (v. t. I, p. 334), à la date du 25 mars 1638, une délibération portant que les curés des paroisses et le sieur Mus, maître du Mont-de-Piété, continueront à diriger l'*hôpital Saint Joseph*, parceque si Messieurs (du Conseil) en entreprennent le gouvernement, cette obligation donnera sujet aux bienfaiteurs de se relacher de leurs charités, pour se décharger sur la ville. »

« Lionnois ne dit rien de cet hôpital, qui ne subsista probablement que momentanément. »

Cette note émane de M. H. Lepage. Si Lionnois n'en dit rien, c'est qu'il n'a pas eu connaissance de ce document ; et encore, l'aurait-il eu en mains, qu'il aurait peut-être renoncé, sur des données aussi peu certaines, de rechercher son établissement. A notre point de vue, très sujet à la critique, l'hôpital Saint Joseph, dont il s'agit, n'a dû être créé que sous les auspices du Conseil de la ville, dans le but d'alléger la misère du peuple, et surtout du peuple pauvre, qui formait, dans le contingent de la population, l'effectif le plus considérable.

Nous remarquons que cet hôpital est dirigé par les curés des trois paroisses et par des bourgeois, dont un en est le directeur ; on ne nomme pas les autres, mais il y en avait certainement, puisque le Conseil de ville, composé de bourgeois, renonce à l'administrer.

Nous arrivons à la fin du XVIIᵉ siècle. De l'hôpital Saint Joseph il n'en est plus question. Apparaît au premier plan l'*hôpital Saint Roch* qui semble être, à notre humble avis, le successeur de l'hôpital Saint Joseph, dirigé par un bourgeois.

On trouve d'abord aux *Archives de Nancy*, t. II, p. 25 : » Copie du testament (du 10 février 1694) de Claude Maudomé, tailleur d'habits, directeur de l'*hôpital Saint Roch*, par lequel il abandonne aux pauvres la maison qu'il a fait bâtir, et qui sert actuellement audit hôpital, demandant que sa femme et ses enfants en aient la direction.»

Ce document, deposé aux Archives de la ville, prouve que cet hôpital avait un caractère municipal, et nous ne sommes pas éloigné de croire davantage qu'il a remplacé l'hôpital Saint Joseph mentionné en 1638. C'est donc à partir de 1694, qu'on lui donne le nom de Maudomé.

Lionnois, qui est très confus dans son *Histoire*, t. II, p. 525 et suiv., entraîne tous ceux qui lisent ce chapitre à mal interprêter les faits et à commettre des erreurs. C'est ce qui est arrivé à M. H. Lepage dans ses *Communes de la Meurthe*, t. II, p. 195, dans lesquelles celui-ci écrit :

« Le 5 août 1694, Nicolas de Bildstein, baron de Froville et Philippine de Seil, sa femme, fondent un hôpital destiné à recevoir les personnes malades et convalescentes étrangères, dénuées de tous secours, et celles de la ville qui manquaient de moyens pour se faire soulager dans leurs maladies. Cette maison de charité, qu'on appelait l'hôpital Saint Roch, ou de Maudomé, fut réuuie à l'hôpital Saint Charles, en 1709, et un arrêt du Conseil de Léopold, du 26 août 1721, ordonna que l'administration des revenus des deux hôpitaux serait confiée aux filles de Saint Charles, à l'instance d'un procureur-syndic nommé par les administrateurs de cette dernière maison. »

Lionnois n'a pas dit que les époux Nicolas de Bildstein étaient les fondateurs de l'hôpital Saint Roch ; il explique que ceux-ci, par leur testament, désiraient fonder un Hôtel-Dieu, qui aurait été réuni et placé sous le même patronage et sous la même administration que l'hôpital Saint Roch, si celui-ci existait encore au moment de leur décès. Avaient-ils alors le sentiment que le fond de l'hôpital Saint Roch menaçait une ruine prochaine, ou voulaient-ils simplement fortifier cette maison par une fondation spéciale ? . . . . . Toujours est-il que la fondation de Bildstein est différente de celles qui avaient formé l'hôpital Saint Roch. Pour s'en convaincre, il suffit d'ouvrir l'histoire de Lionnois, t. II, p. 525, et de lire avec attention les passages que nous allons citer :

» C'est à l'hôpital Saint Charles qu'a été réuni celui de Saint Roch, appelé aussi du nom de son directeur Maudomé, qui était dans l'emplacement occupé actuellement par l'hospice des religieuses orphelines, et, dans lequel Messire Nicolas de Bildstein, chevalier, baron de Froville et Madame de Seil, son épouse, par acte passé devant

Grison, notaire à Nancy, le 5 août 1694, *fondèrent un hô-*
pital et Hôtel-Dieu, et Maison de Charité, où ne devaient
être reçues que des personnes malades et convalescentes :
1° les plus étrangers et abandonnés de tous secours ; 2° ceux
de la ville qui n'aient pas d'autres moyens de se faire soulager dans leurs maladies, à la réserve des gens de guerre
et des personnes de livrée ou domestiques, à moins que
leurs maîtres ne leur ayent ôter leur livrée, ou les ayent
mis dehors de leur maison, en sorte qu'ils n'aient point
de retraite ni moyen de se faire soulager (1), sans distinction de quelque paroisse ils soient. Veulent néanmoins
qu'en cas qu'on ne puisse les recevoir tous, on en prenne
à peu près autant d'une des deux villes de Nancy, que de
l'autre, et autant de la paroisse Notre-Dame que de Saint-
Epvre, et qu'à ceux de la ville, les étrangers actuellement
malades soient préférés ; *que ledit établissement soit fait dans*
l'hôpital, bâti en la Ville-Neuve, sous l'invocation de Saint
Roch, si, à leur mort il subsiste encore, ou en telle autre
maison que leurs exécuteurs testamentaires trouveront *plus*
à propos, laquelle sera par eux acceptée, bâtie ou louée,
jusqu'à ce qu'on trouve à propos d'en acheter un autre ;
et dans ce cas, ils veulent que ce soit sur la paroisse Saint-
Epvre, à moins que quelques avantages considérables ne
déterminent à la placer ailleurs, mais toujours dans la ville
de Nancy. . . . »

Ce qu'on vient de lire prouve surabondamment que les
époux Nicolas de Bildstein n'ont jamais été les fondateurs
de l'hôpital Saint Roch, et ce qu'on va lire donne lieu à
penser, que leur fondation n'a pas eu tout le succès qu'on
était en droit d'en attendre : Lionnois ajoute, p. 530 :

« Cette fondation ne devant avoir sa pleine exécution,
qu'après le décès du testateur et l'extinction de l'usufruit
des biens légués à cet hôpital, et accordé à la dame son
épouse, *n'a pu commencer à recevoir des pauvres malades*
qu'en l'année 1698, ledit sieur testateur étant mort le
29 décembre 1696 et la Dame de Bildstein, seulement le
3 décembre 1697, selon leur épitaphe, rapportée à l'article
de la paroisse Saint-Epvre, et par conséquent après l'arrivée du duc Léopold en Lorraine. Ce prince, qui avait déjà
réuni cet hôpital à celui de Saint Charles, dès l'année 1709,
voyant que les revenus en étaient dissipés, par un arrêt de
son Conseil, du 26 août 1721, ordonna que l'administra-

tion des revenus de l'hôpital Saint Charles et ceux de la fondation du sieur baron de Froville et de Maudomé, serait faite par les filles de la charité de Saint Charles, à l'instance d'un procureur syndic, établi tant par le directeur de l'hôpital Saint Charles que par ceux de la fondation du sieur de Froville, lequel fera toutes les poursuites néces- saires tant pour les affaires du dehors dudit hôpital, que pour faire entrer les revenus d'icelui, lesquels seront em- ployés par lesdites filles de la charité, à l'entretien et sou- lagement des pauvres de Nancy, qui ne pourront y être reçus que sur les billets signés du curé de Saint-Sébastien, et de l'un des directeurs, et ceux provenant de la fondation du sieur de Froville et Maudomé, employés à l'entretien des pauvres malades étrangers qui seront reçus dans la *salle dite de Saint Roch,* sur les billets signés de deux direc- teurs de ladite fondation... »

On voudra bien nous pardonner d'être entré dans de si longs et si minutieux détails ; nous tenons à rectifier cer- tains faits que nos historiens ont mal interprétés. Il y a des erreurs qu'il est bon de ne pas se laisser propager, lors- qu'on peut, dans la mesure du possible, les présenter sous un jour plus vrai.

En résumé, l'hôpital Saint Roch, l'hôpital Maudomé et l'Hôtel-Dieu n'ont formé qu'un seul établissement chari- table, quoiqu'issus de trois fondations différentes.

Quant à l'emplacement occupé par l'hôpital Saint Roch, ou par la maison construite par le tailleur d'habits Mau- domé, nous ne pouvons ni le préciser, ni le discuter. Lionnois lui assigne deux emplacements : l'un où est la maison des Orphelines, ce qui est probable ; l'autre où est actuellement le bureau central de l'octroi, ce qui serait également admissible (V. rue des Orphelines), parce que là, selon Lionnois t. II, p. 317 318, selon H. Lepage, *Archives de Nancy,* II, 76, *Communes de la Meurthe,* II, 207, selon le *Recueil des Ordonnances de Lorraine,* VIII, 81, avait existé « une maison appelée l'hôpital de Saint Jean, située vis-à-vis l'hôpital de Saint Charles. » Elle fut d'abord abandonnée par le roi Stanislas à la ville, le 13 février 1738, et ensuite abandonnée aux Frères des Écoles chrétiennes, par le traité du 20 juillet 1749, passé entre Stanislas et le frère Exupère, devant Pierre, tabellion ordinaire de Sa Majesté.

Ce qu'il y a d'assez bizarre dans ce contrat, c'est que Stanislas, après avoir abandonné cet immeuble à la ville, le 13 février 1738, en dispose de nouveau en faveur des Frères, le 20 juillet 1749. Singulière manière d'entendre respecter une donation ! Surtout que la Ville, étant dépouillée de cet immeuble, est chargée par ce dernier contrat de tous les ouvrages d'appropriation et de toutes les réparations grosses et menues, continues et discontinues.

Nous devons consacrer quelques lignes aux sœurs de la Congrégation de Saint Charles.

Au moment de la Révolution, ces sœurs étaient à la tête de plusieurs hôpitaux de notre ville ; elles avaient la direction :

1° De Saint Charles, hôpital de la Commune ;

2° De Saint Julien, hôpital de la Bienfaisance ;

3° Des Orphelines ;

4° De Notre Dame ;

5° De Boudonville ;

6° Des Enfants trouvés, hospice des enfants de la Patrie ;

7° De l'Hôpital militaire.

On leur confia aussi l'administration de la maison de Réclusion et du Dépôt de mendicité.

Si la Congrégation était dissoute de fait et légalement aux yeux de la loi, les sœurs de Saint Charles ne furent point troublées dans l'exercice de leur ministère de charité. Elles continuèrent à gérer nos hospices et maisons de charité, et à donner, dans leurs écoles, l'instruction aux jeunes filles pauvres. Les écoles qu'elles dirigeaient ne furent point fermées. On dit même qu'elles ne cessèrent, ainsi que les sœurs de la charité de Saint Vincent de Paul, de porter leur costume religieux.

Un des premiers actes de M. d'Osmond à son arrivée à Nancy, fut de réorganiser les sœurs Watelottes, connues aujourd'hui sous le nom de sœurs de la Doctrine chrétienne (V. rue Saint-Dizier.)

Les services rendus par les sœurs de Saint Charles, pendant l'époque révolutionnaire, engagèrent le préfet de la Meurthe et le préfet de la Nièvre à demander eux-mêmes la réorganisation des sœurs de Charité de la Congrégation de Saint Charles. Le ministre de l'intérieur prit l'arrêté suivant :

« Le ministre de l'intérieur, vu les renseignements

transmis par les préfets de la Nièv.e et de la Meurthe, considérant que l'institution des dames de charité, et la ci-devant congrégation de Saint Charles avaient pour objet le soulagement des pauvres et des malades, de l'éducation des enfants, arrête ce qui suit : 1° l'institution de bienfaisance qui existait à Nevers, sous le titre de *Congrégation de charité de Nevers,* et celle qui avait été formée dans la Ville de Nancy, sous le titre de *Congrégation de Saint Charles,* seront réorganisées suivant et conformément aux dispositions de l'arrêté du 1ᵉʳ nivôse dernier, relatif à l'institution des filles de charité ; 2° les préfets de la Nièvre et de la Meurthe, proposeront au ministre les dispositions ultérieures que nécessitera l'exécution de l'article qui précède.

» Fait et arrêté le 18 germinal an IX.

» Les dispositions à proposer par les préfets sont relatives à l'organisation intérieure de l'institution, au nombre des élèves qui y seront admises, à la nomination de la directrice et aux moyens de pourvoir aux dépenses. » (*Meurthe,* 25 germinal an IX).

Les sœurs de Saint Charles avaient donc, dès le 18 germinal an IX, une existence légalement reconnue ; on ne s'empressa pas de rédiger et approuver les statuts de la nouvelle institution, alors que ceux des sœurs Watelottes l'étaient déjà depuis thermidor an XI ; y eut-il réticence 'de la part de l'évêque, c'est ce que nous ne saurions dire. Toujours est-il que *la Meurthe* du 7 prairial an XIII, portait seulement à la connaissance du public l'approbation des statuts nouveaux, et en faisait connaître, en substance, le contenu, après avoir fait un éloge mérité des vertus des sœurs de Saint Charles :

« Le gouvernement a, par arrêté du 21 germinal dernier, approuvé les statuts de l'Association des Sœurs dites de la Congrégation de Saint Charles, dont le chef-lieu continue (*sic*) à être fixé à Nancy. Ainsi les amis de l'humanité n'auront plus à craindre que *cette association précieuse par le dévouement admirable avec lequel elle se livre depuis un si grand nombre d'années au service des pauvres et des malades,* soit privée des moyens de se soutenir et de se perpétuer. Par ces statuts, M. l'évêque est le supérieur de la Congrégation. Il la préside, ou par lui-même ou par une commission qu'il délègue. Il y a une supérieure générale, élue tous les cinq ans, par les membres mêmes de l'association, qui auront quatre ans de profession. La supérieure générale a le droit, après en avoir délibéré avec son conseil, composé de l'assistante, de la maîtresse des élèves et du supérieur général, de rappeler toutes les sœurs des différentes maisons, d'en envoyer d'autres, sans que les commissions administratives puissent les retenir ; mais la même supérieure ne pourra, de son côté, se refuser à rappeler et à remplacer les sœurs dont les commissions administratives réclameraient le changement.

» Les postulantes ne peuvent être reçues qu'à la maison de Saint Charles de Nancy ; pour être admises, elles doivent indépendamment des qualités morales, jouir d'une santé forte, n'avoir aucune apparence de difformité (sic), et n'être pas suspectes de maladies contagieuses.

» Pour être reconnue membre de l'association, il faudra trois années de probation et être âgée de 21 ans, sans néanmoins avoir atteint l'âge de 40 ans.

» Les personnes admises comme membres de l'association ne pourront plus en être rejetées ; elles y seront nourries, habillées, entretenues, soignées etc., saines ou malades, pendant toute leur vie, à moins qu'elles ne quittent, de leur propre mouvement, ou qu'elles n'aient commis des fautes graves, sans revenir à une meilleure conduite après plusieurs avertissements.

» Nulle sœur ne pourrait être retranchée, dans ce dernier cas, de l'association, qu'après avoir été entendue, et qu'ensuite de plusieurs formalités, déterminées essentiellement dans l'intérêt et pour la garantie de celles qui seraient accusées. »

Depuis cette époque, les Sœurs de Saint Charles ont formé une Congrégation importante, dont les services ne laissent pas d'être toujours de mieux en mieux appréciés par les populations urbaines et suburbaines. Elles ont reconquis, depuis longtemps déjà, la renommée qu'elles avaient acquise, par leur dévouement et leur inaltérable charité, avant les jours néfastes de la Révolution.

Nous avons dit plus haut que M. Marquis, préfet de la Meurthe, n'avait pas été étranger à la réorganisation des sœurs hospitalières de Saint Charles. Voici en quels termes il s'exprime à leur égard dans sa *Statistique du département de la Meurthe*, p. 115, en parlant des hôpitaux civils.

» Les hospices du département sont en général bien administrés.

» Les commissions qui les dirigent ont fait jusqu'à présent les efforts les plus louables, pour tirer parti des ressources qui leur restaient, et pour leur faire recouvrer les capitaux remboursés illégalement.

» Le service intérieur est confié aux anciennes hospitalières de la Congrégation de Saint Charles, établie en 1627, par Pierre de Stainville, grand doyen de la Primatiale.

» Cette Congrégation réunissait, au commencement de la Révolution, 400 religieuses et 35 novices, qui faisaient le service de 63 hospices. Ces maisons étaient répandues dans les départements de la Meurthe, de la Meuse, des Vosges, de la Moselle, des Ardennes, de la Marne, de la Haute-Marne, du Doubs et du Bas-Rhin ; le chef-lieu de la Congrégation était à Nancy.

» On ne peut assez louer l'esprit d'ordre et d'économie, ainsi que le pieux désintéressement de ces femmes admirables, sans lesquelles il eût été impossible de soutenir la plupart des hospices, avec les faibles moyens auxquels ils ont été réduits ; mais les amis de l'humanité ne peuvent entrevoir qu'avec inquiétude le moment très prochain où ces femmes intéressantes ne pourront plus suffire à leurs pénibles fonctions, multipliées encore par la suppression des hôpitaux militaires de l'intérieur. Cependant, depuis la dissolution des corporations religieuses, elles ne se renouvellent plus, et bientôt les sujets manqueront. Déjà, elles ont été obligées d'abandonner le service de 21 hôpitaux ; et je n'ai pu remplir les demandes que plusieurs de mes collègues m'avaient adressées, pour leur procurer de ces hospitalières.

» J'ai, depuis longtemps, appelé la sollicitude du gouvernement sur cet intéressant objet ; et, aussitôt que j'ai connu l'arrêté pris par le Ministre de l'intérieur pour réorganiser la Congrégation de Saint-Vincent-de-Paul, je l'ai prié d'en rendre les dispositions communes à celle de Saint Charles. Le Ministre l'a déterminé en principe ; mais il n'a pas encore pris de parti définitif sur le projet réglementaire que je lui ai proposé. »

Ajoutons que M. Marquis écrivait ces lignes à la fin de l'an IX.

SAINT JULIEN (Rue)

De l'Hôtel-de-Ville, vu par derrière, à la rue des Tiercelins.

· La rue Saint Julien est aussi ancienne que l'hôpital, et semble avoir porté la première la dénomination de *rue de l'hospital Saint Julien*, indiquée par Dom Calmet. Les plans de 1752, 1754, 1758 et 1778 lui consacrent ce vocable, que détruisent l'état de 1767 et le plan de Mique, en lui donnant la simple appellation de *rue Saint Julien*.

Si nous consultons le plan de Dom Calmet, nous remarquons que cette rue traversait le terrain sur lequel a été construit depuis l'hôtel-de-ville. Par conséquent, ce que nous pouvons prendre aujourd'hui pour une impasse, était anciennement une rue qu'on nommait encore, au dernier siècle, malgré sa fermeture, la *petite rue Saint Julien*. C'était donc au moment de la Révolution deux rues distinctes, séparées par la rue Pierre Fourrier actuelle, et se dirigeant : la petite vers le nord, la grande au midi. L'état de 1767 et le plan de Mique n'établissent pas de différence pour ces deux tronçons. Mais la délibération du 13 pluviose an II nous dit que la *petite rue Saint Julien* s'appellera *rue des Piques*, et que la *grande rue Saint Julien* deviendra *rue de la Bienfaisance*. Peu de temps après, celle-ci fut dénommée *rue Socrate*, v. le petit almanach de Nancy pour l'an IIIe de la République. Le 18 fructidor an III, elle devint *rue de la Commune*, et la petite rue Saint Julien fut classée comme *impasse de la Commune*.

Sous la Restauration, la rue et l'impasse furent replacées sous le vocable de Saint Julien.

Dans les plans de la première moitié du XVIIe siècle, la rue Saint Julien n'est pas très longue, elle ne va que de la rue Pierre Fourrier à la rue Saint Georges ; elle est un peu amorcée cependant, au midi près de la rue des Tiercelins, mais d'une très petite amorce ; ce qui lui fait former, avec la rue Montesquieu également amorcée de ce côté, une immense place devant l'église provisionnelle de la Primatiale, et devant la vieille Primatiale dont l'orientation était de l'ouest à l'est.

Sauf l'amorce dont nous venons de parler, la rue Saint Julien, depuis la rue des Tiercelins jusqu'à la rue Saint Georges, paraît ne devoir son existence, qu'à la création des maisons de la rue Montesquieu, la plupart de celles qui ont jour sur la rue Saint Julien ayant été, ou étant encore des dépendances de celles-ci.

SAINT MICHEL (Rue)

De la Grande Rue au Cours Léopold.

Cette rue est composée de trois tronçons qui ont porté, à diverses époques, des vocables différents. Le coude que forme la rue Saint Michel et la rue Saint Epvre, forme un tronçon nommé souvent *rue du Four sacré*; de la Grande Rue à la rue du Point du Jour, nous trouvons un autre tronçon appelé tantôt *rue Saint Michel*, tantôt *rue du Four sacré*; de la rue du Point du Jour aux remparts (ou au Cours Léopold), il y avait la rue Saint Michel, qui devint plus tard *rue des Pénitens*.

Les rôles de 1551, 1572, 1582 et 1589 mentionnent, de la Grande Rue aux remparts, les *rues Sainct Michel* et *du Four sacré*. En 1708, nous la trouvons dite *rue du Four Caboche*, sans qu'on indique les délimitations. Les plans de 1728 et de 1752 la nomment *rue des Pénitens*; ceux de 1754, 1758 et de Mique *rue Saint Michel*. L'état de 1767 la dénomme ainsi dans toute son étendue. Le plan de Moithey de 1778 en fait les *rues Saint Michel et des Pénitens*.

À l'époque de la Révolution, la rue Saint Michel, telle qu'elle existe de nos jours, n'avait que ce vocable. Le 13 pluviose an II, elle fut appelée *rue de l'Indivisibilité* et le 18 fructidor an III, *rue de La Loi*. Ce dernier vocable a prévalu jusqu'à la Restauration.

La rue du Four sacré, aujourd'hui rue Saint Epvre, en était détachée, et formait à elle seule une rue dite *de la Concorde*.

La deuxième portion de la rue du Point du Jour, de la rue Saint Michel à la place de l'Arsenal, dépendait de la rue Saint Michel, et n'était pas reliée, comme de nos jours, à la rue du Point du Jour. On la nommait *petite rue Saint*

Michel ; elle était aussi connue sous le nom de *petite rue Notre Dame*, dans les documents révolutionnaires ; et, antérieurement à cette époque, on la trouve dite *petite rue Saint Michel*. Le 13 pluviose an II, elle est devenue la *rue de l'Amitié*. La délibération du 18 fructidor an III, lui a conservé ce vocable, qu'elle a gardé jusqu'à la Restauration. C'est au moyen du recensement de l'an IV, que nous avons pu déterminer son emplacement ; car, nulle part, on n'indique sa situation. La *rue de l'Amitié* était peu connue à l'époque révolutionnaire ; toutes les annonces qui concernent l'hôtel de Silly, (ou d'Haussonville) rue du Point de Jour, 9, placent cet hôtel *rue de la Loi* ou *rue des Pénitens* n° 86. En l'an IV, c'était la seule maison habitée dans la *rue de l'Amitié*.

Il ne faut pas prendre Lionnois au pied de la lettre, quand il parle de la rue Saint Michel, dans ses *Essais*, p. 354 ; car, il se met en contradiction avec les plans et les autres documents antérieurs, quand il parle de la rue Saint Michel :

» La rue Saint Michel, à laquelle aboutissent ces deux dernières rues (du Four sacré et du Point du Jour), doit son nom à l'église qui y est placée depuis 1350, comme nous l'avons déjà dit. Elle s'est beaucoup embellie, par les maisons qu'on y a reconstruites depuis peu ; elle s'est aussi agrandie du côté du Rempart ; et, dans le nouveau plan, elle doit être continuée à travers quatre nouvelles isles de maisons. Tout ce prolongement, depuis la Munitionnaire jusqu'à la nouvelle place, qui n'est encore qu'en projet, y est nommé *rue des Pénitens*. »

Lionnois fait allusion au plan de 1778, qui créait une place de l'autre côté de la maison des Jésuites, vers la rue de l'hospice : il devait y avoir, en effet, quatre îles de maisons à traverser (v. Cours Léopold). Ce plan n'a pas eu de suite et a été modifié par l'arrêt de 1784. Suivant Lionnois, la rue Saint Michel n'aurait pris le nom de rue des Pénitents, que depuis la rue de la Source jusqu'au delà du Cours Léopold actuel.

Le commissaire chargé, en l'an IV, de recenser la population de la 7e section appelle la partie, méridionale (côté des nos impairs) la rue de la Loi, *rue Saint Michel*, tandis que celui de la 8e section nomme *rue de la Loi* le côté septentrional (numéros pairs). Ces deux dénominations différentes, pour une même rue, dans un document officiel, provoquent une certaine incertitude, quand on ne sait pas que les deux vocables se rapportent au même objet.

Suivant certains écrivains, la rue Saint Michel aurait été la limite d'une des premières enceintes de la ville de Nancy, à sa naissance comme ville. Nous le croyons sans peine. Par exemple, nous n'admettrons pas avec Jean Cayon que « le prieuré de Notre Dame resta isolé dans les champs jusqu'en 1550, » ce serait manquer de logique. C'est sans doute une faute typographique échappée à l'auteur ; on devrait lire 1350. Le *mémoire sur les antiquités de Nancy,* qui a été commencé par un chanoine de la Collégiale de Saint Georges, et achevé par un chanoine de la Primatiale, ne laisse aucun doute à cet égard. Si ce mémoire est critiquable dans certaines parties, il en est d'autres qui méritent d'être respectées, jusqu'à solution complète de la question.

La rue Saint Michel ayant eu deux origines, a eu deux vocables, que nous lui trouvons consacrés au XVe siècle. La Collégiale, qui a donné son nom à la partie supérieure, aurait été fondée, suivant Lionnois, vers 1350 ; la partie inférieure, qui s'est appelée *rue du Four sacré,* était connue sous ce nom en 1457 (v. rue Saint Epvre).

» La Collégiale de Saint Michel dans la Ville-Vieille de Nancy, dit un des annotateurs des *Mémoires sur les antiquités de Nancy,* passe pour fort ancienne ; elle a apparemment donné son nom à la rue de Saint Michel, qui était déjà connue sous ce nom en 1373 et 1409. On ignore l'époque de la fondation de ce chapitre : seulement, on sait qu'en 1437, quelques seigneurs particuliers, apparemment ceux qui sont marqués ci-après, et qui sont collateurs des canonicats, ayant, de leur chef, fait ériger une chapelle à Nancy, (on ne dit pas sous quelle invocation), il y eut opposition de la part du prieur de Notre Dame, du chapitre de Saint Georges et du vicaire perpétuel de Saint Epvre.

» L'opposition ne fut pas poursuivie jusqu'à sentence définitive. Cette collégiale de Saint Michel n'a pas fait grand progrès ; elle n'est composée que de quatre chanoines, n'ayant chacun que douze écus de rente. La collation de ces canonicats appartient à divers seigneurs particuliers : d'Haraucourt, de Raigecourt et de Giraucourt.

» La Congrégation des pénitens ayant été établie à Nancy en 1634, suivant la bulle d'Urbain VIII, ces pénitens s'accommodèrent avec les chanoines de Saint Michel, qui leur louèrent leur église, où les pénitens ont fait leur office. Cette compagnie de pénitens s'étant partagée, en 1731, et ayant formé deux compagnies, l'une de pénitens blancs et l'autre de penitens noirs, les premiers sont demeurés dans la Ville Vieille, et ont continué leurs exercices dans l'église de Saint Michel. Les autres, en 1731, ayant obtenu de M. Bégon, évêque de Toul, la confirmation de leurs règlemens, sous le nom de la confrérie de la Miséricorde, et ces règlemens, de même que la confirmation de l'ordinaire, ayant été entérinés à la Cour, les pénitens noirs font leurs services dans la chapelle de Saint Nicolas, en la ville neuve, vers la porte de Saint Jean ; et ont pour principal exercice, d'assister aux exécutions des crimixels condamnés à mort, dont ils emportent les corps, et ont soin de les ensevelir et enterrer, ce qui se fait avec beaucoup de piété, et avec l'édification de toute la ville. » (V. Dom Calmet, *Notice de Lorraine* verbo *Nancy*).

Lionnois fixe l'érection de la maison chapelaine de Saint Michel, devenue collégiale, au 26 septembre 1350 ; voyez ses *Essais*, p. 324 et suivantes, et *Histoire*, t. Ier, p. 212 et suivantes·; ces deux versions, sans être différentes, ne sont pas identiques ; comme toujours, Lionnois est plus exact et plus méticuleux dans ses *Essais*.

SAINT NICOLAS (Rue)

Des rues de la Fayencerie et de la Primatiale à la rue des Fabriques.

Voyez ce que nous avons dit de cette voie, en parlant de la rue des Dominicains.

La rue Saint Nicolas actuelle est formée de deux tronçons : le premier, qui était *la rue Saint Nicolas*, allait seulement jusqu'à la rue de la Hache. La Fontaine-Rouge lui servait de limite. Le second tronçon, appelé alors *rue du Fauxbourg Saint Nicolas*, allait de la rue de la Hache à la rue des Fabriques.

Ces deux tronçons n'ont été réunis que par la délibéra-tion du 30 décembre 1839 ; car le plan de 1835 appelle le premier *rue du Pont Mouja*, et le second *rue du faubourg Saint-Nicolas*.

Les plans de 1728, 1752, 1754 et 1778, appellent la première portion *rue Neuve Saint Nicolas*, et la seconde *le faubourg*. Ceux de 1754 et 1758 disent *rue du fauxbourg Saint Nicolas*.

L'état de 1767 et le plan de Mique consacrent ces déno-minations, que nous trouvons écrites dans d'autres docu-ments officiels.

Le 13 pluviose an II, la rue Saint Nicolas prend le nom de *rue des Sans Culottes*. La *rue du Fauxbourg*, devint le *faubourg des Sans Culottes*. Mais le 18 fructidor an III, cette partie prend alors le nom de *rue Descartes*, et la première portion de la rue Saint Nicolas devient, avec la rue du Pont Mouja, la *rue Voltaire*, vocable qu'on avait donné le 17 septembre 1791 à la rue de la Visitation.

Cet état de choses dura jusqu'à la Restauration, qui rendit à chaque partie son vocable respectif, soit : du Pont-Mouja, Saint-Nicolas et du Fauxbourg.

Nous ferons remarquer que l'on considérait la partie comprise entre la rue de la Hache et la rue des Fabriques, comme un faubourg de la ville et non comme une rue proprement dite. C'est tantôt le *Vieux-Faubourg*, tantôt la *rue du faubourg Saint Dizier*. La *Fontaine Rouge* avait donné aussi son nom à une partie de cette rue : depuis la rue des Tiercelins jusque vers la rue Drouot, on disait *rue de la Fontaine Rouge*. On allait même jusqu'à appeler cette partie, le *faubourg de la Paille-Maille*, ou simplement *la Paille-Maille*.

Nous l'avons déjà dit ailleurs, tout ce qui était compris entre les murs de Ville, la rue des Orphelines, la rue neuve de la Hache et la rue du Faubourg, était considéré par le peuple, comme étant la Paille-Maille ; il n'y avait donc rien d'étonnant, qu'on ait donné à cette partie de la rue Saint Nicolas le vocable que nous venons de rappeler, et qui était encore usité dans le peuple il y a une douzaine d'années.

Nous avons suffisamment parlé de cette rue, soit dans nos *Promenades historiques*, soit dans ce travail sous les vocables des Dominicains, Pont Mouja, Sainte Anne, pour ne pas fatiguer par de plus longs détails et nous exposer à des redites inutiles.

Nous avons dit dans nos *Promenades historiques*, que l'extrémité du faubourg Saint Nicolas formait et forme encore, devant la Tonderie, une petite place qui était appelée *place d'Armes ;* nous avons ajouté que les n°ˢ 91, 93, 95 avaient été la demeure des Roch, maîtres des hautes et basses œuvres. En 1591, Claude Jeanelle, alors maître des hautes œuvres, possédait sur la façade opposée, c'est à dire dans l'endroit où fut depuis la Tonderie, une maison de 12 toises 90 pieds, indivise avec Bavard Henry, tisserand.

A la vieille rue du faubourg Saint Nicolas, se rattache la curieuse et amusante histoire de la *ruelle des Capucins*, ainsi nommée parce qu'elle passait derrière l'enclos où était située la maison monacale de cet ordre mendiant, qui fut l'une des premières maisons religieuses établies à la Ville-Neuve.

Pour avoir une idée exacte de cette ruelle tortueuse, serpentant à l'est de la rue Saint Dizier, il faut avoir sous les yeux soit le plan de 1611, soit celui de 1617. Sur les anciens plans, elle forme, en quelque sorte, une ligne de démarcation naturelle, et semble dire à l'ouest de la ville neuve : tu n'iras pas plus loin : tes rues régulières et symétriques s'arrêteront ici ; je ne suis qu'un faubourg, je veux rester faubourg, et tout ce qui est derrière moi sera et demeurera une autre partie de moi-même, sans te ressembler en rien.

Elle semble, en effet, diviser la Ville Neuve en deux portions distinctes : celle qui est à l'ouest n'est composée que de rues droites, régulières, symétriques, tirées exactement au cordeau ; il n'en est pas de même de la portion qui se trouve à l'est ; la plupart des rues ne s'ajustent pas les unes aux autres ; on voit qu'elles ont été créées à des époques différentes, qu'il n'y a pas eu unité de vues, qu'un plan d'ensemble a manqué dans la suite, pour compléter l'œuvre entreprise par Charles III. Il est évident que le reculement des fortifications, en 1606, entre le bastion Vaudémont et le bastion de la Madelaine, n'ont pas permis aux nouveaux venants de choisir de préférence ce terrain, qui n'offrait plus les mêmes avantages que celui qui était à l'ouest. Bien des circonstances fortuites qui nous échappent, mais qui se devinent, n'ont pas permis la réalisation du plan qu'avait sans doute rêvé le duc Charles III.

Celui-ci aurait bien voulu rectifier les sinuosités tortueuses que forme la rue Saint Nicolas, depuis le Pont-Mouja ; il aurait certainement préféré une ligne droite, une rue plus régulière ; mais il ne pouvait, au début, déplacer toute une population, faire raser toutes les maisons pour donner à cette voie large un alignement plus régulier. Afin d'obvier, dans la mesure du possible, à la défectuosité qui se remarque encore sur les plans modernes, il avait fait tracer, à partir du n° 44 actuel de la rue Saint Nicolas, une petite rue régulière qui venait aboutir en ligne droite sur le bastion de Haraucourt. Sans aucun doute, qu'il se promettait dans l'avenir de rendre cette voie plus large, et de supprimer insensiblement le demi cercle que forme au-dessus la rue du faubourg Saint Nicolas. Les malheureux événements du règne de Charles IV ont empêché, tout à la fois, de poursuivre ce projet et de donner à la partie orientale de la Ville Neuve le cachet d'uniformité qui existe dans la partie occidentale.

La *ruelle des Capucins* n'était pas bien large ; sa largeur est représentée aujourd'hui par la façade de la maison n° 46 de la rue Saint Nicolas, qui a été bâtie sur son ouverture.

Lionnois semble lui donner une étendue moins longue, et paraît n'avoir pas suffisamment examiné les plans du XVIIe siècle, sur lesquels elle figure encore assez long temps.

« Nous avons nommé ci-devant la rue ou ruelle des Capucins ; elle se trouvait à l'extrémité des terrains des Capucins et des Jésuites, entre eux et la maison des parcs, et dans l'endroit au bas de la rue de Grève, où il y a une maison bâtie depuis peu. Cette ruelle avait été réservée pour conduire le canon sur le bastion de la porte Saint-Nicolas, qui en est voisine. Alors, l'avance des maisons qui débordent la remise des Dames du Saint-Sacrement, sur la rue Saint Nicolas, n'existait pas ; et la rue de ce faubourg n'était point irrégulière comme aujourd'hui. » (*histoire*, t. III, p. 171).

Évidemment Lionnois fait erreur, les plans de 1611 et 1617 montrent l'irrégularité dont il parle. Nous croyons plutôt qu'il a confondu les deux parties de la ruelle en une seule, à en juger du moins sur ce qu'il écrit, à propos du carré des Dames du Saint Sacrement t. III, p.147 :

« Ce carré très considérable, renfermé entre les rues Saint Nicolas, de la Hache, Saint Dizier et de Grève, était à la formation de la ville neuve, moins étendu sur cette première rue, en étant réparti par la *rue des Capucins*, qui redressait cette rue de Saint Nicolas, comme on le voit dans le plan de La Ruelle. Ce fut par un ordre adressé le 9 janvier 1637, par Louis XIII devenu maître de la Lorraine à M. de Hauquincourt, gouverneur et son lieutenant général en Lorraine, que la moitié de cette ruelle fut murée et adjugée aux P. P. Capucins, pour agrandir leur jardin. Les Jésuites du Noviciat avaient déjà obtenu l'autre moitié, sur une requête décrétée le 5 mai 1627, comme nous le dirons à l'article des Capucins, ce qui rend si irrégulière, en cet endroit, la rue Saint Nicolas.»

La contradiction est évidente dans ces deux citations.

Quoique cette figure ne soit pas très exacte, elle donne une idée suffisante de la rectification projetée de la rue Saint Nicolas par la ruelle des Capucins.

Le point A indique les maisons qui « débordaient la remise des Dames du Saint Sacrement » ; donc la rue était irrégulière en 1611. Le point B représente une partie de la Tonderie, ou les maisons nos 90 à 96 actuels. Le point C est occupé aujourd'hui, à peu près, par les nos 98 et 100. Le point D est le carré formé par les rues Saint Dizier, de la Hache et Charles III, dans lequel se trouve englobé maintenant le pâté marqué A.

Les Jésuites achetèrent, en 1624 ou en 1625, la place

vide marquée C, et sollicitèrent l'autorisation de-jouir de la ruelle, en la faisant fermer dans l'étendue de leur terrain qui y aboutissait. Ils exposent dans leur requête « qu'étant grandement pressés dans leur maison et n'ayant aucun lieu commode pour y dresser quelqu'office, comme bûcher, étable, greniers, fours et autres nécessaires, ils auraient à cette fin, dès environ deux ans, acquêté une place au derrière de ladite maison et de même largeur d'icelle ; mais comme il y a une rue entre les deux, et que de cette cause ladite place ne pourrait leur servir sans grandes incommodités, ils supplient S. A. de leur faire don de ladite rue de la largeur des dites maison et place, à condition d'y faire, comme ils s'y soumettent, deux grandes portes au droit de ladite rue, pour, au besoin, y passer l'artillerie, et autrement servir selon, et quand il plaira à sadite A. l'ordonner. » (*Ibid.* t. III, p. 175).

Leur requête, renvoyée à M. de Haraucourt et au Conseil de Ville, fut, sur leur rapport, décrétée le 5 mai 1627. Les Jésuites se mettent donc légalement en possession du terrain, et font bâtir les dépendances de leur maison, jusque sur la rue Saint Nicolas n° 100, devenu, grand magasin, et aujourd'hui magasin du bureau de bienfaisance. Plus tard, sous le règne de Léopold, on leur racheta une partie de ce terrain.

En 1632, les *Madelonnettes*, fondées par Madame de Ranfing, ayant acheté des terrains dans le carré marqué B, se disposaient à y construire un monastère, lorsque les Capucins, jaloux des avantages accordés aux Jésuites, leurs voisins, suscitèrent des querelles et des ennuis à leurs nouvelles voisines, dans le but de les faire déguerpir de là, de prendre possession de leur terrain et de s'emparer de la ruelle. A cet effet, ils achetèrent un terrain voisin, lequel était probablement bâti, et commencèrent alors un siège de chicane en règle, en usant de toutes les intrigues et autres engins de ce genre.

Lionnois, pièces en mains, nous raconte toutes les péripéties de cette amusante affaire, bien faite pour nous réjouir un tantinet.

Il cite d'abord une requête présentée le 20 avril 1633 aux Me échevin et échevins de Nancy, par le sieur de Haucourt, procureur général de Lorraine, « portant qu'il aurait le jour précédent fait signifier, tant à la mère supérieure du Refuge de ce lieu, qu'aux maîtres entrepreneurs, massons et charpentiers, employés pour le bâtiment, qu'elles destinent et ont commencé de faire au derrier du couvent des P. P. Capucins ; ordonnance de S. A. ci-jointe prohibitive aux ouvriers de continuer leur travail aux ouvrages et appareils dudit bâtiment, à peine de désobéissance, et telle que de droit ; si est-ce que ledit procureur est averti que, nonobstant ladite signification et défense, lesdits ouvriers ne laissent à continuer leur travail, qui est le sujet pour lequel il requiert, messieurs, vos lettres de commission pour les faire ajourner prompte-ment pardevant vous, pour se voir condamner à une amende arbitraire envers S. A. jusqu'à la somme de 500 frans payables par corps, et voir leur être fait défense de récidiver, à peine du double, en outre, telle peine cor-porelle qu'il écherra, soit de fouet ou de bannissement.; et fera justice. »

Charles IV, duc de Lorraine, avait la mémoire courte, son procureur-général avait la vue excessivement basse. Les Madelonnettes ont su et ont eu le courage de le dire et le déclarer hautement, deux ans plus tard.

Charles IV était un évaltonné de la plus belle espèce. Ayant donné des patentes en 1632, il est bien étrange de la part d'un prince de les retirer ou de les annuler en avril 1633. C'est le cas de Charles IV. De deux choses l'une : ou il y a eu concession, ou il n'y en a pas eu. Il y en a eu une le 24 novembre 1632, donc elle devait exister encore en avril 1633. Mais on ne comptait pas trop sur l'entreprise du roi Louis XIII, qui assiéga Nancy la même année, et qui s'en empara le 25 septembre. La guerre allumée entre les deux princes mit une trève dans celle que venait de susciter les Capucins aux Madelonnettes.

Bâtit-on ? ne bâtit-on pas ? Nous n'en savons rien.

A la fin de 1634, les Capucins, qui s'étaient tenus cois pendant les premiers temps de l'occupation, firent comme aux beaux jours font les capucins-baromètres, ils se dévoi-lèrent la face et allèrent chercher des poux chez leurs voi-sines. Mal leur en prit. C'est ici que l'affaire devient cocasse et amusante. Nous sommes bien convaincu que si l'auteur de *la Capucinade* avait connu l'affaire de la ruelle des Capucins, il l'aurait chantée avec accompagne-ment de guitare sur le même ton.

Nous disons donc, qu'à la fin de 1634, les Capucins renouvellent leurs prétentions, à l'égard des Madelonnettes. Ces saintes filles, qui connaissaient bien le monde, au moins aussi bien que les P. P. Capucins, ne s'émurent pas si facilement, et si ceux-ci ont eu quelques bribes de leurs plumes, ce n'a certes pas été sans avoir eu à subir ici quelques bonnes égratignures, griffes de chat et de coq, là quelques bons coups de dents fort bien appliqués dans les mollets de l'intrus.

Après avoir fait ressortir, dans une requête datée du 2 décembre 1634, leur existence civile, politique et religieuse, leurs droits en tant que communauté et en tant que propriétaires fonciers, les religieuses de Notre Dame du Refuge, ramassent un pavé dans la ruelle dite des Capucins, et tombent à bras raccourcis sur ces bons pères, au point de leur faire perdre la besace en route. Nous ne savons si ce sont elles qui ont rédigé le mémoire ; toujours est-il que l'avocat qui s'est chargé de leur cause à su l'assaisonner, et n'y a épargné ni le sel ni le poivre. Chevrier, qui n'aimait pas les Capucins, n'aurait pas mieux écrit :

Dans leur requête du 2 décembre 1634, elles exposent que « les Pères Capucins seraient soudainement venus à la traverse et interrompre ce louable et pieux dessein (de leur établissement), disant partout, pour prétexte, ne pouvoir souffrir ce voisinage, comme répugnant aux privilèges de leur ordre, constitution des Papes, décrets et canons des SS. Conciles ; ce qu'ils auraient fortifié de la faveur des plus grands de la Cour ; en sorte que lesdites suppliantes ayant fait élever hors de terre les murailles d'une petite sacristie, l'ouvrage aurait été aussitôt sinon interdit, du moins suspendu par décret de surséance extorqué par importunité à la recommandation de personnes relevées en dignité et puissantes en crédit. Si bien que les suppliantes auraient été contraintes céder au temps ; et cependant souffrir par perte que l'on ne saurait réparer à moins de dix mille frans ; combien qu'à vrai dire lesdits Pères n'ont jamais été si scandalisés du voisinage des suppliantes, qu'ils s'offensent qu'on les empêche en leur dessein de s'agrandir au delà de la rue publique qui borne leur enclos du derrière de leur couvent, et de joindre à leur ancien pourpris qui est de 100,368 pieds environ la rue même deux maisons et trois jardins lesquels contiennent en tout 80,000 pieds, voire davantage, espace immense et effréné pour des religieux mendians, enclos dans une ville de garnison, et voisins d'une des principales portes d'icelle.

« Du moins ne doivent alléguer lesdits Pères ledit voisinage comme des personnes de sorcellerie (1). Ils s'en sont approchés d'eux mêmes, ayant acheté les maisons et héritages qu'ils possèdent au delà de ladite rue, longtemps après l'acquêt fait par les suppliantes au même endroit, joint qu'il n'est ni civil ni honnête que les dits Pères occupant une si vaste, large et très immense étendue au plus beau quartier de la ville, envient auxdites suppliantes *un petit anglet* dans un terrain marécageux, fort enfoncé, à elles assigné par autorité et commandemeut des deux puissances ecclésiastique et séculière, pour leur demeure (2) ; et ce qui est surtout insupportable, lesdits Pères veulent condamner ladite rue publique destinée nommément à l'usage du canon pour la sûreté de la ville, commune à plusieurs, et particulièrement aux suppliantes, qui ont une maison aboutissant sur icelle. Car non seulement ils ont tenté de la fermer de murailles, mais ils l'ont osé joindre à leur propre héritage par *un pont de bois depuis naguère construit et pendant en l'air, sans permission du prince ni du magistrat, l'ont remplie et remplissent tous les jours d'immondices, de même que si c'était la sentine de leur couvent,* au préjudice du public et des suppliantes, *auxquelles, par ce moyen, l'entrée et sortie de leur maison est interdite.* ·

« Ce considéré, Nosseigneurs, qu'il vous plaise assigner lesdits P. P. Capucins pour voir être dit qu'ils ruineront et démoliront ledit pont de bois, lairont ladite rue libre et en pareil état qu'elle voulait être auparavant pour l'usage du public et des particuliers, et nonobstant tous leurs empêchements frivoles, sera loisible auxdites sup-

(1) Leur fondatrice, Élisabeth de Roufing, passait pour avoir été ensorcelée en 1618, par son médecin qui voulait l'épouser, mais qui finit par être brûlé vif avec une fille complice de ses crimes de magie le 2 avril 1622 (v. Lionnois III, p. 93.)

(2) Elles avaient été autorisées par l'évêque de Sitic, administrateur du diocèse de Toul, à s'établir en communauté, et par lettres patentes de Charles IV du 24 décembre 1632, celui-ci leur avait permis d'acheter le terrain dont il est question, pour y créer un monastère.

pliantes d'édifier et bâtir leur église, couvent et monastère audit endroit sus mentionné qu'elles possèdent pleinement depuis deux ans, et y faire leur habitation et résidence, en disposer à leur bon point, et en faire comme bon leur semblera pour leur plus grand bien et commodité, avec défense auxdits Pères et à tous autres de les y troubler ni empêcher, à telles peines que de droit, dépens, dommages et intérêts envers elles.

» Le décret est du 2 décembre 1634, et les parties furent assignées pour le jeudi suivant. » (*Ibid*, t. III, p. 173).

On ne connaît pas l'issue du procès ; mais il est permis de croire que la Cour, ayant égard à la requête des suppliantes, maintint celles-ci dans leur possession, les autorisa à édifier et bâtir leur église, couvent et monastère audit endroit, puisqu'elles ont vendu le tout à la Ville le 8 mars 1691, et que les Capucins furent exhortés à être plus circonspects à l'avenir, à démolir leur pont de bois, etc., etc.

En présence des malheurs qui frappaient la Lorraine, on aurait dû espérer de ces derniers la renonciation à leurs projets frivoles, comme dit si bien la requête. La mansuétude n'a jamais été la qualité de l'esprit de corps des Capucins.

On peut se demander avec le poète pourquoi

« Tant de fiel entre-t-il dans l'âme des dévôts ? »

Les Capucins battus, mais pas contents, surtout battus par quelques femmes, n'abandonnèrent pas le dessein qu'ils avaient conçu de les éloigner de leur monastère. Ils intriguèrent de nouveau, et d'une façon qui ne leur fait pas honneur. Les moyens qu'ils employèrent ressemblent plus à de la bassesse qu'à de l'intrigue ; en tout cas, pour arriver à leurs fins, ils ne craignirent ni de mentir ni de déconsidérer aux yeux du roi la population. On ne saurait approuver ici leur conduite, indigne certainement d'un ordre religieux qui avait été comblé de bienfaits, dès 1592, par la Cour de Lorraine. Malgré leurs intrigues et la haute protection qui les couvrait, les Madelonnettes, en dépit de toutes leurs tracasseries, demeurèrent en cet endroit. On connaît le proverbe : Ce que femme veut, Dieu le veut ; puisqu'elles voulurent, Dieu le voulut.

« Louis XIII étant maître de la Lorraine, les Capucins

obtinrent, le 9 janvier 1637, une lettre de ce monarque, datée de Paris, adressée à M. de Hauquincourt, prévôt de son hôtel et grand prévôt de France, maréchal de camp et de ses armées, gouverneur et son lieutenant-général en Lorraine, portant « qu'il a été averti qu'il y a une moitié de rue derrière le jardin des P. P. Capucins de Nancy, qu'il serait très important à son service de fermer de murailles, d'autant qu'*il se peut cacher en ce lieu grand nombre d'habitants ou d'autres qui auraient de mauvais desseins, sans y être aperçus des rondes et des patrouilles, d'où ils pourraient entreprendre sur un bastion voisin, ou sur la porte Saint Nicolas qui en est fort proche* ; de sorte que la présente est pour vous dire, qu'aussitôt que son lieutenant l'aura reçue, S. M. entend qu'il fera travailler à faire clore de murailles ledit lieu, lequel étant ainsi fermé, *il le donne au monastère desdits P. P. Capucins pour accroître leur enclos*, dont S. M. veut qu'ils jouissent, nonobstant toutes oppositions auxquelles elle n'entend pas qu'on ait aucun égard.

» Et le 24 février suivant, 1637, le sieur Philibert-Gaspard des Romé, écuyer, lieutenant de la connétablie de France, résidant à Nancy, se transporta derrière le jardin des P. P. Capucins de la ville-neuve de Nancy, où *il a fait fermer de murailles une ruelle*, suivant le commandement du roi, et celui que M. de Hauquincourt lui a donné à ce sujet ; *a fait murer toutes les portes qui pouvaient avoir entrée sur ladite ruelle par celle des P. P. Capucins*, auxquels il laissa la jouissance de ladite ruelle, de la part du roi et les mit en possession (*Ibid* t. III, p. 176).

Lionnois en conclut qu'aussitôt la clôture de cette ruelle, les religieuses de Notre-Dame du Réfuge furent obligées de chercher une autre demeure. Quoiqu'on ne sache pas exactement l'époque à laquelle leur maison fut transférée dans le carré qui porte le nom du Refuge, aujourd'hui la *Maison de Secours*, il est permis de croire qu'elles demeurèrent encore longtemps derrière le jardin des Capucins. Ce n'est qu'en 1695 qu'on a commencé cet édifice ; il est possible qu'elles y étaient depuis un certain temps déjà, au moins depuis quatre ans, car il existe aux archives de la Ville un acte d'acquisition, daté du 8 mars 1691, par lequel les magistrats achètent, sur les religieuses du Refuge, des maison, jardin et enclos à elle appartenant, sis à Nancy la neuve, « au bout de la *rue dite le Vieux-*

Faubourg, d'une part, le chemin et terrasse du rempart, d'autre, et encore les jardins des P. P. Jésuites et Capucins et la *rue* dudit *faubourg dit Saint Dizier,* en forme de place, d'autre. »

Elles auraient donc agrandi leur première maison de 1632, et auraient possédé la Tonderie n° 96, 98 et le magasin n° 100 de la rue Saint Nicolas qui se nommait alors *rue du faubourg dit Saint Dizier,* en forme de place, ce qui existe encore de nos jours.

Il est assez étrange que la lettre de Louis XIII, du 9 janvier 1637, ne vise que l'impasse des Capucins et ne parle pas de la première partie de la ruelle des Capucins, qui s'étendait le long des jardins et remises des Dames du Saint Sacrement ; laquelle était bien aussi dangereuse que la petite impasse qui se trouvait derrière les Capucins, pour y cacher plus grand nombre encore de gens mal intentionnés.

Peut-être que les Dames du Saint Sacrement avaient fait fermèr cette rue par des Portes. On voit, dans le plan de 1611, une porte à peu près derrière la maison n° 46, qui clot cette partie à son entrée. Celles-ci se seront emparées de la ruelle, sans rien dire, et en auront fait leur profit.

SAINT SÉBASTIEN (Rue)

De la rue des Ponts à la rue Notre Dame.

C'est cette petite rue latérale à la rue Saint Thiébaut, qui longe le côté méridional de l'église Saint Sébastien. Elle paraît avoir eu bien peu d'importance, puisqu'elle n'est dénommée dans aucun plan, sauf dans celui de 1822.

Nous savons, par l'état de 1767 et par quelques documents, qu'elle était alors la *rue de la Paroisse,* et alors *petite rue Saint Sébastien.*

La délibération du 13 pluviose an II débaptise celle-ci, pour l'appeler *rue Scævola ;* la délibération du 18 fructidor an III lui donne le nom de *rue Guillaume Tell,* qu'elle a conservé jusqu'en 1814, époque à laquelle elle est redevenue *petite rue Saint Sébastien.* Elle n'a monté en grade qu'en vertu de la délibération du 30 décembre 1839, qui en a fait la *rue Saint Sébastien*.

Lionnois, en parlant de la distribution des terrains compris entre les rues Saint Thiébaut, de la Hache, des Ponts. et Notre Dame, formant le carré de Saint Sébastien et du Cheval de Bronze, qu'on laissa après le premier carré de quatre vingt dix pieds de profondeur, sur lequel fut bâtie, plus tard, l'église provisionnelle de Saint Sébastien » une ruelle de quinze pieds de large pour tourner autour de l'écurie suivante, laquelle rue subsiste encore sous le nom de petite rue de Saint Sébastien.

» Au delà de cette ruelle, était la grande écurie des chevaux de l'artillerie, en laquelle on recevait les bois des fortifications, de cent pieds de face sur les rues des Ponts et Notre Dame, au delà de laquelle on laissa encore une rue de quinze pieds de large, pour tourner autour de ladite écurie, ce qui se remarque sur le plan de La Ruelle, ladite rue a été depuis supprimée.

» Au delà de cette rue, on réserva soixante pieds de face sur les rues des Ponts et Notre Dame, pour faire chambres et cuisines, pour loger un maréchal, un concierge, un cordier, un bouclier, pour un puits et le logement des chartiers, marqué sur le plan de La Ruelle n°31.» (*Histoire*, t. II, p. 553).

Un peu plus loin, Lionnois écrit :

» Voilà ce que nous fournit le registre de la distribution des places occupées maintenant par la paroisse Saint Sébastien et le carré suivant, dans lequel est depuis l'hôtellerie du Cheval de Bronze. Ce ne peut être cependant que depuis l'avènement du duc Léopold dans ses Etats, que cette rue, formée à côté de la grande écurie de l'artillerie, a été supprimée, car nous la voyons encore dans le plan de Nancy fait en 1693 par de Fer. »

Lionnois s'est certainement illusionné, nous avons sous les yeux le plan de 1693, dressé par de Fer, et nous n'y voyons pas le moins du monde figurer la rue ouverte en 1611, parallélement à celle dite de Saint Sébastien.

Nous ne nous expliquons pas comment Lionnois a trouvé, dans ce petit carré, une écurie, quand le plan de La Ruelle indique, sous le n° 31 la maison des batteurs d'or.

« Dans le plan de La Ruelle, en la place qu'occupe

maintenant la maison de M. Grandjean, ancien bâtonnier des avocats, était la *maison des batteurs d'or*, que le duc Charles III avait déjà établi en sa ville neuve. » (*Histoire* II, 591).

La maison Grandjean porte, de nos jours, le n° 18 de la rue des Ponts ; ce serait donc au n° 20 qu'il faudrait placer la ruelle supprimée. Lionnois se trompe encore, en assignant la maison n° 18 à la maison des batteurs d'or ; il faut y ajouter aussi la maison n° 20, et seulement la façade de celle qui porte le n° 22 nous indique où était située cette ruelle ; nous ferons remarquer que la façade de cette maison, comparativement à celles voisines, est la plus étroite de toutes, et c'est ainsi la maison qui se trouve en face des petites boutiques Mengin, obstruant ici la voie directe, qui aurait mis en relation la rue des Tiercelins avec la rue Notre Dame.

D'après les comptes du Trésorier-Général de Lorraine pour l'année 1595, ce serait vers cette année qu'aurait été établie cette nouvelle manufacture ; il mentionne, à ce sujet, les dépenses suivantes :

« A François Le Froid, M^e tireur d'or à Paris, à présent résidant à Nancy, 300 fr. que S. A. luy a ordonné pour employer à la manufacture, aux enclumes et utils qu'il luy a convenu avoir, pour servir à son art de tirer or et argent, en cantilles et clinquants, qu'il a eu charge de faire, pour servir aux ouvrages de broderie des robes et autres habits de parade pour les princesses.

» A Hierosme Giramuel, M^e batteur d'or de Milan, à présent résident à Nancy, 5 doubles ducats de Castille, valant 55 fr., pour les battre et convertir en feuilles à dorer, les lingots d'argent tirés en cantille et clinquant, à servir aux ouvrages de broderie des robes.

» A Raphaël Capriano, surintendant de la fabrication et œuvre du fil d'or, argent et clinquant, à Nancy 816 fr., pour ce qui a esté fourni par Hierosme Geramo, batteur d'or, pour les robes de broderie de Mmes les princesses. » (H. Lepage, *Communes de la Meurthe*, II, 161).

Outre ces trois maîtres batteurs d'or, François le Froid, Hierosme Giraumel ou Gerama et Raphaël Capriano, il y eut aussi, peu de temps après, Jean-Angelo Paliaco, qui était aussi faiseur de soie et fabricant de saucissons et de fromages de Milan.

SAINT THIÉBAUT (Rue)

De la rue des Ponts à la Place Saint Jean.

Le lecteur voudra bien se reporter à l'article que nous avons consacré précédemment, à la rue de la Fayencerie, qui a été en principe une dépendance de celle-ci.

Nous y avons dit que cette voie, se terminant près du moulin de Saint Thiébaut et à la rue du faubourg Saint Nicolas, avait été placée sous le vocable de *Saint Jacques*. Elle s'est ensuite divisée en trois parties : 1° *rue du Moulin Saint Thiébaut*, de la place Saint Jean à la rue des Ponts ; 2° *rue des Rôtisseurs*, de la rue des Ponts à la rue Raugraff ; 3° *rue de la Fayencerie*, de la rue Saint Dizier à la rue Saint Nicolas.

Nous n'avons qu'à nous occuper ici de la *rue Saint Thiébaut*, anciennement *rue du moulin Saint Thiébaut*.

Sous la rubrique de *rue du Moulin*, Dom Calmet comprend, dans son plan, la rue Saint Thiébaut actuelle et l'ancienne *rue des Rôtisseurs*, supprimée par la démolition de l'ancien hôtel de ville, construit sur la place Mengin.

Tous les plans du dernier siècle qui dénomment cette rue, lui donnent, ainsi que l'état de 1767, jusqu'à la rue des Ponts, le nom de *rue du Moulin*. Sous la Révolution et sous l'Empire, elle avait conservé ce vocable, que nous lui voyons déjà chicané dans le plan de 1837, où elle est dénommée *rue du Moulin*, de la Place Mengin à la rue de l'Equitation, et *rue Saint Thiébaut* de la rue de l'Equitation à la Place Saint Jean.

Le Tableau du 31 décembre 1839, nous dit que ses anciennes dénominations étaient *rue du Moulin ville neuve*, puis *rue Saint Thiébaut*. Nous voulons bien croire sur parole cette pièce officielle qui, cependant, mériterait qu'on relève les erreurs qu'elle contient, et elles ne sont pas de petite importance.

La rue Saint Thiébaut actuelle, bien petite pour ce vocable, veut nous rappeler le faubourg Saint Thiébaut, qui reliait la Ville-Vieille à la Commanderie de Saint Jean du vieil aître. Ce faubourg dans lequel Charles le Téméraire établit son quartier général, lorsqu'il fit le siège de Nancy

en 1476, existait sans doute, depuis longtemps et devait
être flanqué sur la côte que forment les rues de l'Equitation et des Artisans, ou bien encore dans les environs de
la rue Saint Joseph.

La chapelle qu'on dit lui avoir donné son nom, n'a été
élevée dans l'endroit où la rue Saint Thiébaut forme un
coude, que cinq ans après la bataille de Nancy.

» En 1482, Jeanne d'Harcourt, duchesse de Lorraine
(ou Yolande d'Anjou, mère de René II), fait ériger, près
de Nancy, une chapelle sous l'invocation de Saint Thiébaut : « Mandement (du 14 mars 1482) au receveur des
deniers de payer une somme de 90 fr. 12 gros de l'ordonnance de Mme la duchesse, à plusieurs maçons pour le
commencement de la chapelle Saint Thiébaut devant
Nancy, quelle y avait intention faire. — Payer à Mengin
Noyer, maçon demeurant à Essey, 84 francs 11 gros, sur
certain ouvrage qu'il a fait de l'ordonnance de Madame la
duchesse, en une petite chapelle commencée à faire à
Saint Thiébaut devant Nancy, que madite dame avait dé-
votion. » (H. Lepage, *Communes de la Meurthe* II, 121).

Par conséquent, cette chapelle n'a pas précisément donné
son nom au faubourg, puisque ce lieu est appelé *Saint
Thiébaut devant Nancy*.

« La chapelle Saint Thiébaut, dit l'auteur de la dissertation sur les antiquités de Nancy, avant les fortifications
de la ville, était un petit oratoire ouvert, par le devant
grillé, proche d'un petit moulin, où il y avait un autel, au
pied duquel il se trouvait une fontaine, où les fébricitants
allaient boire pour la fièvre. Mais lorsqu'on fit les boule-
vards et l'étang, avec les moulins, tout cela fut ruiné, et
le moulin enfermé dedans les remparts qu'autrement était
bien éloigné de la ville. Honoré seigneur Ezéchiel (Elisée)
d'Harancourt, le fit rebâtir tout à neuf et fermer, en façon
de chapelle l'an 1617, où il y a un autel et y peut on dire
messe. » (Dom Calmet *Notice* verbo *Nancy*).

L'un des annotateurs de la dissertation du chanoine de
la Primatiale ajoute :

« Au voisinage de Saint Jean du vieil aître, était une
chapelle avec un petit faubourg, nommé de *Saint Thiébaut*, situé au-dessus de la décharge de l'étang Saint Jean,
à peu près où l'on voit l'hôtel des gardes, le moulin, et
la *chapelle de Saint Nicolas*. »

On voit que les anciens auteurs ne sont pas d'accord sur la situation exacte du primitif faubourg Saint Thiébaut, et moins encore de la chapélle. Ceux qui ont annoté la Dissertation du chanoine de la Primatiale étaient cependant des hommes fort versés dans l'histoire de notre ville, et ayant sous les yeux des documents que nous ne retrouverions plus aujourd'hui.

Il résulte cependant de ce que nous venons de lire, qu'au XVIe siècle les propriétés médicinale des eaux de la fontaine Saint Thiébaut étaient déjà connues du peuple. Evidemment celle-ci a été la cause de l'érection primitive de la chapelle, et des sortes de pélerinages qui s'y faisaient.

Quant au moulin, c'est l'ancien moulin de l'Estanche, rappelé dans l'acte de fondation de l'hôpital Saint Julien et dans les rôles du XVIe siècle, quartier du faulbourg sainct Nicolas; mais alors, comme nous allons le voir, ce moulin n'était pas situé au-dessous de l'étang Saint Jean, mais au-dessus, près la Commanderie, sur le *ruisseau de l'Asné* qui paraît avoir été appelé à cette époque *ruisseau de l'Estanche*. Avant que ce moulin n'ait été enfermé dans la ville, les meuniers qui l'exploitaient ajoutaient à leurs noms patronymique celui *de l'Estanches*; c'est pourquoi nous voyons des Thierry *de l'Estanche*, des Wyriat *de l'Estanche*, etc., sans que leur profession soit indiquée autrement.

» Devant la fontaine Saint Thiébaut, et plus près du rempart, dit Lionnois dans son *Histoire* II, p. 496, ont été placés les moulins de l'étang Saint Jean qui, avant la construction des fortifications, étaient près de la Commanderie de ce nom, et appartenaient au Commandeur. Voilà pourquoi l'auteur du Mémoire manuscrit sur Nancy, dit que « ce moulin était bien éloigné de la ville », avant qu'il ne fût enfermé dans les remparts. Il y avait encore, de plus qu'aujourd'hui, tout l'espace qui se trouve depuis la porte Saint Nicolas, remplacée par la •Porte Royale, jusqu'à la porte Saint Jean à parcourir, et de la porte Saint Jean à la Commanderie. Le duc Charles III, voulant procurer aux habitants de Nancy, toute sorte de commodités, traita avec le Commandeur pour cet ancien moulin trop éloigné pour ses sujets, et l'ayant indemnisé, il fit construire, avec les dépenses dont nous avons fait mention en parlant des fortifications dans ce bastion, les ouvrages considérables qui subsistent encore, pour la retenue des eaux de l'étang, et pour l'établissement de ce moulin de la ville, où il y a encore, comme il y a toujours eu, trois battants.

» Il paraît néanmoins, que ce moulin, dont nous voyons les bâtiments dans le plan de La Ruelle gravé en 1611, n'a été achevé que sous le duc Henry, régnant depuis 1608. . . . . . .

» Cependant, par une ordonnance du 14 février 1605, du duc Charles III, ce *moulin Saint Thiébaut*, que l'on appelle depuis longtemps *moulin de la ville*, pour le distinguer de ceux qui sont hors de la ville, était déjà en état de servir, puisque ce prince défend à tous meuniers des environs de Nancy, de mener ou d'envoyer leurs charettes à Nancy, pour y charger grains des bourgeois, habitants, boulangers, pâtissiers et autres dudit Nancy, pour les mener moudre en leurs moulins ou autre part, et aux meuniers des grands moulins, Saint Thiébaut et Boudonville, de prendre ou exiger pour la mouture des grains qu'ils feront moudre en leurs moulins plus que le 24e, ainsi qu'il est accoutumé du passé. . . . . .

LA FONTAINE MINÉRALE DE SAINT THIÉBAUT

Tout le monde la connaît, au moins de nom : de vue, c'est différent ; peu de personnes vont la visiter, et moins encore prendre ses eaux.

L'historique de cette fontaine est à faire.

On ignore trop à Nancy les services qu'elle a rendus et qu'elle pourrait rendre encore à la santé publique, si elle était un tant soit peu recommandée ; mais la municipalité, qui compte cependant dans son sein d'émérites docteurs, professeurs à la Faculté, chimistes, économistes etc., n'a pas l'air de se soucier beaucoup de l'influence des eaux ferrugineuses de la fontaine Saint Thiébaut, sur les malades incapables d'aller en boire à Plombières, Luxeuil ou autres lieux plus éloignés, voire même sur la côte de Mousson proche Pont-à-Mousson (1).

(1) Cet article était écrit en septembre 1880, avant que nous ayons provoqué l'analyse faite par MM. Ritter et Garnier, le 13 octobre 1880.

Avouons que tout un chacun n'a pas les moyens de se payer d'abord 21 jours d'oisiveté, ensuite les accessoires d'un voyage avec toutes ses conséquences : pension, hôtel, voitures, etc., etc.

Puisqu'à Nancy, dans l'intérieur de la ville, il y a une source minérale, il nous semble qu'il serait tout naturel, de la part de la municipalité, de l'entretenir convenablement et d'en rendre l'accès facile à tous.

Nous avons trouvé un jour dans un Journal républicain l'*Avenir de l'Est*, une boutade acrimonieuse, que nous nous sommes empressé de cueillir avec le plus grand soin et de coller ici :

Avenir de l'Est, 25 juillet 1880.

BOITE AUX LETTRES.

Monsieur le Rédacteur,

La fontaine Saint-Thiébaut (eau ferrugineuse), est située sous une voûte au bout de la rue Saint-Thiébaut ; elle est réellement inabordable, et l'on se demande s'il n'y a pas d'employés au service de la ville pour empêcher qu'on y dépose journellement des immondices ou qu'on y fasse la lessive.

Il n'y a qu'une bonne fontaine dans la ville et l'on ne peut y prendre une goutte d'eau sans barboter dans une flaque d'immondices, sans recevoir à la figure l'eau de savon que font jaillir les laveuses.

Quant aux conduits, ils ne sont pas des plus propres ; le goulot manque, et on le remplace tantôt par un vieux tuileau, ou un morceau de fer blanc, qui ont traîné dans toutes les saletés possibles.

Vous avouerez, Monsieur le Rédacteur, qu'il vaudrait bien mieux boire de l'eau ordinaire que de l'eau prise dans ces conditions.

Agréez, etc.

Nous avouons — et nous renvoyons la plainte à qui de droit.

Cette boutade, toute grincheuse qu'elle paraisse de prime abord, est pleine de vérités.

L'*Avenir de l'Est* avoue la situation, et se contente de renvoyer à qui de droit la plainte qui lui est adressée.

Ce qui de droit, reconnaissons-le, fait trop souvent la sourde oreille et demeure trop longtemps insensible aux plaintes séculaires qui lui pleuvent sur le front.

Ce qui de droit, que toute l'Europe nous envie — comme disait jadis Chevrier et dont le mot a fait la réputation du règne impérial, — ce qui de droit, disons nous, n'a jamais voulu comprendre la question de la fontaine Saint Thiébaut, et demeure aussi sourd aux plaintes et gémissements de ses concitoyens, qu'il y a cinquante ans.

En Juillet 1831, le *Courrier Lorrain* venait de naître. Nous n'en sommes qu'au quatrième numéro, du lundi 11 juillet 1831, que déjà nous trouvons cette lettre non moins amère que la précédente, qui lui est adressée par un de ses abonnés, sur le malheureux sort réservé et effectivement fait à la fontaine.

A Monsieur le Rédacteur.

» Monsieur,

» Tous les jours on s'occupe activement de réparer, de multiplier, et même d'embellir nos fontaines. (Nous ne pouvons qu'applaudir au zèle et aux soins de l'autorité municipale).

» Il en existe une cependant qui nous paraît presque oubliée, et sur laquelle il serait utile, peut-être, d'appeler l'attention publique ; nous voulons parler de la fontaine Saint-Thiébaut. Elle est précieuse, pour l'*eau ferrugineuse* qu'elle fournit abondamment. La médecine l'employait autrefois avec succès ; de nombreux buveurs venaient y puiser un remède à leurs infirmités, ou un préservatif contre diverses maladies. A une époque déjà éloignée, elle préserva d'une épidémie cruelle (?) ceux des habitans du quartier qui usaient habituellement de son eau. Ah ! si elle préservait du *choléra morbus !*. . . .

» Maintenant cette fontaine est presque inconnue ; située dans un lieu sale et bourbeux, coulant près d'un égoût et des fumiers de la caserne de cavalerie, elle est à peine abordable.

» Il serait à désirer qu'elle se trouvât dans un lieu plus agréable, qu'on en dirigeât le cours, s'il était possible, vers l'issue de nos places publiques, la place du Marché, par exemple, où l'eau d'une seule fontaine est insuffisante. Les Nancéiens trouveraient au milieu de leur cité une *eau minérale* aussi salutaire que celle qu'ils vont souvent chercher au loin.

» J'ai l'honneur d'être etc.

Un de vos abonnés.

N'est-il pas singulier de trouver dans deux journaux très différents d'opinions, à quarante-neuf ans de date, les mêmes plaintes, les mêmes reproches, adressés à l'admï- nistration municipale ?

La Fontaine Saint Thiébaut est encore, à fort peu de chose près, ce qu'elle était en 1831.

Elle forme toujours un cloaque, et son entrée ressemble plus à celle d'un égoût, qu'à celle d'une source minérale.

Il en existe une à Plombières, dont l'accès n'est pas plus admirable, mais au moins est-elle respectée autrement, car on n'y trouve point, comme ici, de dépôt d'immon- dices et autres.

Il est de fait, qu'au lieu d'un *goulot*, nous y avons vu tantôt un vieux tuileau, tantôt un morceau de fer blanc, débris d'une chanlatte, tantôt.... *Prop pudor !* chut !

Il nous semble, qu'avant de faire de très grande frais pour la réception des eaux de la Moselle, on aurait bien pu accorder à la fontaine Saint Thiébaut, un petit et bien simple monument, placé ailleurs que sous cette voûte sombre qui a tant d'analogie avec la rue du Bois de Troyes, et sous laquelle un grosley moderne pourrait facilement conjuguer dans toutes les langues le verbe *Cacare*, sans crainte d'être ramassé par la patrouille.

Ecoutons J. Cayon, dont la parole n'est pas toujours à dédaigner.

Parlant de la porte Saint Jean, disparue hélas ! et des Termes accolés aux arches de ses portiques, il ajoute :

« Non loin, était la chapelle de Saint Thiébaut, auprès de la fontaine de ce nom, dont les eaux minérales coulent toujours, au sud du quartier de cavalerie.

« Elles furent découvertes en 1646, le long du ruisseau, au milieu d'un marais infect, entre le mur du cimetière Saint Sébastien et le moulin. Sur l'avis, le Conseil de la ville s'empressa d'en faire reconnaître les propriétés, par une commission des medecins Perrin, Viton, Rousselot et Lambert, qui, le 1er septembre de cette année, dé- clarèrent, après mûr examen, « que ces eaux très-agréables » au goût estoient douées des facultes de divers minereaux, » comme de vitriol, nitre, fer, et par conséquent, qu'elles » contiennent toutes les vertus que l'on peult souhaiter » pour la guérison des plus grandes, plus fascheuses et » cruelles maladies du foye, de la rate, du mesentère et de

» la matrice (1) » ; qu'il importait grandement, au nom de l'utilité publique, de rechercher la source de cette fontaine si bienfaisante et *d'en assainir les environs*. Aussi le 27 septembre, ou convint d'en faire paver le circuit, selon les plans de Simon Drouin, maître sculpteur et architecte. Bagard fit imprimer, en 1763, ses observations faites sur ces eaux *trop négligées ici, et qui ailleurs feraient la fortune d'un établissement thermal de premier ordre* » (Histoire de Nancy, p. 144).

Au temps où écrivait le bon abbé Lionnois, c'est à dire avant la Révolution, la fontaine dite Saint Thiébaut, jouissait encore, malgré l'état de délabrement dans lequel on la laissait depuis quelque temps, de toutes les faveurs du public nancéien. Cet auteur ne laisse pas supposer cependant que ses abords étaient en mauvais état, nous le présumons, pour ainsi dire justement, car après la mort de Stanislas, il y eut beaucoup trop de négligence de la part de l'administration municipale dans la conservation des monuments que ce prince avait élevés ou protégés. Et celui-ci fut certainement un de ceux que la ville abandonna à son malheureux sort.

« C'est derrière l'hôtel de la gendarmerie et à l'angle près du rempart, dit Lionnois, qu'est située la fontaine Saint Thiébaut. Elle coule près du ruisseau du moulin, dans un auge de pierre dont l'intérieur est teinte d'un rouge ferrugineux. On y descend par une rampe de douze degrés. Lorsque la ville neuve fut fortifiée, elle était au pied du bastion de Saint Thiébaut. L'eau en est claire, brillante, fraîche, légère et d'une odeur vineuse, d'une saveur plus ou moins ferrugineuse, aigrelette et astringente. En versant du sirop de violettes dans cette eau, elle prend aussitôt une couleur verte. Par l'évaporation au soleil, elle dépose ses parties ferrugineuses qui ressemblent à un saffran de mars. Il y a du sel alkalin mêlé avec de l'esprit de sel ammoniac; elle devient laiteuse, et précipite une poudre blanche et subtile. La poudre de noix de galle mêlée avec cette eau fraîchement puisée, la teint en rouge brun, ensuite noi-

(1) Nous renvoyons le lecteur à deux pièces fort curieuses, qui se trouvent publiées dans les *Archives de Nancy* (H. Lepage) t. III, p. p. 110-114 ; et que l'on peut, du reste, consulter aux archives de la mairie, sous la date de 1646.

râtre. En faisant évaporer cette eau sur le feu, elle donne une odeur ferrugineuse et sulphureuse. Elle est rafraîchissante, apéritive, diurétique, atténuante et convient, en général, dans les maladies d'épaissement de sang et de la limphe.

» C'est une tradition ancienne, et qui se conserve encore, que ceux de ce quartier qui font un usage habituel de cette eau, ont été préservés des fièvres malignes, qui ont régné souvent et qui y sont moins fréquentes, depuis le dessèchement des fossés qui environnaient la ville vieille. *Dans les mois de chaleur, grand nombre de personnes de tous les quartiers de la ville, se rendent à cette fontaine de grand matin avec leur gobelet, et y boivent plusieurs rasades à plusieurs reprises,* en se promenant hors de la porte Saint Jean, et se guérissent ou se préservent de plusieurs maladies. »

Lionnois renvoie le lecteur aux observations faites sur cette eau, et publiées par le médecin Bagard.

Entre l'article de J. Cayon et celui de Lionnois, il y a une différence d'opinions que nous devons signaler au lecteur.

Jean Cayon dit que les eaux de la fontaine Saint Thiébaut ont été découvertes seulement en 1646, tandis que Lionnois laisse croire qu'elles étaient utilisées dès l'origine de la Ville Neuve.

Par l'inventaire des archives de la ville de Nancy, publié en 1866, la question se trouve tranchée, plutôt en faveur de Lionnois qu'en faveur de Jean Cayon.

En 1624-25, cette fontaine était connue ; il est probable qu'on ne connaissait pas très bien la propriété de ses eaux, mais toujours est-il qu'elle était déjà entretenue par la ville, qui y fit faire des ouvrages, à cette époque, ainsi qu'il conste des registres des receveurs de la ville, pour ces deux années (CC. 75-78.) On trouve déjà, en 1623, dans le registre CC. 692, un marché passé « avec Nicolas de Chamagne, pour toutes les murailles nécessaires, depuis la source de la fontaine joignant le moulin Saint Thiébaut, jusqu'aux endroits où il conviendra conduire ladite eau, pour en ladite source mettre des corps de fontaine ». (*Archives*. t. II, p. 218 et III , p. 38.)

Jean Cayon a eu grandement tort d'écrire que les eaux de cette fontaine « furent découvertes en 1646 le long du ruisseau *au milieu d'un marais infect,* entre le mur du cimetière Saint Sébastien et le moulin. »

Nous observerons, qu'en 1646 cette partie de la ville n'était plus, depuis longtemps, un marais infect. A cette époque, il n'y avait pas non plus, en cet endroit, de cimetière Saint Sébastien, si nous en jugeons par les plans de la ville de ce temps là.

Il est vrai que, le 22 octobre 1635, le sieur Belchamps, médecin, fut commissionné « pour reconnaître la place dite Saint Thiébaut, près de la porte Saint Jean, et désigner un lieu pour servir à l'enterrement des soldats et autres persònnes mortes, afin d'éviter les inconvénients que pourrait apporter la quantité de corps morts, qu'il faut journellement enterrer au cimetière d'entre les deux villes.» (*Archives*, t. I, p. 333.)

M. H. Lepage au t. III, p. 95 de ses *Archives*, donne raison à Jean·Cayon, dans une certaine mesure.

« L'inventaire de 1748 mentionne, sous la date de 1637, la requête d'un individu demandant que la ville se vît obligée à lui payer·le prix de la place et enclos de Saint Thiébaut, *dont elle s'était emparée pendant la contagion*, pour y faire inhumer les personnes décédées·de la maladie contagieuse. »

Il s'agit de la peste qui sévissait alors avec rigueur, surtout pendant l'invasion française.

Mais, quoiqu'il en soit, ce cimetière n'a jamais été établi que temporairement, et rien ne prouve qu'il ait servi à la paroisse Saint Sébastien.

Au contraire, on trouve seulement l'établissement du cimetière Saint Thiébaut, exclusivement réservé à la paroisse Saint Sébastien en 1699 (v. *Archives*, II, 311 et III 95).

Nous n'avons pas l'intention d'ergoter sur des mots: nous dirons, en somme, que J. Cayon s'est trop avancé dans la phrase citée plus haut.

Il a été plus dans le vrai, quant à ce qui concerne la découverte de la fontaine Saint Thiébaut, et il nous prouve qu'il a fouillé les Archives municipales, lesquelles n'ont été mises au jour, que par l'inventaire qu'en a dressé M. H. Lepage. Pour le moins, il connaissait le registre BB. 5, des délibérations et résolutions du Conseil de ville, d'après lequel il a écrit son article sur la fontaine·Saint Thiébaut.

A la date du 19 juillet 1645, on y trouve une délibération, au sujet du travail à faire pour *la fontaine médicinale nouvellement trouvée près du moulin Saint Thiébaut,* un avis des médecins Perrin, Viton, Rousselot et Lambert, touchant ladite fontaine, dont M. H. Lepage donne le texte, enfin la résolution du 27 septembre suivant, pour le pavage du circuit de la fontaine minérale, afin d'en faciliter l'abord, selon l'avis de Siméon Drouin, sculpteur et architecte. (*Archives*, t. I, p. 340.)

Avant Bagard, un de ses confrères, Marquet, au milieu du dernier siècle, publia, dans la *Clef du Cabinet de* Luxembourg de 1758, une dissertation sur deux maladies compliquées guéries au moyen de l'eau de Saint Thiébaut; (1)

Ces deux maladies se rapportent à la même personne, qui était elle-même l'auteur de la dissertation : ce sont, la première une hydropisie ; et la seconde, l'apoplexie. Marquet prétend qu'il s'est guéri de ces deux maladies. Nous ne pouvons vérifier le fait. Les médecins contemporains considéraient cet écrit comme le plus faible de ceux du savant médecin lorrain, qui mourut en 1759. Ils ajoutent néanmoins, que sa dissertation fit du bien à la fontaine, car elle remit son eau en vogue. Tout le monde s'empressa dès lors d'en faire usage, et plusieurs s'en sont bien trouvés.

Buchoz, autre médecin nancéien, gendre de Marquet, et l'un des plus féconds travailleurs du dernier siècle, indique ainsi les usages de cette eau, dans les ouvrages cités.

» On la prend en boisson, en bains et en injection. On en boit depuis une pinte jusqu'à deux et même trois. La plupart des filles de Nancy vont à cette source, le soir, pendant les grandes chaleurs de l'été. Elles boivent abondamment de cette eau minérale, qui les rafraîchit, les délasse et qui leur procure le sommeil. . . . Elle excite l'appétit. »

A la p. 184 du *Vallerius Lotharingiœ,* il est dit:

» Quelques bourgeois font même, depuis quelque temps, commerce de ces eaux ; ils envoient régulièrement aux extrémités de la province, dans la Lorraine allemande, tous les quinze jours, pendant la saison convenable, plusieurs tonneaux de ces eaux. »

(1) *Vallerius Lotharingiœ,* 1769 p. 175 et suiv. — Buchoz, *Dict. min. et hyd.* 1785, t. I, p. 433, II, p. 290 et suiv.

Ainsi donc, dans les premiers temps de la seconde moitié du XVIIIᵉ siècle, l'eau de la fontaine Saint Thiébaut, jouissait d'une réputation digne de celle accordée de nos jours, à d'autres stations thermales.

La meilleure monographie ancienne que nous connaissions de la fontaine Saint Thiébaut, est celle qui a pour titre : LES EAUX MINÉRALES DE NANCY, *par M. Bagard, chevalier de l'Ordre de Saint Michel, Président et Doyen du Collège Royal, Directeur du Jardin botanique, à Nancy chez Pierre Antoine, imprimeur ordinaire du Roi,* et c. MDCCLXIII petite plaquette de 11 pp. à laquelle nous renvoie Lionnois.

Comme elle est devenue très rare de nos jours, et qu'elle est curieuse à consulter, nous allons la reproduire entièrement.

» Il y a en Lorraine, dit Bagard, — qui s'est spécialement occupé de cette étude, — une infinité de Sources d'Eaux Martiales, ou Ferrugineuses, plus ou moins imprégnées de particules de fer et d'autres substances minérales. Nous décrirons celles qui sont le plus connues, qui sont les plus en usage, et qui, par leurs propriétés établies, sont employées contre les maladies chroniques. Telles sont celles de Nancy, de Pont-à-Mousson, d'Attancourt, du Blanc Chêne, dans le Bailliage de Bar, de Bussang, de Contrexéville dans le Bailliage de d'Arney, et d'autres, dont nous parlerons ci-après. Examinons premièrement celles de la Capitale,

La principale fontaine martiale est située au couchant, au pied de l'angle d'un cavalier du bastion Saint Thiébault, de l'ancienne fortification de la Ville Neuve, et qui subsiste encore en partie : l'eau s'écoule depuis la source, par un canal en pierre de taille voûté, de la hauteur de trois à quatre pieds, qui vient aboutir en partie à la fontaine qui est au bas de l'hôtel de la gendarmerie, et en partie au bas du ruisseau du Moulin, où on a construit un petit bouge ou auge quarré, de pierre de taille.

On nomme cette fontaine, qui a été très anciennement connue, la fontaine Saint Thiébault, parcequ'il y avait autrefois, à côté de sa source, une chapelle où ce saint était honoré.

Cette chapelle, avant même que les fortifications de la ville neuve de Nancy eussent été construites, était un petit oratoire, ouvert par le devant, grillé et placé proche un petit moulin ; il y avait un autel, au pied duquel était cette source où les Fébricitans allaient boire. Mais, *lorsqu'on fit le boulevard et l'étang Saint Jean,* tout cela fut ruiné, et les moulins qui étaient auparavant bien éloignés de la ville, sont aujourd'hui enfermés dans l'endroit où étaient les remparts *(sic).*

« Monsieur Ézéchiel d'Haraucourt, étant gouverneur de la Ville, fit rebâtir, en 1617, cette chapelle en pierre de taille, et le toit fut couvert d'ardoises. C'était une espèce d'oratoire, dans lequel il y avait un autel et où l'on disait la messe.

« En 1673, lorsque Louis XIV fit rebâtir les fortifications de Nancy, cette chapelle se rencontra dans le bastion Saint Thiébault. On ne la démolit pas. *Elle est restée enfouie, en son entier, dans les terres dont on combla les fossés,* dans l'endroit où est présentement (p. 4) une Brasserie, entre le moulin et l'hôtel de la Gendarmerie.

« Auprès de cette fontaine, était la tente du duc de Bourgogne, lors du siège de Nancy. Ce fut en cet endroit où Chifron de Valchierc fut pendu à un arbre, pour avoir eu trop d'attachement et de fidélité à son maître (1).

» L'eau de cette source est claire, brillante, fraîche et légère, d'une odeur vineuse ; lorsqu'on passe la tête sous la voûte, l'on y aperçoit sensiblement l'effet des exhalaisons spiritueuses de cette eau : (a) D'une saveur plus ou moins ferrugineuse, aigrelette et astringente, quelquefois elle a un goût d'encre à écrire.

» Le sol et les pierres sur lesquelles (p. 5) coulent ces eaux sont chargées visiblement d'un jaune rouge ferru-

(1) « Au voisinage de Saint Jean du vieil aître, était une chapelle avec un petit faubourg nommé *Saint Thiébaut,* situé au dessus de la décharge de l'étang Saint Jean, à peu près où l'on voit l'hôtel des Gardes, le moulin, et la chapelle Saint Nicolas.

» Au second siège de Nancy, le duc de Bourgogne prit son logement en ce faubourg de Saint Thiébaut, et y demeura en si grande assurance, qu'on n'y faisait ni guet ni garde. » (D. C. *Notice).*

(a) Nous nous sommes aperçu dans des temps humides, que les exhalaisons rendaient une odeur de soufre ou de bitume ; ce qui nous avait engagé à placer deux pièces d'argent toutes neuves, dans un gobelet rempli de notre eau, pendant quelques jours. Mais elles sont restées blanches et n'ont rien pris de jaune. »

(Note de BAGARD).

gineux: on remarque, le long du canal de pierre sur lequel elles coulent, une espèce de croûte de même matière, et un limon rubigineux.

Voici les observations que nous avons faites, touchant l'analyse des substances que ces eaux contiennent ; elles nous ont parues à peu près de la même nature que celles de Passy.

» Si on les fait évaporer par une évaporation lente, pendant quelques jours dans un vaisseau ouvert et pendant l'été, on remarque d'abord, au bout de quelques heures, une pellicule à leur surface, semblable à une toile d'araignée, dont la saveur est saline. On sait par l'effet des crystallisations, que les parties salines répandues dans une grande quantité d'eau, se rassemblent en proportion de la soustraction ou évaporation de l'eau qui les tenait séparées : Alors, ces parties salines (p. 6) se réunissent et acquièrent du volume ; comme la superficie en évapore plus promptement, on y aperçoit plutôt cette enticule.

» Ces parties salines sont d'une nature alkaline, puisqu'en versant du sirop de violette dans ces eaux, elles prennent sur le champ une couleur verte.

» Par l'évaporation au soleil, elles déposent, au bout de quelques jours, ses parties ferrugineuses qui ressemblent à un saffran de mars.

» Dans cinq onces d'eau minérale, évaporée dans ma chambre au mois de juillet, il s'est précipité insensiblement, au bout de dix jours, le poids de six à sept grains d'une poudre ressemblante, quant à la couleur et au goût, au saffran de mars ; nous avons aussi observé quelques paillettes blanches, brillantes, qui sont le sel alkalin qu'elles contiennent.

» Ayant mis une petite clef de fer fort unie au fond d'un gobelet plein d'eau (p. 7) minérale de Saint Thiébault, au bout de trois jours, on a vu la petite clef couverte d'une poudre rougeâtre très fine, avant qu'il y en eut de précipitée au fond du gobelet. L'eau, quoique devenue jaunâtre, est restée claire.

» Notre eau minérale, mêlée avec de l'esprit de sel ammoniac, est devenue laiteuse, et précipite une poudre blanche et subtile.

» La poudre de noix de galle mêlée avec notre eau fraîchement puisée, la teint en rouge brun, ensuite noirâtre, surtout vers le fond du vase (1). Comme il n'y a aucun corps ou substance dans la nature, qui forme de l'encre avec les galles que le vitriol de mars, il résulte que les eaux de la fontaine Saint Thiébault contiennent un vitriol de mars (2).

» Ayant versé quelques gouttes d'esprit de vitriol dans l'eau (p. 8) minérale devenue verte par le mélange du sirop de violettes, aussitôt l'eau a pris la couleur d'un très beau rouge violet clair.

» Ayant versé quelques gouttes de la dissolution de sel de saturne dans un grand verre de cette eau ; elle a d'abord changé de couleur dans le fond du verre, où l'eau est devenue laiteuse, ensuite dans toute la quantité d'eau ; et il s'est déposé un sédiment d'un blanc bleuâtre, *c'est-à-dire, qu'elles précipitent la solution de sel de saturne en forme de lait.*

Dans un gobelet bien net, l'eau fraîchement puisée forme des bulles à sa surface et au fond du gobelet. Ce sont (p. 9) des parties aériennes qui se développent par une effervescence imperceptible ; c'est alors que les eaux commencent à se décomposer.

» Quand on fait évaporer les eaux de Saint Thiébault sur le feu, elles donnent une odeur ferrugineuse et sulphureuse.

» Les eaux minérales de la fontaine Saint Thiébault sont rafraîchissantes, apéritives, diurétiques, atténuantes, en certains cas astringentes ; elles conviennent en général dans les maladies d'épaississement du sang et de la lymphe ; dans celles d'embarras et d'obstruction des viscères, de stagnation des humeurs dans les capillaires, de

---

(1) « En versant dans ce mélange quelques gouttes de dissolution de sel de saturne, il se fait une effervescence fort sensible et l'eau devient blanche. »

(Note de BAGARD).

(2) « Le changement de couleur qui arrive aux dissolutions du vitriol et aux eaux minérales ferrugineuses, par leur mélange avec des astringens végétaux, est relatif à la quantité de l'astringent, comparée à la quantité de fer dissout : Un peu d'astringent, à proportion du fer, fait noir ; un peu plus d'astringent fait bleu ; plus encore fait du violet, et beaucoup plus fait la couleur pourpre. »

(Note de BAGARD).

chaleurs d'entrailles et de constipations, de difficultés d'uriner ; elles sont très utiles dans la jaunisse, dans les pâles couleurs, contre les flueurs blanches et les suppressions de règles : on peut les prendre en boisson, en bains et en injections. On en boit depuis une pinte (p. 10) jusqu'à deux, même trois, suivant que l'estomac en peut supporter.

» La plupart des filles vont à la source le soir pendant les grandes chaleurs de l'été ; elles boivent abondamment de cette eau minérale qui les rafraîchit, les délasse, et qui leur procure du sommeil.

» Cette eau minérale donne de l'appétit et facilite les digestions, surtout aux personnes bilieuses.

» On les employe utilement dans les cas de dévoyement bilieux ; elles le modèrent d'abord et l'arrêtent dans la suite, en corrigeant l'épaississement de l'acrimonie de la bile.

» On les employe utilement dans les cas de rougeurs ou chaleurs des yeux ; de même contre les boutons du visage et du corps, contre la galle et les démangeaisons.

» Avec un morceau de fer rougi au feu, qu'on éteint dans ces eaux minérales, on les rend plus ferrugineuses et plus astringentes (p. 11.) On en fait boire aux personnes du sexe qui ont des flueurs blanches, même à celles qui ont des pertes. »

Durival, Lionnois et Jean Cayon n'ont fait, en somme, que copier Bagard, Marquet et Buchar ; ils ont extrait, plus ou moins bien, la quintescence de ce petit opuscule.

Disons le tout de suite, Marquet et Bagard sont les seuls médecins, les seuls hommes de l'art qui, après les Vitau, Perrin, Rousselot et Lambert, c'est à dire un siècle plus tard, soient venus prôner et recommander à leurs concitoyens l'usage de l'eau de la fontaine Saint Thiébault.

Est-ce à la suite de leurs études, que la fontaine Saint Thiébault acquit cette renommée merveilleuse, qui réjouissait assez nos pères ? Nous ne le croyons pas, et nous ne pouvons le croire. Cette fontaine avait semblé merveilleuse, tant par ses propriétés médicales que par le rôle historique qu'elle avait joué. C'était près d'elle que Charles le Téméraire avait établi son camp, lorsqu'il assiégeait Nancy, et au XVIIe siècle, elle avait fourni à plusieurs docteurs de la cité, l'occasion d'étaler leur savoir. Les uns crurent à l'excellence de ses eaux ; les autres, en épousant la controverse, leur dénièrent toute propriété médicinale. Aujourd'hui la question demeure encore irrésolue, malgré les analyses de Bagard, de Laflize, de Mathieu de Dombasle, de Paul Guyot, de Pomnier, de Ritter et de Garnier.

Ce dernier, dans une étude que nous avons provoquée, n'ose lui assigner les propriétés thérapeutiques que lui avaient reconnues notre ami Paul Guyot, et les chimistes dont nous venons de rappeler les noms. Les diverses analyses faites par ces derniers, n'ont aucun point de ressemblance avec celle confiée à M. Garnier. Nous regrettons, pour notre part, que le monde positivement savant ne soit pas mieux d'accord sur la composition de la matière. Le travail de M. Garnier, est l'autorité de la dernière heure. Est-ce à dire que le dernier mot a été prononcé sur la valeur des eaux de la fontaine Saint Thiébaut ? L'avenir est seul capable de nous répondre. La fontaine Saint Thiébaut a eu son heure de renommée ; aujourd'hui elle est tombée dans l'oubli. Si, un jour, elle a passé pour une des merveilles de Nancy, c'est qu'apparemment elle le méritait. Nous admettons qu'on l'ait négligée, et qu'elle soit inconnue, de nos jours, à bon nombre d'habitants de notre ville. Passons sur l'oubli, caprice de la mode, mais observons qu'il n'y a pas de fumée sans feu, pas plus que de réputation sans mérite.

Nos pères ne la considéraient pas comme une merveille ridicule, qui ornementait le vieux Nancy, mais bien, suivant l'expression employée dans le prospectus de la fameuse farine du Barry, comme un remède béni du ciel.

Devons-nous en conclure qu'elle a été pour notre ville ce que fut jadis l'eau de Lob, pour la végétation capillaire, la graine de moutarde blanche de Didier, pour la santé publique ?

Quoi qu'il en soit, l'eau de la fontaine Saint Thiébaut coule toujours, coulera longtemps encore, tandis qu'il y a bien des années que l'eau de Lob ne fait plus repousser les cheveux.

L'eau est de l'eau et non du charlatanisme.

Ah ! si cette fontaine avait à son service les mille voix de la presse, les moyens de publication nécessaires aux plus mauvais remèdes, nous serions certain de la faire sortir de l'oubli et de lui élever un piédestal un peu plus

convenable, que le sous sol dans lequel elle se trouve re-
léguée.

Les tergiversations chimico-légales, auxquelles elle est
soumise tous les demi-siècles, nous rappellent l'histoire du
puits de la maison du Sr Isabey, marchand, où se voit, à
l'angle de la place du Marché et de la rue Saint Dizier,
l'image de la vierge. « On a dit que le puits de la maison
de ce négociant était minéral et pouvait avoir de grandes
propriétés. Mais cela n'a pas eu de suite, » s'écrie Lionnois, t. III, p. 123.

Le pharmacien Mandel, qui demeurait en face, publia,
en 1772, une brochure in-8° ayant pour titre : *Analyse
d'une eau minérale nouvellement découverte dans la ville de
Nancy, adressée à MM. du collège royal de médecine.* Cet
opuscule fit grand bruit, et la maison Isabey était déjà as-
siégée par tous les hypocondriaques nancéiens, lorsque le
grave Nicolas, ancien apothicaire, professeur de chimie
au collège de médecine, s'imagina de vérifier et revérifier
l'analyse de cette eau prétendue minérale, ferrugineuse,
etc., etc.

Cette grave question hydrothérapique est trop amusante
dans ses suites, pour que nous ne nous livrions pas à une
petite digression humoristique, propre à égayer le lecteur
hypocondriaque qui aurait l'intention d'aller piquer une
tête dans le puits susdit.

Nous avons sous les yeux le prospectus de *l'analyse* du
sieur François Mandel, maître ès arts et en pharmacie, et
gradué en médecine, publié, à son de grosse caisse, par
les affiches de Lorraine et Barrois le 11 janvier 1772. C'est
vraiment un morceau digne de remarque.

Après avoir annoncé que cette brochure de 21 pages
in-8° est publiée à Nancy chez J.-J. Hœner, imprimeur-
libraire, rue Saint Dizier n° 337 (aujourd'hui n° 21) avec
permission — 1772 — le prospectus commence et débite
ainsi son boniment pharmaceutique :

» Cette eau minérale, martiale, salutaire et vivifiante,
vient d'être découverte dans un puits creusé dans la cave
du sieur *Isabey*, marchand, place du marché Saint Sébastien, à Nancy.

» *Vingt une expériences chymiques* — et dire qu'il n'y en
a pas eu une seule de bonne, — faites avec toute l'exactitude possible par M. *Mandel*, maître apothicaire de la

même villè, et étudiant en médecine, tout à la fois, prouvent évidemment que cette eau est ferrugineuse *et un peu* sulphureuse.

» Nous ne pouvons qu'applaudir au zèle que fait paraître à chaque page de cette nouvelle brochure, le jeune élève d'Epicure, et ajouter ici pour la satisfaction du public, objet pour lequel notre feuille est consacrée, l'usage médicinale où cette eau peut très bien convenir.

» Elle paraît être propre pour la néphrétique, poussant abondamment aux urines ; elle sera conséquemment bonne à nétoyer les reins, en chasser les sables et quelquefois les pierres, pour rétablir les estomacs ruinés, pour provoquer les mois, et en général dans les maladies qui dépendent de l'acidité des liqueurs ; au reste, c'est aux maîtres de l'art à faire actuellement les épreuves pratiques pour déterminer les propriétés que cette nouvelle eau peut produire sur le corps humain en état de maladie. »

Le 14 mars suivant (1772), les affiches de Lorraine et Barrois annonçaient l'apparition de deux nouvelles brochures sur la même question, savoir :

1° OBSERVATIONS *sur l'analyse d'une eau nouvellement découverte dans la ville de Nancy adressées à l'auteur* par *Pierre François* NICOLAS, maître apothicaire dans la même ville, à Nancy, chez Lamort, imprimeur, près les Dominicains, 1772. — Brochure in-8° 20 pages, approuvées par M. Bagard.

2° RÉPONSE AUX OBSERVATIONS *sur l'analyse d'une eau nouvellement découverte dans la ville de Nancy, adressée à l'auteur* par *François* MANDEL, maître ès arts et en pharmacie et gradué en médecine ; avec cette épigraphe, tirée des métamorphoses d'ovide.

» *Turpe quidem contendere erat, sed cedere visum Turpins.*»

A Nancy chez J.-J. Hœner, imprimeur-libraire, rue Saint Dizier n° 337 — 1772. — Brochure in-8° de 28 p. avec permission.

» Ces deux brochures, ajoute le rédacteur du journal, doivent être, à ce qu'on nous promet, suivies encore par d'autres ; elles ont et auront pour but de discuter quelques points chymiques relatifs à cette nouvelle eau minérale de Nancy ; discussion dont les résultats doivent intéresser le public. »

La question fut discutée encore quelque temps sur un

ton courtois ; les adversaires en présence mettaient dans leurs articles toutes les convenances voulues, et toutes les herbes de la Saint Jean qui accommodent la politesse ; mais comme elle se prolongea huit années, elle finit par s'emparer de la note aiguë que les *Affiches des Evêchés et de Lorraine*, essentiellement messines rendaient encore plus pincharde.

Dans le n° 23 du 8 juin 1780 p. 181, col. *a*, la note 1, Nicolas le chimiste, lassé de l'entêtemeut de Mandel finit par s'écrier :

» *M. Mandel* croyait avoir fait une découverte merveilleuse en annonçant l'eau du puits du sieur *Isabez*, comme une eau minérale infiniment utile par les principes précieux qu'elle contenait ; malheureusement j'ai, envers lui, le tort d'avoir démontré que cette eau ne devait ses étranges propriétés *qu'au voisinage de latrines*, dont les matières s'insinuaient par filtration dans le puits du sieur *Isabez*. »

Malgré cette énergique et péremptoire conclusion, le *Journal de Lorraine*, dirigé par Thérin, soutenait la thèse de Mandel, ouvrait son journal à celui-ci et le refusait à Nicolas. C'est pourquoi Nicolas dut s'adresser aux *Affiches de l'Evêché de Lorraine* publiées à Metz. Aussi celles-ci dans le n° 26 du 29 juin 1780 p. 204 col. *b*, sous la rubrique *Nouvelles de la province* ne manquèrent-elles pas d'insinuer que le *Journal de Lorraine*, était un « *ouvrage absolument ignoré à Metz.* »

Dieu merci, la *fontaine Saint Thiébaut*, sur laquelle nous nous permettons d'appeler l'attention de nos édiles et du public, n'a pas eu à subir les mêmes tracas. Jusqu'alors nul ne lui a contesté ses propriétés thérapeutiques ; et, quoiqu'en sous sol, elle n'a pas perdu l'éclat de ses mérites, tout à fait naturels ; tandis que ceux du puits Isabez étaient certainement factices.

Tous les chimistes anciens et modernes, qui ont daigné s'occuper d'elle, lui reconnaissent des principes minéralisateurs qui justifient la renommée qu'elle avait acquise au dernier siècle.

M. L. Garnier est le seul qui tende à lui dénier ses propriétés ; il ne craint pas de se mettre en contradiction avec ses devanciers et avec lui-même.

Il emprunte au travail de notre ami P. Guyot, publié dans la *Gazette des eaux*, l'historique de cette fontaine ; et, par une erreur de plume inconcevable chez un copiste, il arrive à une conclusion qui perd de son autorité.

La question se pose ainsi : puisqu'il reconnaît que les sources des vallées de la Meurthe et de la Moselle contiennent « des quantités plus ou moins grandes de fer », comment n'accuse-t-il dans son analyse, o gr. 0025 de fer, alors que Mathieu de Dombasle, P. Guyot et Ritter, en trouvent à diverses reprises o gr. 020 ?

On va nous objecter que M. L. Garnier a répondu à notre question et a expliqué cette énorme différence, c'est vrai ; mais dans un style savant, qui n'est pas à la portée des professeurs de la chimie. Comme nous ne sommes pas chimiste, nous allons nous expliquer carrément et à l'aide de chiffres, en plaçant sous les yeux du lecteur les diverses analyses que nous connaissons :

1º Celle de Matthieu de Dombasle, 1810 :

Carbonate de chaux.	o gr.	35
Carbonate de fer	o —	04
Sulfate de chaux	o —	33
Chlorure de sodium.	o —	04
Total . . .	o gr.	76

2º Celle de P. Guyot, 11 juin 1869 :

Acide carbonique libre	o gr.	018
Carbonate de chaux.	o —	310
Carbonate ferrique	o —	020
Carbonate de magnésie	Traces.	
Sulfate de chaux	o gr.	350
Sulfate de magnésie.	o —	015
Chlorure de sodium.	o —	059
Chlorure de potassium	Traces.	
Sesquionyde ferrique	o —	020
Silice	o —	010
Alumine		
Arséniate de fer.		
Fluor	Traces.	
Acide crénique		
Acide apocrénique		
Total . . .	o gr.	802

3° Celle de M. Pommier, accuse pour 10 litres d'eau, 6 gr. d'un résidu qui se comporte ainsi :

Solubles dans {	Alcool à 40°	o gr.	875
	Eau distillée	1 —	250
	Acide acétique faible . .	2 —	750
	Acide chlorhydique . .	1 —	000
Insoluble dans ces réactifs		o —	125

Total. . . 6 gr. 000

Suivant lui, l'eau de Saint-Thiébaut renferme par litre :

Chlorure de magnésium	o gr.	0875
Sulfate de magnésie.	o —	1250
Carbonate de chaux	o —	2750
— fer	Traces.	
Sulfate de chaux	o —	1000
Sillice	o —	0125
Azotates	Traces.	
Iodures.		
Acide carbonique.	} Quantité indéterminée,	

Total. . . o gr. 6000

4° Celle de M. Ritter, faite le 13 novembre 1880. donne :

Carbonate de chaux·	o gr.	3374
— de magnésie.	o —	0546
— *de fer*	o —	0254
Sulfate de chaux	o —	0348
— de magnésie	o —	0343
Chlorure de magnésium	o —	0195
— de potassium.	o —	0053
— de sodium.	o —	0600
Silice	o —	0264
Acide carbonique demi combiné. . . .	o —	1779
— — libre.	o —	1009
Arsenic	}	
Manganèse	} Traces.	
Acide crénique.	}	
Acide apocrénique	}	

Résidu par litre o gr. 87054.

5° M. Garnier donne exactement la même composition, sauf pour le fer où M. Ritter a trouvé le 13 novembre 1880, *o g. 0254*, M. Garnier ne trouve le 23 novembre même année que *o g. 0025* de carbonate ferreux.

Tous les chimistes anciens et modernes lui reconnaissent des principes minéralisateurs, qui justifient la renommée qu'elle avait acquise au dernier siècle.

M. Garnier s'en rapporte à l'avenir. C'est magnifique de remettre toujours au lendemain, mais pour que le résultat soit efficace dans la justification que ce dernier réclame, il faudrait au moins recommander l'usage de cette eau aux « constitutions débilitées par des affections chroniques et auxquelles une médication trop hâtive pourrait occasionner un ébranlement fâcheux. » Si « c'est à ce titre seulement que cette eau mérite d'être employée, » pourquoi ne pas le faire, puisque ce dernier analysateur reconnaît que, si l'idée émise par Paul Guyot n'est guère praticable « ce n'est pas à dire pour cela que cette source doive retomber dans l'oubli. »

C'est tout ce que nous voulions savoir, et c'est ce que nous nous empressons de communiquer de nouveau au lecteur, qui a dû déjà lire dans le *Journal de la Meurthe et des Vosges*, dans le *Progrès de l'Est* et dans le *Courrier de Meurthe et Moselle* du 13 janvier 1881, le compte rendu du consciencieux travail de M. L. Garnier, publié dans la *Revue médicale de l'Est* (décembre 1880).

SAINT URBAIN (Rue)

De la rue de la Source à la rue Jacquard.

Une porte cintrée, pas de numéro.

Ruelle de peu d'importance, sans habitants, non mentionnée dans l'état des maisons de 1767, indiquée, mais non dénommée par les topographes nancéiens du dernier siècle et de celui-ci.

Nous avons acquis la preuve cependant, que depuis un temps immémorial et plus que suffisant pour prescrire, elle était nommée authentiquement *Petite rue derrière*. C'est sous cette dénomination que nous la présente le Tableau du 31 décembre 1839, en nous apprenant que ses anciens noms étaient *petite rue Derrière* et *petite rue de la Source*. H. Lepage dans son *histoire de Nancy*, 1837, lui donne cette dernière dénomination.

Comme elle n'avait été atteinte par aucune révolution, les honorables édiles qui siégeaient à l'hôtel-de-ville de Nancy en 1867, ont trouvé que ce nom était impropre. Quand on fait du zèle hodographique, on ne saurait trop en faire. On supprima donc cette dénomination mal propre, et l'on baptisa gravement ce bout de semblant de rue du nom du meilleur de nos graveurs, du Duvivier de la Lorraine, du fameux médailliste *Saint-Urbain*.

Voilà au moins des conseillers municipaux qui savaient apprécier le talent. Ce jour là, ils ont dû s'entrembrasser les uns dans les autres, pour avoir mis en lumière, dans une ruelle obscure, un nom illustre qu'ils croyaient obscur.

Cependant, M. Louis Lallement leur avait démontré très respectueusement que le lieu était bien mal choisi, pour y placer une célébrité nancéienne.

« La *petite rue Derrière* est une ruelle bien misérable, bien peu digne du nom du célèbre graveur *Saint-Urbain*. On propose de nommer la petite rue Derrière *rue Marguerite d'Anjou*, parce que l'illustre héroïne de la guerre des deux-Roses est née à Nancy ; et d'appeler *place Saint-Urbain*, la place Lafayette, parce que Saint-Urbain, le fameux graveur, a vécu et est mort à l'hôtel de la Monnaie, tout près de la place Lafayette. Le nom de Saint-Urbain se trouvera ainsi rapproché de celui de l'immortel Callot. »

Précisément, la proposition de M. Louis Lallement, étant logique et indiscutable, on s'est empressé de ne pas l'accueillir. Grâce à Messieurs les municipaux de 1867, le nom de Saint-Urbain se morfond dans l'oubli, dans une ruelle courte et étroite, où personne ne passe et à laquelle on ne fait pas attention.

La plaque émaillée qui indique le vocable de cette ruelle est ainsi libellée :

RUE

St URBAIN

7e section

Nous ferons remarquer que Saint-Urbain n'est pas un Saint, qu'il était un artiste moderne. Par conséquent son nom doit s'écrire en toutes lettres et non par abréviation, comme il est d'usage de le faire, pour les saints du calendrier. C'était *Rue Saint-Urbain* qu'il fallait écrire.

SALPÊTRIÈRE (Rue de la)

De la rue Saint Dizier à la rue des Quatre Eglises.

En principe, elle s'étendait sur la rue du Rempart, devenue aujourd'hui partie de la rue de l'Equitation, et avait été nommée, par son créateur, *rue de Dublin*. C'est par corruption, que les plans de 1754 et de 1758 la dénomment *rue du Bélin*.

Dans l'état de 1767 elle est dite *rue de la Salpêtrerie*, dénomination qui lui a été conservée assez longtemps, et qui nous semble plus logique que le vocable actuel, parcequ'on fabriquait le salpêtre dans l'établissement, aujourd'hui morcelé. De même, on dit la poudrerie, en parlant du lieu ou se fabrique la poudre, et poudrière s'applique généralement au dépôt de poudre. Au dernier siècle et même au commencement de celui-ci, on nommait indistinctement cette rue *rue de la Salpêtrière* ou *rue de la Salpêtrerie*. Nous l'avons trouvée indiquée sous ces deux dénominations, dans beaucoup d'annonces et d'autres documents publiés.

Suivant l'auteur des *Tables synchroniques de l'histoire de Lorraine*, ce serait en 1698, après la démolition des fortifications, qu'aurait été formée la rue de la Salpêtrière, aboutissant à la porte Saint Nicolas ; et, sous la rubrique 1715, il ajoute dans ses notes topographiques et historiques : « Cette rue qui a été formée de l'extrémité de celle du rempart aboutissant à la porte Saint Nicolas, a pris le nom de Salpêtrière depuis la construction de la Salpêtrière qui s'y trouve encore maintenant. Du temps des ducs, il y avait, à Nancy, un commissaire des poudres pour l'inspection des salpêtres de la Lorraine, du Barrois et des Trois-Evêchés *(sic)* ».

Nous observerons simplement, que le commissariat des poudres et salpêtres dont il est question ici, n'a été établi à Nancy que sous le règne de Stanislas, au profit du gouvernement de la France. Tout le monde sait qu'antérieurement à la cession de la Lorraine, les ducs n'avaient aucun pouvoir à exercer sur les Trois-Evêchés.

Le plan de De Fer, de 1693, ne montre pas cette rue

créée. Durant tout le XVIIᵉ siècle, elle est une place vide devant le Noviciat des Jésuites, jusqu'à l'extrémité ouest du bastion Saint Nicolas, c'est à dire jusqu'à la rue des Ponts. Elle figure dans le plan de D. Calmet, mais celui-ci ne la dénomme pas plus qu'il n'indique *la Salpétrière*.

Ceux de Belprey, 1757, et de Michel 1758, lui donnent le nom de *rue de Belin* ou *du Belin*.

Nous nous sommes demandé souvent, quelle pouvait être l'origine de cette singulière dénomination, que rien, à notre connaissance, ne pouvait justifier. Rien dans les *Archives de Nancy*, publiées en 1866 par M. H. Lepage, ne fait connaître l'origine de cette rue, et Lionnois est muet sur la distribution des terrains qui l'ont formée.

M. Louis Lallement nous signala alors un livre de famille publié en 1879, par M. Lucien de Warren, intitulé : *les Comtes de Warren.*

Nous y avons d'abord trouvé un acte passé le 1ᵉʳ février 1703, devant Jean Nicolas Fallois, tabellion général de Lorraine, entre Messire Marc-Antoine de Mahuet, chevalier, baron de Saint Empire, seigneur de Lupcourt, et autres lieux, Conseiller secrétaire d'Estat de S. A. R., intendant de son hostel et de ses finances, et le sieur Edouard Warren, lieutenant de l'artillerie de Lorraine, par lequel, en récompense des services rendus et à rendre par le sieur Edouard Warren, ledit seigneur de Mahuet, au non de sadite A. R. et en vertu de sondit mandement, a laissé et abandonné audit sieur Warren, pour luy, ses pairs, et ayant causes, le terrain vuide qui joinct le jardin marqué à la Soreaux, premier maistre d'hostel de sadite A. R., proche la porte Saint Nicolas de la Ville-Neuve de Nancy, faisant pointe sur les rues des Eglises et des Ponts, suivant qu'il a esté marqué par le sieur Christophe André, intendant des bâtiments de saditte A. R. ; et ce, pour y construire incessamment et à ses frais et dépens, des halles et terres de minières, pour les salpestres nécessaires à la fabrication des poudres de S. A. R., se reservant néanmoins sadite A. R. de pouvoir retirer lesdittes halles, après trente années, à compter du jourd'huy, en remboursant le prix d'icelles audit sieur Warren, ses héritiers et ayant causes, suivant l'estimation qui en sera pour lors faite par experts.

» Que ledit Warren jouira aussi du terrain vuide faisant

14*

hache et régnant le long de la muraille du jardin des religieuses des Annonciades du couvent de Nancy, et qui fait face à laditte porte Saint Nicolas : et de deux toises de Lorraine de large, pour y bastir une maison à se loger aussy à ses frais et dépens, lesquels terrain et maison luy demeurant en propre pour luy et les siens.

» Qu'il ne sera permis à qui que ce soit de faire du Salpestre ni poudre dans les Etats de S. A. R. pendant l'espace de trente années sans la permission dudit Warren.»

À la suite de ce traité, qui met le sieur Edouard Warren en possession du moulin de la poudrerie et autres immeubles domaniaux de ce genre, pour l'exploitation des poudres et salpêtres, celui ci établit des minières à salpêtre sous la voûte de la porte Saint Georges, puis au lieudit la Paille-Maille, derrière l'hôpital Saint Roch, ensuite sur un terrain qui lui fut octroyé à cet effet, sur le terre plein de l'ancien bastion de Solrupt, où il fit construire des édifices considérables qui furent brûlés par la négligence d'un ouvrier, le 7 mai 1717.

« Comme il avait acheté de la dame de Soreau, veuve du premier maistre d'hostel de S. A. R., un jardin considérable entre cette Salpêtrière et la porte Saint Nicolas de Nancy, il prit la résolution de faire bastir sur l'emplacement de ce jardin une nouvelle Salpêtrière. . . »

C'est le commencement de la rue de la Salpêtrerie, mais voici comment M. Lucien de Warren, p. 197, explique, d'après les mémoires du colonel de Warren, la création de certe rue :

« Warren qui était très laborieux, intelligent et inventif, entreprit en 1715, de faire une nouvelle rue à Nancy, vis à vis les portes Saint Nicolas et le couvent des pères Jésuites du Noviciat, laquelle devait être parallèle à la Salpêtrière, qu'il avait déjà fait bâtir et qui devait aller jusqu'à la rue des Eglises derrière celle des religieuses Annonciades.

» Pour cela, il fit faire un corps de bâtiments uniformes, vis à vis l'église des Jésuites, et une maison pour lui même au retour et attenant, vis à vis la Salpêtrière.

» Il construisit peu après un bâtiment à l'autre extrémité de la rue projetée, et en fit l'architecture toute pareille à celle de l'autre bout, en ayant soin d'établir les appuis des fenêtres du premier étage, de niveau avec ceux des fenêtres de sa propre maison d'habitation.

» Il fit mettre sous la pierre d'angle de ces nouveaux bâtiments, dans les murs de fondation de l'édifice qui est à l'angle, vis à vis l'église du Noviciat des révérends pères Jésuites, une plaque de plomb sur laquelle est gravée en lettres majuscules l'inscription suivante :

» *Rue de Dublin* (ville capitale d'Irlande) *faite par le sieur Edouard Warren, Escuyer, ci devant capitaine au régiment de Dublin, gouverneur des villes de Belfast et de Carlingfort, en l'an 1689, présentement premier lieutenant de l'artillerie et directeur général des poudres et salpêtres des Estats de S. A. R. Léopold Ier.* »

» Cette inscription fut posée, enchassée à la première pierre à l'angle de cette nouvelle rue, le deux du mois de mars de l'année 1715. »

SELLIER (Rue)

De la rue de la Citadelle à la rue Grandville.

Anciennement continuation de la rue de la Citadelle, formant une impasse à l'endroit où l'on a construit la crèche.

On a supprimé, en novembre 1882, cette partie de la rue de la Citadelle, portant alors les numéros pairs sur les deux façades : 2, 4, 6, 8 et 10.

Nous en avons parlé déjà, à la rue de la Citadelle.

Cette rue nouvelle, à laquelle le Conseil municipal, dans sa séance du 10 décembre 1883, a donné le nom du peintre Charles Sellier, né à Nancy le 23 décembre 1830, mort dans la même ville le 23 novembre 1882, doit se continuer jusqu'à la rue Claudot, dans laquelle Sellier possédait une petite propriété, faisant angle sur la rue Claudot et sur le petit boulevard de la Pépinière.

SERRE (Rue de)

De la place de l'Académie à la rue du faubourg Stanislas.

Elle a été ouverte de la place de l'Académie à la rue de

l'Hospice en 1866; et, en 1867, on lui a donné le vocable qu'elle porte de nos jours, en ajoutant à la nouvelle percée, l'extrémité de la rue de l'Hospice qui aboutit près de la porte Stanislas.

Pierre-François Hercule, comte de Serre, né à Pagny-sous-Preny le   , avait été ministre de la Justice sous la Restauration, et s'était fait distinguer comme orateur politique.

Sa famille était originaire de Nancy, où l'on comptait plusieurs de ses membres au XVIIIe siècle.

Cette rue fut créée sur l'emplacement d'une maison incendiée en 1864, et sur celui de la glacière de la Vénerie, en vertu de la délibération du Conseil municipal du 28 mars 1863.

SOURCE (Rue de la)

De la rue de la Monnaie à la rue Saint Michel.

D'après le rôle des habitants de Nancy de 1551, elle était divisée en deux parties : la première, comprise entre la rue de la Monnaie et la rue du Cheval blanc, était appelée *rue Narxon*, ou Naxon, qu'on prononçait Nachon ; la seconde, qui aboutissait sur la rue Saint Michel s'appelait *rue Derrière les Estuves*.

Plus tard, elle prit le nom de *rue du Devant*, par opposition à la rue derrière, et en même temps de *rue des Suisses*. Elle a dû prendre celui de *rue de la Source*, dans le milieu du XVIIe siècle, toujours divisée cependant en deux ou trois parties.

Les plans du XVIIIe siècle nous l'indiquent dans toute son étendue *rue de la Source* ; mais les documents écrits de la même époque lui donnent d'autres dénominations notamment l'état de 1767, qui en fait la *rue du Bout du Bois*, sur le territoire de la paroisse Notre Dame, c'est à dire de la rue Saint Michel à la rue de la Boucherie, et la *rue de la Source*, dans la partie qui va de cette dernière rue à celle de la Monnaie. La rue du Bout du Bois dépendait exclusivement de la paroisse Notre Dame et n'avait qu'une maison portant le n° 260, appartenant aux héritiers de Jean Joly. Les n°s 261 à 265 inclus étaient de la rue de la Source côté occidental, jusqu'à la rue de la Boucherie. D'après l'état de 1767, la rue du Bout du Bois était entre le côté septentrional de la rue de la Boucherie et le côté occidental de la rue de la Source. Nous avouons ne pas trop comprendre sa situation.

La rue de la Source du XVIIIe siècle n'avait aucune analogie hodographique avec celle du XVIe siècle, et elle ne semble pas même, de nos jours, mériter l'entier vocable qui lui est consacré. Si l'on considère ceux qu'elle a portés, et qu'on la parcoure depuis son tenant jusqu'à son aboutissant, on se demande pourquoi les municipalités modernes, celles mêmes du XVIIIe siècle ne se sont pas arrêtées devant l'hôtel de Lillebonne, (n° 12) qui ferme là les deux rues, et qui divise la tête de la queue. Si nous avancions dans notre esprit les maisons n°s 29, 31 et 33 sur l'alignement de l'hôtel d'Olonne, (27) la rue de la Source s'arrêterait forcément à l'hôtel de Lillebonne, qui en serait le fond de perspective. Donc il y aurait deux rues, car le passage est bien étroit à l'extrémité de la rue du Cheval blanc, entre les maisons n°s 12 et 33, de la rue de la Source.

Lionnois, qui a été sinon habitant, au moins propriétaire de plusieurs maisons de cette rue, n'a pas beaucoup cherché à se rendre compte des divers vocables qu'elle a portés. Il les entasse avec plaisir les uns sur les autres, sans leur assigner de date à peu près précise; et, en le lisant, on se demande bien si réellement il avait écrit son *Histoire de Nancy* de 1788 à 1805. Les réflexions qu'il fait ci et là sur les vocables de la rue de la Source, sont de nature à faire croire qu'il est notre contemporain. Écoutons-le dans ses *Essais* p. 361 :

» La rue du Cheval Blanc est la seconde (rue) qui se rend sur la place des Dames. . . cette rue communique à la rue de la Source, dite anciennement la *rue Naxon* que l'on prononçait *Nachon*, comme Laxou, Lachou, et dans le dernier siècle *rue de Devant*, enfin aujourd'hui *rue de la Source*, à cause du ruisseau de Boudonville qui commence dans cette rue à couler dans une grande partie des rues de la ville. . . . . »

Ouvrons maintenant son *Histoire*, t. Ier, p. 296 :

» La rue du Cheval Blanc est la seconde qui se rend sur la place des Dames et qui a été longtemps nommée la ruelle Saint Jean. . . . Elle communique à la *rue de la Source*, dite anciennement la *rue Naxon* que l'on prononçait *Nachon*, comme Laxou, Lachou, et dans le dernier siècle *rue de Devant;* enfin depuis plus de soixante ans *rue de la Source*, à cause du ruisseau de Boudonville. . . . .

» Dans une vente qui fut faite de l'hôtel d'Olonne, ci devant de Bremoncourt, puis de Bressey, vers le milieu du dernier siècle (?), il est dit situé en la *rue du Devant;* et, par opposition, on a nommé celle qui suit, *rue Derrière*, que l'on appelait auparavant *rue Reculée*.

» La *rue de la Source* continue son nom jusqu'à la rue Saint Michel. Mais la portion de rue qui finit à celle de la Boucherie se nommait *derrière les Estuves;* et l'autre portion (?) *rue des Suisses*, et plus anciennement *(sic) rue du Bout de Bois.* »

Commenter ce que vient d'écrire le bon et naïf abbé Lionnois, c'est faire injure à sa mémoire: discuter ses assertions, c'est entrer dans la critique. Eh bien, Lionnois ne connaissait pas, en 1788, la rue de la Source, dans laquelle il avait possédé, en 1767, plusieurs maisons dépendantes de l'hôtel d'Olonne, et celui-ci en particulier.

Nous ne le comprenons plus; lui ancien propriétaire de l'hôtel d'Olonne rappelle dans son livre un acte du milieu du XVII⁰ siècle, et il n'a pas eu le soin de le noter, de prendre exactement le nom du Tabellion, et la date de l'acte dont il s'agit. C'est à ne pas croire à sa science historique, quand on se trouve en face d'une telle omission. Ce que Lionnois pouvait faire à cette époque comme ancien propriétaire de l'hôtel d'Olonne, nous ne pouvons plus le faire de nos jours, même avec le concours du propriétaire.

Nous ne relevons pas spécialement les monstrueuses erreurs commises par Lionnois sur les vocables de *rue du Devant* ou de *rue du Bout de Bois*. Il semblerait que le rôle de 1565, qu'il dit avoir consulté, était factice ou incomplet. Jamais, au XVI⁰ siècle, la *rue derrière les Estuves* n'a pris le nom de *rue du Bout de Bois*. C'était d'ailleurs une appellation officielle en son temps. La *rue du Bout du Bois N. D.* figure dans le tableau officiel des Rues et Places de la ville de Nancy, dressé par le magistrat avant 1764; elle est indiquée dans l'état des maisons de 1767, et Lionnois vient nous dire que la *rue des Suisses* a porté plus anciennement le nom de *rue du Bout de Bois.* C'est précisément le contraire. Les suisses de Léopold n'existaient plus sous Stanislas, à moins que Lionnois, trop près des récents événements de 1790, n'ait confondu les suisses de Léopold avec le régiment des *Suisses de Château-Vieux,* rénommés par leur coopération dans l'affaire du 31 août.

Cette confusion entraîne nécessairement à des suppositions erronées. On se demande si le quartier des Suisses de Léopold, en raison de ce vocable qu'a aussi porté la rue Derrière, dite aujourd'hui rue Jacquard, n'était pas situé à l'extrémité septentrionale du carré que forment ces deux rues. Heureusement que l'auteur est plus clair dans ses *Essais* que dans son *Histoire,* et que ses *Essais* ont été mieux travaillés que son *Hisioire.*

Encore une fois, ouvrons-les p. 363 et nous aurons le mot de l'énigme contenu dans l'*Histoire* :

» La *rue de la Source* continue son nom dans celle que l'on appelait anciennement *rue derrière les Estuves,* et au commencement de ce siècle *(sic) rue des Suisses.* A l'angle de la rue de la Boucherie, jusqu'à celle de Saint Michel, elle portait anciennement le nom *de rue du Bout du Bois.* La partie de la rue Derrière qui répond à celle dont nous parlons, a aussi porté le nom de rue des Suisses, à cause d'un bâtiment placé *dans cette partie nouvelle* de la rue Saint Michel, que M. Garandé a fait ajouter à l'hôtel du Hautoy.»

Voilà une indication qui n'est pas sans intérêt. Nous ouvrons ici une parenthèse qui devrait avoir sa place dans la rue Saint Michel ; mais elle répond mieux aux objections et aux critiques que nous soulevons en ce moment.

Il est généralement admis par tous les Nancéistes, et les vieux Nancéiens, que l'*hôtel des Suisses* est le n° 26 de la rue Saint Michel, possédé avant la Révolution par le conseiller Garaudé, fils du barbier de M. de la Galaizière, fait d'emblée conseiller à la Cour Souveraine en 1758, et père d'Alexis Garandé, le compositeur de musique.

Que M. le conseiller Gare-au-Nez — c'était son nom d'après MM. les avocats, toujours farceurs quand la Cour délibère, — ait possédé l'hôtel du Hautoy n° 26 de nos jours, cela ne fait aucun doute. Nous en avons la preuve certaine, authentique, écrite et publiée dans les journaux de la Révolution et du Consulat. Où donc est passé l'*hôtel des Suisses* qui portait, en 1767, le n° 185 de la paroisse Notre

Dame, quand la maison de M. Garaudé, ancien hôtel du marquis du Hautoy, avait le n° 184 ?

On n'a qu'à considérer aujourd'hui cette partie de la rue Saint Michel, et à la comparer avec les plans du XVIIIe siècle. L'emplacement de l'hôtel des Cent Suisses de Léopold est immédiatement déterminé. Il ne faut pas le chercher aux n°s 27 et 30, mais bien sur le trottoir qui borde la chefferie du génie militaire et la maison de notre confrère M. Léopold Quintard. Ainsi, l'hôtel des Suisses allait depuis cette dernière maison, ou à peu de chose près, jusqu'à l'hôtel du Hautoy numéroté aujourd'hui 26. On en aurait bien la preuve dans le plan de D. Calmet, mais le n° de renvoi qui s'y rattache est malheureusement tronqué et ne correspond pas à la légende.

Le plan en relief de Belprey, 1754, place ce bâtiment en face de la rue Derrière, et en avant un petit jardinet qui aurait été devant la maison Quintard. L'exactitude n'est pas rigoureuse dans ce plan ; néanmoins, il nous dit assez ce qu'étaient en son temps les édifices de notre ville ; ici l'hôtel des Suisses nous paraît relativement exigu.

Le plan de Lerouge, 1752, ne le mentionne pas dans sa table de renvoi, et cependant il existait.

Les *Transformations de Nancy* de H. Lepage indiquent sous l'année 1763, une délibération du conseil de ville « portant que le quartier des Suisses, qui tombe en ruines sera évacué et les matériaux vendus au profit de la ville ». Toujours est-il qu'en 1767, ce quartier existait encore et n'était pas détruit, puisqu'il porte dans l'état des maisons de Nancy le n° 185. Dans un état joint à une lettre de M. Stainville, gouverneur, adressée à MM. les Officiers municipaux de la ville de Nancy, le 31 mars 1769, il y est question des « Cazernes d'Infanterie, dites l'hôtel des Suisses, situées près de l'Arsenal destiné au logement des troupes, vacantes actuellement » (lesdites cazernes).

Le conseiller Garaudé n'est devenu propriétaire de l'hôtel du marquis du Hautoy, et d'une partie seulement de la caserne des Suisses, qu'après 1772. Sans doute qu'on a démoli ce qui se trouvait devant les corps de bâtiment du génie, dépendant de l'Arsenal. Au dessus de l'hôtel des Suisses, il y avait une baraque portant le n° 186, à Christophe Finot, et Pierre André, cabaretier, occupait le n° 187. Le n° 188 était des remises à l'Etat major, où l'on établit, à peu près à cette époque, le corps de garde, dans la maison Paulus, peintre et doreur.

Rentrons maintenant dans la rue de la Source. Nous venons de démontrer, pièces en mains, que si Lionnois est parfois obscur dans son *Histoire*, il est plus précis dans ses *Essais*, et se rapproche davantage de la vérité.

Dans les rôles de 1572 et de 1582, la *rue derrière les Estuves* n'est pas mentionnée en 1572; la *rue de la Source* est dite *rue de Naixon*, et en 1582 *rue de Naxon*; par contre, de la manière où se trouve placée la *rue des Estuves*, après la rue de la Boucherie et avant la rue de Naixon, on est en droit de supposer que cette partie avait déjà subi une transformation dans son vocable, puisqu'en 1551, la rue des Estuves était au dessus de la rue du Viel Change (v. rues de la Charité et du Cheval Blanc.)

Le nom de *rue du Devant*, donné au XVIIe siècle à la rue de la Source, l'a été en opposition à celui de la rue Reculée, qui était devenue en 1572 rue Derrière : ce n'est donc pas la rue du Devant qui a fait donner à celle ci ce dernier vocable, qu'elle portait encore en 1867. C'est évidemment au XVIIe siècle qu'elle a pris le nom de *rue de la Source*, à cause du ruisseau de Boudonville qui, passant sous l'hôtel d'Olonne, en sortait en cet endroit, pour arroser plusieurs rues de la Ville-Vieille. Ce ruisseau coulait encore à ciel ouvert, il y a une cinquantaine d'années. Au dernier siècle, il était devenu l'objet d'une des spirituelles plaisanteries des Nancéiens, qui l'avaient mis au nombre des sept merveilles remarquables par leur absence dans la bonne ville de Nancy. On appelait alors cette espèce de petit bouge, qui servait de lavoir aux femmes du quartier, *le berceau de la Naïade nancéienne*.

Les vocables des Etuves et de derrière les Etuves se sont nécessairement perdus dans la suite des temps, par le fait de la suppression de cet établissement, qui avait son entrée principale près de la petite ruelle murée de la rue de la Charité.

STANISLAS (Rue)

De la place Stanislas à la porte Stanislas.

La rue Stanislas est intimement liée à l'existence de la rue Gambetta, ci-devant de la Poissonnerie. Toutes deux occupent ce vaste emplacement qui avait nom l'*Esplanade, Grande place entre les deux villes, place et cimetière Saint Jean, cimetière entre les deux villes*, les *Glacis* ou l'*Esplanade entre les deux villes*, la *chaussée qui conduit à la Porte Royale*, etc.

Nous savons, par certains titres de propriété des maisons construites sur le côté septentrional (numéros pairs), que les terrains considérés comme biens domaniaux, avaient été abandonnés par Stanislas au Corps de l'Etat-Major qui, moyennant redevance annuelle et perpétuelle, les ascensa à divers particuliers, qui y firent construire, suivant le plan donné de l'alignement, toutes les maisons que nous y voyons aujourd'hui. Nous sommes plus ignorant, quant au côté méridional.

La rue Stanislas a toujours, et de tout temps, avant la Révolution, formé deux rues distinctes : l'une dite *de l'Esplanade*, l'autre dite *de Saint Stanislas*. La *rue de l'Esplanade* allait de la place Stanislas aux Halles, soit vers la rue des Michottes, où commençait seulement la *rue Saint Stanislas*, jusques et y compris la Porte, qui était placée également sous ce vocable. La première appartient au règne de Léopold, jusqu'à la rue de la Vénerie ; la seconde partie, qui a porté le nom de Saint Stanislas, n'a été ouverte, sous le règne du Roi de Pologne, que de 1750 à 1752. Nous aurons donc à parler de ces deux parties distinctement.

La délibération du 17 septembre 1791 n'avait pas touché aux vocables de cette artère ; mais celle du 27 octobre 1793 décide que la rue, la porte et le faubourg portant le nom de Stanislas, prendront la dénomination de *rue, faubourg et porte de Paris*. Combien de temps cela dura-t-il ? Nous ne saurions le dire ; car le 3 janvier 1794, 14 nivose an II, la porte était déjà désignée sous le nom de *Porte de la Montagne*. En effet, la délibération du 13 pluviose an II nous indique la rue, la porte et le faubourg Stanislas comme étant, *rue, porte et faubourg de la Montagne*. Par contre, la délibération du 18 fructidor an III, nous apprend que la dénomination *de la Montagne* a été effacée et que la porte et le fauxbourg sont devenus *porte et fauxbourg de Toul* et la rue dans toute sa longueur, *rue de l'Esplanade*.

En 1814, on a refait les *rues de l'Esplanade et Saint Stanislas ;* mais la délibération du 30 décembre 1839 semble avoir donné la préférence au vocable unique de *Stanislas*, que réclamait du reste l'érection récente de la statue, qui orne aujourd'hui la ci-devant Place Royale, devenue en 1831 place Stanislas.

Pour le vocable *Stanislas*, c'est la même histoire que pour le vocable *Saint Jean*. En 1831, Stanislas surgissait partout : *Place Stanislas, Rue Stanislas, Porte Stanislas, Faubourg Stanislas, Trottoirs Stanislas, Cafe Stanislas, Hôtel Stanislas*, tenu par Alnot, et puis, tous les citoyens qui naissaient étaient baptisés *Stanislas*.

Récapitulons : sous la Révolution, on a été un moment tout à la Mirabeau, tout à la Charlemont, tout à la Murat, tout à la Lepelletier ; sous le Consulat, tout à la Napoléon ; sous la Restauration tout à la Royale, et d'un coup tout à la Stanislas. Sous le second empire, tous les maréchaux, les amiraux et les généraux du premier empire, se disputent les vocables de nos rues. Si l'on ajoute à cette salade les desiderata des lotharingophiles et des nancéistes, on arrive, en fin de compte, à tomber dans une vraie pétaudière.

En l'an V, Lionnois disait dans son Calendrier que « les diverses mutations faites depuis quelques années, dans les noms de nos Places et de nos Rues, et surtout de nos quartiers ci devant attachés aux paroisses supprimées, rendaient Nancy presqu'aussi inconnu à ses anciens habitants qu'aux étrangers. » Ce n'était pas seulement l'avis de Lionnois, c'était l'avis de tout le monde.

Les gens qui connaissaient leur Nancy paroissial sur le bout des doigts, n'étaient plus capables de se retrouver dans le Nancy sectionnaire. Le changement des noms des rues n'aurait pas entièrement troublé les vieilles habitudes invétérées chez le peuple, si l'on avait respecté la division territoriale de la ville, d'autant plus que la division sectionnaire, qui ne fera jamais honneur à ses inventeurs, n'a pu encore pénétrer dans l'esprit des habitants, qui connaissent à peine les limites de la section à laquelle ils appartiennent.

Revenons à la rue Stanislas, ci-devant de l'Esplanade, qui est de la 2ᵉ et de la 6ᵉ section. « Elle aboutit sur la place du Peuple, dit Lionnois, et elle est terminée à l'occident par la Porte de Toul, et primitivement de Stanislas. Elle est environnée d'une vaste grille à l'extérieur, et conduit, par cette rue de l'Esplanade, au milieu de la Place, dont elle laissait apercevoir la statue à un quart de lieue hors de Nancy, par la direction qu'on a donnée à la chaussée qui mène à Paris. Elle a été construite deux fois, comme celle qui renferme à l'orient le corps des casernes, aux frais du Roi Stanislas. Ce sont des arcs de triomphe d'ordre dorique. C'est dans cette rue, dont les maissons du côté du midi (1) ont été augmentées de quatorze pieds de profondeur, pour les aligner sur un des Pavillons de la Place, que se sont établies les halles où se vendent les grains et légumes, et où ont droit d'étaler leur marchandises les ci-devant corps de métiers. Depuis 1750, les halles ont été ascensées au sieur Corneil Dubois, dont la famille y a établi une hôtellerie renommée et très fréquentée par les étrangers, nommée *hôtel des Halles* (2) » (*Calendrier pour 1797 an V*, p. 35.)

Dans les maisons qui portent aujourd'hui les nᵒˢ 64, 66 et 68 était établi, avant 1768, l'hôpital militaire créé en 1734 par le duc Léopold (3), et non, comme on l'a écrit et répété, dans les maisons 3 et 5 de la rue des Michottes, qui n'a été ouverte qu'en 1769. L'état des maisons de 1767 constate que depuis les halles, qui se terminaient au nᵒ 62 actuel, il n'y avait que quatre maisons pour arriver à la rue de la Vénerie, lesquelles étaient ainsi numérotées : 287, corps de garde ; 288, hôpital militaire ; 289, le sieur Sellier, marchand de vin ; 290, le sieur Sirejean. La maison nᵒ 288 était, en 1786, la propriété de Joseph Antoine Mathieu de Dombasle, père de l'agronome, et c'est dans celle-ci que

---

(1) En 1725 et en 1751.

(2) L'hôtel des Halles portait le nᵒ 54. Il est aujourd'hui la propriété de M. d'Archambault, de Toul. C'est à travers cette hôtellerie, que devait se prolonger la rue des Carmes, pour se relier à la rue de la Source.

(3) 20 mars 1734. Délibération touchant l'acquisition des cinq maisons appartenant à M. Ronot, sur la nouvelle place de Grève, que S. A. R. a ordonné de prendre, pour former un hôpital militaire pour la garnison française (H. Lepage, *Archives*, t. II, p. 73.)

ce dernier est né. L'entrée n'était pas, comme le dit M. H. Lepage, rue des Michottes n° 3-5, mais bien rue Stanislas 66. L'entrée n° 3-5 de la rue des Michottes est celle de l'ancienne brasserie Hoffman, dont le propriétaire avait cédé, en échange d'autres terrains, les bâtiments occupés depuis par l'hôpital militaire.

On a plusieurs fois adouci la pente de cette rue, qui était très montante, surtout aux abords de la place.

Son premier pavage eut lieu seulement en 1758, quoique sa création remonte réellement à 1717. C'est à elle aussi que revient l'honneur d'avoir été la première pavée en quartz de Sierck. Voici à quelle occasion :

» Les ponts-et-chaussées font en ce moment relever le pavage de toute la rue Stanislas. Après maint essai, après mainte expérience, on a reconnu qu'il y avait avantage à faire les frais d'un pavé en pierres de Sierck, et que les dépenses occasionnées par le remaniement perpétuel des galets entiers ou étêtés, absorbaient bientôt une somme égale à ce que vaut un pavé coûteux, mais définitif. Nous craignons que la ville ne soit forcée de prendre le même parti, pour les rues à grande circulation. Et dans peu de temps, les écluses qui font communiquer la Moselle et le canal de la Marne au Rhin, à Frouard, étant achevées, le transport devra s'opérer à bien meilleur marché qu'à présent. » *(Espérance, 17 juin 1853).*

Nous savons bien qu'en 1846, le conseil municipal avait voté un crédit pour cet objet ; mais 1847 s'étant présenté avec une épidémie dans les bras et une petite disette sur le dos, qui cachait la révolution de 1848, le projet de pavage en pierres de Sierck fut ajourné, par la force des choses. C'était, à ce moment là, une dépense tout de luxe, qu'on n'aurait pas manqué de reprocher aux édiles.

Si nous voulons connaître les origines de la rue Stanislas et de la rue de la Poissonnerie, intimement liées par les mêmes causes, il faut recourir à Lionnois, t. II, p. 8 et suivantes, où nous trouvons des révélations curieuses, sur l'état primitif de ces deux rues relativement modernes.

« De l'autre côté de la Porte Royale (Arc de Triomphe), dit-il p. 8, sur l'Esplanade, on planta d'abord des tilleuls dans toute l'étendue jusqu'au fossé, ce qui cacha l'irrégularité de cette place du côté du rempart. Mais peu après, on construisit, hors de la ville, *la Vénerie,* qui sert aujourd'hui (1788) à l'hôpital des Enfants-trouvés. On fit aussi de vastes hangards, fermés de simples planches, pour mettre à couvert les voitures du Souverain, dans l'endroit où sont aujourd'hui bâties les halles ; ce qui a formé l'alignement d'un côté de la rue de l'Esplanade. Quelques petits merciers et des artisans demandèrent la permission d'élever d'autres baraques, à côté de la barrière qui était au-delà du fossé, en commençant à peu près à l'angle du Trottoir près de la Comédie, et finissant à l'angle de ladite Comédie, et sur la rue de l'Esplanade. Insensiblement, le côté septentrional de cette rue jusqu'aux remises du prince, se remplit de baraques de planches, sur la profondeur de cet alignement au fossé. Le Srs de Riocourt et Pillement de Russange, conseillers en la Cour souveraine, obtinrent le terrain, depuis les Halles jusqu'à l'extrémité de la place de Grève (Dombasle). Il y eut, en 1718, une difficulté entre ce dernier et le s^r Dagobert de Millet, qui avait fait construire une remise dans ce terrain, laquelle fut démolie. Il y eut néanmoins, dans cette partie, quelques maisons bâties en pierre, sous le règne même de Léopold, telles que celles du s^r Chanot, docteur en médecine, et les quatre qui furent réunies, en 1734, pour y établir l'*hôpital* militaire, celle du s^r Guesnon, architecte de S. A. R.. qui était à côté des Halles (n° 52 actuel), enfin celle du s^r Pierre Dubois, aubergiste du Cheval blanc, et que le s^r Lambert vient de bâtir superbement (n° 50). Ces deux derniers propriétaires passèrent un acte le 18 juillet 1820, et convinrent de bâtir, à frais communs, un mur mitoyen à chaux et à sable, qui séparerait les allées des deux maisons. Il paraît que c'est là l'époque où l'on a commencé à bâtir en pierre quelques-unes des maisons de ce côté de l'Esplanade. Nous disons quelques-unes ; car la plupart des autres, et les plus considérables, n'ont été bâties que depuis 1760, après l'ouverture des Portes Stanislas et Sainte Catherine. Le Roi de Pologne, ayant permis aux particuliers qui avaient ascensé des terrains en cette partie, d'y bâtir, ceux qui profitèrent les premiers de ce privilège fondèrent alors l'entrée de leur maison sur le niveau de la rue, mais ce prince les fit baisser ensuite, pour donner une pente plus douce à cette belle rue, qui conduit depuis la Place à la Porte. Et voilà la raison de l'élévation de plusieurs de ces maisons au rez-de-chaussée, auxquelles on ne parvient qu'à la faveur de 8 à 9 marches, comme celle du sieur Krantz, n° 233-20 et de ses voisins. Quelques maisons du côté opposé ont encore la même élévation, pour la même raison (notamment le n° 21). Ce qui le montre évidemment, ce sont les cinq maisons, n° 373 à 377, derrière l'hôtel de Riocourt, qui sont les seules, qui n'aient pas été reconstruites depuis le nivellement de ladite rue, et qui n'ont qu'une banquette pour servir au nouvel alignement donné à cette rue, depuis la construction de la Place. Il n'y a plus, dans tout le côté septentrional de cette rue, qu'une seule baraque de planches, n° 443, qu'on se propose de bâtir incessamment. Tous les propriétaires y ont un avantage peu commun à Nancy, d'y avoir un jardin, qu'on leur a permis d'établir dans le fossé qui a été comblé, et son ruisseau, qui infectait l'air renfermé dans un canal couvert. Il y eut dans le temps au sujet du cens, quelques difficultés avec l'Etat-Major de la Place. Mais la ville s'étant pourvue au conseil du Roi, se chargea de payer à l'Etat-Major une certaine somme annuelle, et fut autorisée à percevoir de chaque particulier, un cens proportionné au terrain qu'il occupe.

« La raison qui avait empêché les particuliers de bâtir solidement, sur cette partie de l'Esplanade, était l'exemple même du souverain, qui n'avait fait construire qu'en bois ses remises, outre la nature du terrain nommé et réputé glacis, qui faisait toujours craindre la destruction de tout édifice qu'on y ferait, si la guerre survenait, comme cela était arrivé aux religieuses Carmélites. »

Sous le règne de Stanislas, avant la création de la Place Royale, la rue qui porte son nom devait être démesurément large et offrir à l'œil un singulier aspect. Une fois, on augmenta les maisons de 15 pieds, plus ou moins en 1725, et, plus tard, en 1751, de 13 pieds.

C'est à partir de la première cession de terrain, faite en 1723 à M. de Tervenne, au derrière de la rue de la Poissonnerie, que « Léopold résolut de former la rue de l'Esplanade et de donner à ceux qui y avaient déjà des habitations, tout le terrain qui restait encore sur cette place plantée de tilleuls, en réservant néanmoins, pour la rue, un espace de 60 pieds de Roi, et à la seule condition d'y bâtir des maisons solides, et de 30 pieds au moins d'élévation. Les Patentes sont du 16 mai 1725. (Lionnois, *Histoire*, II, p. 13.)

Le même auteur ajoute p. 15 : « Ces maisons ainsi bâties, reçurent encore en 1751, un accroissement de 13 pieds environ de profondeur, sur toute la longueur de la rue de l'Esplanade, lorsque le Roi de Pologne fit élever les bâtiments de la Place Royale, pour donner une même largeur aux quatre hôtels qui en font les faces orientale et occidentale. Le sieur Guillot, qui occupe l'une de ces maisons, n° 217 (19 actuel) rue de l'Esplanade, a marqué les deux dernières époques sur une plaque de cuivre, qu'il voulait incruster dans la première pierre de cette maison qu'il vient de faire construire : « LEOPOLDO I *municentis-* « *simo concedente, omni censu sublato 1725 ;* STANISLAO I *au-* « *gente et ornante 1751 ;* LUDOVICO XVI *feliciter regnante* « *1779, ædificavit et hoc monumentum posuit Franciscus Guil-* « *lot una cum Margareta et Joanna filiabus suis.* »

Si nous continuons à citer le même chapitre de cet auteur, qui a travaillé ici sur des pièces authentiques, nous apprenons par lui comment s'est formée la place de Grève (Dombasle), à la suite de la cession de terrains faite par le duc Léopold, en 1715, pour former la rue de la Poissonnerie, et comment a été ouverte, de 1650 à 1752, la partie supérieure de la rue Stanislas qui avait, avant la Révolution, le nom de *rue Saint Stanislas.*

« Au-delà de la maison de M. de Tervenne et de celle de M. Doré (rue de la Poissonnerie n° 24 actuel), on laissa une place considérable, qu'on nomma place de Grève. Elle servit aux exécutions des criminels jusqu'en 1770 qu'elle fut cédée en partie à la commission établie pour la régie des biens des Jésuites, qui y a fait élever le bâtiment de l'Université, qu'on y voit aujourd'hui.

« Cette place était terminée, à l'occident, par une vaste maison qui occupait toute sa largeur, et celle de la nouvelle rue Saint Stanislas et même au-delà. Le sʳ Jos.-Bern. de la Pommeraye, écuyer, major des ville et citadelle de Nancy, l'avait fait bâtir sous le règne du duc Léopold. Elle avait une cour considérable et un jardin qui s'étendait jusqu'au mur de clôture de la Ville. Sa principale entrée était sur la place de Grève, en face de la place Royale, dans l'emplacement de la rue Saint Stanislas, que le Roi de Pologne a fait passer à travers cette maison. Elle n'avait qu'un mur de clôture du côté des Minimes, et les maisons qui ont pour nᵒˢ 393, 394 et 395 en sont encore une dépendance. (Elles appartiennent aux sieurs Deschiens, marchand de planches, Leclerc, charpentier de l'hôtel de ville, et Mangin, ingénieur). Celle de M. Dupont, n° 392, a été construite dans une partie du jardin, sur la *rue des Minimes* (sic) et perçant sur la rue Saint Stanislas. . . . Le côté oriental de cette rue Saint Stanislas, depuis la place de Grève jusqu'à la Porte, est rempli entièrement de maisons, parmi lesquelles il y en a de très belles et de très vastes. »

TIERCELINS (Rue des)

De la rue Saint Nicolas au canal de la Marne au Rhin. Avant 1878, elle aboutissait seulement à la rue des Fabriques.

Elle doit son nom au monastère et à l'église des Tiercelins, qui occupaient, avant la Révolution, le carré compris entre les rues Sainte Anne et Jeannot, et entre les rues des Orphelines et des Tiercelins.

Lionnois nous apprend, en 1788, que ce n'était que depuis trente ans que cette rue aurait reçu la dénomination de *rue des Tiercelins*, c'est à dire vers 1758, quoique ces religieux s'y fussent établis dès 1643.

Originairement, elle avait été appelée *rue de l'Arche*; nous ignorons à quoi se rapportait ce vocable. Dans le milieu du XVIIe siècle, elle devint *rue Saint Sébastien*, à cause d'une statue de ce saint, qui était placée à l'angle de la maison conventuelle des Tiercelins. Les plans de 1754 et de 1758 lui reconnaissent ce vocable; cependant, dans divers titres que nous avons eus en mains, nous l'avons trouvée dénommée également *rue des Orfelines*; cette qualification s'expliquait naturellement par l'existence, dans cette rue, de l'hospice et de la chapelle des Orphelines; nous ferons remarquer qu'à cette époque, la rue actuelle des Orphelines était dénommée, tantôt petite rue Sainte Catherine, ou petite rue derrière les Orphelines, ou petite rue derrière les Tiercelins.

Le tableau des rues, dressé à l'Hôtel-de-Ville vers 1760, l'état des maisons de 1767 et le plan de Mique, lui donnent le nom de *rue des Tiercelins*.

La délibération du 17 septembre 1791, arrête que « la *rue des Tiercelins* sera appelée *rue Mirabeau*, un des auteurs les plus intrépides de notre liberté et le premier pour lequel la première assemblée nationale a fait ouvrir la sépulture des grands hommes. »

Ce vocable inspira à F.-Ch. Callot la réflexion suivante : « *La rue des Tiercelins sera la*

RUE MIRABEAU

« D'après son apothéose, on devrait dire encore la rue Saint Mirabeau. »

Les extra patriotes de l'an II avaient condamné ce vocable aristocratique, et lui substituèrent, le 13 pluviôse an II, un patron digne de leur choix. *Lazouski*, natif de Lunéville, fils d'un officier de la maison du roi Stanislas, qui s'était fait remarquer en septembre 1792, par son zèle à faire massacrer, à Versailles, les prisonniers amenés d'Orléans, eut l'insigne honneur de devenir le patron d'une des rues les plus paisibles de la ville de Nancy.

La délibération du 18 fructidor an III s'empressa d'effacer ce vocable sanguinaire, et rendit à cette rue la dénomination qui pouvait le mieux lui convenir. Elle devint *rue des Orphelines* jusqu'au rétablissement du culte. En l'an X, M. d'Osmond, évêque de Nancy, ayant choisi la maison Coster, au n° 24 actuel pour y loger, cette rue devint, sans caractère officiel, *rue de l'Evéché* ou *rue de M. l'Evêque.*

Lorsque l'hôtel des Fermes fut affecté à la résidence de l'évêque diocésain, la *rue des Tiercelins* reprit le vocable qu'elle porte encore de nos jours.

L'académie de Nancy et plusieurs journaux de cette ville avaient demandé dernièrement, qu'elle fût consacrée à perpétuer la mémoire de M. P. Guerrier-Dumast, qui est né en 1796, dans la maison portant le n° 16. L'administration municipale n'a pas accueilli favorablement ce vœu, et nous croyons qu'elle a bien fait ; car la rue des Tiercelins a donné naissance à des hommes de plus grande valeur que M. P. Guerrier-Dumast.

La rue des Tiercelins fut prolongée en 1873, d'abord jusqu'à la rue des Jardiniers, *extra muros* ; ensuite, selon les ressources du budget, on continua ce prolongement jusqu'au canal de la Marne au Rhin.

Il ne'faut pas croire que ce prolongement soit une idée neuve; il avait' été étudié en 1778 par l'ingénieur Lecreulx, et savamment étudié. Lecreulx faisait naître la rue des Tiercelins sur la place du Marché, en face de la Vierge, sur l'emplacement de la maison n° 83, et la prolongeait jusqu'à la rue du Tapis-Vert qui se trouvait, d'après son plan, être dans l'alignement du mur de clôture de la Pépinière (côté est de la ville). Ce plan fut adopté et sanctionné par les arrêts du conseil du Roi, des 12 juin 1778 et 19 juin 1784.

La Révolution étant survenue, ce projet n'eut aucune suite, du moins dans les parties basses de la ville, car il avait reçu un commencement d'exécution dans le quartier du Cours Léopold actuel.

On ne songeait plus au prolongement de cette rue, et l'on avait complètement oublié les arrêts de 1778 et de 1784, lorsqu'à la création du canal de la Marne au Rhin, 1841-42, les habitants de la rue de Grève (Charles III) présentèrent requête au conseil municipal pour demander que cette rue, prolongée à ses deux extrémités, vînt aboutir, d'un côté, au canal de la Marne au Rhin, et de l'autre, au chemin de fer de Paris à Strasbourg, alors seulement à l'état de projet.

Les habitants de la rue des Tiercelins s'émurent de cette pétition, qu'avaient reproduite en partie les journaux de Nancy. Une sorte de rivalité s'établit entre les deux rues, et toutes deux firent valoir leurs prétentions et leurs intérêts réciproques.

La rue des Tiercelins, en vertu de sa proximité des gares du canal, tendait à obtenir un débouché qui mettrait la place du Marché en relation immédiate avec cette grande voie de communication; mais, bien entendu, que c'était au détriment de la rue Charles III, alors rue de Grève.

La rue des Tiercelins, après avoir fait ressortir que la ligne droite est le chemin le plus court d'un point à un autre, que, par conséquent, la place du Marché, centre où aboutissent les rues habitées par les populations laborieuses et commerçantes, a tout intérêt à passer par la rue des Tiercelins pour arriver au canal, ajoute qu'elle est aujourd'hui bordée et avoisinée par un grand nombre de maisons vastes et bien bâties, où s'est établi le commerce de gros, celui-là même qui doit avoir de fréquents rapports avec le canal et ses gares, tandis que la rue de Grève, qui est près de la porte Saint Nicolas, est loin du bassin Saint Georges; qu'en outre, cette rue n'est pas bâtie, et que, sur de grandes longueurs, elle ne peut pas l'être, à cause des établissements charitables et religieux qui y existent; qu'elle n'est pas un centre de commerce, qu'elle aboutirait inutilement au canal, puisqu'elle le rencontrerait loin de ses gares; que ce serait vainement qu'elle toucherait au chemin de fer, parce que le débarcadère de celui-ci ne peut être convenablement placé dans son prolongement; qu'enfin, s'il est vrai que la percée de la rue des Tiercelins ne nuit à personne, tient compte de tous les intérêts actuels du commerce et de la population laborieuse, et leur donne pleine satisfaction, il est vrai aussi que la percée unique de la rue de Grève tendrait à ruiner un quartier déjà florissant, et serait impuissante pour peupler et enrichir les emplacements déserts, au profit desquels on voudrait l'établir. (*Meurthe*, 22 octobre 1842.)

Il faut lire toute cette pièce, dont nous ne donnons ici qu'un extrait bien succinct, pour avoir une idée des prétentions de la rue des Tiercelins, qui n'était pas plus commerçante en 1842, qu'elle ne l'est aujourd'hui.

Le conseil municipal, ému de tant d'éloquence, après avoir regardé au fond de la caisse, renvoya les parties en cause se pourvoir en un autre temps, et leur promit, sans doute, d'étudier et de mûrir la question.

Trente ans plus tard, les deux pétitions, oubliées certainement dans les cartons de l'Hôtel-de-Ville, étaient admises, et l'ouverture de ces deux rues du côté du canal, décidée à l'unanimité, la priorité réservée en faveur de la rue de Grève.

Il reste encore à mettre la rue des Tiercelins en communication directe avec le Marché, et à démolir les petites boutiques de la place Mengin, qui ne devraient plus exister depuis longtemps.

Nous avons lu très attentivement les comptes-rendus des séances du Conseil municipal, touchant l'ouverture de ces deux rues. La rue des Tiercelins, dont l'ouverture n'était pas aussi urgente qu'on a bien voulu le dire, et qui n'a pas plus d'activité aujourd'hui qu'elle n'en avait il y a dix ans, eut, contrairement à l'avis du conseil, la priorité sur la rue Charles III ; et, de plus, elle a eu l'avantage de coûter excessivement cher à la ville.

VICTOR POIREL (Rue)

De la rue Gambetta à la place Saint Jean.

Cette rue, de création récente, coupe en deux parties, à peu près égales, l'ancien quartier dit des Prémontrés, composé des anciennes dépendances de la maison de cet ordre, et de celles du couvent des petites Carmélites.

Il nous suffit, pour connaître son origine, de reproduire ici le compte-rendu de la séance du Conseil municipal du 4 février 1882 :

« M. le Maire fait connaître au Conseil, qu'aux termes d'un projet d'acte rédigé par Me Dagand, notaire à Nancy, et dont il donne lecture, Madame Elisabeth Guibal, propriétaire, demeurant à Rozières-aux-Salines, veuve de M. Léopold-Victor Poirel, en son vivant inspecteur général honoraire des ponts et chaussées, fait don à la Ville de Nancy : 1° d'une galerie de tableaux qui devra être placée dans une salle spéciale du Musée de peinture ; 2° d'une somme de 14,000 fr. de rente 5 % sur l'Etat français, dont le capital sera exclusivement employé à la construction, sur l'emplacement d'une partie de l'ancienne caserne des Prémontrés, d'un bâtiment municipal destiné aux réunions de tous genres, notamment aux réunions littéraires, scientifiques et artistiques, avec les appropriations à cet effet. Cette donation sera consentie par Madame Poirel, à charge par la ville de lui servir une rente annuelle et viagère égale à l'intérêt à 4 % du capital fourni par les 14,000 fr. de rente par elle donnés, d'après le cours de la bourse de Paris, au jour de l'arrêté d'autorisation.

» Le Conseil, après en avoir délibéré, et sur la proposition de l'administration municipale, donne acte au Maire de cette communication et l'autorise à accepter la libéralité dont s'agit, aux conditions stipulées dans l'acte sus visé.

» Le Conseil charge, en outre, le Maire de transmettre à la donatrice l'expression de sa vive gratitude, et décide que la salle à construire prendra le nom de *Salle Poirel*, et que le nom de *Victor Poirel* sera donné à l'une des rues à ouvrir dans l'emplacement de l'ancienne caserne des Prémontrés. »

VISITATION (Rue de la)

De la rue Stanislas à la rue Saint Jean.

Voyez sur son origine la rue des Ponts.

Les plans de 1728, 1752, 1754, 1758 et 1778 la dénomment *rue des Ponts*. Elle n'a pris que fort tard son vocable actuel.

L'état de 1767 et le tableau des rues et places de la ville de Nancy, dressé par l'hôtel-de-ville, sous le règne de Stanislas, lui donnent officiellement le nom de *rue de la Visitation*, sous lequel nous la trouvons indiquée dans le plan de Mique, et dans plusieurs documents de la fin du dernier siècle.

La délibération du 17 septembre 1791 décida que « la *rue de la Visitation* serait appelée *rue de Voltaire*, esprit universel, le second qui ait obtenu dans le Panthéon français les honneurs réservés aux grands hommes. »

F.-Ch. Callot ne fut pas content de cette décision, et manifesta ainsi son opinion :

« *La rue de la Visitation aujourd'hui*

» RUE DE VOLTAIRE

» Cette métamorphose ne doit pas étonner aujourd'hui, par la raison que Voltaire, dans son épître à Uranie, blasphème le premier mystère de notre Religion, et par son Dictionnaire philosophique, a augmenté le nombre de ses disciples qui, par leur crédit, sont parvenus a lui faire accorder l'apothéose, et encore aux frais de la nation, en reconnaissance de l'égalité, de la suppression de la Noblesse et de la spoliation de l'Église.

La délibération du 13 pluviose, an II, confirma celle du 17 septembre 1791, et maintînt Voltaire dans son patronage.

Mais celle du 18 fructidor, an III, pria poliment Voltaire de déménager et de transporter ses bagages et son nom dans les rues du Pont Mouja et Saint Nicolas, pour donner sa place à un oublié du dernier siècle. La rue de la Visitation devint alors *rue Dumarsais*.

Qui donc était Dumarsais ?

Nous ne savons trop à qui on doit d'avoir inspiré aux notables composant le Conseil général de la commune, le choix qui fut fait ce jour-là. Nous soupçonnons fort le méridional Louis Laugier, peintre et fabricant de papier, d'en avoir été l'instigateur.

Qui donc était Dumarsais ?

Un instant, lecteur. Il convenait, ce nous semble, de placer là, cet homme de bien et de science, précisément à cause de l'établissement de l'École centrale qui se trouvait installée à l'Université et dans les locaux occupés précédemment par les Dames de la Visitation.

Maintenant, lecteur, ouvrez le premier Dictionnaire de biographie plus ou moins universel qui vous tombera sous la main, et vous y lirez que César-Chesneau Dumarsais, né à Marseille, le 17 juillet 1676, mort à Paris, le 11 juin 1756, était le meilleur grammairien psychologue de son temps. Son existence littéraire se résume en deux mots : *Luttes* et *misères*.

Il est regrettable que la municipalité royaliste de 1814 n'ait pas confirmé le choix de ce vocable, fait par les républicains sensés du 18 fructidor, an III. C'est, peut-être, de toutes les dénominations qui ont été données à cette époque aux rues de notre ville, la meilleure, la plus vraie, la plus juste. Si la municipalité de 1814 a vu dans ce vocable un nom révolutionnaire, elle a fait preuve alors de la plus grosse crasse d'ignorance qu'on puisse supposer.

Dumarsais, à la porte du Lycée, près de l'ancienne université, valait mieux que Montesquieu dans la rue de la vieille Primatiale, ou l'abbé Mably dans la rue des Chanoines première, ou Voltaire se juxtaposant sur Jean-Jacques, ayant les pieds dans le boueux ruisseau du Pont Mouja et la tête dans le bassin de la Fontaine-Rouge.

Brrrh !... rien que d'y penser ça vous donne froid dans le dos.

Depuis quelques années, on a voulu plusieurs fois la débaptiser. Nous croyons nous souvenir qu'on a mis d'abord le nom du docteur Crevaux en avant, puis celui du général Chanzy.

De même que la rue des Tiercelins, c'est un vocable à sacrifier, parce que ni l'un ni l'autre n'ont un intérêt historique bien marqué.

Quoique la rue de la Visitation date, par son tracé, des premiers temps de la création de la Ville Neuve, elle n'est pas une rue ancienne. Avant la Révolution, elle comptait, en 1767, neuf maisons de bourgeois, dont quatre portant les n° 423 à 426 furent démolies en 1780, pour construire sur leur emplacement la chapelle et le parloir. Le côté ouest, où se trouve le Lycée, était occupé par le monastère, le grand magasin Saint-Antoine qui servit de salle de comédie, de manège, de dépôt de matériel pour les incendies, etc., et deux maisons bourgeoises au bas de la rue. Le côté est de la rue Saint Jean à la rue du Lycée, était composé de remises et d'écuries dépendantes des maisons de la rue des Carmes ; trois petites maisons seulement, qui existent encore près de la rue Saint Jean, sont mentionnées dans l'état de 1767. Les maisons n°s 1 et 3 actuels entre la rue de la Poissonnerie et la rue du Lycée étaient construites.

Nous ne parlerons pas ici du monastère de la Visitation qui n'offre, à côté du Lycée, qu'un intérêt historique très secondaire. Il nous semble mieux d'entretenir le lecteur du Collège de l'Université, et des annexes de l'Ecole centrale, enfin du Lycée.

Lionnois, dans son *histoire*, a retracé de main de maître l'historique de l'établissement des Dames de la Visitation.

C'est seulement dans son calendrier pour 1797, qu'il nous apprend que le Collège de l'Université, dont il avait jadis été principal, y avait été transféré.

Dans sa *Monographie du Lycée de Nancy*, M. l'abbé Blanc, se référant au *Mémoire pour servir à l'histoire littéraire du département de la Meurthe* par Justin Lamoureux, place, jusqu'à la création de l'Ecole centrale, le Collège dans l'ancien noviciat des Jésuites. Il ignorait sans doute que cette maison était devenue, vers 1793, une espèce de prison « la Réunion » où l'on renfermait les prêtres infimes etc.

On supprima d'abord de l'Université de Nancy la Faculté

de Théologie, qui n'avait plus raison d'être avec le nouvel état de choses : l'église constitutionnelle.

Le Collège fut réformé ; au lieu des chanoines réguliers qui le dirigeaient en 1790, savoir : Nicolas DIEUDONNÉ, principal, Doyen-né de la Faculté des arts ;

Jean-Baptiste *Lionnois*, prêtre, principal honoraire ;

Quirin *Deshayes*, professeur de physique, sous-principal ;

Charles *Richier*, professeur de rhétorique et préfet ;

Nicolas *Mauvais*, régent de seconde ;

François-Xavier *Masson*, régent de troisième ;

François-Ulric *Burguet*, régent de quatrième ;

Antoine *Robert*, régent de cinquième ;

Sébastien *Parisot*, régent de sixième ;

Jean-Nicolas-Joseph *Mauvais*, régent de septième ;

Nous le voyons ainsi composé, en 1792 :

MOUGIN, vicaire épiscopal, Principal, doyen-né de la Faculté des arts ;

PITOY (François), professeur de troisième et de quatrième réunies, officier municipal et premier assesseur du Juge de paix du Territoire du Midi ;

BLEAU (Jean-Baptiste), professeur de cinquième et de sixième réunies ;

CRAINCEDIN (Nicolas), professeur de septième ;

BRANDON (Toussaint), homme de loi, Préfet suppléant.

L'*Almanach de Lorraine et Barrois* pour 1793, donne, à la suite de cette liste, l'arrêté suivant du Directoire du Département de la Meurthe.

« Le Directoire du Département de la Meurthe, qui a pris communication d'un plan d'études, qui a été rédigé par le citoyen Pitoy, de Toul, professeur de troisième et de quatrième au Collège de Nancy, et présenté par lui au département, considérant que les plus grandes Révolutions ne peuvent se cimenter que par la régénération des mœurs, et que l'on ne peut espérer cette régénération que par une éducation soignée et conforme aux mœurs du gouvernement sous lequel on doit vivre ; a arrêté que jusqu'à ce que la Convention Nationale aura décrété le mode d'éducation qui devra être suivi dans les Collèges de la République, ledit plan d'études du citoyen Pitoy qui a réuni les suffrages des différens professeurs à l'examen desquels il a été soumis, sera suivi et discuté au Collège de Nancy.

» Signé : Henry le jeune, Grandjean, Pagnot, Perrin, Viard et Anthoinet, secrétaire général. »

Six chanoines réguliers, professeurs au Collège, avaient prêté, en janvier 1791, le serment constitutionnel, tant comme prêtres que comme professeurs, fonctionnaires publics. Plusieurs d'entre eux furent nommés curés constitutionnels, tant à Nancy que dans les environs ; d'autres furent envoyés dans les collèges de Lunéville et de Pont-à-Mousson.

En 1793, la politique absorbe tous les esprits. La Société littéraire est dissoute ; l'Université est supprimée ; le Collège est entièrement transformé, pour la seconde ou la troisième fois. Pitoy, officier municipal, se trouve compromis dans l'affaire Marat-Mauger, il est destitué de ses fonctions de professeur.

A la rentrée des classes, le Collège est transféré dans les bâtiments de la Visitation. Nous devons dire aussi qu'à la suppression de l'Université, les professeurs qui enseignaient dans la Faculté des arts, furent revêtus des fonctions de professeurs au Collège. Pitoy induisit de ce nouvel état de choses, qu'il était victime d'une persécution. C'est ce qu'il tend à démontrer dans un mémoire qu'il fit imprimer à Paris chez Célère, rue Galande n° 79, in-8, 42 p. intitulé : « Le citoyen François Pitoy, officier municipal de la commuue de Nancy, aux citoyens Représentants du Peuple, composant le comité de sûreté générale de la Convention nationale, » dans lequel on lit les passages suivants qui ne sont pas sans intérêt historique :

« Le décret qui me réintègre dans mes fonctions, et dont la Convention ordonna l'insertion au bulletin, ralluma la fureur de mes ennemis. L'envie, la jalousie, la malveillance formèrent contre moi une criminelle coalition, et aiguisèrent leurs poignards dans les ténèbres.

» Ce ne fut pas sans un redoublement de rage, que l'aristocratie me vit reprendre, à Nancy, mes fonctions d'officier municipal, et débuter par la motion de faire flotter le drapeau tricolore sur tous les édifices publics, et de faire graver sur les frontispices des maisons, ces mots sacrés : *Unité, Indivisibilité de la République : Liberté, Egalité, Fraternité ou la mort* ; motion qui fut accueillie avec transport, et que je reproduisis avec un égal succès, dans la Commune de Toul, où je me rendis pour répondre à la confiance du Représentant du Peuple, qui me chargea d'une mission importante.

» Ce fut pendant que je travaillais dans cette ville à mettre les esprits à la hauteur de la Révolution, et que je portais les derniers coups au fanatisme, en élevant des autels à la Raison sur les débris de l'erreur et de la superstition ; ce fut pendant que j'épurais les Autorités constituées ; que je prononçais des discours dont l'impression fut votée par le peuple, et que je faisais célébrer des fêtes en l'honneur des deux martyrs de La liberté, Marat et Lepelletier, (a) que mes ennemis, profitant lâchement de mon absence, versèrent sur moi, à grands flots, le poison de la calomnie, et essayèrent de porter une double atteinte à mon existence civile et politique.

1er genre de persécution.

» A la rentrée des classes, les administrateurs provisoires du Département de la Meurthe, qui ne pouvaient prétendre cause d'ignorance du décret rendu pendant les vacances du Collège, décret qui me rétablissait dans mes fonctions d'instituteur, affectèrent de supprimer mon nom sur le tableau où figuraient ceux de mes collègues en institution et en partie ex-prêtres, célibataires et mauvais citoyens. Ce fut ainsi que ces administrateurs violèrent ouvertement la loi qui accorde, de préférence, les places aux pères de famille, et bravèrent l'opinion publique en favorisant des hommes inscrits sur la liste des meneurs et des menés, en vertu de la délibération de la Société populaire de Nancy du 27 juillet 1793 (vieux style) pour avoir fait refus ou difficulté de signer l'adresse d'adhésion aux journées mémorables des 31 mai, 1er et 2 juin. »

Ici s'ajoute une note d'un véritable intérêt.

« Un de ces professeurs, par exemple, nommé Deshayes, ex-chanoine régulier, a été rangé, avec raison, dans la classe des hommes suspects, par la 4e section, qui a demandé unanimement son arrestation. Ce prêtre n'a pu

(a) « La Convention décréta, dans son bulletin du dernier mois, la mention honorable de ma conduite et de celle de mes collègues. » (Note de Pitoy).

nier qu'après avoir prêté son serment, il avait voulu le ré-
tracter ; la preuve de ce fait est consignée dans les procès-
verbaux de cette section, déposés dans les Archives du
Département. »

Quirin Deshayes, professeur de physique à la Faculté
des arts, avait inventé divers instruments, notamment une
machine à tracer les courbes des sections coniques, un
anéomètre, un tarif de réduction pour mesurer les vases
de toutes formes renfermant des liquides, etc. Il eut peut-
être le tort, après avoir prêté le serment constitutionnel,
d'abjurer le culte catholique et d'abdiquer ses fonctions
sacerdotales ; il n'en est pas moins resté un homme de
science, un professeur émérite. D'autres que lui étaient
dans ce même cas. (V. place Dombasle).

Quant à Pitoy, simple laïque, il a trop oublié sa profession d'instituteur, pour se livrer entièrement à la politique militante. Le Département a donc fait acte de justice, en le rayant de la liste des professeurs du Collège de
Nancy.

Nous continuons l'historique de cet établissement, qui
se rattache dès lors à l'Ecole centrale, à l'article que nous
consacrons à la place Dombasle. Nous n'avons voulu
indiquer ici que l'établissement du Collège, dans le ci-
devant monastère des Dames de la Visitation. Parlons
maintenant des annexes de l'Ecole centrale.

MUSÉUM

Après la tourmente révolutionnaire, quelques hommes,
soucieux de la conservation des objets d'art qui avaient pu
échapper au vandalisme des terroristes exaltés, recueil-
lirent, avec un soin pieux, tous ceux qui avaient échappé
à la grande hécatombe de 92 et de 93 ; et, aidés par l'administration du département de la Meurthe, réunirent ces
objets d'art dans la chapelle de la Visitation (v. Place
Dombasle). Laurent et La Broisse sont les vrais fondateurs du Muséum de Nancy, duquel est sorti le musée de
peinture et de sculpture. La chapelle de la Visitation fut
bientôt remplie et l'on ouvrit dans l'ancien parloir de ce
monastère plusieurs galeries, où furent exposés les tableaux

qu'on recueillait tous les jours. C'est dans ces galeries·
qu'on établit d'abord l'école de sculpture, annexée au
muséum et à l'Ecole centrale.

L'installation du muséum fut terminée dans les premiers mois de l'an VIII, ainsi que le catalogue des objets
d'art qu'il renfermait.

Le 14 brumaire an VIII, le Département fit publier cet
avis dans le *Journal de la Meurthe*, qui venait de naître et
qui était son organe officiel.

« L'administration centrale du département de la
Meurthe a, par ses arrêtés du 4 de ce mois, ordonné que
le musée de peinture et de sculpture sera ouvert au public
tous les décadis, depuis 2 jusqu'à 4 heures après midi en
hiver, et de 3 à 5 pendant l'été ; un catalogue de tous les
morceaux de sculpture, peinture et gravure, avec l'explication des sujets, sera communiqué aux amateurs. qui
désireront en prendre connaissance ; que la bibliothèque
du département sera ouverte au public tous les jours impairs, le matin depuis 9 heures jusqu'à midi, et de 2 à
5 heures après midi.

» Ce nouveau moyen fourni à l'instruction publique,
honore l'administration centrale ; ainsi le citoyen pourra
employer utilement ses moments de loisir ; ainsi les décadis offriront une récréation digne des républicains. »

ÉCOLE DE SCULPTURE

Etant en si bonne voie, Laurent, conservateur du Muséum, et La Broisse, sculpteur, n'eurent pas de peine à
établir la création d'une école publique et gratuite de dessin et de sculpture. Les administrateurs du Département,
qui étaient gens éclairés et qui venaient d'organisser l'École
centrale et le muséum, accédèrent à cette proposition, qui
offrait un avantage de plus aux jeunes gens qui se desti-
naient aux arts libéraux. Du reste, cette administration a
cherché dans les quelques années de son existence, à réparer les maux que les administrations précédentes avaient
laissé commettre par des fanatiques trop révolutionnaires.
On publia donc le 18 nivose an VIII cet avis :

« L'administration du Département de la Meurthe, voulant encourager et faciliter l'étude des arts utiles, a des-

tiné une salle, près le Muséum, pour y établir une *Ecole publique de sculpture*. On y enseignera à dessiner, à modeler la figure, le bas-relief, l'ornement et tout ce qui est nécessaire et utile pour plusieurs professions. Les leçons commenceront le 1er pluviose prochain (21 janvier 1799), et dureront depuis 2 heures jusqu'à 4 heures du soir, excepté le quintidi et décadi ; les quatre premiers jours de la décade seront destinés à l'étude de l'ornement et des parties de l'architecture, les quatre autres à l'étude de la figure. Tel est le nouveau bienfait du zèle des administrateurs du département pour l'instruction publique. »

On voit, par cet avis, que l'école de dessin commence à exister ; elle s'agrandit insensiblement et fut annexée à l'école centrale, tandis que l'école de sculpture était indépendante de celle-ci.

En vertu de l'article 37 de la loi du 18 germinal an X, le préfet, en arrêtant les jours de congé aux dimanches et jeudis de chaque semaine, et aux jours de fêtes nationales et religieuses, pour tous les établissements d'instruction publique du département, fixa les jours d'ouverture de la Bibliothèque publique du département aux mardis, jeudis et samedis de chaque semaine, précisément les jours de marché ; et ceux du Musée de peinture et de sculpture aux jeudis. Les artistes et amateurs pouvaient, en outre, y être admis le mardi *(Meurthe*, 3 prairial an X).

Lorsqu'il s'agit, en l'an XII, d'approprier les bâtiments de la Visitation et des Minimes, pour y recevoir le Lycée qui devait s'ouvrir le 1er nivose suivant, on transféra l'école de sculpture à l'ancien Collège, aujourd'hui hospice Saint Stanislas.

« L'école gratuite de sculpture, qui était établie au Muséum, se tient présentement dans une salle du Collège près la porte Saint Nicolas, On y enseigne à dessiner, à modeler la figure, le bas-relief, l'ornement et tout ce qui est nécessaire ou utile, pour plusieurs professions dans lesquelles on ne peut réussir, sans la connaissance et la pratique de quelques-unes des branches de la sculpture. Les cours commenceront le 22 brumaire courant et dureront depuis 3 heures de relevée jusqu'à 5, excepté les jeudis et dimanches. Les trois premiers jours de la semaine sont destinés à l'étude de l'ornement et des parties qui ont rapport à l'architecture, les autres à l'étude de la figure. » *(Meurthe*, 21 brumaire an XII).

ÉCOLE DE DESSIN ET DE PEINTURE.

C'est entre l'an X et l'an XII que fut créée l'Ecole de dessin et de peinture, attachée au Muséum et annexée à l'Ecole centrale. Nous n'avons pas trouvé trace de la date de son établissement, qui nous est seulement révélé par l'avis suivant publié le 7 brumaire an XIII par le *Journal de la Meurthe* :

« *Changement de domicile*. — Le Musée précédemment établi dans les salles de la Visitation, vient d'être transféré dans les bâtiments de l'Université. M. Laurent, son conservateur, et ci-devant professeur de dessin et de peinture à l'Ecole centrale du département de la Meurthe, prévient le public que par autorisation de M. le préfet et de M. le Maire, l'*Ecole de dessin et de peinture* qu'il a formée près le Musée, se tiendra désormais à l'Université. Elle s'ouvrira tous les jours, depuis 8 heures du matin jusqu'à midi, et le soir, depuis 2 heures jusqu'à 4. Les succès que ce professeur a constamment obtenus dans son enseignement, lui font espérer que MM. les amateurs continueront de l'honorer de leur confiance. La rétribution sera de 48 fr. pour l'année ; elle sera payée par quartier et d'avance. »

Le Musée de peinture demeura à l'Université jusqu'en 1809, époque de la création de l'Académie de Nancy et de la Faculté des Lettres. On le transféra alors dans les salles de l'ancien Collège de médecine, à l'hôtel de la Comédie, où il resta jusqu'en 1828. La municipalité fit disposer des salles au premier étage de l'Hôtel-de-Ville en 1826, de manière à recevoir l'établissement du Musée des tableaux et des objets de sculpture de cette ville, conformément à la délibération du 18 mai 1825. Les nouvelles salles furent ouvertes au public tous les lundis, d'une heure à trois, les jours de pluie exceptés, à partir du mois d'avril 1828. Leur entrée était alors par la rue des Dominicains, n° 1, où on lit encore au dessus de la porte :

MUSÉE DE PEINTURE.

Les nouvelles salles où il se trouve actuellement placé, ont été construites en 1862, sous l'administration de M. le baron Buquet, maire de Nancy, par M. Morey, architecte de la ville.

Nous ignorons ce qu'est devenu, après l'an XII, l'école de sculpture ; il n'en est fait mention dans aucun Annuaire, et nous n'avons rien trouvé qui la concerne dans les journaux postérieurs à cette date.

CONSERVATOIRE DE MUSIQUE.

Avant de parler de l'établissement du Lycée, nous ne devons pas passer sous silence l'existence de l'*Ecole de musique* qui siégeait, en l'an X, dans les bâtiments de l'ancien monastère de la Visitation. Cette école était appelée le *Conservatoire de Musique*.

« Avant la Révolution, dit le préfet Marquis, on donnait souvent des concerts d'amateurs, et l'on voit avec plaisir que ce goût a commencé à reprendre, à mesure que la tourmente révolutionnaire s'est calmée ; la musique est devenue même une partie essentielle de l'éducation, parmi les gens aisés. » (*Statistique*, p. 139)

Le citoyen Préfet est bien laconique, et son organe, la *Meurthe*, ne l'est pas moins. Cependant cette feuille rend compte le 25 fructidor an X, d'une distribution de prix faite aux élèves :

« Le 22 du courant, les élèves du Conservatoire de musique ont eu leur concours public, à l'Ecole centrale ; leurs progrès ont été couronnés par les applaudissements les plus vifs ; à la fin de la séance, ils ont exécuté un morceau d'ensemble avec beaucoup de précision. »

Quelle était cette école de musique ? Quels étaient ses professeurs ? Quand s'est-elle fondée ? Combien de temps a-t-elle vécu ? Nul ne le sait, aucun historien nancéien n'ayant mentionné son existence. Sans doute, qu'elle subit le sort de l'école de sculpture et qu'elle dut, ou déménager de la Visitation ou se dissoudre en l'an XII, pour faire place au Lycée.

Le 3me jour complémentaire de l'an XII, Alexandre, musicien, — qui pourrait bien en avoir été le fondateur, — « prévient le public qu'il continuera son *école de musique* vocale et instrumentale ; il emploiera, dans l'enseignement, une méthode qui lui est propre et qui, en simplifiant l'analyse des éléments, en rendra les progrès plus actifs et moins pénibles : des maîtres choisis réuniront leurs connaissances à celles du sieur Alexandre. On enseignera le chant, le violon, l'alto, la flûte et le piano.

» On prendra des arrangements faciles pour les mois de leçons. Les personnes qui voudront donner confiance à cette école sont priées de s'adresser chez lui, rue Saint Julien, n° 429, faisant angle à celle ci-devant Tiercelins, où est l'évêché. »

Il n'est pas question de cette école dans les Annuaires et dans les Journaux du temps que nous avons consultés.

LYCÉE.

La plupart des gens s'imaginent, quand on leur parle du Lycée, que c'est une institution fondée par l'Etat, que la ville a fourni les bâtiments et que l'Université de France y a envoyé ses professeurs. L'Etat, en l'an X, n'était large qu'en promesses, et généreux qu'avec la bourse des autres. L'Etat n'avait pas le sou, pas d'Université, pas de professeurs, et l'Etat renversait les Ecoles centrales pour créer les Lycées.

Voici les grandes phrases mensongères avec lesquelles on se payait la rhubarbe et le séné, aux dépens des badauds :

« En exécution de la loi du 11 floréal an X, il sera établi des lycées pour l'enseignement des lettres et des sciences. Il y aura un lycée, au moins, par arrondissement de chaque tribunal d'appel.

» On enseigne dans les lycées les langues anciennes, la rhétorique, la logique, la morale et les éléments des sciences mathématiques et physiques.

Le nombre des professeurs de Lycée ne sera jamais au-dessous de huit ; mais il pourra être augmenté par le Gouvernement, ainsi que celui des objets d'enseignement, d'après le nombre des élèves qui suivront les lycées.

« Il y aura dans les lycées des maîtres d'études, des maîtres de dessin, d'exercices militaires et d'arts d'agrément.

» L'instruction y sera donnée à des élèves que le Gouvernement y placera ; aux élèves des écoles secondaires qui y seront admis par un concours ; à des élèves que les parents pourront y mettre en pension ; à des élèves externes.

» Par arrêté du Gouvernement du 16 floréal, an XI, la ville de Nancy a été désignée pour l'établissement d'un Lycée, qui comprendra dans son arrondissement les départements de la Meurthe, de la Meuse et du Haut-Rhin. Le Lycée doit être placé dans les bâtiments réunis de l'École centrale, des Minimes et de la Visitation. Il doit être en activité pour le 1ᵉʳ nivôse prochain, époque à laquelle les Écoles centrales des trois départements seront fermées.

» Pour faire face aux dépenses de premier établissement, il a été ouvert dans le Département une *souscription de cent mille francs*, qui a été promptement remplie par les pères de famille et par les amis des sciences et des arts.

» Les citoyens Noël et Coulomb, membres de l'Institut, inspecteurs généraux des études, doivent se rendre à Nancy avant la fin de brumaire, pour examiner les candidats qui se présenteront pour occuper les places de professeurs, et les élèves des écoles secondaires qui, aux termes de la loi, ont droit de concourir à des places gratuites. 38 places sont destinées à des élèves du département de la Meurthe; 40 à ceux du Haut-Rhin et 30 pour la Meuse. » (*Annuaire statistique du département de la Meurthe*, pour l'an XII, p. 237.)

Les Écoles centrales avaient cet avantage d'être réparties dans chaque département, et d'enseigner les mêmes choses que dans les Lycées; mais elles avaient aussi cet inconvénient de n'être pas directement placées sous la coupe du Gouvernement. Les Écoles centrales, surtout celles de Nancy, avaient produit, depuis l'an IV, d'excellents résultats et fourni de bons élèves aux écoles spéciales. Les professeurs, gens de mérite, se retirèrent pour la plupart en l'an XII; notons seulement : Villemet, Haldat, Nicolas, Coster, Thieriet et Laurent.

Le 17 messidor an XI, le préfet Marquis faisait publier l'avis suivant :

« Le Gouvernement de la République a pris l'arrêté suivant:

» Dans le courant de l'an XII, il sera établi un Lycée dans la ville de Nancy; il sera placé dans le bâtiment de l'École centrale, des Minimes et de la Visitation; les départements de la Meurthe, du Haut-Rhin et de la Meuse y fournissent un nombre d'élèves : la Meurthe 38, le Haut-Rhin 42, et la Meuse 30. Les Écoles centrales de ces trois départements seront fermées le 1ᵉʳ nivôse. Les préfets, à la réception du présent arrêté, *feront mettre le scellé* sur les bibliothèques, cabinets et autres dépôts appartenant auxdites écoles (?). Le Lycée doit être pourvu au 1er frimaire, de tout ce qui sera nécessaire pour recevoir 100 élèves le 1er nivôse, et 50 de plus le 1er ventôse.

» La Commission chargée de l'organisation du Lycée se rendra à Nancy avant la fin de brumaire ; elle interrogera les professeurs des trois écoles centrales, et tous les citoyens qui se présenteront de quelque département qu'ils soient ; elle enverra au ministre de l'intérieur son rapport et sa proposition de nomination en nombre double. Elle inspectera toutes les écoles secondaires. Elle désignera le nombre d'élèves que doit avoir chacun des départements, et fera une présentation double pour que les élèves choisis puissent entrer au Lycée le 1er nivôse ; trente élèves du prytanée y seront rendus à la même époque.

» Le proviseur, le censeur et le procureur gérant du Lycée seront rendus à Nancy avant la fin de brumaire. »

Les citoyens Noël et Coulomb, inspecteurs des études, chargés de concourir à l'établissement du Lycée, arrivèrent à Nancy le 11 frimaire, an XII, et descendirent à l'hôtel du Petit-Paris, rue des Etats-Unis (rue de la Constitution, 9), où ils reçurent tous les matins, excepté les jeudis et les dimanches, depuis 11 heures jusqu'à 3, toutes les personnes qui voulaient se mettre sur les rangs, pour les chaires du Lycée de Nancy.

Par arrêté du 25 frimaire, le premier consul nomma le citoyen Mallevant, un législateur, proviseur, et le citoyen Durand de Grandpré, censeur des études.

Sur la proposition de la Commission des études, Bonaparte nomma, en germinal, professeurs au Lycée :

» Classe des belles-lettres latines et françaises, le cit. *Lamoureux;* pour les trois places de professeurs de latin, les cit. *Mollevant, Mangin* et *Leguillez;* pour les mathématiques transcendantes, le cit. *Spitz;* pour les trois places de professeurs de mathématiques les cit. *Guenau d'Haumont, Caumont* et *Ch.-Jus. Antoine.* »

Par décret impérial du 19 prairial, Blaise fils fut nommé procureur-gérant du Lycée de Nancy et Mollevant jeune (le poète), professeur de latin au Lycée de Metz.

Voilà donc le Lycée organisé. La *Meurthe,* du 1er floréal, an XII, en annonce ainsi l'ouverture :

« L'ouverture des classes du Lycée aura lieu le lundi 3 courant. Nous avons donné la liste des professeurs dans un numéro précédent. Outre les leçons données par les professeurs, on enseignera la langue allemande, la langue italienne et la littérature ancienne. L'ouverture solennelle du Lycée est fixée au 15 floréal présent mois ; la distribution des prix au 30 thermidor. »

Vers le 15 floréal, Mollevant père, proviseur, nommait *Blau* pour enseigner la langue allemande et *Mollevant* aîné, (l'abbé) pour enseigner la langue italienne.

Le 30 thermidor suivant, avait lieu la distribution des prix. Dans le discours prononcé pour la circonstance par le citoyen Durand de Grandpré, censeur, on cueille cette phrase qui nous paraît un comble. . . . . ! ! !

» L'homme qui n'a que des talents et du génie est souvent le fléau de la Société ; mais l'homme qui joint à la décence dans les manières, la délicatesse dans les procédés, qui donne à l'exactitude à remplir ses devoirs, la grâce de l'aisance et de la facilité, dont l'honnêteté part du cœur, et se présente comme le résultat d'un excellent naturel et d'une éducation polie ; cet homme est cher à tout le monde et obtient partout où il se montre l'attachement et l'estime. »

Si les élèves de ce temps là ont compris quelque chose dans ce discours, nous voulons que le loup nous croque.

Le cours des sciences physiques, qui existait à l'Ecole centrale, ne fut rétabli au Lycée de Nancy qu'en vertu du règlement du 19 septembre 1809. Il s'est ouvert le 11 mars 1810.

» M. le docteur *Haldat*, professeur, enseignera cette année la physique générale et spéciale et les principes de la chimie générale. Il y aura quatre leçons par semaine, qui se feront de 4 à 6 heures du soir. La physique mécanique de Fischer, servira de base à cet enseignement. » (*Meurthe*, 9 mars 1810).

Alexandre Haldat avait succédé en l'an IV à Quirin Deshayes, dans la chaire de chimie et de physique expérimentales, établie près de l'Ecole centrale dans les bâtiments de la Visitation.

Quirin Deshayes, qui est mort poitrinaire, croyons-nous en 1799, avait cessé ses cours en l'an VI.

PLACES

ACADÉMIE (Place de l')

La *grande place de Grève* (place de l'Académie et Cours Léopold actuels) est la conséquence de la destruction des remparts inutiles de la Ville-Vieille.

Cet immense ouvrage a été commencé sans plan bien conçu vers 1768. On ne prévoyait guère quel parti on pourrait tirer des anciens fossés. La première ligne de remblais à opérer pour former cette immense place comprenait l'étendue des fossés situés entre la pointe du bastion de Danemark et celle du bastion des Michottes. Pour faciliter le nivellement de ce terrain on ouvrait les rues du champ d'asile, du Haut Bourgeois, de la Manutention et de la Monnaie. Les rues de la Pépinière et des Michottes étaient en voie de création.

Il fallut près de dix années pour combler et niveler cet immense espace, et encore au moment de la Révolution il restait bien des choses à faire, bien des trous à combler, bien des nivellements à opérer.

Ne nous occupons pas du Cours Léopold, encore informe en 1779, alors qu'une ordonnance de police du 2 juin de cette année assignait cet endroit aux marchés de vins, foins, pailles et bois. C'est à la même époque que la grande place de Grève fut désignée pour les exécutions criminelles qui se faisaient momentanément sur la *grande place du Marché de la Ville-Neuve* et qui, avant 1770, avaient lieu sur la place de Grève, aujourd'hui Dombasle (v. ces deux vocables).

La délibération du Conseil général de la commune du

17 septembre 1791, respecta la nouvelle place de Grève et
ne changea pas son vocable. Cependant elle était appelée
place de la Liberté avant la délibération du 13 pluviose,
an II. Celle du 18 fruétidor an III lui rendit son nom primitif de *place de Grève* que nous lui avons vu conserver jusqu'en 1867. Sous la Révolution il y a bien eu quelques
timides ou quelques enthousiastes qui lui ont consacré le
vocable de *place de la Liberté,* mais c'est une anomalie in-
explicable. On ne pouvait guère parler de liberté là où,
tous les jours, l'échafaud en permanence, envoyait dans
l'autre monde des chauffeurs, des aristocrates et une infinité d'autres victimes de ces temps malheureusement pas-
sionnés par la politique haineuse et la délation intéressée.

Depuis sa création, la place de Grève n'a rien offert
d'historique, sinon dans les annales judiciaires, quant à
l'exécution des criminels.

Son château d'eau, élevé en 1831 ? N'en parlons que
très peu.

Taisons-nous sur ce pâté de foie gras qui a nom : *Académie* et que tout le monde appelle le *Palais des Facultés.*

Lorsqu'en 1867, il s'est agi de faire une nouvelle hodographie nancéienne, on a discuté longuement et longtemps
sur le vocable qui pourrait être admis : les uns voulaient
faire de la place de Grève la *place des Facultés,* les autres
opinaient pour la *place de l'Académie.* La commission était
iudécise et ne savait sur quel pied danser. M. Louis Lallement marqua la mesure dans son *Mémoire* et obtint la
majorité pour sa proposition :

Le nom de *place de l'Académie,* semble préférable, dit-il,
à celui de *place des Facultés* : il est plus exact et plus légal.
L'ensemble des Facultés constitue l'*Académie* universitaire
de Nancy. Le nom de *place de l'Académie* sonne mieux à
l'oreille. »

Voilà comment la place de Grève est devenue place de
l'Académie le 7 février 1867.

Nous aurions dû parler ici de la Vénerie, mais comme
nous en avons dit déjà quelques mots ailleurs le lecteur
voudra bien se reporter aux vocables *Gambetta,* pour les
filles et les femmes publiques, et *Saint Dizier* pour les enfants-trouvés.

Le Cours Léopold, plus moderne que la place de l'Académie, a une plus grande page d'histoire. Nous y ren-

voyons le lecteur. Ces deux places qui n'en devaient former qu'une en principe, qui sont sœurs, ont eu deux exis-
tences bien différentes. L'histoire de l'une n'est pas celle
de l'autre. Si Lionnois a confondu l'histoire de la place de
Grève avec celle du Cours Léopold, c'est qu'en son temps
ces deux places étaient encore unies et le Cours de la Liberté n'était qu'à l'état d'embryon ; mais depuis la publication de son livre, chacune d'elles a eu son existence
propre. Le Cours de la Liberté s'est insensiblement
agrandi et la grande place de Grève a perdu de son importance primitive.

La place de l'Académie a été souvent comparée au dé-
sert du Sahara pendant l'été, et aux steppes du nord pendant l'hiver ; c'est qu'en été on risque fort d'y attrapper
un coup de soleil, et en hiver il faut avoir des bottes de
Russie pour la traverser dans la neige. On a souvent réclamé au Conseil municipal d'y créer plusieurs passages
pavés, pour la traverser sans trop barboter dans la neige ou
dans la boue. Cette proposition émanant cependant des
membres du Conseil a toujours été repoussée. Enfin à
partir de 1879 on a commencé à lui faire un bout de toilette : on l'a nivelée, on l'a entourée de trottoirs, on y a
placé quelques bancs, un kiosque et une machine à uriner ;
on y a aussi planté des arbres, mais seulement une rangée :
c'est un peu mesquin. Avec deux rangées, les bancs destinés aux promeneurs auraient eu au moins quelque utilité,
quand le soleil de midi y darde en plein ses rayons. Ces
bancs sont destinée à faire jouir le spectateur qui s'y délasse de la vue du nouveau Château d'Eau. Par mesure de
sûreté, il ne faut jamais s'y asseoir sans avoir une ombrelle
ouverte, sans quoi on risque fort d'être aveuglé, sans
compter que lorsqu'on y a passé une demi-heure, pour
peu que l'ont soit gros et gras, on cuit littéralement dans
son jus.

La place de l'Académie sert toute l'année, sauf pendant
la foire, à l'exercice des troupes ; le 14 juillet, on y passe
la revue traditionnelle de la garnison.

En mai, on commence à y construire le cirque ; c'est la
foire qui s'annonce. Bientôt elle se couvre de baraques de
bateleurs, physiciens, confiseurs, fabricants de pommes de
terre frites et autres ; elle est aussi le rendez-vous des ar-
racheurs de dents, des extirpeurs de cors aux pieds et des

marchands d'orviétan. Cela dure du 20 mai au 10 juin inclus.

Dès les premiers beaux jours de février, lorsque le soleil
commence à s'élever à l'horizon et à répandre une douce
et agréable chaleur, on voit se grouper à son extrémité
orientale, entre la rue de la Monnaie et le Cours Léopold,
dans le rentrant qu'on appelle la petite Provence, les vieux
et les vieilles, les souffreteux, les convalescents, les bonnes
d'enfants et les bébés qui viennent respirer un air pur et
se mettre à l'abri du vent de l'est ; mais aussitôt que le
soleil chauffe un peu fort, la petite Provence devient déserte jusqu'aux beaux jours de l'automne.

Nous ne comprenons pas l'esprit qui anime les administrations municipales de notre ville. Voilà au moins 25 ou
30 ans que tout le monde réclame pour la place de Grève
des améliorations matérielles. On n'y répond pas, et c'est à
peine si l'on se décide depuis 1879 à l'embellir un peu. —
Nous sommes en droit de supposer que l'administration
n'est rien, et que les bureaucrates sont tout. Alors. . .???
la Commission d'administration répond : Je suis pavée des
meilleurs intentions, voyez la Commission des travaux. —
Mais, répond celle-ci, je ne demande qu'à travailler et à
faire travailler : le hic est le hoc est à côté, voyez la Commission des finances. — Moi, pas le moins du monde, je
suis liée, je ne puis rien seule, voyez la Commission d'administration qui a la haute main sur tout. — Puisque j'en
sors. — Ça ne fait rien, retournez-y. — Avec ce système
d'Hérode à Pilate et de Pilate à Hérode, rien ne se fait, et
l'eau passe sous le pont. Les municipalités changent et se
succèdent, et les Commissions amassent des projets qui ne
se terminent jamais et s'engloutissent dans le passé. C'est
un peu ce qui a empêché M. Bernard, de profiter d'une
belle occasion, pour nous doter d'une autre statue Drouot.

Si jamais M. Bernard, maire de le ville de Nancy, a eu
une bonne idée, c'est d'avoir démoli ce bassin mastodonte
qu'on appelait *Château-d'Eau* et qui avait été érigé par une
administration municipale qui a eu le talent, en 1831, de
s'attirer toutes les critiques du public nancéien. L'architecte qui conduisait les travaux de cette machine infernale
était C.-B. Débuisson. Le 7 août 1831, un Nancéien, un
peu grincheux, critiqua la destruction des petites fontaines
de la Carrière et commença ses réflexions par cette phrase
bien anodine :

« On élève *à grands frais* sur la place de Grève un Château-d'Eau, ou réunion de sources qui, placées dans un des points les plus élevés de la ville, devront alimenter une grande partie des fontaines de l'intérieur. »

Eh bien, cette phrase mit très fort en colère M. Débuiss-s n. Il s'ensuivit une polémique des plus amusantes, entre lui et un écrivain qui a conservé l'anonyme.

Nous connaissons plusieurs morceaux où le château d'eau est tourné en ridicule. Noël, le grave Noël ne l'a pas épargné dans son *Mémoire* n°5, notes. *Asmodée* lui a décoché cette boutade le 7 novembre 1847 :

On dit que notre Château d'Eau
Qui méconnaît son but comme son origine,
Perdra son nom pour en prendre un nouveau,
Puisqu'évidemment il s'obstine
A refuser son onde cristalline,
On se contentera de l'appeler Château.
Mais, diable ! d'un château la forme n'est pas telle,
Et chacun justement pourra se récrier,
Car sa forme, mon Dieu, n'est pas plutôt celle
Sinon d'un plat à barbe, au moins d'un bénitier
Voire même d'un saladier.

Depuis un siècle, Nancy n'a vraiment pas de chance avec ses monuments, ses fontaines, ses statues, etc.

L'architecte Débuisson, au cours de la polémique qu'il soutenait contre son antagoniste anonyme, ne sachant plus à quel saint se vouer, se tourna vers M. Chenut, qui était alors maire de la ville de Nancy, et lui adressa l'épitre suivante :

« Nancy, le 15 août 1831.

» *A Monsieur le Maire de la Ville de Nancy.*

» Monsieur le Maire,

» J'ai annoncé dans un article inséré dans le *Journal de la Meurthe* du 14 de ce mois, que je donnerais la description du Château d'Eau que la ville de Nancy fait construire sur la place de Grève, pour faire connaître ce qui a nécessité son érection. Cette description a pour but, non pas de donner une idée exacte de l'effet qu'il pourra produire, mais de démontrer que ce monument se construit dans des vues d'économie et non *à grands frais*. Il n'est donc pas étonnant que, hérissée de chiffres, cette description n'ait rien de bien attrayant ; mais toute fastidieuse qu'elle puisse être pour les personnes qui ne considérent cette construction que sous le rapport de l'embellissement de la ville, il nous a semblé qu'elle pourrait offrir quelqu'intérêt aux membres de l'administration qui a approuvé cette opération, et aux administrés qui désirent connaître l'emploi des ressources de la ville.

» Plus intéressé que personne à cette publication, j'ai cru ne devoir faire insérer cette description dans le journal, qu'autant que vous le jugeriez convenable. Je me conformerai donc entièrement à ce que vous déciderez à ce sujet.

» Je suis avec un profond respect, Monsieur le Maire, votre très humble et obéissant serviteur.

» Signé : C. B. Débuisson.

» Approuvé par le Maire. »

Dans le nombre des travaux que la ville de Nancy vient de faire exécuter, ou qui sont en construction, le plus remarquable sous le rapport de l'utilité publique, de la dépense et de l'embellissement qui en résultera, est la reconstruction en tuyaux de fer et de fonte, de toutes les conduites d'eau des fontaines, et l'érection d'un Château d'Eau au milieu de la place de Grève.

» Ce monument aura 7 mètres 30 centimètres d'élévation, les eaux qui s'élèveront à cette hauteur retomberont par bouillon au tuyau ascendant, ou champignon, dans une première conque, et en nappe de cette première conque dans une seconde. Elles s'écouleront ensuite de celle-ci par *trente six filets* (1) et seront recueillies dans un vaste bassin ou réservoir, d'où elles seront réparties entre quatre bassins de distribution d'eau qui alimentent environ 70 fontaines,

---

(1) On se demande si ces 36 filets ne sont pas la représentation des *trente-six immortels* de l'Académie de Stanislas. En tous cas, cette deuxième conque, ornée de 36 filets, a fait donner le nom de *Passotte* à tout le jet d'eau dudit Château. Elle existe toujours et rien ne lui ressemble mieux que la passotte d'une cuisinière en train de préparer une purée de n'importe quoi. Plus loin, l'auteur parle de *36 macarons à tête de lions*. Ne serait-ce pas de là qu'on a mis à Nancy les macarons à toute sauce, et que l'hôtel-de-ville est considéré comme l'*Hôtel des Macarons ?*

tant publiques que particulières, appartenant à différents concessionnaires.

» Quatre fontaines seulement seront établies pour subvenir aux besoins des habitants de ce quartier, dans un socle sur lequel reposera le réservoir.

» Les deux conques de forme circulaire et dont la plus élevée aura 2 mètres 50 centimètres de diamètre, et l'autre 4 mètres 50 cent., seront en fer de fonte, ainsi que les balustres qui les soutiendront ; leurs poids total sera de 7,500 kilogrammes ; ces conques et balustres seront ornés de diverses moulures de feuilles d'eau et de côtes, et la conque inférieure sera décorée de *trente-six macarons à tête de lion*, par lesquels les eaux s'écouleront.

» Le bassin, aussi de forme circulaire et composé de pierre de taille, aura ses abords supérieurs élevés de 2 m. 20 centimètres au dessus du sol, et il sera enveloppé d'une grille en fer pour en défendre l'approche. Le socle sur lequel reposera ce bassin et dans les panneaux duquel seront ménagées les quatre fontaines aura une forme octogone et sera enveloppé d'un cours de palier et de marches, le tout également en pierre de taille. La base de ce *monument* aura 15 mètres de largeur.

» Les sources au nombre de six, qui alimenteront ce Château d'Eau, sont situées dans le vallon de Boudonville ; le volume de leurs eaux était au mois d'octobre de l'année dernière (saison où les sources sont le moins abondantes) de 54 pomes de fontainier, ou 10,260 hectolitres (23,300 mesures) d'eau par jour.

» Ce *monument* placé au centre de la place de Grève se trouvera dans le prolongement des axes de la rue de la Monnaie et de la grande voie, ou chaussée qui traverse le Cours d'Orléans dans toute sa longueur. Le premier objet qui frappera les regards des étrangers qui entreront en ville par la porte Neuve, sera le Château-d'Eau, vu en perspective à l'extrémité de l'avenue que forment les arbres du Cours d'Orléans, plantés de part et d'autre de la grande voie.

» Après l'érection de ce *monument*, il ne restera plus pour terminer l'arrangement de la place de Grève, qu'à régler les pentes de son sol, à l'empierrer et faire des cassis au pourtour ; il n'est pas douteux que, dès que ces travaux seront achevés, les bâtiments et terrains situés sur

cette place augmenteront beaucoup de valeur, et engage-
ront leurs propriétaires à bâtir et à faire de cette portion de
la ville, qui était presque déserte il y a quarante ans, un de
ses plus beaux quartiers.

» La dépense totale de ces travaux sera de 130,000 fr.,
dont 18,000 francs seulement pour le Château d'Eau. Le
surplus sera employé à la reconstruction des conduites
d'eau.

» Cette dépense de 18,000 francs ne doit pas être considérée comme un sacrifice fait par l'administration, pour
l'embellissement de la place de Grève ; l'érection du *monument* qui l'occasione a été nécessitée par des améliorations que sa construction procure dans la distribution des
eaux de la ville ; et, chose remarquable, c'est que non
seulement ces 18,000 fr. seront couverts par la diminution
de dépense dans l'établissement des conduites d'eau ; mais
c'est qu'il en résultera encore sur cette opération une économie de plus de 20,000 francs, par la facilité que donne
ce *monument* de réunir plusieurs conduites en une seule. »

Nous ne suivrons pas l'architecte Débuisson dans son
explication sur les tuyaux de bois et sur les tuyaux de
fonte. Nous sommes suffisamment édifié sur ce *monument*,
dont les derniers vestiges *monumentaux* reposent depuis
1879 près la rue Grandville et la Cour des Pages.

Les Nancéiens de ce temps là étaient gouailleurs et de
plus osaient critiquer ouvertement les actes de l'administration. Le Château d'Eau leur parut un morceau tel qu'ils
ne purent jamais le digérer, et ce chiffre de 18,000 confondu avec celui de 130,000 leur avait mis la puce à l'o-
reille. Si les journaux des temps ne pouvaient accueillir
toutes les récriminations, les langues allaient bon train, et
les caquets se traduisaient souvent, par des notes manus-
crites très sévères, qui se passaient de mains en mains, au
café, au théâtre, dans les cercles et dans les soirées.

Le 14 décembre 1833, M. Moreau maire de la ville de
Nancy publia dans les journaux, notamment dans la *Meurthe*
un « avis sur les fontaines » dans lequel il fait une apologie spéciale du Château d'Eau. De l'aveu de ce factum, il
résulte que le mécontentement était général, que les contribuables se trouvaient lésés, et que les intérêts particuliers
des concessionnaires d'eau étaient froissés. M. le maire
Moreau laisse bien voir que les plaintes du public qui

montaient jusqu'à lui le mettaient dans ses petits souliers. Il veut justifier « une mesure d'intérêt général » et il ne trouve pas un mot pour justifier l'administration qui l'avait précédé : il se préoccupe davantage de la malveillance, de l'ignorance, de la crédulité du public, qui ont suscité tant d'inquiétudes, qui les ont accueillies et propagées.

En ce temps là, la ville de Nancy n'avait que 30,000 habitants : il fallait donc compter avec 6,000 chefs de ménage, contribuables, propriétaires, négociants ou artisans ; et puis il y avait le *Patriote de la Meurthe*, un bouzingaux, qui mettait tout de suite les mains sur le plat ; il fallait compter avec ce radical, qui ne se contentait pas d'explications banales. Nous savons que, plus d'une fois, il a donné du fil à retordre à l'administration municipale, car il n'entrait pas dans son esprit de s'extasier à tout propos et de s'écrier : splendide ! magnifique ! c'est p-h-a pha-phameux ! La municipalité était sa tête de turc favorite, sur laquelle il frappait à tour de bras.

Le Château d'Eau est le frère puiné de la statue de Stanislas. Ces deux mastodontes ont été fabriqués la même année, et ont eu la prétention de servir depuis à l'embellissement de notre ville. A cette différence cependant, que la statue de Stanislas appartient entièrement à l'administration de M. de Raulecourt, qui a ouvert la souscription, qui l'a close et qui a désigné le sculpteur chargé de sa confection. L'administration Chenut de 1830 n'a fait que continuer l'œuvre entreprise par celle de M. de Raulecourt.

Si l'administration Chenut avait du goût, ce n'était certainement pas pour les arts, et son architecte M. Débuisson, s'y entendait à peu près comme une chèvre à ramer les choux. Nous en aurons la preuve, lorsque nous parlerons de la place de la Carrière : M. Débuisson était aussi ignorant en matière d'art qu'en histoire.

Par suite de la construction du Château d'Eau, sur l'emplacement où se faisaient précédemment les exécutions capitales, il fut décidé, en 1831, qu'elles auraient lieu à l'avenir, sur la petite place qui se trouve à l'extrémité du Cours, en avant de la porte Neuve.

On lit dans le *Journal de la Meurthe*, du 8 février 1853 :
» Nous apprenons qu'une pétition, revêtue de nombreuses signatures fort honorables, a été remise à notre administra-

tion municipale. Cette pétition a pour but d'obtenir, qu'à l'avenir les exécutions capitales aient lieu hors ville et loin des habitations. Si, comme nous le pensons, l'administration prend en considération cette demande, basée sur des considérants d'intérêts généraux, matériels et moraux, nous nous empresserons d'applaudir à une mesure, tout à fait de notre époque et admise déjà dans beaucoup de villes. »

Cette pétition fut prise en considération, parceque peu de temps après, on choisit le centre du Cours Léopold pour y placer la statue du général Drouot, et il fut décidé qu'à l'avenir les exécutions capitales auraient lieu au Champ-de-Mars.

La dernière exécution près de la porte Désilles est celle de. . . . . .

La première au Champ-de-Mars fut celle de . . . . .

ALLIANCE (Place d')

« La *Place d'Alliance* est construite dans le Potager royal qui, depuis la démolition des fortifications en 1698, avait été établi dans l'espace occupé par le bastion Saint Jacques. On lui avait d'abord donné le nom de *Stanislas*, parce que la statue de Stanislas, Roi de Pologne, duc de Lorraine et de Bar, devait y être élevée. Elle a pris son nom de *Place d'Alliance*, du traité passé le 1er de mai 1756, entre Louis XV et Marie-Thérèse, impératrice, reine de Hongrie. Sans avoir la même richesse et autant d'étendue que la Place Royale, elle est néanmoins fort belle. Ses façades sont de 16 et de 17 croisées uniformes, et de deux étages sur le rez-de-chaussée. Elle est environnée d'un double rang de tilleuls qui forment une agréable promenade, avec des landes pour en empêcher l'accès aux animaux. » (Lionnois, *Histoire*, t. II, p. 185.)

De 1752 à 1756, la Place d'Alliance a été la *Place Stanislas* et même *Saint Stanislas*, d'après le plan de Lerouge (1752). Dans l'arrêt du Conseil des finances du 9 février 1759, elle est dite *place Saint Stanislas* ou *de l'Alliance*. Elle devint *Place de la Renommée* dans le courant de l'an II, c'est sous ce vocable que la reconnaît la délibération du 13 pluviôse an II. Ce vocable n'était pas trop révolution-naire, et il avait un peu de vérité, car il rappelait la Re-nommée qui surmonte la pyramide de la fontaine monu-mentale qui est élevée au centre. Sous la dictature du trop célèbre Marat-Mauger, les Jacobins de son école en firent la *Place Challier*; mais la délibération du 18 fructidor an III lui rendit son ancien vocable de *Place d'Alliance*, qu'elle a heureusement conservé depuis. Challier, qui a eu son heure de célébrité à Nancy, car il a été aussi le patron d'une section, était un forcené Jacobin du genre des Car-rier et des Marat. On trouve sa biographie dans plusieurs dictionnaires.

C'est vers 1758 qu'on a érigé sur cette place la fontaine monumentale qui y existe encore, et de laquelle nous par-lerons dans un instant.

Les tilleuls qui en garnissent le pourtour ont été plan-tés en 1763. Une curieuse et amusante anecdote se ratta-che à ces arbres, qui ont failli perdre la vie sous le consulat d'une municipalité disposée à les arracher, avec les bancs de pierre, les perrons, les trottoirs, etc., etc., tout comme s'il s'était agi d'arracher le chiendent qui poussait entre les pavés de la chaussée de cette place, et de la rue qui porte son nom. (V. Noël, *Mémoires*, n° et les journaux de 1836 et 1838.)

La question des arbres de la place d'Alliance a fortement passionné le public du temps; elle a pour ainsi dire fait autant de bruit qu'en 1882, la question de la porte Saint Georges.

Parlons un peu de la fontaine monumentale, due à Héré.

« Dans le milieu, dit Lionnois, est un vaste bassin exa-gone de pierre de taille, du fond duquel sort un rocher portant trois fleurs, sous la forme de vieillards qui s'ap-puient sur des urnes desquelles sortent des fontaines, et qui soutiennent sur leurs épaules un grand plateau triangu-laire. Sur ce plateau, s'élève un obélisque de marbre, de même forme, orné sur les trois faces de trophées d'armes et accompagné de trois cornes d'abondance, qui, du haut de sa base, aboutissent avec leurs fruits aux trois extrémités du plateau. Au haut de la pyramide, une Renommée em-bouche d'une main sa trompette et de l'autre tient un écu en forme de bouclier. » (*Calendrier pour 1797*, p. 32.)

Lorsque Stanislas fit restaurer la place de la Carrière et créa l'hémicycle avec le Palais du Gouvernement, son architecte, Héré, avait l'intention de placer dans le centre de l'hémicycle la fontaine monumentale qui orne aujourd'hui la place d'Alliance ; elle est figurée dans son *Recueil* de 1753. Mais le traité du 1er mai 1756, fit modifier quelques-uns des ornements allégoriques qui devaient figurer sur la pyramide dessinée par Héré. Au lieu d'élever cette fontaine, comme on en avait le dessein, dans l'axe des deux portiques de l'hémicycle de la Carrière, devant le Palais du Gouvernement, on l'érigea sur la nouvelle place que Stanislas venait de créer dans le Potager. Cette nouvelle place ne fut guère en état de la recevoir que vers 1758.

Lionnois nous explique dans son *Histoire*, II, p. 186, les divers changements qu'on lui a fait subir, pour l'approprier à sa nouvelle destination :

« Cette fontaine qui a été gravée en grand par François (1), a quelque différence dans ses ornements. En place des écus qui, sur l'obélisque actuel, font allusion à l'alliance des maisons de Bourbon et d'Autriche, on y avait gravé des plans des villes et des batailles gagnées par Louis XV. Des serpents à queues entortillées, au lieu de cornes d'abondance, poussaient en l'air des torrents d'eau qui, en retombant dans une vaste coquille, devaient se former en une nappe d'eau et remplir le bassin inférieur. La base de l'obélisque était ornée de massacres de lions ; enfin la Renommée avait à sa trompette la bannière de France, et tenait une couronne de lauriers. Elle devait être placée sur la Carrière, devant le gouvernement. Le rocher, les figures, les cornes d'abondance, le plateau et les cartouches qui décorent ce monument sont en plomb et ont été faites par Cyfflé. »

Malheureusement ce monument, qui n'est pas à dédaigner, n'a jamais été entretenu d'une manière convenable par la municipalité ; on l'a laissé se dégrader, à un point tel qu'il tombera bientôt en ruines. Nous ne savons plus au juste en quelle année, vers 1837, des malfaiteurs ont scié et enlevé divers ornements, pour vendre le plomb. Si les arbres de la place d'Alliance en dérobent la vue aux

(1) V. le *Recueil de Héré*, Nancy, 1753 : Plan et élévation de la fontaine triomphale et pyramide au bout de la Carrière.

regards du public, ils ont au moins l'avantage de cacher quelques-unes des défectuosités qu'ont fait naître le temps et l'abandon dans lequel on l'a laissée.

La place d'Alliance n'est autrement intéressante, que par la très singulière affaire de ses arbres. L'incendie de l'hôtel d'Alsace survenu en 17... peut compter dans ses annales. En passant en revue tous les personnages qui ont habité ses maisons, on aurait encore un bel historique de cette place. Nous pourrions en faire autant pour toutes. Quartier exclusivement aristocratique depuis sa création, la place d'Alliance a vécu paisiblement dans l'oubli et presque inconnue aux nancéiens. Si ce n'avait été la *Banque de France* qui y a établi sa succursale en 1853, on serait à se demander à Nancy, où est située la place d'Alliance. C'est beaucoup à la Banque de France, qu'elle doit d'être connue de tout un chacun, depuis le dernier des commis épiciers, saute-ruisseau et. autres attrape-science de ce genre, jusqu'aux Rotschilds de la place de Nancy. Supposons que la Banque de France n'y ait pas établi son siège, croit-on que les Nancéiens se donneraient la peine d'aller jusque là pour la visiter? Pas le moins du monde. Pour lui donner un regain de sa popularité, il lui fallait en 1837, l'incroyable aventure de ses arbres.

En deux mots, voici la chose. Quelques années auparavant, vers 1828, les habitants de la place Mengin s'étaient plaints à l'administration municipale des dévastations commises par les chenilles. Sans autre réflexion, et peut-être pour mieux juger de l'effet que produisait sur cette place, la croix de mission cachée par les arbres, on ordonna l'abattis de ceux-ci.

En 1837, les habitants de la place d'Alliance invoquèrent à peu près les mêmes raisons, et pétitionnèrent pour arriver à la destruction des vieux arbres qui l'entourent. La pétition fut connue du public; et comme, à cette époque l'esprit n'était plus le même qu'en 1828, on trouva la chose sujette à critique. Le *Patriote* prit fait et cause pour les pétitionnaires. Le *Journal de la Meurthe*, au contraire, se déclara l'adversaire de cette incroyable demande, qui inspira à l'un de ses rédacteurs de très spirituels articles.

Nous nous demandons si nous devons les reproduire. Ils ne sont pas seulement longs, ils ont l'inconvénient d'être un peu salés, presque décolletés. Ce qui s'écrivait en

1838 avec assez de facilité, ne serait plus guère reçu de nos jours, sans qu'on ne criât : haro sur le baudet ! Ne pas les reproduire, c'est priver le lecteur jovial d'un instant d'agrément ; les reproduire c'est nous exposer à toutes les foudres des pudibonds et collets montés du jour. Comment faire ? Nous avons beau nous tâter le pouls, le docteur Tant pis dit non ; le docteur Tant-mieux dit oui. Entre les deux mon cœur balance. C'est rare et peu connu :

POUR LES ARBRES DE LA PLACE D'ALLIANCE, CONTRE

M. *** ET CONSORTS

« Depuis quelque temps, il s'est manifesté contre nos promenades une tendance destructive, qu'on ne sait trop comment expliquer. Naguère, on voulait réduire à moitié notre belle Pépinière, et remplacer ses arbres et sa verdure par du sable et du gravier ; mais l'opinion publique a fait justice de ce projet. Aujourd'hui c'est aux arbres de la place d'Alliance que la guerre est déclarée. Et de quoi les accuse-t-on ? De produire des chenilles, de cacher sous leur ombrage des amours illicites, d'avoir facilité la dégradation de la fontaine, en dérobant aux regards, les vandales qui ont mutilé ce beau monument. On n'a pas, toutefois, renouvelé l'accusation qui se trouvait dans la plainte présentée, il y a quelques années, par un habitant de la place de Grève, qui demandait aussi la destruction des arbres de cette place, à cause des indécences qui s'y commettaient dessus et dessous. Aujourd'hui, il faut le reconnaître, les oiseaux de la place d'Alliance ne sont pas mis en cause, le pinson n'est pas signalé comme un mauvais sujet, et la fauvette assimimilée à une fille publique. Mais les imputations, telles qu'elles restent, n'en sont pas moins graves. Il faut donc les repousser. Après avoir répondu aux reproches adressés aux arbres de la place d'Alliance, nous parlerons ensuite de leurs titres à l'intérêt, et même à l'affection des ingrats qui veulent aujourd'hui détruire l'ombrage sous lequel ils se sont tant de fois abrités.

« *Ces arbres produisent des chenilles !* D'abord, quel est l'arbre qui n'en produit pas ? Il faudrait donc aussi arracher les arbres de la place Carrière, de la place de Grève, et même ceux de notre magnifique Terrasse, dans l'intérêt des maisons qui les avoisinent.

» *Sous ces arbres des indécences se commettent !* Nous demanderons encore, si les arbres de la Carrière, ceux de la place de Grève ou ceux de la Terrasse, n'ont pas été aussi les complices de ces familiarités, pour lesquelles les mamans grondent, les maris se fâchent, et dont s'afflige la morale ?

· » *Ces arbres exposent la fontaine !* Mais quand ils n'y auraient pas été, est-ce que cela aurait empêché que, dans une nuit d'hiver, entre une et deux heures du matin, des voleurs aussi stupides qu'audacieux enlevassent une des cornes d'abondance qui embellissent le monument ? Si on veut le mettre à l'abri de semblables attentats, qu'on y place une sentinelle comme auprès du Château d'Eau de la place de Grève (1). Là, il n'y a point d'arbres autour de la fontaine, et cependant la précaution prise par l'autorité indique qu'on y craint encore plus les voleurs, que sur la place d'Alliance.

» Ce que l'on reproche à nos arbres, n'a donc rien de sérieux ni de concluant, et de quoi nous priverait-on, si on nous les enlevait ? Leur verdure naissante charme nos yeux et embellit nos demeures ; c'est comme un jardin commun, dont chacun jouit à son gré, la jeune mère y laisse sans crainte ses petits enfants, s'y livrer à tous les jeux ; le vieillard s'y promène paisible, s'y assied (2), et trouve autour de lui, sur cette place, une sûreté et un calme qui la lui rendent précieuse. Dans les chaleurs brûlantes de l'été, nos arbres offrent un ombrage tutélaire, à ceux qui traversent notre place, qui, sans cela, serait une petite zone torride.

Otez nos arbres, et au lieu d'une place, vous n'aurez plus qu'une grande cour aux quatre faces uniformes, et d'un aspect cent fois plus triste que celui qu'elle offre aujourd'hui. Remplacerez-vous nos arbres par la vie et le mouvement de la place Royale ? Non, eh bien, laissez-nous notre solitude, embellie par tout ce qui pouvait seul l'égayer. Votre attaque est habile : vous avez voulu inquiéter les dames par la crainte des chenilles, alarmer toute la place en parlant des familiarités déshonnêtes, enfin exciter la

---

(1) Quelque temps avant, en 1837, on avait scié et emporté les goulots en cuivre.

(2) Il n'y a jamais eu de bancs sur la place d'Alliance.

sollicitude de la ville entière, sur la conservation de l'un de ses monuments ; mais nous avons prouvé le peu de solidité de pareilles allégations, qui menaceraient toutes nos promenades à la fois. Qui dit trop, ne dit rien. D'ailleurs, que se passe-t-il donc sous ces arbres ? Souvent le soir une fillette au pied léger, à la démarche craintive, vient y trouver un jeune grenadier, qui préfère les douceurs d'un rendez-vous aux devoirs de la caserne. On se promène ; on allait se quitter, on se promène encore, enfin on se sépare ; que dit-on ? Que fait-on ? Je n'en sais rien ; nos arbres sont si bons, qu'ils cachent tout, si discrets, qu'ils ne révèlent rien ; mais enfin quelques baisers ne sont pas un cas pendable. D'autres fois, des amours plus timides et plus chastes viennent aussi soupirer sous nos arbres ; voulez-vous encore les proscrire, et ôterez-vous à ce siècle matériel ses plus aimables exceptions ?

» Je pense aussi que nos arbres, quoique plantés avant la Révolution, n'encourent pas le reproche d'aristocratie, car ils abritent le pauvre comme le riche ; la grisette y vient soupirer comme la grande dame, et même plus souvent qu'elle ; le soldat s'y promène plus volontiers que son officier, le petit savoyard s'amuse sous leur ombrage avec plus de plaisir encore, que le fils de l'homme opulent. Chose incroyable cependant ! le *Patriote,* qui certes a plus de souci des plaisirs d'en bas, que de ceux d'en haut, qui, d'ordinaire prend les jouissances du peuple, plus particulièrement sous sa protection, le *Patriote* tend une main bienveillante à nos adversaires, et se prononce aussi contre nos arbres.

» Mais tous ces efforts seront vains, l'opinion publique s'élèvera de nouveau contre nos destructeurs d'arbres ; elle dira que c'est assez d'un acte de vandalisme sur notre plan, et que nous priver encore de nos arbres, quand notre fontaine a déjà été dégradée, ce serait retourner le fer dans la plaie ; qu'une pareille proposition offense une ville, où le bon goût et l'amour du beau sont le sentiment général, surtout chez le sexe aimable dont notre cité se pare plus encore que de nos monuments, et sous la protection spéciale duquel nous plaçons nos arbres menacés. »

Cet article, rédigé en forme de factum humoristique du bon vieux temps, comme on en faisait au siècle dernier pour des affaires comico-conjugales, ou dans des cas de bavardages accentués, calomnie, médisance, rapt, contestation de noblesse, etc., en inspira un autre non moins curieux et non moins spirituel, qui parut le surlendemain, 25 mars, dans le même journal ; après le prologue d'usage, dans lequel l'auteur congratule l'éditeur du journal, celui-là demande à celui-ci la permission de lui dire :

« Je vois dans cette affaire autre chose que des chenilles et des prostituées.

» S'il ne s'agissait que de cela, il n'y aurait pas grand mal peut-être à faire disparaître ces pauvres arbres, où tout ce monde là (les chenilles et les filles publiques) cherchent un abri protecteur, et mince alors serait l'inconvénient de faire droit à la demande des vestales qui ont signé la pétition. Encore cependant, faudrait-il examiner si la prostitution sous des tilleuls, ne vaut pas mieux que la prostitution sous le ciel. C'est la question de la feuille de vigne, pas autre chose. Resterait donc l'affaire des chenilles. Eh bien alors, ne coupez pas, échenillez. '

» Mais hâtons-nous d'écarter tout ce qu'il peut y avoir de personnel et de restreint dans la demande faite au conseil municipal. La chose est plus grave qu'on ne le pense, et, sous cette question de commodité particulière, il y a une haute question d'art, d'ornement et d'intérêt général, qui n'a que trop été négligé jusqu'ici : *Maintenir et contenir.* C'est en fait de choses d'art surtout, que cette maxime est salutaire. C'est à cela, que Nancy doit d'avoir conservé ce riche aspect, cette belle physionomie que lui a donnée Stanislas. Sans cela, nous n'aurions plus notre belle et verte Pépinière, que des aveugles voulaient abattre ; et avec cela nous aurions notre Palais ducal livré aux gendarmes, notre Arc-de-Triomphe avec son magnifique escalier, nos ormes séculaires de la place du Marché, nos belles grilles de Lamour, maintenant polluées par l'ocre ; enfin, nous aurions ces lanternes élégantes, vomies par des coqs de bronze, et non pas ces ridicules engins de fonte, peinturés en vert, bons tout au plus, pour les grandes routes, et auxquels on s'habitue malheureusement, comme à la difformité d'un ami.

« Maintenons donc et ne détruisons pas. C'est assez de badigeon et de coups de Hache comme cela........ »

La discussion allait, continuant son train, lorsque le 4 avril, un avis prévint le public, que par un arrêté de

M. le préfet en date du 30 mars, il serait procédé, le mercredi 11 avril 1833, à 11 heures du matin, dans l'une des salles de la préfecture, à une information administrative *de commodo et incommodo*, au sujet de la pétition de plusieurs habitants de cette ville, demandant la destruction des arbres de la place d'Alliance.

L'enquête, comme on peut bien le penser, ne fut pas favorable aux pétitionnaires, qui en furent pour leurs frais, et eurent, en outre, à essuyer quelques joyeux quolibets de la part du public.

Cette question se présentait d'ailleurs dans un mauvais moment : l'opinion publique était surexcitée par la fontaine de la place Mengin, par l'état déplorable dans lequel se trouvait la Pépinière, quoiqu'elle demandât à cor et à cri des améliorations et des embellissements, et l'histoire du « casse-cou municipal » de la rue de la Poissonnerie, était encore trop vivace dans tous les esprits. Malgré ces avertissements réitérés, l'administration municipale continua la série de ses fautes et de ses créations, aussi inopportunes que maladroites, ne tenant aucun compte du sentiment du public, oubliant parfois qu'elle n'était que le mandataire de la population, et non sa souveraine.

Le 10 décembre 1852, le bruit courut à Nancy qu'une succursale de la Banque de France y serait bientôt établie. Ce n'était qu'une nouvelle donnée sous certaines réserves, quoiqu'on ait affirmé positivement que la chose serait.

Vers le 15 février 1853, un délégué de la Banque, M. Antonetti, arrivait à Nancy et se mettait en relation avec les notabilités commerciales et avec la Chambre consultative des arts et manufactures. Une réunion eut lieu à cet effet chez le président, M. Elie-Baille. Le 18 mars le préfet était informé que le Conseil général de la Banque de France, avait voté, à l'unanimité, dans sa réunion du 17, l'établissement d'une succursale à Nancy. Le décret impérial du 18 avril, autorisant cet établissement, fut inséré dans les journaux de Nancy les 20 et 21 avril. En juillet, la Banque traitait définitivement l'acquisition de l'hôtel, appartenant à M. de Joybert, sis place d'Alliance n° 2.

La première administration de la succursale fut ainsi organisée en septembre :

Directeur : Oppermann ; *Censeurs :* Ackermann, receveur général, Cézard et Elie-Baille ; *Administrateurs :* Gebhard,

Jules Madelin, Botta, Burtin, Boppe-Caboul, Duroselle, Rondot, Saint-Cyr, Favier-Germais et Lamoureux.

Elle commença ses opérations le lundi 7 novembre 1853.

Bientôt la succursale de la Banque de France, abandonnera son hôtel de la place d'Alliance, pour prendre possession du nouvel hôtel qu'elle fait construire en cette année 1883, dans le nouveau quartier des Prémontrés. Alors la pauvre place d'Alliance deviendra tout à fait déserte, si un nouvel établissement ne vient lui donner l'activité qui lui a toujours fait défaut.

ARSENAL (Place de l')

Cette place, d'abord plus vaste, a été formée par la création de l'Arsenal actuel, qui a remplacé, dans le quartier du *Hault Bourget*, les bâtiments de l'artillerie et le cimetière des Terreau, dit ailleurs le cimetière de Saint Claude (1590), et encore par la construction de l'hôtel de Moy à l'extrémité de la *rue sur le Fossel des Chevaulz*, aujourd'hui *des Etats*, et l'hôtel de Mérigny 1596, à l'angle de la rue Saint Michel.

En somme, cette place était le Parvis de l'église Notre Dame. Aussi la voyons-nous plutôt désignée dans les anciens plans *Place Notre Dame*, ou *Petite place Notre Dame*. La délibération du 13 pluviose an II la dénomma *Place Bruet*. M. H. Lepage, dans ses *Transformations de Nancy*, p. 54 note 5, croit qu'il s'agit de François-Xavier-Ignace Bruet, curé d'Arbois, député par le clergé de Lons-le-Saulnier aux Etats généraux de 1789, né à Arbois en 1727; nommé curé de cette paroisse le 29 juin 1771, il y exerça jusqu'au moment de sa mort, survenue le 17 février 1821, ses fonctions pastorales avec un tel désintéressement, que nous ne pouvons nous expliquer le choix de son nom, par les forcenés Jacobins, qui siégeaient à l'hôtel de ville en l'an II, sous l'autorité du citoyen Marat-Mauger, quand, à cette époque et pour ces gens, les hommes vertueux étaient Marat, Lepelletier, Challier, Philopœmen, etc., etc. Comment un curé aussi dévoué que l'était l'abbé Bruet avait-il été choisi par les Glasson-Brisse, les Cayon, les Mauger,

André l'Enragé et autres sacs-à-diable ? Il faut bien dire que ces citoyens n'étaient pas forts sur l'orthographe des noms et des choses, et qu'ils ignoraient eux-mêmes la manière de les écrire. Ce Bruet là nous fait bien l'effet d'un autre Bruet, peut-être de l'amiral *Brueys*, ex noble qui n'émigra pas, et qui se dévoua au service de la République.

Si réellement, il s'était agi du curé d'Arbois, la municipalité de l'an III ne se serait pas empressée de supprimer le nom de ce prêtre, au moins aussi recommandable par ses vertus, que l'abbé Mably, pour dénommer cette place, le 18 fructidor an III, *place de l'Arsenal.* En 1814, elle est redevenue *place Notre Dame,* et paraît être restée ainsi dénommée jusqu'en 1837. Depuis cette époque, elle a repris le vocable révolutionnaire qui lui convient le mieux, au point de vue historique.

Nous ne nous expliquons pas bien le choix de ce vocable fait en l'an III, alors que l'arsenal de Nancy venait d'être supprimé, et ne servait plus que de dépôt pour les fusils et l'habillement militaire. Il y en avait encore un autre, à l'entrée du quartier de la citadelle, dans le bâtiment derrière la maison n° 15 de la rue de la Citadelle, où étaient deposés les gros engins de guerre.

La municipalité de l'an III a-t-elle voulu, par ce vocable, consacrer le souvenir de l'ancien Arsenal de Nancy ? C'est probable.

En 1837, on ne pouvait guère lui conserver le nom de Notre Dame, puisque déjà, à la Ville Neuve, il y avait une rue Notre Dame.

Il n'y a aucune des places de notre ville, qui n'ait servi, dans un temps donné, à la tenue d'un marché quelconque. En 1624, la place près de l'église Notre Dame (elle n'est pas autrement dénommée) fut désignée exclusivement, pour la vente du bois de chauffage et du charbon, pour ceux de Nancy la vieille, et pour ceux de la ville neuve. Ce marché se tenait à la place où est la croix, tirant à l'église des PP. Carmes, sur la place Saint Jean, entre la rue Saint Dizier et la rue des Carmes ou ès environ. V. le plan de 1611.

A peu près à la même époque (12 novembre 1622), le marché des foins, pailles et bois de chauffage se tenait « en la place qui est au devant de la porte Saint Georges. »

La description qu'en donne Lionnois dans son *Calendrier*

pour 1797, nous la présente dans l'état où elle est encore aujourd'hui :

« La place de l'Arsenal, ci devant de Notre-Dame, n'a rien qui puisse exciter la curiosité des étrangers. L'Arsenal, qui la termine en entier à l'occident, a passé pour l'un des plus beaux de l'Europe. L'hôtel de Vaudémont, dit ensuite de Moy, en formait le côté oriental. Ayant été incendié en 1723, il ne présentait plus que des ruines. Il vient d'être démoli, pour en faire une maison particulière, dont la face intérieure n'a qu'un rez de chaussée, avec des greniers, et ne laisse apercevoir sur la place, qu'un mur de clôture, de 12 à 14 pieds. »

Ce petit bâtiment, qui n'avait pas de façade sur la place, servait à l'exploitation du lavoir, dit de Moÿ. La ville en fit l'acquisition, et c'est vers 1844-1845 qu'on établit dans ses dépendances l'Asile Roberty.

BOFFRAND (Place)

Autrefois Cour des écuries de l'Opéra.

Ce n'est pas, et ce n'a jamais été à proprement dire une place. On ne l'a pas considérée comme telle dans la délibération du 30 décembre 1839. Il appartenait à la municipalité de 1867 de lui accorder ce titre. Très bien. Mais quel patron est-on allé choisir? C'est un homme de science, un homme de goût, un artiste recommandable qu'on a logé là, comme si les écuries de 1826 étaient un palais, digne des dessins de l'architecte de Léopold, qui a construit les plus beaux hôtels du Nancy moderne.

Cette place, de création récente, a besoin de toute la sollicitude de l'Administration municipale, pour soutenir dignement l'honneur du vocable qui lui a été imposé; tant qu'elle sera dans l'état où elle se trouve, ce ne sera jamais une place, mais bien un carrefour malpropre, un cloaque, dans lequel on remarque, comme élégance, des latrines publiques, un hangar en bois, servant à abriter les fagots du Bureau de bienfaisance; un autre hangar, réservé aux canons de l'artillerie; une fontaine de caserne avec ses auges et un tas de fumier permanent, provenant des écuries voisines, qui font la face occidentale de cette nouvelle place.

Il y a quelques années, elle était fermée par la grille de la Cour des Pages, qui a été enlevée en 1870, lors de la création de la promenade sur les bastions, et remplacée par les deux grilles, un peu plus coquettes, qui ferment aujourd'hui les deux entrées de la Pépinière. A l'angle du mur des écuries, et près de la dernière maison de la rue de l'Opéra, la place actuelle était fermée par un petit mur, sur lequel existait une porte grillée de fer, semblable à celle de la Cour des Pages, avec entrée à double volant.

Ce n'était donc pas une place mais bien une cour d'écuries militaires, dépendantes de l'ancien *Quartier de l'Opéra*, qu'on avait d'abord appelé *Quartier-Neuf*, qui devint sous la Révolution, 13 pluviôse an II, le *Quartier Marat*, le 18 fructidor an III, la *Caserne de la Pépinière*. Nous disons ailleurs (v. rue de la Gendarmerie), comment a été formé ce quartier, démoli en 1818.

Avant 1867, la place Boffrand était-elle une place? Une place implique nécessairement l'idée qu'autour il doit y avoir des façades de maisons; or, ici il n'y en avait pas; la première maison qui y a été élevée, a été construite en 1883, par une dame veuve Antoine. Donc, pas de maisons, pas de place. Nos édiles le savaient si bien que, dans la délibération du 7 février 1867, il est décidé que « la petite place, au fond de la rue de l'Opéra, » prendra le nom de Boffrand. Nous savons bien que l'immeuble appartient à la ville, mais, en fait d'édifices, on ne voudra pas nous présenter les écuries de l'Opéra et le hangar en bois du Bureau de bienfaisance. En 1867, l'immeuble était encore clos et fermé par deux grilles en fer; donc ce n'était pas une place publique. Ce sera, plus tard, une place, nous n'en disconvenons pas; mais, d'ici là, il y a encore du temps à courir.

Il paraît qu'en 1867, la Commission d'administration avait résolu de donner le nom de Boffrand à la rue des Morts, sans s'occuper de la place qui porte son nom aujourd'hui; mais, cédant aux propositions de M. Louis Lallement, on a, par le fait, estropié deux vocables, en les plaçant dans deux endroits où, ni l'un ni l'autre, ne conviennent.

Les raisons qu'a fait valoir M. Louis Lallement ne nous paraissent pas suffisantes.

« Quant à la rue des Morts, dit ce dernier dans son *Mémoire*, il n'y a aucune raison de l'appeler *rue Boffrand ;* c'est une rue de la partie la plus ancienne du vieux Nancy, et Boffrand, qui n'est pas né à Nancy, vivait au XVIIIᵉ siècle.

» On propose d'appeler la rue des Morts, *rue des Etats,* en souvenir des Etats généraux de Lorraine, qui siégeaient au Palais ducal, auquel aboutit la rue des Morts.

» Le nom de l'architecte Boffrand pourrait, si l'on tient à en faire mention, être donné à la place innommée qui termine la rue de l'Opéra, du côté de la Pépinière : cette place est peu éloignée du palais du Gouvernement, sur l'emplacement duquel avait été commencé le Louvre de Boffrand. »

Encore une fois, nous ne sommes pas convaincu et nous regrettons ici l'application de ce vocable.

On appelait vulgairement cette cour d'écuries, *place de l'Opéra* (v. le plan de 1835). Ce baptême, venu du peuple, méritait d'être admis et consacré officiellement ; c'est le seul vocable qui convenait à cet endroit ; car maintenant, le souvenir de l'Opéra est complètement effacé par la place Boffrand, la rue Braconnot et la rue de la Gendarmerie.

Il n'y a pas encore dix ans que la place Boffrand était simplement une cour fermée par deux énormes grilles, ainsi que nous l'avons dit plus haut, et dont la construction remontait au dernier siècle, lorsque l'on convertit l'Opéra en caserne. La grille, située contre les écuries actuelles, était plutôt établie pour garantir le *Magasin de vivres,* que pour protéger la caserne de l'Opéra.

Celle-ci, nous l'avons dit ailleurs, a été démolie en 1818.

C'est en 1825 que l'on a converti en écuries l'ancien Magasin des vivres, qui portait le nº 24, et qui dépendait de l'ancienne caserne de l'Opéra. Ce magasin, isolé des habitations voisines, avait son entrée par l'impasse de l'Opéra.

La fontaine, qui sert maintenant à la gendarmerie et aux écuries, a été établie en 1828. C'est aussi en cette année, que la ville fit achever les écuries, dites de l'Opéra.

Dans l'annonce de l'adjudication des travaux à exécuter pour l'établissement de la fontaine et l'achèvement des écuries, la place Boffrand actuelle est dite *place de l'Opéra.* C'est la première fois, croyons-nous, qu'elle est ainsi nommée dans un document officiel.

Lors des Missions de 1825, qui ont commencé dans les premiers jours de mars pour se terminer à Pâques, qui tombait cette année le 17 avril, il fut décidé qu'un Calvaire serait élevé sur le bastion situé à l'extrémité de la Terrasse de la Pépinière. — On ne nomma pas la place de l'Opéra. — Ce Calvaire fut, en effet, construit à l'endroit où exis'e un magasin de fagots pour le Bureau de bienfaisance. En 1830 on cessa de le fréquenter et il tomba en ruines. Il n'a été démoli qu'en 1848, dans les premiers jours de la Révolution. Les terres qui en provenaient ont servi à commencer le talus de la Terrasse de la Pépinière. La municipalité en avait ordonné la démolition, pour occuper les ouvriers alors sans ouvrage : c'était ce qu'on appelait, à cette époque, un atelier national. Cet atelier a été le théâtre de plusieurs scènes tumultueuses, qui ont exigé l'intervention de la gendarmerie et de la garde nationale.

CARRIÈRE (Place de la)

Voici une rue, et non une place, fort aristocratique, tout en commençant avec des écuries, des granges et l'hôtellerie du *Chapeau Rouge,* qui s'est anoblie, qui a pris des airs de grand seigneur, qui n'a jamais voulu se démocratiser, et qui a la prétention d'orthographier son nom de façon à ce qu'on la croie noble et bien noble.

Nous savons que feu P.-G. de Dumast montait sur ses quatre grands chevaux, et sur ses douze ou seize petits chevaux, quand, par inadvertance ou malice, on écrivait *place Carrière,* au lieu de *place de la Carrière.* Il avait toujours soin de nous indiquer son adresse : *sur la Carrière, 38.*

Est-ce une rue ! Est-ce une place ? La main sur la conscience, ce n'est ni une rue ni une place. Stanislas en a fait une place ; mais, avant Stanislas, ce n'était qu'une rue, une belle rue, sans doute, mais rien qu'une rue. C'est, en terme commercial, l'échantillon de la Ville-Neuve. En la créant, on a voulu faire beau et bien : rue large, somptuaire, aérée ; elle a été pour la Ville-Vieille un boulevard tout à fait surprenant, si l'on considère sa largeur, à côté de celle des autres rues ses aînées.

H. Lepage, dans ses *Transformations de Nancy*, p. 8, dit qu'elle a été créée en 1551, sous le nom de *rue Neuve*, et il ajoute en note :

« Les lettres patentes de la régente Christine de Danemark, qui réglementent l'alignement de la Carrière, disent textuellement que les bourgeois qui voudront bâtir sur la *rue Neuve*, auront la faculté d'appuyer leurs constructions contre l'ancienne muraille, sans que, toutefois, « ils puis-
» sent dilater ou avancer leur part dans la rue, ni avoir
» ou prendre avantage sur la maison du voisin, le plus
» droit que faire se pourra, afin que la *Rue Neuve*, lors-
» qu'elle se fera à l'endroit des fossés, soit toute droite et
» d'une juste ligne, et que cette rue n'ait aucune bosse
» éminente, ou avancée plus avant un endroit que l'autre,
» etc....»

En 1556, déjà on voit s'élever sur ses façades plusieurs constructions.

Dans les comptes du Célérier, elle est souvent dite *Neuve rue*. On commença à y faire joûtes et tournois, en 1560. Puis, en 1573, on créa « la Carrière et la place à picquer les chevaulx, faite en la Neuve rue » que La Ruelle indique dans son plan sous le n° 26, en partie couverte et en partie découverte. Cette carrière, ou plutôt ce manège, se trouvait à peu près sur la façade actuelle du Palais du Gouvernement.

On avait antérieurement la *Nœufve rue*, aujourd'hui rue de la Gendarmerie ; la *rue Neuve* détruisit le prestige de celle-ci, et lui fit perdre son vocable, comme la *rue Neuve* de la Hache, dans la Ville-Neuve, l'a fait perdre à la *rue Neuve* de la Ville-Vieille, et lui a fait donner le nom de *Carrière*, parce que, plus grande, plus large que la place du Vieil-Change, autrefois du Chastel, aujourd'hui des Dames, on y transféra les tournois, les courses, les jeux de bague et autres exercices chevaleresques, depuis longtemps usités dans notre ville, au grand esbahissement des gens du commun peuple et de ceux de la Cour.

La Carrière est donc la plus belle rue et la troisième place créées à la Ville-Vieille.

Les rôles de 1572, 1582 et 1589 la nomment *rue Nœufve*. Après 1600, elle devient *rue Neuve de la Carrière*, sans doute pour la distinguer de la rue Neuve de la Hache. Elle devient insensiblement *la Carrière*, au XVIIe siècle.

En 1728, Dom Calmet la nomme *place de la Carrière*. En 1752, elle forme deux places : 1° *la Carrière;* 2° la *place du Palais.* Plus vulgairement, elle est indiquée *place de la Carrière,* dans le tableau des rues et places de Nancy de 1764, et dans l'état des maisons de 1767 ; c'est ainsi que nous lisons encore de nos jours, l'inscription gravée sur la façade de la maison Farcy, n° 1, et sur celle du pavillon occidental, n° 49 : *Place de la Carrière, S. E.*

Le 25 octobre 1792, le conseil général de la commune lui donna le nom de *place de la République.* Le 13 pluviose an II, elle devient *place de la République démocratique.* Le 17 fructidor, an III, le Conseil général de la commune lui rendit son vocable de *la Carrière.* Le calendrier de Lionnois pour 1797, lui donne le nom de *place de la République,* qu'elle porte dans le recensement de l'an IV. L'almanach de l'an XIII, la renomme *place de la Carrière.* Guivard, imprimeur, date ses chansons, almanachs, journaux et autres feuilles de ce genre : *place de la République, ci-devant Carrière,* n° 21, ou simplement *place Carrière,* n° 21. Sous l'Empire et sous la Restauration, on disait *place-Carrière* et non *place de la Carrière.*

Le vocable *la Carrière* a dominé, et il a triomphé.

Mais après 1825, voici que notre place en forme trois : 1° *Place de la Préfecture,* dans l'hémycicle ; 2° *Place de la Carrière* proprement dite ; 3° *Place du Palais* ou *Place de la Bourse.* Ces dénominations n'ont pas eu effectivement un caractère officiel ; mais elles ont été employées officieusement par l'administration, en maintes circonstances, quoique le tableau du 31 décembre 1839 ne lui ait attribué qu'un seul vocable : *place de la Carrière.*

On voit, par ces dénominations successives, et quelquefois contradictoires, que l'esprit public n'est pas mort, et qu'il agit puissamment ; il imprime souvent le cachet de son autorité sur un vocable qui lui est familier, et duquel les uns veulent se débarrasser. En dépit de tous les évènements, il triomphe.

Nous l'avons déjà dit, et nous prouvons surabondamment dans ce travail, que le public est souverain en hodographie ; c'est à lui et non au conseil municipal, que revient le droit de baptiser ou de débaptiser les rues, les impasses et les places de la ville qu'il habite, qui l'a vu naître, et dans laquelle il mourra. Ce droit du public est

constant dans les derniers siècles ; il est encore impres-
criptible, car il y a dans notre ville bien des noms de rues
et de places, qui ne sont pas admis dans la conversation
familière, qui ne le seront que dans un temps éloigné,
malgré les plaques indicatives et les actes authentiques qui
peuvent faire autorité.

Il est indispensable que nous donnions la description de
cette place, qui passe pour une des plus belles de la ville
de Nancy. Malheureusement, nous devons le dire, deux
administrations municipales, bien différentes, qui se sont
succédé immédiatement, l'ont mutilée : l'une, en 1829,
pour le passage de Charles X ; l'autre, en 1831. Nous
aurons occasion de revenir longuement sur ces mutilations,
que les Nancéiens du temps ont traitées de vandalisme.
Donc, le mot n'est pas nouveau.

Ouvrons l'*histoire* de Lionnois, t. 1er, p. 298, et écoutons
la description qu'il nous fait de la Carrière :

« Du côté du Parlement (Cour d'Appel), et dans le
même emplacement que ce palais occupe aujourd'hui, on
y voyait deux hôtels pour la maison de Salm ; l'un, bâti
par Jean, comte de Salm, gouverneur et maréchal de
Lorraine, qui passa ensuite à François de Lorraine, marquis
de Hattouchâtel, comte de Vandémont. L'autre, contigu
au premier, fut élevé par Paul, comte de Salm, grand
chambellan de Charles III. En 1683, un incendie consuma
tellement l'hôtel de Salm, qu'il n'en restait que quelques
pans de muraille. Le duc Léopold en donna le terrain à
M. de Beauvais, prince de Craon, qui fit construire, en
moins de quinze mois, l'hôtel magnifique qui sert aujour-
d'hui de palais au Parlement. Il y avait une grande galerie
remplie d'excellents tableaux des meilleurs peintres d'Italie.
Le Roi de Pologne l'acheta en 1751, et l'augmenta de
plusieurs appartements qu'il donna, pour y loger les cours
souveraines et autres justices inférieures. La Cour y fit sa
rentrée le 15 novembre de la même année ; le Bailliage le
16, et la Chambre des Comptes le 20. Cette dernière
Compagnie souveraine a été depuis placée dans l'Hôtel de
la Monnaie, bâti à l'extérieur, tel qu'il subsiste encore
aujourd'hui, par le duc Léopold.

« A côté, étaient les grandes et les petites écuries, que
Charles III avait fait bâtir. On en fit en 1751 une salle de
concert. On en a fait ensuite le trésor des Chartres, qui a

été depuis transféré à l'hôtel de la Monnaie, près de la Chambre des Comptes. Enfin, les deux bâtiments forment aujourd'hui l'hôtel de la première Présidence (Hôtel des Pages). Le reste de ce côté contenait des maisons particulières, d'une forme assez régulière, terminées au nord par un pavillon qui, de M. de Morvilliers, est passé à M. le marquis de Spada, son gendre, qui l'a vendu à M. de Cœur de Roy, premier président du Parlement.

« L'autre côté de cette place n'était point aussi régulier, et avait encore quelques maisons bâties avant le siège de Nancy, comme celle de George Marque, aujourd'hui l'hôtel de Rennes, dans laquelle nous avons dit que fut porté le corps du duc de Bourgogne, après sa défaite devant Nancy. Le pavé de cette maison, sur la Carrière et à la Grande-Rue, était entièrement fait de pierres noires. Cette distinction excitait la curiosité des étrangers, et même des enfants des citoyens, qui en apprenaient la cause de leurs pères. Aujourd'hui, il ne reste plus que quelques-unes de ces pierres noires, à la Grande-Rue qui n'est pas fréquentée ; et il n'en est aucune sur la Carrière, où se rendent tous les curieux, soit pour admirer la beauté et la magnifiscence de cette place, soit pour y jouir de l'agrément de la promenade et du spectacle des exercices militaires. . . . . . .

» Vers le milieu de ce côté occidental de la Carrière, Christophe de Bassompierre fit construire l'hôtel qui porte son nom, mais reconstruit à neuf en 1762 (1). Le marquis de Bassompierre l'a vendu à M. de Neuvry, conseiller au Parlement, sur lequel M. le comte d'Hoffelize en a fait le retrait du chef de la dame de Nettancourt, son épouse. Le reste des maisons appartenait à des particuliers, et n'avait rien de remarquable.

» Cette place, par la générosité du Roi Stanislas, qui lui a donné une forme rectangulaire, est un grand rectangle, orné au levant et au couchant de grands hôtels et de maisons bâties à neuf, dans un goût d'architecture simple et noble, fort élevées et totalement uniformes jusqu'aux toits, couverts d'ardoises. Au nord, elle est terminée par l'emplacement de l'ancien château qui a été démoli, et remplacé par un bâtiment, qui, par son ordre, sa grandeur et ses décorations intérieures et extérieures,

---

(1) Maison nº 27 actuel, appartenant à M. Besval, ancien notaire.

passera toujours pour un beau palais. Il fut d'abord destiné à servir de logement à l'Intendant. Mais, après la mort du Roi de Pologne, M. de Stainville, commandant en Lorraine, qui avait été logé dans le pavillon oriental de la place Royale, près de l'Hôtel-de-Ville, l'a fait attribuer au gouvernement, et l'Intendance a été placée dans ce pavillon (1). La face méridionale du Gouvernement règne sur toute la largeur de la place, répondant à ses deux angles, par un vaste fer à cheval, surmonté d'une grande galerie, haute de 25 à 30 pieds, ornée de pilastres, colonnes, statues, lustres, termes, vases, etc. Un portique en colonnes forme l'entrée du palais, avec un grand balcon sur le devant. La face septentrionale donne sur un jardin, qui a la forme d'un miroir de toilette, au fond duquel, dans un bassin de gazon, est une belle statue du Temps, qui, avec sa faulx, marque les heures sur plusieurs cadrans. C'est l'ouvrage de Joseph Schunken.

» La place est fermée, à ses angles septentrionaux, par deux pavillons uniformes, bâtis en pierre de taille blanche, d'un beau poli, avec des pilastres, colonnes, statues, termes et autres ornemens, avec un portique surmonté d'un balcon (2).

» Aux deux angles méridionaux, sont deux palais de faces totalement uniformes ; savoir au levant, celui où les Tribunaux de justice tiennent leurs séances et rendent la justice. C'est un beau et grand bâtiment en pierre de taille, avec un balcon bien soutenu, orné et symétrisé. A l'angle du couchant, a été construit depuis 1751, l'autre bâtiment, absolument semblable au premier, et on le nomme la Bourse. Il sert aux assemblées de la chambre consulaire, dans laquelle se traitent toutes les affaires de commerce (3).

(1) L'Intendance occupa le palais du gouvernement de 1759 à 1766 ; en 1766, elle fut transférée avec les bureaux dans le pavillon de la place Stanislas, n° 2, qu'on appelle encore l'ancienne préfecture.

(2) Celui qui porte le n° 49, côté occidental, a été construit par Héré. Il le possédait encore à sa mort. L'autre, côté oriental, porte le n° 38 ; il était en dernier lieu la propriété de feu Prosper Guerrier-Dumast.

(1) La première pierre de cet édifice a été posée le 26 août 1752, par M. de Choiseul-Beaupré, primat de Lorraine, en présence de Claude Coster, premier juge consul, Dominique Noirdemange, Pierre-François Chailly, Toustain et Baille, juges consulaires (Lionnois, histoire, I, p. 305).

» Le côté méridional de cette place est fermé par un Arc-de-Triomphe règnant sur toute sa largeûr, par trois arcs principaux servant de portes, avec un péristyle de part et d'autre pour la promenade. Il y a, à côté, le corps-de-garde, pour les offficiers et soldats. Cet Arc-de-Triomphe, qui sépare et unit les deux villes, est fort élevé, et embelli et orné sur ses deux faces de bustes en marbre, de statues, de trophées et d'inscriptions. Il est encore surmonté d'une large terrasse, qui sert à la communication des remparts.

» Enfin, la place est fermée au milieu de ces palais, hôtels, maisons et Arc-de-Triomphe, par quatre murs qui en font un jardin de promenade, avec de belles allées sablées, plantées de charmilles. Au levant et au couchant, règnent deux grandes et larges rues parallèles, qui se répondent à leurs extrémités, et comuniquent à toutes celles des deux villes. Les quatre murs sont à hauteur d'appui, avec un parapet en pierre de taille, orné d'urnes et de statues. Aux quatre angles, sont des fontaines qui donnent de l'eau continuellement, et en abondance. A l'entrée, de chaque côté de cette promenade, on avait d'abord placé deux gladiateurs et deux syrènes, du ciseau de Jean Schumkey. On les a remplacés par deux grillages ornés de lanternes, de la façon du célèbre Lamour. »

Une gravure de D. Collin représente la place de la Carrière, ornée à son entrée du côté du Gouvernement, par les deux gladiateurs. A cette époque, la Carrière est garnie d'une rangée d'arbres qu'on croit être en caisses, on les prendrait, à s'y tromper, pour des orangers..

Il est fait mention, dans les comptes des receveurs de ville de 1751, d'une plantation de 116 tilleuls sur la Carrière. (Archives II, p. 379). Ce sont ces 116 tilleuls, garantis par des caisses à claire-voies, qui figurent dans les comptes des *Fondations de Stanislas*, 2e partie, p. 94. Le plan de Belprey, fait de l'intérieur de cette place un jardin français, garni de pelouses et de charmilles, tel que Lionnois en a donné la description, dans ses Essais et dans son histoire. Mais en 1788, les charmilles et les pelouses n'existaient plus ; la Carrière avait été nivelée de nouveau, et on y avait planté, en 1781, les deux doubles rangées de tilleuls à larges feuilles, de Hollande, qui y sont encore de nos jours.

Suivant Durival, t. I, p. 230, ce serait au mois de

février 1759, que l'on aurait travaillé « à poser les deux extrémités de la Carrière, les grilles qui étaient auparavant, l'une près des prisons (sic), l'autre vis-à-vis. »

Quelles étaient ces prisons, dont parle Durival? où étaient-elles situées, pour être ornées de semblables grilles? En recourant au plan Michel, dit des Fondations, ces grilles fermaient la rue des Ecuries, entre le Palais et l'Arc de Triomphe.

Suivant les Comptes des Fondations du roi de Pologne, (ibid.) les quatre fontaines et les sujets décoratifs qui ornent le mur d'appui de cette place, auraient été sculptés par Lépy, le père, et par Barthélemy Mesny. Les grilles qui y ont été posées ensuite, auraient été peintes et dorées par Gastaldy.

Nous avons dit plus haut, que la place de la Carrière avait été nommée *place de la République,* en vertu d'une délibération du Conseil général de la commune, en octobre 1792, c'est à dire après la fête de l'abolition de la royauté et du siège de Thionville. Le détachement de volontaires nancéiens, qui avait été envoyé à Briey, était en route pour Nancy. Les courriers venaient d'annoncer son retour. La municipalité s'assembla immédiatement, et décida que ce détachement serait reçu avec tous les honneurs; on régla en même temps les réjouissances publiques qui devaient avoir lieu à cette occasion. En conséquence, on publia la proclamation suivante :

PROCLAMATION

DU CONSEIL GÉNÉRAL DE LA COMMUNE

Séance du 26 octobre 1792, l'an 1er de la République française.

« La présence des armées étrangères ne souille pas le sol de la République, les soldats des despotes ont fui devant les soldats de la liberté.

» Nos braves compagnons d'armes, qui sont partis le 17 de ce mois, vont être de retour; ils reviennent, après avoir vu l'ennemi évacuer le territoire; ils reviennent, en rapportant à leurs femmes, à leurs enfants, à leurs concitoyens, l'assurance qu'ils sont libres.

» Que leur retour soit un jour de joie pour nous; célébrons, à la fois, l'instant heureux où nous les reverrons, et l'instant où l'indépendance de la patrie est assurée.

» Aux sentiments d'allégresse qui animent toute la République, il est permis aux habitants de Nancy, de joindre la satisfaction particulière qu'éprouvent de bons citoyens, qui ont généreusement et glorieusement servi leur pays.

» Amis, nous sommes libres, nous sommes républicains; ayons donc la grandeur d'âme, l'amour du travail qui distinguent les hommes libres des esclaves; honorons nos lois par nos mœurs; et si nous voulons transmettre à nos enfants la liberté que nous avons conquise, gardons-là par les vertus qui, seules, peuvent en affermir la durée.

» Le Conseil général de la commune, ouï le substitut, *Arrête:* Qu'au moment où il apprendra le retour des citoyens partis le 17, la garde nationale prendra les armes; qu'un détachement, précédé de la musique, ira au devant des citoyens, jusqu'à l'entrée du fauxbourg; que le Conseil général de la commune ira les recevoir à la porte de la Liberté, et que là, ils seront remerciés de leur zèle et de l'honneur qu'ils ont acquis à cette commune; que leur retour sera annoncé par le son des cloches et des décharges d'artillerie, et que l'hymne des Marseillais sera chantée sur la place du Peuple, pour célébrer la victoire remportée par les armées françaises, sur les armées ennemies.

» Arrête de plus : que la Porte Notre-Dame portera le nom de *Porte de la République*, la Place Carrière, *Place de la République*, et que les inscriptions y seront placées à l'instant.

» Fait et arrêté les jour et an avant dits, présens tous les membres composant le Conseil général de Nancy. » (*Journal de Nancy et des Frontières*, 28 octobre 1792.)

A la Révolution, le palais du Gouvernement fut loué à divers particuliers ; si nous lisons bien, on y établit même un café, et la municipalité permettait, le 28 avril 1791, de faire danser dans le pavillon de la ci-devant intendance. Nous ne pensons pas qu'il s'agisse ici du pavillon de la place Stanislas, n° 2, alors occupé par l'administration du département, qui en avait pris possession, dès la suppression des intendances et la création des provinces en départements.

Le palais du gouvernement, par délibération du 23 juin 1791, fut affecté provisoirement au logement de M. de Victingoff, commandant la 4ᵉ division militaire. Cette affectation devint définitive le 6 août suivant.

En 1792, on nomma cet hôtel la *Maison militaire*, et en 1793, la *Maison Nationale*.

Lorsqu'on y entre, on voit encore, à droite de la porte principale, dans le premier pilastre, ce n° 41 de la 7ᵉ section, et un peu au-dessus, dans le second pilastre, on lit très bien cette inscription :

UNITÉ
INDIVISIBILITÉ
DE LA
RÉPUBLIQUE
LIBERTÉ
ÉGALITÉ
FRATERNITÉ
OU LA MORT,

que n'ont jamais vue, sans doute, aucune des têtes couronnées qui ont logé en cet hôtel, ni aucun des généraux et maréchaux de France qui l'ont habité, ni les préfets, ni les généraux allemands, ni Charles X, ni l'impératrice Eugénie, ni tant d'autres.

Enfin, l'inscription existe encore : et, le jour où nous l'avons copiée, le sergent du poste est venu nous prier poliment de passer au large ; nous l'avons supplié de nous permettre d'achever notre copie. Ce à quoi il a consenti.

La *Maison militaire* fut longtemps occupée par le général commandant la 4ᵉ division militaire. Le District y a tenu une séance et ses bureaux, jusqu'à sa suppression en 1796. C'est sans doute à cette occasion, que le Palais du gouvernement fut nommé *Maison nationale*. Lorsque l'École centrale florissait à Nancy, c'était presque toujours dans le grand salon qu'avaient lieu les concours publics, entre les élèves appelés à recevoir les récompenses scolaires. On y a fait aussi beaucoup de distributions de prix : on y donnait des bals officiels, des bals de bienfaisance, et certaines représentations pour les classes riches.

Le 30 ventôse an VI, 20 mars 1798, c'est sur l'hémicycle de la Carrière, devant la *Maison militaire*, qu'eut lieu la fête civique de la Souveraineté du Peuple, avec toute la pompe usitée à cette époque. En rapprochant le programme de cette fête auprès de ceux que nous connaissons pour des fêtes analogues, nous croyons que le cérémonial observé dans cette circonstance était plus solennel ; on y voit figurer, pour une des premières fois, les différents

Tribunaux et la Gendarmerie nationale, qui, ordinairement, ne faisaient pas partie des cortèges de ce genre.

PROGRAMME

de la

FÊTE DE LA SOUVERAINETÉ DU PEUPLE FRANÇAIS,

qui sera célébrée dans la Commune de Nancy le 30 ventose an VI de la République française, une et indivisible.

———

MARCHE *(en avant)*.

Un trompette, quatre cavaliers ;
Un escadron de cavalerie ;
Un bataillon d'infanterie ;
Les canonniers avec leurs pièces ;
La Garde nationale sédentaire formera la haie, marchera drapeaux déployés, tambours battants ;
Deux jeunes citoyennes porteront des fleurs ;
Quatre jeunes citoyennes porteront, sur leurs épaules, un brancard couvert d'un riche tapis, surmonté d'un trépied à l'antique, avec deux corbeilles de fleurs ;
Vingt autres jeunes citoyennes, marchant deux à deux, vêtues en blanc, décorées d'une ceinture tricolore, représentant les vertus, et d'autres porteront des allégories analogues à la fête ;
Un officier municipal, ayant à sa droite un tymbalier, et un trompette à sa gauche, tous les trois à pied, proclamera en différentes reprises : LA SOUVERAINETÉ DU PEUPLE ;
Le même fera dans le Cirque la lecture de l'arrêté du Directoire exécutif du 13 pluviose an VI ;
Deux jeunes citoyens porteront des bannières romaines ;
Quatre grenadiers porteront un brancard surmonté d'un trophée d'armes, naturel symbole des victoires et de la puissance du Peuple ;
Deux autres jeunes citoyennes porteront les bannières à la romaine, avec les inscriptions décrétées ;
Trente sept vieillards marcheront ensuite, une baguette blanche à la main ; ils auront à leur tête le plus ancien d'âge, couronne de chêne ; il doit être le porteur de la grande Hache, qui doit servir à former le faisceau ;
La musique de la Garde sédentaire ;
La Commune ;

Les Juges de paix et leurs Assesseurs ;
Les Instituteurs publics et leurs élèves ;
Quatre trompettes de front, à cheval ;
Un char à la romaine, traîné par six chevaux de même couleur. conduits par trois postillons décorés au bras du signe républicain,

PERSONNAGES DU CHAR

Mercure sur un ballot ;
Le Peuple souverain désigné par la *République*, le gouvernail d'une main et l'acte constitutionnel de l'autre ;
Le dieu de l'harmonie s'élèvera au-dessus de la *République*, la lyre d'une main, et une couronne de laurier de l'autre ;
La *République* sera entourée des *Quatre Saisons*.
Dans le fond du char, à l'endroit le plus élevé, un soleil rayonnant, avec ces mots au disque :

AINSI QUE LES SAISONS, LA RÉPUBLIQUE EST ÉTERNELLE

Suite.

Six officiers de la garde sédentaire, de droite à gauche du char ;
Douze brigadiers à cheval derrière le char ;
Les officiers généraux, en grand costume et leurs aides de camp ;
Les militaires couverts d'honorables blessures, au centre.
Le Département ;
Les différens Tribunaux ;
Les commissaires de guerre ;
Les officiers de la garnison, marcheront en ordre sur deux haies, à leur rang et place ;
La Gendarmerie nationale ;
Le reste de la garnison, tant à pied qu'à cheval, fermera la marche.

Suite accessoire.

Invitation à faire à quatre petites communes près de Nancy : Malzéville, Laxou, Tomblaine, Jarville. Chacune de ces communes fournirait une voiture, avec des jeunes gens des deux sexes, costumés suivant l'allégorie qu'ils représenteront :
La première, d'une voiture de foin ornée d'un grand bouquet, avec des faucheurs et des faucheuses ;
La deuxième, d'une voiture de gerbes surmontée d'une belle gerbe décorée de bluets et de coquelicots, avec des moissonneurs et moissonneuses ;

La troisième, d'une voiture de tonneaux et d'une grande cuve, avec des vendangeurs et vendangeuses couronnés de pamphre ;

La quatrième, d'une voiture de bois avec des bûcherons et bûcheronnes, portant une hache, et d'autres des pipeaux ;

Malzéville, la vendange ; Tomblaine, la fenaison ; Jarville, la moisson ; Laxou, la voiture de bois, etc.

Nota. — Les huit commissaires des sections seront à la disposition des Chorèges, pour les aider à faire exécuter la marche de la Fête, avec toute la décence et l'ordre qui convient à pareille cérémonie,

DÉCORATION

DE L'AUTEL DE LA PATRIE ET CÉRÉMONIES DE LA FÊTE.

La réunion se fera au grand salon de la Maison commune.

L'Autel de la Patrie sera placé sur les marches du centre de la Maison militaire ; le Cirque qui est construit forme naturellement le factice qu'on serait obligé de faire, la beauté de son enceinte, ainsi que la Maison militaire, la place de la République, l'Arc-de-Triomphe, fournissent gratuitement de grands moyens pour présenter au Peuple une fête digne de lui ;

On élèvera un rempart de quatre pieds de haut, où sera placé l'Autel de la Patrie, décoré de l'Arbre de la Liberté, surmonté du drapeau tricolore ;

Le drapeau tricolore flottera sur l'Arc-de-Triomphe, il sera porté par la *Renommée ;*

L'on construira l'orchestre devant l'Autel ; une table couverte d'un tapis, sera placée au centre du Cirque ;

L'on formera un demi cercle avec des chaises pour les vieillards ; un plus grand sera placé pour les autorités civiles et militaires ;

Le Cortège, arrivé dans l'enceinte, les militaires se placeront, de manière à fermer le Cirque par l'extérieur, en laissant un libre cours à l'endroit des marches qui terminent la place de la République ;

Les quatre citoyennes se rendront sur le rempart ; elles poseront le trépied à l'antique à droite de l'Autel ; les citoyennes portant différents emblèmes viendront se placer en demi cercle, derrière l'Autel ;

Les quatre citoyens portant le trophée, le placeront sur l'Autel ; les quatre autres citoyens placeront, à droite et à gauche, les différentes inscriptions décrétées ;

Les vieillards prendront leur. place au centre ; la musique viendra se placer à l'orchestre. La Commune se placera au centre du Grand Cirque, ainsi que les Juges de paix ; les quatre trompettes se placeront au centre ;

La *République,* le gouvernail d'une main, et l'Acte constitutionnel de l'autre, suivie des Quatre Saisons, ainsi que d'Apollon, ira déposer l'Acte constitutionnel sur l'Autel, et prendra sa place à droite ; Apollon se placera de manière à pouvoir les couronner ;

Les Officiers généraux viendront se placer auprès de la table, pour assister à la formation du faisceau national, emblème expressif de l'étroite union et de l'inviolable attachement de tous les Français à la République ; un officier civil, un officier de la garde nationale et un de la garnison, aideront les vieillards à la formation du faisceau ;

Les Autorités civiles et militaires s'asseoieront à droite et à gauche de la Commune ; les Corps militaires formeront l'enceinte. L'on pourra placer une partie du peuple sur les balcons du Cirque, ainsi que de la Maison militaire ;

Tout étant ainsi disposé, on entonnera l'hymne, *Amour sacré de la Patrie,* etc. ; ensuite, le plus ancien d'âge et les trente sept vieillards viendront se placer autour de la table, y déposeront leurs baguettes, pour former le faisceau. Les Officiers généraux tireront leurs épées. A ce signal, les trompettes annonceront cette cérémonie, et les tambours battront aux champs. Au même instant, il se fera une décharge de douze coups de canon. Le faisceau terminé, la musique exécutera : *Où peut on être mieux qu'au sein de sa famille.*

Les vieillards iront reprendre leurs places. Les jeunes gens viendront prendre le faisceau ; le plus ancien d'âge les suivra ; il montera sur la première marche de l'Autel ; le faisceau sera placé de manière qu'il puisse appuyer sa main droite dessus ; et, dans cette attitude, il adressera aux Magistrats le Discours décrété, après quoi, il ira reprendre sa place ;

Ensuite, le principal Fonctionnaire public, dans l'ordre constitutionnel, placé au centre près de la table, entouré des officiers généraux, répondra par ces mots :

Le Peuple a su, par son courage, reconquérir ses droits trop longtemps méconnus, etc ;

Immédiatement après, on battra un ban ; l'officier municipal fera la lecture solennelle de la Proclamation du Directoire exécutif : l'on fermera le ban ; douze coups de canon se feront encore entendre ; l'on chantera un chorus et des couplets analogues à la Fête. La cérémonie terminée, le cortège se rangera dans le même ordre, repassera sous la porte du Peuple, montera la rue de l'Esplanade, descendra sous la porte de la Constitution, l'on chantera l'hymne de la Liberté ; il se rendra de là à la Maison commune, pour voir défiler les troupes ;

La cérémonie finie, un trompette, quatre cavaliers, la musique, les jeunes citoyens portant le faisceau et les trente six vieillards, reconduiront le plus ancien d'âge dans son domicile, avec tous les honneurs qu'on doit au Représentant de la Souveraineté nationale, le jour de sa fête ;

L'après midi, il y aura des jeux de barres et de cible à la Pépinière, des prix distribués aux plus habiles coureurs et tireurs ;

Le soir, bal *gratis* dans tous les lieux publics, la comédie exceptée ;

La Fête sera annoncée la veille, par une salve d'artillerie de douze coups de canon, et par le son des cloches, ainsi que le matin à six heures ;

Le présent plan arrêté par nous, Chorèges nommés par l'Administration municipale, pour être soumis à son approbation ;

Nancy, le 23 ventôse an VI de la République française.

Signé : LAUGIER, LAURENT et MARC.

Vu le programme ci-dessus, l'Administration municipale de la Commune de Nancy arrête, le Commissaire du Directoire exécutif ouï, qu'il sera exécuté selon sa forme et teneur, et imprimé au nombre de cent cinquante exemplaires.

Fait à Nancy, en l'Administration municipale, le vingt-quatre ventôse l'an six de la République française, une et indivisible.

Présens : les citoyens LALLEMAND, président ; NICOLAÏ, vice-président ; BOTTA, JEANROY et GORMAND, administrateurs municipaux ; RICHARD, commissaire du Directoire exécutif ; et ROLLIN, secrétaire en chef.

Nous avons rencontré, dans nos recherches, deux hymnes composés à l'occasion de cette Fête civique ; l'un imprimé en même temps que le programme, chez J. R. Vigneulles, imprimeur, place du Peuple, n° 207, composé pour la circonstance par Ducaire, paraît avoir un caractère officiel, que l'autre, imprimé chez la veuve Robert, ne comporte pas.

COUPLETS

Paroles du citoyen DUCAIRE

Air: *La Victoire en chantant, etc.*

Le tonnerre a grondé sur la voûte des trônes,
Ses carreaux ont frappé les rois;
On voit de toutes parts chanceler les couronnes,
Et l'homme rentrer dans ses droits;
Le peuple reprend sa puissance,
Et les tyrans ont disparu;
Pour recouvrer l'indépendance
Il parle, et les rois ont vécu.

La République nous appelle
Sachons vaincre, sachons mourir;
Un Français doit vivre pour elle,
Pour elle un Français doit mourir.

La grandeur des tyrans fut le fruit du mensonge;
Ils enchaînaient notre sommeil;
Pour détruire l'erreur et dissiper le songe,
Le peuple a sonné le réveil.
Il dit : et sa masse imposante
Aux rois arrache le bandeau,
Venge l'humanité souffrante,
Et des rois creuse le tombeau.

La République, etc.

Tu ne ramperas plus sous les marches du trône,
Peuple, tu règnes à ton tour.
Tu seras souverain, sans porter la couronne,
Et les lois formeront ta cour.
De ta brillante destinée,
En tous lieux brille le flambeau
Et déjà l'Europe étonnée
Partage un triomphe si beau.

La République, etc.

Si tu veux conserver ton bonheur et ta gloire,
Enchaîne ta force et ton bras ;
Laisse à tes défenseurs le soin de la victoire,
Et viens choisir tes magistrats ;
Mais que ta masse souveraine,
En exerçant demain ses droits,
Ecartant l'intrigue et la haine,
Sur tes amis fixe son choix.

La République, etc.

La fête de la Souveraineté du Peuple avait été ordonnée par la loi du 11 pluviôse an VI (30 janvier 1798) ; elle devait être annuelle ; mais il paraît qu'elle ne fut célébrée qu'en cette année. Quelques plaisants l'avaient surnommée la *Fête des Saints-Innocents.*

Quelques temps auparavant, le 10 pluviôse an VI (29 janvier 1798), on avait également célébré dans notre ville la Fête de la Paix, également sur la Carrière et au Temple de la Paix, qui n'est pas précisément la Cathédrale. Nous n'avons pu découvrir à quel propos elle avait eu lieu, ni si elle avait été ordonnée par une loi. Le *Patriote de la Meurthe,* qui paraissait à cette époque depuis le 1er vendémiaire, est incomplet à la Bibliothèque publique, qui ne possède que le second volume.

Les fêtes décadaires n'avaient plus lieu à la Cathédrale. Le Temple n'était pas fermé, mais il avait été remis, en 1797, à l'évêque constitutionnel Nicolas, pour y tenir un synode. Les réunions des décadis se faisaient à l'Hôtel-de-Ville, probablement dans la salle qui avait servi jadis aux séances des sociétés populaires, c'est à dire dans l'ancienne salle des Redoutes. Cependant le programme de la Fête de la Paix laisserait supposer que, pour ce jour, le Temple de la Paix aurait été simplement le péristyle de l'Hôtel-de-Ville. La marche du cortège en fournit la preuve.

PROGRAMME

DE LA FÊTE DE LA PAIX

Qui sera célébrée dans la commune de Nancy, le 10 pluviôse an VI de la République française, une et indivisible.

DISPOSITIONS GÉNÉRALES

« Le 9, veille de la fête, à cinq heures du soir, une salve

d'artillerie s'effectuera sur la terrasse de la Pépinière, au son des cloches ;

» Le 10, jour de la fête, à sept heures du matin, une salve d'artillerie se fera entendre ;

» A huit heures, même salve au son des cloches ;

» A neuf heures, les Autorités constituées, tant civiles que militaires, se réuniront, ainsi que le cortège, au grand salon de la Maison militaire, place de la République ;

» Le cortège, disposé ainsi qu'il sera indiqué, passera sous la porte du Peuple, pour se rendre au Temple de la Paix ;

» Arrivé sur la place, il se divisera en deux parties, pour monter de droite et de gauche sur l'estrade en avant du Temple, et se rangera de manière à en laisser voir l'intérieur ;

» Les jeunes filles vêtues de blanc, décorées de ceintures tricolores, brûleront l'encens devant la statue de la Paix, au moment de l'arrivée du cortège ;

» Les déesses du char prendront leurs places derrière l'autel de la patrie, ayant soin de conserver leur attitude ;

» A ce moment, une décharge d'artillerie se fera entendre ;

» Pour la seconde fois, les jeunes filles brûleront l'encens devant la République, la Liberté et l'Egalité, leur présenteront leurs offrandes et reprendront leurs places ;

» Aussitôt que le canon cessera de tirer, l'orchestre exécutera l'hymne de la Liberté : ensuite, il sera prononcé par le Président et commissaire du Directoire exécutif près l'administration municipale, des discours analogues à la circonstance ; à la fin de ces discours, un cri général de *vive la Paix, vive la République*, se fera entendre au bruit des canons ;

« Le silence rétabli, il sera chanté par les citoyens Ducaire, Delers et la citoyenne Rousselois, des couplets à la Paix, et repris en chœur ; ensuite, *Amour sacré de la Patrie*. A ce moment, toutes les autorités constituées tourneront leurs regards vers l'intérieur du temple; et aussitôt, on exécutera le *Chant du Départ*, ce qui donnera le signal pour se remettre en marche.

« Le cortège se rendra sur la place de la Constitution, passant par la rue Jean-Jacques Rousseau, celle de la Fédération et de la Constitution. Arrivé à l'Arbre de la Liberté, les autorités constituées se rangeront autour du char, où l'on chantera *Amour sacré de la Patrie*. Le cortège reprendra sa marche par la rue de la Boucherie, suivra celle de Francklin jusqu'aux Halles, descendra sur la place du Peuple, où se terminera la cérémonie. Le cortège se placera devant la maison-commune, pour voir défiler devant lui toute la troupe.

« A trois heures après-midi, il y aura des danses publiques sur la place du Peuple, jusqu'au déclin du jour.

ORDRE DE MARCHE

Un piquet de cinq hommes de cavalerie ;
Un administrateur municipal, proclamant la paix ;
Deux trompettes et un timbalier à cheval ;
Un escadron de cavalerie ;
Un détachement d'infanterie ;
Les vétérans, avec leurs piques ;
Les canonniers, avec leurs pièces ;
La garde nationale sédentaire marchant en colonne ;
La musique de la garde nationale ;
Vingt-quatre jeunes filles portant des couronnes, guirlandes, parfums, fleurs et autres allégories ;
Deux trompettes à pied ;
Hercule à pied ;
Un char à la romaine, traîné par six chevaux, conduits par trois postillons, vêtus de bleu, décorés d'un flot tricolore au bras gauche ;
Personnages placés dans le char ;
Au centre, la République, surmontée de la Paix, qui la couronnera ; à droite, la Liberté, et à gauche, l'Egalité ;
En avant, six jeunes personnes représentant : le Commerce, la Prudence, la Justice, l'Abondande et la Sagesse ;
Les autorités civiles et militaires marchant sur deux rangs derrière le char, et les défenseurs occuperont le centre.
La troupe fermera la marche.

CÉRÉMONIE NOCTURNE.

A cinq heures, une salve d'artillerie annoncera la réunion de l'Administration à la Maison militaire, ainsi que le moment d'une illumination générale de toute la Commune.

« Le char, la musique, un détachement de la garde nationale sédentaire et deux escadrons de cavalerie, se rendront également à la Maison militaire.

« Le cortège partira dans le même ordre que le matin. Pour arriver au Temple, la marche sera éclairée de douze flambeaux.

« Au Temple, on chantera l'hymne à la Paix, et la fête se terminera au spectacle, où l'on jouera la pièce de la Paix, à laquelle assisteront les guerriers blessés et les jeunes citoyennes qui auront concouru à l'embellissement de la fête.

« Fait et arrêté à Nancy, en administration municipale, le 4 pluviôse an VI de la République française, une et indivisible.

« Présents les citoyens LALLEMAND, président ; BRIEY, CROISIER, JEAUROY, BOTTA et GORMAND, administrateurs municipaux ; RICHARD, Commissaire du Directoire exécutif ; ROLLIN, secrétaire en chef. »

A l'occasion de cette fête civique, les poètes nancéiens P. Laugier et autres composèrent un grand nombre de chansons, couplets, strophes, etc., etc., imprimés chez la veuve Bachot, chez Vigneulle, chez Guivard, etc.

Nous avons eu occasion, en parlant du Château-d'Eau de la place de Grève, aujourd'hui de l'Académie, de dire que, par le bon plaisir de M. le Maire d'alors, son architecte, M. Débuisson, avait estimé la Carrière et ses embellissements d'une médiocre valeur. Il paraît qu'on voulait faire du Château-d'Eau, vrai mastodonte, amas informe de pierres de taille, entassées les unes sur les autres, le modèle de l'art architectural des néo-nancéiens de 1831. Ce n'est pas sans de vives protestations de la part des vieux nancéiens, que M. Débuisson a commencé à mettre son projet à exécution, et à continuer l'œuvre de mutilation commencée déjà, à propos du passage de Charles X à Nancy.

Les fontaines et les statues de notre bonne ville de Nancy ont toujours offert à la critique un côté comique, qui ne manque ni de ridicule ni de piquant. C'est le 7 août 1831, que la première protestation a éclaté comme une bombe, dans le *Journal de la Meurthe*. Le *Courrier Lorrain* n'a pas pris part à cette discussion, fort instructive et fort amusante. Ces articles, écrits parfois d'un ton très acerbe, nous disent dans quel état se trouvaient, à cette époque, les groupes sculptés de la Carrière, ce qu'étaient ses fontaines, et aussi ce qu'on aurait voulu en faire.

Le 7 août 1831, la *Meurthe* publiait le communiqué suivant :

« On élève à grands frais, sur la place de Grève, un Château-d'Eau, ou réunion de sources qui, placées dans un des points les plus élevés de la Ville, devront alimenter une grande partie des fontaines de l'intérieur. Ce grand œuvre devrait faire espérer au public qu'il verrait couler, depuis la promenade de la Carrière, si fréquentée, au renouvellement de la belle saison, les fontaines placées aux quatre angles de ce joli parallélogramme, et dont les eaux, recueillies dans de larges bassins, prenant la douce teinte des feuillages dont elles contribuaient à augmenter la fraîcheur, étaient du plus charmant effet, et complétaient cette belle scène de la Carrière, qui sert d'avenue au palais de la Préfecture. Mais toute espérance est déçue; une administration aussi peu conservatrice que celle qui a supprimé la belle promenade de l'Arc-de-

Triomphe, vient d'ordonner l'enlèvement des bassins antérieurs de ces fontaines, et de laisser adroitement les statues qui les couronnaient, tournées dans le sens contraire des eaux qui jaillissent dans les petits bassins placés à l'extérieur.

» En parlant de restauration, on était loin de penser à la destruction ; un étranger, qui jugera sainement les nouvelles constructions, aura une bien grande idée des arts dans la ville de Nancy, en 1831, et il dira avec raison, que les architectes du pays n'ont pu comprendre le sublime ensemble de la place Royale et de la Carrière, et ont cru pouvoir faire beaucoup mieux que ce qui a été conçu, sous un monarque grand protecteur des arts ; et c'est au moment où toute la Lorraine fait élever une statue à ce bon roi, en témoignage des souvenirs qu'il y a laissés, que, d'un autre côté, on détruit, sans but d'utilité publique, des constructions dont la restauration était nécessaire à un ensemble qui a fait appeler Nancy *la plus belle ville de France*, et peut-être du monde entier. »

Cet article, d'une pierre faisait deux coups : il critiquait la construction coûteuse du Château-d'Eau, et il protestait énergiquement contre les mutilations dont la Carrière était l'objet. Débuisson crut que l'auteur anonyme était un de ses confrères, jaloux des travaux qui lui étaient confiés par l'administration municipale ; prenant alors sa plus belle plume, il riposta par la lettre suivante, publiée le 14 août :

A Monsieur le Rédacteur du *Journal de la Meurthe,*

Nancy, le 12 août 1831,

« Monsieur ! je viens de prendre connaissance de l'article inséré dans votre journal du 7 de ce mois, concernant les réparations que la Ville fait exécuter aux fontaines de la place Carrière, et l'érection d'une nouvelle fontaine, ou Château-d'Eau, au milieu de la place de Grève ;

» L'auteur anonyme de cet article critique ces travaux, de manière à faire considérer comme des vandales les membres de l'administration qui les a ordonnés, et comme dépourvu de goût et de jugement, l'architecte qui les a proposés. Je vous serai donc bien obligé, Monsieur, d'insérer dans le plus prochain numéro de votre journal, les explications ci-jointes, qui indiquent les motifs qui ont déterminé l'exécution de ces travaux :

» Les fontaines de la place Carrière, placées aux quatre angles de l'enceinte formée par les murs d'appui ou parapets, se com-

posent chacune d'un bassin extérieur, dans lequel coulent les
eaux destinées aux besoins des habitants de cette place, et d'un
autre bassin intérieur, devant recevoir les eaux d'une autre fontaine de simple agrément. Sur le massif qui sépare ces deux
bassins, sont placés des morceaux de sculpture, composés de
groupes d'enfants et d'animaux marins.

» Les réparations que l'on fait exécuter consistent à remplacer
les membres des enfants, qui sont tous mutilés, et à regratter
tous les groupes. Les seuls changements que l'on apporte dans
la disposition de ces fontaines, ne consistent que dans la suppression des bassins intérieurs, dégradés et entièrement hors de
service, par la mauvaise qualité de la pierre et à retourner en
dehors les groupes qui faisaient face à l'intérieur de la place ;

» C'est au sujet de ce changement que l'auteur de l'article en
question dit « que les fontaines placées aux quatre angles de ce
« joli parallélogramme, et dont les eaux, recueillies dans de
« larges bassins, prenant la douce teinte du feuillage dont elles
« contribuaient à augmenter la fraîcheur, étaient du plus char-
« mant effet, etc. »

» Lorsqu'on se livre à la critique, il conviendrait de le faire
de bonne foi ; l'auteur de cet article d'architecture romantique
ne semble-t-il ne pas se rappeler avec délice l'effet séduisant de
ces fontaines ! eh bien, elles n'ont jamais coulé ! et l'on n'a
jamais remarqué dans les bassins supprimés, pour se marier avec
la verdure des arbres et entretenir une fraîcheur, que des ordures
et immondices, qui infectaient les abords des fontaines extérieures ;

« Les fontaines intérieures n'ont jamais coulé, et la ville ne
pourrait se procurer des eaux pour les alimenter, qu'en en supprimant d'autres ; mais aurait-on de l'eau en surabondance, il
conviendrait mieux de créer de nouvelles fontaines, dans les rues
qui en manquent, plutôt que d'en accumuler huit sur la place
Carrière. Indépendamment du manque d'eau, qui nécessite la
suppression des bassins intérieurs de cette place, on observe encore que ces fontaines ne pouvaient être aperçues en dehors de
l'enceinte formée par les parapets, et qu'elles se trouvaient mas-
quées par les arbres, pour les personnes placées à l'intérieur.

» Celui qui a changé l'ordonnance de cette place, est celui-là
même qui a fait planter les arbres ; on peut s'en convaincre par
l'examen des plans qui sont déposés à la mairie et à la bibliothèque publique. Il fallait supprimer, ou les fontaines ou les arbres,
et n'y aurait-il eu que ce seul motif, il suffirait bien, ce nous
semble, pour se rendre compte des raisons qui ont déterminé
l'administration à faire ce léger changement dans la disposition
des fontaines de la place Carrière ; et il est probable que l'auteur
de l'article se serait abstenu d'en faire la critique, s'il eût examiné avec plus d'attention les localités.

» Loin de profaner les monuments érigés par le roi de Pologne, comme le prétend ce critique, ce n'est, au contraire, que par respect pour sa mémoire, que l'administration a conservé et a fait restaurer les sculptures, d'un très mauvais genre *(sic)*, qui décorent ces fontaines, lesquelles étant exécutées en pierre et à la portée des enfants, sont exposées à être dégradées journellement, tandis que si on leur avait substitué des lions en bronze, ou même en fer de fonte *(sic)*, comme on en avait fait la proposition, ces lions, placés près des grilles en fer, auraient produit un aussi bon effet *(sic)*, et n'auraient pas été exposés à des dégradations journalières...... »

En effet, un lion, ça a des griffes et des dents. C'est égal, être architecte et comparer les grilles de Lamour à des lions de la fonderie de Vertuzey ou d'ailleurs, c'est faire preuve d'une haute intelligence, d'un goût artistique des plus cocasses. Décidément, M. Trouillet n'a pas l'étrenne avec ses quatre bêtes apocalyptiques. Il ne faut désespérer de rien, avec les divers articles de grosse quincaillerie qui ornent nos places et nos monuments publics, nous verrons, sans doute, inaugurer l'ère naissante du caoutchouc incassable, infondable, résistant, plus fort que l'airain et l'acier. Nous verrons, disons-nous, les futures statues de nos grands hommes, coulées en caoutchouc et résister avec énergie contre la pluie battante — l'expérience est faite — et contre les ardeurs dévorantes des rayons concentrés d'un soleil tropical.

La réponse à la précédente ne se faisait pas attendre ; car le 15 août, la *Meurthe* chauffait la question avec un zèle, qui aurait dû écarter les susceptibilités de l'architecte Débuisson :

« L'auteur de l'article anonyme sur les constructions de la place Carrière ne croit pas que le public, par la réfutation de M. C.- B. Débuisson, soit bien convaincu que l'on ait fait établir dans les angles intérieurs de cette promenade des bassins pour y recevoir les immondices, et que les statues n'ont été mises et tournées à l'intérieur, que pour servir de but aux enfants. On ne peut voir dans sa réponse que deux choses bien distinctes : la première, qu'il cherche à se disculper du peu d'attention qu'il a mis à étudier son projet ; car il est plus facile de détruire que de conserver ; la seconde, un défaut de surveillance de la part de la police. On parle du peu d'attention du restaurateur, parce que sans doubler le nombre des fontaines, ni augmenter la quantité d'eau, on pourrait, par un moyen déjà employé à quelques fontaines de la ville, notamment à celle de la Poissonnerie, laisser

le public prendre l'eau à l'extérieur, sans en priver continuellement le promeneur qui, malgré M. C. Débuisson, en jouirait de
bien des points différents, car déjà, à chacune des huit entrées
de cette promenade, on ne peut en voir moins de deux. Quant
aux statues qui se sont retournées depuis peu, pour faire meilleur effet depuis la promenade, on prie de ne pas les gratter trop
fort ; car si on cherche à faire disparaître tous les coups de pierre
dont elles sont couvertes, les parties saillantes deviendront bientôt des creux ; et si, comme l'assure M. C. Débuisson, elles sont
d'un très mauvais genre, elles ne seront plus supportables, après
une telle restauration.

» Allons, M. le restaurateur, un peu de complaisance pour le
public romantique, qui aime à voir l'eau se mêler au feuillage ;
il reste encore intact un seul de ces monuments, veuillez y jeter
un coup d'œil de bienveillance avant de le détruire, et rendez-
nous justice, si vous voyez la possibilité de le conserver. »

La rédaction de la Meurthe a pu se croiser les bras,
pour le n° du 19 août : M. C. B. Débuisson avait largement fourni de la copie pour le remplissage. Outre le
mémoire sur le Château-d'Eau, que nous avons reproduit
précédemment, (v. place de l'Académie) on trouve cette
autre riposte :

« On espérait qu'après avoir donné avec modération (sic), les
explications insérées dans le journal du 14, sur les motifs qui ont
déterminé la suppression des bassins intérieurs des fontaines de
la place Carrière, on ne reviendrait plus sur cet objet ; mais notre
anonyme ne lâche pas prise facilement, il a riposté dans le
n° du 16.

» La seule chose qui mérite une réplique, c'est sa proposition de faire passer à l'intérieur les eaux des fontaines extérieures ;
il faut croire que notre auteur nous suppose bien peu de prévoyance, pour qu'il se soit figuré que nous n'ayons pas d'abord
songé à ce moyen, qui se présente à l'idée de toute personne,
même de celles qui ne se sont jamais occupées de constructions.

» « Nous lui laissons cependant, s'il y tient, le mérite de la découverte ; nous lui accorderons encore des idées poétiques, quelque facilité à manier le ridicule, et même les graves connaissances de décoration architecturale ; mais, il faut bien en convenir,
il n'entend absolument rien à la distribution des eaux.

« La comparaison qu'il fait de ces fontaines à celle de la rue
de la Poissonnerie n'est pas heureuse : le bassin de celle-ci est
élevé d'au moins huit pieds et au-dessus de la portée des enfants,
tandis que les fontaines intérieures de la place Carrière, sont à
trois pieds au plus au-dessus du sol.

« Faire usage du procédé qu'il propose, serait exposer à recevoir de l'eau malpropre, les personnes qui viendraient la puiser aux fontaines extérieures; les soins que la police pourrait donner à la surveillance de ces fontaines, seraient insuffisants, pour y maintenir la propreté; il faudrait, pour y parvenir, employer le même moyen que pour la fontaine des lions à Paris, où les agents de police fourmillent, placer une sentinelle devant chaque bassin, pour les garder jour et nuit.

« On conviendra qu'en ayant recours à cet expédient, le seul praticable, ce serait payer un peu cher l'agrément que pourrait procurer au public la vue de quatre maigres filets d'eau qui seraient à peine aperçus à quinze pas, en admettant même qu'ils ne soient point masqués par les arbres.

« Il n'est pas probable que l'on a voulu proposer des fontaines à réservoirs et à soupapes, car la chose ne parait pas exécutable. Quant au reste de l'article, nous croyons pouvoir nous dispenser d'y répondre; que dire, en effet, sur la recommandation qu'il a fait de regratter les statues avec précaution ? L'artiste auquel ce travail est confié possède son art assez à fond, pour ne point faire de creux, là où il doit y avoir du relief; répondre à de pareilles niaiseries, ce serait, en vérité, abuser de la patience du public. On croit, au surplus, pouvoir employer son temps plus utilement, et si l'on revient encore à la charge, nous nous abstiendrons d'y répondre.

« C.-B. DÉBUISSON. »

L'antagoniste anonyme de l'architecte municipal ne se tint pas pour battu : il voulut avoir le dernier mot, en prouvant à celui-ci, le 21 août, que si l'on parle histoire et archéologie il n'était pas d'un goût très architectural de répondre canule et lavement.

« Nous avons employé tous les moyens de persuasion, pour obtenir la conservation des fontaines intérieures de la Carrière, nous nous bornerons à citer l'arrêt du Conseil des finances du 9 février 1759, par lequel Stanislas fait don et concession à l'Hôtel-de-Ville de Nancy, des bâtiments qu'il avait fait construire en cette ville, des sources, fontaines, files de corps, etc., à charge de *les entretenir à perpétuité* en bon état.

« Or, détruire n'est pas entretenir.

« COMMUNIQUÉ. »

Ce n'est pas tout ; le nº de *la Meurthe*, daté du 26 août contient une lettre de M. Devarennes *(sic)* — il faudrait lire au moins Dévarennes, Desvarennes —, architecte, dans laquelle celui-ci proteste, et dit entre autres choses qu'il n'est « nullement d'humeur, à remplir complaisamment, en pareille occurence, le rôle de ce bon et patient quadrupède d'Israël. » — Décidémeut, messieurs les architectes ont des corps aux pieds.

L'histoire des fontaines de la Carrière a beaucoup d'analogie avec celle des arbres de la place d'Alliance : il y a similitude d'esprit avec les bornes casse-cou de la Poissonnerie, et sans remonter aussi haut, nous avons eu récemment, comme pendant la fameuse affaire de la porte Saint Georges, pour laquelle, ma foi, nous avons bien un peu branlé le grelot.

CARRIÈRE (Petite)

Le nom de cette place est supprimé depuis 1867. Donc la petite carrière n'existe plus officiellement.

Située entre l'hémicycle de la Carrière et la Grande-Rue, elle n'a plus raison d'être aujourd'hui, puisquelle se confond avec la nouvelle place Saint-Epvre. Si on ne l'a pas gratifiée de deux plaques émaillées sur fond d'azur, on n'a pu encore enlever des deux angles de la Grande-Rue les inscriptions gravées sous le règne de Stanislas : *Petite Carrière S. E.* Tel était son nom officiel, qui se lira encore longtemps envers et contre tout.

Léopold fit commencer en 1717, sur la Carrière, le nouveau Louvre qui devait remplacer cette partie de l'ancien Palais ducal. On y travailla jusqu'en 1720, que les ouvrages furent discontinués. Quand, en 1741, Stanislas fit démolir ce qui existait du palais nouveau élevé sur les dessins de Boffrand, on dut entamer le chœur de la collégiale Saint-Georges, et les chapelles qui en étaient voisines. « On se contenta de rebâtir la chapelle de la Vierge, dit Lionnois, où était représenté le duc Charles de Blois, qui était honoré comme saint dans cette église. On démolit aussi le mausolée du duc de Bourgogne, et ceux des ducs Jean et Nicolas de Lorraine, qu'on plaça dans la chapelle Notre-Dame de Bonne-Nouvelle, où ils demeurèrent jusqu'à ce qu'en 1745, on détruisit totalement l'église qui

occupait avec ses dépendances presque toute la Petite
Carrière. Elle avait été cédée à la Ville, après la réunion
de ce chapitre à celui de la Primatiale, et elle en avait fait
un magasin. » (histoire I, p. 50). (V. aussi *Notice de la
Lorraine* par D. Calmet verbo Nancy).

L'auteur de la *Dissertation historique sur Nancy*, nous
apprend dans ses additions, que « les chanoines de Saint-
Georges allaient, en 1741, faire l'office dans l'église des
Dames Prêcheresses de la Ville-Vieille, en attendant qu'ils
pussent retourner dans leur église. Ils y revinrent bientôt
après, et y continuèrent leurs exercices jusqu'au 31 octobre
1742, qu'ils furent transférés dans l'église Primatiale, pour
ne faire qu'un corps avec le chapitre de cette église. Ils y
commencèrent ensemble l'office, aux premières vêpres de
la Toussaint.

» L'ancienne église Saint-Georges, c'est à dire la nef qui
en restait, fut cédée par le roi Stanislas à la ville de Nancy,
pour en faire un magasin ; elle a été démolie depuis. »

Lionnois a donc mal lu la *Dissertation historique* du chanoine de la Primatiale ; et M. Lepage, dans ses *Transformations de Nancy*, a eu tort de ne pas contrôler par celle-ci
le dire de Lionnois. Aussi place-t-il la formation de la
Petite-Carrière en 1742, quand réellement elle n'a eu lieu
qu'en 1745, puisque l'arrêt du Conseil des Finances autorisant la construction de l'hôtel de l'Intendance (du gouvernement), est seulement de cette dernière année.

En tous cas, la Petite Carrière a été formée sur l'emplacement de la Collégiale Saint-Georges, de son cimetière et
d'une rue qu'on voit figurée sur le plan de Dom Calmet,
qui servait de communication entre la Grande-Rue et la
place de la Carrière. C'est cette rue que nous pensons
avoir été en 1703, la *rue des Vents*, dans laquelle demeurait
M. l'abbé Fournier, grand aumônier, abbé de Stilzbranne,
Prévôt de Saint-Georges, Conseilller d'Etat du duc Léopold,
et Conseiller-Prélat à la Cour Souveraine.

Dans le plan de Lerouge, 1752, cette nouvelle place est
dite : *Petite place Saint-Georges*. Elle n'est pas dénommée
dans les plans de 1754 et de 1758. L'état de 1767 l'indique
Petite Carrière. Le plan de Mique la nomme *Petite place de
la Carrière*. La délibération du 13 pluviose an II, en fit la
place Philopœmen. La délibération du 18 fructidor an III
est muette à son égard. L'almanach de Lionnois de l'an V,

lui donne le vocable de *Petite place de la République*, qu'elle avait porté précédemment en vertu de la délibération du   . Nous dirons encore qu'elle ne figure pas dans tous les tableaux publiés, dans les annuaires du département de la Meurthe sous la République et sous l'Empire. Elle a repris insensiblement son nom de *Petite Carrière*, vers l'an XII. Lionnois lui consacre cependant un petit alinéa, dans son *Calendrier pour 1797, an V* :

« La *petite Place de la République*, ci-devant nommée *Petite Carrière* , et pendant deux ans de *Philopemen*, n'est séparée (de la Carrière) que par le fer à cheval, en colonnades du ci-devant gouvernement. Elle a été établie sur l'emplacement du chapitre de Saint-Georges, réuni à la Primatiale en 1742, et terminée au midi par le retour d'un des pavillons de la Carrière, au nord par les offices (1) dudit gouvernement, et à l'occident par les maisons de la Grande-Rue. Cette place, peu considérée à Nancy, pour la beauté et la magnificence de celles qui l'avoisinent, ferait honneur à de plus grandes villes pour sa régularité et son étendue. »

Vue aujourd'hui à côté de la nouvelle place Saint Epvre, on la trouve bien mesquine, bien rétrécie, entre la Grande Rue et le Fer à Cheval de l'hémicycle, et on ne regrette guère, de prime abord, la suppression de son vocable du rang des places de notre ville.

> Mon Dieu, quelles places, quelles petites places,
> qu'elle est petite !

On a bien voulu, après sa suppression, prononcée en 1867, lui faire grâce d'un petit bout de toilette, en lui flanquant, au nord et au sud, deux petits squares qui ne font pas mauvais effet, surtout depuis le dégagement de Saint Epvre. Ce n'est plus aujourd'hui la vieille petite Carrière de 1856, que nous a laissée en perspective Jean Cayon, dans son *Histoire de Nancy*.

Elle n'est plus, c'est vrai ; mais disons-le, nous ne risquons rien, elle vivra encore et nous survivra longtemps.

D'après le plan de Mgr Trouillet, elle doit servir de point de repère pour l'alignement de la façade septentrionale de la rue de la Cour.

---

(1) Ces offices ont été converties depuis en bureaux pour la Préfecure, enfin en écuries.

Nous avons dit que la petite place de la Carrière avait été supprimée en· 1767. Voici ce que nous lisons, non sans étonnement, dans le compte-rendu de la séance du Conseil municipal, du 7 février 1867.

« La parole est ensuite donnée à M. Cournault, chargé du rapport de la Commission d'administration, sur les noms de rues et places à changer et ceux à donner aux voies nouvelles. Sur la proposition de la Commission, le Conseil décide : 1º que le nom de la petite place Carrière est supprimé, le numérotage étant le même que celui de la Grande-Rue Ville-Vieille. »

Ah ! diable, voilà qui est grave. Comment donc, Messieurs qui étiez en si bon chemin, n'avez vous pas débaptisé du même coup la place Lafayette, qui a le triste inconvénient de n'avoir pas de numérotage spécial ? Il faut avouer que l'édilité de 1867 avait bien peu de souci, ou bien peu de chose à faire, pour prendre une semblable décision, qui fait précédent et qui peut être fatale à d'autres rues et places de notre ville. C'est cependant dans cette même séance, qu'on a fait la rue Guibal et la rue Saint-Urbain. Deux rues sans numérotage ! Est-ce que la petite rue d'Alliance et la petite rue Derrière, ne convenaient pas mieux que les vocables sans raison et si mal placés, qu'on leur a donnés en 1867 ?

M. Louis Lallement, dans son mémoire adressé au Conseil municipal de cette époque, avait senti l'inconséquence qu'on allait commettre, en supprimant le vocable de la Petite Carrière, qu'il proposait alors de nommer *Place de la Collégiale.*

« Le numérotage des maisons est celui de la Grande-Rue, dit la Commission : c'est exact. Mais cela n'empêche pas qu'il y a là, en dehors de la Grande-Rue, une véritable place à nommer. Le nom de *Place de la Collégiale* parait le seul convenable ; et rappelle le souvenir de la Collégiale Saint-Georges, édifice éminemment historique, qui s'élevait sur l'emplacement même de la Petite Carrière. »

L'idée de M. L. Lallement n'était pas neuve ; elle avait été émise en 1857, par M. P.-G. Dumast, qui, en 1846, dans son *Nancy,* voulait en faire la *Place Boffrand.* En vérité, nous croyons que Boffrand aurait été mieux placé là, que sur la cour d'écurie qui porte son nom, vous savez, là bas, près de la porte *Braconeau.*

CATHÉDRALE (Place de la)

Est-ce bien une place ? Non ; c'est simplement un parvis. Ce n'est qu'à la fin du XVIIIe siècle, que Mique lui a fait l'honneur de l'intituler *place de la Primatiale*, et de 1780 à 1793, on l'a appelée aussi *place de la Cathédrale*. Les plans antérieurs à celui de Mique ne lui donnent aucun nom. Dans les almanachs, on ne parle pas de la *place de la Cathédrale*, mais simplement de la rue Saint Georges. Elle n'est pas comptée comme place, dans le tableau des Rues et Places de la ville de Nancy, de 1764, et l'état des maisons de 1767 ne la mentionne que comme une continuation de la rue Saint Georges. La délibération du Conseil général de la commune du 17 septembre 1791, qui a changé tous les vocables des rues avoisinantes, n'y fait pas allusion.

La délibération du 13 pluviôse an II, la nomme *place de la Raison ;* celle du 18 fructidor an III, en fait la *place du Temple*, vocable qu'elle n'a conservé que jusqu'à la restauration du culte (1802) ; elle redevint alors *place de la Cathédrale*.

Nous le répétons, ce n'est pas une place, c'est un parvis qui se trouve simplement en proportion de la grandeur de l'édifice. On a beau l'appeler place, elle n'est et ne sera jamais qu'une section de la rue Saint Georges. C'est comme si l'on intitulait *place*, le parvis qui est devant les Cordeliers, dans la Grande Rue, ou ceux de Saint Georges, de Saint Léon, de Saint Fiacre et de Saint Pierre (la neuve), de Saint Nicolas, dans la rue Charles III.

Quant à l'édifice lui-même, il a subi bien des variations dans ses dénominations. Originairement, il fut appelé *la Primatiale ;* en 1778 lors de l'érection du siège épiscopal à Nancy, il devint la *Cathédrale-Primatiale*. En 1791, après la mise à exécution de la loi du 12 juillet, 24 août 1790, on en fit la *Cathédrale épiscopale*, et aussi la *paroisse cathédrale*, ou encore *paroisse épiscopale*. En octobre 1793, il devint le *Temple de la Liberté ;* à la fin de ce même mois, il devint le *Temple de la Vérité ;* en novembre suivant, le *Temple de la Raison ;* en juin 1794, le *Temple de l'Etre Suprême*. Après Thermidor en l'an III, on en fit le *Temple décadaire :* mais ce dernier qualificatif n'était guère usité : il ne le fut réellement qu'en l'an VI, lors de la rigoureuse observation des décadis ; on l'appelait simplement *le Temple.* D'ailleurs, nous l'avons trouvé dénommé aussi le *Temple de la Paix*, à l'occasion d'une fête civique célébrée dans cet édifice, à la suite de la signature d'un traité de paix. Lors du rétablissement du culte catholique en France, après l'installation de M. d'Osmond, nommé évêque de Nancy, on fit du Temple la *paroisse Cathédrale de Notre Dame ;* elle est encore connue sous ce vocable, quoiqu'on lui ait restitué le titre de *Cathédrale-Primatiale.*

On ne peut guère s'arrêter devant la Cathédrale-Primatiale, à laquelle M. Edgard Auguin a consacré une savante étude, qu'il a modestement intitulée « Monographie », sans remarquer, sur sa facade, quelques peintures de l'époque Révolutionnaire, en partie effacées, cependant encore lisibles, et nous rappelant l'époque à laquelle cet édifice fut consacré au culte de l'Etre Suprême.

Au-dessus du portail principal, dans la frise supérieure, au-dessus de l'autel de la Patrie, dont nous allons parler, on lit en gros caractères :

LE PEUPLE FRANÇAIS RECONNAIT L'ÊTRE SUPRÊME
ET L'IMMORTALITÉ DE L'AME.

Dans les deux tables saillantes, au-dessus des portes latérales, étaient peintes aussi en gros caractères, deux inscriptions semblables, bien difficiles à déchiffrer aujourd'hui.

UNITÉ, INDIVISIBILITÉ
DE LA RÉPUBLIQUE,
LIBERTÉ ÉGALITÉ,
FRATERNITÉ
OU LA MORT.

Au-dessous de ces deux tables, les écussons des clefs ont été martelés et grattés ; et, à la place des emblèmes qui les ornaient, on a peint sur chacun, un énorme bonnet rouge orné de la cocarde traditionnelle. Aujourd'hui, le rouge est passé au gris de fer, et la cocarde tricolore est devenue noire et blanche.

« L'avant-corps, où est la porte principale qui est cintrée, dit Lionnois, a l'archivolte et les impostes ornés de moulures, et est surmonté de deux anges prosternés devant une Croix placée dans le milieu, ayant des colonnes accouplées et pilastres par derrière, avec un entablement qui règne tout le long de l'édifice » (*Histoire*, III, p. 281).

On a fait de cette croix et des ornements qui l'entouraient, sans toucher aux deux anges prosternés, un autel de la Patrie, tout enguirlandé comme un autel consacré à l'hymen. A gauche, se détachent le faisceau égalitaire ou de litem ; à droite, une pique surmontée du bonnet rouge. Celui-ci a été martelé depuis. Derrière cet autel et à chaque angle supérieur, on voit une branche de laurier s'étendre à droite sur la pique, et une branche de chêne, à gauche, sur le faisceau égalitaire ; entre ces deux branches, une flamme brûle sur l'autel ; il en sort un flot de fumée, qui s'élève un peu vers la gauche.

Lionnois nous apprend encore, qu'avant la Révolution, on voyait dans le fronton de l'édifice « les armes pleines de Lorraine, avec la couronne royale, les deux aigles pour supports, la croix de Lorraine pendant à leur col. »

Mais en 1793, et même avant, les armes de Lorraine étaient considérées comme des emblèmes de féodalité ; les cottes de mailles étaient dans le goût du jour, aussi bien que les bonnets rouges et les autels de la patrie, on enleva la couronne royale, qui est en fer, et on substitua aux armes pleines de Lorraine, une cotte de mailles qui jure dans l'ensemble. Depuis la Restauration, on a eu la maladresse de placer la couronne royale en son lieu primitif : surmontant la cotte de maille, elle est un non-sens qui fait mieux ressortir les mutilations du fronton principal.

Tout le monde sait que chacune des tours de l'édifice est agrémentée d'une girouette. Ces girouettes n'ont pas toujours existé, ou du moins, d'après la gravure de Thiéry, planche de D. Calmet, elles devaient être placées plus bas, ou les flèches être plus hautes, puisqu'au dessus des girouettes, dessinées par Thiéry, il y avait une croix de Lorraine.

Une délibération municipale du 1er frimaire an II, 21 novembre 1793, porte qu'une pique sera substituée aux croix de Lorraine, qui existent sur les tours du Temple de la Vérité.

Cette délibération est la conséquence de l'arrêté du représentant du peuple, Faure, alors en mission dans nos départements, du 29 brumaire an II, 19 novembre 1793, conçu en ces termes :

« Art. 1er. — Sous huit jours de date du présent arrêté, il sera placé au dessus des différens bâtimens où se réunissent les corps administratifs, ainsi qu'au dessus des portes de la ville et de tous les édifices publics, un drapeau tricolore, et au dessus de chaque porte de ville et de bâtimens publics ces mots : *Unité, indivisibilité de la République, liberté, égalité, fraternité ou la mort.* »

La devise qu'on vient de lire et que nous avons reproduite plus haut, ne se lit pas seulement sur la façade de la Cathédrale : elle existe encore au Palais du gouvernement, parfaitement conservée, sur la porte Désille, sur la porte Sainte Catherine, sur la porte Saint Nicolas, mais en partie effacée.

L'autel de la Patrie et l'axiome : « Le Peuple Français reconnaît l'Etre suprême et l'immortalité de l'âme » se rapportent à la fête de l'Etre suprême célébrée en grande pompe dans notre ville, le 20 floréal an II, 8 juin 1794. Nous aurons occasion d'en parler plus loin.

Une des premières fêtes civiques ayant encore un semblant de caractère religieux, est la Proclamation de la Constitution Française, qui s'est célébrée à Nancy, le dimanche 2 octobre 1791. En voici le programme :

PAR LE MAIRE & LES OFFICIERS MUNICIPAUX.

Extrait du registre des délibérations du corps municipal de Nancy, du vendredi 30 septembre 1791.

« Le corps municipal, voulant donner à la proclamation de la Constitution Française, toute la pompe et la solennité que mérite un acte aussi important ; voulant contribuer à l'allégresse et à la joie publiques, en maintenant plus que jamais l'union, la paix et la tranquillité, et en proportionnant les dépenses à l'état actuel des finances de la ville.

« Vu la loi du 15 de ce mois, relative à la proclamation de la loi constitutionnelle ; et le substitut du procureur de la commune entendu :

« A arrêté ce qui suit :

« Demain, à trois heures après midi, un secrétaire de la municipalité, accompagné des inspecteurs, commissaires, huissiers et sergents de police, et escortés d'un détachement de la garde nationale, se transportera sur les principales places et dans les rues les plus fréquentées de la ville, pour inviter la population à la proclamation ;

« Le même jour et à la même heure, la cérémonie du lendemain sera annoncée par le son de toutes les cloches ; les cloches sonneront de nouveau, samedi à sept heures du soir ; dimanche à sept heures du matin, à midi, et à trois heures ;

« Le drapeau blanc, signe de la paix et de l'union, sera exposé au balcon de la maison-commune ;

« Dimanche à trois heures, le Conseil général de la commune sortira et proclamera, d'abord sur la place Royale, la Constitution Française ; il se transportera, par la Carrière et la rue de la Cour, sur la place Saint Epvre, où se fera une seconde proclamation : de là, par la place des Dames, les rue de la Monnaie, des Michottes, de l'Esplanade et Saint-Dizier ; et se rendra sur la place du Marché, où sera faite la grande et dernière proclamation de la sublime Constitution, décrétée par les représentants et acceptée par le roi des Français ;

« Le cortége se transportera ensuite par les rues Saint-Dizier, de Grève, du Faubourg de Saint Nicolas et de Saint Georges, à la paroisse Cathédrale, où il sera chanté un *Te Deum*, en actions de grâces de l'heureux avènement de notre Constitution ;

« Enfin, par la rue Saint Georges et la rue Neuve-Saint-Nicolas, se retournera à la maison-commune, où les bataillons défileront devant l'acte constitutionnel ;

« Les corps administratifs, civils et militaires, seront invités d'assister à cette cérémonie ;

« Il sera fait dimanche, une distribution de pains aux pauvres, sur les deniers de l'aumône publique ;

« Les citoyens seront invités d'éclairer les façades des maisons qu'ils habitent, dimanche 2 octobre, à sept heures du soir, au moment où les cloches sonneront ;

« Enfin, pour empêcher qu'un jour de Fête ne soit troublé par quelques accidents ou par des signes de désordre, il est fait défense très expresse de conduire aucun chevaux ni voitures, aux heures indiquées, dans les rues où passera le cortége ; ainsi que de tirer, dans quelqu'endroit que ce soit, des coups de fusil, boites, pétards, ou de jeter des fusées ;

« LE CORPS MUNICIPAL espère cette soumission à la Loi, au moment où la Loi constitutionnelle sera offerte aux respects publics : en tous cas, il mande aux commandants et gardes nationales d'y tenir la main ; enjoint pareillement aux commissaires, inspecteurs et sergents de police, de se saisir de quiconque contreviendrait à la présente défense ;

« Et sera la présente délibération, lue, publiée et affichée ;

« Signé : THIERIET, maire,
« MICHEL, secrétaire-greffier.

(In 4°; 3 p. à Nancy, de l'imprimerie de la veuve Leclerc, 1791, et *affiches de Lorr.*, 6 octobre 1791).

Le Programme de cette Fête nationale, qui n'est pas encore une Fête civique et révolutionnaire, qui conserve néanmoins les anciens us et coutumes observés en pareilles circonstances, est loin de nous apprendre ce qu'elle a été en réalité. Pour le savoir, il faut recourir à une brochure in-4° ; 7 p., imprimée chez C.-S. Lamort, 1791, et intitulée :

PROCÈS-VERBAL

DE LA PROCLAMATION DE LA CONSTITUTION FRANÇAISE, DU DIMANCHE 2 OCTOBRE 1791.

« En exécution de la délibération prise par le corps municipal, le 30 septembre, le Drapeau blanc, dont la devise est *Paix et Union*, a été hier exposé au balcon principal de la maison-commune : le bruit des cloches a annoncé la cérémonie fixée à aujourd'hui ; et Alexandre-Louis Nazan, secrétaire de la municipalité, accompagné des agents de la police, escorté d'un détachement et précédé des tambours de la garde nationale, est allé y inviter, de la part du corps municipal, tous les citoyens de la commune, en lisant sur les places et dans les carrefours les plus fréquentés, une Proclamation destinée en même temps à préparer une joie pure, l'amour de la tranquillité et le respect des Lois ;

» Aujourd'hui, dimanche 2 octobre 1791, le Conseil général de la commune, réuni à trois heures après midi, est sorti de la maison commune, par la grande porte. Il a trouvé sur la place Royale les quatre bataillons de la garde nationale, les houssards du deuxième régiment et la gendarmerie nationale ;

» Le cortège s'est formé dans l'ordre suivant : cinquante houssards à cheval ouvraient la marche ; ils étaient suivis d'un peloton de la garde nationale, qui se partageait ensuite sur deux lignes, à droite et à gauche. Après le peloton et entre les deux lignes, marchaient les sapeurs, les tambours et une musique nombreuse. Venaient ensuite les inspecteurs et commissaires, revêtus de leurs chaperons, puis les appariteurs avec leurs baguettes. Le Conseil général de la commune était sur deux colonnes, M. le Maire à la tête, à côté duquel marchait le Drapeau blanc. Devant M. le Maire, quatre des plus anciens capitaines de la garde nationale portaient sur un carreau de velours cramoisi, galonné d'or, l'acte constitutionnel, couvert d'une couronne civique ornée de rubans aux trois couleurs. La marche était fermée, par un peloton de la garde nationale, et par un second détachement de houssards ;

« Au milieu de la place Royale, le cortège s'est arrêté. M. le Maire a ordonné un ban, et a proclamé la Loi constitutionnelle en ces termes :

« LA NATION, LA LOI, LE ROI,

« CITOYENS. L'Assemblée nationale constituante a commencé,
» le 17 juin 1789, le grand ouvrage de la constitution : elle l'a
» heureusement terminé le 3 septembre 1791. L'acte constitu-
» tionnel a été solennellement accepté par le Roi des Français,
» le 14 du même mois. L'Assemblée nationale constituante en
» remet le dépôt sacré, à la fidélité du corps législatif, du Roi
» et des Juges ; à la vigilance des pères de famille, aux épouses
» et aux mères ; à l'affection des jeunes citoyens, au courage
» de tous les Français. »

« Cette proclamation finie, M. le maire a fait fermer les bans, et ces bataillons se sont retirés ;

« En traversant la Carrière et la rue de la Cour, le cortège est allé sur la place Saint-Epvre, où s'est répétée de la même manière, une seconde Proclamation ;

« Ensuite, en passant par la place des Dames, les rues de la Monnaie, des Michottes, de l'Esplanade et Saint-Dizier, il est allé sur la Place Neuve, où s'étaient rangés en bataille les quatre bataillons de la garde nationale, les trois bataillons des volontaires réunis à Nancy, les houssards et les cavaliers de la gendarmerie nationale. A l'arrivée du Conseil général et de l'acte constitutionnel, les bataillons ont présenté les armes, et les drapeaux ont été baissés. Le cortège a parcouru d'abord l'intérieur de l'enceinte devant les bataillons, au bruit de la musique. Il est revenu ensuite du point où il était entré, jusqu'au pied d'une estrade élevée au milieu de la place. Les corps administratifs, judiciaires et militaires, étaient assemblés sur la première partie de cette estrade, ayant trente-trois pieds en quarré, et élevée de six pieds. Le Conseil général de la commune se plaça sur la seconde partie, ayant douze pieds d'élévation et douze pieds de surface. Sur la troisième partie de l'estrade, élevée encore de dix-huit pouces et formant une surface quarrée de huit pieds, était une table couverte d'un long tapis cramoisi, et d'un carreau pareil, sur lequel a été déposé l'Acte Constitutionnel. M. le maire est monté sur cette dernière partie, ayant à sa droite le drapeau blanc, et à sa gauche la Bannière de la Fédération, qui avait accompagné les Directoires de Département et de District, avec deux compagnies de grenadiers des volontaires nationaux. M. le maire prenant à sa main l'acte constitutionnel a ordonné un ban. Aussitôt un silence religieux s'est fait entendre dans toute l'assemblée, composée d'une foule innombrable de citoyens, répandus, soit autour de la Place Neuve, soit sur la Place Mengin, soit dans les rues adjacentes, soit aux fenêtres des maisons. M. le maire a prononcé le discours suivant qui a été entendu de tout le monde :

« La Nation, la Loi, le Roi ;

» Citoyens, la Fête nationale qui rassemble aujourd'hui cette » commune, est l'époque la plus remarquable qui puisse jamais » se rencontrer dans l'histoire des Empires. Qu'un peuple nou- » veau se crée un gouvernement et des lois : c'est une opération » indispensable et difficile, mais qu'une nation de vingt-cinq » millions d'hommes, dont la première se perd dans la nuit des » temps, et dont la monarchie remonte à près de quatorze siècles » reconstruise tout-à-coup et ses lois et son gouvernement, par » une volonté active et simultanée ; qu'en ordonnant une régé- » nération totale, elle sache encore mettre à profit les erreurs de » l'ancien régime, et en écarter courageusement les obstacles ; » qu'au milieu du despotisme et du sein de l'assujettissement, » s'élève une Constitution libre et monarchique, conforme à la loi » de l'homme et à la prospérité d'un peuple immense, qui soit » le langage éternel de la raison, le principe de la justice, le » maintien de l'égalité, le gage de la bienfaisance générale et » du bonheur commun : Citoyens, c'est un travail glorieux, dont » l'esprit le plus hardi n'eut pas osé concevoir l'entreprise. Con- » servons maintenant avec un saint respect et une soumission » orgueilleuse, cette Constitution, qui, des Français, fait des » hommes libres, de la France une Patrie et la plus brillante des » Nations. Vivons désormais sous le règne paisible de la loi : La » Révolution est finie : que nos sentiments se confondent dans » l'amour de la Patrie ; sachons jouir de la Liberté, nous serons » dignes de la Constitution sublime, que je présente à votre » amour et à votre vénération ; »

» Citoyens, l'Assemblée Nationale Constituante en a com- » mencé le grand ouvrage, le 17 juin 1789 : elle l'a heureuse- » ment terminée, etc. »

» La proclamation achevée, M. le maire a fait fermer le ban. Il a offert, pendant quelques instants, l'Acte Constitutionnel aux regards du Peuple. Alors, et par un mouvement inattendu, les fusils des sept bataillons, qui avaient été présentés jusque-là, ont élevé en l'air, sur les baïonnettes, tous les chapeaux, au bruit des cloches, des tambours, de la musique, et aux acclamations réitérées des citoyens ;

» Des Dames Poissonnières, ayant demandé d'être introduites sont venues adresser à M. le maire un discours patriotique, ana- logue à la circonstance, et apporter une couronne de chêne, ornée de fleurs et de rubans ;

» Les bataillons se sont ensuite portés dans les rues Saint Dizier, de Grève, du Faubourg Saint Nicolas et de Saint Georges,
pour y former une double haie jusqu'à la Cathédrale, où le Cortège s'est rendu dans le même ordre, si ce n'est qu'il était augmenté des Corps administratifs de Département et de District, qui
précédaient la Municipalité, et des Corps Judiciaires et Militaires, qui la suivaient, séparés chacun par un peloton différent ;

» Trois Vicaires Episcopaux sont venus recevoir, en chape, à
la porte de l'Eglise, l'Acte Constitutionnel. M. le Maire leur a
dit :

« Nous apportons dans ce Temple, la loi Constitutionnelle
» des Français, que nous venons de proclamer solennellement,
» au milieu des Citoyens de cette Commune. Une telle fête
» civique doit être aussi une fête religieuse. Offrez pour nous à
» l'Eternel, au seul Maître du Peuple et des Rois, nos hom-
» mages, nos actions de grâces : demandez-lui qu'il bénisse et
» protège à jamais une Constitution , créée pour la paix et pour
» le bonheur des hommes. «

« Un des vicaires a répondu :

» Entrez dans le Temple saint, Magistrats si dignes de la con-
» fiance du Peuple : venez déposer sur l'autel, la Loi que vous
» portez en triomphe. Cette offrande sera agréable à celui qui
» est le Vengeur suprême des Lois, et qui a donné aux mortels
» l'exemple de l'obéissance, de l'égalité, de la simplicité et de
» l'amour de ses semblables. »

» Le Cortège arrivé dans le chœur, et la Constitution posée
sur l'autel, M. l'Evêque a entonné le *Te Deum,* qui a été exécuté
en musique. La cérémonie finie, la Constitution a été reconduite
par le Clergé, jusque sur la porte. La nuit étant arrivée, le
Cortège est revenu par la rue Saint Georges et par la rue
Neuve Saint Nicolas, à la lumière d'une illumination brillante,
et des torches que portaient les Appariteurs. On s'est arrêté
à la Maison Commune, où les Troupes ont défilé devant l'Acte
Constitutionnel.

» Le soir, tous les Citoyens se sont empressés d'illuminer la
façade de leur maison. Au milieu de la marche imposante de
cette fête, de la grande affluence du peuple qui y participait,
dans toute la journée, la joie la plus pure a été goûtée, le meilleur ordre a été observé ; jamais on n'a été plus content, ni plus
paisible.

» On a fait, ce jour, une distribution extraordinaire de 3,100
livres de pain aux pauvres. Et l'on doit à la reconnaissance de
dire ici, que les Juifs, Citoyens de cette Commune, pour leur
premier acte de leur droit de citoyens actifs, ont apporté une
somme d'environ 700 livres de France, à l'aumône publique.

» Le Corps municipal, sur les conclusions du Substitut du Procureur de la Commune, a délibéré que le présent procès-verbal serait imprimé, publié et distribué.

» Signé : THIERIET, maire,
MICHEL, secrétaire-greffier. » ·

Il est dit, dans le procès-verbal, que les Poissonnières sont venues complimenter le Maire à l'occasion de cette Fête nationale. Le Discours qu'elles ont prononcé est également imprimé sur une feuille in-4° simple , une page, sans nom d'imprimeur. Nous pensons qu'il doit trouver ici sa place :

DISCOURS

De Mesdames les POISSONNIÈRES de Nancy, à Monsieur le MAIRE, en lui présentant une Couronne, le jour de la grande Fête Civique de la promulgation de la Constitution, le 2 octobre 1791, l'an trois de la LIBERTÉ.

« En nous annonçant la Fête de la Patrie, vous nous rassurez enfin sur le triomphe complet de la liberté. Vous en êtes un des premiers ordonnateurs de cette fête, si chère à nos cœurs, mais retenez bien, que la couronne que nous vous présentons aujourd'hui ne vous appartient pas toute entière, nos invincibles Gardes Nationales, le rempart de notre Constitution, nos nouveaux Législateurs, dépositaires de nos vœux et de notre confiance, nos généreux volontaires, qui veulent signer de leur sang le serment qu'ils ont fait d'être fidèles à la Nation, et notre bon Evêque et tous nos braves Pasteurs, si dévoués à la cause du patriotisme, et la digne municipalité que vous présidez ; enfin tous les véritables Amis de la Constitution : Voilà tous ceux que nous voudrions couronner aujourd'hui avec vous. Nous ne vous demandons pas la permission de nous livrer à toute notre joie ; pourrait-on défendre ce que dix mille Autrichiens, autour de nous, ne pourraient empêcher ? la joie pure est sœur de la liberté, de la paix et de l'égalité, et nous voulons aujourd'hui jouir de notre bonheur, sans sortir de cette belle famille. »

Ce « prétendu pacte national » comme l'ont qualifié plusieurs écrivains, intéressés à altérer la vérité, avait été élaboré et promulgué de bonne foi, et le peuple avait franchement et sincèrement accepté, de bonne foi, la Constitution nouvelle, dans laquelle on voyait le salut de la Nation, le rétablissement de la paix, la stabilité de la monarchie. Est-ce la faute au peuple, si les gouvernants sont des Escobars, ou si les partis spéculent sur sa naïveté. La Révolution grondait; il y avait des mécontents dans tous les partis. La proclamation de la Constitution excita davantage les émigrations. Celles-ci se faisaient en masse; on accusait tout le monde de les provoquer, sans songer qu'elles étaient l'effet d'une panique produite par les événements antérieurs.

On avait fait appel aux défenseurs de la Patrie, et nous allons voir que cet appel n'avait pas été vain.

« Nancy, le 30 août. — Les volontaires nationaux du département se rassemblent ici; ils sont à présent au nombre de 3000; on va incessamment leur donner un uniforme et des armes : en attendant, on les exerce. Il se présente beaucoup plus d'hommes qu'il ne faut, au moyen de quoi on choisira ceux qui sont les plus propres au service. » *(Affiches de Lorraine,* 1er septembre 1791.)

C'est à l'occasion de la réunion de ces volontaires au Quartier Royal, que la rue Sainte-Catherine devint la *rue des Volontaires nationaux,* en vertu de la délibération du Conseil général de la Commune, du 17 septembre 1791.

Les premiers bataillons de la Meurthe furent formés dans les premiers jours de septembre, car nous lisons dans la feuille citée plus haut, à la date du 15 septembre 1791 :

« Nancy, le 12 septembre. — Hier M. l'évêque constitutionnel a béni dans l'église épiscopale les drapeaux des volontaires du département. Il a prononcé à cette occasion un discours patriotique, qui a été fort applaudi.

« Le drapeau du bataillon de Nancy, qui était orné d'une broderie aussi riche qu'élégante, a été donné par de jeunes demoiselles, qui ont voulu seules contribuer à cette dépense.

« Au moment de la cérémonie, elles se sont présentées à l'autel au nombre d'environ 50, et ont toutes prêté le serment civique.

« On a fait, à ce sujet, de jolis couplets, sur l'air de la *Marche de la Garde nationale.* On a distingué le suivant :

> *Sexe enchanteur, que de larmes,*
> *Si vous voyez vos amans,*
> *Revenir, malgré vos charmes,*
> *Vous aimer en allemands :*
> > *Votre constance*
> *Craint qu'arrive un pareil tour :*
> > *Point de transe*
> *Dans la guerre et dans l'amour,*
> > *Vive la France !*

Le treize décembre, une semblable cérémonie avait encore lieu à la Cathédrale.

Nancy, le 19 décembre. — Le 13 de ce mois, on a béni le drapeau du cinquième bataillon des Volontaires du département de la Meurthe. Le second grand vicaire de la paroisse, qui en a fait la cérémonie, a prononcé, après la messe, un discours analogue à la circonstance ; il l'a terminé par ces paroles : « Que ce « drapeau, que vous allez bientôt déployer, soit comme le pa- « nache d'Henri IV, toujours au chemin de la gloire, et qu'il ne « vous serve de guide et de point de ralliement que pour com- « battre les ennemis de l'Etat.

« Le cinquième bataillon est parti de Nancy pour aller à Toul, le lendemain de la bénédiction.

« Le second bataillon des Vosges, qui était resté à Toul, est venu le même jour, rejoindre le premier bataillon à Nancy. » (*Affiches de Lorraine*, 22 décembre 1791.)

Ce qui se passait en 1791 n'était que le prélude de ce qui devait avoir lieu en 1792 ; et 1792 annonçait lui-même la Terreur : 1793, avec la Guillotine en permanence.

La France est menacée d'une invasion. La Patrie est en danger, on crie aux armes ! Tout un chacun court aux armes. Ce cri de guerre retentit comme un coup de foudre ; il se communique avec la rapidité de l'éclair : de Strasbourg, vient le chant des Marseillais :

Allons, Enfants de la Patrie, etc.

De Paris, arrive une autre chanson, triste en elle-même, mais qui fait danser ; c'est la danse infernale, une production inepte : l'amant d'Amanda, d'une autre époque : *La Carmagnole du café Yon*, brochure in 8°, 4 p. suivie de cette annotation : « Ces chansons se trouvent chez *Guivard*, im- » primeur, rue de l'Esplanade ; et aux heures du spectacle, » au bureau où l'on donne les billets, et à celui du citoyen » Renold. »

Les vrais patriotes demeuraient impassibles, devant ces cris révolutionnaires.

Le 22 juillet 1792, Nancy a prouvé qu'on n'avait pas besoin de chansons, pour soulever les masses, et faire courir à la frontière la plus notable partie de ses habitants. Ce seul cri : la Patrie est en danger ! avait suffi pour rallier sous le mêms drapeau, des gens qui ne se seraient pas coudoyés dans nos rues.

Le vieux maréchal de Luckner passe à Nancy trois heures de la journée du 20 juillet 1792, journée mémorable qui lui fait honneur, ainsi qu'à Adrien Duquesnoy, alors maire de la ville. Le 22 juillet, les enrôlements se font en masse; plusieurs séminaristes viennent s'inscrire et partent comme volontaires.

Enfin, les évènements se précipitent avec une violence qui tient du vertige.

Hélas ! le jour même où l'évêque Lalande bénissait leur drapeau dans l'église Cathédrale, on prononçait, à Paris, l'abolition de la Royauté, 10 août 1792.

Nous lisons dans le *Journal des Frontières*, du 12 août 1792, an IV de la Liberté Française :

« *10 août*. — Nos braves et généreux Volontaires, avec le reste de la garde nationale, se sont tous réunis dans la Cathédrale, en présence des corps administratifs. Ils ont fait bénir le drapeau sous lequel ils vont défendre nos frontières et notre liberté. « Nous vous voyons partir avec plaisir », leur a dit M. l'Evêque, en commençant la cérémonie, « parce que la patrie » a besoin de vos bras et de votre courage ; jugez du plaisir que » nous procurera votre retour. . . Les soldats de la liberté ont » toujours été invincibles. . . »

» L'orateur a rappelé l'enthousiasme avec lequel les Volontaires Lorrains ont pris les armes les premiers, et ont électrisé tous les esprits et excité le patriotisme le plus généreux, dans le cœur de tous les Français.

» Leur respectable chef, M. Humbert, qui a présenté le drapeau à la bénédiction, l'a remis ensuite à l'officier qui doit le porter, en lui disant : « Voici le gage de notre courage et de nos » victoires, nous ne l'abandonnerons jamais. »

« M. le maire a fait un discours tendre et pathétique, aux Volontaires :

« Braves soldats, vous nous laissez un dépôt précieux, vos » femmes, vos enfants, vos amis ; nous veillerons à leur bonheur, » à leur repos. Vous nous laissez un soin plus précieux encore, » celui de garder cette sainte Constitution pour laquelle vous » allez combattre, etc. »

» M. Friant, en leur montrant leur digne chef, les a invités de marcher sous ses ordres à la défense de la Patrie et de braver tous les périls. Tous y ont répondu, par des acclamations et par les signes les plus énergiques de leur amour de la liberté et de la patrie.

» Ils ont reçu les adieux les plus tendres de leurs concitoyens.

» Ils partiront avec joie lundi matin, en emportant nos vœux les plus chers. »

Le discours prononcé par M. le maire de Nancy, lors de la bénédiction du drapeau des Volontaires de cette commune, le 10 août 1792, an IV de la Liberté, in-4°, 3 p., a été imprimé chez la veuve Bachot, imprimeur de M. l'Evêque, rue de la Constitution, n° 232, et répandu a profusion.

Il faut consulter aussi : *Avis aux Citoyens*, in-4°, 4 p., signé Ad. Duquesnoy, maire, imprimé chez la veuve Bachot, et surtout le *Procès-verbal de la séance du Conseil général de la Commune de Nancy*, du 22 juillet 1702, l'an IV de la Liberté Française, in-4°, 12 p., sans nom d'imprimeur. C'est la pièce la plus curieuse du dossier.

Maintenant, à fort peu de chose près, la Révolution est faite. Le règne de la Terreur s'annonce. La proclamation de l'abolition de la royauté (7 octobre 1792), faite solennellement sur la place du Peuple (v. le vocable Place Stanislas) annonce la venue de grands événements, l'inauguration du faisceau égalitaire (11 octobre) sous la rubrique : *Fête savoisienne*, nom préparé aux fêtes décadaires. Déjà, en ces deux circonstances, le culte religieux est mis de côté. On n'a pas plus de confiance dans les prêtres assermentés et constitutionnels, que les esprits extras n'en avaient dans les prêtres catholiques. L'athéisme pur, le matérialisme, s'affirment et s'établissent. Nous sommes arrivé au culte civique de la Raison.

31 oct. 93.

FÊTE CIVIQUE

De la première Décade du second mois de l'an second de la République Française, une et indivisible, premier de la mort du tyran, célébrée à Nancy, en exécution de l'arrêté du conseil du Département de la Meurthe, du cinquième jour du second mois.

ORDRE DE CETTE FÊTE

« Le rappel sera battu à six heures du matin ; à neuf heures, la lecture publique des lois ; à trois heures, la promenade civique ;

» Aussitôt après le rappel battu, des commissaires du Conseil général de la commune, revêtus de rubans tricolores, iront dans chaque section et sur la place publique annoncer, après un roulement de tambours, que ce jour est celui de la décade, consacré à la correction des mœurs et instruction générale, et que les bons citoyens sont invités à célébrer ce jour, et à se réunir aux autorités constituées, pour solenniser la Fête Nationale ;

» A neuf heures, les autorités constituées, précédées de la Société populaire, marchant sous le drapeau de la surveillance, se rendront en l'église Cathédrale, comme le lieu le plus vaste. On chantera, en s'y rendant, l'hymne des mœurs. Le Département se placera à droite, le District à gauche, la Municipalité environnera l'autel, sur lequel le drapeau de la Société sera posé ; la Société populaire, par députation, occupera les staux ;

» Un orateur prononcera un discours sur la nécessité des bonnes mœurs. Le président du Département rendra un compte succinct des opérations générales du Département; celui du District en fera autant, ainsi que celui de la Municipalité ; le président de la Société prononcera un discours sur le degré de l'esprit public ; et le couplet à l'amour de la patrie terminera cette instruction ;

» A trois heures, le rappel sera battu : toutes les autorités constituées, réunies dans la salle de la Société populaire, sortiront de cette enceinte, dans l'ordre qui suit, pour la promenade civique :

» Deux pièces de canon seront traînées par des canoniers;

» Un groupe de tambours précédera la Société populaire, marchant sous le drapeau de la surveillance ;

» Un groupe de musiciens suivra ; les vétérans formeront un cercle au milieu duquel un char, traîné par de jeunes citoyens, promènera aux regards du peuple la vieillesse et le malheur, honorés par la Constitution. Sur le devant de ce char, sera placé, sur un nuage, un jeune enfant revêtu de la ceinture et cocarde tricolores, qui tiendra ouvert le livre de la Constitution ;

» Ce char sera précédé des Représentants du Peuple, des Commissaires du Pouvoir exécutif et suivi du Conseil du Département, revêtu de ses insignes;

» Un chœur de jeunes citoyennes, vêtues de blanc, ornées de la ceinture tricolore, chantera l'hymne de la régénération ;

» Le Conseil du District sera précédé des élèves du collège départemental, accompagnés de leurs instituteurs ;

» Un chœur des mères de famille, chantera le couplet à l'adolescence;

» Le Conseil général de la commune sera précédé d'un groupe de tambours et de musiciens ;

» Un char traîné par deux chevaux, conduira l'autel de la reconnaissance ; quatre femmes vêtues de noir, tiendront l'urne cinéraire, couverte de crêpes et de lauriers ; les bustes de Lepelletier, de Marat et de Charlemont, seront placés autour de l'urne ;

» Deux colonnes de jeunes citoyens et citoyennes, environnant ce char, chanteront l'hymne aux mânes des défenseurs de la patrie : deux jeunes citoyennes porteront, en avant, des feuilles de fleurs, et deux, en arrière, porteront des feuilles de lauriers, et en jetteront sur l'urne à chaque refrain de l'hymne ;

» Le Tribunal criminel, à droite ; celui du District, à gauche ; celui du Commerce, les Juges de paix et Assesseurs, et le Bureau de conciliation seront précédés de la petite garde nationale sous les armes, qui chantera l'hymne du zèle patriotique ;

» Un groupe de citoyens marchera ensuite, et répétera, à l'entrée de chaque rue, le cri de *Vive la République* ;

» Les militaires de toutes armes, confondus ensemble et sans armes, seront précédés d'un groupe de tambours ;

» Un piquet de gens armés fermera la marche ;

» On partira de la salle de la Société populaire ; on suivra la place de la République ; et, par la rue des Maréchaux, on se rendra sur la place de la Liberté ; *première station* ;

» Un bûcher sera élevé : il doit consumer les titres et vestiges de la féodalité ; pendant le brûlement, les cris de *Vive la République, périssent les tyrans,* seront répétés ;

» De là, le cortège se rendra, par la rue de Voltaire, dans celle de Franclain ; et arrivés sur la place de la Constitution, les chœurs se réuniront, et chanteront l'hymne de la montagne : cette *seconde station* sera terminée par le serment à la constitution, et des fanfares ;

» De là, le cortège se rendra par la rue de la Constitution, sur la place de la ci-devant Cathédrale ; le char de l'urne s'arrêtera et l'hymne de la reconnaissance sera chanté par tous les citoyens : cette *troisième station* sera terminée par un concert ;

» De là, le cortège se rendra par les rues des Etats-Unis et de Simoneau, sur la place ci-devant dite d'Alliance. Là, les présidents de chaque corps se réuniront sous le drapeau de la Société populaire ; et, après avoir donné l'accolade aux vieillards et aux malheureux, ils recommanderont à la jeunesse le respect dû à la vieillesse et au malheur ;

» L'hymne de la liberté se fera entendre par la musique ; et le cortège, reprenant sa marche, arrivera sur la place du Peuple, où chaque chœur, environnant le char, où est placé l'enfant portant le livre de la Constitution, chantera l'hymne des mœurs ; et le cri de *Vive la République* terminera la promenade civique.

Arrêté du Conseil général du département de la Meurthe.

Séance publique du cinquième jour, du second mois, de l'an second de la République Française, une et indivisible.

» Le Conseil général du département, ouï le Procureur-Général syndic, approuve l'ordre de la fête proposée pour le jour de la première décade du présent mois ; ordonne qu'il sera imprimé et distribué à toutes les municipalités du ressort, et aux Sociétés populaires, qui sont invitées de faire fermer les boutiques, arrêter les travaux ordinaires, et célébrer cette fête civique dans les formes les plus convenables aux localités.

» Fait à Nancy, au jour et an avant dits.

> » SAULNIER, Président,
> » THIRION, Secrétaire général. »

HYMNES SUR L'AIR DES MARSEILLAIS

HYMNE DES MŒURS

Liberté qui fais notre gloire,
Daignez régénérer nos mœurs ;
Sans cette nouvelle victoire,
Tu compterais peu sur nos cœurs. (bis)
Les bases de la République
Posent sur toutes les vertus ;
Nos efforts seraient superflus.
Sans les mœurs pures et civiques.
Le zèle, citoyens, terrasse l'ennemi,
Les mœurs (bis) *sont du bonheur le principal appui.*

HYMNE A LA RÉGÉNÉRATION

De nos jeunes ans l'allégresse
Promet un avenir heureux :
De nos chers parents la tendresse
Nous élèvera vertueux (bis)
Le souvenir de cette fête
Pour nous sera délicieux ;
Nous ne serons ambitieux
Que de maintenir leur conquête.
Les droits les plus sacrés nous sont enfin rendus
Chantez, (bis) *vous célébrez la fête des vertus.*

HYMNE A L'ADOLESCENCE

Chers enfants dont notre tendresse
Prit les soins les plus assidus,
La guerre en ce moment nous presse,
Mais nous comptons sur vos vertus (bis)

Des infirmes et de nos mères
Laisseriez-vous percer le sein ?
Non votre généreux dessein
Sauvera les jours de vos frères

Aux armes, Citoyens, formez vos bataillons,
Marchez, (bis) qu'un sang impur abreuve nos sillons.

HYMNE DU ZÈLE PATRIOTIQUE

Nous entrerons dans la carrière,
Quand nos aînés n'y seront plus ;
Nous y trouverons leur poussière
Et la trace de leurs vertus (bis)
Bien moins jaloux de leur survivre
Que de partager leur cercueil,
Nous aurons le sublime orgueil
De les venger ou de les suivre.

Aux armes, Citoyens, formez vos bataillons
Marchez, (bis) qu'un sang impur abreuve nos sillons.

HYMNE AUX MANES DES DÉFENSEURS DE LA LIBERTÉ

Des soldats morts pour la patrie,
Célébrons la sublime ardeur ;
Rendons à leur ombre chérie
Le juste tribut de nos cœurs (bis).
Au temple sacré de mémoire
Leurs noms sont gravés par l'amour
Notre gratitude en ce jour,
Chante leur immortelle gloire.

Ne les outrageons pas en répondant des pleurs ;
Jettons (bis) sur leurs tombeaux des lauriers et des fleurs.

HYMNE A LA MONTAGNE

Citoyens chers à la patrie,
Nous venons vous offrir nos cœurs.
Montagne, montagne chérie,
Du peuple les vrais défenseurs (bis)
Par nos travaux la République
Reçut la Constitution ;
Notre libre acceptation
Vous sert de couronne civique.

Victoire, citoyens, gloire aux législateurs ;
Chantons, (bis) leurs noms chéris sont les noms des vainqueurs.

Ce programme in-8°, de 7 p., sort de l'imprimerie nationale de P. Barbier.

Nous venons d'assister à la première fête décadaire. On y parle bien des Représentants du Peuple et des Commissaires du pouvoir exécutif. Nommons d'abord Balthazard Faure, ensuite Mauger. L'un valant l'autre. Mauger était une franche canaille, Faure valait moins ; il était plus astucieux que Mauger. On nous représente Faure comme un pacificateur. Hélas ! il suffit de partir du 26 octobre 1793, pour être convaincu qu'il était au contraire un agitateur de la plus bruyante espèce.

Le 2ᵉ jour du 2ᵉ mois de l'an 2ᵉ de la République française (2 novembre 1793), il prononce dans la Société populaire, un discours des plus extravagant et des plus sanguinaire ; alors il était l'intime de Marat-Mauger, et mieux que ce commensal, il prêchait la guilloline à outrance : « N'oublions pas que notre état actuel est révo-
» lutionnaire, que dans un temps de Révolution comme
» vous l'a dit le sans-culotte Marat-Mauger, il ne doit y
» avoir que le *glaive* entre le peuple et ses *oppresseurs* ;
» que, par conséquent, les fonctions publiques ne peuvent
» être exercées que par des têtes révolutionnaires. »

Cette pièce in-8°, de 11 p., est imprimée à Nancy, chez la veuve Bachot, imprimeur de la Société des Amis de la Liberté et de l'Egalité. C'est un réquisitoire en règle contre les prêtres et contre le catholicisme ; c'est plus que cela encore, c'est un appel énergique au sang : « La
» Constitution républicaine est sanctionnée par le peuple
» souverain, ainsi il faut que devant elle tout fléchisse ;
» il faut que tout français lui rende hommage, ou qu'il
» périsse à l'instant. »

Nous trouvons une lettre-circulaire, datée de Nancy, le seizième jour du second mois de l'an second de la République française une et indivisible (6 novembre 1793), signée *Jeandel*, Procureur-syndic du District de Nancy, adressée aux Maires, Officiers municipaux, Procureurs des communes et à tous les citoyens de l'arrondissement, (in-4°, 3 p., sans nom d'imprimeur). Cette lettre, qui a pour but de recommander la loi du 5 octobre 1793, relative au changement de l'ère ancienne et à l'observation des décades, se termine à peu près par cette exhortation :

« Hâtez-vous donc, citoyens, d'achever ce grand œuvre de la

raison et de la philosophie : renversons, anéantissons jusqu'aux plus petites traces du signe de la tyrannie sacerdotale, comme nous avons détruit celle du despotisme ; levons tous scrupules que les mensonges et les préjugés ont pu nourrir dans les âmes faibles ; que nos cœurs soient pénétrés du saint amour de la liberté, de l'unité, de l'indivisibilité de la République, etc. » Et pour terminer : « si quelques fanatiques, aristocrates, feuillans, fédéralistes, ou tous autres malveillants, avaient l'audace de se permettre une marque improbative de la loi du 5 octobre dernier.... ne hésitez pas à les déclarer infâmes, et traitez-les en proscrits, car tel est votre devoir et leur sort. »

Le 20 brumaire (10 novembre), an second de la République française une et indivisible, le jour de la seconde décade, Balthazard Faure, représentant du Peuple, prononce un discours dans l'église ci-devant Cathédrale de la commune de Nancy, qui est le précurseur de la Fête civique du 30 brumaire, de laquelle nous allons parler :

« Ah ! sans-culottes, mes amis, mes frères, vous tous sans-culottes français, vous tenez aujourd'hui, comme on l'a dit, le bon bout ; serrez-le dans la main et ne le laissez jamais échapper : que vos diverses idées sur le culte religieux ne vous divisent point ; un jour viendra où vous serez tous fixés à cet égard ; et, si un grand homme a dit que le jour où le peuple serait instruit serait le dernier jour des rois, je dirai, moi, que le jour où le peuple, où les bons sans-culottes seront instruits, sera le dernier jour des muphtis, des bonzes, des rabins, des prêtres et de tous les marchands-revendeurs et revendeuses de bons-dieux ;

» Mais, citoyens, de quoi vous occupé-je ? L'ennemi est à nos portes, il me semble entendre le bruit de son canon : Aux armes donc, citoyens, aux armes, volons au combat, exterminer jusqu'au dernier des tyrans. »

Et là-dessus, le Représentant du Peuple Faure entonne : Amour sacré, etc. Il avait soulevé la masse, c'était tout ce qu'il voulait. Il avait porté le dernier coup au culte, c'était tout ce qu'il désirait.

A la suite de ce discours in-8°, de 7 p., de l'imprimerie nationale de P. Barbier, on lit une note qui n'est pas sans grand intérêt :

« *Nota.* — Le même jour, les confessionnaux furent brûlés à Nancy, aux pieds de l'échafaud de la guillotine, toutes les autorités présentes, et suivies d'un cortège de plus de quatre mille citoyens : on se rendit à la Société populaire, où l'extrême-onction fut donnée au fanatisme religieux, pour céder la place au culte de la saine philosophie. »

C'est donc à partir de ce jour, 20 brumaire, an II, (10 novembre 1793) que date à Nancy le culte de la Raison, remplacé le 20 prairial suivant (8 juin 1794) par le culte de l'Etre suprême.

Nous ne voulons pas ajouter à ces faits, des réflexions qui pourraient être mal interprêtées de part et d'autre. Nous nous abstenons de tout commentaire. Le lecteur est juge de la marche des évènements. Nous avons tenu, avant tout, à indiquer cette marche, que le hasard a bien voulu nous faire connaître.

Nous regrettons infiniment que nos historiens nancéistes, n'aient pas encore cherché a étudier cette époque si tourmentée, de l'histoire de notre ville. Lionnois s'est arrêté à la Révolution ; si, quelquefois, il a franchi la limite de 1788 qu'il s'était assignée, ce n'a été que pour nous entretenir de choses relativement peu importantes : des quelques transformations matérielles, ou de la création de quelques établissements d'utilité publique, qui n'avaient aucun caractère révolutionnaire.

Jean Cayon est le premier qui ait parlé de cette époque ; mais il a tellement mélangé les faits, il a tellement confondu les dates, que son *Histoire de Nancy*, sous ce rapport, est un inextricable labyrinthe, dans lequel l'esprit se perd. Nous ne parlons que de l'époque révolutionnaire. Il est probable qu'il n'a pas osé écrire tout ce qu'il savait ; mais il est aussi possible qu'il n'avait pas suffisamment étudié ce sujet. Nous sommes certain qu'il a mal connu les fêtes civiques, et qu'il a parlé d'elles, à tort et à travers. Il faut dire aussi, qu'à l'époque où Jean Cayon publiait son Histoire de Nancy (1846), on était encore trop rapproché des évènements révolutionnaires. Jean Cayon a sacrifié la vérité et les documents écrits, aux erreurs calculées de la tradition, forgée par des gens de parti qui avaient tout intérêt à dissimuler la vérité, pour faire retomber sur d'autres, la responsabilité des actes dont ils s'étaient eux-mêmes rendus coupables.

M. Edgard Auguin, en publiant la *Monographie de la Cathédrale de Nancy* (Berger-Levrault, 1882), s'est montré trop laconique pour l'époque révolutionnaire qui nous occupe ; il n'a pas suffisamment scruté les documents, et fait ressortir l'état des esprits. Nous allons démontrer qu'il n'y a rien d'exagéré dans ce qu'il avance, p. 93 et suiv., sur les faits inqualifiables qui ont eu lieu le 20 novembre 1793 dans cette église, souillée et polluée, par une orgie révolutionnaire.

Le document officiel imprimé à Nancy chez la veuve Bachot, imprimeur de la Société populaire, in 4 de 14 p., manque au livre si intéressant de M. Ed. Auguin.

Nous le reproduisons textuellement :

FÊTE CIVIQUE

Du décadi 30 brumaire, de l'an II de la République Française une et indivisible, 1er de la mort du Tyran, célébrée à Nancy, en exécution de l'arrêté du Conseil général du Département de la Meurthe, du 5e jour du 2e mois.

« La veille, la Fête a été annoncée au son de la caisse, avec invitation aux Citoyens de concourir à sa solennité.

» Le lendemain, à neuf heures du matin, un groupe de Musiciens, suivi d'une masse de Citoyens, a apporté à la salle des séances de la Société populaire, la statue de la Liberté, les Corps constitués s'y sont rendus, ainsi que Faure, Représentant du Peuple.

» A dix heures, la marche a été dirigée vers le Temple de la Raison.

» Un grouppe de Tambours et de Musiciens précédait la Société populaire en masse, au milieu de laquelle flottait le drapeau de la Surveillance.

» Un chœur de jeunes citoyennes vêtues de blanc, et ornées de la ceinture tricolore, environnaient la statue de la Liberté, portée par huit sans-culottes, et chantaient l'hymne chéri de cette déesse.

» Paraissaient ensuite, le Représentant du Peuple, entouré des corps constitués, tous revêtus de leurs insignes ; ils étaient suivis d'un groupe de citoyens et de citoyennes, chantant l'hymne des bonnes mœurs.

» Un piquet d'hommes armés fermait la marche.

» Le cortège s'est rendu au temple de la Raison, au bruit d'une salve de canon.

» Arrivé au temple, le drapeau de la surveillance placé sur l'autel de la patrie, la statue de la Liberté déposée au dessous de ce drapeau, les corps constitués environnant l'autel ; Brice, Maire de la commune de Nancy, a prononcé un discours tendant à rendre justice à la franchise des ministres de l'ancien culte à Nancy, qui sont venus eux-mêmes donner au peuple l'exemple du retour aux simples maximes de la religion naturelle, de la saine raison et de la philosophie, en mettant sur l'autel de la patrie tous les riches hochets du despotisme sacerdotal, et abjurant une erreur qu'ils n'avaient eux-mêmes propagée, que par ordre du gouvernement en vigueur alors ; il a ensuite rendu compte des délibérations majeures, prises en Conseil général de la Commune, depuis la dernière décade.

» Ensuite le citoyen Faure, Représentant du Peuple, envoyé dans le département de la Meurthe, de la Moselle et de la Haute-Marne, s'est adressé au peuple, et a dit :

» FÉLICITONS-NOUS, Frères et Amis. A chaque pas que fait la Révolution, nous la voyons s'avancer avec gloire vers le but triomphal, où elle doit écraser à la fois tous ses ennemis, et dissiper toutes les erreurs.

» Des préjugés gothiques et dangereux subsistaient encore, au milieu de nous ; inventés par l'orgueil, caressés par le despotisme, propagés par l'ignorance. Ils épouvantaient l'enfance au berceau ; et ne nous abandonnaient, à la fin de notre carrière, qu'après nous avoir livrés à la fatigue importune de songes puérils et bizarres.

» Mais enfin, grâce à l'énergie brûlante de la Liberté, grâce aux lumières répandues sur l'horizon de la République, il n'existe plus sur notre sol, de ces forêts sombres et soi disant sacrées, dont les Druides de tous les temps défendaient l'approche, pour mieux nous abuser, en y contrefaisant la voix de la Divinité.

» Le siècle de l'ignorance, et par conséquent de l'erreur, est passé. Le Français, dégagé de ses chaînes, ne connaît plus d'autre enthousiasme que celui de la liberté, d'autre passion, que la haine des tyrans, d'autre sentiment dominateur, que l'amour de la patrie, d'autre religion, que celle de la vertu, d'autre culte, que celui de la loi.

» Déjà grand nombre de prêtres sages et éclairés, ont donné à la France le grand exemple de cette probité ouverte et loyale, qui sait s'affranchir du servage de la fausse honte et de la ridicule obstination ; ils sont convenus de la véritable valeur des marchandises, dont jusqu'alors ils ne nous avaient surfait le prix, que parce que leur métier était de les vendre.

» Je ne vous parlerai pas de ces deux prêtres Belges, à qui il a suffi de toucher le sol de la liberté, pour s'écrier, comme après une traversée périlleuse, qu'ils ne voulaient plus être ce que sont encore les bouleverseurs fanatiques de leur malheureuse patrie.

» Mais, qui n'a pas été attendri, en apprenant qu'un respectable citoyen, ci devant vicaire épiscopal, aujourd'hui défenseur de la patrie dans l'armée des Ardennes, en renvoyant les titres oisifs de sa carte de Brama, sollicite pour la veuve d'un de ses braves frères d'armes, tué à ses côtés, la pension ecclésiastique qu'il percevait lui-même.

» Un autre vicaire-épiscopal, Groscassand, annonce, qu'éclairé par la philosophie et guidé par le patriotisme, il renonce à tout ce qui pourrait lui faire supposer d'autres qualités, que celles d'homme et de citoyen. Plus heureux, quoique pauvre, il me restera, dit-il, un champ que je cultiverai pour vivre, et servir la chose publique.

» Vous rappellerai-je, que le digne curé de Benos, après quarante années d'exercice et de travail dans un ministère qu'il anoblissait de ses vertus personnelles, n'a pas hésité à rendre à la vérité l'hommage d'un véritable Nestor ; il a fait plus, il s'est borné à demander à la République, pour sa simple nourriture, du pain et du lait, en faisant remise de son salaire en entier.

» Prélats opulens de l'ancien régime, connaissez le trait du curé de Benos, et périssez de désespoir et de misère.

» C'est avec le même désintéressement que Bernard, un curé de Provins, abdique les fonctions du sacerdoce, malgré qu'il n'ait pour subsister, lui et une mère très âgée et très infirme, que la rétribution qu'il retirait de cet état.

» Déjà aussi, comme vous l'avez appris, plusieurs prêtres de la Charente-Inférieure, protestans et catholiques, se sont fait gloire d'anéantir leurs parchemins et leurs titres, pour ne conserver plus que ceux de prédicateur de morale.

» Tous les journaux ont répété les noms des citoyens Desromble, Savard, Renaud, Dussel, Frideric, Latil, Renard et de tant d'autres ci-devant curés, vicaires et chanoines, qui ont fait à la patrie l'hommage de leurs titres, de leurs *madones,* et de leurs burettes.

» En quoi donc consistait cette prérogative sacerdotale ? Demandez-le à ce prêtre connu de Châlons-sur-Saône, il vous répondra qu'il ne faut rien moins qu'un baptême civique, pour en laver la tache, et c'est la grâce qu'il demande.

» Aussi, voyez le vénérable ci-devant évêque de Paris, comme en un instant il se décide et préfère le glorieux titre de citoyen, aux vains ornemens de sa prélature. Suivi de ses vicaires épiscopaux, il vient à la Convention nationale, faire hommage à la nation de son obéissance, et à la vérité du devoir de la déclarer.

» A ces sentimens, Villers, curé de Nantes, ajoute un motif raisonné, que peut alléguer aujourd'hui la majorité existante des ministres catholiques en place. Il tenait ses chartres de la constitution civile du clergé, sa mission était de foudroyer le fanatisme des réfractaires, et de ramener leurs dupes au giron de la patrie, aujourd'hui que le fanatisme n'est plus et que les dupes sont éclairées, il rend son brevet de mission, prend son congé et se retire.

» Je ne puis taire les noms de mes concitoyens, Boist, Lindet, évêque de l'Eure ; Gui-Vanon, évêque de Limoges ; Massieu, évêque de Beauvais ; celui de Périgueux ; Julien, ministre protestant ; le curé de Saint Augustin de Paris et ses vicaires, qui tous, pressés du besoin d'une réhabilitation nationale, ne veulent plus annoncer que les saintes lois de cette morale universelle, qui part des inspirations de la nature, pour fonder la justice éternelle des peuples.

» Les évêques de l'Eure et du Lot n'avaient pas attendu le moment de cette régénération civique, pour en consacrer d'avance l'initiation, en étourdissant l'opinion craintive du bruit imposant de leurs mariages. Trop longtemps, d'anciens préjugés ont été regardés comme respectables ; la nature ne transige jamais avec ses droits, et quand elle alluma dans nos cœurs le feu sacré de notre existence, elle s'opposa toujours à ce qu'une opinion fantastique la couvrit des cendres de la stérilité. Beaucoup d'autres, à l'imitation de ces évêques, ont acquis aux yeux de la République, un degré de civisme de plus, en devenant époux et pères.

» Quant à Massieu, vous n'avez point ignoré ses talens, son mérite, quand il exerça au milieu de vous une profession savante et laborieuse dans votre Université ; peut-être en ce moment, plusieurs de ses dignes élèves m'entendent, et m'envient la gloire de rendre justice à ses lumières et à ses vertus.

» Il en est d'autres encore, en grand nombre, qui, dans différentes parties de la République, ont fait entendre les aveux de la raison et de la saine morale.

» Mais un sur tous arrête ici ma pensée, parce qu'il doit être, pour vous tous assemblés ici, d'un grand et salutaire exemple. Dans cette même chaire d'ou je vous parle (1), Lalande, votre ci-devant évêque constitutionnel, vous prêcha comme sage l'amour de la patrie et de la vertu. Eh bien ! citoyens, cet homme rare, l'oracle de l'ancien clergé par sa profonde doctrine, la terreur du fanatisme par ses écrits lumineux ; cet homme, dont l'arrivée fut pour vous, un jour de fête, et la profession une victoire ; cet homme enfin, dont la réputation l'avait précédé comme réunissant les dons de l'esprit à ceux de la simplicité modeste, qu'a-t-il osé révéler ? Qu'a-t-il développé au grand jour ? Cette grande et terrible vérité, que l'exercice du culte catholique avait perdu la confiance de la nation, et que ses ministres n'avaient plus qu'à se soumettre à leur disgrâce méritée, en remettant d'eux-mêmes au peuple souverain leurs titres, leurs décorations et leurs attributs.

» Venez donc à son imitation, déposer sur l'autel de la patrie, vos hochets, vos échappes et vos rabats. Songez que déjà le bon peuple des campagnes se réveille et vous voit. Ce qu'a fait la vertu, vous le ferez. Ce que vous inspire le civisme le plus pur,

---

(1) Les orateurs révolutionnaires ne dédaignaient pas de monter en chaire et de prêcher le peuple, tel que l'aurait fait un simple curé. Pour Faure, la chaire à prêcher est de trop.

vous le direz. Ce dont le courage de la vérité vous impose l'obligation sacrée, vous vous y soumettrez.

» Ah ! Qu'il est heureux de pouvoir précéder dans la voie du bien, ceux qui n'attendent que le signal du premier pas que nous y ferons, pour nous suivre.

« Et vous donc aussi, peuple d'Israël, dont le culte était la seule consolation, lorsque vous étiez dans l'esclavage, et sous le poids de la tyrannie de toutes les passions, qu'il est beau de vous voir devenus citoyens, abandonner de vieilles erreurs, que vous voulez remplacer par les lois d'une montagne plus sainte que la vôtre, parce que de celle que la France révère ne sortent que les commandements de la justice éternelle et de la nature. Ce sont les Israélites de Paris, qui vous ont donné ce grand exemple.

» Qu'il me soit permis ici de faire une comparaison. Si les objets de manufacture anglaise sont prohibés, parce que les anglais sont les ennemis de notre liberté, pourquoi les parures du culte catholique ne subiraient-elles pas la même interdiction ? Elles ont servi à décorer, pendant tant de siècles, ceux dont la mission politique était de captiver les élans du génie, d'étouffer le courage de la liberté, d'éterniser l'enfance des nations et d'assurer la domination des aristocrates de tous les temps, par la stupide ignorance des pauvres sans-culottes ;

» Citoyens prêtres de cette commune et de celles environnantes, ce n'est point à vous que j'adresse ce reproche, vous vous êtes engagés dans des lieux, alors autorisés par de mauvaises lois ; on vous a vu dans ce temps de révolution, combattre ceux des vôtres qui s'étaient déclarés les ennemis de la liberté ; vous avez écrasé le fanatisme du culte, par la philosophie du culte ; vous avez laissé là les dogmes ténébreux, pour ne vous occuper que de la propagation des vertus morales ; vous n'avez point avili votre apostolat par les grimaces de la tartufferie, les gestes de l'hypocrisie, les affectations mensongères du bigotisme ; vous n'avez point, comme les rebelles qui vous ont précédés, tâché de vous ressaisir de la crédulité du peuple, au moment de votre départ, en suivant la procession burlesque d'un crâne qui, suivant l'expression d'un journaliste du temps, *haussait les épaules de la sottise des promeneurs* (1) ; vos torts n'ont été que ceux du gouvernement lui-même ; seulement, aujourd'hui, que le bal masqué est fini et qu'il fait jour pour tous, ôtez vos *dominos,* vos bigarrures et vos livres magiques ; les mystiques illusions ne sont que des jeux aux yeux de la raison ; il est temps d'être au milieu

(1) « Le ci-devant monseigneur de la Fare, et son ci-devant clergé, ont fait dans le temps, une procession ridicule, à la suite d'une tête de mort, qu'ils disaient être celle d'un je ne sais quel saint Epvre » (note de l'orateur, p. 7.)

de nous, vrais comme la nature, francs comme de braves sans-culottes :

« Ne vous défiez point de la générosité de la Nation ; elle sait apprécier votre offrande et vos sacrifices ; déjà, par un décret formel, dans la séance du 21 brumaire, le comité des finances est chargé de présenter sous huitaine, un projet sur la pension à accorder aux prêtres qui renonceront à ce qu'on appelait *le ministère des autels ;*

» Pour ceux d'entre vous tous, citoyens, qui, par de vieilles habitudes de sentiments et d'idées, aimez à persister dans les principes de votre croyance intérieure, ne pensez pas que nous veuillions faire saigner vos cœurs, par une violence barbare ; si la force invincible de la loi assujettit vos actions, elle laisse à l'intimité de vos pensés dans notre âme, la liberté qu'y recéla la main de la nature. Souvenez-vous seulement de ne pas vous obstiner sans entendre, de ne pas juger sans voir, et de ne pas vous roidir d'avance, contre la douce persuasion de la sagesse ; il est un temps pour les ténèbres, il en est un pour la lumière ; gardez-vous de fuir cette philosophie sublime, à qui nous devons le développement du secret de notre liberté, et des lois augustes qui nous en garantissent la possession à jamais ;

» Quel bel exemple, prêtres de la Meurthe, n'allez-vous pas ajouter aujourd'hui à tous ceux que je viens de vous citer, en renonçant à jamais à l'erreur, pour ne suivre que la vérité ;

Venez tous, prêtres, ministres et rabins, s'il en existe encore dans la République au moment où je parle : voyez devant vous l'aimable et douce liberté qui vous tend les bras. Avancez ! Qui peut vous retenir ? Ce que d'autres ont fait, ne sauriez-vous le faire ? Il est grand de reconnaître son erreur et d'y renoncer (1). Ah ! qu'il dut être beau de voir, le 24 de ce mois, l'ex-curé Mony présenter à la Convention sa jeune épouse, que de barbares parents avaient ci-devant enseveli dans un cloître ;

» O Liberté sainte et chérie ! Liberté céleste ! Toi, dont la nature bienfaisante est l'image ; viens échauffer nos cœurs du souffle de ta divinité : et si une erreur de moins sur la terre est pour toi un triomphe, signale avec nous ce jour de fête dans les annales de ta gloire, et que cette commune devienne un de tes plus beaux domaines. »

« L'assemblée, frappée des grandes vérités répandues dans le discours du Représentant du Peuple, en a demandé l'impression, d'une voix unanime, et a fait retentir la voûte du Temple des cris de *Vive la République !*

---

(1) Voilà une grande vérité ; malheureusement, au lieu de vous tenir compte de votre sincérité, on se fait une arme contre vous de cette même sincérité, fussiez-vous de la meilleure bonne foi.

« Le chœur des musiciens a chanté des hymnes et des chansons patriotiques.

Ensuite, Nicolas, président de la Commission provisoire du département, dit :

« AUJOURD'HUI se confirme une grande vérité, annoncée par un philosophe, qui, par ses ouvrages, a préparé les esprits à la révolution :

> Les prêtres ne sont pas ce qu'un vain peuple pense,
> Notre crédulité fait toute leur science.

Ils viennent vous le déclarer eux-mêmes dans le temple, où naguère, sous prétexte de rendre hommage à l'Eternel, on s'avilissait en quelque sorte, par de vaines et ridicules cérémonies.

» Cette tribune, qu'autrefois on appelait la chaire de vérité, n'a jamais été que celle de l'erreur et du mensonge. C'est là, qu'on dégradait la raison humaine, par les plus absurdes préjugés ; c'est là, que le charlatanisme sacerdotal effrayait les âmes timides et préparait à une servile obéissance. Il existait un concert scandaleux entre l'autel et le trône, pour river les fers du peuple. Le chrétien n'était, en effet, qu'un véritable esclave, rampant sous les pieds des despotes civils et religieux, quand la philosophie indignée osa élever la voix, pour proclamer solennellement la liberté. Mais le peuple français ne pouvait être libre, avec une religion qui prêche la soumission et l'esclavage. Eclairé par les principes de la Révolution, il eut honte d'avoir été si longtemps dupe des jongleries ecclésiastiques ; et, s'indignant de tant de supercheries employées à entretenir son erreur, il est parvenu à secouer les préjugés et arracher le masque au fanatisme.

» Quel triomphe pour la philosophie ! Le temple de la superstition est devenu celui de la vérité ; les ministres du culte catholique renonçant à leurs titres et abjurant leurs erreurs, parlent le langage de la raison et prêchent l'égalité et la fraternité. Le peuple, autrefois crédule et superstitieux, détestant le fanatisme, a placé son principal bonheur dans l'amour de la patrie ; il dresse des autels à la liberté, et choisit pour sa religion la saine morale.

» Quel spectacle touchant et sublime ! Être suprême, protège les efforts de ce peuple philosophe contre ses ennemis, confonds leurs projets liberticides, ouvre les yeux aux autres peuples courbés sous le despotisme ; et que tous, en devenant libres, s'unissent pour s'aimer et bénir tes bienfaits. »

» Après ce discours, les vicaires épiscopaux ont déposé, sur l'autel de la patrie, les instruments et les ornements du culte, et Trailin, l'un d'eux, a dit : « Nous sommes réduits à un petit » nombre par l'absence de la plupart des membres du Conseil

» épiscopal, qui, en vertu du décret du 21 août dernier, ont été
» dans le cas d'aller desservir les cures qui manquaient de pas-
» teur. Mes confrères présents et moi, constamment soumis à la
» volonté générale du peuple, comme nous l'avons prouvé de-
» puis le commencement de la Révolution, en prêchant l'obéis-
» sance aux lois et l'attachement à la République, et en donnant
» l'exemple, nous renonçons sincèrement au ministère du culte,
» pour ne nous occuper désormais qu'à répandre et à propager
» les principes de la liberté et de l'égalité républicaines, et ceux
» de la morale universelle, seuls compatibles avec le gouverne-
» ment républicain, qui doit faire de tous les Français une famille
» de frères. Cette douce fraternité, cette union si nécessaires
» pour le bonheur des humains, ils ne pourront jamais en jouir,
» s'ils ne renoncent à ces interminables discussions sur les
» dogmes religieux, qui ont toujours ensanglanté la terre et
» troublé l'harmonie de l'univers. »

» Aussitôt, Jean-Joseph Hantz et Gérard-Paul Trailin ont remis sur l'autel de la patrie, leurs titres sacerdotaux et leurs di-
plômes de vicaires épiscopaux.

» Jean-Baptiste Millet, supérieur du Séminaire, et François
Hémany l'aîné, directeur, en ont fait de même.

» Sont venus ensuite les curés de Nancy et leurs vicaires ;
Charles Richier, curé de Saint-Sébastien, a dit :

» J'ai été porté à la place que j'occupais par l'enthousiasme de
» la liberté naissante. Des fonctions que j'ai exercées en vertu
» des lois, je n'ai jamais fait qu'un ministère de décence morale,
» de sagesse politique et de vertu. J'ai prêché l'amour de la
» patrie, l'obéissance aux lois, par sentiment et par devoir ; j'ai
» démasqué le fanatisme, par esprit de raison ; j'ai méprisé la ca-
» lomnie, par fierté de caractère ; j'ai secouru le pauvre, consolé
» l'affligé, rendu service aux malheureux, par le besoin le plus
» pressant de mon cœur ; je n'ai aucun reproche à me faire ;
» voilà mon compte-rendu.

» Aujourd'hui, que l'esprit national, précurseur des lois,
» frappe de mort le culte catholique, je rends au peuple ce que
» je tenais du peuple ; je quitte sans regret ce que je n'ai point
» accepté sans peine. Déjà, tous les ornements de mon église
» sont déposés sur l'autel de la patrie. Mes lettres de prêtrise,
» les voilà ; mes institutions de curé, les voilà encore. Mais le
» titre d'homme libre qui me reste, mais le désir d'être citoyen
» franc et vertueux républicain ; voilà ce que je n'abandonnerai,
» que lorsqu'on m'arrachera le cœur et la vie. »

» Charles Rolin, curé de Saint Nicolas ; Saintin, Georges, curé
de Saint Fiacre ; Sébastien Leclerc, curé de Saint Pierre, ont fait
la même protestation et abdication de leurs fonctions, ainsi que
Remy-Dominique Remy, vicaire épiscopal du département des
Vosges ; *Quirin Deshayes*, professeur de physique ; *Ignace Spitz*,

professeur de mathématiques ; *Pierre Quenche,* soldat de la République, ci-devant secrétaire de l'Evêché.

» Les vicaires de Saint Nicolas, Dominique Belley et Nicolas Voinant ;

» Les vicaires de Saint-Sébastien : François-Nicolas Neveu, Joseph Petitcolas, Charles Hémann, le jeune ;

» Les vicaires de Saint-Pierre, Guillaume-François Curia, Charles Vincent et Alexandre Fery, Pierre-Joseph Joly, vicaire de Saint-Epvre ; Bousval, ci-devant curé à l'Isle Saint-Domingue.

» Les curés des environs de Nancy, Joseph Laugier, curé de Rozières ; Nicolas Mauvais, curé de Leyr ; François-Xavier Masson, curé d'Essey et Tomblaine ; Joseph-François Gervais, curé de Rémeréville ; N. Bourcier, curé de Laxou ; Joseph Pays, vicaire à Saint Max ; en outre trois prêtres, nommés *Pierre Lamoureux,* François Harnepont et Sigisbert Ferry, demeurant sur la paroisse Saint Sébastien, ont déposé leurs lettres de prêtrise.

» Ont été remises aussi sur l'autel de la patrie, les patentes d'*Isaac Schweich,* rabbin de la synagogue des juifs de Nancy.

» Dans ce moment se sont présentés presque tous les curés du district de Vézelise, district faisant partie du département de la Meurthe ; l'un d'eux, *Sébastien Bottin,* ministre des cultes à Favières, a dit : « Frères, depuis trois ans j'étais prêtre, victime de
» mon inexpérience, qui, à vingt un ans m'avait engagé dans des
» liens alors indissolubles ; je rongeais alors, en gémissant, la
» chaîne qui me tenait éloigné des devoirs sacrés de la nature ;
» grâces à la raison, elle est enfin brisée, cette chaîne, et j'en
» dépose avec transport les anneaux aux pieds de l'image de la
» liberté, pour y être brûlés. Je vais me marier ; depuis deux
» ans, je pense à faire cette réparation aux mœurs. Depuis trois
» mois, j'en presse le moment, qui n'a été retardé que par quel-
» ques considérations de famille. » Ensuite il a remis ses lettres de prêtrise sur l'autel de la patrie, ainsi que Jean-Baptiste Coffin, curé de Saucerotte ; Charles-Adrien Perin, curé de Menil devant Bayon ; François Roquin, curé de Tantonville ; Nicolas Roquin, curé de Clairet ; Nicolas Malhorti, curé de Gerbécourt ; François Benoit Moine, curé de Martemont ; Jean-Népomucène Pagnot, curé de Pierreville ; Jean-Nicolas Lallemand, curé d'Houdelmont ; Léopold Richard, vicaire de Colombey ; Claude Remy, curé de Diarville ; Claude-Nicolas Lucas, curé de Gripport ; Maurice Girot, curé de Vézelise ; François-Léopold Gillot, vicaire de Vézelise ; Jean-Antoine Ménil, curé de Saint Firmin ; Claude Queuche, curé de Libeuville ; François-Victor Cunin, curé de Bainville-aux-Miroirs ; François Buzenot, vicaire de Dognéville ; Nicolas-François Garnier, curé de Forcelles ; Claude-Nicolas Genay, curé de Selincourt ; Étienne Garnier, vicaire de Germiny ; Jean-Charles Bourcier, curé d'Haroué ; Nicolas Préantoine, vicaire de Ceintrey ; Jean-Claude Voirin, vicaire à Affroicourt ;

Jacques-Josep Mourot, curé de Viterne ; Pierre-Nicolas Dumaire, curé de Roville-devant-Bayon ; Jean-Baptiste Nicolas, vicaire de Voinémont ; Laurent Serrières, curé de Saint Remimont ; Charles-Hyacinthe-Richard, curé d'Ormes ; Nicolas Husson, curé de La Leuve ; François-Antoine Houillon, vicaire de Crepey ; M. Letonné, vicaire d'Allain ; N. Briquel, curé de Goviller ; C. N. Courtois, de Crevéchamps ; Jean-Nicolas Henrion, vicaire à Autrey ; Jean-Baptiste Billiet, curé de Champenoux ; Pierre-Lazare Brocard, curé de Neuviller ; N. Vignerelle, curé d'Agincourt ; Antoine Daille, curé de Faulx.

» Tous ont donné leur abdication du ministère du culte catholique, et ont remis leurs lettres de prêtrise. Le Représentant du peuple a fait faire un monceau de toutes ces lettres, y a mis le feu lui-même, aux grands applaudissements de tout le peuple, qui a vu avec plaisir réduits en cendres ces titres de l'ignorance et de la superstition.

» Parmi les dépouilles du culte se trouvaient des calices et ciboires. Le Représentant du peuble, Faure, s'est saisi du calice du ci-devant évêque, l'a fait remplir de vin, et a bu à la République : les membres des corps constitués en ont fait autant, ce qui a été imité par la plus grande partie de l'assemblée, aux cris répétés de *Vive la République.*

» A l'instant, un chœur de citoyens, accompagné de la musique, a chanté l'hymne des sans-culottes, dont le refrain était répété par tous les citoyens. Après lequel hymne, le cortége a pris sa marche, en répétant l'hymne de la Liberté. La statue était entourée, au sortir du Temple de la Raison, de citoyens qui portaient les vases d'or et d'argent et autres instruments du culte aboli, jusqu'au lieu des séances du département, où ces dépouilles du culte ont été déposées, et procès-verbal rédigé de leur dépôt, par la commission nommée à cette effet. (Cette commission, dans ce moment, a déposé dans le magasin désigné par le département, quinze cents marcs d'argent, provenant des objets culte.) De là, le cortége s'est transporté à la Société populaire, où la statue de la Liberté à été remise, et où le peuple a été invité de se rendre à trois heures après midi.

» Un banquet civique a réuni à la Maison commune le Représentant du peuple, les autorités constituées, avec les citoyens qui venaient d'abdiquer les fonctions du culte catholique ; dans ce banquet, on a porté plusieurs fois les toasts à la prospérité de la République et au règne de la Raison ;

» A trois heures après-midi, une salve d'artillerie a annoncé la promenade civique, et tous les autorités constituées réunies en la salle de la Société populaire, une foule considérable remplissant les tribunes, l'hymne à l'adolescence a été chantée. Elle a été le signal de la promenade civique, qui s'est faite par différentes rues de la commune, en chantant des couplets et des hymnes sur les mœurs, sur l'amour de la patrie, la reconnaissance due a ses défenseurs, et sur la haine que tout républicain droit porter au fanatisme ; on s'est arrêté à l'Arbre de la Liberté, où l'on a chanté l'hymne qui lui est consacré ;

» La séance de la Société populaire à terminé cette Fête civique. »

» Signé : Nicolas, Président du département,
» Thirion, secrétaire général. »

Le Représentant Faure, principal organisateur de cette fête, dans laquelle il prononçait le discours qu'on vient de lire, écrivait le 10 frimaire an II, 30 novembre 1793, aux citoyens composant l'administration du département de la Meurthe, une lettre qui fût imprimée au nombre de *six mille exemplaires*, pour être envoyée à toutes les Communes, Sociétés populaires et Districts du ressort du département, dans laquelle on lit :

« S'il vous manque, citoyens, des Membres pour compléter votre administration, ou si vous désirez augmenter le nombre de vos Membres, hâtez-vous de me faire présenter une liste double du nombre que vous me demandez, et soyez recherchés dans votre choix. Il vous faut des citoyens intelligents et probes : sans probité, point de Républicain ; il faut des hommes exempts de passions : je me trompe, il faut qu'ils ayent pour passion, l'amour ardent de la Liberté et de l'Egalité, la passion du bien de la chose publique, et nulle autre. Il faut que chacun de vous soit un Brutus. »

Jusque là, on peut, approuver ; mais si l'on tourne le feuillet, si, après avoir lu les recommandations que fait ce Représentant du peuple, pour procéder contre les sectaires de Mauger, pour faire une enquête sur la procédure Denone, on est bien surpris, bien écœuré, de trouver dans les conclusions de cette lettre une aussi étrange interprétation « de la probité et de la passion du bien, de la chose publique : »

« Mais il ne faut pas, citoyens, ajoute-t-il en terminant, que ces occupations vous distrayent d'un autre objet ; soyez assurés que les aristocrates chercheront à profiter de l'avénement de Mauger, et tenteront de relever leurs têtes chancelantes. Prévenez-les donc par une prévoyance, une vigilance actives. Soyez francs, assurez-vous de leurs personnes, et livrez-les au glaive de la Loi ; il ne faut absolument point d'indulgence. Vous avez un Tribunal révolutionnaire, ainsi ne le laissez pas chaumer, et que le fer de la guillotine ne se rouille, que lorsque la République n'aura plus un seul ennemi. Ayez pour maxime et soyez bien pénétrés, qu'il n'y a plus de termes moyens ; il faut que tout individu qui a le pied posé sur le sol de la République, soit Républicain, ou qu'il cesse d'exister. »

» FAURE. »

Qu'il nous soit permis de jeter maintenant, un coup d'œil rétrospectif sur la situation.

Jean Cayon, qui avait tout intérêt à ne pas réveiller le chat qui dort, semble nous affirmer qu'à Nancy la Guillotine n'a pas été en permanence :

« Mais, disons-le d'avance, l'échafaud politique ne se dressa point dans Nancy, et qu'après tout, la bataille de la Moskowa et ses suites, coûtèrent plus de sang et autant de larmes, que tous les excès révolutionnaires, et sans beaucoup de compensation, sauf la gloire. » *(Histoire de Nancy, p. 334)*.

Mensonge, mensonge indigne sous la plume d'un historien. Si, l'échafaud a été dressé à Nancy ; si, le crime y a eu son libre cours. Jean Cayon aurait mieux fait de se taire sur ce chapitre, et ne pas soulever une question sanguinaire, où son nom est si justement compromis. Plus loin il ajoute naïvement :

« Répétons-le, malgré tant de provocations violentes, ajoute-t-il aux dernières phrases qu'on vient de lire, grâce au bon sens lorrain, l'échafaud politique ne se dressa point dans Nancy, où, du reste, il n'y eut à déplorer aucun de ces malheurs qui désolèrent Nantes, Lyon. En un mot, on s'en tira à très bon marché comparativement. » *(Histoire de Nancy, p. 348, note 1)*.

Ce n'est, certes, pas la faute à son grand-papa, si les ruisseaux de notre ville ne devaient pas déborder du sang des aristocrates. Le père Cayon a joué, dans l'affaire Marat-Mauger et Faure, un rôle tel, qu'on éprouve une certaine répulsion à l'étudier. Hélas ! Jean Cayon, homme de bonne foi, convaincu, ne peut être responsable des crimes de son grand-père. Eh bien, quoi qu'en dise Jean Cayon, la guillotine a été en permanence à Nancy, sous la dictature des Lacoste et des Baudot, des Mauger et des Faure.

Nous comprenons que Jean Cayon se soit écrié, p. 346 :

« Les brochures de ce temps, toutes personnelles et fort obscures dans leur rédaction, ne sont remplies que de déclamations, d'accusations réciproques, et de récriminations plus ou moins vagues, mais toujours envenimées. »

De deux choses l'une : ou Jean Cayon ne connaissait pas l'époque et les brochures dont il a voulu parler dans son histoire, où il a cherché, par un terme moyen, ainsi que tant d'autres, à pallier les excès des révolutionnaires.

Il nous suffit de jeter ici un simple coup d'œil sur la succession des Fêtes civiques, pour avoir une idée de l'esprit des meneurs du peuple.

A la première fête décadaire, on brûle aux pieds de l'échafaud de la guillotine (sic) les confessionnaux ; à la grande Fête de la Raison du 30 brumaire, Faure se réjouit l'œil, en brûlant les lettres de prêtrise ; à la Fête de l'Être suprême, on brûle les emblèmes de la Féodalité, on brûlait tout. On criait contre l'inquisition, et l'on se montrait alors plus inquisitorial que ne l'aurait été l'Inquisition elle-même. Ce sont malheureusement ces incendiaires, ces meneurs, qui ont été les premiers à rejeter sur le dos des malheureux sans-culottes les crimes consommés par ces purs opportunistes, qui, en recommandant aux autres la probité, la pratique des vertus civiques, l'honneur et autres bibelots de ce genre, mettaient la main dans le sac, et tiraient la ficelle pour faire tomber les têtes chancelantes qui ne leur convenaient pas.

Il y avait, à Nancy, deux sortes de chauffeurs : la haute pègre, qui avait son siège établi sur la place du Peuple ; et la petite pègre, qui vivait misérablement dans les faubourgs. La haute pègre festoyait joyeusement, tous les soirs, au spectacle, quand la basse pègre bredouillait toute la nuit sur les grands chemins, pour demander la bourse ou la vie, à un pauvre cavalier attardé, ou pour effrayer un paysan, ruiné par les événements politiques.

Les chauffeurs passaient devant le Tribunal criminel, et payaient de leur tête leur témérité ; mais les assassins de l'Hôtel-de-Ville, les pourvoyeurs de la Maison du Refuge, levaient haut la tête, faisaient exécuter la loi et sablaient le champagne, avec la fortune de leurs victimes, au son d'une musique guerrière, en réjouissant leurs sens lascifs de la vue de femmes voluptueuses, coiffées à la grecque, et vêtues à la romaine ; et cela jusque dans le Temple de la Raison.

Il ne faut pas trop secouer la poussière des archives de

ce temps-là, pour apercevoir sur les documènts écrits, la description des orgies inénarrables, auxquelles se livraient ces prétendus amis du peuple, si peu soucieux des rigueurs de la loi, qu'ils savaient éluder mieux que tous autres, en faisant parade d'un patriotisme factice, n'ayant rien de sincère. Aux abus de l'ancien régime, avaient succédé les actes abusifs de ces tyrans au petit pied, de ces révolutionnaires exaltés, qui ne saluaient la Révolution que parce que, dans ce moment de troubles, ils pouvaient satisfaire leurs appêtits, jouer, à leur tour, au grand seigneur, se poser en dispensateurs des grâces du Gouvernement, faire acte de patriotisme, en prononçant des discours sonores et ronflants, se dispenser des charges qui incombaient au peuple, vivre à ses dépens dans un luxe voluptueux, alors que les pauvres sans-culottes, qui couraient à la frontière, manquaient de pain et de souliers, alors que le père de famille n'avait pas de pain à donner à ses enfants, alors que l'artisan n'avait pas d'ouvrage, alors que l'argent gagné la veille perdait de sa valeur le lendemain, alors que les hivers étaient rigoureux et la misère grande.

Le poète Gentillâtre, qu'on connaît trop peu à Nancy, et qu'on n'estime pas assez, a eu le courage de lever les masques de ces tartuffes révolutionnaires, et de les vouer au mépris public. Plusieurs de ses brochures sont de fidèles tableaux des mœurs dissolues des gouvernants de cette époque. On n'a, du reste, qu'à lire les discours prononcés par ceux-ci, les mémoires justificatifs de leur conduite écrits par eux, pour juger de leur valeur.

Puisque nous sommes encore en pleine Terreur, nous ne devons pas perdre de vue les cérémonies qui se pratiquaient dans le Temple de la Raison. Voici une nouvelle fête décadaire, qui n'a rien de commun avec les précédentes. Ce jour-là, on ne brûle rien : on est tout à la joie d'apprendre la reprise de Toulon, et les victoires des armées de la République sur le Rhin. La fête décadaire et civique du 10 nivôse, an II, 30 décembre 1793, est une fête d'allégresse; elle est l'image d'un *Te Deum* terroriste; à ce titre, nous ne devons pas la passer sous silence.

28 et 29 déc. 1793.

LIBERTÉ, ÉGALITÉ

Le 8 nivôse, 2ᵉ année Républicaine, le Conseil général de la commune, assemblé, allait ouvrir la séance, quand le Maire reçut officiellement le Décret qui annonçait la reprise de Toulon, par les Troupes de la République.

« Citoyens, s'écrie-t-il, après en avoir fait lecture, nous n'avons aujourd'hui qu'à nous réjouir, la séance est remise, il faut partager avec tous nos concitoyens la joie de cette heureuse nouvelle ; à l'instant même, elle est annoncée, au son de la caisse, au milieu de la Place du Peuple. Le Conseil arrête qu'elle sera de suite, répandue par toute la cité, avec toute la pompe que pouvait comporter l'exécution la plus prompte ;

» En conséquence, deux membres du Conseil général sont nommés pour faire cette Proclamation ; ils parcourent les principales rues et places publiques, décorés de leur écharpe, ayant à leur tête un groupe de tambours et la musique de la garde nationale ; ils étaient suivis d'un peuple nombreux, qui faisait retentir les airs de ses acclamations et des cris mille fois répétés de *Vive la République.* Sur la place de la Constitution, après la proclamation faite au pied de l'arbre de la Liberté, on chanta l'hymne, *Allons enfans de la Patrie,* au milieu d'une grande quantité de lumières, que les citoyens apportaient avec eux, en accourant aux cris d'allégresse ; et sur le passage du cortège, beaucoup d'autres citoyens illuminèrent leurs croisées ;

» On se rendit ensuite à la Société populaire, où le décret sur Toulon, et des lettres qui annonçaient *les victoires remportées sur le Rhin par les armées de la République,* furent lus à haute voix, par un officier municipal, reçus avec toutes les démonstrations d'une joie universelle, et couverts d'applaudissements ;

» La journée se termina par la répétition de la même scène à la salle du spectacle ; des coups de canon redoublés, forçaient les échos des montagnes à propager au loin la nouvelle de cet heureux évènement ;

» Le jour de la Décade, les Corps constitués civils et militaires, furent invités à s'assembler à l'ordinaire, le matin, dans la salle où la Société populaire tient habituellement ses séances, pour, de là, se rendre au Temple de la Raison, où plusieurs citoyens prononcèrent des discours instructifs et républicains, tendant à maintenir l'esprit de philosophie, dont la majeure partie des citoyens de la commune sont animés. Sur les deux heures, le rassemblement se renouvela à la Maison nationale ci-devant Gouvernement, et les corps armés se réunirent sur la place de la République, qui lui fait face, pour concourir à la célébration de la fête décrétée par la Convention ;

» La marche s'ouvrit dans l'ordre suivant : Des trompettes à la tête d'un piquet de cavalerie, étaient suivies de tambours, des corps d'artillerie, dont plusieurs marchaient avec leurs canons et tout l'attirail du service. Suivait le bataillon des sans-culottes, qui, jusqu'ici, a si bien mérité de la patrie, dans les derniers dangers qu'il a encourus sur le Rhin, volant à la défense, avec le zèle qui caractérise les vrais amis de la liberté, avec son état-major et ses tambours ;

» La Bannière de la surveillance paraissait ensuite, suivie des Enfans de la Patrie ;

» Après eux un groupe de soldats blessés, dont les plus faibles étaient portés par de plus robustes et des sans-culottes, marchant lentement, plusieurs élèves de la Patrie, portaient différentes légendes, parmi lesquelles on remarquait celle-ci : *Ils ont donné leur sang, nous leur devons la vie* ;

» Une autre : *Nous saurons marcher sur leurs pas* ;

» L'arche constitutionnelle paraissait ensuite, portée sur un brancard par quatre militaires ;

» Des jeunes citoyennes rangées en haye, toutes vêtues de blanc et coëffées à la grec, portant la couronne civique à la ceinture tricolore, chantaient l'hymne de la Liberté et d'autres airs patriotiques, analogues aux circonstances ;

» Le code constitutionnel, porté par un citoyen, qui était précédé du corps de tambours de la garde citoyenne, et d'une musique nombreuse, dont les fanfares multipliées, entremêlées de ces airs consacrés à l'expression des plus doux sentiments, tantôt inspirait la plus vive allégresse, tantôt portait dans l'âme l'ivresse d'une jouissance et bien sentie ;

» S'avançait ensuite majestueusement, sur un char de triomphe, conduit par les défenseurs de la seconde réquisition, de retour depuis peu dans nos murs, une aimable citoyenne, aussi digne par la pureté de ses mœurs et l'aménité de son caractère, que par l'élégance et la noblesse de sa taille, de figurer la Liberté ; superbement vêtue, elle tenait d'une main les droits de l'homme, de l'autre, des épis de blé, emblème de l'abondance, qui doit naître un jour de la Liberté et de l'Egalité, qu'une paix glorieuse assurera sur des fondements inébranlables ;

» Enfin, une bannière tricolore, où on lisait ces mots: *La Nation récompense la vertu et punit les traîtres,* sous laquelle marchaient les autorités constituées, civiles et militaires, décorées de leur insigne ;

» Les officiers de la garde nationale et des troupes de ligne, confondus avec leurs frères d'armes et tous leurs concitoyens, ce qui marquait l'union et la fraternité ;

« Cette marche auguste était close par un corps d'infanterie et un détachement de dragons.

« Ce cortége a toujours marché au milieu d'une haie de garde nationale et de troupes de ligne.

« En traversant la place de la République, pour se rendre à celle du Peuple, on s'arrêta auprès du Faisceau dont elle est ornée , pour y chanter l'*Hymne sacré de la Patrie* ; puis, par un long circuit, on vint sur la place de la Constitution saluer l'arbre de la Liberté avec des chants analogues et les cris de *Vive la République*. Et de là, on se rendit devant le temple de la Raison, à laquelle une hymne consacrée et composée pour la cérémonie, fut chantée avec pompe, et répétée par les chœurs multipliés d'une foule innombrable.

« Le soir, à la salle du spectacle, on joua deux pièces révolutionnaires, qui furent suivies d'une scène patriotique en vaudeville, au sujet de la reprise de Toulon et autres bonnes nouvelles ; et le tout se termina par des danses et rondes joyeuses, qui ne laissèrent à la nombreuse assemblée, que le sentiment de la joie par laquelle avait commencé et devait finir une si belle journée. » (1)

On a gravé en creux, au-dessous de la guirlande, le signe

$$I \cdot \overset{+}{H} \cdot S \cdot$$

Ces inscriptions se rapportent à la fête de l'Être suprême, qui a été célébrée à Nancy le 20 prairial an II (8 juin 1794), deux jours avant celle de Paris, qui n'eut lieu que le 10 juin. (V. J. Michelet, *Histoire de la Révolution française.*)

La journée du 20 prairial an II fait époque dans les annales de notre ville. Quoiqu'on ait taxé de ridicules les cérémonies de la fête à l'Etre suprême, il n'en est pas moins vrai que, de ce jour, date une réaction puissante contre l'athéisme abrutissant du culte de la Raison, et que, de ce jour aussi, se manifestèrent chez le peuple des idées plus saines vers la morale et la religion, abandonnées officiellement par ordre. Nous n'avons pas à faire l'apologie de cette fête semi-civique, semi-religieuse, qui a un caractère particulier, sur lequel nous n'avons pas à nous prononcer. La plupart des écrivains de notre ville qui en ont parlé, l'ont assez mal traitée, d'autant plus facilement, qu'ils s'en sont fait une idée autre que ce qu'elle a été réellement. Nous avons eu la chance de mettre la main

(1) A Nancy, chez la veuve Bachot, imprimeur de la municipalité, in-4, 4 p.

sur un programme officiel, à la suite duquel se trouvent les hymnes qui furent chantés pendant la cérémonie. Ne fut-ce qu'à titre de document, ce programme nous a paru digne de trouver ici sa place. Nous en parlerons plus loin.

<table>
<tr><td>EGALITÉ
FRATERNITÉ
—</td><td style="text-align:center">COMMUNE DE NANCY</td><td>LIBERTÉ
OU LA MORT
—</td></tr>
</table>

ORDRE DE MARCHE

de la

FÊTE DE L'ÊTRE SUPRÊME

Qui sera célébrée dans la commune de Nancy le 20 prairial, l'an 2me de la République Française, une, indivisible et démocratique, conformément à la loi du 18 floréal dernier.

« Le 19 prairial, à sept heures du soir, il se formera, sur la place du Peuple, un groupe de tambours et musiciens : un officier municipal revêtu de son écharpe, monté sur un cheval, tiendra à sa main une branche de chêne et la proclamation de la Fête ; il sera accompagné du chef de légion et d'un Porte-Drapeau, également à cheval ; deux appariteurs précédés d'un trompette à cheval ouvriront la marche de ce petit cortège, et quatre hommes armés la fermeront ;

» Ce cortège se rendra sur toutes les places des deux villes ; là, après un roulement, l'officier municipal, après que le trompette aura sonné trois fois, annoncera, par proclamation, que le lendemain « *le Peuple Français rendra un hommage public à l'Etre suprême.* » Ensuite la musique jouera l'air : « *où peut-on être mieux, etc.* »

» Trois coups de canon annonceront à neuf heures du soir les apprêts de la Fête ;

» Le 20 prairial à quatre heures du matin, divers groupes de tambours battront la générale, dans toutes les rues de la ville et des faubourgs ;

» Aussitôt chaque citoyen placera, à l'extérieur de son domicile, des banderolles tricolores, et des guirlandes de fleurs orneront les portiques des maisons, *autant que possible ;*

» Un chœur composé de deux mères de famille, deux filles de 12 ans, deux de 15, quatre garçons du même âge, un vieillard et quatre pères de famille se rendra au faubourg de la République (1) ;

---

(1) Faubourg des Trois-Maisons.

» Un chœur semblablement composé se rendra au faubourg de la Constitution (1) ;

» Un chœur composé de six mères de famille, six jeunes filles, six garçons et douze hommes se rendra sur la place de la Réclusion (2) ;

» Un chœur semblablement composé se rendra sur la place de la Constitution (3) ; un autre sur la place de la Réunion (4) ; et un autre sur la place de la Liberté (5) ;

» Les hommes vêtus proprement, les filles vêtues de blanc avec des ceintures tricolores ; les femmes porteront les mêmes ceintures, et les garçons un habit national ;

Ces chœurs seront formés et rendus sur lesdites places, à six heures sonnant du matin ; deux coups de canon se font entendre, et les chœurs chantent l'hymne n° 1 ; ensuite tous les chœurs se rendront, en chantant cet hymne, sur la place du Peuple, et ce placeront autour du faisceau, qui sera couvert de guirlandes, de fleurs et de verdure (6).

» Les vieillards se placeront près de la grille ; les jeunes filles formeront le premier cercle ; les mères de famille le second ; les garçons, le troisième, et les pères de famille, le quatrième : tous, les yeux fixés sur le faisceau, ils chanteront l'hymne n° 2.

» Les musiciens se trouveront sur le balcon de la Maison-Commune et accompagneront le chant des chœurs ; le cri de *Vive la République!* se fera entendre en terminant cette première cérémonie.

» A huit heures, les groupes de chaque section s'apprêteront.

» A la même heure, les autorités constituées et la Société populaire, réunies dans la salle du Club ; les sociétaires deux à deux, sur deux colonnes, au milieu desquels seront portés les bustes des martyrs de la Liberté, se rendront au Temple, où la musique les attendra ; en entrant dans le Temple, l'orgue jouera *Le Bruit de la guerre;* ensuite l'*Hymne de la Liberté* sera chanté en chœur par les musiciens ; un orateur prononcera un discours analogue à la Fête. (7)

(1) Faubourg Saint-Pierre.

(2) Extrémité de la rue Saint-Nicolas, entre les rues Charles III et des Fabriques.

(3) Place Mengin et place du Marché.

(4) Nous ignorons s'il s'agit ici de la place Saint-Epvre, alors de l'Union, ou de la Petite Carrière.

(5) Place de l'Académie.

(6) Un faisceau égalitaire avait remplacé la statue pédestre de Louis XV, détruite en 1792. V. nos *Promenades historiques.*

(7) C'est probablement le morceau intitulé : « Discours sur l'Être suprême, prononcé dans le Temple que la Commune de Nancy lui a consacré ; par Jean-Baptiste Febve, président du Tribunal criminel de la Meurthe. A Nancy, chez Guivard, imprimeur de la Société populaire, près la porte du Peuple, au coin de la place de la République, n° 19, in-8, 24 p., précédé d'un avertissement de 2 pages non chiffrées.

» A neuf heures, un coup de canon se fait entendre; à l'instant, le peuple remplira les rues et les places publiques; les tambours roulent et battent le rappel dans chaque section ; les pères de famille se rangent en haie du côté droit de la rue; ils conduiront leur fils, armés, autant que possible, d'une épée ou d'un sabre ; les pères et les fils tiendront à la main une petite branche de chêne.

» Les mères de famille se rangeront en haie de l'autre côté ; elles porteront des bouquets de roses; leurs filles de tout âge les accompagneront et formeront des petits groupes portant des corbeilles de fleurs. (Il suffira de trois groupes par section, composés de quatre filles qui porteront des fleurs, dans une corbeille bien garnie.)

» À la tête de chaque section, se forme un bataillon quarré des adolescens, armés de leurs mousquetons et environnant le drapeau du bataillon. (1) (Les citoyens-soldats, en dépôt à Nancy, se diviseront, de manière qu'il y en ait au moins douze pour former le bataillon avec les adolescens ; les autres seront confondus avec les citoyens, et marcheront sur la même ligne.)

Première section.

» Au milieu, est un jeune enfant à mi-nud; ceint de rubans tricolore et traîné sur un petit charriot, par quatre adolescens, vêtus en garde national : cet enfant, couronné de violettes, porte une pique surmontée du bonnet de la Liberté; à la pique est attachée une banderolle, sur laquelle se lisent ces mots : SEMEZ DANS NOS CŒURS LA VERTU, ET NOUS SERONS DIGNES DE VOS VERTUS. . . (Il figure l'Enfance.)

Deuxième section.

» Au milieu, paraît sur un cheval blanc, couvert de guirlandes, un jeune homme bien cuirassé, les deux bras nuds, un sabre à la main droite, une couronne de lauriers à la main gauche; il porte un casque garni de myrthe. (Il figure l'Adolescence.)

Troisième section,

» Au milieu, paraît sur un phaëton, une jeune fille de douze ans, vêtue de blanc, les deux bras nuds, un flot tricolore sur chaque épaule, une ceinture pareille; elle est couronnée de roses et de myrthes ; elle tient, d'une main, une branche de lauriers

---

(1) Cette partie du programme laisse supposer qu'il existait à cette époque des bataillons scolaires, comme qui dirait le Petit Sport Nancéien, ou les Chasseurs Nancéiens.

ornée de guirlandes, composée d'épis de blé, de fleurs et de rai-
sins ; de l'autre, elle est appuyée sur un faisceau d'armes. *(Elle
figure l'Union et l'Abondance.)*

Quatrième section.

» Au milieu paraît, sur un char, un groupe d'enfants portant
tous les instruments des sciences ; des enfants femelles portent
des fuseaux, des tours à filer et des tricots. *(C'est le char de l'Instruction publique.)*

Cinquième section.

» Au milieu paraît, sur un phaëton orné de guirlandes et rubans tricolores, une jeune fille de onze ans, vêtue d'un corset
bleu plissé, d'un jupon rose couvert de mousseline, retroussé à
la Romaine, un bonnet rouge surmonté d'une couronne de chêne
et de roses ; elle tient, de la main droite, le niveau, et de l'autre,
elle tient le Tableau des Droits de l'Homme. *(Elle figure l'Egalité.)*
» Les Orphelines environnent ce char ; elles portent un bouquet d'œillets et de branches d'arbres. (1)

Sixième section.

» Au milieu est un char, sur lequel sont un homme et une
femme, environnés de leurs enfants ; leur mère en allaite un,
qu'elle repose de temps à autre dans une barcelonnette placée
entre elle et son époux ; un des enfants les couronne de fleurs,
un autre les embrasse ; un autre lit, appuyé sur les genoux de
son père. *(Ils figurent le bon ménage.)*

Septième section.

« Au milieu paraissent, sur un char, un aveugle et un estropié, tenant une branche de myrthe et de roses ; ce char est
traîné par deux chevaux couverts de guirlandes : les Enfants de
la Patrie (2) environnent ce char ; ils ont tous une branche de
chêne et des fruits à la main. *(Ils figurent le malheur honoré.)*

Huitième section.

» Au milieu, sur un char surmonté de colonnades de verdure

(1) L'hospice des Orphelines n'avait pas été supprimé. (V. rue des
Orphelines et Saint-Dizier.)
(2) Lire les Enfants trouvés. Cet hospice existait alors dans les bâtiments de la Vénerie, sur l'emplacement de laquelle a été construite
l'Académie. (V. rue Saint-Dizier.)

et de fleurs, paraissent deux vieillards couronnés de pampre et d'olivier ; de jeunes enfants les entourent et leur offrent, dans une corbeille, des fruits et des liqueurs. (1) *(Ils figurent la Vieillesse respectée.)*

» Deux coups de canon se font entendre, à dix heures sonnant ; alors, toutes les sections se mettent en marche, et arrivent sur la place du Peuple, en chantant l'hymne : *Défendons nos lois.*

» Les autorités constituées et la Société populaire se rendent sur la place du Peuple : au milieu du Conseil général de la Commune, est un char traîné par quatre bœufs, couverts de guirlandes de fleurs, sur lequel brille un trophée composé des instruments des arts et métiers, et différentes marchandises du territoire. Chaque membre des autorités constituées, portera à la main un bouquet d'épis de blé, de fleurs et de fruits.

» Sur un char, sera placée la statue de la Liberté ; un chœur de jeunes filles portant des corbeilles de fleurs, en jettent sur la statue pendant la marche.

» Sur un autre char, précédé des citoyennes généreuses qui travaillent pour les Blessés, est une urne funéraire, couronnée de lauriers, et soutenue par des banderolles tricolores ; ce char est environné de femmes vêtues de noir, et de jeunes gens chantant l'hymne des Défenseurs de la Patrie.

» A l'arrivée des sections sur la place, le cri de *Vive la République* se fait entendre, et le cortège se dirige ainsi qu'il suit :

» Un groupe de tambours, précédé de deux trompettes, marchant au pas ordinaire, la Société populaire suit, le drapeau de la Surveillance flotte au milieu d'elle ; les Sections suivent, les hommes d'un côté, et les femmes de l'autre.

» On va par la terrasse de la Pépinière au Cirque (2) ; les Sections restent en file ; les Autorités constituées approchent de l'amphithéâtre dressé au milieu du Cirque ;

» Cet amphithéâtre est chargé des emblêmes de la féodalité et de la superstition ; le Maire y met le feu, après que l'hymne n° 3 est chanté ; du milieu des flammes sort la statue de la Sa-

(1) On ne connaissait, à cette époque, que deux liqueurs renommées : la *Liqueur de Lorraine,* inventée par le père de Sonnini, et dont le procédé avait été cédé, depuis la mort de Stanislas, aux frères Boisserand, épiciers, rue Saint-Georges, 7 *bis* actuel, au Sauvage, et la fameuse liqueur dite l'*Elixir de longue vie,* espèce de panacée universelle, qui prévenait et guérissait tous les maux passés, présents et futurs, selon la formule du temps. Nous avons bu de l'une et de l'autre dans notre petite jeunesse.

(2) Le Cirque était ce qu'on appelle plus communément le Rond-Point, là où est construit depuis 1862, le bassin et son jet d'eau.

gesse, au bas de laquelle on lit cette inscription : PEUPLE ! LA RAISON T'ÉCLAIRE ET LA SAGESSE TE GUIDE (1).

» Après cet auto-dafé, le cortège reprend sa marche, en chantant l'hymne n° 4, et se rend par la rue Egalité (2) sur la place de la Liberté, au milieu de laquelle s'élève une montagne ; sur son sommet est planté l'Arbre de la Liberté :

» Les Sections forment le quarré ; les divers emblêmes s'approchent de la montagne ; le Conseil général de la Commune entoure l'Arbre de la Liberé ; le Maire ou un autre citoyen s'avance ; aussitôt la musique joue une fanfare, les chœurs chantent l'hymne n° 5 ; après, un orateur prononce un discours sur l'existence de l'Etre suprême. Ensuite, deux coups de canon se font entendre ; midi sonne, et après un roulement, le Maire ou un citoyen nommé *ad-hoc*, adressera l'hommage du Peuple à l'Eternel ;

» Ensuite, le silence règne, une musique douce et harmonieuse se fait entendre, les pères de famille avec leurs fils chantent l'hymne n° 6 ; ensuite les mères et leurs filles chanteront l'hymne n° 7 ;

» L'hymne n° 8 est chanté ensuite par tout le Peuple. Le cri de *Vive la République* se répète trois fois ;

» Alors les mères de famille en soulevant dans leurs bras leurs petits enfans mâles, les présentent en hommage à l'Auteur de la Nature ; les jeunes filles jetteront des fleurs vers le Ciel ; les fils déposeront dans les mains de leurs pères, leurs sabres ou épées, et jurent de les rendre victorieux ; ils jurent de faire triompher l'Egalité et la Liberté ;

» Les pères les embrassent ; et, en étendant la main, ils les bénissent en disant : « Que l'Etre Suprême te bénisse comme je » te bénis. » Alors les embrassements se réitèrent ; les mères embrassent leurs filles, les cris de *Vive la République* se répètent ; tous les citoyens confondent leurs sentiments dans un embrassement fraternel ; ils n'ont plus qu'une voix dans le cri général ; *Union ! Fraternité ! Vive la République !* se fait entendre, au bruit de quatre coups de canon ;

« Un roulement annonce le départ ; tout se remet en ordre ; toutes les sections reprennent leur ordre, et le cortège défile par la rue Charlemont (3), descend par la rue Franklin (4), se rend

(1) « Il (Robespierre) descendit les gradins avec la Convention, s'arrêta au premier bassin où s'élevait un groupe de monstres : l'Athéisme; l'Egoïsme, le Néant, etc. Il y mit le feu, et du groupe surgit, libre de son voile, la statue de la Sagesse. Malheureusement elle parut, comme on pouvait s'y attendre, enfumée et noire, à la grande satisfaction des ennemis de Robespierre. » (J. Michelet, *Histoire de la Révolution Française,* liv. XIX, ch. IV).

(2) Rue Saint-Michel.

(3) Rue des Michottes.

(4) Rue des Carmes.

sur la place de la Constitution ; les groupes de chaque section environnent l'Arbre de la Liberté ; l'hymne de la Liberté est chanté.

« Ici la cérémonie se termine, les Autorités constituées se mêlent parmi les citoyens, et chacun reporte dans le sein de sa famille la joie que procurent la vertu, l'amour fraternel, la connaissance des droits et des devoirs de l'homme, exprimés par les divers emblèmes qui ont paru dans la Fête ; et enfin la félicité de l'âme qui vient de présenter son hommage à l'AUTEUR DE LA STATUE, que tout annonce, que tout adore ;

« A six heures du soir, le Peuple se rend au Temple ; les Autorités constituées et la Société populaire s'y rendent, précédées de la musique ;

« Un orateur prononce un discours, sur l'objet et le fruit que chacun droit retirer de cette fête solennelle.

« *Le soir, il y aura des danses sur les Places publiques.* »

HYMNES

N° I

Air : Amis, laissons là l'histoire.

La République proclame
L'existence du vrai Dieu,
L'immortalité de l'âme,
Seuls soutiens des malheureux ;
Fête chérie,
Qui confonds tous les tyrans,
Réunis tous les enfans,
Les vrais enfans de la Patrie.

En contemplant la nature,
Nous adorons son auteur,
La lumière la plus pure,
Nous découvre nos erreurs ;
De notre vie,
Offrons-lui tous les instans,
Et soyons dignes enfans,
Les vrais enfans de la Patrie.

Eternel, reçois l'hommage
D'hommes libres réunis,
Nous ne voulons plus d'image,
Nous t'adorons en esprit ;

La fourberie,
T'avait peint jaloux, méchant ;
Mais tu chéris les enfans,
Les vrais enfans de la Patrie.

No II.

Air : Allons, Enfans de la Patrie

Français, en arborant l'emblême
De nos droits, de la Liberté,
Nous rendons à l'Être suprême
    Un culte pur et éclairé   (bis)
Nous terrassons le fanatisme,
Nous adorons la Vérité,
Par elle toujours dirigés,
Nous avons vaincu l'athéisme :
Notre crédulité fit longtemps nos malheurs ;
Ce jour (bis) *devient pour nous, l'époque du bonheur.*

Amour sacré de la Patrie !
Conduis, soutiens nos bras vengeurs ;
Liberté, liberté chérie !
    Combats avec tes défenseurs   (bis)
Sous nos drapeaux, que la Victoire
Accoure à tes mâles accens
Et que tous les rois expirants
Voient ton triomphe et ta gloire.
Les peuples affranchis chanteront tes bienfaits
La paix (bis) *dans l'Univers sera due aux Français.*

No III.

Air nouveau.

Quels accents, quels transports, partout la gaieté brille,
La France est-elle donc une seule famille ?
Aux lieux mêmes où les rois étalaient leur fierté,
    On célèbre la Liberté   (bis)
Est-çe une illusion ? Suis-je au siècle de Rhée ?
J'entends partout chanter d'une voix assurée :
Nous ne reconnaissons en détestant les rois
Que l'amour des Vertus, que l'empire des Lois.

O spectacle enchanteur ! au nom de la Patrie,
Tout s'anime, tout prend une nouvelle vie ;
Le vieillard semble encor, par sa vivacité,
    Revivre pour la Liberté   (bis)

Et l'enfant, oubliant la faiblesse de l'âge,
S'irrite d'être jeune et chante avec courage :
Nous ne reconnaissons, en détestant les rois
Que l'amour des Vertus, que l'empire des Lois.

Peuples, qui gémissez sous un joug tyrannique,
Venez voir les Français à la Fête civique,
Comparez vos terreurs à la sérénité
      Des enfants de la Liberté   (bis)
Comparez à vos fers ces guirlandes légères,
Que porte, en s'embrassant, tout un Peuple de Frères ;
Vous ne reconnaîtrez, en détestant les rois
Que l'amour des Vertus et l'empire des Lois.

No IV.

La République proclame, etc., n° 1.

No V.

Air : Valeureux Français, etc.

    Défendons nos Lois
    Soutenons nos droits,
    Aimons notre Patrie ;
    Rendus dans ce lieu,
    Adorons un Dieu,
    Mais sans hypocrisie.

Je t'adore en républicain,
Je connais toute ta justice,
Etant l'arbitre souverain
Des brigands, punis l'injustice.
    Défendons, etc.

Dieu, prends sous ta protection
Le Français qui veut être libre :
La généreuse Nation
Ne veut plus des brigands du Tybre.

Bénis la Révolution :
Ah ! bénis notre indépendance !
Bénis la Constitution
Et le gouvernement de France.

Bénis nos généreux vieillards,
Et leurs familles respectables,
Que leurs corps forment des remparts
Aux ennemis déraisonnables.

Dieu, bénis nos braves soldats,
Bénis nos puissantes armées,
Bénis-les, les jours de combats,
Par ta main, qu'elles soient guidées.

Bénis nos bons Législateurs
Et tous leurs décrets salutaires ;
Bénis nos braves Laboureurs
Bénis tout un peuple de frères.

Dieu, bénis de nos jeunes gens
La réquisition brillante,
Qui va combattre les tyrans,
Rends cette jeunesse ardente.

Seconde l'effort des Français,
Qu'ils exterminent tous les traîtres ;
Que par le plus grand des bienfaits,
Ils ne connaissent plus de prêtres.

Nº VI.

Air : des Marseillais.

Tu nous rends, dans ta clémence
Nos droits et notre Liberté
Etre Eternel ! par ta puissance,
Conserve-nous l'Egalité   (bis)
Tu vois les fils, tu vois les pères,
Armés contre tous les tyrans ;
Rends partout leurs bras triomphans,
Que ta paix descende sur terre ;
Libre rends l'Univers, agrée nos sermens ;
Ce fer (bis) *de tous les rois fera couler le sang.*

(Après cet hymne tous les fils prononceront ces mots : JE LE JURE.)

Nº VII.

Air : Amis, laissons là l'histoire.

Le tendre amour d'une mère,
Te présente ses enfants.
O toi, le meilleur des pères
Rends-les justes, bienfaisans :
    Filles chéries !
Jurez de n'avoir d'amans,
Que ceux qui sont triomphans
Des ennemis de la Patrie.

(Après cet hymne, toutes les filles prononceront ces mots: JE LE JURE)

N⁰ VIII.

Air : Allons, Enfans de la Patrie

Nous t'invoquons, Être suprême,
Que nos voix percent jusqu'aux Cieux,
Chacun de nous t'adore et t'aime,
Tu te rends présent en tous lieux.   (bis)
Que nos cœurs te servent de Temple ;
Complais-toi parmi tes enfans,
Rends-nons vertueux et prudens ;
Que l'Univers, à notre exemple,
T'adore par amour, t'aime de bonne foi ;
Unis (bis) *tous les humains, unis-les par ta Loi.*

Nous proclamons ton existence,
Nous admirons tes attributs,
Nous invoquons ta providence,
Nous te demandons les vertus   (bis)
Agrée notre confiance,
Nos vœux et notre ardent amour,
Nous t'exprimerons chaque jour
Notre vive reconnaissance :
Nous n'adorons que toi, toi seul es notre Dieu ;
Bénis (bis) *tous les Français, nos fils et nos aïeux.*

Conserve-nous dans ta clémence
L'Egalité, la Liberté,
Et venge-nous par ta puissance
Des despotes coalisés   (bis)
Bénis nos nombreuses phalanges,
La victoire suivra leurs pas,
Dans les champs et dans les combats,
Tous nous chanterons tes louanges.
Nous n'adorons que toi, toi seul es notre Dieu ;
Bénis (bis) *tous les Français, nos fils et nos aïeux.*

Telle a été, à Nancy, cette grande fête civique consacrée à la reconnaissance de l'Etre suprême, et de l'Immortalité de l'âme. On connaît peu les fêtes révolutionnaires : nos historiens ayant négligé d'en parler, ou ne les ayant pas présentées sous leur vrai jour, on est disposé naturellement à les mal juger.

J. Michelet a consacré à celle dont nous venons de parler, un chapitre spécial dans son *Histoire de la Révolution Française,* alors qu'il se tait sur toutes les autres :

« Nulle fête n'excita jamais une si douce attente, nulle ne fut célébrée avec tant de joie. La guillotine disparut le 19 prairial au soir. On crut que c'était pour toujours. Une mer de fleurs (à la lettre, le mot n'est pas exagéré) inonda Paris ; les roses de vingt lieues à la ronde, y furent apportées, et des fleurs de toutes sortes, ce qu'il fallait pour fleurir les maisons et les personnes d'une ville de sept cent mille âmes. Toute fenêtre devait avoir sa guirlande, ou son drapeau. Toutes les mères portaient des roses, les filles des fleurs variées, les hommes des branches de chêne, les vieillards des pampres verts. Entre les deux files immenses, des hommes à droite, des femmes à gauche, marchait l'orgueil des mères, leurs fils, enfants de quinze ou seize ans, joyeux de porter un sabre ou des piques ornées de rameaux ;

» Ces fleuves vivants de peuple, ces rivières de fleurs, confluèrent comme une mer aux Tuileries. Jamais plus charmante Iris ne sourit sous un plus beau ciel.........;

» Une montagne symbolique s'élevait au Champ de Mars, assez grande pour recevoir, outre la Convention et les musiciens, deux mille cinq cents personnes, envoyées des sections, mères et filles, pères et fils, en écharpes tricolores, qui devaient chanter l'hymne à l'Etre suprême. Au plus haut, une colonne était chargée de trompettes, dont la voix perçante dirigeait, annonçait les mouvements dans l'espace immense. L'hymne chanté, le coup d'œil fut un moment ravissant. Les filles jetèrent des fleurs au ciel, les mères élevèrent leurs petits enfants, les jeunes gens tirèrent leurs sabres et reçurent la bénédiction de leurs pères. L'artillerie, qui tonna, associait ses voix profondes à l'émotion du peuple. » (Liv. XIX, ch. IV).

Nous ressentons, nous aussi, ce que J. Michelet a mieux ressenti que nous, et si bien décrit, à la lecture du programme de la Fête du 20 floréal, an II. Malheureusement, cette invocation *suprême* à l'Etre *Suprême* était un leurre, un mensonge, une hypocrisie inqualifiable : la guillotine régnait de plus belle quelques jours après... Triste époque, dont nous payons chèrement les fautes.

La Cathédrale-Primatiale, vouée au culte de l'Etre suprême, réunit encore le 30 frimaire, an III, les adeptes de la *Fête du Malheur*. Plusieurs discours y furent prononcés. Nous ne connaissons pas le programme de cette fête civique.

M. Ed. Auguin n'a pas parlé de cette fête dans sa Monographie de la Cathédrale de Nancy. Il a dit quelques mots de la Fête civique, consacrant cet édifice au culte de la Raison, mais trop peu, croyons-nous, pour pouvoir s'en faire une idée.

Si la Fête à l'Etre suprême indiquait le retour des esprits vers la morale et la religion, il ne faut pas oublier que quelques fanatiques sans-culottes, cherchaient à enrayer ce mouvement.

Le peuple avait suffisamment du culte de la Raison ; il avait fêté l'Etre suprême avec plaisir, avec enthousiasme, car il y avait bien un peu dans le cérémonial adopté, quelque chose de la Fête-Dieu.

Nous connaissons un hymne passablement révolutionnaire, qui est faussement intitulé *Hymne à l'Etre suprême*, chanté à Bar-sur-Ornain, à la fête du 20 prairial, 2e année Républicaine, par S. L. G. M., un vrai et pur sans-culotte, qui a même l'air de douter davantage de l'existence de l'Etre suprême, en lui offrant l'encens

LE PUR ENCENS

DES SANS-CULOTTES.

La Fête à l'Etre suprême a inspiré à tous les poètes, de toutes les provinces, non seulement une infinité d'hymnes, de couplets, de chansons, de strophes, plus ou moins baroques, plus ou moins bizarres, mais aussi un grand nombre de prières et d'oraisons, qui devaient plus ou moins bien se débiter dans le Temple de l'Eternel, au nom de l'Unité, de l'Indivisibilité de la République.

Nous avons déjà rencontré plusieurs de ces cahiers, qui devaient se vendre un sou, fort mal imprimés, avec des têtes de clous sur du papier de chandelle.

Il y a d'abord : « *Hommage sacré*, tel qu'il doit être rendu à l'Etre suprême, dans toute l'étendue de la République Française, tous les jours que la Convention nationale fixera pour célébrer les Fêtes, en lui demandant les lumières et la conservation des biens de la terre. » Ensuite vient l'*Evangile de la Liberté* ; après, la *Prière des sans-culottes*, calquée sur l'oraison dominicale du culte catholique, et la *Profession du Républicain*, espèce de Credo. Ces prières civiques sont signées par le citoyen Foucault, de Limoges. Elles sont suivies de l'*Hymne patriotique*, numéroté VIII dans le programme de la Fête du 20 prairial, an II (8 juin 1794).

Nous reproduisons seulement, à titre de curiosité, la Prière des Sans-Culottes et la Profession du Républicain, en plaçant en regard, le texte des prières du culte catholique, afin de faire mieux ressortir le plagiat de ces terribles sans-culottes, incapables eux-mêmes de trouver une formule appropriée à la circonstance. On remarque aussi que tous les hymnes civiques et patriotiques sont calqués sur la Marseillaise de Rouget de l'Isle, laquelle on mettait alors à toutes les sauces, et qu'on chantait dans toutes les circonstances.

ORAISON DOMINICALE

DES CATHOLIQUES

Notre Père qui êtes dans les cieux, que votre nom soit sanctifié, que votre règne arrive, que votre volonté soit faite en la terre comme au ciel.

Donnez-nous aujourd'hui notre pain quotidien; et pardonnez-nous nos offenses comme nous pardonnons à ceux qui nous ont offensés; et ne nous laissez point succomber à la tentation, mais délivrez-nous du mal. Ainsi soit-il.

DES SANS-CULOTTES

Notre Père qui êtes dans les cieux, d'où vous protégez d'une manière si admirable la République française et les Sans-Culottes, ses plus ardents défenseurs, que votre nom soit sanctifié et béni parmi nous, comme il l'a toujours été; que votre Volonté constante de faire vivre les hommes libres, égaux et heureux, soit respectée sur la Terre, comme elle l'est dans le Ciel; conservez-nous le pain que nous mangeons tous les jours, en dépit des vains efforts des Pitt, des Cobourg et de tous les Tyrans coalisés, pour nous affamer. Pardonnez-nous les fautes que nous avons commises, en supportant si longtemps les Tyrans, dont nous avons purgé la France, comme nous pardonnerons aux Nations esclaves, quand elles nous auront imités. Ne permettez point qu'elles tardent plus longtemps à rompre les fers qui les accablent, et dont elles sont violemment tentées de se débarrasser; mais qu'elles se délivrent, ainsi que nous, des Nobles, des Prêtres et des Rois.

SYMBOLE DES APOTRES OU PROFESSION DE FOI

DU CATHOLIQUE

Je crois en Dieu le Père tout puissant, créateur du Ciel et de la Terre, et en Jésus-Christ, son Fils unique, notre Seigneur; qui a été conçu du Saint-Esprit; est né de la Vierge Marie; a souffert sous Ponce-Pilate; a été crucifié; est mort et a été enseveli; est descendu aux enfers; est ressuscité des morts le troisième jour; est monté aux cieux; est assis à la droite de Dieu, le Père tout-puissant; d'où il viendra juger les vivants et les morts.

Je crois au Saint-Esprit; la sainte Eglise catholique; la Communion des Saints; la Rémission des péchés; la Résurrection de la chair; la Vie éternelle. Ainsi soit-il.

DU RÉPUBLICAIN.

Je crois à l'Être suprême, auteur de la Nature et de la Liberté. Je crois que le vrai républicain doit le reconnaître et l'adorer. Je crois que le culte de l'homme raisonnable est purifié, et qu'il ne sera consacré qu'à lui et à la Patrie. Je crois que c'est lui qui a créé l'Univers. Je crois que c'est lui qui fait mûrir nos moissons, qui fait vaincre nos armées. Je crois que chacun peut l'adorer à sa manière, et selon ce que son cœur lui dictera de plus tendre et de plus enflammé, et que nous ne devons pas donner de borne à son zèle. Je crois qu'il n'a daigné nous parler que par la voix de la Nature, et que le vrai Culte doit se réduire à l'adorer et à crier vers lui; que nous sommes misérables, et que nous avons besoin de son bras secourable. Je crois que nous ne devons point limiter la durée de notre vie, soit qu'il nous la prolonge, nous n'échapperons point à ses regards; il ne faut lui demander que la vertu, et ne point aller contre ses impénétrables décrets; mais au contraire, il faut être humble, soumis, résigné à ses volontés, et lui avouer que nos cœurs soupirent après sa présence et qu'il nous donne la force de combattre les ennemis du bien public, de sauver notre Patrie, ou de mourir pour elle.

Je crois en la Liberté, sa fille unique, et dans cet esprit d'égalité éternelle qu'il a voulu établir entre les hommes, mais que les hommes aveuglés par les tyrans ont cherché à détruire. Le Dieu dans lequel j'ai mis toute ma confiance est le seul Dieu de lumière, puisqu'il m'a éclairé du flambeau de sa liberté auguste. C'est lui qui nous a aidé à renverser la Bastille, à déjouer les complots perfides. Je crois encore que, sans le courage de nos guerriers secondé par la sagesse, le zèle et la vigilance de nos représentants, nous ne serions pas encore arrivés à ce terme de liberté qui nous élève à la hauteur de Dieu même.

Je crois à l'Unité, à l'Indivisibilité de la République, je crois que l'Eglise de Rome n'aura plus notre argent. Je crois qu'elle ne nous induira plus en erreur, malgré le fanatisme qu'elle glisse en secret dans différentes parties de la République.

Par le citoyen
FOUCAULT, *de Limoges.*

Le décret qui avait institué la fête de l'Etre suprême, contenait en outre les dispositions suivantes :

« ART. 4. — Il sera institué des fêtes pour rappeler l'homme à la pensée de la Divinité et à la dignité de son être ;

« ART. 5. — Elles emprunteront leurs noms des évènements glorieux de notre Révolution, des vertus les plus chères et les plus utiles à l'homme, des plus grands bienfaits de la nature :

« ART. 6. — La République française célébrera tous les ans les fêtes du 14 juillet 1789, du 10 août 1792, du 20 janvier 1793, du 31 mai 1793 ;

« ART. 7. — Elle célébrera aux jours décadis les fêtes dont l'énumération suit : — A l'Etre suprême et à la Nature ; — au Genre humain ; — au Peuple français ; — aux Bienfaiteurs de l'humanité ; — aux Martyrs de la Liberté ; — à la Liberté et à l'Egalité ; — à la République ; — à la Liberté du Monde ; — à l'Amour de la Patrie; — à la Haine des tyrans et des traîtres; — à la Vérité — à la Justice ; — à la Pudeur ; — à la Gloire et à l'Immortalité ; — à l'Amitié; — à la Frugalité ; — au Courage. — à la Bonne Foi ; — à l'Héroïsme ; — au Désintéressement ; — au Stoïcisme ; — à l'Amour; — à la Foi Conjugale; — à l'Amour paternel ; — à la Tendresse maternelle ; — à la Piété filiale ; — à l'Enfance ; — à la Jeunesse ; — à l'Age viril ; — à la Vieillesse ; — au Malheur; — à l'Agriculture ; — à l'Industrie ; — à nos Aïeux ; — à la Postérité ; — au Bonheur ;

« ART. — Les Comités de salut public et d'instruction publique seront chargés de présenter un plan d'organisation de ces fêtes.

ART. 9. — La Convention appelle tous les talents dignes de servir la cause de l'humanité, à l'honneur de concourir à leur établissement par des hymnes et des chants civiques et par tous les moyens qui peuvent contribuer à leur embellissement et à leur utilité, etc. » (Ph. Lebas, *Dict. encyc. de l'hist. de France*, t. VIII, p. 36).

De toutes ces fêtes, celle du 14 juillet fut observée ponctuellement tous les ans, jusqu'en l'an XI, époque à laquelle, on introduisit la Fête nationale du 15 août.

Nous avons vu plus haut que le décret du 18 floréal ordonnait une fête civique, pour honorer le Malheur.

Un décret du 22-27 du même mois, ordonne, la forme d'un livre dit de la Bienfaisance nationale, et institue en même temps une fête du Malheur.

« ARTICLE UNIQUE. — Il sera ouvert dans chaque département un registre qui aura pour dénomination *Livre de la Bienfaisance nationale.*

» Le titre Ier sera intitulé : *Cultivateurs et Vieillards infirmes ;*
» Le titre IIe : *Artisans ou Vieillards infirmes;*
» Le titre IIIe sera consacré *aux Mères et aux Veuves, ayant des enfans dans les campagnes.* »

Ce décret avait pour but de secourir les indigents de la campagne.

D'après l'article 2 du titre Ier, les vieillards âgés d'au moins 60 ans, ayant été employés pendant 20 ans au travail de la terre, et ceux qui avaient acquis des infirmités par ce genre de travail, étaient aptes à recevoir de la République une pension annuelle de 160 livres, payable d'avance, de six mois en six mois. Leur nombre était fixé à 400 par département.

Les artisans ayant exercé depuis 25 ans dans les campagnes une profession se rattachant aux arts mécaniques, âgés d'au moins 60 ans, ou atteints d'infirmités, avaient droit à une pension annuelle de 120 livres. Leur nombre était fixé à 200 par département.

Les mères qui avaient deux enfants au-dessous de l'âge de dix ans, et qui en allaitaient un troisième, et les veuves ayant un enfant au-desous de dix ans, et qui en allaitaient un second, avaient droit à un secours annuel de 60 livres. Ces femmes et ces veuves de cultivateurs ou d'artisans de la campagne avaient, en outre, droit à un supplément de 20 livres, si à l'expiration de la première année de nourriture, elles représentaient leurs enfants existants à l'agent national de la commune. Leur nombre était fixé à 350 par département.

En outre, d'après le Titre IV, ces mêmes citoyens et citoyennes, inscrits sur le livre de la Bienfaisance nationale, avaient droit à des secours à domicile, en argent et en nature, donnés dans l'état de maladie.

Pour inaugurer ce mode de Bienfaisance, le décret du 22-27 floréal an II, 11-16 mai 1794, institua la Fête civique du Malheur. Nous nous contenterons de rappeler ici les principaux articles du titre IV.

ART. 1er. — La première fête nationale qui sera célébrée est celle consacrée à honorer le Malheur, par le décret du 18 floréal.

ART. 5. — Le jour consacré au soulagement du Malheur, par le décret sur les fêtes nationales et décadaires, il y aura dans chaque district, une cérémonie civique, dans laquelle les agriculteurs et les artisans, vieillards ou infirmes, les mères et veuves désignés par les articles précédents, ayant des inscriptions, seront honorés, et recevront, en présence du peuple, le paiement du premier semestre de la Bienfaisance nationale.

» ART. 6. — Le livre de la bienfaisance nationale sera lu par l'agent national, en présence des autorités constituées et des jeunes citoyens des écoles primaires, dans le lieu où les citoyens se rassemblent les décadis.

» ART. 7. — Le livre de la bienfaisance nationale sera ouvert chaque décadi, pour recevoir les inscriptions qui seront demandées, expressément aux articles du présent décret.

» ART. 8. — Le décret de la Convention nationale, qui règle le mode de cette bienfaisance, y sera lu par le président du district : la dignité de la profession agricole et l'utilité des arts mécaniques y seront célébrées, par un discours et par des hymnes patriotiques. »

Cette fête civique et décadaire s'est célébrée à Nancy à la Cathédrale, lieu où se rassemblaient les citoyens les jours de décadi.

Nous ferons remarquer que le gouvernement révolutionnaire de l'an II, et le Directoire exécutif qni lui succéda, se sont montrés très bienveillants à l'égard de la population des campagnes. Il faut parcourir le recueil des lois de cette époque, depuis 1793 jusqu'au consulat, c'est-à-dire jusque 1799, pour avoir une idée des efforts faits par la République, pour élever le niveau moral et intellectuel des habitants des campagnes, à la hauteur de l'esprit public des villes ; on peut dire que, sous ce rapport, rien n'a été négligé ; malheureusement, à cette époque, le gouvernement avait, dans les départements, dans les districts, dans les cantons et dans les communes, des agents de bien médiocre valeur, qui enrayaient plutôt les bonnes intentions de la Convention nationale et du Corps-Législatif, que de développer les moyens propres à répandre l'instruction, à améliorer le sort des travailleurs. A côté d'une insouciance regrettable, on rencontrait chez la plupart de ces agents, une ignorance déplorable, un esprit d'égoïsme fort étroit, et surtout un orgueil indomptable ; car chaque commune avait son Robespierre au petit pied, qui dénonçait, qui semait la discorde, qui menaçait; l'agent national abusait trop souvent de son autorité, et menait le peuple à la cravache. L'exemple avait été donné, d'ailleurs, par les représentants du peuple, envoyés en mission dans les départements : ceux-ci outrepassaient journellement leurs droits, ils ne cessaient de prendre des arrêtés contraires aux décrets de la Convention.

On a beaucoup accusé la Convention et les Corps législatifs de cette époque. C'est un tort. Là où il y a eu du mal de fait, on peut en rejeter la faute aux représentants en mission, qui n'ont suivi aucun décret, qui ont pris des arrêtés arbitraires, et qui n'ont, en aucun cas, tenu compte de la déclaration des droits de l'homme et du citoyen. On en a mille preuves en mains.

Le décret du 3 brumaire an IV, 25 octobre 1795, sur l'organisation de l'instruction publique, qui avait établi d'une manière très favorable les écoles primaires, les écoles centrales, les dix écoles spéciales et l'Institut national des sciences et des arts, avait également institué sept fêtes nationales, dans lesquelles il était distribué des récompenses aux élèves qui s'étaient distingués dans les écoles nationales, aux inventions et découvertes utiles, aux succès distingués dans les arts, aux belles actions et à la pratique constante des vertus domestiques et sociales, à la bravoure des guerriers, etc., etc.

Ces fêtes nationales se sont maintenues jusqu'à l'établissement de l'empire. Lorsque Bonaparte fut nommé premier Consul, il se garda bien de les supprimer, car plusieurs qu'il militarisa servaient admirablement ses projets.

Comme il arrive souvent qu'on cite une loi, sans y avoir recouru, sans l'avoir lue, nous donnons le texte du Titre VI du décret du 3 brumaire an IV :

« ART. 1er. — Dans chaque canton de la République, il sera célébré chaque année sept fêtes nationales savoir :

Celle de la fondation de la République le 1er vendémiaire ; celle de la Jeunesse le 10 germinal ; celle des Epoux, le 10 floréal ; celle de la Reconnaissance, le 10 prairial ; celle de l'Agriculture, le 10 messidor ; celle de la Liberté, les 9 et 10 thermidor ; celle des Vieillards, le 10 fructidor.

» ART. 2. — La célébration des fêtes nationales de canton consiste en chants patriotiques, en discours sur la morale des citoyens, en banquets fraternels, en divers jeux publics, propres à chaque localité, et dans la distribution des récompenses.

» ART. 3. — L'ordonnance des fêtes nationales en chaque canton est annoncée et arrêtée à l'avance, par les administrations municipales.

· ART. 4. — Le Corps-Législatif (Conseil des Cinq-Cents et Conseil des Anciens réunis) décrète, chaque année, deux mois à l'avance, l'ordre et le mode suivant lesquels la fête du 1er vendémiaire doit être célébrée, dans la commune où il réside. »

La fête de la Jeunesse avait été instituée par le décret du 27 brumaire an III, chap. 4, art. 12. L'arrêté du Directoire exécutif du 19 ventôse an IV, 9 mars 1796, détermine la manière dont elle sera célébrée le 10 germinal.

La fête de la Victoire qui est devenue la fête de la Reconnaissance, était essentiellement militaire ; elle fut instituée par décret du 18 floréal an IV, 7 mai 1796, et célébrée le 10 prairial. Par son arrêté du 20 floréal, le Directoire exécutif avait prescrit le mode de célébration de la fête des Victoires, dans toutes les municipalités de la République.

Nous ferons remarquer, que les fêtes nationales ou décadaires n'avaient pas lieu dans toutes les communes indistinctement de la République, mais seulement dans les chefs-lieux de canton, ou de municipalités réunies ; on appelait municipalités réunies la réunion de plusieurs communes étendues, comme il en existe dans les Vosges, trop éloignées du chef lieu de canton : alors, ces communes formaient à elles seules une municipalité, quand à l'administration centrale seulement, et avaient un chef-lieu dépendant du chef-lieu de canton. C'était dans ce chef-lieu des municipalités, que se réunissaient les citoyens, pour les assemblées primaires et pour la célébration des fêtes nationales et décadaires. Il en était à peu près de même, pour le culte constitutionnel. De nombreuses communes peu importantes n'avaient point de prêtres ; le curé constitutionnel habitait et officiait dans le chef-lieu des municipalités réunies, lesquelles se composaient de trois ou quatre villages seulement ; ce qui n'empêchait pas chacune de ces communes d'avoir son autonomie propre, sꞌ municipalité etc.

Outre les fêtes nationales instituées, comme nous l'avon‧ dit plus haut, on célébrait encore :

« Le 2 pluviôse, 21 janvier, la fête de la mort du dernier Roi ;
» Le 30 ventôse, 21 mars, la fête de la Souveraineté du peuple ;
» Le 26 messidor, 14 juillet, la fête de la Révolution ;
» Le 23 thermidor, 10 août, la fête de l'abolition du Trône, ou de l'abolition de la Royauté. »

Les cinq jours complémentaires, nommés d'abord *sans culottides,* étaient également consacrés à diverses fêtes nationales :

Le primidi 17 septembre, à la Vertu ; le duodi 18 septembre, au Génie ; le tridi 19 septembre, au Travail ; le quartidi 20 septembre, à l'Opinion ; le quintidi 21 septembre, aux Récompenses.

Nous n'avons rien trouvé, pas même dans le recueil des lois, sur les fêtes civiques qui se célébraient durant les cinq jours complémentaires : sans doute qu'elles n'étaient que des fêtes secondaires, ni aussi obligatoires, ni aussi solennelles, que celles dont nous avons parlé plus haut.

Sous ce titre : *Institutions politiques,* Claude Thiébaut, dans son *Annuaire du département de la Meurthe, pour la cinquième année de la République Française, ou 1797* (vieux style), nous a laissé un tableau des principales fêtes civiques célébrées à cette époque dans notre ville. (Décret du 3 brumaire an IV) :

« De toutes les institutions politiques, celles des fêtes nationales méritent le plus d'être considérées : 1º parce qu'elles sont établies pour entretenir la fraternité, l'union et l'amour des vertus sociales ; 2º parce que leur principal objet n'est pas reconnu de tous, et que c'est par cette ignorance, qu'on voit tant d'ennemis du bon ordre et de la vérité, inspirer le mépris et l'éloignement de cette institution ;

» Nous ne sommes plus, et nous ne retomberons plus dans ces temps de ténèbres, de superstition et d'inconséquence, où une secte religieuse détestait la secte contraire, où, sous le prétexte de religion, on violait les principes de la religion, de la vraie morale ; et nous devons rechercher, accueillir et saisir tous les moyens de rapprochement, de réunion qui sont nécessaires tant pour la gloire de l'Etre suprême que pour notre bonheur ;

» Trop longtemps, disons-nous, la différence des cultes nous a divisés, la contradiction la plus manifeste nous tenait unis avec les différentes sectes par les relations sociales, commerciales et individuelles, et désunis par les opinions religieuses. Il était donc de la sagesse des Législateurs de trouver, et d'user du moyen le plus juste en soi, le plus digne de la Divinité et des hommes, celui de réunir toutes les sectes pour rendre à Dieu, aux mêmes jours et aux mêmes temps, l'hommage le plus pur, celui de la reconnaissance et de la fraternité. Et pour ne pas effaroucher les esprits, ni laisser aucun germe de division, il a fallu rendre ce moyen emblématique, car, si on eût adopté, par préférence, les cérémonies du culte catholique, on eût écarté du but de l'institution et les Juifs, les Protestants, etc., qui, sous d'autres formes, adorent le même Dieu que nous, l'auteur de la nature, le rémunérateur de la vertu ;

» Un père de famillle a plusieurs enfans, et ils sont presque tous d'un caractère différent, il les aime cependant tous, malgré cette diversité, il leur prodigue ses bienfaits, et leur donne une part égale dans sa succession : de même, Dieu reçoit les adorations de tous les peuples qui sont ses enfans ; il les éclaire, les nourrit et exerce envers eux la même justice ;

» Ainsi donc, pour découvrir la vérité de ces principes dans les institutions, nous avouerons :

» 1º Que c'est l'Etre suprême que l'on adore dans les cérémonies publiques, qu'ainsi dans la *Fête de la Jeunesse,* on représente la justice de Dieu qui récompense les efforts des jeunes gens, pour s'armer de toutes les vertus ; c'est la leçon de la piété filiale, de l'amour de la Patrie et de la générosité ;

» 2º Dans la *Fête de la Reconnaissance,* on célèbre les grandeurs de la Divinité qui donne aux hommes vertueux le sentiment héroïque de la bienfaisance, qui exige notre gratitude et notre estime profonde. C'est la leçon de la gratitude et du zèle pour le bien public ;

» 3º Que dans la *fête des Époux,* on adore cette bonté fraternelle de l'Etre suprême qui, dans les liens du mariage, fait rencontrer le bonheur des hommes vertueux, qui, par l'union conjugale, attache les hommes à leur patrie, au culte des bonnes mœurs, à l'instruction de la postérité et aux vertus sociales. Les couronnes qui se distribuent aux pères de familles uombreuses, sont l'emblème de la bénédiction céleste et de la protection, ainsi que de la reconnaissance et de l'estime publiques. C'est la leçon de l'amour conjugal et de l'ordre social ;

» 4° Dans celle de l'*Agriculture*, on rend des actions de grâces à l'Etre suprême, qui fait produire à la terre les matières nécessaires à la subsistance de l'homme ; on rend hommage au zèle de ceux qui s'employent au moyen d'aider à la production de ces matières ; on encourage les citoyens à l'art le plus utile, et des produits duquel résultent tous les moyens de satisfaction et de plaisir ; on adore Dieu dans les effets les plus visibles de sa bonté paternelle, et on récompense la vertu, qui rend l'homme actif à veiller aux besoins de ses concitoyens. C'est la leçon de l'amour du travail, du désir d'améliorer le sort du genre humain ;

» 5° Que dans celle de la *Liberté,* on reconnaît la munificence divine, qui créa tous les hommes libres, qui les retira de l'esclavage dans lequel les Tyrans les avaient plongés ; on adore ce bon père qui défend ses enfants, les laisse jouir pleinement de la raison et des avantages qu'il leur a distribués, et s'oppose à tout ce qui contrarierait leur bonheur. C'est la leçon de nos devoirs envers tous les citoyens, la liberté individuelle dépendant de la liberté de tous ;

» 6° Dans celle des *Vieillards*, on rend à Dieu l'hommage de la gratitude, d'avoir prolongé les jours des hommes vertueux qui, par leurs exemples, soutiennent le courage, et affermissent le culte de la vertu, et méritent la reconnaissance publique, pour le bon emploi du temps, la sagesse de la conduite privée, les soins rendus à la faiblesse de l'enfance, les fruits du travail et de l'économie, et qui présentent le tableau de la constance dans les adversités, de la modération dans les plaisirs et de l'amour fraternel. C'est la leçon du respect, pour les parens et la vieillesse et du secours à leur porter ;

» 7° Dans celle de la *Fondation de la République,* on remercie l'Etre suprême d'avoir délivré la France du régime monarchique, d'avoir confondu tous les intérêts dans l'amour des droits qu'il nous a donnés en nous créant, et d'avoir dissipé comme l'ombre, les distinctions qui avilissaient l'homme raisonnable. C'est la leçon de toutes les vertus qui rendent la société heureuse et la vie agréable ;

» 8° Enfin, dans toutes celles que les circonstances amènent, on rend à Dieu le culte le plus digne de lui, celui de la reconnaissance et de l'amour.

» C'est donc par ignorance des principes ci-dessus, ou par malveillance, que plusieurs personnes s'obstinent à ne considérer dans les fêtes nationales, que la matière des cérémonies, et à préférer les fêtes particulières des différents cultes, à celles qui ont pour but de resserrer les citoyens dans les liens de la fraternité, de la concorde et de la joie pure des âmes sensibles et vertueuses.

» *On n'est pas empêché de faire les fêtes particulières des cultes anciens; on doit considérer les fêtes nationales comme celles d'une famille entière qui se réunit pour partager sa joie, et exprimer son amour envers tous les membres qui la composent.*

» L'acte qui a eu lieu à la fête célébrée à Nancy le 10 messidor dernier (de l'an IV) a retracé l'hommage que les Empereurs chinois rendaient à l'agriculture. Le cortège de la fête a accompagné deux laboureurs qui, munis de leur charrue, ont conduit quelques sillons, au son des instrumens qui faisaient retentir l'air de chants patriotiques.

. . . .

» Dans une cérémonie du culte catholique, on apportait sur l'autel, des paniers remplis de fleurs et de fruits, et on les offrait à la Divinité, en reconnaissance de ses bienfaits.

» L'agriculture a été et sera toujours vénérée de tous les peuples, parce que c'est l'art nourricier des humains. La fête instituée en son honneur doit donc être célébrée par tous les cœurs sensibles, et reconnaissants envers l'Etre suprême, par tous les hommes en général, puisque tous subsistent pour les fruits de l'agriculture.

Depuis le 20 prairial an II, la Fête à l'Etre suprême avait porté ses fruits. Cette fête, qu'on a beaucoup critiquée, à tort selon nous, a eu pour effet d'anéantir le culte de la Raison. Ainsi, en moins de deux ans, nous assistons à un retour de l'opinion, vers les idées plus saines du Déisme. En expliquant le principe et le but des fêtes nationales alors célébrées, Thiébaut place sous son vrai jour, un point obscur bien souvent controversé.

Dans les almanachs de l'an V et dans ceux subséquents, on trouve en tête le calendrier républicain, formé de décades en regard, et le calendrier grégorien de sept jours à la semaine, avec les noms des saints patronnant chacun de ces jours. On y voit figurer aussi un tableau indiquant les principales Fêtes du culte catholique avec le comput ecclésiastique. Les almanachs publiés par J. R. Vigneulle, an VI et années suivantes, ne contiennent pas le tableau des fêtes nationales. Il existe dans ceux publiés par Thiébaut, en l'an III, IV, V, VI et suivants :

Le 10 prairial (29 mai) *Fête de la Reconnaissance ;* le 10 messidor (28 juin) *Fête de l'Agriculture ;* le 26 messidor (14 juillet) *Fête de la Révolution ;* les 9 et 10 thermidor (26 et 28 juillet) *Fête de la Liberté ;* le 23 thermidor (10 août) *Fête de l'abolition du trône* ou de *l'abolition de la royauté;* le 10 fructidor *(27* août) *Fête des Vieillards.*

On ne fêtait donc plus déjà officiellement l'anniversaire du 21 janvier 1793, tombant pour l'an V le 2 pluviôse.

Nous profitons de ces diverses remarques, pour relever une des erreurs communes à Jean Cayon, qui écrit : p. 359 de son *histoire de Nancy :*

« Le général Bonaparte passa pour la première fois dans nos murs, le 13 frimaire an VI (dimanche, 3 décembre 1797). Les dépenses de sa réception ne dépassèrent pas 83 fr. 05 c. Il est vrai que la fête du 21 janvier, coûtait quelques jours après 2,672 fr. 75 c. »

Jean Cayon aurait bien dû nous indiquer ses sources, et nous dire où il est allé puiser ces renseignements, qui, jusqu'à preuve du contraire, ne nous paraissent pas d'une authenticité bien certaine. Nous nous sommes mis aussi à la piste des passages de Napoléon dans notre ville.

C'est seulement le 20 pluviôse de l'an VIII (9 février 1800) que nous trouvons dans le *Journal de la Meurthe,* l'entrefilet suivant :

« Le bruit du prochain passage de Bonaparte à Nancy, n'a pas été plutôt répandu, qu'une quantité de citoyens ont témoigné leur ardent désir de lui fournir le moyen de soulager nos frères d'armes, et de subvenir aux dépenses nécessaires pour parvenir à la paix ; ils ont voté spontanément de payer incontinent plus de la moitié de leurs contributions, ne pouvant mieux faire pour le moment, de manière que si ce vœu était rempli par tous les citoyens du département, Bonaparte, au lieu de compliment, pourrait percevoir dans la caisse générale 5 à 600,000 francs ; et si chaque département par où il passera, s'empressait de faire et de remplir ce même vœu, les moyens d'actions auraient bientôt procuré la prospérité publique. »

Le Journal ne rend pas compte du passage de Bonaparte dans nos murs, et ne dit pas quelle suite a été donnée à ce qu'il annonçait le 20 pluviôse an VIII.

Jean Cayon écrit encore p. 363 de son histoire :

« Joséphine de la Pagerie affectionnait les bains de Plombières, et notre ville se trouva sur son itinéraire les 10 thermidor an IX et 20 messidor an X. Le zèle croissait avec la fortune de son illustre époux : dans la première circonstance, on crut devoir dépenser jusqu'à 395 francs en bals et en illuminations ; dans la seconde, où elle était accompagnée de sa fille Hortense et de madame Lœtitia, mère du 1er consul, 645 fr. 9 cent. »

C'est le 16 thermidor an IX, et non le 20 messidor an X, que Mesdames Bonaparte ont passé à Nancy. Nous en parlons à l'article consacré au Jardin botanique.

Jean Cayon ne dit pas que Joséphine est venue pour la première fois à Nancy, le 26 fructidor an VI, 12 septembre 1798. *Le Journal moral et politique de Nancy*, du 28 fructidor, relate ainsi son passage :

« La citoyenne Bonaparte est arrivée ici le 26, à minuit ; les autorités constituées lui ont fait une visite ; le soir, à la comédie, on lui a offert une couronne de lauriers, qu'elle a refusé d'accepter, et à la fin de la pièce *le Pari*, elle a reçu l'olivier qui lui a été présenté ; plusieurs couplets à la gloire de son époux ont été chantés, elle a reçu le témoignage de la reconnaissance des nancéiens envers lui. »

On voudra bien nous pardonner cette digression, qui n'a pour but que de rectifier quelques faits et de les placer sous leur vrai jour. Quant à la fête du 20 janvier de l'an VI, nous n'en n'avons pas trouvé trace. Jean Cayon aura sans doute voulu écrire l'an IV, et il est probable qu'en cette année, elle n'était plus célébrée.

Le 18 fructidor an V, 4 septembre 1797, on exigea des prêtres catholiques un nouveau serment, celui de « *haine à la royauté et à l'anarchie*, » mais, antérieurement à cette date, un grand nombre d'ecclésiastiques étaient détenus au Refuge. Les infirmes et les vieillards étaient détenus à la Réunion, ci-devant le collége, aujourd'hui hospice Saint-Stanislas.

Il est tout à fait étrange, qu'on ait commencé de nouvelles persécutions, quand on avait l'air de pratiquer la liberté, quand on demandait le respect de la liberté individuelle, et qu'on laissait croire que chacun était libre d'adorer Dieu, comme il l'entendait.

L'époque révolutionnaire est malheureusement remplie d'inconséquences de ce genre. D'un côté, on prêche la paix, la concorde, l'amour des uns pour les autres ; et de l'autre, on séquestre, on déporte, on fusille, on guillotine ceux qui obéissent à leur conscience, ceux qui restent fidèles à la foi de leurs pères, tout en ayant accepté de bonne foi et sincèrement, le nouvel état de choses. Cependant, en 1797, les prêtres constitutionnels cherchaient le moyen de reconstituer et de rétablir le culte catholique, qui n'était pas abandonné complétement.

FIN DU DEUXIÈME VOLUME

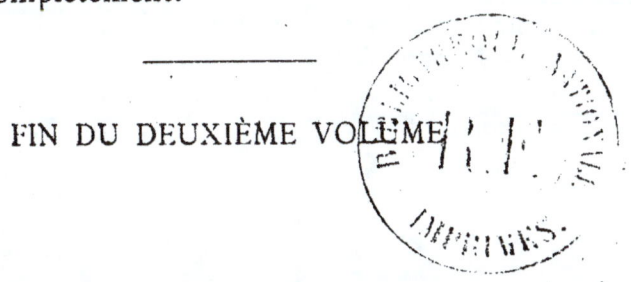

TABLE DES MATIÈRES

PLACES